Dan Shocker

Schreie aus dem Sarg

Grusel-Roman

BLITZ-Verlag, Windeck

BLITZ-Verlag
Postfach 1168 · 51556 Windeck
Fax: 02292/6340 · www.BLITZ-Verlag.de

1. Auflage

Bearbeitung: Uwe Schnabel & Dennis Ehrhardt

Cover: Typo-Schlick, 56566 Neuwied

Gesamtherstellung: BLITZ-Verlag

ISBN 3-932171-85-3

1. Kapitel

Schreie aus dem Sarg

Sie war beschwipst, als sie mit dem Glas in der Hand auf den Balkon wankte.

Aus dem riesigen Saal hinter ihr erklang das Lachen fröhlicher Menschen.

Nanette atmete tief die milde Luft ein. Der Boden unter ihr schien sich wellenförmig zu bewegen.

Sie merkte nicht, wie sich schattengleich eine Gestalt neben dem schweren, mit Goldfäden durchwirkten Vorhang bewegte und ungesehen von den anderen geladenen Gästen ebenfalls auf den Balkon huschte.

Eine Hand legte sich auf ihren Mund. Nanette wollte blitzartig herumwirbeln und schreien – doch nur ein dumpfes Gurgeln kam über ihre Lippen. Zu schwach, zu leise, um im Trubel des Festes gehört zu werden.

Das Champagnerglas entglitt ihren verkrampften Fingern und fiel über die Balkonbrüstung siebzehn Stock in die Tiefe.

Nanette wurde von starken Armen über den Boden geschleift. Sie war unfähig, sich zu bewegen. Die Benommenheit nahm zu, ihre Glieder wurden schwer. Die Hand auf ihrem Mund! Sie atmete die betäubenden Dämpfe ein, die den Poren der Handinnenfläche entströmten ...

Die attraktive Französin wurde, ohne daß irgend jemand etwas bemerkte, aus dem exklusiven Hotel »TONDON« in Conakry, der Hauptstadt Guineas, entführt.

Ihr regloser Körper verschwand im angrenzenden Zimmer, dessen Tür von geheimnisvoller Hand lautlos geöffnet wurde. Fünf Minuten später transportierte ein Afrikaner einen schweren Schrankkoffer zum Lift, der in die Tiefe rauschte.

Dort stand ein dunkles Kombifahrzeug bereit, in das der Koffer gebracht wurde.

Der Chauffeur bekam ein Zeichen. Sekunden später löste sich der Wagen vom Straßenrand.

Der Afrikaner in dem hellgrauen Anzug verharrte noch eine Zeitlang vor dem Hinterausgang des Hotels, steckte sich langsam eine Zigarette an und ging schließlich in das Gebäude zurück.

Um seine wulstigen Lippen lag ein zynisches Lächeln. Nanette Luison ging den Weg, den schon vier andere Mädchen zuvor gegangen waren.

Es war der Weg ins Grauen ...

Solifou Keita kehrte in die Gesellschaft zurück.

Ein junges Mädchen, eine Afrikanerin, die dem Malinke-Stamm angehörte, aus dem auch er hervorgegangen war, näherte sich ihm.

»Die Gesellschaft ist nicht ganz nach Ihrem Geschmack, Solifou?« fragte sie ihn.

Sie trug ein buntbedrucktes, unter den Armen geschlungenes Seidenkleid. Ihre schokoladenbraunen, nackten Schultern schimmerten im Licht der Lampen.

Er lächelte geheimnisvoll, während er ihren Blick erwiderte. Sie war hübsch. Den ganzen Abend schon war ihm das aufgefallen. Ihr Gesicht war rund und ebenmäßig, wie er es liebte. Sie trug das Haar nach Sitte des Landes in winzigkleinen Löckchen. »Ich bin mit meinen Gedanken heute woanders«, entgegnete er leise, während er mit ihr tiefer in den Saal hineinging. Überall standen Gruppen beisammen und plauderten. Andere aßen oder ließen sich von den Kellnern Getränke reichen.

Der Saal, den man durch drei bewegliche Trennwände erweitert hatte, enthielt eine Tanzfläche und ein Podium, auf dem eine guineische Tanzgruppe auftrat und nach den Klängen einer Cora zu singen und zu tanzen begann. Viele der geladenen Afrikaner und Europäer näherten sich dem Podium und verfolgten das hervorragende Spiel des Musikanten, der das schwierige, 21 Saiten starke Instrument virtuos beherrschte. Reine, volle Klänge hallten durch den Saal, die hohen, hellen Stimmen der Mädchen fügten sich harmonisch in die Melodienfolge, die improvisiert war, ein. Auch Solifou Keita kam bis an den Rand des Podiums heran. Als er diese Klänge hörte, fingen seine Augen zu glänzen an.

»Das ist Afrika«, murmelte er. »Wie lange mußte ich es vermissen.«

Fünf Jahre lang hatte er sich außer Landes aufgehalten.

Solifou Keita gehörte zu den Glücklichen, die in Frankreich, das hier vor Jahren noch Kolonialmacht gewesen war, studieren durften. Er war Arzt geworden. In Conakry arbeitete er als rechte Hand des Chefarztes eines großen Krankenhauses.

Solifou kannte die Europäer, er hatte auch ihre Kunst und ihre Kultur an Ort und Stelle kennengelernt, doch es war ihm niemals gelungen, seine afrikanische Heimat ganz zu vergessen.

Die Mädchen wiegten sich im Rhythmus der Musik, sie sangen und tanzten. Ihre grazilen Körper zeichneten sich unter dem weichfließenden, seidigen Stoff, der knöchellang hinabreichte, deutlich ab.

Beifall brandete auf, als der Musikant sein virtuoses Spiel beendete, die Mädchen sich verneigten und zurückzogen.

Der Gastgeber, der reiche Monsieur Lasalle, winkte jovial ab. Er hatte zu diesem Empfang geladen; er bezahlte das Essen und die Getränke sowie die Folklore-Gruppen, die hier auftraten.

»Die größte Überraschung steht Ihnen noch bevor, liebe Gäste«, meinte er strahlend.

Doch bevor es dazu kam, trat etwas anderes ein.

Madame und Monsieur Luison wandten sich an den Gastgeber und fragten nach ihrer Tochter, die sie während der letzten Minuten vergebens gesucht hatten.

Lasalle bat die Gesellschaft um Ruhe. Er trat an das Mikrofon und rief Nanette Luison aus.

Aber das Mädchen meldete sich nicht.

Lasalle, ein wenig vom reichlich fließenden Champagner angeheitert, beruhigte die Eltern Nanette Luisons. »Es besteht kein Grund zur Beunruhigung«, meinte er leise.

Monsieur Luison war da anderer Meinung. »Sie wissen, was sich in den letzten Wochen alles ereignet hat, Lasalle.«

Luison schluckte. Seine dunklen Augen glühten. Angst war in ihnen zu lesen.

»Unsinn, Luison«, antwortete Lasalle. Er blickte sich unauffällig um. Zwischen den vierzig Europäern befanden sich etwa zwanzig Afrikaner aus Kultur, Wirtschaft und Politik. »Dies hier ist eine erlesene Gesellschaft. Wollen Sie jemand beschuldigen, der vielleicht ...« Er sprach nicht zu Ende. Es kam ihm zu ungeheuerlich vor, das auszusprechen, was er dachte.

Luison war blaß, seine Frau atmete schwer. Die korpulente Französin mußte von zwei Damen gestützt werden. Die Aufregung setzte ihr zu.

»Ich will niemanden beschuldigen, Lasalle«, preßte Luison zwischen den Zähnen hervor. »Aber ich muß an Ricon denken, an Simonelle, an den Engländer Whitness und den deutschen Exporteur Petersen. Diese Familien hatten entscheidende Positionen in diesem Land. Sie verließen Afrika, nachdem das mit ihren Töchtern und Söhnen geschehen war ...« Er griff sich an den Kragen. »Wenn ich daran denke, daß Nanette das gleiche zugestoßen ist ...«

Er sah sich um und musterte mit zusammengekniffenen Augen die Afrikaner, die in kleinen Gruppen beisammen standen. Luison sah, daß einer mit dem Hoteldetektiv sprach, den irgend jemand informiert hatte.

»Machen Sie um Gottes willen kein unnötiges Aufsehen, Luison«, warnte Lasalle ihn. »Solange wir nicht Bescheid wissen, wäre es absurd, jemanden zu verdächtigen. Die Sekte der ›Gnamous‹ ist eine Vermutung – niemand weiß, ob es sie wirklich gibt.«

Luisons Lippen verzogen sich. »Sie haben hier viel in der Hand, Lasalle, und fürchten, durch eine unbesonnene Handlung ihren Status zu verändern. Sie haben ja auch viel zu verlieren! Es gibt hier einen Geheimbund. Wir wissen es alle – aber wir können es nicht beweisen. Sein Ziel ist es, uns hier zu vertreiben oder sich dafür zu rächen, was unsere Landsleute und andere Ausländer hier angeblich »anrichteten«. Unsere Söhne und Töchter sind die Leidtragenden. Wir wissen nicht, was aus ihnen geworden ist. Das letzte Opfer war die hübsche Simone Rolland. Das Schicksal ereilte sie sogar in Europa, Lasalle!« Luison redete sich in Rage. »Es gibt einen Ku-Klux-Klan in Amerika. Der Schaden und das Leid, das diese Irren da drüben anrichten, ist unermeßlich. Man weiß vom Treiben dieser Gruppe, und doch ist niemand in der Lage, ihr das Handwerk zu legen. Einflußreiche Persönlichkeiten, darunter Politiker und hohe Polizeibeamte, so vermutet man, sind Mitglieder dieser unheimlichen Gruppe. Ich habe so meine eigenen Ansichten über die Existenz der ›Gnamous‹. Hier in Afrika gibt es Dinge, die wir mit unseren europäischen Gehirnen nicht begreifen und auch nicht verstehen können, Lasalle! Wissen Sie, was jenseits dieser modernen, aufstrebenden Stadt geschieht, drüben in den undurchdringlichen Urwäldern, in den Mangroven- und Palmsümpfen, wo noch heute die Stämme leben, an denen die Zivilisation vorübergegangen ist? Dieser Kontinent hat noch nichts von seiner geheimnisvollen Dämonie verloren. Es gehen hier Dinge vor, die uns ewig verschlossen bleiben. Ich bin mit Simonelle befreundet, Lasalle. Als ich hörte, was geschehen war, rief ich ihn sofort an. Er meldete sich auch, aber er verweigerte jede Aussage. Nur eines sagte er mir: Es wäre besser gewesen, von verschiedenen Geschäften die Hände zu lassen. Es sind ähnliche Geschäfte, mit denen auch wir zu tun haben, Lasalle ...«

»Sie sehen Gespenster, Luison«, stieß der Angesprochene ärgerlich hervor. Die Bedenken des Gastes gingen ihm auf die Nerven. »Nun warten Sie doch erst mal ab, was dabei herauskommt! Vielleicht ist Ihre Tochter nur in den Park hinausgegangen, um frische Luft zu schöpfen. Vielleicht hat sie sich heimlich mit einem Freund getroffen. Mit neunzehn Jahren ist das ein ganz natürlicher Vorgang, Monsieur Luison.«

Er wurde unterbrochen, und auch Luison kam nicht mehr dazu, etwas auf die scharfe Bemerkung Lasalles zu entgegnen.

Vom Balkon her kam atemlos eine Afrikanerin.

»Monsieur, Monsieur«, rief sie erregt, während sie direkt auf Luison zukam.

Die Augen des Franzosen wurden hart.

»Was ist?« fragte er rauh. Er hatte einen fürchterlichen Verdacht, als er die Negerin vom Balkon kommen sah. Sein Blick ging in die dunkle Tiefe. Sollte ...

Die Augen der Afrikanerin sagten alles.

Auch die Umstehenden schienen bemerkt zu haben, was sich ereignet hatte.

Madame Luison mußte zu einem Sessel gebracht werden. Ihr Mann rannte auf den Balkon hinaus. Lasalle wich nicht von seiner Seite.

Unten auf dem dunklen Bürgersteig zeichnete sich deutlich etwas Helles ab, und die ersten Menschen versammelten sich vor dem Hotel.

»Nanette«, kam es wie ein Hauch über die schmalen, bleichen Lippen von Monsieur Luison. Er achtete nicht auf die Gäste, die auf den Balkon hinausdrängten. Er wandte sich um, schob die Männer und Frauen einfach zur Seite, rannte quer durch den festlich erleuchteten Saal, der ihm plötzlich wie eine Leichenhalle vorkam. Wo waren die Menschen, die hier eben noch fröhlich waren, getanzt und gescherzt? Der Saal war wie leergefegt.

Mit dem Lift kam Luison unten an. In Schweiß gebadet stürzte er hinaus auf die Straße und mußte sich mühsam einen Weg durch die Menschen bahnen, die sich während der letzten Minuten vor dem Hotel versammelt hatten. Einige gingen bereits wieder davon, andere lachten leise auf, schüttelten den Kopf und entfernten sich wieder.

Afrikaner, Passanten, die durch die nächtliche Straße schlenderten, Hotelgäste, die irgendwie auf das Geschehen aufmerksam geworden waren. Ein Unglück sprach sich schnell herum. Aber – konnte man über ein Unglück lachen?

Luison merkte, wie ihm der Kragen zu eng wurde.

»Weg hier.« Er boxte sich förmlich durch die Umstehenden, die ihm den Weg zu seiner aus dem 17. Stock gestürzten Tochter versperrten. »So machen Sie doch Platz – schnell – gehen Sie auf die Seite!«

Von der anderen Straßenseite näherte sich ein Polizist.

Luison kam alles vor wie ein böser Traum, und er hoffte, bald daraus zu erwachen. Schon jetzt war die Anspannung unerträglich, und man sagte doch, daß der Träumende, sobald er vor eine Situation gestellt wurde, die sein Körper und sein Geist nicht mehr verkraften konnten – sofort aufwachen würde.

Dann stand er vor dem zerfetzten Kleid, das Nanette getragen hatte. Es war blutverschmiert.

Luison schloß sekundenlang die zitternden Augenlider.

»Nanette?« fragte er flüsternd, heiser, benommen, und seine Stimme klang eher wie ein Krächzen.

Nur das blutverschmierte Kleid lag vor seinen Füßen. Eine leere Hülle.

Keine Spur von der Toten ...

***

»Da hat sich jemand einen makabren Scherz erlaubt.« Die Stimme von Lasalle, dem reichen Goldminenbesitzer, klang wie aus weiter Ferne an sein Ohr.

»Reichlich makaber, Lasalle«, bemerkte Luison benommen. Er verstand die Welt nicht mehr.

»Scherz?« meldete sich eine dritte Stimme.

Luison wandte langsam den Kopf. Wie aus dem Boden gewachsen stand ein elegant gekleideter Afrikaner vor ihm. Dunkle, glutvolle Augen. Ein Sportstyp. Ein intelligenter Mann. Dr. Solifou Keita.

»Es ist kein Scherz, Monsieur«, flüsterte Keita. Er sprach gerade so laut, daß Luison ihn verstehen konnte.

»Kein Scherz, Doktor?«

Solifou Keita schüttelte den krausen Kopf. »Ich fürchte, hier geht etwas vor, das ein grausiges Nachspiel haben wird.«

»Wie meinen Sie das?«

»Der Körper fehlt. Wir sehen es alle. Also wird er wiederkommen! Es gibt Dinge in Afrika, die die Weißen vor einem Jahrhundert noch nicht verstanden haben, Dinge, vor denen sie sich schon damals fürchteten und es auch heute noch tun.«

»Zombie?« Gegen seinen Willen sprach Luison diesen Begriff aus. Er zuckte zusammen, als ihm bewußt wurde, daß er laut über seine Lippen gekommen war.

Solifou erwiderte den Blick des Europäers.

»Ein Begriff, der in Afrika oft fällt und den doch die wenigsten verstehen«, sagte er mit klarer Stimme. »Vielleicht eine Art Zombie, der wiederkehrt. Wer weiß? Ich kann hier nur eine Vermutung aussprechen. Wer weiß schon, was hier wirklich vorgeht, Monsieur ...?«

Drei Sekunden lang sprach niemand ein Wort »Sie sollten sich jetzt um Ihre Frau kümmern«, fuhr Dr. Solifou Keita dann fort. »Sie hat einen Blick vom Balkon heruntergeworfen. Man konnte sie nicht davon abhalten. Sie wurde ohnmächtig. Ich fürchte, sie wird einen Schock erleiden, wenn sie aufwacht. Ich habe ihr vorsorglich ein Beruhigungsmittel gespritzt. Es wäre vielleicht gut, wenn sie während der nächsten Stunden unter ärztlicher Aufsicht stünde.«

Luison nickte. Er kam sich mit einem Mal vor wie ein Roboter, der Befehle entgegennahm und dem jedes eigene Nachdenken abgenommen wurde.

»Ja, ja, ich werde dafür sorgen ...«

»Noch besser wäre es vielleicht, sie an einen Ort zu bringen – den Ihre Tochter nicht kennt, Monsieur.«

Luison sah den afrikanischen Arzt an, als wäre er nicht ganz richtig im Kopf. »Ich verstehe Sie nicht, Doktor ...«

»Ich sprach von der Wiederkehr Ihrer Tochter, denken Sie daran!« Keita zog den Franzosen auf die Seite. »Es ist kein Scherz. Aus meinem Mund mag es vielleicht recht seltsam klingen. Ich habe in Ihrem Land studiert. Ich kenne Europa. Aber ich kenne auch meine schwarze Heimat, Monsieur. Wenn Ihre Tochter zurückkommt, wird es zu dramatischen Vorfällen kommen! Sie kehrt als eine Fremde zurück, als eine Tote – die dennoch existiert. Eine Art Zombie, wenn Sie so wollen, und doch ganz anders. Sie ist ein lebender Leichnam, Monsieur! Für mich gibt es keinen Zweifel. Das, was heute nacht hier geschah, ist ein deutliches Zeichen dafür, daß Ihre Familie – ausgerottet werden soll!«

***

In der Nähe von Epernay an der Marne stand die Villa der Familie Simonelle.

Der alte Besitzer war der letzte Nachfahre eines echten Marquis und konnte seinen Stammbaum bis ins 14. Jahrhundert zurückverfolgen.

Vor vierhundert Jahren noch hatte sich hier – mitten in der riesigen Parkanlage, die bis an das Ufer der Marne heranreichte – ein kleines

Schlößchen befunden, von dem jetzt nur noch das baufällige Haupthaus und ein Wirtschaftsgebäude standen, das als Schuppen diente, wo Geräte, ein Leiterwagen, ausgedientes Pferdegeschirr und ein altmodisches Vehikel untergebracht waren. Die beiden Garagen, in denen zwei nagelneue Wagen standen, waren erst vor einigen Jahren errichtet worden. Schon aus Prestigegründen hielt der alte Simonelle – der den offiziellen Titel Marquis bewußt abgelegt hatte – einen englischen Rolls Royce. Der Sohn, Jean-Pierre, war versessen auf einen Rennwagen. Er fuhr einen Alfa Romeo mit einer Sondermaschine: 250 PS. Beide, Vater und Sohn, hatten eine Schwäche gemeinsam: Sie liebten Pferde. Und daß dieses Hobby ausgiebig genutzt wurde, darauf wiesen die Ställe hin, in denen insgesamt fünfzehn Boxen eingebaut waren, die die Vollblüter des Simonelle-Stalles aufnahmen. Außer den halbzerfallenen Gebäuden des ehemaligen Schlößchens und der im 17. Jahrhundert errichteten Prunkvilla, die noch heute vom einstigen Glanz der reichen Simonelles zeugte, gab es die hauseigene Kapelle. Auch die jetzige Familie liebte den Luxus und den Reichtum. Zahlreiche von ihm ausgeschöpfte Diamantvorkommen hatten Simonelle zu einem der reichsten Männer Frankreichs werden lassen.

In der Kapelle wurden die neugeborenen Simonelles getauft; dort wurden Hochzeiten geschlossen und Totenmessen gelesen. Gleich neben der Kapelle, durch einen gewölbeähnlichen verschlossenen Eingang versperrt, befand sich die Familiengruft.

In der Kapelle waren zur Totenfeier für die auf tragische Weise ums Leben gekommene Charlene Simonelle die engsten Familienmitglieder versammelt.

Der wuchtige Eichensarg war mit zahlreichen Messing- und Bronzeverschlägen versehen. Auf dem Deckel war in eine Platte das Familienwappen der Simonelles eingraviert: zwei gekreuzte Schwerter unter zwei gekreuzten Lilien.

Madame und Monsieur Simonelle und der letzte Sohn der Familie nahmen in der vordersten Bankreihe Platz.

Ein Meer von Kränzen und Blumengebinden umgab den Sarg, der links und rechts von jeweils fünf mannshohen, eisengeschmiedeten Kerzenständern flankiert wurde, auf denen armdicke Kerzen brannten.

Über dem einfachen Altar hing ein goldenes, künstlerisch wertvolles Kruzifix.

Hinter den Eltern und dem Bruder der Toten saßen in schwarzer Trauerkleidung die Verwandten.

Der Pfarrer hielt nur eine kurze Trauerrede. Nach Rücksprache mit Simonelle vermied er es, auf die genauen Umstände einzugehen, die zum Tod der hübschen Charlene geführt hatten. Er erwähnte nur »den Unfall in der Hauptstadt eines afrikanischen Landes, wo Monsieur Simonelle so oft geschäftlich zu tun hatte.«

Vier Träger kamen hinten aus der düsteren Kapelle und nahmen wortlos den schweren Sarg, um ihn in die angrenzende Gruft zu bringen. Dort sollte Charlene gleich den Gebeinen ihrer Ahnen beigesetzt werden.

Das totenblasse Gesicht der erst vierzigjährigen Madame Simonelle schimmerte hinter dem dichten schwarzen Schleier, den sie über dem Gesicht trug. Ein flehentlicher Blick traf den Gatten, der sich an ihrer Seite erhob.

Simonelle schluckte. Seine Frau brauchte nichts zu sagen. Er las in ihren Augen, was in diesen Sekunden in ihr vorging und worüber sie während der vergangenen drei Tage so oft gesprochen hatten.

»Es ist richtig, glaub' mir.« Seine Lippen bewegten sich kaum, als er sie ansprach, leise und gedämpft, daß niemand sonst es hören konnte. Seine Stimme war nur ein Hauch. »Der Anruf war ein Scherz! Charlene war tot, als sie hier in Europa eintraf, und sie ist tot, glaub' mir! Wir haben drei Tage lang Totenwache an ihrem Sarg gehalten! Es hat sich nichts ereignet. Dein Schmerz war zu groß. Du hast dich an einen Strohhalm geklammert, den es in Wirklichkeit gar nicht gab.«

Sie nickte kaum merklich. Er nahm sie beim Arm, und sie gingen hinter dem Sarg her, den die Träger zu der inzwischen geöffneten massiven Eisentür schleppten.

Kerzen brannten in den kleinen Nischen des rohen Gemäuers. Grob und massig wurden die Schatten des Sarges und der Menschen an die Gewölbedecke geworfen.

Die Träger überschritten gerade die Schwelle zur Gruft, als es geschah ...

Ein gellender und markerschütternder Schrei hallte durch das Gewölbe, daß die Menschen auf der Stelle erstarrten und den Atem anhielten, als würde eine eisige Hand aus der Dämmerung nach ihnen greifen und den Brustkorb zusammenpressen.

Die Träger ließen den Sarg fallen, als hätte ein elektrischer Schlag sie getroffen.

Ein dumpfes Dröhnen hallte durch das Gewölbe, pflanzte sich fort, kehrte als Echo zurück und erfüllte die kleine Totenkapelle.

»Der Sarg!« rief jemand, und die Worte waren so unwirklich, so unglaublich, daß Simonelle sich sträubte, sie wirklich gehört zu haben. »Charlene hat geschrien! Ihre Stimme kam aus dem Sarg!«

Man hätte eine Stecknadel fallen hören können, so ruhig war es.

Simonelle faßte sich als erster.

»Unsinn«, murmelte er. Er blickte sich um. Seine Augen schienen die erschrockenen Trauergäste durchbohren zu wollen. Er blickte zur Kapelle vor. Die Tür war spaltbreit geöffnet. Er schluckte. »Es hat sich jemand einen sehr makabren Scherz erlaubt.« Mit einer fahrigen Bewegung strich er sich über seine schweißnasse Stirn und ging dann gemessenen Schrittes zur Tür. »Ich hatte sie geschlossen! Ich weiß es genau!« Er warf einen Blick hinaus in den dämmrigen Park. Ein leichter Wind säuselte in den dichten Wipfeln der alten Bäume, und hinter dem Dickicht rauschte der Fluß. Der Ruf eines Vogels war schwach und fern zu hören. Ein Zweiter antwortete, noch weiter entfernt.

Rundum aber war alles still, dämmrig und verlassen ...

Simonelle jedoch hätte in diesen Sekunden nicht genau zu sagen gewußt, woher der Schrei wirklich gekommen war. Von der Tür her oder aus dem Sarg ...

Er kehrte zu den Wartenden zurück.

»Öffnet den Sarg«, sagte in diesem Moment Madame Simonelle. Ihre Stimme klang ein wenig unsicher, obwohl sie sich bemühte, ihr Festigkeit zu geben.

»Aber Cherie«, hauchte Simonelle. Er starrte seine Frau an, als stünde statt ihrer ein Geist vor ihm.

»Ich will es genau wissen, Philipe«, antwortete sie. Es störte sie nicht, daß man sie anstarrte. Die Sargträger blickten sich ratlos an.

Der Pfarrer fuhr sich mit der Zunge über seine trockenen Lippen. Jedem merkte man an, daß keiner die Situation recht begriff und überhaupt mitbekam. Alles schien hier abzurollen wie ein Film auf der Leinwand.

»Ich bitte dich, Cherie.« Simonelle hob ratlos die Hände. »Ich kann dich verstehen. Du konntest vom ersten Augenblick an nicht glauben, daß sie wirklich tot war. Aber es ist nun mal so, Madeleine. Du mußt dich damit abfinden! Auch der Tod gehört zu unserem Leben!«

Das ganze war ihm peinlich. Es fiel ihm offensichtlich schwer, in diesem Augenblick die richtigen Worte zu finden.

»Öffnet den Sarg!« Madeleine blieb dabei. Es war ihr gleich, was die Umstehenden dachten.

Der Sohn, Jean-Pierre, stützte die Mutter. Über seine blutleeren, zitternden Lippen kam kein Ton.

Zwei Minuten später war der Sarg mit einem rasch herbeigeholten Brecheisen geöffnet. Die angenagelten Bronzescharniere hingen klappernd an den Seiten herab. Als der Deckel dumpf auf den rohen Boden fiel, war Madame Simonelle die erste, die sich über den geöffneten Sarg beugte.

Bleich und leblos lag Charlene Simonelle darin.

Sie hatte die schmalen Hände auf der Brust gefaltet. Die Augen waren weit aufgerissen und der Mund ein wenig geöffnet.

Sie erweckte den Eindruck, als würde sie nur schlafen. Ihr Gesicht war ruhig und entspannt, und um ihre Lippen lag ein leichtes Lächeln.

Langsam kamen die Umstehenden näher und riskierten ebenfalls einen Blick in den geöffneten Sarg.

»Charlene ist tot«, flüsterte Philipe Simonelle. »Das ganze war ein Irrtum.«

»Irrtum, Philipe! Der Schrei kam aus dem Sarg!«

Philipe Simonelle erschrak über die hartnäckige Stimme seiner Gattin.

Madeleine Simonelle wandte sich an ihren Sohn Jean-Pierre. »Geh hinüber ins Haus«, sagte sie mit ruhiger Stimme. Sie sah sich nicht um, obwohl sie die Blicke der anderen beinahe körperlich spürte.

Nichts war ihr peinlich. Sie ging von einer anderen Überlegung aus als Philipe.

»Ruf Dr. de Freille an, bitte! Er soll sofort kommen!«

Jean-Pierre nickte nur und verschwand. Seine Schritte hallten durch das Gewölbe. Dann klappte die Tür zur Kapelle.

Qualvolle Minuten vergingen. Niemand wagte es, eine Bemerkung zu machen. Man sah sich nur an und schwieg, und man war schließlich froh, als Jean-Pierre zurückkam.

»Er ist sofort da, Mutter«, sagte er leise. Er brachte es nicht fertig, laut zu sprechen. Die Umgebung, die Situation hinderte ihn automatisch daran.

Dr. de Freille ließ genau zehn Minuten auf sich warten. Er war der Hausarzt der Familie, ein hervorragender Mediziner, der bereits den Totenschein für Charlene Simonelle ausgestellt hatte.

De Freille brauchte nicht zu fragen, was sich ereignet hatte. Jean-Pierre Simonelle hatte ihn bereits am Telefon über den Vorfall unterrichtet.

»Ich möchte, daß Sie noch einmal eine Untersuchung vornehmen, Doktor«, sagte Madame Simonelle. Die Augen hinter dem schwarzen Schleier funkelten. »Ich fürchte – daß meine Tochter scheintot ist!«

Dr. de Freille schüttelte kaum merklich den Kopf. »Aber Madame«, sagte er leise.

»So etwas gibt es doch, nicht wahr?« Sie ließ ihn erst gar nicht dazu kommen, weiterzureden.

Philipe Simonelle sah hilflos auf den Arzt.

»Ja, natürlich, Madame«, erwiderte de Freille. »Aber es kommt sehr selten vor, und meistens bemerkt man es rechtzeitig.«

»Das ist ein schwacher Trost, den Sie mir da geben. Bitte, untersuchen Sie Charlene noch einmal! Aber gründlich!«

Er tat es. Nichts in seiner Miene ließ erkennen, ob mit Widerwillen oder nicht. Dies hier war nicht nur peinlich für die ganze Gesellschaft, sondern der Vorfall war auch eine Blamage für die Familie Simonelle.

De Freille horchte die Herztöne ab und hielt der Toten einen Spiegel vor den Mund.

Bedauernd schüttelte er den Kopf. »Charlene ist tot, Madame! Und keine Macht der Welt kann sie wieder lebendig machen!«

»Aber der Schrei, wir haben es gehört – wir haben es doch alle gehört«, schrie Madeleine plötzlich, und ihre Stimme hallte laut und schrecklich durch das Gewölbe und die dämmrige Kapelle. »Wir haben es doch alle gehört! Oder etwa nicht?«

Hilfeheischend sah sie sich um. Man wich vor ihr zurück wie vor einer Wahnsinnigen, die plötzlich gefährlich wurde.

Madeleine Simonelle lachte plötzlich, und es hörte sich in dieser Umgebung so schaurig an, daß es Philipe Simonelle eiskalt über den Rücken lief.

»Oder bin ich etwa schon verrückt? Leide ich unter Halluzinationen?« Sie sah einen nach dem anderen an. Aber niemand antwortete ihr.

»Wir haben es gehört, Cherie, wir alle. Aber niemand ist sich offenbar sicher, ob der Schrei wirklich aus dem Sarg kam. Er kann auch von der Tür her gekommen sein.« Philipe Simonelle legte den Arm um die Schultern seiner Gattin. Sie schmiegte sich an ihn, und dann folgte der Zusammenbruch. Ein Schluchzen schüttelte ihren Körper.

Die Blicke des Arztes und Simonelles trafen sich.

»Ich werde mich um sie kümmern«, sagte Dr. de Freille. »Sie braucht dringend Ruhe. Das alles war zuviel für sie. Wir sollten sie hinüber ins Haus bringen. Ich werde ihr eine Spritze geben.«

»Sie kann die Wirklichkeit nicht mehr von der Wunschwelt unterscheiden, Doktor«, flüsterte Philipe Simonelle ihm zu. »Auch mir war es so, als ob der

Schrei aus dem Sarg gekommen wäre. Aber dann habe ich die offenstehende Tür gesehen. Jemand war in der Nähe, jemand hat sich während der Totenmesse im Park versteckt gehalten. Mit uns wird ein schauriges, makabres Spiel getrieben, Doktor! Es fing mit der Reise meiner Tochter nach Afrika an, und es setzte sich fort mit der Überführung ihrer Leiche aus Conakry. Ich glaube, ich bin Ihnen eine Erklärung schuldig, Doktor. Ich werde Sie in gewisse Dinge einweihen müssen ...«

Er gab den Trägern das Zeichen, den Sarg wieder zu verschließen.

Madeleine Simonelle bemerkte es. Sie riß sich los. »Nicht!« rief sie. »Laßt den Deckel weg!« Ihre Stimme überschlug sich. »Wenn sie zu sich kommt – dann soll sie nicht wieder so schreien, ich ...«

Weiter kam sie nicht. Ein erneuter Weinkrampf packte sie, stärker als zuvor. »Bitte, Philipe«, flehte sie schluchzend, mit tränenerstickter Stimme. »Bitte, laß den Sarg geöffnet! Laß ihn geöffnet in der Gruft stehen! Wir setzen Charlene ein anderes Mal bei. Vielleicht morgen, vielleicht übermorgen – aber schick jetzt alle weg, bitte, schick alle weg! Wir sehen nachher noch einmal nach Charlene, ja?«

Dr. de Freille gab Philipe ein stummes Zeichen.

»In Ordnung, Cherie«, hauchte Simonelle mit schwerer Stimme. »Ich laß' den Sarg nur in die Gruft tragen. Alles bleibt unverändert.«

»Danke«, antwortete Madeleine mit schwacher Stimme.

Während die Träger den schweren Sarg in die Gruft schleppten, in der zahlreiche geweihte Kerzen flackerten, bemühten Philipe und Jean-Pierre Simonelle sich um Madame Madeleine, die kaum noch fähig war, sich auf den Beinen zu halten. Sie brachten sie hinüber ins Haus.

Der Pfarrer bat die anwesenden Trauergäste, nach Hause zurückzukehren und den weiteren Lauf der Dinge abzuwarten.

Am Hauseingang kam ihnen jedoch noch einmal Philipe Simonelle entgegen und entschuldigte sich mit knappen Worten für den Vorfall.

»Aber da war wirklich ein Schrei. Wir haben es alle gehört«, bekam er von dem Bruder seiner Gattin zu hören. »Die Träger waren so erschrocken, daß sie den Sarg fallen ließen. Aber eine Tote ...« Er setzte seine Ausführungen nicht fort.

»Eben. Eine Tote kann nicht mehr schreien. Ich fürchte, ich weiß bereits, wem wir diesen schaurigen Zwischenfall zu verdanken haben.«

»Du solltest die Polizei benachrichtigen«, bekam er von einer ältlichen Cousine zu hören.

»Ja, das werde ich wohl noch tun ...«

»Wie geht es Ihrer verehrten Frau Gemahlin?« wollte der Pfarrer wissen, bevor auch er ging.

»Doktor de Freille hat ihr eine Beruhigungsspritze gegeben. Sie fühlt sich im Augenblick wohl. Ich glaube, daß sie diesen Schwächeanfall rasch überwunden haben wird. An sich hat meine Frau eine feste Konstitution ...«

Er kehrte in das Wohnhaus zurück. Sein Gesicht war ernst ...

Dr. de Freille war überzeugt davon, daß alles einen guten Verlauf nehmen würde. Er blieb knapp eine Stunde im Haus der Simonelles. Madame erholte sich zusehends. Sie war jetzt sehr ruhig. Das Mädchen brachte ihr eine heiße Suppe, und noch ehe de Freille ging, war Madeleine Simonelle nicht mehr im Bett zu halten.

»Ich bin doch keine alte Frau, Doktor«, sagte sie. Ihr bleiches Gesicht hatte ein wenig Farbe bekommen. »Ich verspreche Ihnen, vernünftig zu sein. Ich werde mich hier in den Lehnsessel setzen und in einer Zeitschrift blättern. Und wenn ich mich müde fühle, werde ich sehr früh zu Bett gehen. Meine Familie werde ich bitten, mich allein zu lassen. Ich muß über verschiedene Dinge nachdenken ...«

Mit keinem Wort mehr erwähnte sie den ungewöhnlichen Vorfall in der Kapelle. Auch ihr Mann und Doktor de Freille unterließen es wohlweislich, irgend etwas darüber zu sagen.

Madeleine Simonelle ließ sich eine Illustrierte bringen, setzte sich in den gemütlichen Sessel und deckte die Beine mit einer Wolldecke zu. Entspannt lehnte sie sich zurück.

»Wenn noch irgend etwas sein sollte, Cherie, dann laß es mich bitte wissen«, sagte Philipe Simonelle von der Tür her.

Sie nickte. »Ich möchte nur allein sein, das ist alles.«

Er wollte die Tür hinter sich zuziehen, als sie ihn zurückrief. »Da ist noch etwas, Philipe«, begann sie leise. Sie war sehr ruhig und gefaßt. Sie machte ihm einen beinahe zu ruhigen Eindruck.

»Der Anrufer vor drei Tagen – er sagte doch auch etwas darüber, daß Charlene nur scheintot wäre, nicht wahr?«

»Du hast das falsch verstanden, Madeleine«, entgegnete er. »Ich wäre selbst beinahe darauf hereingefallen. Du weißt, daß wir Feinde in Guinea haben. Es gibt dort eine Gruppe, die es offensichtlich darauf anlegt, gewisse Europäer zu schädigen. Und ... aber darüber möchte ich jetzt nicht mehr sprechen, Liebling. Du sollst dich nicht wieder aufregen.«

Sie nickte. Ihre Augen waren dunkel und ernst. »Schon gut. Wir sprechen ein andermal darüber.«

Er schloß die Tür hinter sich. Madeleine Simonelle hörte, wie er die knarrenden Treppen in den zweiten Stock hinaufging, in die große Bibliothek. Noch ein Stockwerk höher befanden sich die Zimmer für ihren Sohn Jean-Pierre und für ihre Tochter Charlene ... Der Gedanke an sie trieb ihr wieder die Tränen in die Augen. Aber sie erregte sich nicht mehr so stark wie in der Kapelle.

Achtlos blätterte sie in der Zeitschrift. Im Haus war es still. Draußen nahm die Dämmerung zu. Die alten knorrigen Bäume wirkten wie eine einzige, düstere Mauer, die das Anwesen umschlossen.

Durch das halbgeöffnete Fenster hörte sie das gleichmäßige Rauschen des Flusses.

Sie konnte keinen klaren Gedanken fassen. Immer wieder mußte sie an Charlene denken.

Es war eigenartig. Warum weigerte sich Philipe, ihr genauen Einblick in den Inhalt des Telefongespräches zu geben? Wußte er mehr?

Und da war noch etwas, das ihr nicht aus dem Sinn ging und das niemand von den Trauergästen, weder von Jean-Pierre noch ihrem Mann, ja nicht einmal Dr. de Freille bemerkt hatte: Charlenes Augen waren offnen gewesen, vorhin im Sarg.

Als man sie aber in den Sarg gelegt hatte – waren ihre Augen geschlossen gewesen ...

Zehn Minuten vergingen. Dann hielt sie es nicht mehr aus.

Madeleine Simonelle zog die Wolldecke von den Beinen herunter, schlang den Gürtel des eleganten Morgenmantels enger um die Hüften und verließ ihr Zimmer.

Das Mädchen hantierte noch in der Küche. Madeleine Simonelle ging auf sie zu.

»Claudine – falls mein Mann nach mir fragen sollte: Ich mache noch einen kleinen Spaziergang durch den Park. Der Abend ist herrlich. Die Luft und die Ruhe werden mir guttun.«

»Ja, Madame. Kann ich noch etwas für Sie tun?«

»Nein, danke. Im Moment nicht. Vielleicht, wenn ich zurückkomme.« Sie lächelte matt und verließ über den Seitenausgang, der auf die große Terrasse führte, die Villa.

Über dem Eingang brannte nur die einsame, schwache Lampe.

Dunkelheit umgab sie, als sie auf dem Weg zur Bank unter den drei dicht beisammenstehenden Eichen ging. Sie spielte einen Augenblick lang mit dem Gedanken, sich hinzusetzen und ihren Gedanken nachzuhängen. Doch dann unterließ sie es. Sie warf einen Blick zum Haus zurück. Hinter den zugezogenen Vorhängen in den oberen Stockwerken brannte Licht. In der ersten Etage sah sie deutlich die Silhouette ihres Mannes mitten im Raum. Jetzt wandte er sich um, ging hinüber zu einem der wandhohen Regale und griff nach einem Buch ...

Madeleine Simonelle näherte sich auf dem Kiespfad der kleinen, düsteren Kapelle. Sie ging hinein und starrte mit brennenden Augen hinüber zu der noch offenstehenden Tür, die in die Familiengruft der Simonelles führte.

Ein tiefer Atemzug hob und senkte die Brust der blassen Französin.

Die Kerzen flackerten lautlos und warfen bizarre Schatten an die Wände und die Decke der Kapelle. Sie ging um das Podest herum, auf dem der Sarg gestanden hatte. Dann näherte sie sich dem gewölbeähnlichen Eingang zur Gruft. Auch hier brannten noch die Kerzen.

Es roch nach Wachs.

Madeleine ging in die Gruft und sah die gewaltigen Steingräber, unter deren schweren Platten die Vorfahren der Simonelles ihre ewige Ruhe gefunden hatten. Auf den Platten waren die Namen, Geburts- und Sterbedaten tief eingemeißelt.

Auch für Charlene war ein Steingrab vorbereitet. Die Abdeckplatte stand an der Wand. Ihr geöffneter Sarg befand sich genau zwischen zwei gewaltigen Säulen, die die Gruft stützten.

Auf steinernen, halbhohen Säulen standen flache Schalen, in denen Öllichter flackerten.

Madeleine Simonelle hatte nur Augen für den Sarg, in dem ihre Tochter lag. Sie wollte es noch einmal ganz genau wissen und sich orientieren, ob sie vorhin doch keiner Täuschung zum Opfer gefallen war. Unter der Wirkung der Droge, die Dr. de Freille ihr injiziert hatte, war sie noch immer verhältnismäßig ruhig und gelassen.

Sie beugte sich nach vorn. Da war ihr, als ob jemand hinter ihr stünde. Sie sah den Schatten neben sich auftauchen.

Blitzschnell wirbelte sie herum.

Ihre Augen weiteten sich. Sie konnte nicht an das glauben, was sie sah.

»Char ...«, sagte sie nur. Sie kam nicht mehr dazu, den Namen zu Ende zu sprechen.

Der Schatten stürzte sich auf sie. Eine Bestie schien sich ihrer zu bemächtigen.

Gierig griffen die Hände nach ihr. Mit vor Entsetzen geweiteten Augen starrte Madeleine Simonelle auf das, was ihre Tochter sein mußte.

Ein Ungeheuer, eine Bestie! Das einstmals hübsche, ebenmäßige Gesicht der anziehenden Charlene war zur Fratze verzerrt. Es war das häßlichste, widerlichste und abstoßendste Gesicht, das sie jemals in ihrem Leben gesehen hatte.

Zorn und Abscheu, Wahnsinn und Mordgier flackerten im irren Blick dieser Augen. Die Mundwinkel waren verächtlich nach unten gezogen, die Haare hingen ins Gesicht.

Madeleine Simonelle war wie gelähmt, als die Schale mit dem brennenden Öl ihr mitten ins Gesicht geschleudert wurde. Ihre Haare und ihre Kleidung fingen Feuer.

Mit einem gurgelnden Aufschrei warf sie sich herum und schlug heftig nach den züngelnden Flammen, die über ihre Haut liefen.

Wahnsinnige Schmerzen breiteten sich auf ihrem Körper aus. Plötzlich kam der Sturz in die Tiefe: Charlene stieß Madeleine mit beiden Händen in das Steingrab!

In den gellenden Todesschrei der Verbrennenden, die dumpf und schwer unten aufschlug, mischte sich der markerschütternde, schrille Aufschrei der jungen Charlene Simonelle, deren Leichnam zum Leben erwacht war ...

***

Es war der gleiche Schrei, den er schon einmal gehört hatte. Wie von einer Tarantel gestochen stürzte Philipe Simonelle ans Fenster und riß es auf.

Er lauschte in die Nacht. Da war er noch einmal, ein Schrei aus der Kapelle, aus der Gruft ...

Wie von Sinnen stürzte Simonelle die Treppenstufen hinab. Er hörte, daß sein Sohn folgte.

»Vater! Was ist denn?! Vater!«

Es war eine Nacht, die beide nie mehr vergessen würden; es war jene Nacht, in der Philipe Simonelle zum ersten Mal anfing, an seinem Verstand zu zweifeln.

***

Er wußte nicht mehr, wann er nach Hause kam. War es Mitternacht, graute der Morgen schon?

Er warf keinen Blick auf die Uhr, und es interessierte ihn auch nicht. Er war wie ausgehöhlt.

Monsieur Gerard Luison bewohnte einen der modernen Bungalows an der Peripherie von Conakry. Viele Europäer lebten hier: Franzosen, Engländer und Deutsche. Auch Amerikaner. Die afrikanischen Bürger in dieser Straße waren zu zählen. Die Grundstücke waren teuer, und nur höhere Staatsbeamte, Rechtsanwälte, Ärzte und einige Fabrikanten konnten sich ein Haus hier in diesem Viertel leisten.

Luison machte sich nicht die Mühe, die Garage abzuschließen. Er mußte an Nanettes Schicksal denken und an seine Gattin, die im Krankenhaus lag.

Als er vor der Eingangstür stand, wurde ihm bewußt, daß er mit den Autoschlüsseln versuchte, die Haustür zu öffnen.

Sofort nach seinem Eintritt rief er die Polizei an, die sich der mysteriösen Angelegenheit angenommen hatte. Von Nanette hatte man schließlich nur ein blutverschmiertes Kleid gefunden. Die Suche nach ihr war aufgenommen worden.

Von einem Beamten erfuhr er, daß man bisher noch nicht den geringsten Hinweis gefunden hatte. Sobald man etwas Neues erfuhr, würde er Bescheid erhalten. Schwer ließ Luison den Hörer auf die Gabel zurückfallen.

Er warf einen Blick hinaus auf die Terrasse, der sich ein ausgedehnter, gepflegter Garten anschloß.

Ihm wurde bewußt, daß bis zu diesem Augenblick noch keiner der zehn Diener und Dienerinnen, die es im Hause gab, aufgetaucht war. Einer hatte immer Dienst, um selbst zu nachtschlafender Zeit den heimkehrenden Herrschaften noch zur Hand zu gehen.

Gerard Luison löste den oberen Kragenknopf. Ihm wurde mit einem Mal heiß.

Er ging durch das ganze Haus und rief verschiedene Namen. Niemand meldete sich. Da lief er zum Seiteneingang, durch den die Angestellten das Haus betraten. Hinter der Tür folgte ein schmaler Durchlaß, der zu dem flachen, unmittelbar hinter der Garage liegenden Gebäude führte, in dem die Hausangestellten wohnten

Die Zimmer lagen in völliger Dunkelheit.

Zu seiner Überraschung fand Gerard Luison sämtliche Türen zu den ebenerdigen Zimmern nur angelehnt.

»Kono? Damany? Aly? Zambo?« Er rief die Namen, stürzte in die Zimmer und knipste das Licht an. Die Schlafstellen waren unberührt. Die Zimmer waren leer. Kein Diener war im Haus.

Luison fühlte, wie seine Hände zu zittern anfingen. Der Schweiß stand auf seiner Stirn.

»Es ist nicht wahr – es kann nicht wahr sein«, kam es über seine Lippen. »Sie schmieden ein Komplott gegen mich. Das alles paßt zusammen. Sie wollen mich vernichten.«

Er rannte wie von Sinnen ins Haus zurück. Als er in dem geräumigen, achtzig Quadratmeter großen Wohnzimmer stand, fiel die Spannung von ihm ab wie eine zweite Haut. Er wußte plötzlich nicht mehr, was er eigentlich anfangen sollte. Er drehte sich ständig im Kreise. Es hatte keinen Sinn, jetzt die guineische Polizei anzurufen und ihr mitzuteilen, daß seine Dienerschaft ihm weggelaufen war. Das war etwas, was er allein bewältigen mußte.

Benommen stieg er die Treppen zu den Schlafräumen hoch, ohne daß ihm das so recht bewußt wurde. Er sehnte den Tag herbei und hoffte, daß bald die Sonne schien.

Er fühlte sich matt, niedergeschlagen und todmüde, und doch war kaum damit zu rechnen, daß er jetzt, nach all den Vorfällen, die sich förmlich jagten, noch Ruhe fand.

Um in sein Schlafzimmer zu kommen, mußte er an Nanettes Zimmer vorüber. Auch hier stand die Tür offen.

Er warf einen Blick hinein und erstarrte.

Mitten im Raum stand ein schwarzer, klobiger Sarg.

Eine volle Minute verging, ehe er sich entschloß, den Fuß über die Türschwelle zu setzen.

Das Teufelskarussell drehte sich weiter, schoß es ihm durch den Kopf. Ein Rädchen griff ins andere, ohne daß ihm klar wurde, was sich hier eigentlich abspielte.

Der Sarg mitten im Zimmer Nanettes war leer.

Luison versuchte vergebens, Licht anzuknipsen. Er mußte sich mit der Helligkeit zufrieden geben, die von dem breiten Korridor draußen in das dämmrige Zimmer fiel.

Dem Sarg entströmte ein eigenartig süßlicher Duft.

Aus den Augenwinkeln heraus nahm Luison wahr, daß da noch etwas im Raum stand – in der linken hinteren Ecke.

Eine reglose Gestalt!

Er wollte sofort zurückweichen, doch da erklang die Stimme in dem dämmrigen Raum ...

»Bleiben Sie hier, Monsieur! Es wird Sie vielleicht interessieren, was aus Ihrer Tochter wurde. Sie wollen sie doch wiedersehen. Oder etwa nicht?« Die Stimme klang ruhig, aber dumpf; deutlich war ihr der guineische Akzent anzuhören.

Luison starrte wie hypnotisiert auf die finstere Gestalt, die sich noch immer nicht regte.

Sie überragte ihn etwa um zwei Köpfe und trug ein langes, aus dichten Grasbüscheln zusammengesetztes, bis an die Füße herabreichendes Gewand. Von einem eigentlichen Gesicht im wahrsten Sinn des Wortes konnte man nicht sprechen. Die Gestalt trug auf den Schultern eine abschreckende, grellbemalte Fratze. Eine Maske, die ihn bedrohte, die so abstoßend war, daß ein Schauer über seinen Rücken lief.

Es war eine der legendären Ritualmasken, die man eigentlich nur noch in Museen und bei völkerkundlichen Ausstellungen oder Veranstaltungen zu sehen bekam.

Sie stammte aus der Frühzeit Guineas. Es war eine jener Masken, die bei Menschenopfern, bei Mondschein-Orgien in den afrikanischen Dschungeln und bei Kriegs- und Fruchtbarkeitstänzen einst eine große Rolle gespielt hatten. Vom finstersten Dschungel aus der Vergangenheit war etwas herübergekommen in diese moderne Wohnung des 20. Jahrhunderts!

Ein dumpfes Murmeln erfüllte den Raum. Angst und Ratlosigkeit spiegelte sich im Blick des Franzosen.

»Setzen Sie sich Monsieur«, sagte da die dunkle Stimme. »Und hören Sie gut zu! Vergessen Sie kein Wort von dem, was Sie jetzt zu hören bekommen!«

***

Zwischen den am Straßenrand stehenden Palmen bewegte sich eine geschmeidige Gestalt. Am Ende der Kreuzung, die etwa dreihundert Meter zurücklag, stand ein unbeleuchtetes Auto, von dem aus die lautlose Gestalt ungesehen in die Nähe des Hauses gelangt war, in dem der reiche Franzose Gerard Luison lebte.

Der Mann, der sich um diese späte Stunde für Luison und sein Anwesen interessierte, schien einen genauen Plan zu verfolgen.

Ungesehen übersprang er die niedrige Mauer, näherte sich geduckt der von zahlreichen Zierpalmen und herrlich blühenden Blumensträuchern umwachsenen südlichen Hauswand, von der aus ein direkter Zugang über die Terrasse möglich war.

Der Mann trug eine enggeschnittene, knappsitzende, cremefarbene Hose, die ausgezeichnet zu seinem dunkelblauen Sporthemd paßte, an dem er einen knallroten Krawattenschal trug.

Er bewegte sich mit dem Tempo und der Sicherheit einer Wildkatze. Er schien sich nur auf ein einziges Ziel zu konzentrieren, achtete aber in Wirklichkeit mit höchster Intensität und Aufmerksamkeit auf alles in seiner unmittelbaren Umgebung.

Der Mann war Larry Brent, der beste Mann der PSA ...

***

Sie schrie.

Die Adern an ihrem Hals schwollen an, so sehr brüllte sie. Doch ihre Schreie gingen im rhythmischen und lautstarken Tam-Tam der Urwaldtrommeln unter, deren monotones Hämmern dumpf durch die düsteren Wälder hallte.

Sie sah die unheimlichen Gestalten, die ihren Sarg umstanden und sich über sie beugten. Gierige, mit Erdfarben bemalte Hände griffen nach ihr. Ein riesiges, abschreckendes Gesicht tauchte über ihr auf. Wilde Schreie hallten durch die Luft; sie atmete den Geruch scharfer Gewürze und scharfen Schweißes ein.

Sie sah das Flackern kleiner Feuer, um die ebenfalls Gruppen dunkelfarbiger Tänzer und Tänzerinnen tanzten. Ihre Oberkörper waren nackt. Der Schweiß lief in Bächen über ihre Schulterblätter, über ihre Gesichter und ihre Arme.

Die Mädchen warfen mit hohen, schrillen Schreien ihre schlanken Arme hoch. Sie drehten sich und tanzten in einem Rhythmus, der immer wilder wurde, immer ekstatischer.

Nanette Luison wimmerte vor sich hin. Die Mädchen schwenkten Fackeln über sie hinweg. Sie blickte an sich herunter und erkannte, daß sie vollkommen nackt war.

Die Französin versuchte sich aufzurichten, aber es gelang ihr nicht. Es war, als ob unsichtbare Ketten über ihren Körper gespannt wären. Irgend etwas hinderte sie und lag über ihr wie eine gläserne Wand. Sie atmete schnell und unregelmäßig. Der Schlag ihres Herzens schien sich mit dem anschwellenden Rhythmus der Trommeln zu beschleunigen.

Plötzlich waren die Menschen verschwunden. Sie sah nicht mehr die schweißüberströmten nackten Oberkörper der jungen Frauen und athletischen Männer.

Gestalten aus einem Alptraum umringten sie.

Unheimliche Masken starrten sie an. Wesen, die in einen hartgebrannten Mantel aus Lehm gehüllt schienen, deren überdimensionaler Kopf wie eine riesige, übergestülpte Vase wirkte, in die man nur Löcher für die Sinnesorgane gebohrt hatte.

Masken, die so unheimlich, so drohend waren, daß Schauer des Entsetzens sie packten.

Nanette Luison wandte und drehte den Kopf, doch auf welche Seite sie auch sah: Sie waren überall. Links, rechts, unten, oben – und es wurden immer mehr.

Die seltsam geformte Kiste, in der sie lag, erinnerte sie an einen Sarg, aber sie wollte das nicht wahrhaben.

Sicher lag sie in ihrem Bett. Sie träumte und hoffte, jeden Augenblick aufzuwachen ...

Das Karussell der Schrecken aber setzte sich fort.

Eine riesige, menschenähnliche Gestalt füllte ihr Blickfeld aus. Dumpfes Gemurmel mischte sich in das ohrenbetäubende Tam-Tam der Trommeln. Die Gestalt vor ihr trug einen hohen Federbusch aus seltenen kostbaren Federn fremdartiger Urwaldvögel. Sein Kopf wirkte durch die unheimliche Maske doppelt so groß.

Er streckte seine Hand nach ihr aus.

Sie erkannte den winzigen, gefiederten Pfeil. Für einen Augenblick sah es so aus, als wolle er ihn auf sie schleudern. Sie schloß schon die Augen. Da fühlte sie einen kaum merklichen, feinen Einstich unmittelbar an ihren Schultern.

Aus den Augenwinkeln heraus nahm sie den winzigen Fremdkörper wahr, der in ihrer Haut steckte.

Sie schrie wie von Sinnen, obwohl sie nicht den geringsten Schmerz empfand. Und mit einem Mal sah sie einen zweiten dieser winzigen gefiederten Pfeile, direkt unterhalb ihres Ellbogens.

Ein geheimnisvolles, fremdartiges Ritual, dessen Sinn sie nicht verstand, rollte vor ihr ab. Sie war die Hauptperson in diesem Ritual. Sie fühlte die Benommenheit, die mit einem Male von ihr Besitz ergriff. Das Tam-Tam der Trommeln wurde zu einem wilden Orkan, zu einem Rauschen, das tief in ihr Bewußtsein drang. Alles verschwamm vor ihren Augen, als stünde sie plötzlich unter einer Droge. Die unheimlichen Gestalten, die drohenden, scheußlichen Masken wurden zu verzerrten riesigen Schemen.

Sie hörte Stimmen, die sich unter die Geräusche mischten, sie glaubte mehrmals ihren Namen zu hören, und sie war fest davon überzeugt, daß sie auch Antwort gab.

»Nanette Luison – Nanette Luison.« Wie ein fernes Echo drang es an ihr Ohr. Unwirklich, fremd, traumartig. Sie fühlte sich seltsam verändert. Sie hatte kein Gefühl mehr für ihren Körper, kein Gefühl mehr für die Zeit.

»Naaaanette ...«

»Jaaaaa ...«

Sie bewegte die Lippen, aber kein Laut kam aus ihrer Kehle.

Sie erlebte die Dinge wie in einem Rausch, wie in einem Traum. Immer wieder drängte sich ihr dieser Vergleich auf. Sie sah Farben und Dinge, die dem Gehirn nur unter der Einwirkung einer Droge vermittelt wurden oder die im Traum erschienen.

Dann überfiel sie urplötzlich wieder die nackte Angst.

Nanette fühlte, daß irgend etwas vorging, das ihren Geist verwirrte und sie an den Rand des Wahnsinns trieb.

Ihr Körper spannte sich wie unter einem Krampf. Die Augen fielen ihr zu. Sie schlief. Es war ein Schlaf in den Tod.

Sie atmete tief und ruhig. Als sie die Augen aufschlug, fühlte sie sich merkwürdig entspannt.

Da war irgend etwas gewesen, hämmerte es in ihr ...

Und die Erinnerung setzte schlagartig ein. Dieser Traum, dieser schreckliche Traum! Die scheußlichen Gestalten, die gefiederten Pfeile.

Sie richtete sich auf. Sie lag in ihrem Bett – glaubte sie im ersten Augenblick.

Doch dann folgte das wirkliche Erwachen.

Es traf sie wie eine eiskalte Dusche.

Sie saß in einem Sarg! Sie blickte über die flachen Seitenwände hinweg. Eine geheimnisvolle Lichtquelle tauchte den Raum, in dem sie sich befand, in dämmriges Licht.

Rundum hingen Spiegel. Ihre Augen weiteten sich, als sie sich selbst darin sah. Ihr ganzer Oberkörper war bedeckt mit zahllosen winzigen gefiederten Pfeilen. Doch nirgends zeigte sich ein Blutstropfen. Es war, als ob man bestimmte Nervenstränge, die sich auch auf dem Nacken und der Schädeldecke fortsetzen, punktiert und mit geheimnisvollen Essenzen und Kräuterauszügen getränkt hätte.

Sie streckte die Hände aus und berührte ihr Spiegelbild.

»Mein Gott!« stöhnte sie. »Ich kann nicht mehr aufwachen. Ich kann nicht mehr aufwachen!«

***

Er war gehorsam wie ein Kind, dem man etwas versprochen hatte.

Würde diese rätselhafte nächtliche Begegnung ihm völlige Aufklärung bringen?

»Was wissen Sie von Nanette?« fragte er rauh. Er konnte seine Blicke nicht von der geheimnisvollen, reglosen Gestalt in der Ecke wenden, deren weißumränderte Augen hypnotisch auf ihn gerichtet waren. »Warum wurde sie entführt? Das Kleid auf der Straße – ihr Kleid – nur mit bloßer Absicht dahingeworfen, um uns völlig zu verwirren, nicht wahr?«

»Ich bin gekommen, um mich mit Ihnen zu unterhalten, Monsieur Luison. Ich gehe dabei nicht so weit, auf Ihre Vermutungen einzugehen, noch habe ich ein Interesse daran, Ihre Fragen zu beantworten. Ich bin hier, um Ihnen zu helfen ...«

»Dann tun Sie endlich etwas!« Luison war aufgebracht.

»Sie sollten sich besser beherrschen lernen, Monsieur.« Die Stimme klang um eine Nuance schärfer, und Gerard Luison schloß sekundenlang die Augen und ballte die Hände zu Fäusten. Ja, er mußte sich beherrschen, er wußte es, aber wie schwer fiel es ihm gerade in diesem Augenblick. Am liebsten wäre er aufgesprungen und hätte den Burschen, der stur und steif in der dunklen Ecke stand, niedergeschlagen. Aber einen solchen Gefühlsausbruch konnte er sich nicht leisten. Er stand im Augenblick auf der Verliererseite und mußte nachgeben. Vielleicht war doch noch etwas zu gewinnen. Er mußte Geduld aufbringen ...

Sekunden qualvollen Schweigens vergingen. Luison kam es vor, als würde eine ganze Stunde vergehen, ehe sich der geheimnisvolle Besucher mit der abschreckenden Maske weiterzusprechen bequemte.

Der Franzose lauschte auf jedes Wort. Er hoffte, nicht nur mehr über das

Schicksal seiner Tochter zu erfahren, sondern durch die Stimme, vielleicht durch ein unbedachtes Wort, herauszufinden, wer sich hinter der Maske verbarg. Ein Fremder konnte es nicht sein. Es mußte sich um jemand handeln, der hier sehr genau Bescheid wußte, der auch die Macht hatte, die abergläubischen Eingeborenen, die in diesem Hause Dienst taten, einzuschüchtern und zu vertreiben.

»... warum dies alles geschieht, darüber erübrigt sich jede Diskussion, Monsieur. Es muß geschehen. Sie haben sich eines Verbrechens schuldig gemacht, das Sie nie wieder gutmachen können. Sie haben ausgebeutet, Sie haben gemordet ... »

»Das ist nicht wahr!« Luisons Erwiderung war ein einziger Aufschrei.

»Sie und manch anderer Europäer.«

Er hatte es geahnt. Hier stand ein Rassenproblem zur Debatte. Ein Rassenproblem – dem Nanette zum Opfer gefallen war.

»Doch das alles ist unwichtig. Wir wollen nur von Ihrer Tochter sprechen. Sie wird zu Ihnen zurückkehren. In spätestens vierundzwanzig Stunden wird sie wieder in diesem Haus sein. Bereiten Sie sich darauf vor! Sie wird in einem Sarg zurückkehren – in einem Sarg, wie er hier vor Ihnen im Zimmer steht!«

»Verbrecher«, preßte Luison zwischen den Zähnen hervor.

Luisons Augen brannten. So sehr er sich auch anstrengte, er konnte nicht sehen, daß die Lippen seines rätselhaften Besuchers sich bewegten. »Ihre Tochter wird nicht tot sein. Sie kommt als – eine andere hier an!«

»Wenn ich mich nicht täusche, dann habe ich so etwas Ähnliches heute abend schon einmal gehört. Im Gespräch mit einem Arzt.«

»Dieser Mann hatte vielleicht nicht unrecht, wenn er etwas Derartiges erwähnte. Offenbar kennt er sich ein wenig in der Macht der Zauberpriester aus. Unsere Medizinmänner verfügen noch heute über Kenntnisse, vor denen auch ein studierter Mann oft kapitulieren muß. Ihre Tochter wurde von der Strafe der ›Gnamous‹ getroffen. Diese Strafe fügten manche Malinke-Stämme ihren größten Feinden zu. Sie schickten ihre Todfeinde als Leichnam zurück, als Leichname, die zu bestimmten Stunden wieder erwachten und dann im feindlichen Dorf umgingen, wo sie Angehörige, Freunde, Verwandte und Bekannte massakrierten. Sie gingen um zu nächtlicher Stunde, und niemand verdächtigte einen Toten ...«

»Unsinn!«

»Das dachten Petersen in Deutschland, Ricon in Frankreich und Whitness in England auch. Sie bestatteten die Toten, obwohl sie unsere Warnung kannten. Sie haben – Scheintote beerdigt! Sie setzten Lebende bei, die erst in den Gräbern umkamen!«

Luison erschauerte, als er sich das vorstellte.

»Sie haben unsere Warnung – ebenso wie Sie – in den Wind geschlagen. Sie wollen sich doch nicht am Tod Ihrer Tochter schuldig machen, nicht wahr?« Die letzte Frage klang fast ein wenig spöttisch.

Der geheimnisvolle Besucher fuhr fort. »Sorgen Sie dafür, daß nach der dreitägigen Totenwache, die in ihren Kreisen doch wohl noch üblich ist, der Sarg nicht in die Erde versenkt wird! Lassen Sie ihn ruhig im Zimmer stehen! Ihre Tochter wird ihn dringend benötigen. Ich sagte vorhin schon: Es liegt ganz an Ihnen selbst, ob Sie am Tod Ihrer Tochter schuldig werden oder nicht, Monsieur ...!«

Der Hohn, die Anmaßung und der Triumph, die in diesen Worten mitschwangen, waren dazu angetan, Luisons Gefühle abermals aufzupeitschen. Er konnte sich nicht länger beherrschen. Wie von einer Tarantel gestochen sprang er vom Stuhl auf. Noch ehe sein Gegner sich versah, stürzte der stämmige Franzose wie eine Raubkatze in die düstere Ecke und packte den rätselhaften Besucher, der sich auch jetzt noch nicht regte, an beiden Schultern.

Luison spürte das trockene, langfaserige Gras des eigentümlichen Gewandes zwischen seinen Fingern. Die Gestalt brach unter seinem Ansturm ächzend zusammen.

Die unheimliche Maske fiel dumpf zu Boden.

»Eine Attrappe?!« kam es ungläubig über Luisons Lippen.

Die Gestalt – eine Vogelscheuche, die man auf zwei dürren Ästen aufgebaut hatte.

Wie unter dem Druck einer unsichtbaren Hand wich Luison zurück. Er bemerkte erst jetzt die klebrige Flüssigkeit an seinen Fingern. Er näherte seine Hände langsam dem Gesicht, und abermals packte ihn das Grauen.

»Blut?!!«

Der Franzose kam nicht zur Besinnung. Die Dinge überstürzten sich.

Er hörte, wie die Terrassentür zugeschlagen wurde.

Es war jemand im Haus!

Eine Glasscheibe splitterte, ein lauter Aufschrei hallte durch das nächtliche Haus.

Gerard Luison stürzte die Treppen hinunter. Auf dem untersten Absatz blieb er stehen und starrte auf die Szene, die sich seinen Augen bot.

Da stand, die Haare in der Stirn, ein junger Weißer. Vor ihm auf dem Boden, in zahllosen Glassplittern, lag ein Afrikaner, der sich nicht rührte.

»Entschuldigen Sie, wenn ich so unangemeldet in Ihr Haus eindringe, Monsieur Luison«, sagte Larry Brent. Seine weißen Zähne blinkten in der Dämmerung. »Aber es war eine Notwendigkeit, über die ich Sie vorher leider nicht unterrichten konnte. Der Bursche, der Ihnen Angst einjagen wollte – ich habe ihn gerade noch erwischt. Ein ausgezeichneter Bauchredner, der seine Rolle hervorragend gespielt hat ...«

Es dauerte fünf Sekunden, ehe Luison sich von seiner Überraschung erholt hatte. Zahllose Fragen drängten sich ihm auf, doch er kam nicht dazu, auch nur eine einzige zu stellen. Larry Brent, der genau wußte, was in dem Franzosen vorging, fand sofort die richtigen Worte, um die Situation zu klären.

Er erwähnte, daß er zum Schutz Luisons hier wäre.

»... mein Name ist Larry Brent. Ich bin Agent einer Sonderabteilung.« Mehr sagte er über die Psychoanalytische Spezialabteilung nicht. »Die guineische Regierung hat einen Spezialisten angefordert, um die merkwürdigen Fälle zu klären, die während der letzten Wochen die guineische Öffentlichkeit – und auch das europäische Ausland – stark beunruhigen.« Er zeigte dem immer noch skeptischen und zweifelnden Franzosen eine vom guineischen Innenminister unterschriebene Urkunde, die seinem Ausweis beilag und die ebenfalls sein Lichtbild trug.

Luison warf nur einen flüchtigen Blick darauf.

Die Erscheinung des Amerikaners bedeutete ihm mehr, und ihm war längst klargeworden, daß er von diesem sportlichen jungen Mann, der ihm sofort sympathisch war, nichts zu fürchten hatte.

»Ich bin den ganzen Abend schon in Ihrer Nähe. Während meines Aufenthaltes im Polizeiquartier von Conakry, wo ich heute abend eintraf, bekam ich die Sache mit, die sich im Hotel abgespielt hatte. Ich befand mich unter den Passanten, die sich um die Stelle drängten, an der Ihre Tochter angeblich aufschlug. Ich war in Ihrer Nähe, als Sie Ihre Gattin ins Krankenhaus brachten, und ich folgte Ihnen hierher ins Haus.«

Luison zuckte die Achseln. »Warum das alles? Seit wann ist meine Person so wichtig?«

»Für uns ist jeder wichtig, der bedroht und in seiner Existenz oder in seinem Leben gefährdet ist, Monsieur«, entgegnete X-RAY-3 leise. »Alles spricht dafür, daß Ihre Familie bedroht ist. Durch ungewöhnliche und äußerst komplizierte Vorstellungen. Ich kenne das Gerede von den ›Gnamous‹, und ich habe mich auch ausführlich im Ministerium nach dieser Geheimgruppe, die ausschließlich Weiße terrorisiert, erkundigt. Man ist dort sehr daran interessiert, diese Verbrecherorganisation auszuheben. Guinea fürchtet Rückschläge auf seine Entwicklung, Rückschläge in seinen Beziehungen zu anderen Ländern. Man ist an höchster Stelle schockiert, daß sich diese Gruppe sogar ›Gnamous‹ nennt. Das ist ein ehrenwertes Wort aus der Sprache dieses Volkes, es bezeichnet die Zeremonienmeister, die – durch Masken konkretisiert – die Heiligen Tänze und Rituale in den verschiedenen Stämmen durchgeführt haben.« Larry unterbrach sich und warf einen Blick auf den jungen Afrikaner, der noch immer reglos am Boden lag. Er war nur mit einer khakifarbenen Hose bekleidet. Sein Oberkörper war nackt.

»Sobald er zu sich kommt, werden wir uns mal anhören, was er zu sagen hat, Monsieur Luison«, fuhr X-RAY-3 fort. »Bauchreden konnte er ganz gut. Mal sehen, ob er auch das andere kann. Ich befand mich auf dem Balkon im oberen Stock und habe ihn genau beobachtet. Er stand hinter der angelehnten Tür und muß sich köstlich amüsiert haben, daß Sie so angestrengt auf die Strohpuppe starrten, aus deren Bauch offenbar seine Stimme erklang. Dann bemerkte er mich. Er huschte wie eine Raubkatze davon. Ich sprang sofort vom Balkon herab und konnte ihn noch erwischen. Er rannte genau in meine Faust. So massiv war der von mir berechnete Schlag nicht vorgesehen gewesen.«

Der Franzose warf einen Blick auf den Neger. »Aber das ganze ist keine Scharlatanerie«, murmelte Luison dumpf, als hätte er die Worte, die Larry noch eben gesprochen hatte, gar nicht mitbekommen. Er warf einen Blick auf seine blutverschmierten Hände. »Es ist Farbe«, bemerkte der Amerikaner. »Man hat Sie schön an der Nase herumgeführt. Man wollte Sie erschrecken. Wäre ich nicht dazwischengekommen, wer weiß, wie Ihre Reaktionen sich weiterentwickelt hätten.«

Er hob den Afrikaner vom Boden auf, warf ihn sich wie einen Mehlsack über seine breiten Schultern und folgte dem Franzosen die Treppenstufen zum oberen Stock.

Dort legte er den Bewußtlosen kurz entschlossen in den Sarg, den Unbekannte in der Mitte des Zimmers der verschwundenen Nanette Luison aufgestellt hatten, und betrachtete die Strohpuppe und die unheimliche Maske, die auf dem Boden lag.

»Die Maske eines ›Gnamous‹«, sagte Larry. Das Gebilde war schon sehr alt, Farbe und Holz blätterte davon ab. Offenbar glaubten diejenigen, die es hierhergeschafft hatten, daß dieser uralten Maske gewisse Zauberkräfte innewohnten. Die afrikanischen Dschungel hatten manches unheimliche und dämonische Ritual erlebt, und noch heute graust es manchem Europäer, der die Geschichte der verschiedenen Stämme kennt, vor dem Wirken und den Kenntnissen der Zauberpriester und Medizinmänner.

»Das Ganze sieht aus wie eine Scharlatanerie«, wiederholte Larry Brent fast die Worte des Hausbesitzers. »Aber es ist keine. Davon müssen wir immer wieder ausgehen. So ungewöhnlich und ungeheuerlich die Worte unseres bewußtlosen Bauchredners auch sein mögen: Hinter allem steckt blutiger Ernst, Monsieur Luison! Die Sache mit Ihrer Tochter ist nur ein Rätsel von insgesamt vier weiteren, die die Regierung lösen will. Und ...« Er unterbrach sich. Vom Sarg her klang ein schabendes Geräusch und ein leises Stöhnen. Der geheimnisvolle Besucher, den Larry Brent im Haus des reichen Franzosen aufgespürt hatte, kam zu sich.

»So, mein Junge«, sagte Larry, während er sich wie ein aufmerksamer Vater, der seinem Sprößling zuhören muß, neben den Sarg hockte. »Dann wollen wir uns einmal gepflegt unterhalten. Ich glaube, du wirst uns bestimmt eine spannende Geschichte erzählen. Dann schieß' mal los ...!«

Der Afrikaner starrte den Amerikaner haßerfüllt an. Seine dunklen Augen funkelten. Er rieb sich sein Kinn und richtete sich langsam auf. Als er bemerkte, daß er in dem für Nanette Luison vorbereiteten Sarg lag, zeichnete sich maßloses Entsetzen auf seiner Miene ab. Er wollte blitzschnell aus dem Sarg entweichen, doch X-RAY-3 hielt ihn mit stählerner Hand zurück.

»Nicht so schnell! Wir lassen dich laufen. Aber erst solltest du mir etwas mehr über die Leute erzählen, die dich zu Monsieur Luison geschickt haben.«

Larry Brent sprach ein ausgezeichnetes Französisch. Seine Sprachkenntnisse hatten sich von Mal zu Mal verbessert. Man merkte ihm an, daß er während der letzten Zeit sehr oft in Frankreich zu tun gehabt hatte, und nun hielt er sich schon wieder im französischsprechenden Ausland auf.

Der Neger wich vor ihm zurück und hockte sich in die oberste Ecke des Sarges. Er zog die Beine an und stemmte die Hände links und rechts auf den Boden des Sarges, als wolle er jeden Augenblick aufspringen und wie eine Raubkatze davonhuschen.

Doch Larry beobachtete ihn sehr genau. Keine Bewegung in dieser Miene, keine Muskelbewegung entging ihm. Wie auf ein Opfer lauerte er auf die Beute, die so kostbar für ihn war. Dieser Mann wußte viel! Wenn er jetzt noch etwas mehr erzählte, dann konnte sich die Situation für den PSA-

Agenten schlagartig ändern, und er konnte eingreifen, ehe es zu größeren Unannehmlichkeiten kam, die angekündigt waren ...

Der Afrikaner war stumm wie eine Puppe.

»Ihm hat es die Sprache verschlagen«, meinte spöttelnd Larry Brent. »Wahrscheinlich hat er sich durch das Bauchreden so überanstrengt, daß er jetzt in der Tat kein Wort mehr über die Lippen bringt. Oder er ist nur Bauchredner und kann sonst überhaupt nicht sprechen. Na, wie ist es, Zambo?« Er sprach den Schwarzen einfach mit einem Namen an, der hier so verbreitet war wie in Amerika Smith und Miller.

»Es gereicht dir nur zum Vorteil, wenn du sprichst. Ich kann ein gutes Wort für dich einlegen; vielleicht bist du nur ein Helfershelfer, so daß man dir die Strafe vollends erläßt. Aber es ist notwendig, daß du redest.« Larry war mit einem Mal sehr ernst. »Ich kann dir helfen – wenn du uns hilfst, verstehst du? Was weißt du noch über Nanette Luison? Sprich jetzt – damit verhinderst du, daß sie zu spät in diesem Haus eintrifft. Wenn sie tot ist, dann ...«

Der wütende Gerard Luison sprang plötzlich auf den Schwarzen zu. Blitzschnell umklammerten seine Hände den Hals des Guinesen.

»Rede! Rede – oder ich bring dich um!« Luisons Stimme überschlug sich.

Er wußte in diesem Augenblick nicht mehr, was er tat.

Larry sprang herum, riß den Franzosen auf die Seite und schleuderte ihn in das Zimmer zurück.

»Sind Sie denn wahnsinnig, Mann?« Der legere Unterton in der Stimme des Amerikaners war wie weggeblasen. Seine Stimme war messerscharf. »Nicht diese Rowdymethoden, Monsieur! Da werde ich empfindlich. Überlassen Sie den Burschen mir. Ohne Gewalt – Monsieur«, fügte er noch einmal hinzu.

Für zwei Sekunden hatte der Amerikaner notgedrungen den Schwarzen im Sarg aus den Augen lassen müssen. Larry Brent war überzeugt davon, daß dem Gefangenen niemals eine Flucht gelingen würde, solange er, X-RAY-3, so dicht neben dem Sarg stand und jeden Versuch sofort im Keim ersticken konnte.

Eine kleine Bewegung entging dem sonst so aufmerksamen Amerikaner aber doch.

Mittel- und Zeigefinger des Negers glitten schlangengleich in die rechte Hosentasche und griffen nach dem winzigen, kugelförmigen Gegenstand.

Im Dämmerlicht des Zimmers, in dem die Lichtzufuhr abgeschnitten war, entging ihm diese Bewegung.

X-RAY-3 wandte sich an den Schwarzen. »Mach's dir leichter, Zambo! Verhindere einen Mord! Wer hat dich geschickt? Du brauchst uns nur den einen Namen zu sagen. Alles andere erledigen wir.«

Da geschah es.

Die Hand des Schwarzen schoß blitzschnell in die Höhe. Larry registrierte die Bewegung und handelte. Doch eine Zehntelsekunde zu spät. Der Neger schob sich etwas zwischen die Zähne. Da riß Larry ihm auch schon den Arm auf den Rücken, drückte den Widerspenstigen vor und klopfte ihm auf den Rücken, um zu verhindern, daß er das, was in den Mund gesteckt hatte, auch schluckte.

Doch seine Bemühungen waren vergebens.

»Zu spät, Monsieur«, kam es wie ein Hauch über die Lippen des Schwarzen. »Jetzt können Sie mich allerdings fragen.« Seine Stimme klang ein wenig schwach, enttäuscht, niedergeschlagen. »Aber wir werden wohl kaum mehr genügend Zeit zur Verfügung haben, um sie zu beantworten.« Er wollte grinsen, aber seine Lippen verzogen sich zu einer Fratze. Seine Gesichtszüge spiegelten plötzlich einen ungeheuren Schmerz wieder. Der Schwarze krümmte sich. Er preßte beide Hände vor den Bauch.

»Nur eines möchte – ich – noch sagen«, kam es unterdrückt über seine zitternden Lippen. »Es wird – sich alles so erfüllen – wie es vorgesehen ist. – Die ›Gnamous‹ stecken nicht zurück, Monsieur! Nanette Luison wird wiederkommen – als Leichnam – als lebender – Leichnam ...« Das waren seine letzten Worte. Er fiel vornüber. Larry Brent konnte nur noch den Tod feststellen. Er drückte dem Schwarzen die gebrochenen Augen zu.

»Jetzt sind wir wieder da, wo wir angefangen haben«, hörte er die dumpfe Stimme Luisons hinter sich.

»Nicht ganz.« Larry Brents Miene war hart wie Stahl. Er bettete den Selbstmörder richtig in den Sarg, faltete ihm die Hände über der Brust und verließ dann mit Luison das düstere Zimmer, in dem während der letzten Stunde so vieles geschehen war.

»Wir müssen lediglich an anderer Stelle die Befragung fortsetzen«, fügte er hinzu, während sie das große Wohnzimmer betraten, in dem Luison seinem amerikanischen Gast einen Drink anbot. »Am geeignetsten erscheint mir dabei Ihre Dienerschaft zu sein. Ihr muß heute abend oder heute nacht, als diese Dinge hier vorbereitet wurden, etwas aufgefallen sein. Man hat sie eingeschüchtert und davongejagt.«

Luison lachte bitter. »Es ist in Anbetracht der besonderen Merkmale dieses

Falles wohl kaum anzunehmen, daß Sie auch nur das geringste aus einem der Mädchen oder der jungen Männer, die in diesem Haus hier stets aufmerksam ihren Dienst versahen und sich auch niemals über schlechte Behandlung beklagen konnten, herausbringen werden.«

»Es ist anzunehmen, daß Sie einige sehr gute Diener hatten, Monsieur, nicht wahr? Nennen Sie mir nur einen, der Ihnen treu ergeben war, auf den Sie sich hundertprozentig verlassen konnten.«

»Einer der Besten ist – war – Bangoura. Daß auch er weg ist – hat mich mehr als überrascht. Man muß ungewöhnliche Drohungen ausgesprochen haben. Bangoura hat hier sehr gut verdient. Er durfte manches für seine vielköpfige Familie mit nach Hause nehmen. Er hat sieben Kinder und zwei Frauen. Die wollen ernährt sein ...«

Larry ließ sich die Adresse Bangouras geben.

»Ich werde sofort in der Frühe hingehen, Monsieur Luison. Geben Sie jetzt bitte der Polizei Bescheid, damit sie den Toten abholen läßt!«

Luison erledigte den Telefonanruf sofort. Dann stand er mit dem Amerikaner an dem großen Fenster, das fast die ganze Wandseite einnahm.

»Sie brauchen mit Ihrer Mission nicht mehr allzulange zu warten, Monsieur Brent«, kam es über die schmalen Lippen des Franzosen. »Es wird bereits Morgen ...«

Im Osten ging die Sonne auf. Der Himmel färbte sich blutrot.

***

Bangoura Mabinto wohnte genau am anderen Ende von Conakry, an der Ortsausfahrt zu Friguiagbo, in flachen, graubraunen Mietskasernen, die im Rahmen eines Sonderbauprogramms für einen bestimmten Einwohnerkreis errichtet worden waren.

Larry Brent fuhr mit dem weißen Citroen vor, der ihm von einem Regierungsbeamten zur Verfügung gestellt worden war.

Zahllose Kinder sprangen nackt und halbnackt auf der staubigen, von Palmen gesäumten Straße herum. Es wurde rasch heiß, und die typische Treibhausluft, die manchem Europäer zu schaffen machte, entstand.

Larry fühlte, daß er schon wieder zu schwitzen anfing. Der Himmel war strahlendblau. Einer der typischen Tropentage, an denen die Sonne unbarmherzig vom Himmel brannte.

Schreiende Kinder umringten den weißen Citroen, und Larry Brent bahnte sich lachend einen Weg durch die braunen Körper. Er verteilte ein paar bunte Glaskugeln, die er vorsorglich in seinen Hosentaschen herumschleppte, und gewann damit im Nu Begeisterung und das Vertrauen der Kinder.

»So, und wer mir jetzt noch sagen kann, wo ich Bangoura finde, der bekommt zwei Murmeln extra!«

Noch immer vom Schwarm der Kleinen umringt, brüllte es gleich aus vier, fünf hellen Kinderstimmen, daß Bangoura im Haus genau hier an der Straßenecke wohne.

Dem Agenten blieb nichts anderes übrig, als jedem der Ratgeber zwei Kugeln extra zu übergeben.

Fünf Minuten später stand er vor dem flachen, einfachen Haus. Die Fenster waren weit offen. Es roch nach frischgewaschener Wäsche. Eine der beiden Frauen von Bangoura stillte einen Säugling, die andere stand am Waschtrog.

Bangoura selbst hockte in einem alten Bambussessel und schnitzte an einer kunstvollen Götzenfigur.

Larry klopfte an die offenstehende Tür.

Niemand hatte ihn kommen sehen. Die erste Frau am Waschtrog wischte sich ihre Hände an der grauen Schürze ab und kam ihm entgegen. Die zweite warf ihm nur einen kurzen Blick zu und reichte dann dem Säugling wieder die Brust.

»Ich möchte zu Bangoura«, sagte er freundlich, nachdem er die beiden Ehehälften mit einem kurzen Kopfnicken begrüßt hatte.

Die Frau sah ihn ratlos an. »Schickt Sie Monsieur Luison?« Sie schien sofort zu wissen, woher der Wind wehte. Als sie diese Frage stellte, glaubte Larry in ihren Augen für den Bruchteil eines Augenblicks tiefe Niedergeschlagenheit zu erkennen.

»Nein! Ich komme vom Kommissariat.«

»Bangoura«, schrie sie nach hinten. Es hallte durch die ganze, schlicht, aber sauber eingerichtete Wohnung. Von einem eigentlichen Wohnstil konnte man nicht sprechen. Bangoura hatte gerade die notwendigsten Möbelstücke zusammengestellt, auf die man in einem so großen Haushalt nicht verzichten konnte. Außer einem riesigen Kleiderschrank gab es eine zerkratzte Vitrine, eine Anzahl klobiger Stühle mit Bastrückenteilen und zwei im Winkel von neunzig Grad zusammengestellten Diwane, vor denen ein funkelnagelneuer Couchtisch stand. An der Wand hingen afrikanische Bilder und ein selbstgebastelter Wandteppich aus breitgeklopften Grasfasern.

Auf einem Regal aber standen zahlreiche kunstvoll geschnitzte und bemalte afrikanische Skulpturen und Tiergestalten. Diese Dinge hatte Bangoura selbst geschnitzt. Eine Zeitlang hatte er sich als Schnitzer sein Brot verdient, ehe er die Anstellung bei Monsieur Luison erhielt.

Bangoura sah auf, als seine erste Frau seinen Namen rief. Mit zusammengekniffenen Augen starrte er auf den Fremden, der an der Türschwelle zum Hof erschien, in dem er unter dem ein wenig vorspringenden Dach und von dort aus in die Wohnung bis zur Küche vorblicken konnte.

»Ein Mann vom Gebiets-Polizeirevier. Er will dich sprechen.«

Der Schwarze erhob sich. Er trug eine einstmals weiße, kurze Sommerhose, offenbar ein Geschenk von Monsieur Luison. Selbst ein Blinder konnte sehen, daß dem massigen Neger die Hose um vier Nummern zu klein war. Sie spannte überall, und sein Bauch quoll wie ein überdimensionaler Kloß über die Gürtellinie.

»Vom Gebiets-Polizeirevier?« dehnte Bangoura die Frage. Er stellte seine Schnitzarbeit auf einen grobgezimmerten kleinen Tisch, legte sein Messer weg und bat Larry Brent, hinaus auf den Hof zu kommen. Hier sei es ruhiger, und die Frauen wurden nicht gestört.

Der Hof war durch einen niedrigen Bambuszaun abgegrenzt. Im Hintergrund war das stufenförmig ansteigende Land zu sehen. Auf dem savannenähnlichen Gelände vereinzelte Baum- und Buschgruppen, dann wieder dichte Waldregionen. Und irgendwo in der Ferne, im Landesinnern, einige hundert Meilen von hier entfernt, vielleicht die nächste größere Ansiedlung.

Larry Brent kam sofort auf das Wesentliche zu sprechen, um die Zeit so gut wie möglich zu nutzen.

Bangoura starrte ihn an, als der Name Luison fiel.

»Deshalb also«, murmelte er. Er preßte die Lippen zusammen.

»Ja, deshalb. Sie wissen, was mit Nanette Luison geschehen ist, nicht wahr?« Larry faßte sofort nach.

Die Augen des Negers weiteten sich. Er streckte abwehrend beide Hände von sich. »Nein, Monsieur, das dürfen Sie nicht sagen! Ich weiß nichts!« Angst spiegelte sich in seinen Augen. Furchterfüllt blickte er sich um, als könne ihn jemand beobachten.

»Sprechen Sie nicht davon, bitte, Monsieur ...«, flehte er.

»Ich muß davon sprechen, Bangoura.«

Der Neger schluckte. »Wer sind Sie wirklich?« fragte er mit einem Mal. »Sie sprechen so merkwürdig. Sie sind doch kein Franzose?!«

Brent zeigte seinen Ausweis. »Ich bin Amerikaner, Spezialist. Wir wissen, daß sich ein Verbrechen anbahnt, das viele Menschen sehr unglücklich machen kann.«

Bangoura nickte. »Genau das ist es, Monsieur! Wenn Sie so sprechen, wenn Sie so denken, dann sollten Sie sich auch überlegen, was für mich auf dem Spiel steht. Auch ich habe eine Familie, und ich möchte nicht, daß sie ausgerottet wird.«

»Gerade deshalb sollten Sie uns helfen, Bangoura«, blieb Larry Brent fest auf seinem Standpunkt. »Sie waren in der letzten Nacht im Haus von Luison. Wer kam und vertrieb Sie?«

Bangoura druckste herum. Er zuckte die Achseln, er wanderte in dem sonnenüberfluteten Hof auf und ab, hob einen dürren Ast auf und stocherte damit auf dem Boden herum.

Larry ging wieder auf ihn zu. »Ich könnte ein Tourist sein, Bangoura. Zeigen Sie mir Ihre Schnitzarbeiten! Dabei ließe sich doch ein zwangloses Gespräch führen, nicht wahr?«

Der Schwarze verstand sofort. Er ließ sich von seiner ersten Frau einige der besten Stücke hinaus in den Garten bringen, die er stolz auf den verwitterten Tisch stellte. X-RAY-3 drehte einen ausgezeichneten Elefanten in der Hand, während er leise auf Bangoura einsprach.

»Das Stück gefällt mir – ich wäre bereit, es zu nehmen. Vielleicht kaufe ich auch die Statue der Bauersfrau, Bangoura.« Er nahm die aus schwarzem Ebenholz geschnitzte Figur, die fast sechzig Zentimeter groß war. Die typischen Merkmale der stämmigen Frau waren scharf herausgearbeitet: breite, runde Hüften, ein spitzer Busen, breite, wulstige Lippen.

»Waren es Angehörige der Gruppe ›Gnamous‹, Bangoura?« fragte Larry leise, ohne seinen Blick von dem Elefanten und der Frauenfigur zu nehmen.

»Ja, Monsieur.«

Bangouras Lippen zitterten, als er diese beiden Worte sprach.

»Was wollten sie?«

»Sie forderten uns auf, das Haus zu verlassen, nachdem wir ihnen das Zimmer der jungen Mademoiselle gezeigt hatten. Ich glaube, sie schleppten einen Sarg ins Haus.« Die Stimme des Negers war kaum zu verstehen. »Aber bitte, lassen Sie das jetzt! Wir wurden bedroht, wir dürfen nicht reden, nicht über die ›Gnamous‹. Alle haben Angst ...«

»Monsieur Luison war Ihnen doch ein guter Herr, nicht wahr, Bangoura?«

Der Gefragte nickte »Ja, ja. Ein sehr guter.« Seine Augen strahlten. »Er hat mir manches Geschenk gemacht. Auch viele Kleider für die Frauen hat er mir gegeben, manches zusätzliche Brot für die Kleinen. Monsieur Luison war immer gut.«

»Und nun lassen Sie ihn im Stich. Er versucht, etwas über das Schicksal seiner Tochter zu erfahren, und ...«

Bangouras Nervosität kam wieder zum Vorschein, als er Larry Brent unterbrach. »Ich lasse ihn nicht im Stich. Aber ich muß auch an mich denken. Wir haben alle nur ein Leben. Es ist nicht gut, die Gnamous-Priester und Medizinmänner zu Feinden zu haben. Tod kommt über die Unglücklichen.«

»Bangoura«, sagte Larry Brent mit ausdrücklicher Betonung, und sein Blick begegnete dem des Guinesen. »Sie glauben doch nicht mehr an Geister und Dämonen? Wir leben im 20. Jahrhundert!«

»Auch im 20. Jahrhundert gibt es Dinge, die noch niemand ganz ergründet hat, Monsieur Brent. Im Busch gibt es noch immer zahlreiche Geheimnisse. Das alles hat nichts mit Geister- und Dämonenglauben zu tun. Die Medizinmänner aus dem Stamm der Malinke schickten schon immer die Toten zurück, und damit das Grauen.« Er sah sich unauffällig um. »Wenn ich Ihnen einen guten Rat geben darf, Monsieur Brent: Lassen Sie die Finger davon! Seien Sie vorsichtig! Es muß doch schrecklich sein, weder tot noch lebendig zu sein! Hüten Sie sich vor dem gleichen Schicksal, das der unglücklichen Nanette Luison niemand mehr abnehmen kann.«

Die Worte klangen noch in ihm nach, als er zum Citroen zurückging und den Wagen startete.

Larry Brent hatte noch ein paar belanglose Worte mit Bangoura gewechselt und ihm die Hoffnung gemacht, daß er wohl bald wieder in den Diensten seines Herrn stehen würde.

Bangoura war davon gar nicht so sehr überzeugt gewesen.

Der treue Schwarze, der seinem Herrn bisher vorbehaltlos gedient hatte, war scheu und eingeschüchtert. Die Angst saß ihm im Nacken.

Es war jetzt heiß und feucht. Die Luft lag wie ein schwerer Mantel auf den Passanten.

X-RAY-3 kurbelte sämtliche Fenster herunter. Aber selbst der Fahrtwind blies heiß in den Wagen.

Larry warf einen Blick in den Rückspiegel. Am Straßenrand hinter den flachen einfachen Sozialbauten standen ein paar alte Autos, ein vergammelter Holzkarren, vor dem ein Ochse gespannt war und mit dem ein Bauer offensichtlich in Ermangelung eines anderen Gefährts in die Stadt gekommen war.

Dem Amerikaner wurde nicht bewußt, daß im hintersten Fahrzeug eine Gestalt im Fond des Wagens saß, den ein angsterfüllter Schwarzer steuerte.

Der Mann im schattigen Hintergrund war Dr. Solifou Keita. Die Lippen des Beobachters kräuselten sich.

»Lassen Sie Ihre Finger von Dingen, die Sie nicht verstehen, Mister!«

Wie im Selbstgespräch kamen diese Worte aus Keitas Mund. Der Tod des PSA-Agenten war in dieser Sekunde für ihn bereits eine beschlossene Sache.

***

Claudine, das grazile, bewegliche Hausmädchen in der Villa der Simonelles, erschien innerhalb der letzten beiden Tage um Jahre gealtert. Die Heiterkeit, die sonst aus ihren Augen leuchtete, war verschwunden. Ihr Gesicht war bleich, und trotz des Make-up, das sie ungewöhnlich dick auftrug, wurde diese Blässe erkennbar.

Es hatte angefangen in jener Nacht, als Madame sich dazu entschloß, noch einmal einen Spaziergang durch den Garten zu machen.

Claudine hatte Madame nicht mehr in das Haus kommen hören. Von ihrem Zimmer aus jedoch war ihr wenig später lautes Schreien und starke Unruhe im ganzen Haus aufgefallen.

Sie hatte sich erkundigt, als Monsieur die Treppen heruntergerannt kam.

»Madame ist sehr krank«, war seine einzige Erklärung gewesen.

Eine halbe Stunde später war Dr. de Freille bereits an diesem Abend zum zweiten Mal ins Haus gekommen.

Sehr ernst, sehr verschlossen ...

Claudine verrichtete am nächsten Tag ihre Arbeit wie gewohnt. Doch ein leichtes Unbehagen machte sich bei ihr bemerkbar. Sie fühlte, daß irgend etwas in diesem Haus war, das nicht stimmte.

Sie konnte das Gefühl nicht näher beschreiben und es sich nicht einmal erklären.

Als sie an diesem Morgen ihren Dienst aufnahm und den Frühstückstisch deckte, erhielt sie auf ihre leise Frage, wie es Madame gehe, die gleiche Antwort wie am Tag zuvor.

»... unverändert, Claudine.«

Was dieses »unverändert« bedeutete, wußte sie als einzige Mitbewohnerin dieses Hauses am besten. Tagsüber herrschte eine düstere Stille in dem großen Haus. Die beiden Männer hielten sich meistens in ihren Zimmern auf, lasen und arbeiteten oder machten einen kurzen Spaziergang durch den Park.

Nachts aber erwachte dieses stille Haus zu einem unheimlichen Leben. Schreie erfüllten es. Sie kamen aus dem obersten Dachzimmer, in dem Madame, so hieß es, seit ihrem ersten Anfall jetzt untergebracht war.

Nur drei Personen durften zu ihr: Monsieur Simonelle, sein Sohn und Dr. de Freille, der während der letzten beiden Tage öfter im Hause war als in den Jahren zuvor.

Claudine war es strengstens verboten, die Dachkammer aufzusuchen.

»Wir können nicht für Ihre Sicherheit garantieren«, bekam sie von Monsieur zu hören. »Madame hat sich sehr verändert. Ihre Anfälle erfolgen in unregelmäßigen Abständen. Sie steht zwar ständig unter beruhigenden Drogen, aber seltsamerweise wirken die nur tagsüber.«

»Deshalb also die Schreie in der Nacht«, hauchte Claudine. Mitleid zeigte sich in ihren Augen.

Sie dachte daran, daß manchmal ein Rasseln durch das stille, nächtliche Haus klang, so, als hätte man die arme Madame Simonelle angekettet. Warum brachte man sie nicht in ein Krankenhaus, wenn ihr Zustand sich so verschlimmert hatte? Warum zog man keinen Spezialisten zu Rate, sondern holte immer wieder Dr. de Freille ins Haus?

Und da war noch etwas, das Claudine störte. Nach den Vorfällen vor zwei Tagen in der kleinen hauseigenen Kapelle war die Leiche der jungen Charlene in aller Stille beigesetzt worden. Niemand von den engsten Verwandten war dazu eingeladen worden. Monsieur Simonelle hatte Claudine anvertraut, daß er den Sarg noch in der gleichen Nacht gemeinsam mit seinem Sohn in die Familiengruft geschafft habe, um Madame nochmals eine unnötige Aufregung zu ersparen.

Das ganze paßte irgendwie nicht zusammen ...

Klar schien ihr in der Tat nur eins zu sein: Monsieur Simonelle hatte ihr das Versprechen abgenommen, jedem, der nach Madame fragte, zu antworten, sie befände sich auf einer längeren Reise, um sich von den Strapazen der letzten Zeit zu erholen.

Wortlos räumte das hübsche Hausmädchen an diesem Morgen den Frühstückstisch wieder ab.

Wortlos verließen Vater und Sohn Simonelle das Haus und gingen hinaus in den Garten.

In der Küche gab es eine vollautomatische Spülmaschine. Claudine legte die einzelnen Besteckteile und das Kaffeeservice hinein und stellte die Maschine an.

Merkwürdig kam es ihr vor, daß weder Vater noch Sohn zu den Mahlzeiten etwas in die Dachkammer brachten. Madame würde schlafen, hieß es immer wieder.

Das Hausmädchen wollte gerade den Staubsauger aus der Besenkammer holen, als das Telefon anschlug.

Claudine meldete sich. Am anderen Ende der Strippe befand sich der Cousin Richard. Er erkundigte sich nach Madame Simonelle.

»Sie hat bis zur Stunde noch nicht geschrieben, Monsieur«, antwortete Claudine mit leiser Stimme.

»Merkwürdig von Philipe! Naja, andererseits aber muß man ihn verstehen. Die arme Madeleine, sie hat in den letzten Tagen viel durchgemacht. Es war zuviel für sie.«

»Ja, das war es wohl.«

Claudine blickte aus den Augenwinkeln heraus die Treppen hoch, die in die oberen Stockwerke führten.

Und wieder – wie schon gestern – fühlte sie das heiße Verlangen, eine unbezwingbare Neugierde in sich aufsteigen, in das kleine Zimmer da oben einmal einen Blick zu werfen.

Geistesabwesend nahm sie noch Richards Stimme wahr, die aus dem Telefonhörer klang.

Sie hörte sich selbst eine Antwort geben, ohne zu begreifen, worauf sie eigentlich antwortete.

»Ja, ja ...«

»Ich finde es nicht schön, daß Philipe die Sache so pietätlos hinter sich gebracht hat. Naja, ich rufe später noch einmal an ...«

Der Anrufer legte auf.

Fünf Minuten später hatte Claudine sich entschlossen. Ihre Phantasie ging mit ihr durch. Auch sie fand es pietätlos. Das Verhalten der beiden Männer irritierte sie immer mehr, je öfter sie über gewisse Dinge nachdachte.

Simonelle und sein Sohn verschleierten etwas ...!

Wenn die arme Madame Simonelle verrückt war, dann war es ihre Pflicht, sie aus dem Haus zu schaffen, aber nicht, sie wie ein Tier in Ketten zu legen, wenn sie ihre nächtlichen Tobsuchtsanfälle erlitt.

Das Hausmädchen stieg auf Zehenspitzen die Treppen zu den oberen Etagen hinauf. Die Stufen zur Dachkammer waren schmal und eng, eine Art

Wendeltreppe. Unten vor dem Treppenabsatz mußte sie eine Tür öffnen, um überhaupt den letzten Teil der Stufen bis zur Dachkammer zurücklegen zu können.

Hier oben war sie noch nie gewesen.

Stille, Einsamkeit und Düsternis umfing sie. Durch ein winziges Fenster mit genageltem Bretterverschlag fiel ein schmaler Streifen Licht.

Claudine wagte kaum zu atmen, als sie vor der ockerfarbenen Tür stand. Wenn sie den rechten Arm ausstreckte, dann konnte sie gerade den Schlüssel greifen, der an einem Haken hing.

Sie griff danach und spürte das kühle Metall zwischen ihren Fingern. Wie aus dem Boden gewachsen stand plötzlich etwas hinter ihr.

Claudine warf den Kopf herum, ihre Augen weiteten sich. Sie wollte noch schreien, aber eine große Hand preßte sich auf ihren Mund ...

»Sind Sie denn von allen guten Geistern verlassen?!« flüsterte eine aufgeregte Stimme ihr ins Ohr.

Sie blickte den Mann an, der sie langsam herumzog. Philipe Simonelle stand vor ihr!

»Im ersten Augenblick glaubte ich, meinen Augen nicht zu trauen, als ich Sie die Treppe hochsteigen sah, Claudine.« Simonelle atmete schwer. Auf seiner Stirn stand der kalte Schweiß. Sein Gesicht war totenblaß. Er sah unheimlich aus in diesem Moment. »Doch dann stieg ich Ihnen nach. Ich hatte Sie doch gewarnt, Claudine, nicht wahr?«

Er zog sie langsam mit sich, und seine Hand löste sich von ihrem Mund. Die junge Hausangestellte atmete schnell und flach.

»Ich wußte nicht mehr, was ich tat«, versuchte sie sich zu rechtfertigen, und sie merkte selbst, wie schwach ihre Worte klangen. »Ich wollte ... es kam einfach über mich ... und ...«, stammelte sie.

»Sie wollten nach Madame sehen?«

»Ja ...« Ihre Stimme klang wie ein Hauch.

Schweißgeruch schlug ihr entgegen.

Sie hatte ihren Herrn, dem sie seit drei Jahren treu diente, noch nie so aufgeregt und in Schweiß gebadet gesehen.

»Es ist unmöglich, Claudine. Sie setzen – Ihr Leben aufs Spiel! Madame erkennt Sie nicht mehr! Wenn sie erwacht, beginnt sie zu toben. Sie müssen damit rechnen – daß Madame Sie auf der Stelle tötet!«

Sie wußte später nicht mehr zu sagen, wie sie eigentlich die schmalen Treppen wieder heruntergekommen war.

Sie ordnete ihre Haare. Monsieur Simonelle zündete sich eine Zigarette an, zog aber nur zwei-, dreimal daran und warf sie dann achtlos in den großen Ascher.

»Tun Sie das nie wieder, Claudine«, stieß er zwischen den Zähnen hervor. »Ich müßte Sie auf der Stelle entlassen. Und verstehen Sie die Dinge nicht falsch: Es geschieht zu Ihrem Besten! Das müssen Sie mir glauben. Ich will auch meiner Frau helfen. Jede außenstehende Person kann jetzt das zunichtemachen, was Dr. de Freille vorhat. De Freille«, wiederholte er plötzlich, und ein eigenwilliges Licht funkelte in seinen Augen. »Er wollte doch heute Vormittag noch vorbeikommen. Er hatte mir versprochen, sich mit dem Spezialisten in Verbindung zu setzen, der ... ich muß doch sofort einmal anrufen.«

Er ging schon zum Telefon, ließ die junge Französin einfach stehen wie einen Gegenstand, den man nicht mehr brauchte. Plötzlich stutzte er. Er wandte den Kopf.

»War da nicht ein Geräusch – unten am Fluß?« fragte er leise.

Er lauschte. »Das ist doch ein Motorboot?«

Wie von einer unsichtbaren Hand geschoben eilte er auf die breite Terrasse hinaus, von der aus ein Weg zum Fluß hinabführte.

Das ferne, tuckernde Geräusch verebbte.

Philipe Simonelle rannte bis ans Flußufer und wurde auf die breite Schleifspur aufmerksam, die abrupt an der Wassergrenze endete.

Die Augen des Franzosen wurden zu zwei schmalen Schlitzen.

»Jean-Pierre?« rief er, sich dabei umdrehend.

Sein Sohn meldete sich nicht. Doch noch war Simonelle in diesem Moment weit davon entfernt, sich Sorgen über diese Tatsache zu machen. Offenbar hatte sein Sohn hier einen der Jungen aus der Nachbarschaft getroffen, die manchmal die Marne herabfuhren.

Da Philipe nicht in der Nähe gewesen war, hatte Jean-Pierre sich nicht mehr die Zeit genommen und abgewartet. Sicher würde er bald wieder zurück sein.

Er machte sich keine weiteren Gedanken. Mit ernstem Gesicht kehrte er in das Haus zurück.

Er passierte gerade die Terrasse, als das Telefon anschlug.

Beim zweiten Klingelzeichen meldete sich Simonelle.

Am anderen Ende der Strippe sprach ein gewisser Professor Gerlingcourt.

Er war Chefarzt des Zentral-Krankenhauses in Epernay.

»... bevor ich Näheres erwähne, Monsieur, eine Frage: Kennen Sie Dr. de Freille?«

Simonelle fuhr sich mit der Zunge über die Lippen. »Kennen? Er geht in meinem Haus ein und aus. Er ist ein Freund meines Hauses.«

»Ich wollte mich nur vergewissern, entschuldigen Sie bitte, Monsieur Simonelle. Ich rufe im Auftrag von Dr. de Freille an ... Er ist hier, im Krankenhaus.«

Simonelle wollte schon fragen, ob es sich denn bei ihm, Professor Gerlingcourt, um jenen Spezialisten handele, den de Freille zu Rate ziehen wolle.

Doch der Sprecher am anderen Ende der Strippe fuhr fort: »Es ist etwas geschehen, Monsieur. Dr. de Freille kann nicht kommen.«

»Kann nicht kommen?« fragte Simonelle erstaunt, und seine drei Worte klangen wie das Echo der Bemerkung Gerlingcourts.

»Ich fand Ihre Anschrift in seinem Notizbuch. Bitte verstehen Sie, wenn ich hier, am Telefon, nicht in Details gehen kann. Ich würde es begrüßen, wenn Sie umgehend in mein Krankenhaus kommen könnten. Es ist – dringend, Monsieur!«

Die Stimme des Professors klang besorgt.

»Ich komme sofort.« Wie ein Zentnergewicht legte Simonelle den Hörer aus der Hand.

»Wenn mein Sohn kommt, soll er bitte auf mich warten«, rief er Claudine noch zu. Er eilte zur Garage, und Sekunden später sprang der Motor des Rolls-Royce an.

Das Mädchen sah den schweren, auf Hochglanz polierten Wagen an der Einfahrt.

Gleich darauf verschwand das Auto um die Wegbiegung und war nur noch hinter den dichtstehenden Baumreihen der Allee zu ahnen.

Das Motorengeräusch wurde schwächer und verebbte schließlich ganz.

Claudine war allein in dem einsamen, stillen Haus.

Allein mit einer Toten ...

***

Er war nervös, aber er bemühte sich, seine Nervosität nicht zu zeigen, als er Professor Gerlingcourt gegenübertrat, der ihn bereits erwartet hatte.

»Was ist geschehen?« Simonelle blickte den breitschultrigen Chirurgen an. Gerlingcourt war ein Bär von einem Mann, zwei Zentner schwer, einen Meter neunzig groß.

»Das wissen wir selbst nicht so genau. Er wurde vor einer knappen Stunde hier eingeliefert. Ich habe Sie sofort unterrichtet, als ich die Notiz fand.« Gerlingcourt zeigte ihm den Eintrag in dem Buch, das de Freille ständig bei sich getragen hatte und in dem er die einzelnen Besuche bei seinen Patienten vermerkte. Unter der Anschrift auf der ersten Seite stand mit roter Tinte geschrieben: »Sollte mir irgend etwas zustoßen, bitte umgehend Monsieur Philipe Simonelle benachrichtigen.« Darunter war groß und deutlich die Telefonnummer Simonelles vermerkt.

»Ich verstehe das nicht. Was soll das ganze?«

Simonelle blickte den Professor an. Doch Gerlingcourt konnte nur die Achseln zucken.

»Vielleicht verstehen Sie mehr, wenn Sie ihn sehen. Er ist sehr krank.«

Simonelle fuhr sich mit einer nervösen Bewegung durch das Haar. »De Freille – krank? Aber wir haben uns doch gestern abend noch getroffen. Er machte einen ausgezeichneten Eindruck, er fühlte sich wohl.«

»So etwas geht manchmal sehr schnell.«

Simonelle fühlte sich schon veranlaßt zu fragen, ob er, Professor Gerlingcourt, denn von de Freille nicht zu Rate gezogen worden war. Doch offenbar wußte Gerlingcourt nichts von dem, womit de Freille sich die letzten beiden Tage beschäftigt hatte.

»Was ich noch fragen wollte«, machte der Professor sich plötzlich bemerkbar. Gerlingcourt hatte schon die Hand auf der Klinke der Zimmertür liegen, hinter der de Freille in einem Einzelzimmer der Privatstation lag.

»Haben Sie eine Ahnung, womit sich Dr. de Freille in der letzten Zeit beschäftigt hat?«

Die Frage traf Simonelle wie ein Blitz. Konnte Gerlingcourt Gedanken lesen?

»Nein, wie sollte ich auch?«

»Nun, Sie hätten vielleicht etwas zur Aufklärung dieser äußerst mysteriösen Angelegenheit beitragen können. Es muß irgend etwas mit Giften und Drogen sein, eine andere Erklärung gibt es kaum noch.« Die letzten Worte hatte Gerlingcourt leise vor sich hingesprochen. Er lächelte und blickte zu Simonelle. »Es war nur so eine Idee von mir. Schließlich – so glaubte ich – muß Dr. de Freille doch ein besonderes Vertrauen zu Ihnen gehabt haben, weil er Ihren Namen ...«

Er brauchte nicht weiterzusprechen. Simonelle nickte. »Ja, das stimmt, Professor. Von dieser Seite aus gesehen ...«

Dann traten sie ein.

Vor dem Fenster des Krankenzimmers waren die Gardinen vorgezogen. Das Bett stand gleich rechts neben dem Eingang zu dem kleinen Balkon. Es war angenehm kühl und dämmrig in dem freundlichen Zimmer.

Simonelles Blicke fielen sofort auf die Gestalt, die reglos und fast ohne zu atmen in den weißen Kissen lag.

Simonelle wußte nicht so recht, wie er sich verhalten sollte. Im ersten Augenblick faßte er den Gedanken, jovial und heiter auf den Kranken zuzugehen, ihn zu fragen, wie er denn dazu käme, gerade jetzt, wo man ihn so nötig brauche, einfach die Flügel hängen zu lassen.

Aber irgend etwas hielt ihn davon ab. Es war das Aussehen des Arztes.

De Freille hatte sich auf erschreckende Weise verändert.

Scharf ragten seine Backenknochen hervor, und seine Augen, die tief in schattigen Höhlen lagen, glühten in einem alles verzehrenden Feuer.

De Freilles Gesicht war maskenhaft starr und seine Haut von wächsernem Aussehen.

»Ich habe es nicht glauben wollen«, kam es wie ein Hauch über die spröden Lippen Simonelles, und ein anderer schien an seiner Stelle zu sprechen. Er näherte sich dem Bett. »Es ging alles so plötzlich. Wie geht es Ihnen, de Freille?«

Nur die Augen, glühend und funkelnd, sahen ihn an.

»Er hört Sie zwar, Monsieur Simonelle. Aber er kann nicht antworten«, sagte die Stimme Gerlingcourts hinter ihm. »Doktor de Freille hat die Sprache verloren ...!«

Es war, als ob ein Teufelskarussell angefangen hätte, sich zu drehen, das dabei in immer rasendere Fahrt geriet.

Philipe Simonelle schluckte. »Wie konnte das geschehen?« Es kam ihm vor, als hätte er diese Worte in der letzten Zeit sehr oft gebraucht.

»Ich sagte Ihnen vorhin meine Vermutung«, entgegnete Professor Gerlingcourt leise, der hinter dem reichen Franzosen stand. »Es ist keine physische Krankheit. Hier wurde etwas – mit einer Droge herbeigeführt.«

Simonelle fühlte, daß es notwendig wäre, den Professor in gewisse Dinge einzuweihen.

Er öffnete schon den Mund, als er heftige Ablehnung, Angst und Verzweiflung in den Augen de Freilles las.

De Freille versuchte offenbar, sich aufzurichten. Durch heftige Gesten gab er seine Absicht zu verstehen.

Simonelle war dem befreundeten Arzt behilflich beim Hinsetzen. De Freille war um Jahre gealtert. Schweiß stand auf seiner Stirn.

Mit ungelenken Bewegungen seiner Hände versuchte er etwas darzustellen. Durch Gesten drückte er aus, daß er ihm eine wichtige Botschaft zu machen hätte.

Er versuchte eine große Fläche vor sich im Raum darzustellen.

»Was will er damit sagen?« Simonelle zuckte die Achseln. »Ein Bild?« fragte er, de Freille keine Sekunde aus den Augen lassend.

Der Gefragte schüttelte kaum merklich den Kopf.

Professor Gerlingcourt reichte ihm einen Block und einen Bleistift. Es war ein Versuch, der mißlang.

De Freille war nicht fähig, den Bleistift zu halten und zu führen. Er schaffte es gerade noch, die groben, ungelenken Bewegungen auszuführen. Seine Hände waren verkrampft und zitterten. Er führte Bewegungen damit aus, die an die eines Spastikers erinnerten.

»Mauer? Wand? Fläche?« Simonelle riet. Es war ganz offensichtlich, daß de Freille ein großes Rechteck in die Luft zu zeichnen versuchte. Dann aber gelang es ihm, eine Bewegung auszuführen, die eindeutig darauf hinwies, daß er etwas umzublättern versuchte.

»Ein Buch?« reagierte Simonelle sofort.

»Eine Zeitschrift?« hakte Professor Gerlingcourt nach.

Ablehnung in den Augen de Freilles.

»Zeitung«, sagte Simonelle da.

Ein schwaches Nicken war die Antwort. Erschöpft fiel der Kranke in die Kissen zurück, als hätte er eine schwere körperliche Arbeit hinter sich gebracht.

»Es gibt so viele Zeitungen«, bemerkte Simonelle. »Offenbar aber will er mich auf eine ganz bestimmte aufmerksam machen.«

Der Kranke gab ihm zu verstehen, sich herunterzubeugen. Simonelle war vorsichtig. Er mußte an die schreckliche Szene denken, die sich seinen Augen geboten hatte, als er vor zwei Nächten gemeinsam mit seinem Sohn dem Schrei nachging, der aus der Familiengruft bis zum Haus herübergehallt war. Seine Gattin hatte sich vertrauensvoll dem Sarg genähert, in dem die scheintote Charlene gelegen hatte. Und dann mußte es passiert sein.

Er war gespannte Aufmerksamkeit, als er sich herunterbeugte. Er war ganz auf Abwehr eingestellt. Außerdem wußte er, daß Gerlingcourt in seiner Nähe weilte.

De Freille bewegte die Lippen. Simonelle fühlte den heißen, fiebrigen Atem an seinem rechten Ohr.

De Freille versuchte ein Wort zu formen. Aber nur ein Luftstrom traf den Gehörgang Simonelles. Die Lippen waren so geformt, daß der Arzt offenbar »OH« oder »HO« sprechen wollte.

»Ich weiß nicht, was er will.« Simonelle war verzweifelt. Er fühlte instinktiv, daß die Mitteilung, die de Freille ihm machen wollte, von größter Wichtigkeit war.

Es war nicht mehr möglich, Dr. de Freille weiter zu fordern.

Die Pupillen wurden weit, und sein verkrampfter Körper zuckte noch einmal, dann entspannte er sich.

De Freille – war tot ...

»Wenn irgend etwas sein sollte, bitte informieren Sie mich«, bat Professor Gerlingcourt. In den Augen des großen Mannes las Simonelle Ratlosigkeit und Verwirrung. Gerlingcourt hatte sich aufgrund der merkwürdigen Todesart, der de Freille zum Opfer gefallen war, entschlossen, eine Obduktion der Leiche vorzunehmen. Die Einwilligung von Seiten der Familie des Toten brauchte er nicht – de Freille besaß keine Angehörigen. Seine Frau war bereits vor drei Jahren gestorben, Kinder gab es keine, und de Freille selbst war der letzte Sproß einer alteingesessenen Arztfamilie, die mit ihm ausgestorben war.

Simonelle war selbst noch so beeindruckt, daß er unfähig war, etwas darauf zu antworten. Erst als er hinter dem Steuer seines Wagens saß, wurden ihm die letzten Minuten, die er im Krankenzimmer verbracht hatte, noch einmal richtig bewußt.

Er erinnerte sich genau der Gesten und Bewegungen de Freilles, an die zweimal hintereinander hervorgestoßene Silbe »HO«, der ganz offensichtlich etwas nachfolgen sollte. »HO« – was kam dann?

Simonelle stellte sich die Bewegung vor, die de Freille mit seiner Rechten andeutete. Er hatte die Hand gehoben, zum Fenster gewiesen – weit weg hatte das heißen sollen. Oder hatte er damit ausdrücken wollen: In meinem Haus, sieh in meinem Haus nach, dort liegt »HO ...?!«

HO – eine Zeitung?

Plötzlich kam ihm die Erkenntnis. Er begriff, warum de Freille ausgerechnet ihn verlangt hatte. Er hatte ein Ereignis befürchtet oder zumindest vorausgesehen, war sich dessen aber nicht ganz sicher gewesen. Nur eines schien ihm von vornherein klargewesen zu sein: Simonelle würde ihn verstehen können. Es ging um die mysteriöse und scheußliche Angelegenheit, der seine Frau – wie auch Charlene – zum Opfer gefallen war. Wegen Charlene hatten sie beide ein Risiko auf sich genommen. Sie wollten die geheimnisvollen Widersacher überlisten, die offenbar der Sekte ›Gnamous‹ entstammten.

Nun sah es aber ganz so aus, als ob das nicht so einfach wäre.

Die Zeitung »HO -YA« – und plötzlich wußte er es. Die zweite Silbe hatte de Freille nicht mehr aussprechen und auch nicht mehr andeuten können, weil sein stark beeinträchtigtes Sprachvermögen dies nicht mehr zuließ.

Simonelle hatte nichts Eiligeres zu tun, als an der nächsten öffentlichen Fernsprechzelle anzuhalten und das Zentralkrankenhaus anzurufen. Er verlangte Professor Gerlingcourt.

»Es ist da etwas, das ich in der Eile ganz vergessen habe zu fragen, Professor. Wie kam Dr. de Freille eigentlich in Ihr Krankenhaus? Wie erfuhren Sie von seiner plötzlichen Erkrankung?«

»Die Haushälterin rief uns an. Wir schickten einen Krankenwagen. Die beiden Männer vom Roten Kreuz fanden den Kranken stocksteif und unfähig, sich zu äußern, auf dem Boden seines Arbeitszimmers.«

»Danke!« Ohne ein weiteres Wort hängte er ein.

Er fuhr zur Wohnung de Freilles.

Wenn das stimmte, was er vermutete, dann würde er einen Hinweis in der Wohnung des toten Arztes finden.

»HOYA« – die gängigste und die größte aller Tageszeitungen in Guinea!

Es mußte de Freille, der sich über gewisse Dinge intensiv Gedanken gemacht hatte, gelungen sein, ein Exemplar dieser Zeitung aufzutreiben. Was stand darin?

Er konnte es kaum erwarten, mehr zu erfahren.

Die Haushälterin kannte ihn. Sie ließ ihn eintreten. Ihr Gesicht war ernst.

»Sie haben doch Doktor de Freille besucht?« lautete ihre erste Frage.

»Ja«, entgegnete Simonelle rauh. »Ich fürchte, es besteht nicht mehr viel Hoffnung ...« Er zuckte bedauernd die Schultern.

Er wandte sich ab, als er die Tränen in den Augen der Haushälterin erblickte.

»Dr. de Freille hat mir etwas von einer Zeitung erzählt, Marie«, fuhr er fort. »Wissen Sie etwas von einem ausländischen Blatt? Es heißt ›Hoya‹.«

Sie sah ihn an. »Ich habe verschiedene Zeitungen in seinem Arbeitszimmer gesehen. Bitte, kommen Sie doch mit, Monsieur! Will er diese Zeitung haben?«

»Ja, ja ...«

Das Zimmer war geräumig und gemütlich. Es stellte eine Mischung zwischen Bibliothek und Arbeitszimmer dar, und an den zahlreichen Buchtiteln erkannte Simonelle die unterschiedlichsten und vielfältigen Interessen, die de Freille gehabt hatte.

Im Zeitungsständer lagen einige Magazine und Tageszeitungen. Er blätterte sie rasch durch. Es befand sich keine »Hoya« darunter.

Simonelle preßte die Lippen zusammen. Sollte er sich doch getäuscht haben? Waren die Kombinationen, die sich geradezu angeboten hatten – falsch?

Die Türklingel ging. »Ich seh' schon nach. Drüben an der Fensterbank liegen auch noch einige Tageszeitungen. Es sind, so glaube ich, die letzten Ausgaben von heute morgen.« Mit diesen Worten verschwand sie aus dem Zimmer und zog die Tür hinter sich zu.

Simonelle hörte, wie die Haustür unten ging. Er kümmerte sich nicht weiter darum. Mit fieberhaften Bewegungen sah er die Zeitungen durch, und mit zitternder Hand zog er schließlich ein Blatt heraus, auf dem groß und dick die Lettern prangten:

H O Y A

Rasch blätterte er die Zeitung durch. Sie trug das Datum von gestern. Das guineische Blatt war in französischer Sprache abgefaßt, die Amtssprache in Guinea war.

Simonelle stieß auf den kleinen Bericht auf Seite 4. Er fiel ihm sofort ins Auge, denn de Freille hatte die Notiz mit Rotstift gezeichnet.

Die Überschrift lautete: »Polizei steht vor einem Rätsel ...«

»Tochter eines französischen Industriellen verschwunden.«

Mit fiebernden Blicken überflog Simonelle den Bericht. Er kannte den Namen Gerard Luison, er kannte auch dessen Tochter. Mit den Luisons waren sie oft in Conakry zusammengewesen. Bei ihrem letzten Besuch in Guinea war Charlene Simonelle sogar noch mit Nanette Luison ausgegangen. Die beiden Mädchen waren etwa gleichaltrig.

Nanette Luison – auch verschwunden.

In dem kurzen Bericht, der sehr objektiv und klar gehalten war, kam zum Ausdruck, daß offenbar eine Terroristenorganisation für die Entführung verantwortlich zu machen sei. Zwischen den Zeilen stand zu lesen, daß man sich an höchster Stelle ernstlich Gedanken mache, weil dies nun schon der vierte oder fünfte Fall sei, wo Söhne und Töchter angesehener ausländischer Bürger verschwanden und tot zurückgebracht wurden.

»... auch hier«, so hieß es abschließend, »ist ein Verbrechen in seiner ›abscheulichsten Form‹, wie es sicher nur in bestimmten Volksschichten zum Ausdruck kommt, nicht auszuschließen. Wir fürchten das Schlimmste ...«

Am oberen Rand dieser Seite war, mit Bleistift notiert, eine Telefonnummer.

Davor, abgekürzt ein Name: »Lu. – Conakry ...«

Hatte de Freille ein persönliches Gespräch mit Luison geführt? Allem Anschein nach.

Er kam nicht mehr dazu, sich über gewisse Dinge weitere Gedanken zu machen.

Die Tür zum Arbeitszimmer wurde plötzlich aufgestoßen, und vier, fünf dunkle Gestalten stürzten sich auf Simonelle. Die Neger rissen ihn zu Boden. Er wehrte sich vergeblich. Wie Stahlklammern preßten sie seinen Körper, seine Arme und Beine. Simonelle fühlte einen Einstich im rechten Arm. Dann wußte er nichts mehr.

***

Als niemand zum Essen erschien, packte sie kurz entschlossen alles wieder weg. Seit zwei Stunden wartete sie vergebens.

In diesem Haus stand alles kopf.

Claudine hielt vergebens Ausschau nach Monsieur und seinem Sohn. In der Garage fehlte der Rolls-Royce. Monsieur war also noch in der Stadt. Warum aber rief er nicht an und teilte ihr mit, daß es sinnlos war, das Mittagessen zuzubereiten?

Einmal glaubte sie draußen auf der Terrasse leise Schritte zu hören. Sie eilte zur Tür.

»Monsieur?« rief sie kleinlaut. Aber da war niemand. Der Wind rauschte in den dichten Wipfeln der Bäume.

Als sie ins Haus zurückkehrte, vernahm sie knarrende Treppenstufen im oberen Stockwerk. Gleich darauf wieder Stille.

Claudine bekam es mit der Angst zu tun. »Monsieur?!« Ihre Stimme hallte klar und deutlich durch das große, stille Haus.

Keine Antwort.

Doch die junge Französin spürte, daß jemand hier war. Und sie war allein! Etwa ein Eindringling, der beobachtet hatte, wie Jean-Pierre und Philipe Simonelle das Haus verließen?

Sie verhielt in der Bewegung und lauschte. Das Geräusch war ganz oben. Auf den Treppen zur Dachkammer?

Heiße und kalte Schauer liefen über ihren Rücken, als ihr plötzlich eine neue Idee kam.

Madame Simonelle?!

War sie aufgewacht, fühlte sie sich wohler, suchte sie etwas und fand es nicht?!

Sie hörte, daß die Tür klappte, und dann war da ein Geräusch, das sie bisher nur nachts vernommen hatte: das Rasseln schwerer Ketten.

War es so schlimm mit ihr? Sie hatte die Worte von heute morgen noch nicht vergessen.

Aber wenn wirklich Madame heimlich ihren ersten Spaziergang gemacht hatte und sich jetzt selbst wieder die Ketten anlegte – was befürchtete sie eigentlich? Madame Simonelle schien die Anordnungen genau zu befolgen. War sie so depressiv, so apathisch?

Claudine focht in diesen Sekunden einen Kampf aus. Niemand der Herren war im Haus, und auch Dr. de Freille, dessen Eintreffen langst überfällig war, schien sich erstaunlich viel Zeit zu lassen. Dabei hätte Madame doch längst die Injektion benötigt, von der Monsieur noch sprach?

Ob sie sich den Anordnungen widersetzen sollte? Es war eine besondere Situation eingetreten. Zum ersten Mal seit zwei Tagen befand sich kein Mann im Haus, um sich um Madame zu kümmern.

Sie selbst hatte keine besonderen Instruktionen erhalten. Aber es war unsinnig, da oben eine Schwerkranke allein zu lassen. Es konnte eine Situation eintreten, wo sie eingreifen mußte, und sie war überzeugt davon, daß eine solche Situation eingetreten war.

Claudine ging kurz entschlossen in die Küche, wärmte die kräftige Fleischsuppe noch einmal auf und goß eine ordentliche Portion in die Suppenterrine. Sie stellte Teller, Besteck und Terrine auf einem Tablett geschmackvoll zusammen, fügte eine Kerze in einem Porzellanhalter hinzu und machte sich dann auf den Weg zur Dachkammer.

Auf halber Strecke blieb sie stehen. Sie hörte das dumpfe, schmerzhafte Stöhnen, die leise wimmernden Schreie, die das Haus minutenlang erfüllten.

Dann wieder völlige Stille, als wäre nichts gewesen.

Langsam stieg Claudine die Treppen höher. Sie balancierte das beladene Tablett gekonnt vor sich her.

Sie öffnete die erste Tür, die die letzten Stufen zur Dachkammer vom eigentlichen Wohnkomplex trennten.

Sie begriff nicht, warum man Madame ausgerechnet in diesen einfachen, unbequemen Räumlichkeiten untergebracht hatte.

Fürchtete Monsieur einen unerwarteten Besuch, der vielleicht darauf aufmerksam wurde, daß Madame in Wirklichkeit noch im Haus war?

Hier oben aber war alles separat, hier kam niemand hin.

Das war die einzige logische Erklärung.

Dann stand Claudine vor der Tür. Mechanisch streckte sie die rechte Hand aus, um nach dem Schlüssel zu greifen, während sie mit der anderen Hand und ihrem rechten Knie das beladene Tablett stützte.

Sie zuckte zusammen, als sie es bemerkte.

Der Schlüssel – war verschwunden. Madame Simonelle mußte ihn mit in die Kammer genommen und von innen abgeschlossen haben.

»Madame?« fragte sie leise. Sie klopfte an.

Nichts.

Sie hörte jedoch ein intensives Atmen, als würde die Dame des Hauses unmittelbar hinter der Tür sitzen.

»Madame«, begann Claudine noch einmal. »Ich habe Ihnen etwas zu essen bereitet. Es ist niemand von den Herren im Haus, so daß ich es Ihnen bringe. Kann ich eintreten?«

Da drehte sich der Schlüssel im Schloß. Hart und knackend.

Aber noch immer keine Entgegnung. Claudine preßte die Lippen zusammen. Das ganze befremdete sie. Doch wenn Madames Geist verwirrt war, dann durfte man diese Reaktion nicht sonderbar finden. Geistesgestörte verhielten sich eben anders.

Sie drückte die Klinke herunter und stieß die Tür langsam mit dem Fuß auf. Sie stand auf der obersten Schwelle. Ihr Körper war auf Abwehr eingerichtet, schließlich war sie gewarnt, ohne jedoch im Grunde ihres Herzens recht an etwas Schlimmes zu glauben. Seit Jahren arbeitete sie in diesem Haus. Sie gehörte praktisch mit zur Familie. Wenn Monsieur und sein Sohn nichts zu fürchten hatten, wenn Madame sie noch erkannte, dann war kaum anzunehmen, daß sie ausgerechnet von Claudine nichts mehr wissen sollte. Das war doch absurd!

Sie stand auf der Türschwelle und starrte in die düstere Kammer, in die kaum ein Strahl Tageslicht fiel.

Warum waren die Läden vor die beiden winzigen Fenster geklappt? Warum diese Lichtlosigkeit?

In der Dämmerung erkannte sie die Umrisse eines einfachen Metallbettes und eines schweren, dunklen Schrankes.

Die Luft in der kleinen Kammer war nicht sonderlich gut. Die seltsam schwere, süßliche Atmosphäre eines Gewürzaufbewahrungsraums mischte sich mit der Muffigkeit und der modrigen Luft, die einem in schlechtgelüfteten Kellern entgegenschlug.

Es roch süß, alt, und es roch nach Tod!

»Madame? Können Sie mich hören?« Claudine beugte sich ein wenig nach vorn. Sie streckte das beladene Tablett von sich und schritt hinein in die Dämmerung. Die Geistesgestörte, die leise durch das Haus geschlichen war, hielt sich noch immer verborgen.

Gleich hinter der Tür stand die kleine altmodische Sitzgruppe. Eine verschlissene Couch und zwei dazu passende Polstersessel, die vor Jahrzehnten einmal sehr kostbar gewesen sein mußten.

Die Garnitur hatte bis vor einiger Zeit noch in einem der Gästezimmer gestanden, die der Herr des Hauses jetzt im altspanischen Stil eingerichtet hatte.

Claudine mußte zwei weitere Schritte gehen, um hinter die Tür blicken zu können.

Im gleichen Augenblick streckte sich ein nackter, dunkler Arm vor. Mit einem Knall schlug die Tür zu.

Claudine fuhr derart heftig zusammen, daß sie im ersten Schreck das Tablett fallen ließ.

Klirrend zerbrach das Porzellan; heiße Suppe schwappte aus der in zwei Hälften zerbrochenen Terrine und ergoß sich über ihre Füße.

Ein gellender Aufschrei kam über ihre Lippen.

Sie wich zurück und taumelte mehr, als daß sie ging.

Vor ihren Augen drehte sich alles wie ein Karussell. Wie in Trance nur bekam sie mit, daß zwei weitere Männer anwesend waren. Fremde! Neger! Junge Männer mit muskulösen Brustkörben, die sich grell bemalt hatten. Ihre Hemden lagen auf dem obersten Sessel, die man in der hintersten Ecke des fast quadratischen Raums aufeinandergestellt hatte. Direkt vor der alten Couch stand ein Sarg. Ein einfacher Holzsarg, der mit Baststreifen umwickelt schien. Die Streifen waren mehrfarbig bemalt.

Claudine war zu Tode erschrocken. Sie konnte die Dinge, die sich ihren Augen boten, nicht glauben. Vergebens hielt sie Ausschau nach Madame Simonelle. Sie war nicht da. Sie war nirgends. Lag sie etwa – in dem Sarg, dessen Deckel halb auf der Seite hing?

Eine eiskalte Hand griff nach ihrem Herzen, als sie plötzlich daran dachte, daß Madame Madeleine und der Sarg vielleicht ...

»Es war nicht unsere Absicht, Sie zu erschrecken, Mademoiselle«, sagte ein Afrikaner zu ihr in einwandfreiem Französisch. Trotz der herrschenden Dämmerung konnte sie an der Gestalt und dem Aussehen des Schwarzen erkennen, daß es sich um einen Guinesen handelte.

»Leider waren Sie zu neugierig. Sie wurden aufmerksam, als wir ins Haus eindrangen. Schade!«

»Wo ist Madame Simonelle?«

Der Neger überging ihre Frage. »Da Sie aber nun schon in die Dinge einbezogen wurden, müssen Sie auch die Konsequenzen tragen! Für uns steht sehr viel auf dem Spiel, wir haben eine Mission zu erfüllen! Diese Mission wird nun leider auch zu Ihrem Schicksal!«

Er kam auf sie zu. Die Scherben knirschten unter seinen Schritten.

»Lassen Sie die Finger von mir!« Sie gab ihrer Stimme Festigkeit. Ihre Wangenmuskeln zuckten, und ihre Augen schossen Blitze. Dennoch wich Claudine noch einen Schritt zurück. Weiter ging es nicht mehr. Das alte Metallbett begrenzte ihren Rückzug.

»Ich werde schreien!«

Der Neger lachte leise. »Ja, Sie werden schreien. Aber wer wird Sie hören? Die Herrschaften sind ausgeflogen, und es ist kaum damit zu rechnen, daß sie heute noch zurückkommen. Fremde werden Ihre Schreie nicht hören, Mademoiselle! Im Umkreis von sechs Kilometern wohnt kein Mensch ! Wer also sollte Sie hören?«

Claudine fühlte, wie aller Mut und alle Selbstsicherheit dahinschwanden wie der letzte Schneerest unter den warmen Strahlen der Frühlingssonne.

Der Schwarze gab ihr zu verstehen, daß sie sich dem Sarg nähern sollte. »Sie wollten doch Madame einen Besuch abstatten, nicht wahr?«

Ein eigenartiger Unterton, den sie nicht begriff, schwang in der Bemerkung mit.

Die beiden anderen Neger, die bisher reglos zwischen Sarg und Couch gestanden hatten, schoben den etwas verrückten Deckel weiter auf die Seite, hoben ihn schließlich ganz herunter und legten ihn neben den Sarg.

»Sehen Sie sich Madame an!«

Claudine schluckte. Sie brachte es nicht fertig, einfach stehenzubleiben. Sie mußte in den Sarg sehen. Und dann schrie sie wirklich, wie es ihr prophezeit worden war ...

Vor ihr lag nicht Madame Simonelle – sondern die tote Charlene Simonelle!

Sie war unfähig, ein Wort über ihre Lippen zu bringen. Ihr Schrei verhallte und fing sich in den Ritzen der Mauern und Dachbalken, die teilweise durch den Deckenverputz ragten.

Aber dann war da noch etwas anderes, was sie weitaus mehr entsetzte. An dem kaum merkbaren Heben und Senken der kleinen Brüste Charlene Simonelles wurde ihr bewußt, daß das Mädchen im Sarg gar nicht tot war!

»Was geht hier vor?« stammelte sie. Sie wollte zurückweichen, doch die Hände des hinter ihr stehenden Guinesen schoben sie wieder nach vorn.

»Wir mußten aufkreuzen, weil ein gewisser Dr. de Freille angefangen hatte, uns ins Handwerk zu pfuschen. Nachdem alles plangemäß über die Bühne lief, wäre es ihm fast gelungen, Verwirrung zu stiften. Er hat mit seinen Drogen und Giften eine gefährliche Situation heraufbeschworen und diesen völlig umgestalteten Körper durcheinandergebracht. Kurz vor Ihrem Eintreffen konnten wir ein Präparat injizieren, das die Rauschmittel unwirksam macht. Wir erwarten einen Erfolg, da wir ziemlich genau herausfinden konnten, welche Mittel Dr. de Freille angewandt hat. Und Sie werden – ohne daß dies zunächst vorgesehen war – zu einem Versuchsobjekt werden, an dem wir bemessen können, ob die Vorbereitungen und alle Schwierigkeiten, die wir auf uns nehmen mußten, nicht umsonst waren!«

Der Körper der jungen Charlene spannte sich plötzlich, als würde elektrischer Strom durch ihre Glieder geleitet werden.

Ihre Lippen öffneten sich, und der schaurigste und gellendste Aufschrei, den Claudine jemals gehört hatte, hallte durch die dämmrige Dachkammer, daß die Luft erzitterte.

Es waren die gleichen Schreie, die ihr während der letzten beiden Nächte die Ruhe geraubt hatten!

Sie war unfähig, sich von der Stelle zu bewegen. Es war, als ob sie am Boden klebte.

Charlene Simonelle richtete sich auf. Ihre blonden, ungeordneten Haare rutschten über ihre Schultern und berührten ihre bloßen Brüste. Ihr verzerrtes Gesicht wurde zu einer abschreckenden Maske. Die Augen waren unnatürlich weit aufgerissen.

Plötzlich erklangen wimmernde, stöhnende Laute, die wie im Krampf ihrer Kehle entrannen.

»Sie erlebt den Alptraum immer wieder«, kam es wie ein Hauch über die Lippen des Schwarzen, der gebannt das Schauspiel verfolgte, das nun abrollte. »Sie kann die Nacht in den Reihen der ›Gnamous‹ nicht vergessen. Ihre Nerven wurden bis an die Grenze ihrer Leistungsfähigkeit strapaziert, ihr Geist spaltete sich, er sieht die feindliche Umwelt nur noch verschwommen. Sie selbst sieht sich ständig als Spiegelbild und fühlt ihren mit zahlreichen gefiederten Pfeilen bespickten Körper. Die Spitzen dieser Pfeile berühren ganz bestimmte Nervenpunkte, schalten sie aus und unterbrechen bestimmte Bewußtseinsfunktionen, die normalerweise vorherrschen. Trugbilder werden vermittelt. Diese Trugbilder halten auch bei Tage an, wenn der Körper scheinbar in einen totenähnlichen Schlaf sinkt. Es ist eine ewige Geißel, ein ewiger, nie endenwollender Alptraum ...«

Claudine wollte den Blick wenden, doch mit harter Hand drehte der Neger ihr den Kopf wieder herum.

Aber sie schloß die zitternden Augenlider, um diesen lebenden Leichnam, der dem Sarg entstieg, nicht sehen zu müssen.

»Reich' ihr das ›Heilige Messer‹ ...«, hörte sie die Stimme des Afrikaners hinter sich.

Aus halbgeschlossenen Augen sah die junge Französin, daß einer der Neger hinter dem Sarg ein langes, blitzendes Messer aus seinem Gürtel zog. Der Knauf war goldfarben und stellte eine scheußliche Fratze dar, deren Anblick allein schon Angst und Schrecken verbreitete.

Charlene Simonelle griff nach dem Dolch, als hätte sie nur darauf gewartet, ein solches Instrument in die Hand zu bekommen.

Sie löste sich langsam von dem Sarg, das hübsche Gesicht zu einer abstoßenden Fratze verzerrt.

Über ihre zitternden Lippen kamen kleine, furchterregende Schreie, und Claudine mußte an sich halten, um selbst nicht loszuschreien.

Ganz am Rande wurde ihr bewußt, daß unter dem Sarg und neben der Couch schwere Eisenketten lagen, mit denen Charlene Simonelle offenbar verbunden gewesen war, wenn sie ihre Tobsuchtsanfälle erlitt. Dr. de Freille hatte dem mörderischen Zerstörungswillen vorerst nur auf diese sehr drastische Weise Einhalt gebieten können.

Der Afrikaner hinter dem Hausmädchen trat zur Seite, als Charlene Simonelle ihre Runde um den Sarg beendet hatte und sich nun mit mörderisch funkelnden Augen Claudine näherte.

Die Hausangestellte wich zurück, Schritt für Schritt ...

Charlene Simonelle folgte ihr, Schritt für Schritt ...

Dann war die kahle, bröckelige Wand hinter ihr. Claudine stützte sich mit beiden Händen ab. Sie fühlte, was da auf sie zukam, sie wußte, daß das Geschehen von sechs dunklen Augen aufmerksam verfolgt wurde.

Plötzlich blitzte der Dolch vor ihr auf. Sie warf sich der Mörderin, die nicht wußte, was sie tat, entgegen, dabei dem tödlichen Stich ausweichend.

Sie stieß Charlene Simonelle vor die Brust. Ihr Fleisch fühlte sich hart und kalt an, als würde kein Tropfen Blut durch diesen Körper fließen.

Charlene taumelte, wankte, fing sich aber wieder.

Claudine hatte mit einem Mal einen verzweifelten Gedanken. Sie wußte, sie saß in der Falle. Die Tür war ihr versperrt. Doch da waren die kleinen Fenster noch.

Mit vorgestreckten Händen stürzte sie darauf zu, noch ehe die Afrikaner begriffen, was sie eigentlich beabsichtigte.

Doch ihre Reaktion war nicht einmal unklug. Sie wußte, daß nur die Nacht oder die Dunkelheit das seltsame Leben der veränderten Charlene Simonelle bestimmte. Am Tag schlief sie einen totenähnlichen Schlaf. Was würde geschehen, wenn jetzt, in diesem entscheidenden Augenblick, das volle Tageslicht sie traf?

Claudine hatte keine Zeit, das Fenster aufzureißen. Sie riskierte eine Verletzung, um ihr Leben zu retten. Sie ballte die Rechte zur Faust und durchstieß damit einfach das winzige Fenster. Glas zersplitterte, die Haut auf ihrer Hand riß sofort, und aus zahlreichen Schnittwunden floß Blut.

Doch noch war der Laden vorgeklappt. Claudine griff nach dem Riegel. Das alles spielte sich in wenigen Sekunden ab.

Da der Riegel klemmte, gingen wertvolle Sekunden verloren. Charlene Simonelle tauchte hinter ihr auf. Sie wagte nicht, einen Blick zurückzuwerfen.

Mit zitternden Fingern löste sie die Verriegelung.

Da senkte sich der blitzende Stahl heiß zwischen ihre Schultern.

Ein dumpfes Gurgeln drang aus der Kehle der tödlich Verletzten. Ein zweiter Stoß folgte, und diesmal spürte Claudine noch, daß die tödliche Waffe zwischen ihren Schultern steckenblieb.

Ihr Oberkörper fiel nach vorn, und der Laden wurde durch die Gewalt des vorkippenden Körpers aufgestoßen.

Claudine wollte sich noch umdrehen, doch ihre Kräfte ließen rasch nach. Warm lief das Blut ihren Rücken hinab.

Mit zitternden Fingern griff sie nach dem kühlen, moosüberwachsenen Dachvorsprung, der sich vor ihr ausdehnte.

Sie starrte in die Tiefe des grünen Gartens, der blitzschnell auf sie zuzukommen schien.

Sie hörte einen gellenden Aufschrei und wußte nicht, daß sie selbst diejenige war, die schrie.

Ihr Oberkörper lag halb auf dem Dach, quer über der Ablaufrinne, die sich bedrohlich nach vorn senkte. Das Blut aus ihrer Wunde sickerte über ihre Schultern, lief in die Rinne und tropfte unten aus dem Abfluß in das mit Regenwasser gefüllte Faß ...

***

Er erwachte und wußte im ersten Augenblick nicht, wo er sich befand, welche Tageszeit es war und wie er hieß.

Philipe Simonelle richtete sich stöhnend auf und rieb seinen dröhnenden Schädel, in dem ein ganzer Bienenschwarm zu summen schien.

Die Umrisse der Umgebung schälten sich langsam aus einer zerfließenden Welt. Er erkannte mit einem Mal jedes Stück wieder.

Mühsam kam er auf die Beine. Er fühlte sich noch ein wenig unsicher, als er zum Barschrank wankte, aber nachdem er sich einen Scotch eingegossen hatte, schienen seine Lebensgeister wieder voll in Aktion zu treten.

Irgend etwas jedoch fehlte in seiner Erinnerung. Er suchte vergebens. Da war ein großes Loch ...

Durch die breiten Fenster blickte er hinaus in den dunklen Park. Sein Park! Er befand sich in seinem Haus. Und es war Abend. Rundum finster. Oder ließen nur seine Augen ihn im Stich?

Er rief nach Claudine. Doch das Mädchen gab keine Antwort.

Mein Gott, es wird dunkel, fiel es ihm plötzlich ein, und er drehte sich abrupt herum. Er mußte hoch in die Dachkammer und Charlene die Ketten anlegen.

Wie aus weiter Ferne hörte er das Telefon. Es dauerte eine volle Minute, ehe er begriff, daß er abheben mußte. Seine Reaktionen waren noch langsam, beeinträchtigt durch irgend etwas, das ihm noch immer nicht bewußt geworden war.

Er meldete sich mit dumpfer, rauher Stimme.

»Ich kann Ihnen helfen, Monsieur Simonelle«, sagte der Sprecher am anderen Ende der Strippe. Er hatte eine markante Stimme.

»Helfen? Mir? Warum?«

»Es geht um Charlene und um Ihren Sohn Jean-Pierre.«

Es war, als ob ein mit Wolken bedeckter Himmel plötzlich aufriß.

»Wer sind Sie? Was wollen Sie von mir?« stieß er hervor.

»Ihnen helfen, ich sagte es schon. Ich bin der einzige, der es kann! Sie müssen mir vertrauen! Mein Name ist Doktor Solifou Keita.«

***

Larry Brent stand hinter dem Vorhang, als der Totenwagen vorfuhr.

Monsieur Gerard Luison öffnete die Tür. Zwei Männer und ein Polizist in Zivil traten ein.

Luison hatte vor einer Stunde von der örtlichen Polizeibehörde die Mitteilung erhalten, daß man seine Tochter gefunden hätte. Ein anonymer Anrufer hatte der Polizei mitgeteilt, daß die tote Nanette Luison in einer Lehmhütte am Rande der Stadt läge.

Gemeinsam mit dem Amerikaner und zwei hohen afrikanischen Beamten hatte man sich zu der Stelle begeben. In der Hütte stand ein Sarg – wie Luison ihn bereits kannte. Ein gleiches Exemplar befand sich in seinem Haus. Die Täter hatten offenbar ihren ursprünglichen Plan fallen lassen, die Tote in einer stillen Nacht ins Haus und in den bereits dort vorhandenen Sarg zu schleppen.

Die Anwesenheit Larry Brents spielte dabei eine nicht unbedeutende Rolle.

Dennoch fühlten sie sich sicher und waren so überzeugt von ihrer Mission, daß sie die Dinge weiter forcierten.

Larry Brent und Gerard Luison hatten das Eintreffen des Totenwagens an der Lehmhütte abgewartet, als der finanzstarke Franzose bestätigte, daß der Leichnam in der Hütte tatsächlich der seiner Tochter war.

Nanette Luison wurde auf den ausdrücklichen Wunsch des Vaters ins Haus gebracht.

Luison wechselte mit dem Beamten ein paar kurze Worte. Der Afrikaner zog den Franzosen auf die Seite und meinte: »Sie bestehen also darauf, Ihre Tochter die nächsten Tage noch im Haus zu behalten? Ihre erste Reaktion in der alten Lehmhütte haben Sie demnach noch nicht revidiert?«

»Nein!« Luison schüttelte den Kopf. »Ich habe bestimmte Gründe.«

»Wir kennen diese Gründe«, antwortete der Beamte. »Ich muß Sie aber noch mal darauf aufmerksam machen, daß Sie damit ein großes Risiko auf sich laden.«

»Ich glaube nicht daran.«

Der Neger schluckte. »Ich bin Christ«, sagte er leise. »Aber ich bin auch Afrikaner, und ich weiß, daß es im Dschungel noch immer geheimnisvolle Bräuche und Riten gibt, die in den Naturreligionen unserer Vorväter ihren Niederschlag finden und heute noch weiterleben. Wenn Sie aus dem Fenster Ihres Hauses sehen, erblicken Sie einen gepflegten Boulevard, moderne Straßen und Häuser, Autos und andere Zeugen moderner Technik. Das 20. Jahrhundert umgibt Sie, aber nur wenige Kilometer von hier entfernt beginnt der Busch, und dort geschehen auch heute noch Dinge, die geeignet sind, einem das Blut in den Adern gefrieren zu lassen. Beerdigen Sie Ihre Tochter bald, Monsieur, ehe noch größeres Unheil geschieht!« Die letzten Worte sagte er so leise, daß gerade Luison sie noch verstehen konnte.

»Ich werde meine Entscheidungen treffen, wann es mir paßt!«

Er wandte sich ab und forderte die beiden Schwarzen vom Beerdigungsinstitut auf, den Sarg mit der Toten hoch in das Zimmer zu bringen.

Von seinem Standplatz aus dem Zimmer gegenüber, dem Raum, in dem Nanette Luison gewohnt hatte, beobachtete der Amerikaner die Dinge. Es war nicht schlimm, wenn man ihn hier sah, aber er wollte seine Anwesenheit nicht unnötigerweise jedem bekannt machen.

Der einfache Sarg wurde von den beiden Afrikanern in den abgedunkelten Raum getragen, in dem noch immer die Fensterläden geschlossen und die Gardinen vorgezogen waren.

Die Tote wurde umgebettet. Abschließend erhielt Luison von dem Beamten noch einen länglichen, in ein graues Tuch eingewickelten Gegenstand, den er wortlos entgegennahm.

Als die Fremden das Haus verlassen hatten, erschien X-RAY-3 auf der Bildfläche.

Vorsichtig wickelte er das längliche Etwas aus. Ein Dolch kam zum Vorschein, dessen Griff eine schaurige Fratze darstellte.

Luison und Larry Brent hatten neben der Toten in der Lehmhütte diesen Dolch gefunden. Der Amerikaner hatte darauf bestanden, diese merkwürdige »Beilage« unbedingt mit in das Haus zu nehmen, wenn die Tote gebracht wurde.

Larry fand nun auch endlich die Zeit, die hübsche Nanette Luison eingehend zu betrachten. Er öffnete Fenster und Vorhänge, vermied jedoch, sich direkt sehen zu lassen. Er fühlte, daß er seit seinem Eintreffen hier in diesem Haus ständig beobachtet wurde. Er war zu sehr mit den Vorbereitungen für seinen Plan beschäftigt gewesen, als daß er es hätte darauf ankommen lassen, irgend etwas zu provozieren, was sein Vorhaben in Gefahr bringen konnte.

Nanette lag reglos und steif im Sarg. Die Hände waren ihr nach christlichem Brauch über der Brust gefaltet. Das war eigentlich merkwürdig, mußte aber nicht viel bedeuten.

Furchterregend war der unheimliche Dolch. Larry legte ihn in den Sarg neben der Toten. Er kam sich vor wie ein afrikanischer Zauberpriester, der hier ein seltsames Ritual zelebrierte.

»Wann kommt Dr. Robertson?« fragte er beiläufig, ohne den Blick von der Toten zu nehmen. Es war, als müsse Larry sich das Bildnis, die Lage und das Aussehen des hübschen Mädchens genau einprägen.

»Ich habe ihm gesagt, daß er gegen 14 Uhr hier eintreffen soll«, erklang Luisons Stimme hinter ihm. Der Franzose sah mitgenommen und übernächtigt aus. Nach den Ereignissen vor zwei Tagen hatte er auch jetzt noch innerlich keine Ruhe und Ausgeglichenheit gefunden. Nur einen Silberstreifen am Horizont gab es: Seiner Gattin, die in einem Conakryer Krankenhaus lag, ging es besser. Doch er bestand darauf, daß sie noch dortblieb. Aus Sicherheitsgründen. Larry Brent war überzeugt davon, daß das ganze Theater nicht umsonst veranstaltet wurde. Er hatte die beiden Tage sehr eingehende Studien alter Bücher betrieben. In den Naturreligionen Afrikas gab es Elemente, die einem das Grauen beibringen konnten. Und in der Tat war es so, daß Legende und historischer Bericht, daß Zauberei und Dämonie sich mit einer absurden Religion mischten.

Doch auch in Europa war es zu Hexenverbrennungen gekommen, hatten die Menschen bis vor einem Jahrhundert noch an den Umgang zwischen Satan und Hexen geglaubt. Und viele waren heute noch nicht davon abzubringen. Es war zu unmenschlichen Folterungen gekommen. In alten Schriften wurde erwähnt, daß man den Unglücklichen die Zunge herausgerissen oder mit langen Nadeln tief in ihren Körper gestochen hatte, um das

»Teufelsmal« zu finden. Die Geschichte der Menschheit war reich an merkwürdigen und geheimnisvollen Ereignissen. Und noch heute setzten sich im Verborgenen außergewöhnliche Verbrechen fort, die oft den Polizeibehörden entgingen oder die sie mit den herkömmlichen Mitteln nicht klären und durchblicken konnten. Deshalb hatte der geheimnisvolle X-RAY-1, ein Mann, dessen Identität niemand kannte, die schlagkräftig und mit völlig unkonventionellen Mitteln arbeitende PSA geschaffen, die schon auf erstaunliche Erfolge zurückblicken konnte.

Nanette Luison trug ein dünnes, enganliegendes Gewand, so daß ihre Körperumrisse deutlich durchschimmerten. Ihre Augen waren nur halb geschlossen, als hätte man erst im letzten Augenblick daran gedacht.

Larry horchte den Herzschlag ab, fühlte den Puls und machte auch den Test mit dem Spiegel, den er vor die bleichen Lippen der im Sarg Liegenden hielt. Kein Niederschlag!

Tot oder nicht tot? Gab es hier durch geheimnisvolle Kräfte etwas, das diesen Zustand herbeiführte – den Zustand eines »scheinbaren« Todes? In der Natur geschah dies hin und wieder. Wenn nun jemand das Wissen über bestimmte Substanzen hatte, wenn dieser Jemand das Wissen verbrecherisch anwandte, dann war nicht ausgeschlossen, daß ein solcher Zustand auch künstlich herbeigeführt werden konnte.

Dr. Robertson, ein Engländer, der die europäischen Bewohner in diesem Stadtteil Conakrys ärztlich versorgte, traf pünktlich ein.

Er redete nicht viel. Er war ein wortkarger, aber dennoch sehr sympathischer Mann. Mit seinem schmalen Lippenbärtchen und seinem forschen Auftreten erinnerte er an einen typisch englischen Offizier. Man konnte ihn sich in Uniform lebhaft vorstellen.

Robertson wußte, warum er hier war. Luison hatte ihn am Telefon gestern abend bereits aufgeklärt, ihm von der Warnung erzählt, die er erhalten hatte.

Der Engländer wurde auch dem amerikanischen Agenten vorgestellt. Dann machte sich Dr. Robertson sofort an die Untersuchung der Toten. Auch dies gehörte mit zu dem Plan von X-RAY-3. Er wollte alles genau wissen. Mit wissenschaftlichen Methoden nahm Robertson die Untersuchung vor und kam zu dem einzig richtigen Schluß: »Wenn ich nicht wüßte, daß ich es mit zwei normalen Menschen zu tun hätte, dann würde ich sagen: Sie sind beide verrückt, meine Herren, darauf zu warten, daß dieser Leichnam noch einmal aufersteht. Nanette Luison ist tot!«

Gerard Luison schluckte. Er fuhr sich mit einer nervösen Bewegung durch die Haare und warf einen Blick auf den ruhigen und nachdenklichen Amerikaner. »Für mich gibt es auch keinen Zweifel. Aber die Umstände, die ...« Er wußte nicht so recht, wie er es erklären sollte.

»Doch, Luison«, entgegnete Larry Brent mit fester Stimme. Der Vorwurf aus dem Mund des Franzosen galt ihm.

»Auch Sie haben Zweifel, sonst hätten Sie sich niemals auf dieses makabre Spiel eingelassen. Warten wir ab! Diese Nacht muß es geschehen, in dieser Nacht werden wir mehr wissen. Ich ...«

Weiter kam er nicht. Die Fensterscheibe zersplitterte, und ein faustgroßer Stein, um den mit einem roten Gummiring ein kleiner Zettel befestigt war, rollte dumpf über den Teppich.

Luison wich zurück. Robertson zuckte zusammen. Larry Brent bückte sich sofort, riß den Gummi ab und faltete den Zettel auseinander.

»Er ist an Sie gerichtet, Monsieur«, wandte er sich an Luison. »Es ist an sich nicht meine Art, anderer Leute Briefe zu öffnen und zu lesen, aber in diesem besonderen Fall, wenn sie zudem noch auf so eigenwillige Weise befördert werden, nehme ich mir einmal die Freiheit. – ›Sie sollten den Fremden sofort wegschicken, Luison‹«, las Larry Brent vor. Die Botschaft war mit Druckbuchstaben geschrieben. »Und darunter steht: ›Wir lassen uns nicht irritieren. Sie sind des Todes, Luison! Verantworten Sie es selbst, wenn Sie unbedingt auch noch Außenstehende mit hineinziehen wollen‹.«

X-RAY-3 warf einen Blick auf den Franzosen. Der wollte schon etwas sagen, aber Larry meinte: »Und hinter diesem letzten Satz befindet sich eine Klammer, in der der Name Bangoura steht. Wissen Sie, was das zu bedeuten hat, Monsieur?«

Luison schluckte. »Bangoura ist einer meiner Diener. Der beste, wenn Sie so wollen.«

»Ich weiß.«

»Gestern abend, als Sie in der Bibliothek waren, als Sie versuchten, mehr über das geheimnisvolle Leben gewisser Sekten und ritueller Manipulationen zu erfahren, da erhielt ich einen Telefonanruf.«

»Davon haben Sie mir nichts gesagt.«

»Ich hatte den Kopf voll mit anderen Dingen. Da war der Anruf von einem gewissen Dr. de Freille aus Europa. Von dem habe ich erzählt.«

Larry nickte. Er hatte diese Angelegenheit sofort über die Miniatursendeanlage in seinem PSA-Ring weitergegeben. Eine Parallele in Europa hatte man schon vermutet. Ihn aber, den besten Agenten der PSA, hatte man direkt in die Gegend geschickt, von der man wußte, daß hier die Ursache zu finden war.

»Und dann hielt ich die Sache wegen Bangoura nicht mehr so wichtig«, fuhr Luison fort. »Der Anrufer meinte nur, daß wir uns Bangoura als abschreckendes Beispiel vor Augen halten sollten, wenn Sie, Monsieur Brent, weiter mitmischen sollten. Offenbar weiß man nichts Rechtes mit Ihnen anzufangen, aber man fürchtet Sie, man fühlt, daß Sie nicht umsonst hier sind.«

Larry hatte einen furchtbaren Verdacht. Er riß seine Smith and Wesson Laser aus der Tasche und reichte sie dem Arzt. »Sie brauchen nur den Abzug durchzuziehen, alles andere erledigt diese Maschine ganz von selbst«, sagte er zu Robertson. »Ich fühle mich sicher, wenn ich weiß, daß Sie nicht ganz ohne Schutz hier im Hause sind. Ich bin in zehn Minuten wieder zurück. Bleiben Sie bitte solange in der Nähe von Monsieur Luison! Wenn es klingelt, lassen Sie niemand ein! Ich werde dreimal kurz hintereinander an die Tür klopfen, damit Sie wissen, daß ich es bin. Falls jemand in das Haus eindringen sollte: Wenn dieser Jemand auf den ersten Warnruf nicht reagiert, schießen Sie! Das gilt auch für die Tochter von Monsieur – falls Sie sich erheben sollte.«

Luison und der englische Arzt sahen den Agenten an, als hätten sie es mit einem entsprungenen Irren zu tun.

»Sie haben richtig gehört, meine Herren«, bekräftigte Larry, ehe er ging. »Vergessen Sie nicht, daß ich zwei Tage lang fast nur Bücher über Naturreligionen und dämonische Rituale gelesen habe, die dazu angetan sind, den Geist eines gesunden Menschen völlig zu verwirren. – Ich werde Ihnen ein wenig davon berichten, wenn ich zurück bin.«

Er rannte die Treppen hinunter, und eine halbe Minute später rauschte der vor dem Haus bereitstehende Citroen davon.

Larry Brent fuhr durch die staubige Straße, Richtung Peripherie der Stadt. Er hielt direkt vor dem flachen Bau, in dem die vielköpfige Familie Bangouras wohnte.

Die Kinder hockten im Schatten der Hauswand, buddelten Löcher in die staubige Erde oder spielten mit den Glasmurmeln, die Larry ihnen geschenkt hatte. Nur eine der beiden Frauen Bangouras war im Haus. Sie saß in einem aus Korb geflochtenen Lehnstuhl, hielt ein Kind auf dem Schoß und summte ein einfaches, aber schönes Lied vor sich hin.

»Wo ist Bangoura?« wollte Larry wissen.

»Bangoura sehr müde – viel gearbeitet heute morgen, viel geschnitzt ... Bangoura auf seinem Zimmer – jetzt schlafen.« Sie machte eine Andeutung, daß der Raum sich irgendwo am Ende des handtuchschmalen Korridors befand. Sie unterzog sich nicht der Mühe, aufzustehen und ihn hinzuführen. Offenbar war sie selbst zu müde.

Außerdem war Larry Brent für sie kein Fremder mehr. Es sah ganz so aus, als hätte Bangoura von seinem neuen Freund erzählt, der ihm zwei Schnitzereien abgekauft hatte.

Die hinterste Tür führte zum Schlafzimmer. Larry fühlte sich matt. Seine Glieder waren schwer wie Blei. Der Himmel draußen war bewölkt, es schien bald Regen zu geben. Hier in Conakry regnete es um diese Jahreszeit sehr oft. Die Luft war heiß und feucht.

Larry klopfte an. »Bangoura«, rief er. Er erhielt keine Antwort. Auch auf sein zweites Klopfen meldete sich niemand.

Er drückte kurzerhand die Türklinke herab. Ein Gefühl der Angst und des Mißtrauens befiel ihn plötzlich. Er spürte, daß mit dem Telefonanruf an Luison etwas bezweckt worden war. Die schriftliche Drohung, die mit dem Stein in das Haus Luisons geschleudert worden war, schien nur zu bestätigen, daß schon etwas geschehen war.

Hoffentlich kam er nicht zu spät.

X-RAY-3 trat mit dem Fuß die Tür auf, verharrte jedoch hinter dem Pfosten, um – falls eine Falle für ihn lauerte – sofort dementsprechend zu handeln.

Doch nichts geschah. Das Zimmer war dämmrig. Vor dem Fenster hing ein Vorhang aus dunklem Leinen. Gleich rechts stand das Bett. Und darauf saß eine reglose Gestalt.

X-RAY-3 erschauerte, als er sah, was es war.

In den alten Schriften, die er durchgeblättert hatte, waren ähnliche furchteinflößende Gestalten abgebildet gewesen.

X-RAY-3 kam vorsichtig näher.

»Bangoura?« fragte er leise. Nur Bangoura konnte es sein, der da auf dem Bett saß. Doch sein Gesicht war von einer erschreckenden Maske bedeckt und sein nackter Oberkörper bespickt mit hunderten winziger Pfeile, deren kleine Federbüsche in bunten Farben schimmerten.

Pfeile sogar im Gesicht, so daß es aussah, als hätte man den Unglücklichen geteert und gefedert.

Die Hände hatte er auf dem Schoß liegen.

Larry trat von der Seite her an die reglose Gestalt heran.

Bangoura – auch ein Opfer der geheimnisvollen ›Gnamous‹? Auch er ein lebender Leichnam, der unter einem ständigen Alptraum litt, sich zwar nicht bemerkbar machen konnte, bei Einbruch der Dunkelheit aber bereit war, zu einem schaurigen Leben zu erwachen? Fühlte er jetzt alles, sah er Larry hier eintreten?

Die Augen hinter der schaurigen Maske waren nicht zu erkennen.

Larry hielt den Atem an. Seine Augen waren in ständiger Bewegung. Mit einem Rundblick vergewisserte er sich, daß er und Bangoura, den er an der weißen, viel zu knappen kurzen Hose erkannte, allein in diesem Raum waren.

Zwischen den Schulterblättern Bangouras steckte der lange blutverschmierte Dolch, dessen Griff die dämonische Fratze irgendeines Götzen darstellte, die Larry schon kannte. Ein ähnlicher Dolch lag im Sarg Nanettes.

Das Bett des Schwarzen war blutüberströmt. Nur auf die Tatsache, daß Bangoura mit der linken Schulter an der Wand lehnte, war es zurückzuführen, daß er aufrecht saß.

Brent schloß die Tür hinter sich und benachrichtigte von der nächsten Telefonzelle aus die Polizei. Das war alles, was er tun konnte.

Ernst und verschlossen fuhr er in das Haus Luisons zurück und klopfte dreimal an. Man öffnete ihm.

In wenigen Worten war das Notwendigste gesagt.

Schweiß bildete sich auf Luisons Stirn. »Wie denken Sie darüber, Monsieur Brent?«

»Ich habe zwei Tage nichts anderes getan als nachgedacht, Monsieur Luison. Jetzt heißt es auf die Dinge warten, die auf uns zukommen.« Er nahm seine Smith and Wesson Laser wieder aus den Händen Dr. Robertsons entgegen. »Und sie werden kommen, seien Sie dessen gewiß! Ich werde die erste Wache in diesem Zimmer übernehmen.«

Mit diesen Worten ging er hinüber zum Fenster, zog die Vorhänge ganz zurück und warf einen Blick in den ausgedehnten Garten Luisons, bis hin zu den Alleebäumen und dem hügeligen, savannenähnlichen Land, das sich anschloß.

In den Augen des Agenten stand nicht zu lesen, was er dachte.

Larry wußte, daß er sich auf ein großes Risiko eingelassen hatte ...

Die Nacht würde schaurig werden ...

***

Philipe Simonelle brauchte eine volle Minute, ehe er sich entschließen konnte, diesem seltsamen Dr. Solifou Keita zuzusagen, den er nicht kannte.

»Es wäre mir angenehm, wenn Sie in das Hotel »Olympic« kommen würden. Ein kleines Haus in der Rue Muller. Setzen Sie sich ins Foyer und nehmen Sie eine Zeitung in die Hand! Ich werde mich auf irgendeine Weise an Sie wenden, wenn die Möglichkeit dazu besteht.«

»Warum so geheimnisvoll?«

»Das sollten Sie am besten wissen, Monsieur. Es geht hier nicht um ein harmloses Spiel. Es geht um Leben und Tod!«

»Und wann wollen wir uns treffen?«

Simonelle war noch immer nicht ganz bei sich. Er redete, als hätte er einen Kloß in der Kehle, und das Dröhnen in seinem Schädel wollte nicht verschwinden.

»Wenn es geht – sofort. Es ist sogar das Beste.«

»Aber es ist unmöglich, ich ...«

»Wir haben nicht mehr viel Zeit, Monsieur.« Die Stimme war eindringlich genug, um auch den größten Zweifler zu überzeugen.

»Ich erwarte Sie.« Ein Knacken in der Leitung. Schluß.

Der andere hatte aufgelegt.

Simonelles Mundwinkel klappten herab, als blitzartig der Gedanke an Charlene auftauchte!

Es war doch dunkel! Droben in der Dachkammer mußte es jeden Augenblick losgehen !

»Claudine?« hallte seine Stimme durchs Haus. Er fluchte still vor sich hin und taumelte durch die dämmrigen Zimmer. Warum zum Teufel, machte das Hausmädchen sich denn nicht bemerkbar?

Hatte sie denn schon wieder ihren freien Tag?

Nein, heute war Donnerstag ...

Er warf einen Blick in die Küche. Es war alles fein säuberlich aufgeräumt.

Vergebens machte er sich immer wieder Gedanken darüber, wie er eigentlich hierher gekommen war. Aber er wußte es nicht mehr. Irgendwie hing das alles mit Doktor de Freille zusammen. Aber selbst dieser Zusammenhang war ihm entfallen.

Eine Hitzewelle durchflutete seinen Körper. War Gedächtnisschwund der erste Schritt zum Wahnsinn? Die Dinge, die sich während der letzten Woche geradezu gejagt hatten, waren dazu angetan, einen Geist zu verwirren.

Ich muß hinauf! drängten seine Gedanken wieder. Charlene ...

Simonelle rannte die Treppen hoch. Mechanisch warf er einen Blick auf seine Armbanduhr.

In wenigen Minuten war es halb zehn. Was war nur aus dem Tag geworden?

Zahllose Fragen drängten sich ihm auf. Würde Keita sie ihm beantworten können? Was wußte dieser geheimnisvolle Anrufer von Jean-Pierre?

Sein Gehirn war wie ein träger, vollgesogener Schwamm. Das Denken fiel ihm schwer. Es war eigenartig, daß einige Dinge ihm entschwunden waren, während andere wieder klar und deutlich vor seinem geistigen Auge entstanden.

Er stand vor der Tür zur Dachkammer.

Der Schlüssel war an Ort und Stelle. Er beeilte sich, in das düstere Zimmer zu kommen. Er mußte wenigstens hier nach dem rechten sehen.

Er fand Charlene reglos im Sarg. Der Deckel stand an der Seite der Couch. Nichts war verändert.

Ihm entgingen die Glasscherben auf dem Boden unter dem verhangenen Fenster ...

Und dann merkte er, daß doch etwas anders war. Die Ketten fehlten!

Er suchte vergebens unter der Couch, unter den Sesseln, unter dem eisernen Bettgestell.

Sie waren weg!

Simonelle schluckte. Hatte de Freille doch etwas unternommen, daß er es wagen konnte, den Körper Charlenes auch bei Dunkelheit hier liegen zu lassen, ohne ihn anzuketten?

Simonelle griff sich an die Stirn. Was war nur los mit ihm? Immer, wenn der Name de Freille in seinem Bewußtsein auftauchte, störte ihn etwas.

Wo war de Freille jetzt? Wo waren überhaupt die zwölf Stunden, an die er sich nicht mehr erinnern konnte? Heute morgen um zehn hatte er das Haus verlassen, und jetzt, kurz nach neun Uhr abends, war er in diesem seinem Haus wieder aufgewacht!

Etwas stimmte hier nicht. Hatte er getrunken, war er unter den Einfluß einer Droge geraten?

Droge – Droge. Er hatte dieses Wort in irgendeinem Zusammenhang erst vor einigen Stunden gehört.

Er ließ noch einmal seinen Blick schweifen. Die Ketten waren verschwunden. Er wußte sich nicht anders zu helfen, als aus dem Werkzeugkasten, der in der Ecke neben dem alten Schrank stand, ein paar Nägel zu holen. Damit nagelte er den Sargdeckel quer, so daß gerade soviel Platz blieb, daß Kopf und Beine der Scheintoten freilagen.

Dann verließ Simonelle die Dachkammer. Hätte er genauer zu dem Fenster neben der Couch gesehen, wäre ihm aufgefallen, daß in dem Rahmen nur noch Reste einer zersplitterten Scheibe steckten. Und draußen auf dem schmalen Dachvorsprung lag eine ausgeblutete Leiche. Die totenblasse, verkrampfte Hand hing noch im Fensterkreuz.

Claudine ...

***

Simonelle betrat das Foyer des kleinen Hotels.

Er setzte sich in einen leeren Ledersessel und griff nach einer Zeitung. Sein Innerstes war aufgewühlt wie die See während eines heftigen Sturms.

Er blätterte achtlos die Zeitschrift durch, versuchte sogar, einen Bericht zu lesen, konnte aber seine Gedanken nicht sammeln.

Simonelle mußte nicht lange warten.

Ein junger Mann – offenbar ein Hotelangestellter – kam am Sessel vorüber, beugte sich nach vorn, während er einen frischen Ascher auf den kleinen Glastisch stellte, und flüsterte kaum vernehmlich: »Monsieur Keita erwartet Sie auf Zimmer 34.«

Ohne sich weiter um den einsamen Gast im Ledersessel zu kümmern, ging der Hotelangestellte zum nächsten Tisch weiter und stellte auch dort einen frischen Ascher hin.

Simonelle ließ noch drei Minuten verstreichen, ehe er die Zeitung zusammenlegte und sich dann gemächlich erhob. Er warf einen Blick in den Spiegel in der Nische, rückte die Krawatte zurecht und stieg dann die mit rotem Teppich belegten Stufen in den ersten Stock hoch. Er begegnete niemandem. Als er vor der Tür stand, auf der ein goldblinkendes Schild die Nr. 34 trug, klopfte er an.

»Herein!«

Simonelles Muskeln und Sehnen strafften sich. Er wußte nicht, worauf er sich einließ, aber es ging um Jean-Pierre und Charlene. Wieso eigentlich um Jean-Pierre? fragte er sich im stillen. Was hat er damit zu tun? Er ist heute morgen von einem Freund abgeholt worden – ich habe das Motorboot doch noch gehört ...

Wieso war er eigentlich noch nicht zurück?

Es war merkwürdig, daß keine Sorge und kein Angstgefühl in ihm aufkamen.

Er drückte die Klinke. Das Zimmer, in das er eintrat, war gemütlich eingerichtet.

Ein Mann kam ihm entgegen. Ein Neger.

Er trug einen beigen Anzug, maßgeschneidert.

Der Schwarze begrüßte seinen Gast und schloß die Tür hinter ihm.

Simonelle war ganz auf Abwehr eingestellt. Mit einem raschen Blick in die Runde vergewisserte er sich, daß er und der Neger allein im Zimmer waren.

Der Guinese lächelte, als er den Blick seines Gastes bemerkte.

»Ich begreife Ihre Vorsicht und Ihr Mißtrauen, Monsieur.« Er sprach ein gepflegtes Französisch. »Ich glaube, es ist an der Zeit, sich zunächst einmal für eine kleine Notlüge zu entschuldigen. Mein Name ist nicht Keita – ich heiße Mamadou Lamine.«

»Das sagt mir genauso wenig wie Ihr angeblicher Name Solifou Keita.«

Der Schwarze lachte und zeigte zwei Reihen strahlend weißer Zähne.

»Ja, das kann ich mir denken. Aber es war eine Vorsichtsmaßnahme ! Für Sie – wie für mich!« Er bot dem Franzosen einen Sessel an, goß zwei Drinks ein und sprach erst dann weiter. »Es ist notwendig, Sie aufzuklären.« Er musterte Simonelle mit einem merkwürdigen Blick. »Sie standen offenbar unter der Wirkung einer Droge, die mir bekannt ist«, sagte er. »Ich erkenne die Nachwirkungen im Blick Ihrer Augen, Monsieur. Ich hoffe dennoch, Sie können mir folgen. Weshalb ich mich Keita nannte, hängt damit zusammen, daß hier in Epernay und Umgebung seit der Rückkehr Ihrer Tochter einige Afrikaner leben, die den Tod Ihrer Tochter herbeigeführt haben. Seit geraumer Zeit ahnen wir, daß ein guinesischer Arzt namens Keita irgendetwas mit dieser Gruppe und auch mit anderen Gruppen in meinem Land zu tun hat. Wir beobachteten ihn seit langer Zeit, konnten ihm aber bisher noch nicht das geringste nachweisen. Ich bin Angehöriger der Staatlichen Geheimpolizei. Seit drei Monaten reise ich durch Europa. Ich versuchte, mit den Familien Kontakt aufzunehmen, deren Töchter und Söhne in Conakry entführt wurden und auf seltsame Weise zu Tode kamen. In drei Fällen kam ich zu spät. Man hatte die Unglücklichen bereits beerdigt – scheintot! In Ihrem Fall kam ich gerade noch rechtzeitig. Vor wenigen Stunden nun habe ich erfahren, daß man auch Ihren Sohn entführt hat und versuchen wird, ihn nach Guinea zu schaffen, damit er dort dem gleichen dämonischen Ritual unterzogen wird wie Ihre Tochter. Doch seien Sie unbesorgt, wir verfolgen bereits eine heiße Spur.«

Eine kleine Kunstpause trat ein. Mamadou Lamine schien sich auf diese Begegnung gut vorbereitet zu haben, aber die geistige, seelische und körperliche Verfassung des Franzosen beeinträchtigte sein Vorhaben.

»Man hat Ihnen übel mitgespielt. Ich fürchte, Sie wissen nicht, was sich heute alles ereignet hat. Wahrscheinlich wird Ihnen ewig verborgen bleiben, was geschah. Dieser Tag hinterläßt eine Lücke in Ihrem Gedächtnis. Auch dies ist das Werk der Sektierer. Sie wenden rücksichtslos Substanzen an, die das Leben anderer Menschen von Grund auf verändern, wenn nicht ganz und gar vernichten. Wir müssen ihnen endlich das Handwerk legen. Um noch einmal auf Keita zu kommen: Er verkehrt in den höchsten Kreisen. Und aus diesen Kreisen verschwanden die jungen Männer und jungen Damen. Das läßt sich lückenlos nachweisen. Ihre Tochter war kürzlich zu Besuch in Conakry. Sie nahm an einem Ball teil, auf dem auch Keita mit ihr tanzte. In der gleichen Nacht war Ihre Tochter verschwunden. Ähnlich erging es vor zwei Tagen Monsieur Luison. Er befand sich mit seiner Familie auf einem Fest. Keita war da. Nanette Luison verschwand. Bis zur Stunde habe ich keine weitere Nachricht. Doch ich hoffe, auch hier noch helfen zu können.«

»Luison? Nannten Sie eben den Namen Luison?«

Simonelle zermarterte sich das Hirn. Plötzlich war da wieder ein Bruchstück in seiner Erinnerung.

»De Freille«, kam es wie ein Hauch über seine Lippen. »Ich war in der Wohnung von de Freille!« Er schrie es plötzlich heraus, daß der Afrikaner zusammenzuckte. »Jetzt weiß ich es wieder.« Er schluckte. »De Freille tot, die Telefonnummer von Luison in Conakry! Er hat sie oben auf den Rand der Zeitung geschrieben und ...!« Es sprudelte nur so über seine Lippen.

Mamadou Lamine hörte schweigend zu. Seine Augen leuchteten. »Man hat Ihnen dort aufgelauert«, fuhr der Afrikaner fort, die Zusammenhänge blitzartig begreifend. »Sie wurden niedergeschlagen ... man injizierte Ihnen eine Droge, die Ihr Gedächtnis durcheinanderbrachte. Sie verloren die Zusammenhänge, und ...«

»... und man schaffte mich in mein eigenes Haus.« Simonelle fuhr sich über seine schweißnasse Stirn. Hastig griff er nach dem Drink und schüttete ihn herunter. »Dort erwachte ich ... was für ein teuflisches Spiel ...! Was wurde aus Claudine? Ich muß die Polizei benachrichtigen, und ...«

»Diese Dinge nehme ich Ihnen ab. Über eines allerdings müssen Sie sich klar werden: Ich bin nicht in der Lage, zu helfen, wenn Sie sich zu lange Zeit lassen. Ihre Tochter muß auf dem schnellsten Weg nach Guinea.«

»Was sagen Sie da?«

Mamadou Lamine nickte. »Sie haben sich nicht verhört, Monsieur. All das, was dort geschah, kann – ich betone ausdrücklich – kann rückgängig gemacht werden. Ob Ihre Tochter einen geistigen Schaden davonträgt, kann ich in dieser Stunde noch nicht sagen. Nur eines kann ich mit Gewißheit sagen: Sie wird das augenblickliche Dasein, das für sie weder Leben noch Tod ist, garantiert nicht mehr führen. Wenn es noch nicht zu spät ist, auch diese Einschränkung muß ich leider machen ...«

»Wann soll es sein, und wie geht es im einzelnen vor sich?« Es war, als ob Simonelle neue Kraft geschöpft hätte.

»Sie sind ein wohlhabender, einflußreicher Mann. Sie besitzen viel. Unter anderem auch ein zweistrahliges Privatflugzeug.«

»Sie sind erstaunlich gut unterrichtet.«

»Das bringt mein Beruf so mit sich. Ich würde Ihnen den Vorschlag machen, noch in dieser Nacht zum Flugplatz zu fahren, Ihre Tochter zu verfrachten und sofort loszufliegen. In zwei Stunden könnte der Start schon sein.«

»Unmöglich. Ich brauche erst eine Fluggenehmigung und ...«

»Die Formalitäten sind erledigt! Wir brauchen nur Ihr Ja!«

»Ja!«

Lamine reichte ihm die Hand. »Ich hoffe, etwas für Sie tun zu können. Jede Minute ist jetzt kostbar. Leider kann ich Ihnen nicht auch noch die Unannehmlichkeiten der Reise abnehmen. Ihre Tochter muß nach Afrika, der Medizinmann, der bereit ist, den Versuch zu wagen, muß sie persönlich sehen.«

»Ich verstehe. Und Sie können sich darauf verlassen, daß es niemandes Schaden sein wird. Sorgen Sie auch bitte dafür, daß Sie etwas über das Schicksal meines Sohnes erfahren.«

»Wir bleiben am Ball. In Conakry erfahren Sie weiteres.«

Simonelle fuhr sehr rasch zur Villa zurück. Er rannte ins Haus. Es war stockfinster. Er vermißte etwas. Die Schreie! Die Unruhe, das Stöhnen und Wimmern, das die letzten beiden Nächte erfüllt hatte ...

Er kam durch die Wohnung, und sein Herz wollte stehenbleiben.

Ein Hurrikan schien durch die Zimmer gefahren zu sein. Die kostbaren Vasen waren zertrümmert. Geschirrscherben lagen auf dem Boden, der Tisch und die Stühle waren umgekippt. Die ganze Wohnung in größter Unordnung.

Claudine? Nein, hier war ein Tobsüchtiger tätig geworden.

»Charlene!« Er schrie den Namen förmlich heraus, dann stürmte er die Treppen hoch. Die Stufen knarrten unter seinen schweren Schritten.

»Charlene!«

Er hetzte die Wendeltreppe hoch und sah die Tür zur Dachkammer sperrangelweit offen.

Der Sarg – leer! Wie aber hatte sie die Tür – ? Die Frage beantwortete sich von selbst. Er hatte in seiner Verwirrung vergessen, den Schlüssel abzuziehen, hatte ihn von innen stecken lassen!

Plötzlich hörte er Motorengeräusch.

Ein Stöhnen entrann seinen Lippen.

»Charlene?!«

Er stürzte zum Fenster, riß den Vorhang zur Seite und glaubte, ein elektrischer Schlag würde seinen Körper treffen.

Auf dem schmalen Dachvorsprung der ausgeblutete Leichnam Claudines! Als er über den starren Körper hinwegblickte, sah er unten den Rolls-Royce, der gestartet wurde.

Am Steuer die totenblasse Charlene mit weit aufgerissenen, irren Augen ...

Der Wagen schoß förmlich nach vorn.

Charlene war unterwegs – Richtung Stadt.

Nach dem, was hier geschehen war, wußte Simonelle, was sich ereignen würde. Charlene lief Amok ...!

***

Sie verließen den Nachtclub.

Da bemerkte er, daß er keine Zigaretten mehr hatte.

»Geh schon mal zum Auto, Nicole!« sagte er. »Ich komme sofort nach.«

Sie nickte und ging über die Straße.

Mehrere Wagen parkten am Straßenrand, darunter auch ein Rolls-Royce. Ihr fiel dieses Auto auf. Schließlich sah man diese Marke nicht jeden Tag in den Straßen Epernays.

Nicole warf im Vorübergehen einen Blick in das Auto.

Dann ging sie weiter. Der kleine 2 CV stand an der Ecke, direkt unter der hellen Straßenlaterne.

Nach rechts führte eine schmale, dunkle Seitenstraße mit dicht zusammengedrängt stehenden Häusern.

Als Nicole vor dem 2 CV stand, war ihr, als höre sie ein leises Stöhnen.

Sie wandte den Blick in die Richtung des Geräuschs. Drüben in der dunklen Gasse tauchte ein Schatten auf. Sie sah an die Hauswand gelehnt einen zweiten Schatten, einen Mann, der langsam zu Boden glitt.

Dann ging alles blitzschnell.

Die grazile, flinke Gestalt rannte direkt auf sie zu.

Nicole war wie gelähmt.

Sie sah den blitzenden, überdimensionalen Dolch in der rechten Hand der schauerlich aussehenden Person.

Nicole schrie. Es hallte durch die nächtliche Straße.

Doch sie war unfähig, sich von der Stelle zu bewegen.

Ihre angsterfüllten Augen sahen die blutverschmierten Hände, den blutigen Dolch und erfaßten wieder das verzerrte, zur Fratze verunstaltete Gesicht.

Eine Wahnsinnige!

Die Stiche trafen sie in die Schultern und in den Brustkorb. Sie hörte nicht mehr das Wimmern und Röcheln aus dem Mund ihrer amoklaufenden Mörderin und sah nicht, wie die Tür des Nachtclubs aufgerissen wurde, wie ihr Verlobter auf die Straße stürzte, wie mit ihm drei weitere Gäste den Club verließen.

»Nicole!«

Er rannte wie von Furien gehetzt zu dem 2 CV. In seinem Gesicht stand der Schweiß. Die Mörderin wich nicht zurück, sprang auf ihn zu und stach wahllos durch die Luft. Er wurde am Arm verletzt und fühlte, wie warmes Blut seinen Ellbogen herunterlief und von seinen Fingern tropfte.

Es war Wahnsinn, mit bloßen Händen gegen diese Tobsüchtige, vor deren Lippen sich kleine Schaumbläschen bildeten, anzurennen.

Der junge Franzose versuchte den Arm mit der tödlichen Waffe auf die Seite zu drücken. Doch die unheimliche Charlene Simonelle war schneller.

Der kühle Stahl bohrte sich in seine Brust. Gurgelnd brach der Getroffene zusammen und versuchte noch, sich an der Straßenlaterne festzuhalten. Doch er rutschte ab und blieb verkrümmt am Ende der Laterne liegen.

Die übrigen Passanten, die aus der Bar gekommen waren, begriffen spätestens in diesem Augenblick, daß sich hier etwas Ungeheuerliches abspielte.

Einige ergriffen sofort die Flucht, ein junger Mann rannte in den Nachtclub zurück und rief um Hilfe. Ein Paar, das zufällig die Straße entlangkam, wurde in die Ereignisse verwickelt.

Charlene rannte auf sie zu. Die beiden wandten sich um Hilfe rufend ab. Die junge Frau kam ins Stolpern und stürzte zu Boden. Ihr Begleiter rannte noch drei, vier Schritte weiter, ehe er begriff, was geschehen war. Dann wirbelte er herum und rannte zurück. Charlene war nur noch zwei Schritte von der zu Boden Gestürzten entfernt.

Die junge Frau versuchte sich auf die Seite zu rollen. Mit unbändiger Kraft stürzte die Wahnsinnige auf die vor Angst und Entsetzen aufschreiende Frau.

Der große Dolch sauste herab. Der Mann warf sich der Mörderin entgegen, wurde aber mit einem blitzschnell geführten Hieb an der Hand verletzt.

Rufe und Schreie erfüllten die Nacht. Fenster wurden aufgerissen, ein alarmiertes Polizeifahrzeug raste heran und hielt mit quietschenden Reifen. Zwei Beamte stürzten aus dem Wagen.

Charlenes Dolch bohrte sich in den Leib der Frau, die unter ihr lag.

Da zerriß ein trockener Schuß die Nacht ...

Die amoklaufende Französin zuckte zusammen. Sie kam torkelnd wieder auf die Beine und zog den Dolch noch aus dem Körper der tödlich Verletzten.

Ein markerschütternder Schrei entfloh ihren häßlich verzerrten Lippen. Den Dolch hielt sie noch in der Rechten und schwang ihn hoch über ihrem Kopf.

Da raste ein zweiter Wagen von der anderen Richtung her in die Straße, die in dieser Nacht das Grauen kennengelernt hatte.

Ein dunkelgrüner Alfa Romeo. Die Tür wurde aufgerissen.

Im gleichen Augenblick legte der Polizist zum zweiten Mal an und drückte ab.

»Nicht schießen!« Die Stimme Philipe Simonelles hallte durch die Nacht. Wie von Sinnen rannte er von dem Alfa weg, auf die taumelnde Charlene zu.

Zu spät!

Trocken bellte der Schuß auf. Sekundenlang schien es, als würde der Körper der Amoklaufenden erstarren. Dann brach sie wie vom Blitz gefällt zusammen.

Philipe Simonelle war fast zur gleichen Zeit mit den Polizisten an der Stelle, wo die Getroffene gefallen war.

»Charlene?« kam es wie ein Hauch über die totenblassen Lippen Simonelles.

»Kennen Sie diese Frau?« fragte ihn einer der Polizisten.

»Es ist – meine Tochter!«

Charlene Simonelle stöhnte. Ihre Lippen zitterten. In die Schaumblasen vor ihrem Mund mischten sich dünne Blutfäden.

Philipe Simonelle wischte mit einem Taschentuch den Schaum vom Mund seiner Tochter. Noch immer hielt sie wie im Krampf den langen, unheimlichen Dolch in der Hand, aber schon war sie zu schwach, den Arm noch einmal zu heben und zuzustoßen.

Der Franzose achtete nicht auf die Menschen, die ihn umringten, die aus den Häusern, aus den Bars und dem Nachtclub kamen. Wie ein Lauffeuer hatte sich der nächtliche Amoklauf der Wahnsinnigen verbreitet. Manche kamen aus den Häusern und trugen über ihren Schlafanzügen und Nachthemden nur einen Morgen- oder Bademantel.

Das verzerrte Gesicht Charlene Simonelles entspannte sich. Die großen dunklen Augen, noch immer weit aufgerissen, schienen sich plötzlich auf den Vater zu heften. Angst, Verzweiflung und der Ausdruck des Wahnsinns schwanden.

Das Häßliche, Abstoßende und Furchteinflößende der Fratze schwächte sich ab.

Charlene Simonelles Lippen bewegten sich. Zum ersten Mal nach ihrer Rückkehr aus Afrika kam nicht ein unartikulierter, tierischer Schrei über ihre Lippen, sondern ein verständliches, leise gehauchtes Wort.

»Vater?!«

Ihr Kopf fiel auf die Seite.

Charlene Simonelle war tot!

***

Mit der hereinbrechenden Dämmerung verstärkte sich seine Aufmerksamkeit.

Gerard Luison war sichtlich am Ende seiner Kraft. Er brauchte Ruhe und Schlaf. Nachdem seine Tochter im Haus war, hatte sich ein Teil der Spannung gelöst. Doch noch war nicht alles überstanden.

Er nahm auf Larry Brents Ratschlag eine Schlaftablette.

Gegen acht Uhr lag er bereits im Bett und schlief fest, während der Amerikaner in Nanettes Zimmer saß. Er sah den Sarg vor sich. Das Zimmerfenster war weit geöffnet, um die stickige, heiße Luft hinauszulassen. Den ganzen Tag über hatte die Sonne auf den Bungalow gestrahlt.

X-RAY-3 goß sich eine Tasse Kaffee ein und trank langsam. Er blätterte in einem alten, zerfledderten Buch, das er sich in der Bibliothek ausgeliehen hatte. Dieses Exemplar war normalerweise nicht zum Ausleihen bestimmt, doch aufgrund einer besonderen behördlichen Anordnung war es ihm gestattet worden, diesen kostbaren Band mitzunehmen.

Als es so dunkel war, daß er nicht mehr lesen konnte, verzichtete er darauf, Licht anzuknipsen.

Er verhielt sich still und abwartend in der Ecke am Tisch. Einmal erhob er sich und warf einen Blick in den Sarg.

Er hatte schon vieles erlebt und gesehen, aber was er in diesem Augenblick entdeckte, war doch dazu angetan, ihm eine Gänsehaut über den Rücken zu jagen.

Die Augen der scheintoten Nanette Luison – waren weit geöffnet ...

Eine halbe Stunde später ...

X-RAY-3 zuckte plötzlich zusammen. Ein Geräusch! Im Garten? Nein, es war unten vor der Wohnungstür.

Lautlos erhob er sich und ging um den Tisch herum, wo die Kaffeekanne und die noch halbgefüllte Tasse standen.

Auf Zehenspitzen bewegte er sich durch das Haus.

Von der Treppenbrüstung warf er einen Blick hinunter in die dämmrige Halle. Er sah die Umrisse der Möbel und der großen Holzstatue, eine ausgezeichnete und kostbare Arbeit eines Afrikaners. Vielleicht sogar eine Arbeit Bangouras.

Da war das Kratz- und Schleifgeräusch wieder vor der Tür. Der Amerikaner huschte über den mit dicken Perserteppichen ausgelegten Boden und näherte sich dem Ausgang.

Er war so sehr auf das Geräusch konzentriert, daß er nicht darauf achten konnte, was sich in dieser Sekunde oben im Zimmer Nanette Luisons abspielte.

Dort war ein Schatten am Fenster zu erkennen. Lautlos und gewandt wie eine Raubkatze sprang ein dunkler Körper in das Zimmer und huschte geduckt neben dem Sarg vorbei, direkt zu dem kleinen Tisch, wo Larry Brent noch vor wenigen Augenblicken gesessen hatte.

Ein genau abgekartetes und bis ins Detail vorbereitetes Unternehmen wurde eingeleitet.

Der Fremde, der barfuß ins Zimmer gestiegen war, nahm ein kleines Fläschchen aus seiner Hosentasche, entfernte den Pfropfen und ließ einige Tropfen einer glasklaren Flüssigkeit in die Kaffeekanne und in die Tasse fallen.

Das Unternehmen nahm keine dreißig Sekunden in Anspruch. Während

Larry Brent unten von einem zweiten Mann zum Narren gehalten und seine Aufmerksamkeit abgelenkt wurde, erledigte hier ein zweiter Anhänger der ›Gnamous‹ seinen Auftrag mit beinahe schlafwandlerischer Sicherheit.

Der Eindringling verschwand ebenso schnell wieder, wie er gekommen war.

Über den Balkon kletterte er nach unten und verbarg sich hinter den dichtstehenden Büschen, die eine Seite des Gartens begrenzten.

Zum Zeichen dafür, daß er sich seiner Mission entledigt hatte, griff er nach dem trockenen Ast und warf ihn auf den sandigen Weg neben das Haus.

Der geheimnisvolle Besucher wartete lauschend ab. Er hörte, wie vorn die Tür geöffnet wurde, wie plötzlich energische Schritte auf dem Kiesboden vor dem Haus knirschten und wie ein scheinbar erschreckter Schwarzer sich im gleichen Augenblick von der breiten Fensterfront im Parterre löste, an der er sich offensichtlich zu schaffen gemacht hatte.

»Halt, stehenbleiben!« schallte eine Stimme durch die Nacht.

Larry Brent tauchte in der Dämmerung vor dem Haus auf. Deutlich war die Waffe in seiner Hand zu erkennen.

Der Fliehende kümmerte sich nicht um den Zuruf. Da drückte der Amerikaner ab. Der grelle Laserstrahl zuckte durch die Nacht, raste lautlos an dem Fliehenden vorüber und bohrte sich direkt in den Stamm einer am Straßenrand stehenden Palme.

Larry zielte nicht direkt auf den Mann. Es kam ihm nicht darauf an, ihn zu verletzen, er wollte den anderen erschrecken und ihn zum Stehenbleiben zwingen. Sein zweiter Schuß bohrte sich genau neben dem Neger in den Fußboden. Der Schwarze machte einen erschreckten Satz zur Seite, blieb aber noch immer nicht stehen. Mit der Schnelligkeit und Behendigkeit einer Raubkatze verschwand er zwischen den Häusern der gegenüberliegenden Straßenseite.

Gleich darauf hörte X-RAY-3 das Geräusch eines anspringenden Motors. Ein Wagen schoß in der Dunkelheit davon.

Larry verhielt im Schritt. Es war sinnlos, jetzt mit dem Citroen hinterherzueilen; dazu hätte er das Haus unbeaufsichtigt zurücklassen müssen. Das paßte nicht in sein Konzept. Er betrachtete eingehend das Parterrefenster, an dem der späte Besucher sich offensichtlich zu schaffen gemacht hatte. Er fand auf der Fensterbank ein Stemmeisen, sah Spuren am Holzrahmen des Fensters, und auf dem Boden, direkt vor der Hauswand liegend, fand er einen Glasschneider. X-RAY-3 hatte den Eindringling rechtzeitig gestört.

Obwohl er sich Gedanken darüber machte, was der Schwarze eigentlich als Einzelgänger hier gesucht haben könnte, fand er keinen näheren Hinweis für seine Zweifel.

Er machte einen flüchtigen Rundgang um das Haus und kehrte dann so schnell wie möglich wieder ins Zimmer zurück, wo der Sarg mit der rätselhaften Leiche stand.

Was bezweckte dieser Einzelgänger mit seinem Versuch? Larry konnte sich keinen rechten Reim darauf machen. Lagen die Dinge mit der präparierten Scheintoten doch nicht so, wie X-RAY-3 es erwartet hatte? Machte er irgendwo einen Denkfehler?

Ernst nahm Larry wieder in seiner Ecke Platz, nachdem er einen aufmerksamen Blick in den Sarg geworfen hatte. Nanette Luison lag unverändert und starrte mit großen, gläsernen Augen vor sich hin. Sie atmete nicht, ihr Herz schlug nicht oder doch nur so langsam und schwach, daß es nicht mehr wahrnehmbar war, und doch war dieser Körper nicht tot. Geheimnisvolle Pflanzensubstanzen, die auch immer wieder in den alten Büchern der Zauberpriester und Medizinmänner Erwähnung fanden, schienen den Körper dennoch mit dem notwendigen Sauerstoff und einem Teil lebenswichtiger Vitamine und Mineralien zu versorgen, die stoßweise an das Blut abgegeben werden mußten. Sonst wäre dieser Körper jetzt mit Beginn des dritten Tages schon langsam in Verwesung übergegangen. Aber gerade das war das Phänomen, das anderen Familien, über die ein ähnliches Unglück hereingebrochen war, nicht rechtzeitig auffiel.

Mechanisch griff Brent nach der Kaffeetasse und trank. Der Kaffee war schon abgekühlt. X-RAY-3 goß aus der Kanne, die auf dem Teewärmer stand, nach und lehnte sich zurück.

Die Wirkung des hochkonzentrierten Mittels, das während seiner Abwesenheit in den Kaffee getröpfelt worden war, zeigte sich sofort.

Brent merkte die Schwäche, den Leistungsabfall, der wie ein Blitz aus heiterem Himmel auftrat.

Farbige Kreise und Streifen bildeten sich vor seinen Augen. Er wollte sich erheben, aber eine Titanenfaust schien ihn auf den Sessel zu drücken. Er merkte, wie Taubheit und Kraftlosigkeit seinen ganzen Körper erfaßte. Er wollte nach der Tasse greifen, konnte aber nicht einmal mehr seinen Finger bewegen ...

Schweiß stand auf seiner Stirn, sein Hemd klebte wie eine zweite Haut an seinem Körper.

Sein Augenlicht schwand. Es war wie ein Sturz in eine endlose, schwarze Schlucht. Die Wände rückten auf ihn zu, die Blutleere im Gehirn ließ ihn totenblaß erscheinen. Der Amerikaner brach zusammen. Kreislaufkollaps.

X-RAY-3 merkte nicht mehr, wie ein Schwarzer lautlos durchs Fenster stieg, wie zwei, drei weitere Gestalten nachfolgten.

Ein Neger bückte sich, hob Brents Augenlider in die Höhe und nickte dann zufrieden. Er gab ein Zeichen, und die anderen trugen den schweren Agenten wortlos durchs Haus. Sie warteten hinter der Tür, bis mit abgeblendeten Lichtern langsam ein Wagen heranrollte.

Brent wurde mühelos in den Fond des Wagens geschafft. Seine Überwinder zwängten sich ebenfalls hinein, dann fuhr der Chauffeur an.

Zurück blieben der fest schlafende Monsieur Luison und seine scheintote Tochter.

***

Er glaubte zu träumen.

Er sah sich selbst in einem Spiegel, und doch hatte er das Gefühl, daß es hier gar keine Spiegel gab – daß er sich selbst wie ein Zwillingsbruder gegenübersaß.

Wieso befand er sich in einem Sarg?

Er blickte an sich herunter und sah, daß sein Oberkörper bespickt war mit zahllosen gefiederten kleinen Pfeilen.

Ein seltsames, wohliges Gefühl durchströmte seinen Körper, als würde er unter einem Rausch stehen.

Aber etwas in der entfernten Tiefe seines Bewußtseins sagte ihm, daß dies hier eine tödliche Gefahr war, in der er schwebte.

Larry Brent war nicht mehr Herr seiner Sinne.

Das Tam-Tam der Trommeln dröhnte durch den Urwald, den er verschwimmend wahrnahm. Rundum brannten kleine Lagerfeuer, und dunkle, schweißüberströmte Gestalten tanzten in einem ekstatischen Rhythmus. Er sah die schaurig maskierten Gestalten, die sich seinem Sarg näherten und sich über ihn beugten. Sie sahen mehr als furchterregend aus, sie hatten nichts Menschliches mehr an sich.

Der wilde Rhythmus steigerte sich in einer Form, daß er das Gefühl hatte, in das Wirbeln und Tanzen der sich drehenden und windenden Körper mit einbezogen zu werden. Alles drehte sich auch vor ihm.

Plötzlich starrte ihn eine furchterregende Maske an, beugte sich über ihn, und Larry hörte eine Stimme. »Von der Stunde an, als Sie anfingen, sich um die ›Gnamous‹ zu kümmern, war Ihr Todesurteil besiegelt, Brent!« Die dumpfe Stimme sprach ein einwandfreies Französisch. Larry hatte nicht das Gefühl, im finsteren Busch zu sein, sondern an einem Erlebnis auf der Bühne teilzunehmen.

Larry Brent merkte, wie sein bleischwerer Körper nach hinten kippte. Er konnte nichts dagegen machen. Die Wirkung der Präparate, die mit den Pfeilspitzen direkt auf bestimmte Zentren seiner Nervenbahnen übertragen wurde, machte sich bemerkbar. Er glaubte, daß sein Gehirn in zwei Teile gespalten wurde. Er war nicht mehr er selbst. Etwas trennte sich von ihm, obwohl er verzweifelt versuchte, mit unbändiger Willenskraft gegen die unheimliche Macht anzukämpfen, die von seinem Ich Besitz ergriff.

Seinen Körper fühlte er schon nicht mehr. Er war leicht wie eine Feder und glaubte zu schweben, während ihm Sekunden später wieder die ganze Schwere der Glieder bewußt wurde.

»... es wird kein Erwachen mehr für Sie geben, Brent«, fuhr die Stimme hinter der scheußlichen Maske fort, und die dunklen Körper der Tänzer wirbelten wie schemenhafte Schatten hinter dem Blickfeld dieser Maske herum, kreisten alles ein und kamen dem Sarg, den sie für ihn vorbereitet hatten, immer näher. »... und es wird stunden- und tagelang so weitergehen. Dies alles scheint nur ein böser Traum zu sein. Aber es ist kein Traum, es gibt kein Erwachen aus ihm, und deshalb endet er auch nicht! Es ist die Wirklichkeit, Brent! In zwei oder drei Tagen wird man Sie beerdigen. Der Deckel Ihres Sarges sieht nur von außen aus wie eine Holzplatte, aber das ist in Wirklichkeit eine Tarnung. Das obere Drittel wird aus einem durchsichtigen Kunststoff bestehen, der von außen – mit dem Lichteinfall – nicht durchsichtig ist, aber von innen – dem Licht entgegen – klar wie Glas ist. Sie werden alles sehen und hören! Sie liegen stocksteif in Ihrem Sarg und können sich nicht bemerkbar machen! Für meine Feinde denke ich mir immer etwas Besonderes aus!« Die Stimme war die eines Besessenen. »Es muß Ihnen merkwürdig vorkommen, wenn die erste Schaufel mit frischer Erde auf den Sarg fällt, in dem Sie liegen ... Noch eine Stunde, Brent, nur noch eine winzige Stunde, und all die Vorbereitungen, die ich getroffen habe, sind abgeschlossen. Ich überlasse nichts dem Zufall! Ich werde auch weiterhin meine Rache ausüben ...«

Weiter kam er nicht.

Ein Schuß mischte sich in das Tam-Tam der Trommeln, in den schrillen Singsang der Tanzenden.

Grelle Schreie hallten über den Lagerplatz. Der Maskierte wirbelte herum. Aus den Büschen brachen die Uniformierten hervor.

Zwei, drei Schüsse fielen. Dann begann die große Rennerei.

Larry merkte, daß drei Beamte sofort an seiner Seite waren und daß man ihn abschirmte. Er nahm alles wie durch einen zähen, zerfließenden Nebel wahr. Ein verhutzelter Alter näherte sich ihm. Langsam und mit Bedacht nahm er die winzigen Pfeile aus seiner Haut und beobachtete dabei genau das Verhalten des Agenten, während die zahlreichen Polizisten alle, die zu fliehen versuchten, festnahmen und ihnen Handschellen anlegten.

»Die Prozedur war erst am Anfang«, sagte der Alte. Sein Französisch klang etwas holprig. »Ich glaube kaum, daß es zu ernsthaften Komplikationen kommt.«

Larry versuchte, den Umschwung zu begreifen. Er hörte außer der Stimme des Alten eine andere Stimme, die ihm bekannt vorkam.

»Kommissar Camara?« fragte er unsicher. Er glaubte aus dem Nebel vor sich einen muskulösen Guinesen in beiger Uniform vortreten zu sehen. Mit Camara hatte er in Conakry verhandelt und den Plan in allen Einzelheiten durchexerziert. Nicht einmal Luison war davon unterrichtet worden.

»Oui, Camara, Monsieur Brent!« Der Afrikaner zeigte lachend zwei Reihen weißer Zähne, die im Dunkeln förmlich leuchteten. »Ihre Idee war richtig!«

Larry Brent nickte mechanisch. Irgendetwas in seinem Unterbewußtsein sagte ihm, daß er Camara gegenüber erwähnt hatte, daß es unsinnig war, den verdächtigen Dr. Solifou Keita zu überwachen. Keita war schlau wie ein Fuchs. Er hatte zu viele Helfershelfer. Man mußte ihn überlisten.

Und diesmal schien es gelungen zu sein.

»Wir kamen später als erwartet«, fuhr Camara fort. »Fast wäre es schiefgegangen.«

Zwei Uniformierte schleppten den Maskierten, der Larry Brent bedroht hatte, vor den Agenten hin, der langsam anfing, die Dinge mit klaren Augen zu sehen. »Der Maskierte – ist Keita«, murmelte Larry. »Er ist ein ausgezeichneter Kenner seltener Pflanzenauszüge und Wurzelextrakte. Er gründete aus überspitztem Rassebewußtsein die Sekte der ›Gnamous‹, und seine fast unbegrenzten Fähigkeiten machten ihn zum unbestrittenen Führer dieser Gruppe, die ihm beinahe ehrfürchtig ergeben war. Die für ihn mordete, wenn es darauf ankam!«

Camara riß Keita die scheußliche Maske vom Kopf. Der Afrikaner spie dem Kommissar ins Gesicht.

»Das dürfte Ihre letzte Schandtat gewesen sein, Keita«, erwiderte Camara ungerührt.

Er gab das Zeichen, den Gefangenen wegzuschaffen.

Mit Hilfe seiner afrikanischen Freunde versuchte Larry Brent, sich aufzurichten.

Es fiel ihm noch reichlich schwer.

»Es ist ausgeschlossen, daß Sie es bis zu den Wagen schaffen, die wir vorsichtshalber schon am Rand des Dorfes stehenließen, um nicht auf uns aufmerksam zu machen«, sagte Camara. »Wir werden Sie tragen ...«

X-RAY-3 befand sich zehn Minuten später in einem jeepähnlichen Gefährt. Camara wich nicht von seiner Seite. Er konnte sich auf seine Leute verlassen. Von der Gruppe, die an diesem unheimlichen nächtlichen Ritual teilgenommen hatte, um den Geist des amerikanischen Agenten zu verwirren, waren alle festgenommen. Bei dem Zusammenstoß zwischen Polizei und Sektierern waren fünf Sektierer getötet und mehrere verwundet worden. Von den Leuten Camaras war ein Mann durch eine Messerwunde in der Bauchgegend schwer verletzt worden.

Der Konvoi setzte sich in Bewegung. Leblos wie eine Puppe hing X-RAY-3 im Sitz. Man mußte ihn von beiden Seiten stützen.

Je mehr Zeit verging, desto klarer wurde ihm, auf welches Risiko er sich eingelassen hatte.

»Wie sieht es im Haus Luisons aus?« wollte er wissen. Seine Zunge war noch schwer, und er hatte das Gefühl zu lallen.

»Bis jetzt habe ich noch keine weitere Nachricht erhalten. Vorhin jedenfalls war alles noch ruhig.«

»Das kann sich geändert haben.«

Der alte Medizinmann, den Camara mitgeschleppt hatte, sah den Amerikaner aus großen Augen an.

»Ich werde sofort mein möglichstes tun. Es wird alles sehr umfangreich sein müssen. Wenn es mir gelingt, Nanette Luison aus dem Todesschlaf zu wecken, dann besteht die Gefahr, daß sie ernsthaft geisteskrank wird. Es muß gelingen, sie zwei Tage ihres Lebens vergessen zu machen. Ihr Leben muß da wieder beginnen, wo es in jener Nacht, ehe sie in die Hände der ›Gnamous‹ geriet, aufhörte ...«

Larry Brent nickte. Er fühlte noch immer zwischen sich und den Menschen, die ihn umgaben, eine Art unsichtbare Wand. Es war, als ob er in einem Zuschauerraum säße und das Geschehen auf einer Bühne verfolgte. Nur langsam wich dieses unangenehme Gefühl des »Nichtbeteiligtseins«.

Doch er spürte noch nicht wieder die alte Kraft und Frische in sich, als der Wagen vor dem Haus Gerard Luison hielt. Ein Beamter in Uniform stand neben der Tür.

Als Larry – noch schwach und wackelig auf den Beinen und noch immer von Schwächeanfällen geplagt – aus dem Wagen stieg, hörte er schon die entsetzlichen Schreie, die das Haus erfüllten ...

Im Zimmer von Nanette Luison kämpften vier Beamte, die der Gruppe um Camara angehörten, gegen die tobsüchtige Französin.

Sie lag in Fesseln, rollte sich dennoch über den Boden, schrie und jammerte; und ihr hübsches Gesicht war eine einzige abstoßende Fratze.

Larry Brent und Camara sahen sich an. Luison, den man mitten in der Nacht geweckt hatte, als Camaras Leute anrückten, stand bleich und gedankenverloren neben dem leeren Sarg und starrte vor sich hin.

X-RAY-3 legte die Hände auf die Schultern des Franzosen. »Es wird alles wieder gut werden. Monsieur. Mit mir wäre es auch fast schiefgegangen. Aber sehen Sie mich jetzt an! Ich fange an, mich wieder wohl zu fühlen.«

»Ich habe eine Menge Fragen, Monsieur Brent.« Der Franzose näherte sich dem Amerikaner. »Wieso kam dies hier alles ...«

»Später«, unterbrach X-RAY-3 ihn mit schwacher Stimme. Er lächelte matt. »Zunächst einmal ist Ihre Tochter wichtig. Ich konnte vorher über gewisse Dinge nicht sprechen. Als ich wußte, daß man Ihre Tochter gefunden hatte, war es wichtig für mich, sie nicht mehr aus den Augen zu verlieren. Man hatte Ihnen zwar angedroht, daß Sie auf keinen Fall eine Beerdigung anberaumen sollten, um sich nicht selbst ins eigene Fleisch zu schneiden. Doch so ganz sicher, ob die furchtbare Prozedur die erwartete abschreckende Wirkung haben würde, war man sich auch in den Reihen der ›Gnamous‹ niemals. Ich mußte dabei sein, wenn Ihre Tochter den ersten Anfall hatte, dann erst konnte ich diesen Mann«, und damit zog er den alten Medizinmann nach vorn, »herbeizitieren. Im Büro Camaras waren alle sprungbereit. Doch dann kam die Sache mit meiner Überrumpelung dazwischen. Um ein Haar wäre alles umsonst gewesen, und die Zeitungen hätten morgen berichten können, daß Conakry um einen unheimlichen Toten reicher sei ...«

Vier Männer waren notwendig, um die Tobende auf dem Boden festzuhalten. Sie wand und krümmte sich wie unter einem Krampf. Schweiß stand auf ihrer Stirn, ihre Muskeln zuckten und spannten sich, als wolle sie die Fesseln sprengen. Sie schrie wie am Spieß.

Der Medizinmann machte ein besorgtes Gesicht. Er ließ Nanette Luison auf den Bauch drehen, zog das Gewand von ihren Schultern und setzte an drei verschiedenen Stellen ihrer Schultern und ihres Nackens mehrere gefiederte Pfeile ein. Daraufhin verschwand er für mehrere Minuten in der Küche des Hauses. Als er zurückkam, hielt er ein Gefäß mit einer dampfenden Flüssigkeit in der Hand. Es roch nach starken Gewürzen und Essenzen, die einem den Atem raubten.

Mit äußerster Anstrengung gelang es, der Tobenden, die man mit Mühe aufrecht setzen konnte, einige Schlucke der abgekühlten Flüssigkeit einzuträufeln. Danach wurde sie merklich ruhiger. Ihr Körper entspannte sich, die Glut in den Augen schwächte sich ab, und die krampfhaften Zuckungen ließen nach.

Dann fielen Nanette Luison die Augen zu. Sie rührte sich nicht mehr.

Der Medizinmann erhob sich.

»Sie schläft. Zum ersten Mal tief und fest. Ich hoffe, die Träume verfolgen sie nicht auch in diesen Schlaf. Das könnte ungeahnte Risiken mit sich bringen.« Er wechselte ein paar Worte mit Larry Brent und Kommissar Camara.

X-RAY-3 wandte sich an Luison. »Jetzt kommt es auf Sie an, Monsieur.« Seine Stimme klang etwas fester. Doch er fühlte sich hundeelend und völlig ermattet. Der Medizinmann hatte ihm nahegelegt, sich schlafen zu legen. Er wollte es später tun.

»Sagen Sie, was ich tun soll.«

»Sie müssen versuchen, noch einmal das gleiche Fest zusammenzubringen, Monsieur. All die Leute, die Monsieur Lasalle in jener Nacht eingeladen hatte, müssen wieder mit von der Partie sein. Alle wichtigen Personen, die Ihre Tochter kennt, und von denen sie weiß, daß sie auf diesem Fest sein müßten – müssen wieder kommen. Die Männer, mit denen Ihre Tochter in jener Nacht tanzte ...«

»Das ließe sich arrangieren. Ich bin überzeugt davon. Lasalle wird mich nicht im Stich lassen.«

»Auch Dr. Keita wird mit von der Partie sein. Wir wissen, daß er an diesem Abend viel mit Ihrer Tochter gesprochen hat.«

»Aber ...«

»Es ist für alles gesorgt. Es wird nichts geschehen. Für die andere Sache allerdings sind Sie verantwortlich.«

»Für welche Sache?« Luison hatte nicht ganz begriffen, und Larry bemerkte, daß seine Gedanken seinen Worten vorausgeeilt waren.

»Die Menschen, die am Fest teilnehmen, dürfen mit keinem Wort erwähnen, daß es schon einmal stattgefunden hat. Das ist die größte Schwierigkeit. Sie müssen Nanette so begegnen, als sei nichts geschehen. Die zwei vergangenen Tage müssen aus ihrem Gedächtnis verschwinden. Ihr darf die Lücke nicht bewußt werden. Zwei Tage werden ihr immer fehlen, aber dieses Paradoxon wird ihr nicht auffallen, wenn keiner der geladenen Gäste einen entscheidenden Fehler macht. Das Ende würde bedeuten: nicht unbedingt den Tod Ihrer Tochter, garantiert aber ihre Einweisung in eine Irrenanstalt!«

Luison schluckte. »Aber da ist ein Mann, der mit einem einzigen Wort alles zunichte machen kann, Monsieur Brent. Haben Sie auch daran gedacht?«

Larry nickte. »Ja, ich weiß. Keita. Das haben wir einkalkuliert. Kommissar Camara wird viele seiner Leute als Kellner und Hotelangestellte herumlaufen lassen. Einige fremde Gesichter werden auf diesem Empfang sein, Leute, die Ihre Tochter nicht kennt und auch niemals kennenlernen wird, oder der man sie – beiläufig – vorstellt. Von Keitas Seite werde ich persönlich die ganze Nacht nicht weichen, darauf können Sie sich verlassen!«

***

Larry schlief bis in den späten Nachmittag. Nach dem Aufwachen fühlte er sich, als wäre nie etwas gewesen. Sichtbar waren nur zahlreiche kleine, blutunterlaufene Punkte, die an blaue Sommersprossen erinnerten und sich über seinen gesamten Oberkörper verteilten. Er machte sich zurecht. Es war niemand im Haus. Auf dem Schreibtisch im Arbeitszimmer fand er eine Notiz, die besagte, daß die schlafende Nanette mit einem neutralen Krankenfahrzeug ins Hotel gebracht worden war. Sie trug ein gleiches Kleid wie in jener Nacht, als man sie entführte. Eine Schneiderin hatte es in der letzten Nacht noch anfertigen müssen. Luison hatte ihr einen phantastischen Preis gezahlt. Der Franzose hatte seine Freunde und Bekannte informiert.

Nanette würde in einem Zimmer des Hotels erwachen, in das man sie – so würde man behaupten – gebracht hatte, weil sie einen Schwächeanfall erlitt. Alles andere mußte sich dann einspielen.

X-RAY-3 machte sich fertig. In den frühen Morgenstunden hatte ihm Luison nach seinen Maßen einen Smoking besorgt. Er hatte keinen aus den

Staaten mitgebracht, weil kaum damit zu rechnen war, daß er an einem Fest der High Society in Conakry teilnahm.

Bei Einbruch der Dunkelheit verließ er das Haus, nachdem er ein Taxi herbeitelefoniert hatte. Er ließ sich zum angegebenen Hotel bringen. Zahlreiche Wagen standen auf dem Parkplatz. Er sah Damen und Herren in großer Garderobe den Hoteleingang passieren.

Drei Minuten später begab er sich selbst zum Lift.

Er sah blendend aus. Weißer Smoking, tadelloser Sitz. Er trug eine Brille mit getönten Gläsern und gab sich den Anstrich eines reichen Junggesellen.

Der Empfang begann. Ein zwangloses Gespräch zwischen einzelnen Gruppen kam auf. Larry entdeckte Madame und Monsieur Luison. Sie waren nervös, er spürte es, aber sie ließen es sich nicht anmerken. Dies war ein gefährlicher Abend. Ein großes Schauspiel wurde hier gegeben ...

Unter den dienstbaren Geistern, die die Gäste des Monsieur Lasalle mit kalten Platten und Getränken verwöhnten, entdeckte Larry viele bekannte Gesichter aus der Gruppe Camara. Der Kommissar selbst hatte sich nicht gescheut, als Oberkellner zu fungieren. Mit Grazie und Geschick setzte er seine »Untertanen« ein.

Dann kam Dr. Solifou Keita. Er lächelte jovial. Larry befand sich gerade im Gespräch mit Monsieur Lasalle. Der stellte ihn ein paar einflußreichen Geschäftsfreunden vor.

»Der Sohn eines Ölmillionärs aus New Jersey«, sagte er lächelnd. »Worum es geht, muß ich noch verschweigen.« Er wandte sich plötzlich um. »Ah, Dr. Keita. Darf ich vorstellen, Monsieur Larry Brent. Aus Amerika.«

Damit war der offizielle Kontakt hergestellt.

Die beiden Männer wußten, was auf dem Spiel stand.

»Was tun Sie, wenn ich aus der Rolle falle?« grinste Keita, während er mit seinem Sektglas dem Amerikaner zuprostete.

Larry grinste jovial zurück. »Ich schieße Sie nieder.«

Keita zog die Augenbrauen hoch. »Selbst wenn Mademoiselle Luison Zeuge werden sollte?«

»Ja, natürlich. Man würde mich abführen – einer, der den Verstand verloren hat. Aber auch das würde nur zu diesem Schauspiel gehören, Keita. Mademoiselle Luison hätte nur die Erinnerung an einen Amerikaner, der durchdrehte. Sie würde mich niemals wieder zu Gesicht bekommen. In zwei Tagen spätestens, wenn die Dinge hier abgeschlossen sind, sitze ich sowieso schon wieder in meinem Flugzeug nach New York.«

»Sie sind ein raffinierter Bursche, Brent! Es ist nicht gut Kirschen essen mit Ihnen ...«

X-RAY-3 grinste. »Sie hätten mich lieber in einem Sarg gesehen, ich weiß«, sagte er einfach, ohne auf die Bemerkung Keitas einzugehen. »Es muß Ihnen bestimmt komisch vorkommen, mich so gut erhalten vor sich zu sehen. Gestern abend sahen Sie hinter Ihrer Maske übrigens nicht so abscheulich aus wie jetzt, wo Sie mit Ihrem wahren Gesicht vor mir stehen!«

Es wäre in diesem Tonfall weitergegangen, hätte Luison den Amerikaner nicht darauf aufmerksam gemacht, daß Nanette erwacht sei. Seine Frau und zwei andere befreundete Damen bemühten sich um sie.

Dann kam Nanette. Wie verabredet kümmerten sich viele nicht um sie und setzten ihre Gespräche fort.

Andere aber gingen sofort auf sie zu. Gerard Luison war der erste.

Aus den Augenwinkeln heraus beobachtete Larry Brent die Reaktionen. Nanette war noch etwas schwach auf den Beinen. Sie sah sich benommen um, aber in ihr Gesicht war ein Hauch von natürlichem Rot zurückgekehrt.

»Wenn Sie etwas zerstören, Keita«, warnte X-RAY-3 noch einmal, »denken Sie daran, daß ich immer einen Schritt neben Ihnen stehe!«

Keita paßte sich der Zwangsrolle an, in die man ihn gesteckt hatte.

Er machte Nanette Luison den Hof und tanzte mit ihr.

Luison wartete einen günstigen Augenblick ab, um seiner Tochter Larry Brent vorzustellen. Larry vergaß diese Situation in seinem ganzen Leben nicht mehr.

Er tanzte mit Nanette. Sie ließ sich wunderbar führen. Nichts war mehr da, das an ihren schauerlichen Zustand erinnerte.

Hier war sie unter fröhlichen Menschen, hier wurde ein Fest gegeben – das vor zwei Tagen auf unnatürliche Weise seinen Abbruch gefunden hatte.

Keita erhielt wenig später den Wink, sich zurückzuziehen. Er verabschiedete sich formell. Das wirkte ganz natürlich. Es gab keine Fragen, kein Wieso und Warum.

X-RAY-3 hielt in dieser Nacht sehr engen Kontakt mit Nanette Luison.

»Es ist ein herrliches Fest, das Lasalle arrangiert hat. Man fühlt sich in seinen Gesellschaften sehr wohl.«

Larry lächelte. »Ich hoffe, daß ich dieses Kompliment auch auf mich beziehen kann.«

Sie standen auf dem Balkon und blickten hinab auf das weite, hellerleuchtete Conakry.

Nanette gab das Lächeln zurück. »Auch in Ihrer Gesellschaft fühle ich mich wohl, ja.« Er legte den Arm um ihre Schultern.

»Eine schöne Stadt«, flüsterte sie.

Larry nickte.

Er sah Keita unten aus dem Hotelportal treten. Er warf noch einmal einen Blick hoch zur hellerleuchteten Front und winkte.

Nanette Luison und Larry Brent winkten zurück.

»Er ist ein netter Mensch«, bemerkte die junge Französin.

»Ja, ich mag ihn auch.« Er sah, wie Keita zu seinem Auto ging. Links und rechts neben ihm zwei Männer, die unten auf ihn gewartet zu haben schienen und die etwas mit ihm besprechen wollten.

Sie brachten Keita dahin, wo er hingehörte: hinter sichere Türen! Und es war anzunehmen, daß sich nach dem Richterspruch die massiven Tore eines Zuchthauses lebenslänglich hinter dem Afrikaner schließen würden.

Larry Brent zweifelte keinen Augenblick daran. Solifou Keita war nicht normal. Er hatte Angst, Entsetzen und – den Tod verbreitet.

Larry atmete auf. Nanette Luison bemerkte es.

»Was bedrückt Sie?« fragte sie.

»Nichts. Ich bin nur froh, daß ich Sie an diesem Abend kennenlernen durfte, Mademoiselle.« Mit diesen Worten führte er sie auf die Tanzfläche zurück.

2. Kapitel

Die mordende Anakonda

Gretal war erregt; ihre festen Brüste hoben und senkten sich bei jedem Atemzug.

War da nicht ein Geräusch gewesen? Für eine Sekunde blieb sie ruhig. Hinter ihr in der Finsternis des labyrinthähnlichen Tunnels schlug eine Tür zu.

Gretals Lippen bebten. Sie wich an die feuchte Wand zurück.

»... es ist sinnlos«, hallte die schaurige Stimme durch das Gewölbe, daß das Blut in den Adern der Irin zu Eis erstarrte. »Dieses Labyrinth wirst du niemals lebend verlassen, Gretal! Niemals! Du hast den Weg gesucht, und du hast ihn gefunden. Nun sieh zu, wie du mit diesem Problem fertig wirst ...«

Es war ihr, als würde in der Nähe eine weitere Tür geöffnet. Etwas raschelte auf dem Boden.

Er blufft, schoß es ihr durch den Kopf. Er will mir Angst machen, das ist alles.

Plötzlich wurde sie zu Boden gerissen, noch ehe sie begriff, woher die Bewegung kam. In der Finsternis wuchs ein riesiger, schemenhafter Körper neben ihr auf.

Gretal fiel nach vorn, und sie meinte, ihr Kopf würde in einen pechschwarzen Schlund gezogen.

Panik und Entsetzen packten sie. Sie schrie, aber ihr markerschütternder Schrei verhallte ungehört.

Die Irin fühlte die würgenden Bewegungen, als würde ein Ungeheuer sie verschlingen ...

Der schwarze Schlund einer feuchten, schleimigen Hölle tat sich vor ihr auf.

Gretal versank darin, merkte, wie der Atem knapp wurde, wie ihre Bewegungen ermatteten und schließlich ganz aufhörten.

Gretal starb, noch ehe ihr die ganze Tragweite dieses grausigen Geschehens bewußt wurde ...

***

Die Nacht war feucht, kühl und neblig. Die beiden Männer in dem abgelegenen Gasthaus am Rande eines schmalen Pfades, der mitten durch den dichten Wald führte, waren um diese Zeit noch die einzigen Gäste.

Der Wirt stand abwartend hinter der Theke, warf hin und wieder einen Blick auf die alte Uhr über der Eingangstür. Wenige Minuten vor ein Uhr nachts.

Die beiden Zechbrüder machten keine Anstalten zu gehen.

McBratt griff seufzend nach der Zeitung, die er während der letzten Stunde schon so oft in die Hand genommen hatte, überflog noch einmal die Berichte und lokalen Nachrichten, die er schon fast auswendig kannte.

Scheinbar gedankenverloren ging er dann hinüber zu einem der kleinen Fenster, bückte sich und warf einen Blick hinaus in die dunkle Nacht.

»Der Nebel wird immer dichter«, murmelte der Gastwirt halblaut vor sich hin.

Von dem groben Tisch in der düsteren Ecke, in der eine alte Lampe brannte, ertönte ein leises Lachen.

»McBratts Rauswurfbemerkung.« Joe Rings sagte es. Der kleine athletisch gebaute Ire griff nach seinem Bierglas und leerte den Rest.

Der Wirt wandte sich um und hob beschwichtigend beide Hände. »Aber nein, so war es nicht gemeint, Joe.«

Der Angesprochene grinste und warf seinem Tischnachbarn einen langen Blick zu. »Auch das sagt er immer. Dabei ist er froh, wenn er den Laden hier endlich schließen kann.« Er erhob sich. »Schon gut, McBratt.« Joe Rings klopfte dem Wirt jovial auf die Schulter. »Ich glaube, wir beide kennen uns lange genug. Wir sind unverschämt, ich weiß. Alle schlafen schon, nur du allein kriechst noch hier herum und wartest darauf, daß wir endlich das Weite suchen.«

»Aber, Joe ...« Der Wirt kam nicht zu Wort.

»Du würdest uns beiden noch ein Glas Bier spendieren, ich weiß. Aber laß es gut sein. Es ist spät. Wir machen uns jetzt auf die Socken.«

Joe Rings gab seinem Tischkollegen Patrick Queshon ein Zeichen. Rings zahlte. »Bis morgen dann, McBratt.«

Die Stimme des Straßenarbeiters klang unsicher. Man hörte Rings an, daß er ein paar über den Durst getrunken hatte. Doch er konnte eine ganze Menge vertragen. Sein Begleiter, Queshon, ein Bauer, der sich kaum noch um sein brachliegendes Anwesen kümmerte, hatte schon Mühe, auf die Beine zu kommen.

»Hast ... du gezählt ... wieviel Bier ich getrunken ... hicks ... habe, Joe?« fragte er mit schwerer Zunge und gerötetem Gesicht.

Queshons Haar war fuchsrot und stand stachelig von seinem Schädel ab. Der Bauer war ein Bär von einem Mann, doch seine flache Stirn schien darauf hinzuweisen, daß er nicht mit besonderen Geistesgaben gesegnet war. Er trank oft, trieb sich bis in die Nacht hinein in Kneipen herum und kümmerte sich kaum um seinen Hof.

»Für wen auch?« pflegte er immer wieder zu sagen. »Wenn ich heute mal ins Gras beiße, dann zerfällt der Bruchladen doch in Schutt und Asche. Ja, wenn Andy noch leben würde ...«

Das war Queshons Sohn gewesen. Er kam bei einem Unfall ums Leben. Ein Kind noch ...

Seit dieser Zeit lebte Queshon mit seiner Frau in dem vernachlässigten Bauernhof, wo es ein halbes Dutzend Schweine, zwei altersschwache Pferde und fünf oder sechs Milchkühe gab. Der Ertrag des schlechtbewirtschafteten Bodens war so gering, daß die Queshons gerade davon leben konnten.

Der Wirt begleitete seine beiden Gäste bis zur Tür. Mit zusammengekniffenen Augen blickte er sich um. Das Gasthaus stand von der Straße zurückgebaut. Schemenhaft zeichneten sich die dichtstehenden Bäume ab, die bis an die schmalen Allee heran wuchsen. Auf der gegenüberliegenden Seite der schlecht gepflasterten Straße begann die andere Seite des Waldes. Nebelschwaden standen zwischen den Stämmen und drangen wie der böse Odem eines unter der Erde schlafenden Ungeheuers aus dem feuchten moosigen Boden.

Die beiden Zecher wechselten noch ein paar Worte mit dem dicken Wirt. Dann verabschiedeten sie sich.

»Achtet auf den Weg«, rief der Wirt ihnen noch nach.

Sie sahen die Silhouette des Dicken unter dem Licht der Eingangslampe stehen.

»Ich habe meine Taschenlampe dabei«, rief Joe Rings zurück. Er wankte an der Seite seines Freundes Queshon und war auch nicht mehr ganz sicher auf den Beinen.

Die beiden Männer verschwanden in der Dunkelheit.

Der dicke Wirt verharrte noch einige Sekunden an der Tür, wandte sich dann um und ging in das Haus zurück. Er verschloß die Tür hinter sich. Schwer knarrte der alte Riegel, als er vorgeschoben wurde. Das Licht vor der massiven schwarzen Holztür erlosch.

Das kleine, einfache Backsteingebäude lag in völliger Dunkelheit hinter der Baumgruppe.

McBratt seufzte. Er mußte daran denken, daß die Geschäfte vor ein paar Jahren noch besser gegangen waren. Es kamen zwar auch jetzt immer noch Ausflügler auf die Insel, aber im großen und ganzen war auf Inishkea nicht mehr viel los. Am Strand, der etwa fünf Kilometer entfernt lag, war zwar ein neues Hotel errichtet worden – das des reichen Donovan Odd – aber was man sich in der Bevölkerung erzählte, war dazu angetan zu glauben, daß Odd sich offenbar verspekuliert hatte. Inishkea verzeichnete von Jahr zu Jahr sinkende Besucherzahlen.

Die winzige Insel schien nicht mehr genügend Anziehungskraft auf die anderen Europäer zu haben, die sich lieber in Riccione sonnten oder abgelegene Winkel auf Korsika aufsuchten, wo ihnen die Möglichkeit geboten war, auch nackt zu baden, was gerade für den Freundeskreis ausländischer Nudisten von Bedeutung war. Ähnliche Einrichtungen konnte man auf Inishkea schaffen, aber an der Spitze der einheimischen Behörden befanden sich nicht die richtigen Leute.

Vielleicht aber ging die Misere auf der Insel, die den Fremdenverkehr so notwendig brauchte, auch auf die Geschehnisse zurück, die im letzten Sommer diesen stark besuchten Teil der Insel von einer Woche zur anderen verändert hatten.

Drei Touristen waren durch die Bisse von Giftschlangen, die es niemals auf einer irischen Insel gegeben hatte, ums Leben gekommen. Die fremden Besucher, die von den Vorfällen hörten, obwohl sie geheimgehalten werden sollten, reisten sofort ab.

Bis zur Stunde hatte nicht geklärt werden können, wie die gefährlichen Tiere auf die Insel geraten waren. Man sprach die Vermutung aus, daß die Schlangen vielleicht mit einer Ladung aus Übersee eingeschleppt worden waren. Doch etwas Genaues wußte niemand. Keine der Schlangen konnte bis zur Stunde eingefangen werden.

Die Bewohner hatten vor dem schleichenden Tod, der hier noch immer umging, gewaltigen Respekt.

McBratt verdrängte die Gedanken, die ihn um diese späte Stunde beschäftigten. Er wußte selbst nicht, wie er eigentlich darauf kam. Manchmal gingen einem Dinge durch den Kopf ... das menschliche Gehirn war ein seltsames Organ ...

Der Wirt vergewisserte sich, daß alle Fensterläden und Türen gut verschlossen und gesichert waren, und stieg dann langsam hinauf in die Schlafkammer. Im Haus war es totenstill.

***

An der frischen Luft merkten die beiden Zecher, daß der Alkohol sich richtig auswirkte.

Sie kamen nur langsam voran. Sie plauderten und lachten. Queshon hatte die trübe Stimmung, in die er kurz vor dem Aufbruch im Gasthaus geraten war, wieder abgelegt. Er erzählte einen Witz nach dem anderen, lachte darüber am meisten und mußte sich am Stamm eines nebelfeuchten, schwarzen Baumes festhalten, um nicht umzukippen.

»Meinst du ... wirklich Joe ... daß wir nach Hause kommen?« Er drehte schwerfällig und mit ruckartiger Bewegung den Kopf auf die Seite. »Meine Beine ... sind mit einemmal ... so schwer ...« Queshon bekam keinen Satz über die Lippen, ohne abzusetzen. Sein Atem ging schwer. Wie ein Fisch auf dem Trockenen schnappte er nach Luft. Und dann lachte er los, daß es durch den ganzen Wald hallte. Rings mußte in dieses Lachen einstimmen, obwohl es überhaupt keinen Anlaß gab.

Queshon ging in die Knie. Er lachte noch immer.

»Wenn mich meine Alte ... so sehen würde ... Joe ...« Er winkte mit einer müden Bewegung ab und wischte sich die Tränen aus den Augenwinkeln. »Ich ahne ... fürchterliches, Joe ... Margie wird mich wieder einen Säufer schimpfen, der Haus und Hof und ... ah ... es ist zum Kotzen!« Die letzten Worte zumindest schienen ihm ernst zu sein. Er übergab sich.

Joe half seinem Freund auf die Beine, und er wäre dabei selbst fast gestürzt.

»Pudding in den Knien, was?« maulte Queshon. Er sah ein bißchen mitgenommen aus und schüttelte sich. »Du wirst auch nicht ... jünger ... Joe. Deine Kräfte lassen nach.«

Joe versuchte sich zu erinnern, worüber sie heute abend gesprochen und was sie eigentlich alles getrunken hatten. Es fiel ihm nicht ein. Ihm war, als ob sein Gedächtnis nicht mehr funktionierte.

Mühsam schleppten sich die Männer auf dem schmalen Weg zwischen den Bäumen dahin. Der Nebel stieg zu ihren Füßen auf.

Plötzlich verharrte Joe im Schritt. »Psst«, sagte er völlig überflüssigerweise, und er blickte sich um.

Patrick Queshon warf seinem Begleiter einen langen, musternden Blick zu. »Still sein, warum? Ich habe doch gar nichts gesagt.«

»Trottel«, zischte Joe, während er seinen Blick kreisen ließ. »Da war doch was!«

»Ich habe nichts gehört.«

Rings schloß für Sekunden die Augen; Queshon verhielt sich nicht still.

Dem Straßenbauarbeiter war es schließlich, als habe er sich doch getäuscht.

Munter vor sich hinplappernd, trampelte und taumelte Queshon vor ihm her. Zweige knackten unter seinen Schritten, und – dann war da wieder das Rascheln ...

Joe Rings hörte es sofort. »Also doch! Da ist jemand!«

»Du meinst – es geht uns jemand nach?« Patrick Queshons Stimme klang leise. Er hatte die Augen aufgerissen, als hätte er Schwierigkeiten, seinen Begleiter zu sehen.

»Es wäre nicht ausgeschlossen. Auch auf Inishkea gibt es Wegelagerer, sonst wäre die Polizei ja arbeitslos.«

Queshon lachte. »Das wird ein Vogel sein, oder sonst ein Waldtier, das wir ... aus dem Schlaf geschreckt haben. Wir sind schließlich ... nicht gerade leise.« Er unterbrach sich und fing dann fürchterlich an zu lachen. »Vielleicht ist es auch meine Alte ... sie hat manchmal so komische Anwandlungen. Margie traue ich zu, daß sie in der Nähe des Wirtshauses war und uns jetzt nachgeht. Dieses Biest ...«

Er spuckte auf den Boden. »Sie spioniert mir nach ...« Seine Augen funkelten.

»Unsinn!«

»Hoho, du kennst Margie nicht. Sie ist ein Teufelsweib, Joe!« Queshon redete sich in Rage. »Ich bin ein Idiot – ich hätte ihr etwas mitbringen sollen ... einen Brandy oder einen Scotch ... sie liebt einen Highland Malt Whisky ganz besonders. Wir gehen noch einmal zurück zu McBratt. Der freut sich über das zusätzliche Geschäft. Ich habe ... auf dem Regal hinter der Theke einen siebenjährigen Highland stehen sehen. Moment ...« Er sprach plötzlich völlig unsinniges Zeug zusammen, und beide vergaßen, daß sie eigentlich durch das Rascheln im Unterholz auf die Frau von Queshon gekommen waren.

Der Bauer kramte in seinen Taschen herum. Münzen klapperten in seinen Händen. »Ich glaube ... das Kleingeld reicht nicht mehr. Du mußt ... mir etwas ausleihen, Joe ...«

»Unsinn, wir gehen nicht mehr zurück!« Joe Rings packte Queshon am Arm und wollte ihn mit sich ziehen. Doch der Bauer setzte ihm plötzlich Widerstand entgegen. Mit einer beinahe groben Bewegung riß er sich los.

»Ich bringe Margie eine Flasche mit, und damit basta ...« Ehe Joe ihn davon abhalten konnte, wankte er davon und wurde von der Dunkelheit und den wabernden Nebelschleiern aufgenommen.

»... es ist doch unsinnig, was du tust, Patrick.« Rings wankte ein paar Schritte nach vorn. »McBratt schläft doch längst. Du kannst ihn doch nicht wieder aus dem Bett jagen ...«

»Ich kann ...«, hallte es aus der Ferne dumpf und lallend an sein Ohr. »Geschäft ist Geschäft ... Joe ... und Margie freut sich ... gut, daß ich noch daran denke ...« Die Stimme wurde immer leiser, und die letzten Worte bekam Joe Rings kaum noch mit.

Er konnte Queshon in dem Zustand unmöglich sich selbst überlassen. Der Bauer brauchte einen Begleiter.

»Patrick ... Patrick ...!« Rings rief mit lauter Stimme.

Aber es erfolgte keine Antwort.

Der Straßenbauarbeiter ärgerte sich. Den ganzen Weg noch einmal zurück zu McBratt? Was für eine Dummheit!

Er wandte sich nach rechts. Der schmale Pfad wand sich schlangengleich zwischen den aufsteigenden Nebeln und den schwarzen, schemenhaft verwachsenen Stämmen der Bäume.

Rings kniff plötzlich die Augen zusammen.

Irgendwie kam ihm der Weg verändert vor.

Während ihrer Flachserei mußten sie vom Hauptpfad abgekommen sein, ohne daß Queshon oder er das bemerkt hatten.

Der Straßenbauarbeiter griff nach der Taschenlampe, die er bei sich trug, und er ärgerte sich erneut, daß er nicht früher auf die Idee gekommen war, sie einzusetzen.

Der Strahl wanderte wie ein bleicher, langer Geisterfinger über den Boden und riß Umrisse der schwarzen Bäume aus der nächtlichen Finsternis des stillen Waldes.

Die Baumreihen standen plötzlich nicht mehr so dicht beieinander. Eine kleine Lichtung öffnete sich vor Joe. In der Dunkelheit vor sich sah er eine schattengleiche Gestalt.

»Patrick!« hallte seine Stimme über die Lichtung.

»Ach – laß mich in Ruhe, ich ...«

Und dann folgte ein dumpfer Fall. Es hörte sich an, als wäre Queshon gestürzt.

Joe Rings rannte auf die am Boden liegende Gestalt zu.

Wenn Queshon sich jetzt verletzt hatte, dann sah er schwarz. Rings war nach dem reichlich genossenen Alkohol selbst nicht mehr ganz so fest auf den Beinen. Es fiel ihm schwer, sein eigenes Körpergewicht zu schleppen. Wenn er jetzt auch noch Queshon stützen oder tragen mußte ...

Er taumelte mehr auf den dunklen, sich vom nebligen Boden abhebenden Körper zu, als daß er ging.

Der Strahl der Lampe glitt über den feuchten Boden. Tautropfen hingen an den Grasbüscheln.

Queshon lag vornübergeneigt, und es sah aus, als wäre sein Kopf in einem Loch im Boden verschwunden.

Rings erstarrte, als er bemerkte, daß der Körper des Bauern wie von einer unsichtbaren Hand weiter in die Bodenöffnung gezogen wurde.

Der Kopf war weg, die Arme ... die Schultern ...

»Mensch, Patrick«, kam es wie ein Hauch über Rings' Lippen, während er näher torkelte. Die Taschenlampe in seiner Hand ruckte hoch.

Die Hälfte des am Boden liegenden Körpers war verschwunden, als würde Queshon sich lautlos in eine Öffnung einbuddeln.

Der Freund mußte wirklich total betrunken sein.

Vergrub sich wie ein Kaninchen im Bau!

Joe Rings führte den Strahl der Lampe höher und erblickte jetzt das mehr als mannsbreite Loch, das aussah wie ein ehemaliger Brunnenschacht.

Der Straßenbauarbeiter stürzte sich auf den Freund.

»Du bist verrückt, Patrick!«

Und dann glaubte Rings, sein Herz müsse stehenbleiben. Was er da im Schein der Taschenlampe zu sehen bekam, war eine Szene aus einem Alptraum und konnte niemals Wirklichkeit sein!

Queshons Oberkörper war bis zu den Hüften verschwunden. Der Mann wurde förmlich in das Loch gesogen. Rings war es, als höre er ein fernes, unterdrücktes Jammern und Wimmern, ein Rufen nach Hilfe, aber es schien irgendwo aus der Tiefe unter seinen Füßen zu kommen und wurde von ihm nicht klar und deutlich registriert.

Joe Rings' Augen weiteten sich vor Panik und Entsetzen, als er sah, daß Patrick Queshon in einem weitaufgerissenen Schlund verschwand – in einem Schlund, der ihn verschlang!

Es war, als würde der Zechbruder in einen dunkelgefleckten Sack rutschen.

Noch waren die zappelnden Füße Queshons zu sehen. Rings erstarrte und war zu gelähmt, um jetzt noch etwas zu unternehmen ...

Er wußte nicht mehr, was er tat.

Für den Bruchteil eines Augenblicks wurde er an eine Zeitungsmeldung erinnert, die er vor ein paar Tagen im Wartezimmer seines Zahnarztes gelesen hatte und über die man eigentlich nur lächeln konnte.

»Das Ungeheuer von Loch Ness« hieß der Bericht, und Joe hatte sich gefragt, wieso man in Schottland drüben einen solchen Wirbel machte und ernsthaft Wissenschaftler und Beobachter dazu animierte, Ausschau nach der sagenhaften Seeschlange zu halten, die es nach Auskunft vieler Schotten geben sollte. Bis zu dieser Stunde aber hatte man noch keine entscheidende Spur gefunden.

Sollte es aber doch etwas Ähnliches geben, existierte so ein Ungeheuer in Schottland – und jetzt auch hier auf der Insel Inishkea?

Rings' Gedanken bildeten ein Karussell der Ratlosigkeit, der Verwirrung, der Angst und des Entsetzens.

War es der Alkohol? Hatte er wirklich zuviel getrunken? War das der Beginn des sogenannten Delirium tremens, der tückischen Säuferkrankheit?

Dem jungen Iren brach der Schweiß aus, als er sich einfach umwandte und wie von Sinnen davonrannte. Er merkte nicht, daß er die Taschenlampe fallen ließ, daß es ihm nur darauf ankam, diesen schaurigen Ort, an dem er Zeuge eines ungeheuerlichen Vorgangs geworden war, so schnell wie möglich hinter sich zu bringen.

Die Nebel umwogten seine Beine wie Geisterfinger und hüllten seinen fiebernden, in Schweiß gebadeten Körper ein. Wie Schemen huschten die schwarzen Umrisse der Bäume an ihm vorüber, und der Gedanke tauchte auf, daß etwas Schauriges und Lautloses mit schlangengleicher Geschwindigkeit hinter ihm herschlich und ihn einzufangen drohte.

Joe Rings gellende Schreie hallten durch die Nacht. Aber niemand hörte ihn. Er raste quer über die Lichtung und achtete nicht darauf, daß vom Buschwerk abstehende Zweige ihn streiften und ihm Gesicht und Hände zerkratzten.

Er wollte nur weg von hier, weg von diesem Ort des Grauens ...

***

Der Morgen dämmerte. Die erste Fähre nach Inishkea traf um neun Uhr auf der Insel ein. Es war kein sehr klarer Tag. Der Himmel war bewölkt, ein kühler Wind ging. Die Wellen schlugen klatschend an die Kaimauern.

Von der Fähre stiegen nur wenige Menschen. Darunter befand sich auch Siobahn McCorkan. Das Mädchen mochte etwa einundzwanzig Jahre alt sein. Sie trug langes, kastanienbraunes Haar. Ihre Augen waren dunkel und groß.

Siobahn kam aus dem Norden Irlands, um hier auf der kleinen Insel in Ruhe und Abgeschiedenheit ein paar Tage zu verbringen und ihre Studien vorantreiben zu können. Sie schrieb gerade an einer wichtigen Arbeit über das Ausmaß der Ausgrabung im »Tal der Könige« und das Auffinden des sagenumwobenen Königs Tut-Ench-Amun.

Die junge Irin studierte Archäologie. Ihre Familie war gegen dieses Studium. Man machte ihr Vorwürfe, daß sie nicht etwas Praktisches lernte. Ärztin, Rechtsanwältin ... es gab so viele andere, nützlichere Fächer. Warum ausgerechnet Archäologie?

Das war eine Frage, die nur Siobahn beantworten konnte. Sie hatte Spaß an diesem Studium. Es gab für sie nichts Interessanteres als die Erforschung der finsteren Vergangenheit, aus der die heutige Menschengeneration hervorgegangen war. Und der größte Wunsch der jungen Studentin war es, einmal all die Orte sehen zu können, von denen sie in ihren Büchern gelesen hatte.

Ein Wunsch, der vielleicht nicht unerfüllbar blieb, obwohl ihre Eltern in Nordirland unter einfachen Verhältnissen lebten. Was der Vater aus der Brauerei an Verdienst mit nach Hause brachte, reichte gerade aus, um die vier Mäuler zu stopfen.

Daß Siobahn überhaupt auf die Universität in Dublin gehen konnte, verdankte sie einem in den Staaten reichgewordenen Onkel, einem Bruder ihres Vaters, David McCorkan.

Mit einundzwanzig Jahren stieg er einfach auf einen Öltanker, ließ sich anheuern und reiste erst einmal zwei Jahre um die Welt. Danach blieb er in den Vereinigten Staaten hängen. Dort begann er seine Karriere als Tellerwäscher, Servierboy, Zeitungsträger und schließlich als gutbezahlter Saisonarbeiter auf einer Farm in Kalifornien. Von dort aus besuchte er in seiner Freizeit sehr oft die Filmstadt Los Angeles und Hollywood, und eines Tages fungierte er als Statist in einem Western.

Über diese Westernserie schrieb er einen Bericht, eine Groteske, die in den Staaten großen Anklang fand. Onkel David, damals vierundzwanzig Jahre jung, entdeckte seine schriftstellerische Ader. In kurzer Reihenfolge wurden seine merkwürdigen Grotesken veröffentlicht. David lernte einflußreiche Leute kennen. Er legte sich von dem verdienten Geld etwas auf die hohe Kante und investierte dieses Geld eines Tages mit einem Schriftstellerkollegen, der durch eine Fernsehserie sein Geld gemacht hatte, in eine eigene Zeitschrift. Die ersten Nummern unterschieden sich kaum von dem, was allgemein an Herrenmagazinen auf dem amerikanischen Zeitschriftenmarkt zu kaufen war, doch dann wurden die Ausgaben immer besser. David McCorkans Magazin enthielt die interessantesten Farbberichte aus aller Welt, die gefährlichsten Abenteuergeschichten – und die schönsten Mädchen. Ohne Sex geht es nun einmal nicht ...

Heute beschäftigte McCorkan drüben insgesamt fünf Fotografen nur in den Staaten, einen in China, einen auf den Bahamas und zwei in Australien.

Die Bilder, die er brachte, konnten selbst von dem amerikanischen Magazin *Playboy* nicht erreicht werden.

McCorkan Show – wie seine Zeitschrift hieß – war ein absoluter Verkaufsschlager. Und der Name der Zeitschrift hatte nun auch noch seinen besonderen Sinn dadurch, daß David McCorkan tatsächlich in den Staaten fünf eigene Show-Unternehmen betrieb. Nachdem der Geldregen durch das Erfolgsmagazin erst einmal eingesetzt hatte, investierte McCorkan seine Gewinne in andere Geschäfte. Er eröffnete einen Nachtclub in Washington, einen zweiten in New York, kurz darauf einen dritten in Los Angeles, einen weiteren in San Francisco und kürzlich den fünften in Übersee, genau: in London, mitten in Soho.

McCorkan nahm die Auswahl der Tänzerinnen, die dort ihren Strip vorführten, persönlich vor. Er überließ nichts dem Zufall, überließ überhaupt nur ungern etwas anderen Leuten. Er hatte jenes besondere Fingerspitzengefühl, das man nun einmal brauchte, um erfolgreich zu sein – und zu bleiben. McCorkan löste seine Probleme nicht nur mit dem Geist – sondern auch sehr stark durch Emotionen. Er bezeichnete sich immer als Durchschnittsmensch, und weil er ein Durchschnittsmensch sei, wisse er am besten, was Durchschnittsmenschen gerne lesen und betrachten.

Von diesem quicklebendigen Onkel erhielt Siobahn regelmäßig jeden Monat ein Stipendium, das sich sehen lassen konnte und das ihr außer einer kleinen Zweizimmerwohnung in Dublin noch erlaubte, ohne Arbeit über die Runden zu kommen. Viele ihrer Kommilitonen beneideten sie darum.

Das Mädchen trug für den kurzen Aufenthalt auf der Insel nur einen kleinen Koffer bei sich. Drei Tage wollte die hübsche Irin auf Inishkea bleiben.

Das Dörfchen, in dem sie ankam, zählte nur ein paar hundert Einwohner.

Ihre Freundin hatte ihr eine Adresse genannt. Adresse war eigentlich zuviel gesagt. Siobahn kannte den Namen eines Mannes, der ganz am Rande dieser kleinen Ansiedlung wohnen sollte. Er vermietete für ein geringes Entgelt ein abseits gelegenes Häuschen, das sehr gern von Studenten benutzt wurde. Mister Beam, so hieß der Mann, hatte sogar sehr oft Nachsicht mit armen Studenten und überließ ihnen das baufällige Gebäude, ohne daß sie auch nur einen einzigen Pfennig dafür bezahlen mußten.

Siobahn fragte gleich an der Kaimauer einen Fischer nach James Beam. Der Grauhaarige sah sie an, als hätte er nicht richtig verstanden.

»Zu Beam wollen Sie?« Er zog den Namen wie einen Kaugummi in die Länge. Dabei musterte er Siobahn, als hätte er noch nie ein so hübsches Mädchen auf der Insel gesehen.

»Ja, zu James Beam.«

Siobahn lächelte. Sie verlor nichts von ihrer Natürlichkeit und Frische.

Der Fischer hob die Rechte. »Gehen Sie mitten durchs Dorf! Am Dorfausgang verzweigt sich die Straße. Die eine führt wieder zum Meer hinunter, die andere hoch in das hügelige Waldgelände. Gehen Sie den Weg zum Wald! Sie stoßen nach einem Fußweg von etwa zwanzig Minuten auf das Haus Beams.« Der Alte machte eine kleine Pause und betrachtete gedankenverloren seine Pfeife. »Sind Sie eine Verwandte von ihm?«

»Nein. Ich will mich dort einquartieren. Es heißt, daß der alte Beam ein Herz für mittellose Studenten hat.«

Der Fischer riß die Augen auf. »Aber Beam hat schon über ein Jahr lang keine Besuche mehr von Studenten gehabt.«

Siobahn lächelte noch immer. Der grauhaarige Fischer schien nicht nur neugierig zu sein, sondern er begriff offenbar die Dinge nicht so richtig. »Das ist möglich. Schließlich weiß nicht jeder über das Häuschen Bescheid. Die Studenten, die schon hier waren, verraten das nicht jedem. Ich hatte das Glück, daß es mir eine Freundin anvertraut hat.«

»Ja, ja, es war schon idyllisch dort. Besonders für junge Menschen«, sinnierte der Grauhaarige halblaut vor sich hin, und er schien sie für den Augenblick völlig vergessen zu haben.

»War?« fragte Siobahn sofort, der die Bemerkung nicht entgangen war. »Warum: war? Ist es jetzt nicht mehr idyllisch dort?«

Der Alte zuckte die Achseln. »Ich weiß es nicht. Man erzählt sich hier im Dorf so allerhand. Beam hat das Anwesen verkommen lassen.«

»Er ist alleinstehend. Ich habe gehört, daß das Häuschen nicht mehr so ganz in Ordnung sein soll. Aber gerade das ist ja das Romantische daran. Durch die kostenlose Vermietung an Studenten wurde jedoch schon manches wieder in Ordnung gebracht.«

Der Alte zuckte die Achseln. »Sie kommen drüben vom Festland und wissen mehr als ich. Man spricht hier nicht viel über Beam. – Sie wollen also wirklich hin?« fragte er unvermittelt.

»Ja, natürlich.« Siobahn begriff die Frage nicht. »Ich wüßte nicht, warum ich es unterlassen sollte.«

Der Alte beschäftigte sich ganz mit seiner Pfeife. Er versuchte sie wieder anzuzünden, doch der verhältnismäßig starke Wind, der hier am Ufer wehte, blies ihm ständig das Streichholz wieder aus.

»Es ist nicht viel los auf der Insel in diesem Jahr. Der Sommer ist zu feucht und zu kühl. Wir hatten noch nie soviel Regen.« Der Fischer warf einen Blick hoch zum bewölkten Himmel. »Im Westen braut sich wieder etwas zusammen. Es treibt genau auf Inishkea zu. Das Meer ist unruhig.«

Das, was er jetzt sagte, paßte nicht im entferntesten zu dem, worüber sie eben gesprochen hatten. Was hatte das Wetter mit James Beam und dem kleinen abseits stehenden Haus zu tun?

Spätestens in diesem Augenblick war Siobahn McCorkan völlig überzeugt, daß der Fischer verkalkt und nicht mehr Herr seiner Sinne war. Er sprach verworren und völlig zusammenhangloses Zeug.

Die Irin lächelte und nahm den Koffer wieder auf. »Ich danke Ihnen für Ihre Auskunft. Eine Bitte allerdings hätte ich noch an Sie. Können Sie mir einen Tip geben, wo ich hier einen fahrbaren Untersatz bekomme, um noch vor Anbruch des Unwetters zu Beams Hütte zu kommen? Ein Taxi, eine Kutsche ...«

»Es gibt nur zwei Taxis auf der Insel, Miß.« Der Alte kicherte. Am besten war es, sie ging einfach weiter und kümmerte sich nicht mehr um diesen seltsamen Kauz.

»... und der Besitzer der Taxis hat wohl schon alles vorbereitet für die Winterzeit. Außer drei Amerikanern sind im Augenblick keine Fremden auf der Insel. – Sie könnten mit einer Pferdekutsche fahren. Davon gibt es mehrere. Schöne Kutschen, extra für Touristen zurechtgemacht. Sie lieben doch das Romantische, haben Sie vorhin gesagt, nicht wahr?«

Siobahn hörte nicht mehr zu. Sie griff nach ihrem Koffer und entfernte sich von der Kaimauer.

»Wenn ich Ihnen einen guten Rat geben darf, Miß«, hörte sie die laute Stimme des Alten hinter sich. »Kehren Sie um! Die nächste Fähre geht in fünf Stunden. Fahren Sie zurück aufs Festland! Quartieren Sie sich nicht bei Beam ein ...!«

Das hübsche Mädchen wandte sich nicht mehr um.

Auf der breiten sauberen Straße näherte sich Siobahn der Baumreihe, hinter der die ersten Wohnhäuser, Pensionen und kleinen Hotels begannen.

Etwa fünfzig Meter entfernt fiel ihr ein neues, sehr modern gebautes Hotel auf.

Es war Donovan Odds Hotel. Siobahn wußte nicht, daß dieses Hotel einmal – zumindest die Grundmauern dazu – einmal auch jenem Mann gehört hatten, den sie jetzt zu besuchen gedachte: James Beam.

Die Irin wandte sich nach rechts und näherte sich dem modernen Gebäude. Dort stand eine farbenfrohe Kutsche, vor die ein Rappe gespannt war.

Der Kutscher rechnete offenbar damit, daß einer der drei Amerikaner, die sich in dem Superhotel der Insel einquartiert hatten, auf die Idee käme, sich fahren zu lassen. Doch dazu hätte mehr Sonne scheinen müssen.

Siobahn sprach den Kutscher an, der gelangweilt in einer Zeitschrift blätterte.

»Sind Sie frei?« fragte sie lachend.

Die Situation sprach für sich. Ihre Worte waren völlig fehl am Platz. Der Kutscher hatte Siobahn McCorkan nicht kommen gehört. Er zuckte zusammen. »Ja, ja, natürlich, Miß.« Er sprang vom Bock herunter, öffnete ihr diensteifrig die Tür und nahm der jungen Irin den Koffer ab. »Wo darf ich Sie hinbringen?«

Siobahn, die sich auf die rotgepolsterte Bank niederließ, wandte den Blick. »Zur Hütte von James Beam.«

Es war, als würde alles Leben aus dem Kutscher weichen.

»Tut mir leid, Miß«, sagte er mit dumpfer Stimme, und er setzte das Gepäck der jungen Irin wieder auf den feuchten Boden. »Bitte, steigen Sie aus! Ich hätte mir die paar Schilling gerne verdient – aber nicht unter diesen Umständen!«

Siobahns Blick verfinsterte sich. Sie war schon mit den seltsamsten Menschen fertig geworden, aber seit ihrer Ankunft als einziger Reisegast auf Inishkea schien sich irgend etwas verändert zu haben. Entweder sie litt unter geistigen Störungen – oder aber die Menschen verhielten sich tatsächlich so, wie sie es registrierte.

Sie kannte die Mentalität der irischen Bevölkerung und wußte auch, daß man gerade auf den zahllosen Inseln sehr merkwürdig und abergläubisch war. Aber was, zum Teufel, hatte das alles mit James Beam zu tun? Sobald sie diesen Namen erwähnte, stieß sie auf Widerstand! Es war, als ob sie den Teufel persönlich gerufen hätte ...

»Steigen Sie bitte aus, Miß! Ich verzichte gern auf diesen kleinen Verdienst.«

Verärgert stieg sie aus. Der Kutscher stand tatenlos auf der Seite. Er ließ die einfachste Regel der Höflichkeit außer acht, indem er es unterließ, der jungen Kundin die Hand zu reichen.

Siobahn reagierte ärgerlich. »Was ist so Besonderes an dem Namen Beam? Was stört euch an dem Mann?«

Der Kutscher schluckte. »Es ist vielleicht besser, wenn Sie die Insel wieder verlassen, solange es noch Zeit ist, Miß.« Es war da etwas im Unterton, was Siobahn einen Schauer über den Rücken jagte. »Oder sind Sie mit Beam verwandt?«

Siobahn kam es so vor, als hätte sie die gleiche Frage vor wenigen Minuten unten am Kai von dem merkwürdigen Fischer schon gehört. So sehr sie sich bemühte, die Dinge zu verstehen, es gelang ihr nicht. Es wurde ihr bewußt, daß sie dem Kutscher die gleiche Geschichte erzählte wie dem Fischer unten am Hafen.

»Wenn Sie in Ruhe und Abgeschiedenheit arbeiten wollen, dann ist die Umgebung auf Inishkea schon der richtige Ort«, hörte sie die Stimme des Mannes wie aus weiter Ferne. »Aber muß es unbedingt die Hütte sein, die Beam kostenlos Studenten zur Verfügung stellt? Quartieren Sie sich doch einfach hier in einer Pension ein. Es gibt genügend billige Zimmer. Aber Sie sind wenigstens unter Menschen.« Es klang wie eine Warnung vor einer Gefahr. Wenn Siobahn McCorkan nicht durch eine gute Freundin selbst die einmalig schöne romantische Umgebung der Hütte Beams geschildert bekommen hätte, so wäre dieses erneute Abraten Grund genug gewesen, wieder abzureisen. Ein Mädchen mit schwächerer Konstitution hätte zu diesem Zeitpunkt garantiert aufgegeben. Doch die Irin war aus anderem Holz geschnitzt!

Ihr schien, als wäre eine ganze Stadt gegen einen einzigen Mann eingestellt. Von ihrer Freundin wußte sie aber, daß James Beam ein gottesfürchtiger, ehrbarer Mann war. Und es gab für sie nicht den geringsten Anlaß zu glauben, daß ihre Freundin sie belogen hätte. Ganz offensichtlich aber waren dies Lügen, mit denen man versuchte, sie von der Hütte fernzuhalten.

»Ich komme hin, und nichts wird mich daran hindern«, entgegnete sie mit fester Stimme. Die Irin griff nach ihrem Koffer. Der Weg vor ihr war weit. Und sie mußte damit rechnen, von einem Unwetter überrascht zu werden. Zumindest würde es regnen. Außerhalb der Ortschaft aber gab es keinen Unterschlupf mehr für sie.

Der Kutscher wandte sich ab, stieg auf den Bock, nahm die Zügel in die Hand, und das Gefährt ratterte davon, um in einer Seitenstraße zu verschwinden.

Siobahn McCorkan stand minutenlang allein auf der Seite des großen Hotels. Dann setzte sie sich langsam in Bewegung. Ihr Gesicht war mit einemmal ernst und verschlossen.

Siobahn war nicht der Typ, der sich von einem einmal gefaßten Entschluß abbringen ließ. Sie wollte zu Beam, und sie würde hinkommen!

Das Mädchen warf einen kurzen Blick an der hellen Fassade des Hotels hoch.

Im ersten Stockwerk glaubte sie hinter den grünen, vorgezogenen Gardinen eine Bewegung wahrzunehmen. Aber sie achtete nicht besonders darauf.

Siobahn ahnte nicht, daß dort oben ein Mann stand, dem sie vieles zu verdanken hatte, den sie sehr gut kannte und den sie doch schon seit ihrem fünfzehnten Lebensjahr nicht mehr gesehen hatte.

Dieser Mann bewohnte mit zwei anderen Amerikanern die Zimmer 26, 27 und 28. Ein Mann, der sehr viel Geld, Einfluß und immer neue Ideen hatte, um zu noch mehr Geld zu kommen. Dieser Mann wußte ebenfalls nicht, daß in diesem Augenblick unten auf der Straße seine Nichte lief und langsam die Allee entlangging, um sich der Hauptstraße zu nähern, die mitten durch das Dorf führte.

David McCorkan befand sich zur Zeit auf der kleinen irischen Insel Inishkea. Und das hatte seinen besonderen Grund.

***

Als er erwachte, wußte er nicht, wo er sich befand.

Joe Rings tastete nach seinem Kopf. In seinem Schädel dröhnte es, als hätte jemand einen indischen Gong geschlagen, der nun nachhallte.

Der rothaarige Ire stöhnte, erhob sich und stellte überrascht fest, daß er angezogen auf seinem Bett lag. Benommen kam er auf die Beine. Er riß ein Fenster auf, stützte sich auf die Fensterbank und atmete tief die kühle, frische Luft ein, die vom Meer her wehte.

Joe starrte auf die feuchte, dunkle Gasse, die zwischen den dichtstehenden, kleinen Häusern durchführte. Die Dächer der angrenzenden Gebäude schmiegten sich eng aneinander, als wäre zu wenig Platz vorhanden gewesen, um das Dörfchen weiter auszudehnen. In der Tat war auch ein steil ansteigender Berg unmittelbar hinter dem Dorf schuld daran, daß die Häuser hier so eng aneinandergepfercht waren. Wenn Joe die Hand ausstreckte, konnte er fast das Fenstersims auf der gegenüberliegenden Straßenseite erreichen. Die schlauchähnliche Gasse war nicht einmal so breit, daß ein Pferdekarren durchkam. Hier war es immer dunkel und feucht, selbst wenn mehrere heiße, sonnenüberflutete Sommertage aufeinander folgten.

Joe Rings hatte das Gefühl, als ob seine Muskeln aus Pudding bestünden. Der Boden unter seinen Füßen schien zu wanken.

»Teufel«, murmelte der Ire halblaut vor sich hin. Dann ging er mit unsicheren Schritten in die winzige Küche, drehte den Wasserhahn auf und trank mit Hilfe seiner Hände direkt aus dem laufenden Strahl.

Die Kehle des Straßenbauarbeiters war wie ausgetrocknet.

Joe war nicht der Typ, der regelmäßig zur Arbeit ging. Er hatte seine eigene Lebensphilosophie. Da er nicht die Pflicht hatte, eine Familie zu ernähren, ging er zur Arbeit, wann es ihm paßte und sich gerade eine Gelegenheit dazu bot. Im Sommer tat er meistens gar nichts, lungerte oft am Strand herum, ließ sich von dem einen oder anderen Touristen für eine Handreichung zu einem Drink oder einem Essen einladen. Im Herbst arbeitete er dann gelegentlich in seinem Beruf, und im Winter bezog er Arbeitslosenunterstützung. Irgendwie ging es immer weiter.

Joe Rings faßte sich an den Kopf. Er mußte an den seltsamen Traum denken, der in seiner Erinnerung haftete.

Irgendwie kam es dem Iren so vor, als hätte er eine gehörige Sauftour hinter sich.

Und Patrick Queshon hatte ihn doch begleitet?

Joe Rings steckte den Kopf unter das kaltfließende Wasser und verhielt einige Sekunden in dieser Stellung. Ein klarer Kopf weckt die Lebensgeister wieder, sagte er sich. Dann frottierte er sich rasch ab und grinste still vor sich hin. Er mußte Queshon erzählen, was er da geträumt hatte. Vielleicht würden sie heute den Tag wieder in McBratts Wirtshaus verbringen. Manchmal traf man ein paar alte Bekannte aus den Nachbardörfern, die auch nichts mit ihrer Zeit anzufangen wußten, und an solch einem trüben, sonnenlosen Tag wie heute wußte man sowieso nichts mit der Zeit anzufangen. Ein paar Scotch, einige Biere – und vielleicht noch einmal einen Scotch zum Abschluß, und die Welt sah gleich viel freundlicher aus.

Joe Rings fiel es schwer, sich an alle Details der letzten Nacht zu erinnern. Er konnte sich nicht mehr entsinnen, wie er eigentlich heimgekommen war. Und es fiel ihm auch nicht ein, wie es Patrick Queshon geschafft hatte.

Joe putzte notdürftig seine verschlammten Schuhe. Zäh hingen Reste des Waldbodens daran. Der Mann bereitete sich rasch einen Tee und schlug zwei Eier in die Pfanne.

Nach dem Essen verließ er die Wohnung. Seine Schritte hallten schwer durch den finsteren, alten Hausgang. Der Ire wohnte unter dem Dach. Die Wände waren schräg, aber das störte ihn nicht. Die Hauptsache war, daß die Miete ihn nicht auffraß. Für jeden Schilling, den er an der Wohnung einsparte, konnte er sich ein Glas Whisky mehr leisten. Und was hatte das Leben auf dieser weltabgeschiedenen Insel schon mehr zu bieten? Ein Whisky konnte über vieles hinweghelfen.

Joe kratzte sich hinter dem Ohr und dachte über gewisse Dinge nach, als er die Treppen herabstieg. Queshon hatte eine größere Schlagseite gehabt. Rings erinnerte sich daran, daß Queshon unbedingt noch einmal zurück wollte, um bei McBratt eine Flasche Scotch für seine bessere Hälfte mitzunehmen.

Aber nein – das war doch im Traum vorgekommen, sagte er sich. Er warf die Dinge schon wieder durcheinander. Das kam wahrscheinlich daher, daß er Wirklichkeit und Traum nicht mehr voneinander trennen konnte.

Mit jedem Gedanken an die vergangene Nacht aber tauchte jene ungewisse, dumpfe Angst in ihm auf, die er sich nicht erklären konnte. Er wußte, daß irgend etwas vorgefallen war, aber er drängte immer wieder das Grauen, das sich in seine Gedanken einmischte, zurück, weil er sich nicht ganz sicher war, ob er die Dinge wirklich erlebt, geträumt oder ob er nur eine Halluzination gehabt hatte. Wenn es eine Halluzination gewesen war, dann hieß es höllisch aufpassen mit dem Alkohol. Er durfte sich nicht mehr an solche scharfen Sachen wagen, er vertrug sie offenbar nicht mehr.

Gewißheit aber würde er erst finden, wenn er Patrick Queshon einen Besuch abstattete ...

Er hatte plötzlich das Gefühl, jemand befände sich in seiner Nähe. Es bedrückte ihn, die schmalen Holzstiegen hinabzusteigen, die in den Keller führten. Dort stand sein Fahrrad.

Joe Rings blickte sich um, und zum erstenmal seit langer Zeit ärgerte es ihn wieder, daß die Kellerbeleuchtung nicht funktionierte. Der Hauswirt – seit langem darauf aufmerksam gemacht – hatte die Birne immer noch nicht ausgewechselt.

Joe war froh, als er sein klappriges Fahrrad die Treppen hochschob und sodann die Tür zum Hof aufstieß. Eine Brise frischer Meeresluft schlug ihm entgegen. Nur zweihundert Meter von hier entfernt lag die See.

Der Ire durchquerte den düsteren, ungepflegten Hinterhof. Das große, hölzerne Tor stand weit offen. Joe Rings fuhr auf die Straße hinaus.

Das Haus Patrick Queshons lag am anderen Ende des Dorfes.

Rings preßte die Lippen zusammen. Als er am Rathaus vorbeikam, spielte er für den Bruchteil einer Sekunde mit dem Gedanken, die Angelegenheit von heute nacht zu melden, aber er verwarf diese Idee ebenso schnell wieder, wie sie ihm gekommen war.

Wer würde ihm glauben? Im ganzen Ort war er als Trinker bekannt, obwohl er es wirklich nicht allzu arg trieb. Wenn er jetzt sein Erlebnis schilderte, dann würde man ihn auslachen und ihm sagen, daß dies wohl der Anfang des Delirium tremens sei ... Merkwürdig! Auch daran hatte er selbst schon gedacht. Und die Gedanken kamen ihm wieder, wenn er das angsterfüllte, ferne Wimmern und Stöhnen Queshons zu hören glaubte.

Litt er schon unter Verfolgungswahn?

Der Ire war froh, als er das abseits stehende Gehöft erblickte. Alles war noch ruhig dort. Offenbar lag auch Queshon noch in den Federn.

Rings stieg vom Fahrrad herunter und trat mit dem Fuß einfach gegen das wacklige Gattertor, das sofort quietschend zurückschwang. Einen Riegel gab es hier nicht mehr. Jeder konnte ein und aus gehen, wie es ihm beliebte, und es war schon ein Wunder, daß die Queshons überhaupt noch auf die Idee kamen, die Haustür abzuschließen. Hier funktionierte zum Glück das Schloß noch. Aber viel Sinn hatte das auch nicht. Wenn man es darauf anlegte, in das Haus einzudringen, dann bereitete das nicht die geringsten Schwierigkeiten. Man brauchte nur die klobige Leiter anzustellen, die neben einem Gatter am Haussockel lag, und schon konnte man bequem in das erste Stockwerk einsteigen. Dort oben befand sich ein Fenster, in dem die Scheiben fehlten. Queshon hatte den Schaden, der auf einen heftigen Herbststurm des vergangenen Jahres zurückging, notdürftig mit einer zerknitterten Plastikfolie geflickt.

Doch Diebe waren bis zur Stunde noch nicht ins Haus gedrungen. Im Umkreis von Meilen war bekannt, daß hier in diesem Haus für niemanden etwas zu holen war. Im Gegenteil: Wer hier eindrang, der mußte noch etwas mitbringen ...!

Joe Rings wurde vom aufgeregten Gackern einiger Hühner empfangen, die ein stolzer, prächtiger Hahn begleitete.

Aus dem Stall vernahm der Ire deutlich das Grunzen der Schweine.

Irgendwo in dem verwinkelten Anwesen klappte eine Tür.

Eine Frau kam aus dem Schuppen. Sie trug eine dunkelgraue, nicht sehr saubere Schürze. Die dünnen Haare waren aufgesteckt.

Mrs. Queshon blickte dem Eindringling aus zusammengekniffenen Augen entgegen. Sie war etwas kurzsichtig, lehnte es aber ab, zum Augenarzt zu gehen und eine Brille zu tragen. Die Irin war der Ansicht, daß das Zeit- und Geldverschwendung wäre.

»Ah, sieh einer an! Der erste Spätheimkehrer trifft ein. Aber offenbar hat er sich in der Hausnummer geirrt. Nun, Joe, du wohnst weiter unten. Oder kommst du, um mir zu sagen, daß Patrick, der alte Säufer, nicht mehr in der Lage war, die heimatlichen Gefilde zu erreichen? Offenbar liegt er drüben bei dir und schläft seinen Rausch aus.«

Mrs. Queshon wischte die Hände an der schmuddeligen Schürze ab. Die Bäuerin war neunundvierzig Jahre alt, wirkte aber gut fünfzehn Jahre älter. Sie war abgearbeitet. Ihre Hände waren schwielig, gerötet und rissig.

Sie streckte ihm die Rechte entgegen. Margie Queshon hatte einen Händedruck wie ein Mann.

»Du scheinst noch ganz gut auf den Beinen zu stehen«, musterte sie ihn. »Erstaunlich. Wenn ihr sonst eine Nacht durchzecht, dann ...«

Joe ließ sie nicht mehr ausreden. Wieder stieg die Angst in ihm auf.

»Patrick – ist nicht hier?« fragte er mit dumpfer Stimme.

Margie Queshon schüttelte den Kopf. »Wie kommst du darauf?« Ihre Augen funkelten. »Er drückt sich wieder vor der Arbeit, er denkt, daß sowieso alles keinen Sinn hat. Recht hat er! Das Leben ist zum Kotzen. Für wen, warum?«

»Nach dem Tod geht es uns allen besser, Margie«, entgegnete Joe einfach, und er wußte selbst nicht, wie er dazu kam, ein frommes Sprüchlein aufzusagen. »Wir leben hier nicht zum Vergnügen, sondern um zu arbeiten ...«

»Und zum Saufen«, stieß Margie Queshon erbittert hervor. »Dieser Stall hier könnte doch anders aussehen, nicht wahr? Meine Hände allein schaffen es nicht mehr. Patrick müßte mehr zugreifen. Aber er hockt lieber in einem Wirtshaus und läßt mich alles allein tun. – Ihr seid doch gestern abend gemeinsam weggegangen und wolltet einen Spaziergang durch die frische Luft machen, das habt ihr doch gesagt, nicht wahr? Wie ich euch kenne, hat dieser Spaziergang in die Kneipe von McBratt geführt. Den armen McBratt mußtet ihr ja wieder mal besuchen, ihm geht es ja auch so schlecht. Ins Wirtshaus kommt ja kaum noch jemand. McBratt wird sich riesig gefreut haben, daß zwei Marathonsäufer wie ihr beide ihn besuchten. Das hat seine Kasse wieder gefüllt. Oder hast du noch einen Penny in der Tasche, Joe?«

Rings ging nicht auf die Bemerkung ein. Margie Queshon war verbittert.

»Es geht um ganz etwas anderes, Margie«, sagte er rauh. »Ich – suche Patrick, verstehst du? Ich habe vorhin doch schon gefragt, ob er nicht im Haus ist.«

»Wahrscheinlich hockt er noch bei McBratt und schläft dort am Tisch seinen Rausch aus. Diese Stellung scheint ihm vielleicht bequemer als ein weiches Bett« antwortete die Frau. Margie Queshon blickte ihn an. »Ich sehe es doch deinen Augen an, Joe! Sie sind noch immer nicht klar! Du hast doch auch nur ein paar Stunden geschlafen, nicht wahr? Wie voll hat sich Patrick denn wieder laufen lassen?«

Joe Rings leckte sich über die Lippen. Er fühlte sich veranlaßt, ein wenig von dem zu berichten, was er erlebt zu haben glaubte.

»Ah?« Margie Queshon schien nicht überrascht. Ihre großen, traurig blikkenden Augen verengten sich noch mehr. »Du hast ihn also verloren?«

»Ja, wir müssen uns verlaufen haben ...«

»Vielleicht hat McBratt ihn wiedergefunden«, antwortete sie einfach. »Am besten ist es, du siehst dort mal nach. Es ist nicht ausgeschlossen, daß er in der Zwischenzeit schon wieder zu sich gekommen ist. Möglich ist auch, daß er sich erinnert, wo sein Haus ist, und er befindet sich vielleicht jetzt, um diese Zeit, schon wieder auf dem Rückweg. Der Vormittag ist ja fast vorbei ...«

»Ich fahre zu McBratt«, entgegnete Joe Rings leise.

»Richte meinem Göttergatten einen schönen Gruß aus«, rief Margie Queshon ihm nach, während er sich auf sein klappriges Fahrrad schwang. »In einer Stunde steht das Essen auf dem Tisch. Bisher liebte er es doch immer, auf die Minute genau am gedeckten Tisch zu sitzen. Wenn sich daran etwas geändert haben sollte, wäre es mir lieb, du würdest mich davon unterrichten. Vielleicht hat er jetzt eine neue Marotte und nimmt auch den Mittagstisch bei McBratt ein. Vielleicht Hühnersuppe mit einem Schuß Whisky, das wäre mal was anderes ...«

Joe Rings hörte die letzten Worte schon nicht mehr. Er trat wie ein Verrückter in die Pedale, um so schnell wie möglich vom Fleck zu kommen.

Der Ire fühlte sich nicht wohl in seiner Haut.

Als er die Waldschenke McBratts erreichte, fiel ein leichter Nieselregen.

Joe trug nicht viel auf der Haut. Ihn fröstelte. Es war, als ob der Herbst bereits auf der Insel einzöge ...

***

McBratt riß die Augen auf, als er aus dem Nebenraum kam und Joe Rings das Wirtshaus betreten sah.

»Was sehen meine alten, entzündeten Augen ...«, begann McBratt in heiterem Tonfall, schwieg aber sofort, als er Rings' ernstes Gesicht sah.

»Ist Patrick hier?« Als Joe diese Frage stellte, wußte er bereits, wie die Antwort ausfiel.

»Nein. Wie kommst du darauf? Ihr seid heute nacht gemeinsam weggegangen.«

»Wie spät war es?«

»Ungefähr halb zwei. Ihr wart die einzigen und die letzten, die den Schankraum verließen.«

Joe Rings nickte.

Unaufgefordert brachte ihm McBratt einen doppelten Whisky. Joe griff schon danach, aber dann schob er ihn über die Tischplatte zurück. »Danke! Jetzt nicht. Ich muß einen klaren Kopf behalten. Niemand glaubt mir sonst, niemand ...«

»Was ist denn geschehen? So rede doch endlich!« McBratt war sichtlich nervös. »Hatte Patrick – einen Unfall?«

»Würde ich dann fragen, ob er noch hier ist?«

»Nein, natürlich nicht.«

Joe Rings stieß hörbar die Luft durch die Nase. Er sah bleich aus. »Die Sache ist die, McBratt ...«, begann er zaghaft. »Bis vor einer Stunde war ich noch der Meinung, daß alles nur ein Traum gewesen sei. Aber mit meinem Besuch bei Mrs. Queshon wurden die Zweifel schon größer. Und jetzt, wo ich hier bin – fürchte ich, daß Patrick und ich heute nacht diese Sache wirklich erlebt haben!«

»Welche Sache?« McBratt griff nach dem Whiskyglas und leerte es mit einem Zug.

»Wir müssen uns verlaufen haben, dann verlor ich Patrick aus den Augen. Ich verfolgte ihn, ich wußte, daß er gehörig einen in der Krone hatte. Und ich fand ihn auch wieder ...« Joe Rings erzählte alles und ließ nichts aus.

»... vor einigen Jahren ging schon einmal das Gerücht um, auf Inishkea gäbe es Schlangen, die normalerweise in diesem Klima gar nicht vorkommen dürften. Drei Menschen kamen ums Leben, und eine Person verschwand damals spurlos, erinnerst du dich?«

McBratt nickte schwach. »Wie könnte ich das vergessen! Es war eine lokale Sensation. Donovan Odds jüngste Tochter, sechs Jahre alt, verschwand seinerzeit spurlos. Es war kurz nachdem er das alte Hotel von James Beam übernommen hatte. Beam war pleite gegangen. Donovan Odd hatte ihn zum Konkurs getrieben. Odd und Beam, das waren die beiden Streithähne im Ort. Keiner gönnte dem anderen den Erfolg. Es war immer Odds Ziel gewesen, daß Beam erledigt würde. Er hat es geschafft.«

»Keiner brachte damals die Sache mit den drei Touristen und dem Verschwinden der Tochter Donovan Odds in Verbindung.«

»Weshalb auch?« fragte McBratt.

»Die Touristen kamen eindeutig durch Bisse von Giftschlangen ums Leben. Odds Tochter aber verschwand, und ...« Er starrte Joe Rings an, als begriffe er erst in diesem Augenblick. Die Blicke des Straßenbauarbeiters waren wie in Hypnose auf ihn gerichtet.

»Kannst du dir vorstellen, McBratt«, sagte Joe leise, »daß es Schlangen gibt, die ihre Opfer nicht durch einen tödlichen Biß umbringen, die ihre Opfer nicht erdrosseln – sondern einfach verschlingen?«

»Ich habe davon gehört, aber ich kann es nicht glauben«, entgegnete der Wirt. Er schüttelte sich; offenbar hatte er sich diese Szene zu illustriert vorgestellt. »Willst du damit sagen, daß die Tochter Donovan Odds ...« Er winkte ab und unterbrach sich selbst. »Aber was soll das ganze Gefasel von zurückliegenden Dingen, ich ...«

»Du mißverstehst mich, McBratt.« Joe Rings' Stimme hatte plötzlich einen Klang, der den Wirt erschreckte. So hatte er Joe noch nicht erlebt. Das Gesicht seines Gegenübers war bleich wie ein Leichentuch. Und die Augen in Rings' Höhlen glühten wie zwei Kohlen.

»Ich rede nicht von zurückliegenden Dingen, McBratt. Ich habe selbst gesehen, wie Patrick Queshon – von einer Schlange hinuntergewürgt wurde ...!« McBratt lief grün an.

»Wahnsinn«, stieß er hervor. »Du phantasierst, Joe ...«

»Ich wollte, es wäre so! Vor einem Jahr durchsuchte man die Insel nach Schlangen. Das Gerücht, daß Beam etwas mit den Vorfällen zu tun haben könnte, ist bis zur Stunde nicht eingeschlafen. Man sprach davon, daß er sich an Odd für das ihm zugefügte Unrecht rächen wollte. Daß dabei auch Unschuldige dran glauben mußten – war nicht vorgesehen. Ein Unglücksfall. – James Beam war von seinem Besitz nichts anderes geblieben als eine armselige Hütte und ein kleines baufälliges Haus außerhalb der Stadt. Er lebte in der Hütte, und man sah immer wieder fremde Studenten bei ihm, die den Wunsch hatten, in Ruhe und Abgeschiedenheit zu lernen und zu arbeiten. Beam ließ sie kostenfrei wohnen – und er tut das auch heute noch. Dafür erwartet er, daß man ihm gelegentlich hilfreich zur Hand geht, daß man eine kleine Reparaturarbeit durchführt, daß man das Haus mal wieder aufräumt, einen Zaun flickt ...«

»Du weichst ab, Joe ...«

»... das täuscht. Ich hole weit aus, um eine Erklärung für das zu finden, was ich gesehen habe. Und wenn ich mir alles so überlege, dann werden mir die Dinge immer klarer. Die Schlangen, die man nie fand – existieren, und sie existieren in einer anderen Form, als man allgemein auf der Insel annahm!«

»Irland ist reich an seltsamen Ereignissen«, überlegte McBratt. »Du weißt, welche Legenden sich um die zahlreichen Seen und verborgenen Teiche ranken. Vielleicht gibt es noch andere Dinge, von denen wir nicht die geringste Ahnung haben. Und was gedenkst du jetzt zu tun?«

»Ich wollte die Polizei verständigen.«

»Warum tust du das nicht, Joe?«

Rings lachte hart auf. »Würde man mir denn glauben? Wenn ich anfange, von unserem nächtlichen Bummel zu erzählen, dann wird man abwinken. Queshon und ich sind abgestempelt. Ich brauche Beweise, McBratt! Und zwar auf dem schnellsten Weg. Wir haben uns verlaufen; es muß mir gelingen, diesen Pfad wiederzufinden. Daß es nicht unmöglich ist, beweist allein schon die Tatsache, daß ich es schaffte, auf den Hauptweg zurückzufinden. Ich weiß nicht mehr, wie ich zu Hause ankam, ich weiß nur, daß ich wie von Furien gehetzt davonrannte. Ich fand den Heimweg.«

Er wischte sich über die Stirn. Kalter Schweiß stand darauf.

Minutenlang saßen sich die beiden Männer schweigend gegenüber. Dann meinte Joe: »Ich brauche deine Hilfe, McBratt. Du kennst hier jeden Winkel. Du mußt mir helfen, die Lichtung wiederzufinden.«

»Glaubst du, daß dort – das Schlangennest verborgen ist?«

»Ich weiß, was ich gesehen habe. Patrick wurde in ein Loch in der Erde gezogen. Ich muß gerade daran denken, daß ich die Szene im Schein meiner Taschenlampe verfolgte. Ich war unfähig einzugreifen. Ich habe meine Taschenlampe dort verloren.«

McBratt besann sich einen Augenblick. »Okay«, sagte er dann. »Ich begleite dich, Joe.« Mit diesen Worten erhob er sich und verschwand im Nebenraum. Er rumorte dort herum und kehrte schließlich mit einem alten Jagdgewehr und einem großen Dolch zurück. Er reichte dem Gelegenheitsarbeiter den Dolch. »Das ist besser als die bloße Hand. Und hier habe ich auch noch etwas ...« Mit diesen Worten streichelte er beinahe zärtlich das Jagdgewehr. »Ich habe es vor zehn Jahren zum letztenmal gebraucht. Damals schoß ich hinter einem Burschen her, nach dem die Polizei in ganz Irland fahndete, der sich ausgerechnet hier auf Inishkea abgesetzt hatte und versuchte, in meinem abgelegenen Wirtshaus Unterschlupf zu finden. Das Gewehr habe ich seitdem regelmäßig geputzt und gepflegt. Es funktioniert, darauf verwette ich meinen Kopf.«

Die Jagd nach dem unbekannten Ungeheuer schien in ihm eine gewisse Freude entfacht zu haben. »Los, Joe!« McBratt warf einen Blick aus dem Fenster. Es hatte zu regnen aufgehört. Doch der Himmel war noch immer grau. Der Wind hatte sich gelegt.

McBratt rief in die nach hinten liegenden Räume, daß er für die nächsten zwei, drei Stunden nicht im Haus sein würde. » ZuMittag essen werde ich später«, brüllte er noch von der Tür zurück, als das Küchenmädchen eine diesbezügliche Bemerkung machte. »Stellt es warm! Es kann unter Umständen Nachmittag werden, bis ich zurückkomme.«

***

Siobahn McCorkan spürte, daß der Weg schwieriger war, als sie sich zunächst vorgestellt hatte. Am Ortsausgang hatte sie noch einmal den Versuch unternommen, ein Fahrzeug zu mieten. Aber niemand war bereit gewesen, nach der Hütte James Beams zu fahren.

Da hatte die hübsche Irin es endgültig aufgegeben.

Seit knapp einer Stunde war sie unterwegs. Der Koffer schien mit jedem Schritt schwerer zu werden. Der Weg war holprig und uneben. Durch den leichten, aber ergiebigen Regenschauer vorhin hatten sich viele Bodenmulden mit Wasser gefüllt.

Das Mädchen seufzte und nahm den Koffer von der rechten in die linke Hand. Weit und breit keine Menschenseele. Zu beiden Seiten flankierte sie jetzt dichter Wald. Der Weg war nicht gepflastert.

Ein Pfad zweigte ab; sie hielt sich links. Zumindest das hatte man ihr gesagt.

Siobahn McCorkan brauchte genau eine Stunde und zwölf Minuten, ehe die düsteren Umrisse des kleinen, einsam stehenden Hauses zu sehen waren.

Aufatmend blieb das Mädchen stehen. Sie fuhr sich durch die nassen Haare, stellte den Koffer ab und sah sich erst einmal um.

Sie hatte das Gefühl, der einzige Mensch auf der Erde zu sein. Zwischen den Bäumen erblickte sie links eine kleine Lichtung, die hügelabwärts führte.

Vom Meer war hier nichts mehr zu spüren. Aber der Geruch brackigen Wassers stieg ihr in die Nase. Vermutlich war ein kleiner Teich oder fauliger Tümpel ganz in der Nähe.

Siobahn McCorkan war fünf Minuten später an dem einsamen Haus, das ganz richtig die Bezeichnung Hütte verdiente. In früheren Zeiten mußte das Anwesen einmal sehr gepflegt und elegant ausgesehen haben. Es gab eine niedrige Mauer, die vom Zahn der Zeit beträchtlich angenagt war.

Ein Eisentor stand halb offen. Es war umrankt von zahlreichen Schlingpflanzen, die in dieser feuchten, sumpfigen Gegend gediehen. Dickicht wuchs bis in den ungepflegten, holprigen Hof hinein.

Eine dichte Baumreihe, die vor einem Jahrhundert genau im Halbkreis hinter dem Haus angepflanzt worden war, wirkte wie eine Mauer, die das Haus auch von dieser Seite schützte und dem ganzen einen etwas verspielten und eigenartigen Eindruck verlieh.

Das Anwesen war verwildert, aber es wirkte weder abstoßend noch abschreckend auf die junge Irin.

Am Haus selbst schien von Zeit zu Zeit Hand angelegt worden zu sein. Die Fenster hingen nicht windschief in den Angeln, und auch die Türen machten noch einen massiven Eindruck.

Siobahn betrat den Innenhof.

»Mister Beam?« Sie sah sich um und rief den Namen des Mannes dreimal. Im stillen mußte sie sich eingestehen, daß sich nun doch eine gewisse Unruhe und Unbehaglichkeit in ihr breitmachte. Das dumme Geschwätz der Dorfbewohner! So leicht konnte man sich umstimmen lassen ...

Ihre Studienfreundin hatte diesen stillen, einsamen Fleck gelobt. Hier fand man Ruhe zur Arbeit, hier war man weit weg von der nächsten Siedlung. Nicht mal Touristen verirrten sich hierher.

Eine Straße gab es nicht, so daß praktisch das tägliche Motorengeräusch, das man schon gar nicht mehr bewußt aufnahm, auch noch wegfiel.

Siobahn näherte sich der Tür. Es gab kein Namensschild.

Ihr war es, als wäre da ein Geräusch im Haus. Stufen knarrten. Dann bewegte sich die Türklinke. Die Tür wurde aufgezogen – und vor Siobahn McCorkan stand ein bärtiger, junger Mann. Er trug dichte dunkelblonde Koteletten und einen Existenzialistenbart, den er unter der Unterlippe bloß rasiert hatte.

»Mister Beam?« fragte Siobahn. Sie hob die Augenlider.

Ihr Gegenüber lächelte sympathisch. »Sehe ich denn schon so alt aus? Dann muß ich auf dem schnellsten Weg dafür sorgen, daß der Bart wieder verschwindet. – Mein Name ist Henrik van Heyken. Ich bin vierundzwanzig Jahre alt und kein Opa, um dies gleich festzustellen ...«

Siobahn begriff die Situation sofort. »Sie wohnen hier auf Anweisung von Mister Beam?«

»Richtig, Miß. Ich mache mir die Menschenfreundlichkeit des alten Beam zunutze und lebe in der *Villa Studentikus*. So heißt die Bude hier. Man fühlt sich allerdings sehr wohl. Es ist nur ein bißchen einsam. Aber das kommt der Arbeit zugute. Ich habe seit meiner Ankunft hier vor vier Wochen schon dreißig Bilder gemalt. Täglich eins! Das ist eine Leistung!«

»Sie sind Maler?«

»Ich studiere noch. Ich will erst einer werden. Als ich ankam, hatte ich gerade einen vierwöchigen Parisaufenthalt hinter mir. Dann ging mir das Geld aus. Ich kratzte die letzten Pfennige für die Überfahrt zusammen und landete in Nordirland. Das Land wollte ich schon immer kennenlernen. Hier hat der Himmel eine so eigenwillige Färbung; die Wiesen und Wälder und vor allen Dingen die zahlreichen Seen bieten einem Landschaftsmaler immer wieder neue Motive. Ein Freund in Dublin machte mich auf Beam aufmerksam. Mein Freund dort ist mal selbst hier in der *Villa* zu Gast gewesen. Sie sieht übrigens innen komfortabler und wohnlicher aus, als es von außen den Eindruck erweckt. – Ich war also völlig abgebrannt. Mit der Fähre kam ich an und marschierte geradewegs hierher.«

»Haben Sie Bewohner angesprochen, um sich nach dem Weg zu erkundigen?«

Er schüttelte den Kopf. »Nein, das war nicht notwendig. Mein Freund hat mir den Weg so genau beschrieben, daß es praktisch unmöglich war, ihn zu verfehlen.«

»Wie ist Mister Beam?«

»Ein prima Kerl ...« Der junge Maler bückte sich und nahm den Koffer der jungen Irin entgegen. »Ich bin Ausländer, gebürtiger Holländer. Das hat ihn nicht gestört. Seine *Villa* stünde jedem offen, der Lust und Laune verspüre, in der Einsamkeit eine kurze Zeit zu verbringen. Seit vier Wochen, wie gesagt, lebe ich hier. Einsamkeit ist etwas Schönes. Aber jetzt, wo Sie da sind, wird es wahrscheinlich noch schöner. Sicher wollen Sie auch eine bestimmte Zeit hier bleiben, nicht wahr?«

»Aber auch ich dachte an Einsamkeit ...«, murmelte Siobahn scheu. Die Nähe des gutaussehenden jungen Mannes und die Sicherheit seines Auftretens irritierten sie ein wenig, und es beschäftigte sie, daß sie mit einem Fremden dieses einsame Haus teilen sollte.

»Vor mir brauchen Sie keine Angst zu haben«, klang es an ihre Ohren, und sie zuckte zusammen. Es war, als ob Henrik van Heyken Gedanken lesen könne. »Wir werden uns gegenseitig nicht stören. Raum ist in der kleinsten Hütte, sagt man doch. Und diese *Villa* hier ist mehr als eine Hütte. Zehn Leute könnten unterkommen, ohne daß einer den anderen stören würde. – Ich habe im ganzen Haus meine Bilder aufgehängt. Aber solange Sie hier sind, Miß, werde ich mich mit dem untersten Stock begnügen. Sie haben die obere Etage – die aus sieben Zimmern besteht – ganz für sich allein. Ist das nichts?«

Noch bevor Siobahn antworten konnte, fuhr Henrik van Heyken fort: »Sie können sich einstweilen meine Bilder ansehen. Sie sind die erste Person, die sie zu sehen bekommt. Ihre Meinung interessiert mich ...«

»Mister Beam hat sie noch nicht gesehen?«

»Er war hier, zwei Tage nach meiner Ankunft. Er läßt sich oft drei, vier Wochen nicht sehen, heißt es. Dann taucht er wieder einmal kurz auf, um nach dem Rechten zu sehen. Ich nehme stark an, daß er heute oder morgen kommt. Dann können Sie ja mit ihm sprechen. In der Zwischenzeit werde ich Ihnen mit Rat und Tat zur Seite stehen, falls Sie es wünschen sollten.«

Mit diesen Worten drückte er die Tür weit auf. Er wartete, bis Siobahn vor ihm in das dämmrige Haus ging. Es roch modrig und alt.

***

Im ersten Augenblick war Joe Rings davon überzeugt, daß er den rechten Weg gefunden hätte. Doch dann mußte er sich erneut geschlagen geben.

Zahlreiche kleine Lichtungen waren vorhanden, und er konnte sich beim besten Willen nicht erinnern, wo er sich mit Patrick aufgehalten hatte.

»Hier war es ...«, sagte Joe das erste Mal, als McBratt ihn auf eine Lichtung führte, die ein wenig hügelan führte. Aber dann mußte er zugeben, daß es hier nicht gewesen sein konnte.

»Hier war es ...«, sagte er, als McBratt ihm die zweite Lichtung in unmittelbarer Nähe des alten Waldwirtshauses zeigte. Aber auch hier fanden sich nicht die geringsten Anzeichen.

»Wie lange wart ihr schon unterwegs?« wollte der Wirt wissen. Obwohl es kühl war, war er durch das viele Laufen ins Schwitzen geraten.

»Das kann ich nicht mehr sagen. Vielleicht zwanzig Minuten, vielleicht auch eine halbe Stunde. Wir sind oft stehengeblieben ...« Joe Rings zuckte die Achseln. »Die Wege sind hier alle gleich ...«

»Vielleicht seid ihr gar keinen Weg gelaufen. Es war neblig. Ein freier Raum im Dickicht kann bei schlechten Sichtverhältnissen wie ein Weg wirken ...« McBratt hielt sein Jagdgewehr auf dem angewinkelten Unterarm.

Sie passierten einen freien Raum zwischen dem Dickicht und streiften die regennassen Blätter.

Dann dehnte sich wieder eine Lichtung vor ihnen aus. Joe Rings begann zu suchen. Sein erstes Augenmerk galt eventuellen Fußspuren und vor allen Dingen seiner Taschenlampe, die er in der Aufregung der überstürzten Flucht verloren hatte. Wo sich die Taschenlampe befand, da ...

Joe Rings stutzte plötzlich. Er entdeckte niedergetrampeltes Gras und bückte sich.

»McBratt«, flüsterte er erregt und gab dem abseits stehenden Wirt zu verstehen, daß er etwas mitzuteilen hätte.

»Sieh dir das an!«

Der Gasthausbesitzer kam mit schweren Schritten näher. Der vom Regen vollgesogene Boden ächzte unter seinen Füßen. »Was ist, Joe?«

»Hier!« Rings zeigte ihm einen deutlichen Fußabdruck. Der Grasboden war aufgerissen – und zwei Schritte weiter links aufgewühlte Erde. Es sah so aus, als wäre jemand gefallen, der sich sodann hastig und übereilt wieder aufgerappelt hatte ...

Joe Rings konnte seine Nervosität nicht verbergen. Seine Handinnenflächen wurden plötzlich feucht. Er entfernte sich von McBratt und ging ein wenig auf die hügelanstehenden Baumreihen zu.

»Hier irgendwo muß das Loch im Boden gewesen sein, McBratt«, flüsterte er wie im Selbstgespräch vor sich hin. Er hielt den Dolch fest in der Hand. Weiß traten die Knöchel des Iren hervor.

Schritt für Schritt suchte Joe Rings den Boden ab und ging dabei ganz systematisch vor. Der Ire untersuchte jeden Grasbüschel, tastete in jede Bodenmulde, um sich zu vergewissern, daß es wirklich nur eine Mulde und kein tieferes Loch war.

Plötzlich zuckte Joe zusammen. Er schluckte und hielt den Atem an. Auf der dämmrigen Lichtung schimmerte etwas im dichten Gras. Der Ire griff danach.

Seine Taschenlampe!

Die Birne glühte noch schwach. Die Batterien waren fast am Ende.

»McBratt! McBratt!« Joe Rings' Stimme überschlug sich. Blitzschnell riß er die Taschenlampe vom Boden hoch. »Wir sind richtig. Hier war es, McBratt!«

Er warf den Kopf herum. »McBratt?«

Joe Rings fühlte, wie es ihm eiskalt über den Rücken lief.

Weit und breit keine Spur von dem Wirt.

Joe Rings war allein auf der dämmrigen, abseits liegenden Lichtung.

McBratt war wie vom Erdboden verschluckt.

***

Der Wagen schoß wie ein roter Blitz über die Versuchsstrecke. Larry Brent saß strahlend hinter dem Steuer.

Er hatte durch einen Freund, der in diesem Betrieb einen hohen Posten innehatte, die Erlaubnis erhalten, diesen Wagen der Konkurrenz auf der Versuchsstrecke voll auszufahren, den Rausch der Geschwindigkeit auszukosten und die ungewöhnliche Bequemlichkeit der den Körperformen angepaßten Sitze zu genießen.

Der Lotus Europa lag wie ein Brett auf der Straße. Selbst wenn X-RAY-3 mit außergewöhnlich hoher Geschwindigkeit eine Kurve nahm, klebte der rote Wagen förmlich am Boden.

Es war nicht nur die extreme Leistung, zu der dieser Wagen fähig war, nicht nur das rassige Aussehen, das mehr an ein Gefährt von einem fremden Stern erinnerte als an ein herkömmliches Chassis – es waren auch die Sondereinrichtungen, die mit der Erlaubnis des geheimnisvollen Leiters der PSA in den Lotus eingebaut worden waren.

Einige Extras, die den Preis des Wagens enorm in die Höhe schnellen ließen und nur einem kleinen Stab von Konstrukteuren bekannt waren. Die Originalpläne, von denen keine Kopien angefertigt werden durften, waren in einem Tresor des PSA-Hauptquartiers verschlossen worden. Ein persönliches Rundschreiben von X-RAY-1 hatte alle Agenten darauf aufmerksam gemacht, daß beim Kauf künftiger Autos für die Agenten diese Sondereinrichtungen – egal für welchen Typ – eingebaut werden sollten.

Die harmlosesten Extras waren schußsichere Scheiben, Funkausrüstung, Vernebelungsanlage und automatische Steuereinrichtung, falls der Fahrer durch eine Verletzung ausfallen sollte. Ein Kleincomputer empfing über lichtempfindliche Zellen, die in die Scheinwerfer eingebaut waren, ein genaues Bild der Straße. In Sekundenbruchteilen wurde durch hochwertige Sensoren abgetastet, wie weit das vor dem Lotus fahrende Auto noch entfernt war, welche Geschwindigkeit es hatte, und automatisch wurde die Geschwindigkeit des eigenen Wagens darauf eingerichtet. Der Lotus konnte zu einem Gespensterfahrzeug werden; das war im Zeitalter der Elektronik und der Computertechnik kein Problem mehr. Es war nur eine Frage des Geldes. Larry hätte sich mit seinen Ersparnissen zwar den Lotus kaufen können, aber die Extras hatten den Kaufpreis fast verdreifacht.

Die PSA war für die Sonderausgaben aufgekommen. X-RAY-1 wollte seine Abteilung noch schlagkräftiger, seine Agenten noch unabhängiger machen. Er plante für Jahre voraus.

Der Lotus Europa war im wahrsten Sinne des Wortes ein Traumwagen. Es würde nicht viel Gelegenheit geben, dieses hochkarätige Auto voll auszunutzen, aber wenn die Gelegenheit dazu da war, würde es keine Hürde zu scheuen haben. X-RAY-1 beabsichtigte, seinem Staragenten Larry Brent künftighin noch freiere Hand zu lassen. Dazu würde auch gehören, daß dieser Lotus nicht nur in den Staaten zum Einsatz kam, sondern auch im Ausland, vorausgesetzt, daß ein komplizierter Fall X-RAY-3 längere Zeit an einen Ort oder an eine Umgebung fesselte.

Larry begegnete auf der Teststrecke zwei neuen Testwagen der Automobilfirma, der diese Versuchsbahn gehörte. Auch dies gehörte mit in das Fahrtprogramm, das er sich für diesen herrlichen Sommertag ausgesucht hatte.

Er wollte die Wirksamkeit der eingebauten Automatik prüfen. Die beiden ihm entgegenkommenden Ford-Wagen waren gerade so weit voneinander entfernt, daß zwischen ihnen ein Raum verblieb, der ausreichte, einen dritten Wagen durchzulassen.

Larry drückte den Knopf der Automatik und ließ das Steuer los.

Sein Lotus Europa raste im schrägen Winkel direkt auf das äußere Fahrzeug zu. Bei einer Geschwindigkeit von 140 Stundenkilometer mußte es innerhalb der nächsten Minute zu einem tödlichen Zusammenstoß kommen.

X-RAY-3 saß hinter dem Steuer. Sein Gesicht blieb ruhig und gelassen. Er hatte einen Film über einen Wagen mit Automatik gesehen. Er wußte, was geschehen würde. Und er hatte keine Angst.

Wie von Geisterhand bewegt, wurde das Steuerrad des Lotus langsam herumgedreht. Der Wagen veränderte seine Fahrtrichtung nur geringfügig und sanft; als würde er auf Kufen gleiten, rauschte er zwischen den beiden heranrasenden Fords hindurch.

Der Fahrtwind, der über ihn hinwegfegte, und der Seitenwind, der über die Böschung hinter den beiden Fords seinen Lotus traf, drückte den roten Wagen kaum einen Millimeter zur Seite.

Larry Brent freute sich wie ein Junge, dem man ein riesiges Geschenk gemacht hatte. Hier war Präzisionsarbeit geleistet worden. Der Einbau in seinen Lotus Europa war mit der gleichen Aufmerksamkeit erfolgt wie die Herstellung der elektronischen Teile für die amerikanische Mondlandefähre.

Ein leises Summen erfüllte plötzlich das Innere des Lotus.

Larry betätigte einen kleinen Knopf auf dem Armaturenbrett. Aus einem verborgenen Lautsprecher ertönte eine Stimme.

»Ich hoffe, ich störe Sie nicht in Ihrem Geschwindigkeitsrausch, X-RAY-3.« Es war die freundliche, väterliche Stimme des geheimnisvollen Leiters der »Psychoanalytischen Spezialabteilung«. »Vielleicht haben Sie den Motor auch schon zu Bruch gefahren, wer weiß. Aber wie ich hier an meiner Sendeanlage sehe, müßten Sie zumindest einen Funkempfang registrieren. Oder irre ich mich da, X-RAY-3?«

Larry lächelte. »Nein, Sir! Sie irren nicht! Es ist alles in bester Ordnung!« Das Mikrofon befand sich genau im Griff der Gangschaltung. Die zahlreichen feinen Raster, die wie eine Verzierung wirkten, waren die Mikrofonrillen. »Mit dem Geschwindigkeitsrausch ist es auch nicht so schlimm. Ich fahre im Moment nur 160 ...«

»Das ist das richtige Tempo, um auf dem schnellsten Weg in das Hauptquartier zu kommen.« Die Stimme von X-RAY-1 klang mit einemmal ernster. »Ich erwarte Sie umgehend in Ihrem Büro. Ich habe eine kleine Reise für Sie vorgesehen. Ein Trip auf eine irische Insel. Da gibt es so wenig Straßen, daß Sie mit Ihrem Lotus kaum etwas anfangen können ...«

Eine halbe Stunde später parkte Larry Brent seinen roten Wagen auf dem Platz vor dem berühmten Tanz- und Speiselokal »Tavern on the Green« in New York. In diesem Restaurant, zwei Stockwerke unter den Kellerräumen, befand sich das Hauptquartier der PSA. Dieser geheime Ort war nur einem kleinen Kreis von Eingeweihten, die direkt mit der PSA zu tun hatten, und hohen Regierungsbeamten bekannt.

Die neue Abteilung, die seit einigen Jahren tätig war, konnte eine Anzahl großartiger Erfolge verbuchen. Rasch und unkonventionell wurde sie tätig. Aus allen Teilen der Welt liefen ständig Nachrichten und Informationen ein, die von den Computern im Quartier sofort ausgewertet, verglichen und gespeichert wurden. Sobald der geringste Widerspruch auftrat, sobald sich zeigte, daß eine Sache etwas mit einer anderen zu tun haben könnte, erhielt X-RAY-1 eine Information. Ihm oblag dann die letzte Entscheidung, und bisher waren seine Entscheidungen immer richtig gewesen und zum passenden Zeitpunkt erfolgt.

Larry Brent ließ sich von dem getarnten Aufzug, der in einer Nische untergebracht war, die über eine Rumpelkammer außerhalb der Wirtschaftsräume zu erreichen war, in die Tiefe tragen.

Das Büro des Sonderagenten befand sich nur zwei Türen vom Büro X-RAY-1 entfernt. Jeder Agent und jede Agentin der PSA verfügte über einen eigenen Büroraum. Und jede Tür war mit der Deckbezeichnung markiert, die der betreffende Agent trug.

Es gab auch eine Tür mit der Bezeichnung X-RAY-2, doch bis zur Stunde hatten Bewerber für die PSA noch keinen Intelligenzquotienten aufweisen können, der ihnen die Auszeichnung X-RAY-2 erlaubt hätte.

Die Staffelung der bisher im Einsatz befindlichen Agenten und Agentinnen bewegte sich zwischen den Nummern 3 und 20. Die Bedingungen, die ein PSA-Agent erfüllen mußte, waren hart, und nur die Besten konnten bestehen. Es gab zwischen den jetzigen Agenten nur geringfügige Unterschiede, was das Reaktionsvermögen, die Selbstbeherrschung, Charakterstärke, Einfühlungsvermögen und den Intelligenzquotienten betraf.

Das Büro machte einen beinahe wohnlichen Eindruck, und man hatte nicht das Gefühl, sich drei Stockwerke tief unter der Erde zu befinden.

Eine Wand vermittelte den Blick auf das Meer; im Vordergrund standen Palmen. Die andere Wand war eine einzige beleuchtete Weltkarte, auf der verschiedenfarbige Markierungen glühten und anzeigten, wo sich dieser und jener Agent im Augenblick aufhielt. Die Karten befanden sich in jedem Büro und wurden zentral von einer Computeranlage gesteuert.

Mit einem Blick auf diese Wand vergewisserte X-RAY-3 sich, daß sein Freund Iwan Kunaritschew im Augenblick in China eingesetzt war. Der genaue Aufenthaltsort aber war nur dem Leiter der Abteilung bekannt.

Larry aktivierte die Sprechanlage und meldete sich. X-RAY-1 kam sofort auf das Wesentliche zu sprechen.

»... ich habe wenig Möglichkeiten, Ihnen die Dinge zu untermauern, die Sie von mir zu hören bekommen. Auf Grund der letzten Meldung, die ich von einer kleinen Insel in Irland erhielt, läßt sich jedoch eine Wahrscheinlichkeitsberechnung aufstellen, die von den Computern gutgeheißen wurde.«

Mit kurzen Worten erfuhr Larry die Vorgeschichte der Dinge, die sich auf der Insel ereignet hatten. X-RAY-1 fuhr fort:

»Unmittelbar nach diesen Geschehnissen – so wurde vermutet – raste ein amerikanischer Berichterstatter des Sensationsmagazins *McCorkan Show* nach Europa. Das schien nur normal zu sein, denn jedermann ist bekannt, daß David McCorkan, der populäre und erfolgreiche Herausgeber dieses Magazins, scharf auf ungewöhnliche Berichte ist. Seine Sensationsmeldungen aus Australien, von Borneo und Neu Guinea, von wo er ungewöhnliche Farbreportagen lieferte, haben schon etwas für sich. McCorkan glaubte, auch auf Inishkea eine Sensation zu entdecken. Sein Reporter kam aber nicht mehr wieder!

Nun hat unser Nachrichtendienst gemeldet, daß McCorkan sich vor vierundzwanzig Stunden heimlich in sein Privatflugzeug gesetzt hat und nach Inishkea geflogen ist. Es erscheint uns sehr zweifelhaft, daß das Ganze nur so eine Laune von ihm ist, weil er im Augenblick nicht weiß, was er tun soll. Denn da ist noch eine Sache, die Sie wissen müssen, um Ihre Schlüsse daraus zu ziehen. Vor einem halben Jahr etwa ging eine irische Studentin in Inishkea an Land. Das heißt: Man vermutet es. Ihr genauer Weg konnte niemals ganz verfolgt werden. Auf Inishkea lebt ein Mann namens James Beam. Er ist bekannt dafür, daß er mittellosen oder die Einsamkeit suchenden Studenten ohne Entgelt ein abseits stehendes Haus zur Verfügung stellt. Es ist nun nicht sicher, ob diese Studentin mit Beam Kontakt aufnahm oder nicht. Unsere rasch eingeleiteten Recherchen haben jedoch ergeben, daß alle Studenten, die bisher mit Beam zusammenkamen, heil wieder zurückkehrten. Das ist insofern merkwürdig, da offenbar alle Bewohner der umliegenden Dörfer auf Inishkea etwas gegen Beam haben. Man trieb ihn sogar zum Ruin. Die treibende Kraft: Donovan Odd, der reichste Mann der Insel. Man beschuldigte Beam, etwas mit dem Verschwinden von Sheila Odd zu tun zu haben. Man sagte, das wäre seine Rache gewesen. Irgendwie brachte man auch dieses Verschwinden mit den Schlangen in Verbindung, die es angeblich dort gibt. Es hieß, daß Beam die Tochter seines Feindes Donovan Odd den Schlangen zum Fraß vorgeworfen habe. Das Mädchen wäre seit jenen Tagen spurlos verschwunden ...

Sie fliegen nach Dublin, X-RAY-3! Von dort aus bringt Sie ein Mittelsmann zur Insel Inishkea. Sie werden sich mit bester Kleidung ausstaffieren und im exklusivsten Hotel der Insel, nämlich in dem Donovan Odds, absteigen. Sie sind ein reicher Playboy, der nicht weiß, was er mit seiner vielen Zeit anfangen soll, ein abenteuerlustiger Bursche, der in der Weltgeschichte herumreist. Mit Ihrer eigenen Jacht ist das schließlich kein Problem.«

»Jacht?« fragte Larry Brent, als X-RAY-1 eine kurze Sprechpause einlegte.

»Wir haben dafür gesorgt, daß alles stilgerecht über die Bühne läuft. Zu einem Playboy gehört eine eigene Jacht.«

»Und eine Menge Geld ... und vor allen Dingen eine Anzahl schöner, verführerischer Frauen.«

X-RAY-1 räusperte sich. »Ich sagte eben, daß alles stilgerecht über die Bühne läuft. Wir wissen, was wir einem Playboy schuldig sind. In Ihrer Begleitung befinden sich fünf hübsche Girls. Sie halten sich auf der Jacht auf, die Sie nach Ihrer Ankunft in Dublin erwartet. Ihre Jacht *Playboys Love* liegt im Hafen von Belmullet. Der Diener an Bord erwartet Sie, und er ist, wie bereits erwähnt, einer unserer Nachrichtenmänner in Irland.«

»Hoffentlich sind die Mädchen an Bord dann nicht nur Nachrichtenfrauen?« entgegnete Larry Brent ironisch, dem der merkwürdige Plan seines unsichtbaren Vorgesetzten nicht ganz geheuer war.

»Nein, Sie werden sich wundern ...« Mehr sagte X-RAY-1 zu diesem Thema nicht.

»Warum der ganze Aufwand?«

Bisher war es so gewesen, daß mit einem Minimum an Aufwand die Dinge vorangetrieben worden waren.

»Es paßt zu den Dingen, die Sie erwarten. Ich möchte, daß Sie die nähere Bekanntschaft von David McCorkan machen. Sie werden sich, ebenso wie er es getan hat, in Donovan Odds Hotel einquartieren. Alles Weitere überlasse ich dann Ihrem Charme und Ihrem Einfühlungsvermögen. Ich habe das Gefühl, daß sich auf der Insel über kurz oder lang etwas ereignen wird, wovon wir nicht die geringste Ahnung haben. Ich möchte eine Sache eindämmen, ehe sie größeren Umfang annimmt. Und es geht etwas vor!

Die Wahrscheinlichkeit, daß dort ein außergewöhnliches Geschehen seinen Gang nimmt, läßt sich aus den Berechnungen der Computer, die mit diesen komplizierten Daten gefüttert wurden, deutlich ablesen. Schlangen, eine Studentin, ein verschwundenes Mädchen, Mr. Beam, der Reporter der *McCorkan Show* und David McCorkan selbst spielen eine offenbar nicht unbedeutende Rolle in einem Stück, das mir noch nicht ganz klar ist. Deshalb schicke ich Sie! Erfahren Sie mehr und unterbinden Sie auf jeden Fall den Gang der Ereignisse, die von langer Hand vorbereitet wurden! Sie müssen verhindern daß weitere Menschenleben gefährdet oder vernichtet werden! Ich hoffe, Sie kommen nicht zu spät.«

Die Stimme von X-RAY-1 klang ernst.

Er ahnte nicht, daß sein Agent tatsächlich im letzten Augenblick auf eine Sache angesetzt wurde, deren Tragweite noch niemand in der PSA hatte übersehen können.

Auf Inishkea entwickelten sich die Dinge mit einer erschreckenden Schnelligkeit ...

***

Joe Rings warf den Kopf herum. Eine ungeheure Angst erfaßte ihn plötzlich.

Der Ire wagte kaum zu atmen. Sekundenlang stand er wie angewurzelt, dann setzte er vorsichtig einen Fuß vor den anderen, umklammerte mit einer Hand den Dolch, mit der anderen die gefundene Taschenlampe.

Der Gelegenheitsarbeiter erschrak vor seiner eigenen Stimme. Die Umgebung wirkte mit einemmal unheimlich, noch düsterer und einsamer als zuvor. Nie war ihm die Stille eines regenfeuchten Waldes so unangenehm zu Bewußtsein gekommen wie in diesen Sekunden, wo er mit seiner Angst kämpfte.

Wiederholte sich das, was er in der letzten Nacht erlebt hatte?

Rings hatte das Gefühl, daß irgend etwas in der Nähe war, das ihn beobachtete. Er spürte beinahe körperlich den Blick fremder Augen auf sich gerichtet. Jemand befand sich in der Nähe, jemand ließ ihn nicht aus den

Augen, registrierte jede seiner Bewegungen und wartete nur darauf zuzuschlagen. Wie bei McBratt? Der Wirt hatte ein Gewehr gehabt – aber es hatte nichts genützt. Und er, Joe Rings, hielt nur einen Dolch in der Rechten.

Der Ire näherte sich der Buschgruppe. Immer wieder drehte er sich blitzschnell um, um einen eventuellen Angreifer sofort zu entdecken. Er war von keiner Seite gedeckt. Aus jedem Busch, hinter jedem Strauch und Baum konnte plötzlich eine Gestalt hervorbrechen, und ...

Da hörte er das Rascheln im Gras!

Wie gebannt starrte er auf den grünbraunen Körper, der blitzschnell durch die Halme glitt. Direkt auf ihn zu. Eine Schlange?

Sie war etwa zweieinhalb Meter lang und hatte den Umfang eines Männerarms.

Joe Rings erstarrte.

Es gab einheimische Schlangen, Kreuzottern, Blindschleichen – sie hielten sich in den nahen Tümpeln auf. Aber dies war weder eine Kreuzotter noch eine Ringelnatter. Eine Schlange dieser Stärke gab es in diesen Breiten nicht!

Er war kein Zoologe und kein Tierkenner. Er fühlte nur die Gefahr, die von diesem sich blitzschnell heranschlängelnden Körper ausging.

Seine Nackenhaare sträubten sich, als die Schlange noch knapp einen Meter von ihm entfernt war.

Blei statt Blut schien mit einemmal durch seine Adern zu fließen, und seine Glieder wurden zentnerschwer.

Er wollte sich herumwerfen und fliehen.

Da traf ihn der Schlag auf den Kopf.

Joe Rings machte instinktiv eine Abwehrbewegung und wollte dem schattenhaft sich abzeichnenden Gegner, der plötzlich wie aus dem Boden gewachsen vor ihm stand, noch entgegentreten. Doch es war zu spät!

Joe Rings stürzte wie ein nasser Sack zu Boden.

***

Der Ire bemerkte nicht mehr, wie zwei grobe Hände ihn packten und über den feuchten Boden zerrten.

Der geheimnisvolle Unbekannte, der eine dunkelgrüne Hose und ein zerknittertes, braunes Sporthemd trug, schleifte Joe Rings über die Lichtung bis zu der kleinen, hügelähnlichen Erhebung.

Dort bückte der Fremde sich und tastete den Boden ab. Er verschob eine etwa mannsbreite Erdscholle und hob sie wie einen schweren, mit Grasbüscheln und Moos bewachsenen Deckel vorsichtig zur Seite.

Das Loch, in das Patrick Queshon in der vergangenen Nacht gefallen war, entstand wieder. Der Fremde schob Joe Rings' schlaffen Körper einfach hinein. Es gab einen dumpfen Laut, als Rings auf dem Boden des unterirdischen Ganges aufschlug.

Der Fremde beeilte sich, auch den zweiten Körper zu holen.

McBratt, der Wirt der Waldschenke, lag bewußtlos hinter einer Buschgruppe. Der Fremde schleifte auch ihn über den Boden und schob ihn erbarmungslos in das Loch, das er Sekunden später wieder kunstgerecht verschloß.

Er hob die Taschenlampe, das Messer und das Gewehr vom Boden auf und verließ dann die Lichtung. Schatten lag auf dem Gesicht des schweigenden Mannes, der sich jetzt durch die Büsche schlug und genau in entgegengesetzter Richtung vom Ort des Geschehens entfernte.

Die Miene des Mannes war ernst und verschlossen. In seinen Augen glühte ein seltsames Licht.

Wäre Joe Rings bei Bewußtsein gewesen und hätte er diesem Mann ins Gesicht sehen können, er hätte ihn sofort erkannt.

Es war – James Beam.

***

Als er zu sich kam, wußte er nicht, wo er sich befand. Sein Kopf schmerzte, und auch seine Glieder taten ihm weh.

Joe Rings hatte das Gefühl, in einer gigantischen Zange zu stecken. Je klarer er jedoch zu denken vermochte, desto sicherer erkannte er, daß er an Händen und Füßen gefesselt war.

Schweratmend wälzte er sich herum. Seine Augen hatten sich an die Dunkelheit gewöhnt. Er nahm einen düsteren, gewölbeähnlichen Gang um sich herum wahr. Der Boden war kühl. Irgendwo in der Schwärze vor ihm glaubte er ein schwaches Leuchten wahrzunehmen, und es wurde ihm bewußt, daß der Tunnel stark gewunden war.

Joe war es, als würde sich außer ihm noch jemand in dem düsteren Gewölbe befinden. Er hörte deutlich ein schweres Atmen, konnte aber nicht feststellen, aus welcher Richtung es kam.

Dann stöhnte jemand und fluchte halblaut vor sich hin.

»McBratt?« fragte Rings heiser. Seine Stimme tönte dumpf durch den modrigen Tunnel.

Es war erstaunlich, wie warm es hier unten war. Angenehm warm. Sogar ein bißchen feucht. Treibhausluft!

»Rings?« Die Antwort hallte vom entgegengesetzten Ende des Tunnels zurück.

Joe rollte sich vollends herum. Mit brennenden Augen starrte er ins Dunkel.

»Wie sieht's aus, McBratt? Hat man dich auch wie ein versandfertiges Paket verschnürt?«

Ein Stöhnen aus dem Dunkel war die erste Reaktion.

»Ich versuche die ganze Zeit schon verzweifelt, die Fesseln abzustreifen. Aber unser geheimnisvoller Gegner hat sich alle Mühe gegeben, uns das Leben schwerzumachen. Wo bist du, Joe?«

»Wenn ich das nur genauer wüßte, wäre vielleicht manches einfacher«, stieß Rings wütend hervor. Er zerrte und riß an den Fesseln, aber sie lockerten sich nicht. Im Gegenteil! Es schien, als würden mit jeder Bewegung die Nylonschnüre nur noch tiefer in sein Fleisch schneiden. Rings hörte nur mit halbem Ohr zu, was McBratt in seiner Wut und seiner Angst alles vor sich hinsprach.

Der Gelegenheitsarbeiter machte sich Gedanken darüber, was sie unternehmen konnten, um aus diesem seltsamen Gefängnis zu entkommen.

Irgend etwas ging hier vor. Er mußte wieder an seinen Kameraden Patrick Queshon denken. Irgend jemand führte einen fürchterlichen Plan im Schild!

Joe Rings bemerkte, wie er ins Schwitzen geriet. Er mußte etwas unternehmen.

Er lauschte auf die Geräusche, die der Wirt verursachte. Auch McBratt versuchte offensichtlich, die Fesseln abzustreifen. Er rutschte und kratzte mit seinen schweren Schuhen auf dem nackten Boden herum.

Joe schien es, als kämen die Geräusche von links. Er drehte sich auf die Seite, zog die Beine an und rutschte über den Boden.

»Bleib, wo du bist, McBratt«, stieß er hervor. Seine Stimme hallte durch den Gang. »Mach dich ständig bemerkbar, damit ich höre, wo du dich befindest. Allein dürfte es keinem von uns möglich sein, sich zu befreien. Vielleicht können wir aber gemeinsam etwas unternehmen. Ich glaube, es ist kein Zufall, daß man uns so weit voneinander weggesetzt hat. Das ist Absicht, McBratt!«

»Der Gedanke ist mir auch schon gekommen, Joe ...«

»Wir sollten die Zeit nützen, solange wir noch allein sind.« Rings schaute sich mit fiebernden Blicken um. »Wer weiß, wann er wiederkommt.«

»Vielleicht sind es auch mehrere, Joe. Es ging alles blitzschnell. Ich gewann den Eindruck, als stände plötzlich jemand neben mir. Dann wurde mir auch schon etwas Hartes auf den Schädel geschlagen.«

»Mir erging es ähnlich ...« Rings rutschte weiter. Die Kleidung klebte auf seiner Haut. In dieser feuchtwarmen Luft, die hier unten herrschte, strengte jede Bewegung, zumal wenn man gefesselt war, doppelt an. Rings glaubte, ein Zentnergewicht drücke auf seine Schultern. »Als ich bemerkte, daß du nicht mehr da warst, hätte ich anders reagieren sollen. Doch ich ging von der falschen Überlegung aus ...«

»Du hast wieder an deine Schlangen gedacht, nicht wahr?« vermutete der Wirt völlig richtig.

Joe Rings nickte, ohne daß es ihm bewußt war, daß McBratt ihn gar nicht sehen konnte. »Ich hatte an einen anderen Gegner gedacht. Aber ich sehe die Dinge jetzt nüchterner, McBratt. Ich glaube, daß das eine das andere nicht ausschließt ...«

Rings sprach mit gedämpfter Stimme. Es strengte ihn an, zu sprechen, aber erstens forderte er damit ständig auch den Wirt zu einer Entgegnung heraus, und zweitens ermöglichte ihm das laute Sprechen, seine Gedanken klarer zu formulieren. Er hatte schon immer die Angewohnheit, laut vor sich hinzusprechen, wenn ihn ein Problem besonders intensiv beschäftigte.

»Wie meinst du das?« Der Wirt begriff offenbar nicht, was Joe Rings an Überlegungen entwickelte.

»Patrick wurde von einer Schlange verschlungen, McBratt! Ich habe es mit eigenen Augen gesehen! Die Tatsache, daß wir hier sind, bestärkt mich nur in der Annahme, daß ich Zeuge eines Vorfalls wurde, daß ich etwas gesehen habe, was ich besser nicht beobachtet hätte! In der letzten Nacht konnte ich noch entkommen, vielleicht mit ein bißchen Glück, ich weiß es nicht ...« Er brach plötzlich ab und redete von etwas ganz anderem. »Hier in dieser Gegend gibt es mehrere alte Brunnenschächte, das ist bekannt. Je mehr ich darüber nachdenke, desto sicherer werde ich in der Annahme, daß Patrick in einen solchen Brunnenschacht gezogen wurde. Und auch wir beide gelangten offenbar auf diesem Weg in diesen Tunnel. Es war mir allerdings bis zu diesem Augenblick unbekannt, daß ein so weitverzweigtes Tunnelsystem ...« Er unterbrach sich.

»McBratt?« rief er und lauschte.

»Ja, was ist?«

Rings atmete auf. »Ich habe nichts mehr von dir gehört.«

»Wenn du die ganze Zeit redest, Joe ...«

Rings' Stirn war schweißbedeckt. Die Tropfen liefen ihm in die Augenwinkel, und er hätte sie gern weggewischt. Aber seine Hände waren auf dem Rücken zusammengebunden.

Immer wieder spannte der Ire kraftvoll seine Muskeln, in der Hoffnung, schon während des Weges zu dem Wirt seine Fesseln zu lockern.

Er tat dies mit der Verzweiflung des Hoffenden, der nicht aufgab, weil er noch einen Silberstreifen am Horizont sah ...

McBratts Stimme erschien ihm jetzt ganz nahe.

Joe bemerkte, daß die rauhe Wand in seinem Rücken einen deutlichen Bogen nach rechts machte. Der Lichtschein in der Ferne war jetzt stärker wahrnehmbar. Er flackerte, und es erweckte den Eindruck, als wäre da irgendwo vor ihnen eine Fackel an die Wand gesteckt.

Links, keine zehn Schritte vor ihm an die dunkle Wand gelehnt, erblickte er die schemenhaften Umrisse einer Gestalt.

»McBratt?« fragte er.

Er sah, daß der Schatten sich bewegte. Der Wirt bewegte den Kopf. Es wäre McBratt unmöglich gewesen, seinem Körper die gleiche Leistung abzuverlangen, wie Joe Rings das getan hatte. Der Wirt war zu schwer, zu massig, zu unbeweglich.

McBratt schnaufte. »Und wie denkst du dir die Sache jetzt?«

Rings rollte sich ab und wälzte sich über den Boden. Minuten verstrichen, ehe er direkt neben McBratt lag.

Der Gelegenheitsarbeiter stöhnte vor Anstrengung, als er versuchte, sich wieder aufzurichten. Seine Muskeln schmerzten, und die Fesseln waren so straff angezogen, daß ihm das Blut in Händen und Fußgelenken abgebunden wurde. Es war höchste Zeit, etwas zu unternehmen.

Es gelang dem Iren, direkt neben dem Wirt an der Wand hochzurutschen.

»Jetzt geht es zu wie in einem Wildwest-Film, McBratt«, hauchte er kraftlos. »Ich habe so etwas schon oft gesehen, aber ich habe mich nie in einer Situation befunden, die eine derartige Handlung verlangt hätte. Die Helden im Film jedenfalls schaffen es immer oder doch meistens, sich von ihren Fesseln zu befreien. Du mußt versuchen, mit deinen Zähnen die Knoten zu lockern.«

McBratt stieß hörbar die Luft durch die Nase.

»Ich habe ein künstliches Gebiß, Joe.«

»Es wird dir nicht gleich herausfallen«, bemerkte der Angesprochene.

Joe Rings drückte sich dem Kopf des Wirts entgegen. Er spürte den heißen Atem auf seinem Handrücken.

»Man müßte etwas sehen«, sagte der Wirt rauh.

»Man kann den Knoten fühlen ...«, preßte Rings zwischen den Zähnen hervor.

Er spürte, wie McBratt die Fessel mit den Zähnen bearbeitete.

»Es geht nicht«, sagte der Wirt. Fünf Minuten waren vergangen.

»Es geht alles! Man muß es nur wollen! – Dreh dich herum, McBratt! Ich versuche mein Glück! Der Teufel mag wissen, wie lange wir noch das Glück haben, hier unbeaufsichtigt herumzuhocken ...«

Joe biß die Zähne zusammen. Wieder vergingen Minuten, ehe Rings eine so günstige Lage erwischte, daß er seine Arbeit am Knoten McBratts beginnen konnte. Es war in der Tat eine Sisyphusarbeit. Aber sie mußte getan werden. Und Joe ging verbissen an seine Tätigkeit. Der Knoten am Handgelenk McBratts war deutlich zu spüren, und er war offensichtlich auch nicht so stramm angezogen wie bei ihm.

Der Knoten lockerte sich. McBratt spannte fest die Muskeln an und dehnte die Fesseln.

»Ich bekomme schon Luft, Joe«, flüsterte der Dicke erregt. »Die linke Hand läßt sich drehen, und ...«

Drei Minuten später war es soweit. McBratts Hände waren frei. Er machte sich nicht die Mühe, seine Armgelenke zu massieren. Seine erste Arbeit war, Joe Rings' Handfessel aufzuknoten, was nun keine Schwierigkeiten mehr bereitete. Nachdem beide die Hände frei hatten, ging jeder daran, die Fußfesseln zu lösen.

Joe stand zuerst auf den Beinen. Er massierte heftig Arme und Beine, um das Blut wieder in Wallung zu bringen.

Joe Rings war dem Wirt beim Aufstehen behilflich. McBratt hatte noch mehr Schwierigkeiten. Wie Rings war auch er in Schweiß gebadet.

»Jetzt müssen wir uns nur einen Ausgang suchen«, flüsterte Joe Rings. »Ich schlage vor, wir gehen dem Licht entgegen. Viel Auswahl bleibt uns sowieso nicht.«

Die beiden Männer machten sich auf den Weg. Der Gang war so schmal, daß sie unmöglich nebeneinander gehen konnten. Als der Tunnel scharf nach rechts abbog, sah Rings, woher der Lichtschein stammte.

In einer eisernen Halterung steckte eine blakende Fackel. Sie riß das von zahlreichen Moosarten bewachsene Gewölbe aus der Finsternis. Die rohen Steine in diesem Bezirk der unterirdischen Gänge waren kaum noch zu sehen. Direkt vor den beiden Männern befand sich eine oben abgerundete Tür, die sich genau der Wölbung der Tunneldecke anpaßte.

Joe schluckte. »Saubere Arbeit. Hier hat jemand die alten Brunnenschächte als Ausgangsbasis geschaffen, davon bin ich überzeugt. Sonst wäre es fast unmöglich gewesen, eine solche Anlage unter der Erde zu bauen.« Er starrte auf die dunkle Holztür, an der es keine Klinke gab.

McBratt schob sich neben ihn. Der fette Wirt atmete schwer. Die Luft hier unten war nicht die beste, der Sauerstoff war knapp, und die Anstrengung, der sich die beiden Männer ausgesetzt hatten, war keinem in den Kleidern steckengeblieben.

»Was wird uns dahinter erwarten?« murmelte McBratt dumpf. Sein Gesicht glänzte wie eine Speckschwarte.

Rings zuckte die Achseln und nahm mit zitternder Hand die Fackel aus der Halterung.

»Wir müssen das Risiko eingehen«, flüsterte er kaum hörbar zurück. Vorsichtig drückte er mit dem linken Fuß gegen die Tür. Leise knarrend wich sie zurück.

Joe verharrte in der Bewegung. Durch den entstandenen Spalt sah er, daß der Tunnel dahinter nicht schwarz war. Er war erleuchtet. Hier brannten zahlreiche Fackeln.

Sekunden verstrichen. Nichts geschah.

Da stieß Joe Rings die Tür vollends auf. Die Männer starrten in das Gewölbe, das sich vor ihnen ausdehnte und das einem besonderen Zweck diente.

Die Wände zu beiden Seiten waren als Terrarien eingerichtet. Große, in die Mauer führende Nischen, vor denen man eine Glasverkleidung angebracht hatte. Und hinter dem Glas: Schlangen – Schlangen – Schlangen!

Exemplare, wie McBratt und Joe Rings sie noch niemals in ihrem Leben gesehen hatten. Giftige Vipern, Kobras, Baumschlangen, die sich blitzschnell um Strünke und knorrige, kahle Äste wanden, wenn man gegen das Glas klopfte.

McBratt wurde kreidebleich. »Das Geschehen von damals«, murmelte er.

Aber Joe Rings, der während der letzten Stunde über sich hinausgewachsen war, schien auch jetzt schon wieder vorauszublicken.

»Außer diesen Viechern muß es noch etwas geben, das frei herumläuft, McBratt.« Rings blickte sich um.

Sie gingen den Tunnelgang entlang. Die lautlos schleichenden Körper der Schlangen bewegten sich hinter den Glaswänden.

Es war feuchtwarm. Die Terrarien wurden beheizt.

Der Gang war etwa zwanzig Meter lang. Die Terrarien zu beiden Seiten des Tunnels zogen sich bis zu seinem Ende hin.

Das Gewölbe verbreiterte sich ein wenig, und dann führten mit einem Mal zwei Wege vor ihnen her. Der eine zweigte nach links ab, der andere nach rechts.

Ohne sich zu besinnen, nahmen die beiden Männer den nach rechts führenden Weg.

Joe Rings und McBratt entdeckten, daß von diesem Gang aus verschiedene kleine Wege abzweigten.

»Es ist wie ein Labyrinth«, bemerkte McBratt spröde.

Rings sagte kein Wort.

Er hielt die Fackel in der Hand und ging mit dem fetten Wirt voran. Einmal kamen sie an einem großen Glasbehälter vorüber, indem es von jungen Schlangen wimmelte. Joe Rings entdeckte zahlreiche faustgroße Löcher in den moosüberwachsenen Tunnelwänden.

»Die Schlangen sind nicht nur in den Terrarien«, bemerkte Joe einmal leise. »Sie haben ungehinderten Auslauf. Es muß also einen Weg ins Freie geben – auch für uns.«

Seine Augen glühten. Er starrte geradeaus, vermied es, den Blick auf das Gewimmel in den Terrarien zu wenden, auf die lautlos gleitenden Körper.

Plötzlich schrie McBratt auf.

Joe Rings wirbelte herum.

Die Augen des Wirts waren schreckgeweitet. Joe Rings sah in Richtung dieses Blickes. Und auch ihm lief es eiskalt über den Rücken.

Keine zwei Schritte von ihnen entfernt war ein sehr großes Terrarium in die Wand gebaut, in dem eine ausgewachsene Baumschlange zwischen hohen Grasbüscheln lautlos heranglitt. Vor ihr tauchte das Kaninchen auf, dessen Vorhandensein in diesem Terrarium Rings sich nicht erklären konnte.

Es ging kurz und schmerzlos.

Wie ein Pfeil von der Sehne schnellt, so schoß die grünliche Baumschlange vor. Sie klappte ihre Kiefer weit auseinander und schnappte zu, noch ehe das wie hypnotisierte Kaninchen die tödliche Gefahr erkannte.

Sein Kopf verschwand in dem vorstoßenden Rachen der Baumschlange. Die Schlange würgte, während das zappelnde Kaninchen sich noch mit heftig schlagenden Hinterläufen dem tödlichen Zugriff zu entwinden suchte. Doch vergebens. Schon verschwand die Brust in dem weit aufgerissenen Rachen.

Es war schauerlich, und doch konnten weder Rings noch McBratt sich von dem unheimlichen Anblick losreißen.

»Ich habe so etwas noch nie in meinem Leben gesehen.« Rings hörte die Stimme seines Begleiters wie durch eine Wattewand, und er hatte das Gefühl, der Wirt müsse eine Meile von ihm entfernt stehen.

Der würgende Leib der Baumschlange verbreiterte sich hinter den weitaufgeklappten Kiefern. Der Umfang des gefleckten, sich windenden und schlingenden Körpers nahm um mehr als das Doppelte zu, so daß Rings und McBratt sich fragten, wie dieses Reptil in der Lage war, einen Körper zu verschlingen, der dicker, breiter, massiger war als der Leib, der ihn aufnahm.

»Ja, meine Herren«, sagte da eine Stimme hinter ihnen, und weder McBratt noch Rings begriffen im ersten Augenblick, was eigentlich los war. »So ein Anblick fasziniert immer wieder, nicht wahr?«

Rings und McBratt wirbelten zur gleichen Zeit herum.

Hinter ihnen – genau unter dem Gewölbe des abzweigenden Ganges – stand der Bewaffnete. Er hielt McBratts Gewehr im Anschlag.

Es war James Beam. Er lächelte. Sein Gesicht war zu einer Fratze verzerrt, und Rings sah im Schein der blakenden Fackeln, die zu beiden Seiten des Gewölbeganges befestigt waren, daß die Haut am Hals und hinter den Ohren eigentümlich viele Falten warf.

»Ich bekam einen riesigen Schreck, als ich feststellen mußte, daß Sie sich befreit hatten. Mein sechster Sinn sagte mir, daß es wohl besser sei, noch einmal nach dem Rechten zu sehen. Ich hatte mich nicht getäuscht. Es war – nicht schwierig, Ihre Spur ausfindig zu machen. Es ist überhaupt nicht schwierig, wenn man sich hier unten ein wenig auskennt.«

Beam lachte höhnisch. »Aber jetzt will ich die Herren nicht mehr von dem faszinierenden Anblick abhalten. Auch mich erregt es jedesmal aufs neue, wenn ich sehe, wie Schlangen leben, wie sie ihre Speisen zu sich nehmen. Lassen Sie sich den Anblick nicht entgehen, meine Herren. Es dürfte unter Umständen das letzte Erlebnis in Ihrem noch kurzen Leben sein. Sie sehen gewissermaßen Ihr eigenes Schicksal vor Augen!«

McBratt griff sich an den Kragen. Der Schweiß lief dem Wirt über das Gesicht.

Ob er wollte oder nicht, er mußte den Blick wieder wenden und den letzten Rest des Dramas verfolgen, das sich hinter der Glaswand abspielte.

»Interessant, nicht wahr?« vernahmen McBratt und Rings die zynische Stimme hinter sich, und Rings lief es eiskalt über den Rücken. Dieser Mann sah aus wie James Beam. Aber die Stimme – irgend etwas stimmte mit dem Organ nicht. Joe Rings kannte James Beam, auch McBratt kannte ihn. Beam hatte manche Stunde im Waldwirtshaus bei McBratt verbracht. Bis er sich völlig und endgültig zurückgezogen hatte. Seit dieser Zeit hatte ihn niemand mehr gesehen. Beam hatte sich stark verändert. Er wirkte dünner, gehetzter und strahlte nicht mehr die Ruhe und Zufriedenheit aus, die seinen Ruf auf der Insel begründeten. Und die Augen blickten kalt. Ohne jegliches Gefühl.

»Daß Schlangen ihre Beute, die um vieles größer ist als sie selbst, verschlingen können, liegt daran, daß sie keine Knochen besitzen. Der Körper wird von Knorpeln und Wirbeln gestützt. Und dann haben Schlangen nur einen einzigen Lungenflügel. Haben Sie das schon gewußt?« Beam genoß offenbar die Angst seiner beiden Gefangenen und den Triumph, den er wiedererlangt hatte. »Passen Sie auf, jetzt ist es gleich zu Ende! Lassen Sie sich dieses Schauspiel nicht entgehen ...!«

Joe Rings schluckte. Er merkte, wie ihm flau im Magen wurde, so daß er sich am liebsten abgewandt hätte. Aber er brachte es nicht fertig.

Die Bewegungen des Kaninchens waren kaum mehr wahrnehmbar. Noch eine Hinterpfote guckte aus dem weitaufgerissenen Rachen der Baumschlange hervor. Dann rutschte es völlig in den aufgeblähten Vorderleib der Schlange. Sekunden noch vergingen, da lag das Reptil mit weit aufgerissenem Rachen da, die Kiefer um einhundertachtzig Grad aufgeklappt, so daß sie senkrecht zum Körper standen.

Deutlich zeigten sich die Umrisse des verschlungenen Tieres, das langsam aber stetig weiter in den Bauch rutschte. Ein einziger, langer Darm.

McBratt schüttelte sich

Rings wandte den Blick. Aus den Augenwinkeln nahm er die Gestalt Beams wahr, der das entsicherte Gewehr hielt.

Alles umsonst, schoß es Rings durch den Kopf.

Das Ganze erinnerte ihn an die Fortsetzung eines Alptraums, der kein Ende nehmen wollte.

»Patrick«, murmelte er, ohne daß es ihm bewußt wurde, und seine Augen waren verschleiert, als er sah, wie der Leib des Kaninchens nun etwa die Körpermitte der Baumschlange ausbeulte.

»Ja, auch Patrick Queshon starb auf diese Weise«, bemerkte James Beam mit klarer Stimme hinter ihnen. »Es war ein Unfall, es war nicht beabsichtigt.« Er zuckte die Achseln. »Aber nachdem es einmal geschehen war, wurde es notwendig, eventuelle Zeugen unbedingt auszuschalten. Es gelang mir in der letzten Nacht nicht mehr. Sie, Rings, gingen mir durch die Lappen. Ich wollte Ihnen schon heute nacht einen Boten schicken, einen kleinen, sich windenden Boten mit einem Giftzahn. Solche Dinge überlasse ich gern einer Viper. Ein rascher Biß – und blitzschnell geht es zu Ende. Leider mißlang dieser Versuch. Sie waren so berauscht, daß Sie zu faul waren, die Fenster zu öffnen. Und Ihre Türen hatten Sie verschlossen. Da wird es selbst für eine Viper schwierig. Aber ich rechnete und hoffte auf Ihre Neugierde. – Den ganzen Morgen war ich auf den Beinen, ich ließ das Wirtshaus McBratts nicht aus den Augen. Und dann kamt ihr auch wirklich – und alles ging planmäßig über die Bühne.«

Er nickte mit dem Kopf Richtung Terrarium, in dem das Kaninchen von der Baumschlange verschluckt worden war. »Der Verdauungsprozeß ist zumindest ebenso interessant wie der Freßvorgang. Gönnen Sie sich diesen Anblick noch, meine Herren, ehe ich Sie weiterbitten muß. Es ist gleich soweit ... !«

Die vordere Hälfte des Schlangenkörpers spannte sich plötzlich. Eine würgende Bewegung wurde sichtbar, die Baumschlange sperrte den Rachen auf und ein geformtes Etwas, das aus graubraunem Fell und zusammengepreßten Knochen bestand, schob sich zwischen ihren Kiefern hervor.

»Was sie nicht verdauen kann, würgt sie einfach heraus.« Die Stimme Beams klang härter. »Und nun ist das Schauspiel zu Ende! Sie müssen verstehen, daß ich jetzt, nachdem ich festgestellt habe, daß ich es mit zwei besonders widerspenstigen Burschen zu tun habe, besondere Vorkehrungen treffen werde. Ich muß Sie in ein Terrarium einsperren. Sie werden einen ausgezeichneten Bewacher haben. Er ist noch satt, und Sie brauchen nicht zu fürchten, in den nächsten drei oder vier Stunden verspeist zu werden.« Er hob das Gewehr ein wenig an und gab damit zu verstehen, daß die beiden Männer sich in Bewegung setzen sollten.

»Immer geradeaus. Dann gibt es keine Probleme.«

Beams Augen funkelten. »Es wäre doch gelacht, wenn ich mit euch irischen Dickschädeln nicht fertig würde ...«

Joe Rings fror. Gerade diese Bemerkung war es, die seine aufgewühlten Gedanken erneut in Wallung versetzten.

Beam – selbst ein patriotischer Ire – bezeichnete sie mit einem Schimpfwort?

Da stimmte doch etwas nicht ...

Hatte er den Verstand verloren, war sein Bewußtsein gespalten? Die Dinge, die Joe Rings inzwischen hier gesehen, gehört und erlebt hatte, waren dazu angetan, den Geist eines Menschen zu verwirren, und ein Mensch, der sich täglich mit solchen Dingen beschäftigte, sie erregend und faszinierend fand, sie förderte – konnte der normal bleiben?

Sie kamen an einem Terrarium vorbei, in dem eine riesige Boa an einem knorrigen schwarzen Baumstumpf hing und sich kaum regte. Nur der Kopf der Schlange wandte sich ihnen zu, als die Schatten der Männer das Glas trafen.

Der Gang verbreiterte sich jetzt stark, wurde zu einem ausgedehnten Gewölbe. Eine Art Keller.

Rings hob unwillkürlich den Blick. Er sah die dunkle Decke über sich, glatt und fugenlos. War dieser Raum hier unterhalb dem Keller eines Wohnhauses gebaut worden?

Wenn das der Fall war, dann gab es keinen Zweifel mehr daran, daß sie sich in einem der beiden abseits gelegenen Häuser von James Beam befanden.

Joe Rings dachte die ganze Zeit schon daran, und sein Verdacht verstärkte sich nun immer mehr.

Aus den Augenwinkeln nahm er die zahlreichen Terrarien wahr, die auch auf Sockeln freistehend in dem kellerähnlichen Raum aufgestellt waren. In einer Ecke standen flache, massive Kisten. Darüber in der Wand hingen lange Stangen, die mit einem Haken versehen waren. Mit diesen Stangen angelte man die Schlangen aus den Behältern, ohne Gefahr zu laufen, gebissen oder angegriffen zu werden.

Joe Rings trug noch immer die Fackel in der Hand. Er sah, daß in diesem Abschnitt der labyrinthähnlich angelegten Gänge sogar eine elektrische Lampe vorhanden war. Sie hing an einem grauweißen Kabel von der Decke herab, war aber nicht eingeschaltet.

Gleich rechts hinter einem mannshohen, schwarzen, mit dunklen Kellerpilzen überwachsenen Faß führten mehrere Treppen steil nach oben.

»Wir halten uns links«, ertönte die eiskalte Stimme Beams hinter ihnen.

Rings preßte die Lippen zusammen. Vor sich sah er in der Kellerecke das größte Terrarium, das ihm bisher hier unten aufgefallen war. Gleich rechts neben der Glasverkleidung war eine Metallklappe angebracht, so groß, daß ein ausgewachsener Mann bequem durchschlüpfen konnte.

Das Terrarium war so groß, daß es durch ein Maschendrahtgitter in der Mitte abgetrennt war.

Im Hintergrund sah man deutlich die roten Ziegelsteine der Grundmauern, davor eine riesige Wasserlache, die, wie Rings beim Näherkommen feststellte, in Wirklichkeit ein kleiner Tümpel war. Und dahinter – im Dickicht – eine Anakonda, die schwer und düster zwischen den Pflanzen lag.

Rings schluckte. Er war kein Schlangenkenner, aber was eine Anakonda war, das wußte auch er. Diese Schlangenart kam in Südamerika vor, und man hatte schon Exemplare gefangen, die eine Länge von neun Meter erreichten. Diese Riesenschlangen hatten den Durchmesser einer Männerwade.

Der Tümpel war notwendig. Anakondas lebten auch in der freien Natur am Süßwasser.

Joe Rings sah den Kopf der Anakonda, und die Erinnerung an die vergangene Nacht stieg so stark in ihm auf, daß er sich nicht mehr beherrschen konnte, daß er wie im Affekt handelte.

Er warf sich herum. Wie von Sinnen stürzte er sich mit der brennenden Fackel auf James Beam.

»Stehenbleiben!« Die Stimme des Bewaffneten donnerte durch den Kellerraum.

Aber Rings schien nichts zu hören.

Er sah nur, wie das Gewehr hochruckte. Dann überstürzten sich die Dinge.

McBratt erkannte die Chance und handelte ebenfalls.

Er warf sich von der Seite her auf Beam und stand ihm schließlich näher als Joe Rings. Die Handlung des Wirts erfolgte im gleichen Augenblick, als Rings in einem Anfall von Wut, Verzweiflung, Angst und Ratlosigkeit die brennende Fackel mitten in Beams Gesicht schleuderte.

Da krachte der Schuß. Joe Rings spürte den Schlag gegen die Schulter. Wie Feuer brannte es in seinem Fleisch, und er wurde zurückgestoßen, als hätte ihn die Faust eines Titanen getroffen. Er fiel zurück und taumelte, während sein Körper sich vor Schmerz krümmte.

Aus weiter Ferne – so schien es ihm – hörte er den Ruf des blitzschnell zur Seite weichenden James Beam, der den Angriff des fetten, unbeweglichen Wirts rechtzeitig erkannt hatte und sofort konterte.

Der Gewehrkolben traf McBratt mitten ins Gesicht. Der Kopf des Dicken flog herum. Dann schoß Beam zwei-, dreimal hintereinander, daß das Echo der Schüsse donnernd durch den Keller hallte.

Joe Rings begriff nicht, daß dies alles innerhalb von wenigen Sekunden geschah, während er mit der ihn fast übermannenden Schwäche kämpfte.

Er hörte das Splittern von Glas. Eine der querschlagenden Kugeln hatte ein Terrarium getroffen.

McBratt wich so schnell zur Seite, wie es sein massiger Körper zuließ.

Er sah die zersprungene Glasscheibe des Terrariums, an dem er vorbeilief, um sich im Wirrwarr der Gänge zu verbergen.

Doch das Schicksal war schneller als McBratt. Und das Schicksal hieß in diesem Fall: Anakoda! Die neun Meter lange Riesenschlange schnellte vor. Boas dieser Gattung hatten die Angewohnheit, das sich bewegende Opfer nicht zu beißen und noch lebend zu verschlingen, sondern es zu erdrosseln. Der harte, sich windende Körper schlang sich um die breite Brust McBratts. Ehe der Wirt begriff, was eigentlich geschah, war es schon zu spät. Er schrie wie am Spieß, zitterte am ganzen Körper und versuchte mit schweißnassen Händen, das armstarke Reptil abzustreifen.

Doch je mehr er sich bewegte, desto größer war der Widerstand, den die Boa entgegensetzte.

Mit verzweifelter Anstrengung versuchte McBratt, den Kopf des Reptils zur Seite zu drücken. Seine Hand umfaßte den Hals, aber der flache Hals glitt zurück, und schon sah der Ire die kalten, lidlosen Augen direkt vor seinem Gesicht und spürte den zunehmenden Druck, der auf seinem Körper lastete. Sein Schreien wurde zu einem Krächzen.

Der Druck auf seinem Bauch – auf seiner Brust – McBratts Atem wurde knapp. Vor den Augen des Angegriffenen begann sich alles zu drehen. McBratt wand sich um seine eigene Achse. Er konnte nicht mehr wild um sich schlagen. Die Boa hielt auch seine Arme fest umschlungen. Der Wirt verlor das Gleichgewicht und konnte sich nicht mehr auf den Beinen halten. Er fiel und schlug mit dem Kopf gegen ein Terrarium. Das Glas zersprang, und McBratt fiel genau mit dem Gesicht auf den feuchtwarmen Untergrund des Terrariums. Glassplitter zerschnitten sein Gesicht und seine Kehle. Aber das merkte er schon nicht mehr. Sein Bewußtsein schwand. Die Boa erdrosselte ihn.

Er bekam auch nicht mehr mit, daß zwei Kobras über seinen Körper glitten und sich rasch schlängelnd über den dunklen Boden des Ganges bewegten.

Joe Rings kam wieder auf die Beine und stützte sich an der Wand ab. Er fühlte, wie das warme Blut aus seiner Schulterwunde den Arm und die Hand hinunterlief.

Der Ire hatte das Gefühl, es müßten Stunden vergangen sein. Doch seit dem Schuß waren ganze drei Minuten verstrichen. Und wie durch Nebel sah Joe, was mit McBratt geschah – und er konnte es nicht fassen und nicht eingreifen.

James Beam stand an eine Säule gelehnt und wischte sich über das Gesicht. Er hustete; seine Augenlider und seine Haare waren von der Fackel, die Rings ihm ins Gesicht geschleudert hatte, angesengt.

Er war selbst benommen und achtete in diesen Sekunden nicht auf den Schatten, der sich ihm von der Seite her näherte.

Joe Rings handelte wie in Trance.

Er kümmerte sich nicht um seine Verletzung, warf sich einfach auf Beam, der wie hypnotisiert auf McBratt starrte, dessen letztes Stündchen geschlagen hatte und den die Boa erdrückte.

Als Rings Faust ihn traf, schien er erst in die Wirklichkeit zurückzufinden.

Beam wurde förmlich herumgerissen. Erstaunen, Überraschung und kalte Wut zeichneten sich in seinem Blick ab.

Joe Rings biß die Zähne zusammen.

Er verhinderte, daß es Beam gelang, nach dem Gewehr zu greifen, das er kurz nach den wilden Schüssen seitlich neben sich gestellt und den Lauf der Dinge beobachtet hatte.

Beam stürzte zu Boden. Wie ein Raubtier warf Joe Rings sich auf seinen Widersacher.

»Wer zuletzt lacht, lacht am besten, Beam«, preßte er zwischen den Zähnen hervor. »Ihr Schuß hat mich nur gestreift. Sie aber glaubten, Sie hätten mich erwischt, als ich umkippte. Das kommt mir jetzt zugute. Dies ist für Patrick Queshon ...!«

Mit diesen Worten hob Joe die Rechte und ließ sie wie einen Dampfhammer auf Beams Kinn krachen. Der Kopf des Getroffenen flog herum.

»Und dies ist für McBratt!« Joe versuchte, dem Gegner einen weiteren Faustschlag zu versetzen. Doch James Beam war diesmal schneller.

Er drückte die blutige Linke, die seine Schulter herabpreßte, mit einem blitzschnellen Ruck zur Seite, und Joes Schlag ging ins Leere. Doch Joe ließ nicht locker. Er krallte sich an Beam fest, und die beiden Männer rollten verbissen über den Boden.

Joe wußte selbst nicht mehr, wie es ihm gelang, sich plötzlich zu befreien und auf die Beine zu kommen, doch da stand Beam schon wieder wie aus dem Boden gewachsen vor ihm.

Joe Rings sah alles nur noch wie durch einen wallenden Nebelschleier, und es kam ihm so vor, als wäre Beams Gesicht seltsam verzerrt. Seine Mundwinkel hingen herab, und auf der Stirn, unmittelbar unter dem Haaransatz, zeigte sich ein Stück braune, glatte Haut, die nicht zum Teint Beams paßte.

Doch Rings hatte keine Gelegenheit, weitere Gedanken darüber anzustellen.

Ein Leberhaken ließ ihn zu Boden gehen. Mühsam rappelte der Gelegenheitsarbeiter sich wieder auf und fühlte die kühle Wand im Rücken. Aber jetzt war er nur noch ein Spielball in den Händen seines Gegners.

Hart und unbarmherzig schlug Beam zu. Jeder Schlag saß. Joe Rings wurde an der Wand entlanggetrieben, und es gelang ihm nicht mehr, dem Zugriff Beams zu entkommen.

Nur einmal noch brachte er einen verzweifelten Angriff vor. Er stieß Beam auf die Seite.

Der Getroffene rutschte auf dem Boden aus und fiel genau gegen den kleinen Hebel, der aus der Wand neben der Metallklappe des Terrariums ragte, in dem die Anakonda untergebracht war.

Dann fiel Joe kraftlos zu Boden.

Sekundenlang war auch Beam wie benommen, und der Unglücksfall, der weitreichende Folgen haben sollte, kam ihm nicht zu Bewußtsein.

Er bemerkte nicht, daß die Schachtklappe an der Decke des Anakonda-Terrariums sich lautlos und langsam zur Seite bewegte.

Beams Aufmerksamkeit wurde voll auf die beiden herangleitenden Kobras gelenkt, die züngelnd und zischend näher kamen. Der Lärm und die Bewegung hatten sie angelockt.

Joe Rings stöhnte. Er rollte sich über den Boden und wußte nicht mehr, was er noch tun sollte, um der Schwäche Herr zu werden. Er fühlte, daß dies das Ende war. Der Blutverlust machte ihn zum hilflosen Baby.

Er sah den Schlangenkörper vor sich, fühlte aber nicht mehr den Biß.

Beam, die Gefahr erkennend, in der er schwebte, kam auf die Beine und versuchte noch, nach der Stange mit dem Haken zu greifen, die nur eine Armlänge von ihm entfernt an der Wand hing.

Da fühlte er schon die Bewegung an seinen Beinen. Die zweite Kobra schlängelte sich seine Waden hoch, wurde durch Beams rasche Bewegung erschreckt und biß sofort zu.

Über Beams Lippen kam kein Ton. Er konnte mit Schlangen umgehen. Er brauchte nur zwei Minuten, um sich von der Kobra zu befreien. Wütend schleuderte er sie in den dämmrigen Gang zurück und starrte mit weit aufgerissenen Augen auf die blutende Bißwunde an seinem Arm. Dann begann er zu rennen, ohne noch einmal einen Blick in den unheimlichen Keller zurückzuwerfen. Er stürzte die Treppen hoch. Er mußte sich beeilen. Jede Sekunde war kostbar. Von jeder Giftschlange hier in den Terrarien gab es ein Serum. Wenn es ihm gelang, es rechtzeitig zu injizieren, dann war die Gefahr für ihn gebannt.

Für Joe Rings kam jede Hilfe zu spät, und Beam hatte kein Interesse daran, auch nur einen Finger krumm zu machen.

***

Nur millimeterweise glitt die Schachtklappe an der Decke auseinander. Helles Tageslicht, durch das Blattwerk der Bäume grünlich gefiltert, drang in den muffigen Kellerraum.

Die Anakonda spürte den Luftzug. Es war, als würde eine unsichtbare Hand sie berühren. Der bräunlich-grüne Reptilkörper bewegte sich. Die dunklen Augen glitzerten. Die schwere, wadenstarke Riesenschlange schob sich behend über den warmen Boden. Ein Drittel ihres Leibes glitt durch das brackige Tümpelwasser.

Dann schlängelte sich die Anakonda am schwarzen Baumstumpf in die Höhe und näherte sich der auseinanderschiebenden Klappe. Helles Tageslicht fiel auf den flachen Reptilkopf.

Die Anakonda kannte diesen Schacht. Er wurde oft geöffnet, wenn das Wetter trocken und schwül war. Aber er wurde nur so weit geöffnet, daß die Schlange das Terrarium nicht verlassen konnte.

Doch diesmal war kein Bewacher da, der die Breite der Schachtöffnung bestimmte. Der Hebel war voll heruntergezogen, und die Klappe wich bis zum Anschlag zurück.

Die Anakonda glitt nach außen, verließ das Terrarium und schob sich durch das Gras auf das Dickicht zu. Die Klappe war ein getarntes Kellerfenster in dem kleinen, abseits gelegenen Zweithaus des Iren James Beam. Von hier bis zu dem verwilderten Fleck mit dem Gebäude, das er den Studenten überließ, waren es nur fünfhundert Meter. Aber dazwischen lag eine waldreiche Zone mit Sträuchern und Dickicht. Das Haus zu finden, in dem die Studenten oft Unterkunft suchten, war schon schwierig. Aber jenes Haus ausfindig zu machen, in dem Beam zurückgezogen und einsam lebte, war noch schwieriger. Denn man mußte mitten durch den Wald gehen. Einen Weg, der hierher führte, gab es nicht mehr. Wildes Buschwerk und Unkraut hatte einen ehemaligen Pfad derart überwachsen, daß er nicht mehr zu finden war.

Die Anakonda verschwand im kniehohen Gras und wurde scheinbar eins mit den vorherrschenden Grau-, Braun- und Grüntönen.

Ein mordendes Ungeheuer befand sich in Freiheit.

***

Mrs. Queshon hielt nicht viel von Wettervorhersagen. Sie verließ sich auf ihren Instinkt und ihre Erfahrung. Selten hatte sie sich getäuscht. Und auch heute schien ihr dieses angeborene Feingefühl wieder recht zu geben.

Strahlend blauer Himmel um die Mittagszeit. Dabei hatte es am Morgen noch leicht geregnet, aber sie war überzeugt davon, daß dies kein Marathonregen werden würde.

»Paß' auf, Patrick«, hatte sie noch gestern zu ihrem Mann gesagt. »Wir kriegen in diesem Jahr einen schöneren Sommer als im vergangenen. Und es wird schwül werden. Ich spüre es.«

Von der Schwüle war bisher noch nichts zu bemerken, aber es war bedeutend wärmer geworden, als dieser regnerische Vormittag erwarten ließ.

Margie Queshon nutzte dieses schöne Wetter. Sie hatte sich nur eine Fleischsuppe gekocht, einen Teller voll gegessen und sich dann auf den Weg zum Feld gemacht, das etwa einen Kilometer vom Hof entfernt lag. Das nasse Heu mußte gewendet werden. Wenn es die nächsten Tage warm und trocken blieb, dann konnte man es bis zum Wochenende noch einfahren.

Ein tiefer Seufzer hob und senkte die Brust der abgearbeiteten Frau. Sie nahm den Holzrechen aus dem Schuppen und ging den Weg zu Fuß zu dem abgelegenen Feld. Sie ärgerte sich, daß Patrick nicht gekommen war. Offenbar war er durch die Einkehr bei Joe Rings abermals versackt. Unter diesen Umständen war damit zu rechnen, daß er erst spät in der Nacht nach Hause kommen würde.

Die Bäuerin ließ sich ihre Wut nicht anmerken. Sie hätte es bequemer haben können, wäre das Rad, das seit zwei Tagen platt im Schuppen stand, repariert worden. Patrick kümmerte sich jedoch praktisch überhaupt um nichts mehr. Aber alles konnte man doch nicht so einfach liegen lassen. Wie würde es denn werden, wenn sie sich auf die faule Haut legte und die Dinge treiben ließ?

Wo würden sie das Futter für die Tiere im Winter hernehmen?

Etwas mußte getan werden. Aber selbst das Wenige war Patrick schon zuviel ...

Margie Queshon lief langsam. Ihre rotblonden Haare hatte sie mit einem schmutziggrauen Tuch zusammengebunden.

Der Weg, den sie ging, führte einmal hügelan, dann wieder bergab.

Die Äcker des Nachbarhofes breiteten sich vor ihr aus. Hier wurde gearbeitet.

Die Fhool-Familie, die ihren Hof etwa anderthalb Kilometer vom Anwesen der Queshons entfernt stehen hatte, war vollzählig vertreten. Niemand grüßte sie oder rief ihr ein freundliches Wort zu. Man ignorierte sie. Das war kein Wunder. Der Ruf der Queshons hatte gelitten, und auch Margie war nicht ganz unbeteiligt daran. Die ewigen Nörgeleien und Patricks Sauftouren hatten sie so weit gebracht, daß auch sie gelegentlich zur Flasche gegriffen hatte, um die Sorgen und die Not zu vergessen.

Patrick begriff dagegen schon gar nichts mehr, während sie wenigstens noch soviel Überblick über die wirtschaftliche Situation hatte, um zu erkennen, daß sie spätestens in einem Jahr den Hof verkaufen mußten. Wohin aber ging es dann?

Mit diesen Gedanken brachte sie den weiten Weg zu Fuß hinter sich, den Rechen wie ein Mann auf der Schulter tragend.

Sie durchquerte ein Wäldchen und dahinter, abgelegen und brachliegend, die drei kleinen Felder, die ihnen noch gehörten. Auf der Wiese grasten die Kühe. Einige waren zu faul zum Stehen und hatten sich hingelegt. In der Nähe der Herde befand sich ein kleiner See, der ihnen als Tränke diente.

Die Gatter zur Weide waren windschief, morsch und vom Zahn der Zeit beträchtlich angenagt. Auch hier hätte unbedingt etwas geschehen müssen.

Margie Queshons Blick schweifte nach links ab. Dort, auf dem nach unten führenden Hügel, standen die beiden alten Gäule, die zu nichts mehr nütze waren, die Patrick aber dennoch durchfütterte. Er hatte ein weiches Herz und brachte es nicht fertig, die Tiere dem Schlachter zu verkaufen. Aber über kurz oder lang würde er sich wohl doch von den Pferden trennen müssen.

Das Bargeld im Haus reichte noch für zwei Monate, wenn sie sparsam wirtschafteten, und die Vorräte im Keller waren fast aufgebraucht, und in diesem Jahr kam nicht viel Neues dazu. Mehr als ein paar Gläser Birnen und Kirschen würde sie wohl nicht einkochen können.

Sie holte ein Taschentuch aus der Schürzentasche und wischte sich den Schweiß von der Stirn. In den Augen der Irin schimmerten verstohlen einige Tränen.

Margie begann am Südzipfel der spitz zulaufenden Rasenfläche mit der Arbeit. Es war fast windstill. Ein herrlicher Tag ...

Und sie war allein. Auf der Insel waren eigentlich alle allein. Zwar kannte hier jeder jeden, aber viele Familien waren untereinander verfeindet. Andere hingen Tag für Tag zusammen, und andere wieder standen vollkommen abseits.

Wie die Queshons, wie James Beam, den man schon monatelang nicht mehr im Dorf gesehen hatte ...

Margie Queshon drehte das feuchte Heu um; systematisch lief sie von einem Ende der Reihe zum anderen. Gelegentlich nur warf sie einen Blick hinüber zu den grasenden, wiederkäuenden Kühen.

Sie begann mit dem Umdrehen der nächsten Reihe, als sie auf die Unruhe aufmerksam wurde. Einige Tiere zeigten plötzlich ein aufgeregtes Verhalten.

Margie Queshon, die den Rechen stehen ließ und sich umsah, glaubte deutlich im Unterholz ein leises Knacken zu vernehmen. Dann ein Rascheln. Wieder Stille.

Einige Kühe am kleinen See sprangen erschreckt auf die Beine, wichen angstvoll und muhend in die äußerste, dem See entgegengesetzte Ecke des wackeligen Gatters zurück.

Margie Queshon kniff die Augen zusammen.

Sie warf einen Blick hinüber zu dem See. Direkt daneben stand ein grob zusammengehauener Stall, der den Kühen Unterschlupf bot, wenn unerwartet ein Regenschauer losbrach oder ein Unwetter sich ankündigte.

Warum gingen sie nicht in den Schuppen?

Die Irin, mit den Tieren und der Natur vertraut, tippte sofort richtig: Es mußte eine Schlange in der Nähe sein.

Auch das Verhalten der beiden alten Ackergäule war recht seltsam. Sie wieherten plötzlich und stellten sich mit den Vorderbeinen auf die wacklige Umzäunung, so daß sie bedrohlich ins Wanken geriet.

»Nur Ruhe ... so seid doch ruhig ... Was ist denn bloß?« Die Bäuerin sprach beruhigend auf die Tiere ein. Sie kannten ihre Stimme. Aber die Unruhe klang nicht ab.

Die Pferde gerieten immer stärker in Unruhe. Schnaubend hielten sie die Köpfe gehoben. Ihre Nüstern blähten sich. Plötzlich warf sich ein Gaul angstvoll wiehernd gegen das Gatter. Krachend und knirschend gab der morsche Holzzaun nach und brach um. Einige Pfähle wurden aus dem lockeren Boden gerissen.

Die Tiere witterten eine Gefahr.

Vergebens hielt Margie Queshon nach dieser Gefahr Ausschau.

Die Irin stützte sich auf den Rechen und stieg den Hügel abwärts zu dem kleinen Teich hinunter, der an einer Seite von Bäumen umstanden war. Es war ein idyllischer Ort, ein beinahe malerischer Platz, wenn er nur ein wenig mehr gepflegt worden wäre.

Sie mußte daran denken, daß ihr kleiner Sohn so gern hier gespielt hatte. Seltsam, daß einem immer die Vergangenheit im Kopf herumging. Je älter man wurde, desto schlimmer wurde es, desto öfter quälte man sich mit Erinnerungen aus einer vergangenen Zeit.

Die Bäuerin stand jetzt genau neben der baufälligen Hütte. Das Tor stand weit offen. Da hörte sie wieder das Rascheln.

Von Panik getrieben drängten sich die Kühe noch dichter zusammen. Einige schlugen mit den Hufen. Das Muhen der Tiere wurde immer aufgeregter.

Mechanisch griff Margie Queshon nach einer Mistgabel, die gleich neben dem Eingang des Schuppens hing.

Und dann sah sie, wie das hüfthohe Schilf auf der gegenüberliegenden Seite des brackigen, stehenden Wassers sich bewegte. Vergebens strengte sie ihre Augen an. Sie konnte nichts sehen.

Ihre Lippen waren zu einem schmalen Strich zusammengepreßt. Mit einer Schlange würde sie fertigwerden! In der Nähe von Wasser und sumpfigen Gegenden gab es schon manchmal Schlangen. Aber meistens waren es ungefährliche, ungiftige. Oft wurden die Tiere mit den Reptilien selbst fertig. Ehe eine Schlange ihre tödlichen Zähne anwenden konnte, wurde sie von den blitzschnell niedersausenden Hufen zertreten.

Die Tiere wußten sich zu helfen ...

Um so erstaunlicher war ihr Verhalten jetzt. Es war, als ob sich ein Ungeheuer näherte.

Dann stockte auch Margie Queshon der Atem, und sie zweifelte an ihrem Verstand.

Was sich da durch das Wasser schob und direkt auf sie zuglitt, war ein Geschöpf aus einem Alptraum.

Es war eine Schlange! Mindestens neun Meter lang, und ihr Umfang ... Alles in Margie Queshon sträubte sich gegen das, was sie sah. Sekundenlang war sie wie gelähmt und unfähig, auch nur einen einzigen Schritt vor- oder zurückzugehen.

Dann aber handelte sie, als sie erkannte, daß es die einzige Möglichkeit war, überhaupt etwas zu tun.

Das beinstarke Ungetüm glitt lautlos aus dem Wasser und glitt schnell über den Grasboden.

Die Bäuerin hob die Mistgabel und stach blitzschnell zu. Doch das unheimliche Reptil warf den Kopf herum, reagierte auf den Angriff wie ein Fechter und ging zum Gegenstoß über.

Der flache Schädel schoß vor. Die Irin sah die schwarze, gespaltene Zunge, die weit aus dem aufgerissenen Rachen des Ungetüms herausschoß.

Margie Queshon wich zurück. Ihre schwieligen Hände waren blutrot, und die Adern auf dem Handrücken schwollen an, als sie jetzt den Stiel der Mistgabel mit hartem Griff umfaßte ...

Die Anakonda war erfahren und handelte mit dem Instinkt des Raubtieres, das sicher ist, die Beute zu schlagen.

Wieder wich sie dem Stoß der scharfen Spitzen aus. Dann stieß der Schlangenkörper nach vorn.

Es geschah schneller, als Margie Queshon reagieren konnte.

Sie taumelte zurück, als der harte, steife Körper gegen ihre Brust schlug und als die Schwanzspitze der Anakonda herumschnellte und ihre Knöchel umfaßte.

Mit einem gellenden Aufschrei stürzte die Frau zu Boden. Die Mistgabel blieb wie ein Speer in der weichen Erde stecken.

»Nein! Hilfe! Hilfe!« Das Geschrei aus dem Mund der Bäuerin hallte über die Wiesen und Felder und kehrte als Echo aus dem nahen Wald zurück.

Margie Queshon schrie wie niemals zuvor in ihrem Leben. Sie wußte, daß sie verloren war, wenn ihr niemand zu Hilfe eilte. Aus eigener Kraft kam sie nicht mehr frei.

Sie fühlte sich herumgezerrt, und sie spürte, wie ihre Füße in irgendeine Öffnung geschoben wurden.

Mit schreckgeweiteten Augen sah die Irin die Kuhherde muhend und aufgeregt in die äußerste Gatterecke vordrängen. Dann brach auch dieses Gatter, und die Kühe fingen an zu laufen, als würde jemand sie mit offenem Feuer jagen.

Margie Queshon schrie noch immer, während ihr jede Einzelheit des Vorgangs bewußt wurde. Eine Schlange verschluckte sie! Die mordende Anakonda, die der unterirdischen Gefangenschaft entronnen war, forderte ein neues Opfer ...

Margie Queshon fuchtelte wild mit den Armen in der Luft herum, warf sich nach vorn, in der Hoffnung, ihre Beine noch aus dem weitaufgerissenen Rachen ziehen zu können. Aber die würgende Kraft war stärker.

Die Bäuerin zitterte am ganzen Körper. Ihre Kleidung war schweißdurchnäßt, und das Grauen schnürte ihr die Kehle zu. Sie durfte nicht aufhören zu schreien, die Furcht durfte ihre Stimme nicht erlahmen lassen. Sie mußte rufen. Vielleicht hörte man sie doch ...

Plötzlich spürte sie, daß ihre Beine vollends im Leib der Anakonda steckten. Es war ein Druck auf ihren Schenkeln, auf ihren Hüften.

Sie konnte es nicht fassen. Das Geschehen ging über ihr Begriffsvermögen.

Margie Queshon bäumte sich auf. Sie drehte ihren Oberkörper herum, als könne sie sich auch jetzt noch dem tödlichen Zugriff entwinden. Was sie sah, war dazu angetan, ihr abermals einen Schauer über den Rücken zu jagen.

Sie erblickte den unförmig aufgeblähten Schlauch unmittelbar hinter den weit aufgeklappten Kiefern, dem jetzt winzig wirkenden Kopf. Ihr eigener Unterkörper zeichnete sich deutlich unter der sich ausdehnenden Schlangenhaut ab.

Die Bäuerin schrie und rutschte immer tiefer in den höllischen, schleimigen Schlund, aus dem es keine Rückkehr mehr gab.

Mit der Schwanzspitze, die die Anakonda um Arme und Brust der Frau geschlungen hatte, wurde das unglückliche Opfer förmlich in das Innere des Rachens nachgedrückt ... Dann schlossen sich die Kiefer.

Hinter dem winzig wirkenden Kopf der Riesenschlange zeichnete sich deutlich der Umfang eines erwachsenen Menschen ab ... und dahinter, am Ende der Füße ... folgte der wadenstarke, elastische, sich schlängelnde Körper der mordenden Anakonda.

***

»Hat da nicht jemand gerufen?« Poul Fhool hob den Kopf und stützte den Holzrechen auf den Boden.

Donald Fhool, sein Bruder, der keine zwei Schritte neben ihm stand, sah ihn an. »Mir war es auch so, als hätte jemand um Hilfe gerufen.«

Die beiden jungen Männer blickten hinüber zu dem Wäldchen, das sich mitten auf dem vor ihnen ragenden Hügel erhob. Dahinter begann das Acker- und Weidegelände der Queshon-Familie.

Plötzlich hörten sie das brechende und knackende Holz. Zwei Gäule rannten über die Lichtung, als würden sie von Furien gehetzt.

»Die beiden alten Schindmähren des Säufers«, kam es geringschätzig über Donald Fhools Lippen. »Ich habe gar nicht gewußt, daß die noch so laufen können. Wahrscheinlich will er damit das nächste Rennen gewinnen, wer weiß. Sein Geheimtip ...« Er lachte.

Poul Fhool nahm die Sache nicht so lächerlich hin. »Da stimmt etwas nicht, Donald. Wir sollten einmal nach dem Rechten sehen.«

Sein Bruder spuckte in die Hände und griff wieder nach dem Rechen, auf den er seinen rechten Fuß gestellt hatte. »Ich bin doch nicht verrückt. Wahrscheinlich hat die Alte ihren Tick, ist betrunken und verjagt die Gäule ... Von solchen Leuten hat man schon die tollsten Dinge gehört ...«

»Aber wir haben beide gehört, daß jemand um Hilfe gerufen hat, Donald!« Poul war der ruhigere, der besonnenere der beiden Fhool-Brüder.

Er warf seinen Rechen zu Boden. »Ich geh mal rüber.« Er rief es seinem Vater zu, der am Ackerrand stand und eine kleine Pause einlegte. Mrs. Fhool und er zündeten sich eine Zigarette an.

»Dann komme ich mit.« Auch Donald Fhool ließ den Rechen fallen. »Ich will nicht, daß sie dir vor lauter Dankbarkeit noch eine leere Flasche an den Kopf wirft.«

»Ihr verkennt Margie Queshon« stieß Poul hervor. »Ich fürchte, ihr übertreibt. Sie ist gar nicht so. Hast du vorhin nicht gesehen, daß sie mit dem Rechen auf der Schulter zu den Feldern ging? Und der Alte? Ich glaube, er ist das Übel, er hat die Dinge so weit treiben lassen.«

»Natürlich hat er das. Aber sie ist nicht stark genug, um ihm die Flausen aus dem Kopf zu jagen.«

Die beiden Brüder liefen schnell. Vater Fhool kam es merkwürdig vor, daß die beiden alten Ackergäule frei in der Gegend herumliefen.

Poul und Donald passierten den Pfad zum Wäldchen, kamen über die Lichtung, und vor ihnen dehnte sich schon der kleine Ackerbesitz der Queshons aus.

Auf den ersten Blick war zu sehen, daß etwas Unerwartetes vorgefallen sein mußte. Das Gatter, das die Weide umzäunte, war an zwei verschiedenen Seiten eingerissen.

Die Kühe hatten sich auf die andere Seite des Feldes geschlagen und standen angstvoll zusammengepfercht, als hätten sie sich vor einem gefährlichen Feind abgesetzt.

Poul und Donald Fhool sahen sich an.

»Da stimmt wirklich etwas nicht, Donald«, sagte Poul bedrückt. Er sah sich um und näherte sich dem klapprigen Schuppen.

»Mrs. Queshon?« rief er. Er starrte in den düsteren Stall.

Donald fand den Rechen auf dem Boden.

»Hier ist die Erde aufgewühlt. Es sieht gerade so aus, als ob jemand gefallen wäre.« Die Stimme Donald Fhools klang mit einem Mal ernst. Aller Witz und Hohn waren verschwunden.

Aufmerksam blickten sich die beiden Brüder um. Sie gingen um den Teich.

Eine seltsame Ruhe lag in der Luft. Beiden fiel es auf. Nicht einmal ein Vogel zwitscherte.

»Ein bißchen unheimlich, findest du nicht auch?« Unwillkürlich dämpfte Poul Fhool seine Stimme. »Diese Ruhe – ist mehr als merkwürdig. Das ist doch nicht normal. Don – das Verhalten der wildgewordenen Pferde, die angstvoll zusammengepferchten Kühe, die stummen Vögel, die offensichtlich das Weite gesucht haben – und eine verschwundene Mrs. Queshon. Das alles ist mehr als merkwürdig, nicht wahr?«

Mit brennenden Augen starrte er in das Dickicht und stach mit der Mistgabel, die er vor dem Teich gefunden hatte, in den dichtstehenden Schilfbüscheln herum. Und er rief immer wieder den Namen Queshon. Doch niemand gab Antwort.

Donald Fhool, mit dem Holzrechen bewaffnet, verschwand im Dickicht. Plötzlich hörte Poul den harten Ruf des Bruders.

»Komm schnell, Poul! Rasch!«

Der Gerufene schlug sich durch die Büsche. Er sah, daß sein Bruder Donald in der Hocke saß – und vor ihm – lag ein größeres Bündel, zusammengepreßt, als käme es aus einer Mangel.

Beim Näherkommen sah Poul, daß es sich um die fest zusammengepreßten Kleidungsstücke von Mrs. Queshon handelte. Sogar ihr graues Kopftuch fehlte nicht.

Donald wagte nicht, es anzufassen. Die Kleidung war mit feinen Schleimfäden überzogen, und deutlich sichtbar zeigten sich auch einige Blutflecken.

»Was ist hier passiert?« fragte Poul matt. Sein Gesicht war bleich. Er rieb sich seine zu groß wirkende Nase. »So etwas habe ich noch nie gesehen!« Er hob den Blick und starrte in das Dickicht, als würde dort jemand verborgen liegen und könnte ihm die Antwort geben.

Er schluckte und erhob sich. Er suchte jeden Zentimeter der nahen Umgebung ab. Plötzlich fand auch er etwas. Die zusammengepreßten Schuhe von Mrs. Queshon. Deutlich sichtbar Schleimfäden und Blutspuren ...

Poul hörte ein Geräusch neben sich und wirbelte herum. Donald, sein Bruder, stand hinter ihm.

»Ich glaube, es ist besser, wir verschwinden hier«, meinte Donald. Er starrte auf die Ausläufer des nahen düsteren Waldes, der so dicht stand, daß selbst die Sonnenstrahlen Mühe hatten, das Blattwerk zu durchdringen. Aus der Stimme Donalds, des älteren Bruders, waren deutlich Ratlosigkeit und Angst herauszuhören. »Wir haben nichts gehört, Poul, verstehst du?«

Poul Fhool schluckte. »Aber Don, ich ...«

Donald legte die Hand auf die Schulter des jüngeren Bruders. »Ich glaube, wir verstehen uns?« Es war etwas Zwingendes und Überzeugendes im Blick des Sprechers. Man merkte, daß Donald Fhool ein typisches Kind dieser Insel war. Geboren in einem winzigen Dorf auf einer kleinen Insel, vollgestopft mit dem Wissen und den Erzählungen der Alten, die vor ihm hier existiert und ihre Jugend verbracht hatten. Die irischen Inseln und Seen hatten einen legendären Ruf. Der Aberglaube der einfachen und bescheidenen Leute war schon bekannt – der auf den Inseln aber war sprichwörtlich. Es gab nirgends so viele Geschichten über Geistererscheinungen und phantastische Geschehnisse, die angeblich wahr sein sollten, wie hier auf den winzigen Inseln, die wie Perlen einer Kette das Festland von Irland flankierten, das selbst nur eine große Insel war.

Poul starrte hinunter auf die zusammengedrückten Schuhe, die aus einer Presse gerutscht zu sein schienen. Dann nickte er. »Okay, Don. Ich glaube, du hast recht. Wir haben nichts gehört, und wir haben auch nichts gesehen!«

***

Siobahn McCorkan kam vom oberen Stockwerk herunter.

Sie sah frisch und ausgeruht aus.

Die erste Nacht in diesem Haus war ihr bekommen. Sie hatte gut und tief geschlafen.

Aus der Küche der Parterrewohnung vernahm sie das Rauschen kochenden Wassers.

Die junge, attraktive Irin, die ein Kleid aus zitronengelbem Leinen trug, warf einen Blick um den Türpfosten.

Der sympathische Holländer stand am Gaskocher und nahm gerade den alten Kessel herunter, um sich einen Kaffee zu überbrühen.

»Guten Morgen!« sagte die Irin.

Henrik van Heyken drehte sich herum. »Guten Morgen! Wie geht es Ihnen? Ich hoffe, mein Schnarchen hat Sie nicht aufgeweckt, nachdem Sie gestern abend feststellten, daß unsere Schlafzimmer genau untereinander liegen.«

Siobahn lachte, und der blonde Holländer konnte die Blicke nicht von dem hübschen Mädchen wenden.

»Ich habe jedenfalls nichts gehört.«

»Dann haben Sie einen verdammt tiefen Schlaf ... Sie kommen gerade richtig«, fuhr er fort. »Darf ich Ihnen eine Tasse Kaffee anbieten? Wasser ist genug vorhanden ...«

Siobahn lachte. Es war eigenartig. Sie verstand sich mit diesem fremden jungen Maler, als wären sie schon seit vielen Monaten zusammen. Es gab keine Schwierigkeiten zwischen ihnen, und sie konnte sich nicht erinnern, auch nur einen Augenblick Angst davor gehabt zu haben, mit dem Holländer allein in diesem Haus zu sein.

Gestern abend hatten sie noch darauf gewartet, daß vielleicht Mister James Beam seinen allmonatlichen Besuch machte. Aber der Ire war nicht heimgekommen.

Henrik van Heyken hatte die Tatsache als selbstverständlich hingenommen, daß Siobahn dennoch in diesem Haus verblieb, obwohl Beam nichts davon wußte.

»Das kommt oft vor«, hatte der Maler gemeint. »Dieses Haus steht jedem offen, der davon weiß.«

Durch ihre Freundin in Dublin hatte Siobahn das schon erfahren, und so machte sie sich weiter keine Gedanken darüber.

»Irgendwann in den nächsten Tagen wird er schon auftauchen«, meinte Henrik auch jetzt, während er zwei alte Tassen vom Regal nahm. Siobahn ging ihm zur Hand und schwenkte sie unter dem heißen Wasser erst ab. »Danke. – Beam ist ein eigenartiger Kauz. Er hat ja noch ein zweites Häuschen, ganz in der Nähe. Aber er liebt es nicht, wenn man dorthin kommt, um sich anzumelden. Ich habe sogar gehört, daß er gar nicht aufmacht, wenn man anklopft.« Es war, als hätte der Maler in den Augen der jungen Irin ihre Gedanken abgelesen. »Machen Sie sich nur keine Sorgen! Es ist alles okay so.«

Während Siobahn dem Maler behilflich war, das Frühstück zu bereiten, plauderte er schon wieder über seine Bilder. Sein Kopf schien nur mit Arbeit und Ideen angefüllt zu sein. Die Irin mußte an den gestrigen Tag denken. Wie viele Bilder hatte sie gesehen – und gelernt, sie mit Bewußtsein und Überlegung zu betrachten. Henrik van Heyken hatte ihr jedes Bild erklärt. Siobahn fand seine Arbeiten – besonders seine Kohlezeichnungen und stimmungsvollen Aquarelle – ausgezeichnet. Sie gefielen ihr, und sie war überzeugt davon, daß van Heyken wirkliches Talent besaß. Und er war besessen von der Idee, ein großer Maler zu werden.

Unwillkürlich wandte sie den Blick und sah die Staffelei draußen auf der breiten, grobgepflasterten Terrasse. Ein angefangenes Ölbild, das eine Baumgruppe mit interessanten Licht- und Schatteneffekten darstellte, stand darauf.

In seiner Mappe hatte van Heyken der jungen Irin auch Zeichnungen und Skizzen junger Frauen gezeigt. Zahlreiche Aktstudien befanden sich darunter.

»Ich werde nach dem Frühstück gleich weggehen«, sagte der Holländer, als sie sich an dem klapprigen Tisch gegenübersaßen und er sie aufmerksam betrachtete. Er konnte nicht verbergen, daß er sie offensichtlich intensiv musterte und einschätzte. Die Schönheit der jungen Irin faszinierte ihn. »Haben Sie Lust, mich zu begleiten?«

»Sie sind auf der Suche nach neuen Motiven?«

»Ich habe vorgestern auf der Insel ein paar nette Motive gefunden, die ich mir noch mal ansehen möchte. Auch drüben bei den Bauern möchte ich noch etwas malen. Vielleicht gerade heute, wo sie auf den Feldern sind. Der Himmel ist strahlend blau, es scheint sehr warm zu werden. Da kann man damit rechnen, daß Heu gewendet oder vielleicht schon eingefahren wird. Dankbare Anregungen ergeben sich da.«

Siobahn seufzte, während sie die Tasse langsam auf den Tisch zurückstellte. »Eigentlich bin ich hierher gekommen, um in aller Stille zu arbeiten. Wenn ich mich dazu überreden lasse ...«

Der Holländer nickte, und sie sprach gar nicht zu Ende.

»Ja, ich verstehe Sie schon«, murmelte Henrik. »Ich bin ein fürchterlicher Egoist, ich weiß. Ich würde genauso reagieren, wenn ich Sie wäre. Die Einsamkeit hier muß man nutzen. Sie haben recht. Ich will Sie nicht von der Arbeit abhalten.«

»Vielleicht gehe ich heute mittag mit«, lenkte Siobahn McCorkan ein. »Wenn ich das Gefühl habe, schon eine Sache angefangen zu haben, dann bin ich zufriedener.«

Er nickte wieder. »Einverstanden!«

Seine Blicke klebten förmlich auf ihr.

Es war ihr nicht unangenehm. Seltsam ...

»Was denken Sie?« fragte die Irin unvermittelt.

Er lächelte. »Soll ich es Ihnen wirklich sagen?«

»Ja. Ich bestehe darauf.«

»Ich habe Sie mir als Modell vorgestellt.«

Ihre Augen glitzerten. »Und zu welchem Ergebnis sind Sie gekommen?«

Er ging nicht direkt auf ihre Frage ein.

»Sehen Sie, die Frauen tragen heutzutage immer weniger. Den Blicken der Männer wird in dieser Zeit sehr viel geboten. Aber es ist doch noch genügend an »Verborgenem« vorhanden, was die entscheidenden Partien eines weiblichen Körpers verhüllt. Mängel werden durch die Kleidung ausgeglichen. Der nackte Körper erst enthüllt die volle Schönheit.«

Siobahn erwiderte ungeniert seinen Blick. Sie war ein modernes Mädchen und dachte über viele Dinge anders, als vielleicht ihre Mutter es noch getan hatte.

»Sie würden mich gern nackt malen?«

Er lächelte. »Ich glaube, Sie sehen die Dinge falsch. Ich würde Sie gerne als Akt malen. Das ist etwas anderes.« Die nächsten zehn Minuten vergingen damit, daß er ihr diesen feinen, alles entscheidenden Unterschied plausibel machte.

Als sie das Frühstück beendet hatten, war das Thema über Aktmalerei schlagartig wie abgeschnitten.

Henrik van Heyken machte sich bereit. »Bis heute mittag dann?« sagte er noch einmal fragend von der Tür her. »Ich würde mich wirklich freuen. Vielleicht könnten wir auch heute abend noch einmal gemeinsam ausgehen. Ich lade Sie zum Essen ein. Im modernsten Hotel des Ortes unten an der Küste, einverstanden? – Sagen Sie nicht nein, Siobahn! Mein Aufenthalt hier wird jetzt, nachdem Sie da sind, sehr schnell zu Ende gehen.«

»Nanu?« Siobahn war mehr als erstaunt. »Bin ich eine solche Schreckschraube, daß Sie meinen Anblick nicht länger ertragen können? Eben noch wollten Sie mich malen – und jetzt machen Sie mir ein so verstecktes Kompliment.« Ihre Stimme klang ernst.

Henrik van Heyken lachte. »Ich glaube, Sie mißverstehen mich, Siobahn.« Er kam auf sie zu. »Wenn jemand hierher kommt, dann hat er die Absicht, allein zu sein. Und das ist auch der Sinn, den Mister Beam bezwecken will. Er hat zwar nichts dagegen, wenn mehrere Studenten gleichzeitig das Haus bewohnen, aber sicher wird dann der Zweck, in der Einsamkeit zu wohnen und zu arbeiten, nicht mehr erreicht. Ich habe es am eigenen Leib erfahren, wie herrlich dieses Alleinsein ist. Es war eine fruchtbare Zeit. Und ich möchte auch Ihnen diese Stunden gönnen. Sie haben bestimmt Ihre Gründe, warum Sie auf die Insel kamen. Es wäre egoistisch von mir, jetzt noch länger hierzubleiben und Ihnen die Einsamkeit zu stören. Schließlich halte ich mich schon seit vier Wochen hier auf. Und jetzt ist eben jemand anders an der Reihe.«

Henrik van Heyken stand dicht vor ihr.

Siobahn wußte später nicht mehr, wie eigentlich alles gekommen war. Sie spürte plötzlich seine Hände auf ihren Schultern. Der Holländer zog sie an sich, und dann preßten sich seine Lippen auf ihren verlockenden Mund. Und die Irin öffnete die Lippen und erwiderte den Kuß des Blonden.

Als Henrik sich von Siobahn löste, senkte er den Blick, rieb seine Stirn an die ihre und sagte:

»Ich wußte, daß du ein herrliches Modell bist. Siobahn ...«

»Ich werde mich beeilen«, flüsterte sie und lächelte ihn an. Sie wollte noch etwas sagen, wurde aber abgelenkt durch ein Geräusch draußen vor dem Haus. Es war ein leises Rascheln, dann das Knacken eines trockenen Astes. Jedes Geräusch in dieser Abgeschiedenheit fiel sofort auf.

Siobahn McCorkan wandte den Blick und schaute aus dem Fenster. »Ob Mister Beam ...«, meinte sie.

Aber da war es schon wieder still. Und niemand in der Nähe.

»Wahrscheinlich ein Waldtier«, meinte Henrik van Heyken. »Es gibt hier noch viel Wild.«

Damit war die Sache für ihn und die Irin erledigt.

Der Holländer nahm seine dunkelbraune Aktentasche, in der Malutensilien, sein Skizzenbuch und ein kleiner Fotoapparat verstaut waren.

»Ich werde heute vormittag etwas tun. Am Nachmittag gehe ich dann mit dir«, flüsterte Siobahn. Ohne daß es einem von beiden auffiel, waren beide auf das Du übergegangen. »Am Abend nehme ich deine Einladung an.«

»Ich hoffe, ich habe den Mund nicht zu voll genommen«, erwiderte Henrik. »Mein Geld müßte gerade noch für zwei Mahlzeiten reichen.«

»Wenn nicht, ich habe auch noch etwas dabei. Und im Zeitalter der Gleichberechtigung ist es ja eigentlich egal, wer zahlt.«

Siobahn sah ihm nach, wie er aus dem Haus ging, sich unter der Baumgruppe außerhalb des Gatters noch einmal umwandte und ihr einen Handkuß zuwarf. Dann kehrte sie ins Haus zurück. Sie war allein; sie war froh darüber. Jetzt endlich fand sie die Zeit, ihre aufgepeitschten Gedanken zu beruhigen und sich über ihr eigenes Tun und Wollen einmal kla zuwerden.

Die Irin stieg die knarrende Treppe hinauf. Sie verharrte wieder in der Bewegung, als sie deutlich das starke Rascheln unmittelbar an der Rückseite des Hauses hörte, aber dann ging sie weiter und machte sich keine weiteren Gedanken. Waldtiere ...

Siobahn McCorkan öffnete alle Fenster. Auch in der Parterrewohnung standen alle Fenster offen. Es war wahr, die Luft war frisch und würzig, man mußte sie einfach hereinlassen. Keine Abgase, keine vorbeirasenden Autos. Was für ein Idyll hier, was für ein Paradies!

Siobahn schritt auf den Balkon hinaus. Sie warf einen Blick über die hölzerne, ein wenig wackelige Brüstung und konnte genau auf die Terrasse hinabsehen, wo die Staffelei mit dem angefangenen Bild stand. Dann streckte sie sich, wandte sich langsam um und ging zurück in das geräumige Zimmer, in dem sie diese Nacht verbracht hatte. Sie betrachtete sich im Spiegel und fing an, sich auszukleiden. Langsam streifte sie das Kleid ab. Nur mit BH und knappem Slip bekleidet, begutachtete Siobahn McCorkan ihr Spiegelbild.

Sie hatte eine ausgezeichnete Figur, ihre Haut war makellos rein und zart, kein Pickel verunstaltete sie. Als Modell eines Malers – warum eigentlich nicht? Es war doch nichts Schlechtes und Schamloses daran!

Achtlos warf sie das zitronengelbe, leichte Kleid hinter sich auf einen ausgebleichten, altmodischen Sessel, dem ein Bein fehlte. Nur mit BH und Slip bekleidet bewegte sie sich durch die Wohnung, räumte ein wenig auf, schaffte dann einen kleinen Tisch hinaus auf den Balkon, breitete ihre Papiere, Bücher und Schreibzeug darauf aus und setzte sich dann, die langen braunen, wohlgeformten Beine übereinanderschlagend, an den Tisch, um einige Notizen zu machen. Doch sie wurde ständig abgelenkt. Ihre Gedanken weilten bei Henrik van Heyken.

Als die Irin Durst verspürte, verließ sie den Balkon und holte unten aus der Küche den Rest Kaffee zu sich hoch.

Diesmal achtete sie nicht einmal mehr auf das Rascheln, das leise aus dem Dickicht herüberdrang.

Als Siobahn auf dem Balkon saß, bewegte sich lautlos, direkt unter ihr, ein mächtiger, neun Meter langer Körper und schob sich schlängelnd aus dem Buschwerk direkt auf die graue, steinerne Terrasse.

Die mordende Anakonda witterte das neue Opfer.

***

Die Organisation der PSA ist ein Werk der Präzision. Auch diesmal klappte alles wie am Schnürchen.

Unmittelbar nach seinem Flug von den Staaten nach Europa wurde Larry Brent auf dem Flughafen in Dublin von einem Mittelsmann begrüßt und mit einer Militärmaschine der irischen Luftwaffe zu einem kleinen Militärflughafen in der Nähe von Ballina geflogen. Es war eine Reise quer über die Insel.

In Ballina wartete ein Auto auf den PSA-Agenten, um ihn zum Hafen von Balmullett zu bringen, wo die Jacht bereitstand, die sofort ablegte, als X-RAY-3 an Bord war.

»Und damit ist die Stunde gekommen, wo ich die zahlreichen Geliebten, die mich auf meiner kurzen Seereise begleiten, kennenlernen werde.« X-RAY-3 strahlte über das ganze Gesicht. »Fünf hübsche Reisebegleiterinnen waren es doch mindestens, die mein hochverehrter Chef mir zugestand, um dem Status eines lebens- und liebestollen Playboys gerecht zu werden.« Er sagte das zu seinem Vertrauten Ernest Kilroy, einem Mann, der zwar kein PSA-Agent war und aus diesem Grund auch keinen PSA-Ring und keine Deckbezeichnung trug, der aber im Dienst der PSA stand und manchen Einsatz vorbereitete.

Die trockenen Routinearbeiten, für die es absurd gewesen wäre, die wertvolle Arbeitskraft eines PSA-Agenten einzusetzen, wurden von Männern wie Ernest Kilroy erledigt. Es gab viele Kilroys in der ganzen Welt. Männer, die ihren harten Dienst versahen und doch immer hinter den Kulissen blieben.

Ernest Kilroy grinste: »Sie werden Ihre helle Freude daran haben, X-RAY-3.«

Auf seinem Gang durch die Jacht wurde Larry Brent drei weiteren Männern vorgestellt, die für einen einwandfreien Verlauf der Seereise garantierten. Es war sogar ein Funker an Bord. Die Männer trugen weiße Hosen und dunkelblaue Jacketts.

Als die Jacht *Playboys Love* schon die Landzunge passierte und auf direktem Kurs Richtung Inishkea lag, bekam Brent zum ersten Mal seine Privaträume zu sehen. Sie waren mit einem Luxus eingerichtet, wie sich das für einen Millionärssohn, dessen Vater mehrere Ölfelder in Südamerika besaß, auch gehörte. Es gab einen Partysaal, der verwöhntesten Ansprüchen gerecht wurde. Larry kannte die Pläne von X-RAY-1. Um die Sache so echt wie möglich zu gestalten, sollte unter Umständen auch auf dem Schiff, das im einzigen Hafen von Inishkea anlegte, in den nächsten Tagen, sobald Larry Brent die nähere Bekanntschaft des reichen McCorkan gemacht hatte, eine Jacht-Party stattfinden.

Sie sollte dazu dienen, daß beide Männer engeren Kontakt bekamen. Irgendwie waren die Anwesenheit McCorkans sowie einige andere kleine Ereignisse auf der an sich unwichtigen Insel dem führenden Kopf der PSA nicht ganz geheuer.

Auf dem Promenadendeck lernte Larry seine Playboy-Gespielinnen kennen. Er kam sich vor wie James Bond.

Fünf Girls aus fünf verschiedenen Ländern! Der Agent räusperte sich und zog die grellgemusterte Krawatte, die er zu dunkelblauem Hemd und cremefarbenen Anzug aus bestem Kammgarn trug, zurecht.

»Als Nero seine Bacchanalen auf einem Floß vor den Toren Roms feierte, ist es ihm wohl kaum besser ergangen«, murmelte er.

Und er wurde seinen Freundinnen vorgestellt.

Da war Myrelle aus Frankreich, schlank, beweglich. Sie trug einen Saint-Tropez-Anzug, dessen Hose so knapp anlag, daß sich das Muskelspiel der proportionierten Waden und der langen, festen Schenkel zeigte. Der Bauchnabel lag frei, und die Partie zwischen dem knappen Oberteil des Anzuges zeigte Myrelles makellose, sonnengebräunte Haut.

»Bon soir, Monsieur«, sagte die Französin und schob mit einer eleganten Bewegung die Fülle des langen, tiefschwarzen Haares, das sie offen auf den Schultern trug, zurück.

Dann war da noch Britt aus Dänemark. Sie war hellblond, wohlproportioniert, hatte ein apartes Gesicht und Augen, die so blau waren wie ein klarer Bergsee.

Die Blonde lächelte ihm zu, als der Amerikaner auf sie zukam.

»Ich glaube, wir werden uns gut verstehen«, meinte sie. Der leichte Akzent, der Däninnen und Schwedinnen eigen war, machte sie sofort noch sympathischer, und ein so liebreizender Zug lag um ihre Lippen, daß Larry sie am liebsten auf der Stelle geküßt hätte. Aber er beherrschte sich. Da waren noch drei andere Girls, die zusahen, und das behagte ihm nicht. Erfahrungen mit einem Harem hatte er noch nicht, schließlich war er kein Sultan.

»O ja, das glaube ich auch«, entgegnete er fröhlich. Seine heitere, ungezwungene und sympathische Art steckte sofort an. »Ich hatte nie Schwierigkeiten mit Ausländerinnen.« Er versuchte, einige Brocken dänisch, die er bei einem privaten Besuch in Dänemark aufgeschnappt hatte, in seine amerikanisch gesprochene Erwiderung einzuflechten. Es wurde ein regelrechtes Kauderwelsch, aber die Dänin lachte trotzdem, gerade deswegen.

Weiter ging es zu Nyree, einer brünetten Engländerin, die auf einer Liege hockte und ihre langen Beine eincremte. Die Sonne strahlte auf das Deck herunter.

»Wenn es Ihnen zu heiß wird, gehen Sie einfach ein Deck tiefer, Miß«, empfahl X-RAY-3. »Dort ist es noch angenehmer.«

»Ich liebe die Sonne, Larry«, lautete die Erwiderung, und die Mundwinkel von X-RAY-3 klappten herab, weil sie ihn charmant lächelnd einfach mit Du anredete. »Das solltest du doch eigentlich wissen. Oder erinnerst du dich nicht daran, daß wir uns vor vierzehn Tagen auf den Bermudas kennengelernt haben? Am Strand, in der knalligen Mittagshitze ...«

X-RAY-3 mußte sich im stillen eingestehen, daß er ein wenig überfordert wurde. Doch er ließ sich seine Überraschung nicht anmerken. »Ja, natürlich«, sagte er mit einer Stimme, die wie ein Reibeisen klang. »Ich vergesse doch nichts, Nyree. Die sonnenhungrige Nyree von den Bermudas.«

Er ging weiter zur nächsten Schönheit, zu Petra, einer aparten, attraktiv gebauten Deutschen, die auf Anhieb an einer Schönheitskonkurrenz hätte teilnehmen können und dabei echte Chancen hatte.

»Hallo«, sagte Larry nur.

»Hallo«, antwortete Petra. Sie trug einen gemusterten Bikini, der ihre vorteilhafte Figur zur Geltung brachte. Der Büstenhalter war so knapp bemessen, daß die kleine stramme Brust auf beiden Seiten hervorquoll.

»86-58-86«, sagte Larry mit Kennermiene.

Petra lächelte. »Überall ein halber Zentimeter mehr, dann stimmt es.«

Petra war charmant, hübsch, verführerisch, und aus seiner Zeit, als er noch in Deutschland als Soldat stationiert war, wußte Brent, daß es in Germany sehr schöne Frauen gab. Er konnte seinen Vater verstehen, der eine Deutsche geheiratet hatte.

Die letzte im Reigen der Schönheiten war von Natur aus braun. Sie hieß

Soumea und stammte von Tahiti. In ihren Adern floß zusätzlich französisches Blut. Soumea war ein Mädchen, wie man es nur in Herrenmagazinen als Fotomodell zu sehen bekam.

Sie sprach fließend englisch, französisch und ihre Heimatsprache. Bekleidet war sie nur mit einem schneeweißen Bikini, der an den Seiten mit winzigen Schlitzen versehen war. Das dazu passende Oberteil wurde in der Mitte von einem goldenen Ring gehalten.

Larry Brent wechselte einige Worte mit der braunen Schönheit, um sich auch mit ihr bekannt und vertraut zu machen.

Der Amerikaner stieß hörbar die Luft durch die Nase, als er sich umwandte. Ernest Kilroy stand an seiner Seite. Er hatte ihn über das ganze Deck begleitet.

»Da kann man wirklich sagen: Hab' mein Jachtchen voll geladen, voll mit hübschen Mädchen ...« murmelte er kaum hörbar und griff sich an den Kragen.

Kilroy grinste. »Da hat Ihnen X-RAY-1 ja eine schöne Aufgabe übertragen. Die Sache wird schwierig, nicht wahr? Fünf auf einen Streich. Ich möchte nicht in Ihrer Haut stecken.«

Larry seufzte. Er legte das Jackett ab, als er nach unten in die Kabine ging. »Wie weit ist es noch bis Inishkea?«

»In einer halben Stunde sind wir dort«, meinte Kilroy.

Larry zog sich in seiner Kabine aus und schlüpfte in seine Badehose. »Dann werde ich mir die nächste halbe Stunde die Zeit mit Schwimmen und Flirten vertreiben.« Er machte keinen glücklichen Eindruck. »Es ist nicht einfach, ein Playboy zu sein. Man gammelt in der Welt herum, wo einem das Mädchen gefällt, nimmt man es mit auf seine Jacht, und jetzt habe ich gerade Lust, irgendwo an einer irischen Insel anzulegen, weil ich Appetit auf eine attraktive Irin habe ...« Er warf einen Blick auf die verlockenden Girls auf dem Sonnendeck, dem er sich wieder näherte und wo er mit Hallo empfangen wurde. »Es ist ja auch langweilig, dauernd mit denselben Mädchen umzugehen. Als Playboy kann man sich das nicht leisten, Kilroy ...«

Brent grinste Soumea an, die sich mit wiegenden Hüften näherte, und es wurde ihm heiß, als auch Petra sich erhob, in der Rechten ein Glas eisgekühlter Limonade, um es ihm zu reichen.

Die Jacht legte im Hafen an. Das größte Hotel des Ortes war das Haus Donovan Odds.

Larry schickte sofort einen Diener hin, um die Lage zu erkunden. Er erfuhr, daß mehr als genügend Räume zur Verfügung standen. Nur fünf wären momentan belegt. Drei davon hätte David McCorkan gemietet, für sich und seine Begleiter.

Dann trat X-RAY-3 selbst in Aktion. Er verließ die *Playboys Love* und ging an Land. Drei seiner Begleiterinnen nahm er mit. Er fühlte sich als Hahn im Korb, als er mit seinen auserwählten Schönheiten, die bisher als Fotomodell oder Schauspielerin gearbeitet hatten, das Hotel betrat.

Larry mietete eine ganze Zimmerflucht.

Der Geschäftsführer und Besitzer des Hotels, Donovan Odd, sah ihn an wie einen orientalischen Potentaten mit seinem Harem im Gefolge.

»Ich brauche nur fünf Zimmer für die Girls. Aber ich muß die Gewißheit haben, daß sonst niemand auf der Etage wohnt. Ich fühle mich nicht wohl, wenn ich zu viele fremde Menschen um mich habe. Ich brauche meine Freiheit, Luft.«

»Sie werden sich nicht zu beklagen haben, Mister Brent.« Donovan Odd trug einen hellgrauen Sommeranzug. Für Larrys Begriffe war der Ire ein bißchen zu nervös. Odd zeigte dem Amerikaner höchstpersönlich die Zimmer. X-RAY-3 meckerte ein bißchen, aber das gehörte schließlich zu seiner Rolle.

»Auf den Bahamas ist der Komfort größer«, meinte Larry. »Naja ...«

»Wir sind hier nicht auf den Bahamas, Mister«, entgegnete Donovan Odd kleinlaut. Die Linien um seinen Mund wurden weiß. »Dies hier ist Inishkea.«

»Wem sagen Sie das!« Achselzuckend, ein wenig arrogant, ging Larry mit dem Hotelbesitzer nach unten. »Aber im großen und ganzen sieht die Sache recht gut aus. Ich nehme an, daß wir vier oder fünf Tage bleiben. Vielleicht auch länger; es kommt darauf an, wie es mir hier gefällt.«

»Wir werden uns bemühen, Sie zufriedenzustellen, Mister Brent.« Donovan Odd sprach leise. Er machte einen etwas bedrückten Eindruck, der durch seine mühsam verborgene Nervosität nur noch stärker auffiel.

»Haben Sie Sorgen?« fragte Larry. Er musterte den Mann, der neben ihm ging, mit einem raschen Blick.

Odd griff sich an den Kragen. »Nein, nichts Besonderes, Mister.« Er lächelte verzerrt. »Das Geschäft läuft in diesem Jahr nicht so gut. Doch wenn das Wetter sich bessert, ist damit zu rechnen, daß es noch mal einen Umschwung gibt ...«

Larry wußte, daß dies gelogen war. Ihm war bekannt, daß Odd im letzten Jahr eine Tochter verloren hatte.

Auf welche Art und Weise, das war bis zur Stunde ungeklärt. Nur eines stand mit Sicherheit fest: Die Kleider des kleinen Mädchens hatte man in einem trockengelegten Brunnen gefunden. Sie waren zu einem festen Bündel zusammengepreßt gewesen, als wären sie aus einer Presse gerutscht.

Der Hotelbesitzer wechselte sehr schnell das Thema. »In der von Ihnen gemieteten Etage befindet sich im Augenblick ein Gast auf Zimmer 115. Ich habe seine sofortige Umquartierung veranlaßt, damit die Etage völlig frei ist. Sie sind übrigens nicht der einzige Amerikaner in meinem Haus. Mister David McCorkan ist da, der bekannte amerikanische Verleger und ...«

Larry ließ ihn erst gar nicht ausreden. »Das darf nicht wahr sein«, rief er überrascht aus. Corky hier auf Inishkea? Nun, er ist ja auch von Geburt Ire! Ist er hier geboren?«

Ein Kopfschütteln war die Antwort. Aber auch diesmal unterbrach Larry den Hotelbesitzer im Ansatz des Sprechens.

»Wo ist er? Sie müssen mich sofort zu ihm führen. Ich muß ihm sagen, daß ich vor ein paar Tagen in Las Vegas war und dort seine neue Show gesehen habe. Wo ist er? Hält er sich im Augenblick im Hotel auf?«

Larry verhielt im Schritt. Sie standen auf der obersten Treppe, die in einem leicht geschwungenen Bogen um die mit Glasmosaiksteinen besetzte Ecke führte. Von hier aus konnte man genau die einladende Hotelhalle überblicken.

Dort an einem Tisch saß die Dänin Britt. Um sie herum standen Petra, die Deutsche, und Soumea, die grazile, verlockende Schönheit aus Tahiti. Die drei Mädchen, die Larry als Aushängeschild schon mal zum Hotel mitgenommen hatte, waren nicht allein.

Mitten unter ihnen stand ein breitschultriger Mann. Er trug einen weißen Sommeranzug, kanariengelbes Hemd und eine breite Krawatte mit einem unmöglichen Muster. Die grellfarbenen Pop- und Op-Motive schien ein Hippie-Künstler im LSD-Rausch entworfen zu haben.

David McCorkan!

Larry erkannte ihn sofort. Er hatte während des Fluges nach Dublin eine Reihe von Fotografien studiert.

»Das ist er ja! Sie brauchen sich nicht mehr zu bemühen«, sagte X-RAY-3 rasch. Er ließ den Hotelbesitzer einfach stehen und rannte die mit einem roten Teppich belegten Treppenstufen hinunter.

McCorkan führte ein angeregtes Gespräch mit den drei Schönen. Mit dem Blick des Kenners hatte er sofort festgestellt, daß er hier drei junge Damen erster Klasse vor sich hatte, und McCorkan, im Umgang mit attraktiven Frauen erfahren, streckte sofort seine Fühler aus.

Larry hörte die etwas schmalzige, für den massigen Körper McCorkans ein wenig zu hohe Stimme, und er vernahm, wie der Verleger und Striptease-Club-Besitzer diesen drei herrlichen Geschöpfen ein Angebot machte, sich doch für eine Bilderserie innerhalb seines in Millionenauflage erscheinenden Magazins *McCorkan Show* zur Verfügung zu stellen.

Die Nähe der Girls wirkte bereits. Unwillkürlich grinste Larry still vor sich hin. Sein Auftritt hier lief schon recht gut an. Die Idee von X-RAY-1 war nicht übel. Wenn es so weiterging, brauchte Larry selbst gar nicht mehr viel zu tun.

»... das ist eine Chance für Sie, die Sie sich nicht entgehen lassen sollten, meine Damen!« McCorkan hielt die würzige Havanna in der Rechten und paffte ein paar blaue Rauchwolken vor sich hin. »Wenn ...?« wollte er fortfahren. Aber da fuhr ihm der unhöfliche Playboy Larry Brent heiter ins Wort. »Tja, wenn das Wörtchen Wenn nicht wäre, Mister McCorkan. Ich bin auch noch da! Und die Girls gehören mir!«

Der rothaarige Ire drehte sich um. McCorkans Gesicht glühte. Offensichtlich litt er unter viel zu hohem Blutdruck. Das war kein Wunder. McCorkan – obwohl er es nicht mehr nötig hatte, seine Millionen konnte er im ganzen Leben nicht mehr aufbrauchen – kümmerte sich um tausend kleine Dinge selbst. Er begab sich auf Reisen, die auch ein Vertreter für ihn hätte erledigen können, er plante Berichte und Sensationsserien und vergewisserte sich an Ort und Stelle erst selbst darüber, ob die Dinge es auch wirklich wert waren. Tausend Hände waren ihm behilflich, die McCorkan Show zu gestalten, aber auf seinem Schreibtisch liefen alle Fäden zusammen, und der Ire herrschte mit einer beinahe diktatorischen Macht. Er war sein eigener Chefredakteur. Und man mußte es ihm lassen: McCorkan hatte gewisse Fingerspitzengefühle, jenen Riecher, den man einfach brauchte, um ein Magazin wie die McCorkan Show ständig interessant und verkaufsfähig zu machen.

»Ah, Sie sind der Haremswächter?« Der rothaarige Ire grinste. Sein Haarschopf war dicht und wellig. »Ich muß Ihnen meinen Respekt aussprechen, Mister ...«

»Brent, Larry Brent.« X-RAY-3 hielt es nicht für notwendig, die dunkle Brille abzunehmen.

Er schnippte mit den Fingern ein imaginäres Stäubchen von seinem maßgeschneiderten Jackett. »Wenn Ihnen meine Reisebegleiterinnen so gut gefallen, dann müssen Sie schon mit mir verhandeln, Mister McCorkan.«

Larry lachte leise. »Im Vertrauen: Die Mädchen würden sich nicht schlecht in Ihrem Magazin machen. Die meisten haben übrigens Erfahrung in der Branche. Es sind Fotomodelle. Und wenn Sie Lust und Zeit haben, kommen Sie mit auf meine Jacht. Die Auswahl ist noch größer. Ich habe sogar eine Exotin an Bord ...«

McCorkan vergaß an seiner Zigarre zu ziehen, und er vergaß für die nächsten Minuten sogar die drei attraktiven, lächelnden Girls, die abwartend hinter ihm standen. Larry Brents sympathische Art, mit Menschen umzugehen und sie zu verstehen, sich auf sie einzustellen und sie für sich zu gewinnen, machte sich jetzt wieder bezahlt.

»... kommen Sie mit auf meine Jacht! Ich kann mir den Bericht recht interessant gestaltet vorstellen. Vor den Reportern die weiße Luxusjacht *Playboys Love.* Und der Millionärssohn Larry Brent erlaubte unserem Fotografen dort ein paar Aufnahmen zu machen. Im Hintergrund der wolkenlose klare Himmel, der sich wie ein riesiges Zelt über das Meer spannt ...«

McCorkan nickte. »Ausgezeichnet. An Ihnen ist ein Berichterstatter verlorengegangen. Das ist nicht schlecht, was Sie da vor sich hinmurmeln.«

»Ich kann mir die Sache bildlich vorstellen. Vielleicht organisieren wir noch ein kleines Bordfest mit Feuerwerk und schmücken die Decks mit Lampions. Ein Wort an meine Leute, und der Film läuft, Mister McCorkan. Szenen auf See, im Swimming-pool an Bord. Ein interessantes Fest, schöne Frauen, rassig, verlockend. In großer Abendgarderobe, aber auch im Badeanzug, im Bikini und oben ohne. Es sind Modelle. Man kann viel daraus machen, McCorkan!«

»Wenn man den richtigen Fotografen und den richtigen Autor dazu hat, ja.«

»In den Magazinen *Playboy* und *Chance* finden Sie immer wieder solche Features. Die Leser mögen das.«

»Wem sagen Sie das, Brent! Meinen Sie, in *McCorkan Show* kocht man nicht mit Wasser? Unsere Stärke sind ebenfalls solche Bildberichte, wobei wir das Schwergewicht auf interessante Fotos legen ...«

Die beiden Männer kamen überein, so etwas zu unternehmen.

Larry Brent strahlte. »Man sollte immer etwas tun, um der Langeweile Herr zu werden ...« Und er dachte daran, daß diese Kontaktaufnahme ihn weniger Zeit gekostet hatte, als er in seinen kühnsten Träumen erhoffte.

»Vielleicht sehe ich mir gegen Abend Ihren Einbaum näher an, Brent«, meinte McCorkan abschließend, während er die erloschene Havanna, kaum angeraucht, achtlos in einen Ascher fallen ließ. »Und morgen mittag werde ich dann meinen Fotografen mitnehmen, damit er sich ein paar gute Standorte aussucht. Ich glaube, die Sache haut hin.«

***

Siobahn McCorkan hob lauschend den Kopf.

Es war ihr, als wäre unten jemand gegen die Terrassentür gestoßen.

»Henrik?« fragte sie automatisch und erhob sich.

Sie warf einen Blick nach unten und sah, daß die weit offenstehende Terrassentür sich ein wenig bewegte.

Siobahn preßte die Lippen zusammen. Wollte Henrik sie heimlich überraschen?

Rasch griff sie nach dem dünnen Kleid und schlüpfte hinein. Sie machte sich nicht erst die Mühe, den Reißverschluß zuzuziehen.

Auf Zehenspitzen ging sie zur Tür, drückte sich dicht an der Wand entlang und näherte sich dann der Treppe. Vorsichtig stieg sie Stufe für Stufe nach unten. Sie trat so leise auf, daß sie selbst erschrak, als die Stufen unter ihrem Gewicht knarrten.

Siobahn McCorkan erreichte die unterste Stufe.

Der alte, ausgebleichte und zerschlissene Vorhang rechts neben dem Fenster bewegte sich. Hielt Henrik sich dort versteckt?

Unwillkürlich warf die Irin einen Blick auf ihre Armbanduhr. Henrik van Heyken hatte zur Mittagszeit zurück sein wollen. Bis zwölf Uhr aber fehlte noch eine ganze Stunde. Offenbar war er absichtlich früher zurückgekehrt.

Siobahn befand sich jetzt im Parterre.

Sie verharrte geduckt und zunächst abwartend hinter dem wuchtigen alten Schrank. Die Irin lächelte und hielt den Atem an. Sie hörte jetzt deutlich, daß sich genau auf der gegenüberliegenden Seite des Schrankes etwas bewegte. Es hörte sich gerade so an, als würde Henrik auf allen Vieren über den Boden kriechen.

Siobahn McCorkan ging langsam in die Hocke, dann sprang sie mit hocherhobenen Händen blitzschnell vor.

Sie war überzeugt davon, daß Henrik van Heyken sich einen Scherz erlaube, und sie beabsichtigte, ihn mit den gleichen Waffen zu schlagen. Mit keinem Gedanken dachte sie an etwas Böses.

Um so grausamer, schrecklicher und gespenstischer war ihr Erwachen, die Rückkehr in die Wirklichkeit, die zu einem Alptraum wurde.

Siobahn McCorkan sprang genau vor den flachen, sich ruckartig hebenden Kopf der Anakonda, und die Irin hörte nicht nur das Zischeln der blitzschnell vorschießenden Zunge – nein, sie spürte diese feuchte, hartgummiartige Zunge mitten in ihrem Gesicht!

Das Mädchen prallte zurück. Siobahn schrie, daß es schaurig durch das einsame, stille Haus hallte und sie das Gefühl hatte, alle Welt müsse es hören.

Dann ging es Schlag auf Schlag.

Siobahn McCorkan sprang auf die Beine. Im gleichen Augenblick schoß der mächtige, riesige Körper der Anakonda nach vorn, als würde er von ihrem zurückweichenden Leib magnetisch angezogen.

Das Mädchen spürte die zuckende Schlange, die wie eine überdimensionale Peitsche nach ihren Beinen schlug und ihr Opfer zu Boden warf. Siobahn spürte und sah, wie das weit aufgerissene Maul der Bestie langsam auf sie zukam, und die Irin war wie gelähmt.

Abwehrend streckte sie die Hände weg und versuchte sich auf die Seite zu werfen, um dem gierigen, schwarzen Rachen auszuweichen.

»Henrik!« Ihre Stimme zitterte, ihr Körper bebte, der kalte Schweiß trat auf ihre Stirn, und ihre Nackenhaare sträubten sich.

Plötzlich war ein Schatten dicht neben ihr.

Sie hörte hastige Schritte, die hölzernen Stufen knarrten, aber das Geräusch kam von unten, so, als ob jemand in diesem Augenblick die finsteren Kellerräume verlasse, um sich dem Ort des grausigen Geschehens zu nähern.

Etwas zischte. Aber es war nicht die Schlange. Das Geräusch kam von dem Mann, der so etwas Ähnliches wie eine Sprühdose in der Hand hielt.

Henrik? Er war es nicht! Wie durch eine Nebelwand sah sie die schemenhaften Umrisse. Dann wurde die Gestalt vor ihren Augen klarer.

Ein älterer Mann! Deutlich war zu sehen, daß er um das rechte Armgelenk einen frischen Verband trug.

Vor den Augen der jungen Irin begann sich alles zu drehen. Sie merkte, daß sie etwas einatmete, das sie nicht kannte. Sie bekam noch mit, daß der Kopf der riesigen Anakonda wie vom Blitz getroffen vor ihr hersauste. Der Boden unter dem Körper der zitternden Frau erbebte. Der Druck um ihre Beine ließ nach.

Dieser riesige, schwarze Rachen, der sie zu verschlingen drohte – wo war er?

Mehr begriff Siobahn McCorkan nicht mehr. Alles Gefühl wich aus ihrem Körper. Eine tiefe, alles verschlingende Schwärze umfing sie.

Reglos lag sie unter dem schlaffen Schwanz der Anakonda. Sie merkte nicht mehr, wie der Mann, der aus den Kellerräumen gekommen war, sich bückte und sich abmühte, den Schwanz der betäubten Schlange kraftvoll auf die Seite zu heben.

***

Auf dem Gesicht von James Beam lag ein teuflisches Grinsen.

»Diesmal geht nichts mehr schief«, murmelte er kaum hörbar, und selbst wenn jemand es vernommen hätte, wäre diese Bemerkung für einen stillen Beobachter der Szene ein wirkliches Rätsel gewesen ...

James Beam trug die wie leblos in seinen Armen liegende Siobahn McCorkan die Kellertreppe hinunter. Es ging durch einen gewölbeähnlichen Gang. Weit geöffnet war ein alter, schwerer, vom Wurm durchlöcherter Eichenschrank, der scheinbar den Abschluß einer Kellerwand bildete. Doch Beam betätigte einen verborgenen Mechanismus und konnte mit dem Fuß bequem die Schrankrückwand auf die Seite schieben. Düster und drohend dehnte sich ein niedriger Tunnel vor ihm aus, der an manchen Stellen nur mit schweren, verschimmelten Pfosten abgestützt war. Dann veränderte sich der Tunnel. Mit jedem Schritt, den Beam ging, wurden die seitlichen Wände glatter, und die Decke über ihm war jetzt richtig ausgebaut. Es war der Verbindungsgang, über den Beam seine beiden abseits gelegenen Behausungen erreichen konnte.

Nach etwa hundert Metern verzweigte sich der unterirdische Gang. Links ging es in das Kellergewölbe des zweiten Hauses, zu den in den Wänden eingelassenen Terrarien mit den Reptilien.

Schummrig flackernd war das ferne Licht der lautlos brennenden Fackeln wahrzunehmen.

Beam schleppte die Bewußtlose in einen muffigen Raum, band sie an Händen und Füßen und ließ sie dann einfach achtlos liegen.

Das schwerste Stück Arbeit aber lag noch vor ihm. Es mußte ihm gelingen, die betäubte Anakonda, die seit achtzehn Stunden in Freiheit war, wieder dorthin zurückzubringen, wohin sie gehörte: In das unterirdische Gewirr der Gänge und das für sie bestimmte Terrarium.

Dieser Riesenleib mußte transportiert werden. Er mußte aus dem Haus verschwinden, ehe der derzeitige Bewohner, der holländische Maler Henrik van Heyken, zurückkehrte.

Beam hatte keine Hilfe. Er besaß nur zwei Hände, war auf seine eigene Körperkraft angewiesen und auf die Mithilfe einer mit einem gewaltigen Haken versehenen Stange.

Zurückgekehrt warf er den Kopf der wie leblos liegenden Riesenschlange mit der Hakenstange herum. Er zog den Körper nach, Stück für Stück.

Die Augen des schweigenden Mannes glühten wie unter einem inneren Licht. Als er den schweren Körper so weit herumgezogen hatte, daß die Schlange die Kellertreppen beinahe allein hinunterrutschte, war erst ein Minimum der Arbeit geleistet, die noch vor ihm lag.

Er nahm jetzt auch endlich das Tuch vom Gesicht, das er vor Mund und Nase getragen hatte, um sich vor dem Betäubungsgas zu schützen und es nicht selbst einzuatmen.

Die Anakonda bewegte sich.

Beam atmete erleichtert auf. Das vereinfachte seine Aufgabe. Die Schlange hatte eine ordentliche Portion des auf sie abgesprühten Gases abbekommen, und sie würde noch zwei oder auch drei Stunden unter den Nachwirkungen zu leiden haben. Er wußte das aus Erfahrung. Aber die Bewegungen, die von dem Reptil völlig unbewußt ausgeführt wurden, sorgten dafür, daß der lange, unhandliche Körper sich oft selbst vom Boden emporhob, so daß Beam ihm nur noch mit der Stange die maßgebliche Richtung zu geben brauchte.

Auf diese Weise erreichte er die Kellertür, und er mühte sich weiter damit ab, die Anakonda durch den weitgeöffneten Geheimzugang zu ziehen. Der Kopf des langgestreckten Tieres berührte die Schwelle zum Geheimtunnel, während das andere Ende noch die Treppenstufen des Hauses berührte.

Da bewegte sich die Anakonda wieder. Ihr Schwanzende schlug so heftig aus, daß es wie ein Hammer gegen die weit geöffnete Kellertür schlug. Ein Donnerschlag erfüllte das einsame, stille Haus. Das wäre halb so schlimm gewesen, hätte Henrik van Heyken nicht genau in diesem Augenblick über die Terrasse her die Parterrewohnung betreten.

Er hörte das Geräusch und sah die offenstehende Kellertür.

»Siobahn?« Henrik konnte eine gewisse Angst, die sich unerklärlicherweise sofort in seine Stimme drängte, nicht verbergen.

Er ließ die Aktentasche einfach auf einen an der Seite stehenden Polstersessel fallen und hastete die Treppe hinunter. Er sah gerade noch, wie die Tür sich langsam schloß.

Und er begriff die Situation nicht mehr, so schnell ging alles.

Der Mann, der sich James Beam nannte, tauchte in dem Augenblick hinter der Säule auf.

Henrik van Heyken sah die schattengleiche Bewegung, dann fühlte er auch schon den kräftigen Schlag auf den Hinterkopf

»Tut mir leid, van Heyken«, murmelte Beam. »Aber ich kann kein Risiko mehr eingehen!«

James Beam mußte verhindern, daß es einen Zeugen gab, der hier das wahre Geheimnis des Hauses entdeckte ...

Er benötigte drei volle Stunden, ehe er die Anakonda im Terrarium hatte.

Aufatmend schloß Beam die Klappe.

Seine Blicke wanderten den Gang hinab. Hinter den zahlreichen Glasscheiben der Terrarien bewegten sich lautlos und geschmeidig die Körper der Giftschlangen.

Er wandte den Kopf und sah, wie die Anakonda, noch immer benommen, sich herumwarf. Sie schlug mehrmals heftig mit dem schuppigen Leib gegen die Glasscheibe.

»Ja, ja«, murmelte Beam. »Wie ich bei Laune bin, wird die Klappe wieder geöffnet!« Die Anakonda bewegte sich sehr oft durch die unterirdischen Gänge, die sich in unmittelbarer Nähe des Hauses befanden. Aber sie kehrte bei diesen von Beam gewollten Ausflügen auch immer wieder in das Terrarium zurück.

In die Nähe des brackigen, künstlichen Tümpels ...

Beam stieg ermattet die ausgetretene Treppe empor. Um seine beiden Gefangenen, die noch immer bewußtlos waren, kümmerte er sich nicht. Er hatte sie in zwei völlig entgegengesetzt voneinander liegende Kellerräume untergebracht. Und niemand wußte von dem anderen. Das Erlebnis mit Joe Rings und Patrick Queshon hatte ihn größere Vorsicht gelehrt.

Der Mann verriegelte die Tür hinter sich. Er durchquerte einen schmutzigen Korridor und gelangte von dort aus in einen ehemals sehr gepflegt eingerichteten Wohnraum. Doch auch hier herrschte Unordnung, und man sah, daß die Hand einer Frau fehlte.

Beam hockte sich ermattet vor den alten, mit einem Goldrahmen versehenen Spiegel.

Sekundenlang bewegte sich der Mann nicht. Dann hob er beide Hände, faßte hinter seine Ohren und zog vorsichtig, aber mit gleichmäßiger Spannung die hauchdünne, elastische Schicht, die wie eine zweite Haut über seinem Gesicht lag, nach vorn.

Der Mund und die Nase, die unter dem »Kunstgesicht« zum Vorschein kamen, waren schmaler und härter geschnitten als der Ausdruck, den das Gesicht von »James Beam« vermittelte. Der Mann vor dem Spiegel löste die buschigen, angegrauten Augenbrauen, die furchige, ältermachende Stirn, und das dünne, schon lichter werdende Haar.

Ein wesentlich jüngerer Mann kam hinter dieser unheimlich echt wirkenden Maske zum Vorschein, ordnete die dichten, schwarzen Haare, verzog das angespannte Gesicht, als wenn Klebefäden auf seinen Wangen lägen, und strich sich dann leicht über die dünnen Augenbrauen.

Dieser Mann war vor anderthalb Jahren auf Inishkea angekommen. Er war 37 Jahre alt, hieß Edward Altree – und war einer der Sensationsreporter, die David McCorkan in aller Welt beschäftigte.

Altree betrachtete sein verbundenes Handgelenk.

Er verharrte noch fünf Minuten beinahe reglos vor dem Spiegel, als müsse er sich erst von den Anstrengungen erholen, die hinter ihm lagen.

Dann erhob er sich und kleidete sich um.

Er verließ das einsame Haus aber erst, als es begann dämmrig zu werden.

Er ging zu Fuß. Richtung Küste. Sein Ziel war das Hotel von Donovan Odd.

***

Der Nachmittag war wie im Flug vergangen.

McCorkan war in bester Stimmung. Kurz vor dem Kaffeetrinken hatte Larry Brent noch Cricket mit ihm gespielt.

X-RAY-3 gab sich alle Mühe, den Verleger bei Laune zu halten. Und offenbar gelang ihm das auch.

McCorkan gab ehrlich zu, daß er sich schon lange nicht mehr so amüsiert hatte wie in der Begleitung Larry Brents und seiner fünf Girls, die er alle für ganz große Klasse hielt. Und er ließ keinen Zweifel daran, daß er von jedem Mädchen in den kommenden Nummern von *McCorkan Show* eine Bilderstory bringen wolle. Jede Geschichte müsse als Überschrift den Namen desjenigen Girls tragen, das auf den Fotos gezeigt werde. »Und es muß sogar der Name sein, den sie in Wirklichkeit hat.« Er schien das für eine besonders treffliche Idee zu halten. In der Tat paßten auch die Namen, die die Mädchen trugen, sehr gut zu den Typen, die sie darstellten. X-RAY-3 bezweifelte fast, daß es ihre wirklichen Namen waren.

Beim Abendessen waren sie wieder zusammen. Larry, der lässig und heiter von seinen angeblichen Abenteuern aus aller Welt erzählte, hatte bisher nur einen kleinen Erfolg errungen: McCorkan hatte durchblicken lassen, daß er auf dieser Insel einen Mann treffen wolle, der vor einiger Zeit einen Auftrag von ihm erhalten hatte.

Beim Lampionschein saßen sie in dem parkähnlichen Garten beisammen. McCorkans Fotografen hielten sich mit der Dänin Britt im Hotel auf. Die Halle glich einem Studio. Mehrere Scheinwerfer brannten, und Britt wurde in allen möglichen und unmöglichen Positionen, die sie bei ihrer angeblichen Ankunft in einem Luxushotel zeigte, fotografiert.

Wie es sich für die Bilder eines Herrenmagazins gehörte, stach dabei die textilarme Kleidung Britts ins Auge.

Als Larry Brent einmal den Kopf wendete, konnte er durch die weitgeöffnete Terrassentür den Körper Britts sehen.

Die Dänin trug nur noch einen winzigen Slip und war gerade dabei, den Verschluß des BHs zu öffnen. Sie dachte sich nichts dabei, denn sie hatte schon mehr als einmal Modell gestanden.

Die Unterredung zwischen McCorkan, Larry Brent und den vier anderen Mädchen, die an X-RAY-3 wie die Kletten hingen, fand eine abrupte Unterbrechung.

Ein Hotelangestellter näherte sich diskret dem Verleger und flüsterte ihm etwas ins Ohr. Larry Brent war mit seinen Freundinnen beschäftigt, und er tat so, als höre er nichts, doch seinem scharfen Gehör entging die Mitteilung nicht.

»... ein gewisser Mister Altree, Sir ...«

»Thanks.« McCorkan drückte dem Boy eine Münze in die Hand.

Der Ire erhob sich. »Bitte entschuldigen Sie mich, Mister Brent! Es ist da eine Kleinigkeit zu regeln. Ich bin sofort wieder zurück.«

»Aber natürlich. Ich vertrete mir einstweilen die Beine im Garten. Vorausgesetzt, daß mich diese appetitlichen Anhängsel hier freilassen.«

Er löste vorsichtig die nackten warmen Arme Petras von seinem Hals.

McCorkan verschwand durch den Seiteneingang des Hotels. Aus den Augenwinkeln sah X-RAY-3, daß durch den zweiten Seiteneingang eine dunkle Gestalt huschte und zum Treppenaufgang vorging.

Sekunden später wurde das Licht im Zimmer David McCorkans eingeschaltet.

»Laßt mich mal los«, flüsterte Larry seinen Begleiterinnen zu. »Da steht noch eine Flasche Champagner. Sorgt dafür, daß sie nicht warm wird! Ich muß mal einen kleinen Spaziergang machen.«

Unter der Pergola, die fast den halben Weg bis zum Hotelgebäude hinführte, wanderte er im Schatten der Birken und dichtstehenden Büsche bis zu der Stelle, wo über ihm im ersten Stock das Licht in McCorkans Zimmer brannte.

Der Name Altree war Larry Brent nicht unbekannt. Während seines Studiums der Akten im Flugzeug hatte er auch der Namen Altreen erwähnt gefunden; einer der Sensationsreporter McCorkans, der vor über einem Jahr die Staaten verlassen hatte.

Larry wäre zu gern oben im Zimmer dabeigewesen. Aber das war unmöglich. Nicht unmöglich aber war, daß er an dem Gespräch teilnahm.

X-RAY-3 griff in seine Jackettasche. Er nahm ein zigarettengroßes Schächtelchen heraus, drückte einen winzigen Kontaktknopf, und ein zusammenschiebbarer Stahldraht glitt lautlos aus dem Behälter, bewegte sich wie eine ausfahrbare Antenne bis zur Höhe des ersten Stockwerks, wo die Balkontür nur angelehnt war.

Im gleichen Augenblick vernahm Larry Brent klar und rein die Stimmen der beiden Männer, die sich oben unterhielten. X-RAY-3 preßte das kleine Gerät ans Ohr, um Zeuge einer aufschlußreichen Unterredung zu werden.

»... ich wollte mich eher melden, aber es ging nicht.« Es war die Stimme Edward Altrees.

»Ich bin seit zwei Tagen auf der Insel!« Die Antwort McCorkans fiel scharf aus. Er war verärgert.

»Es kam einiges dazwischen.« Altree berichtete, knapp und präzis. Auf diese Weise erfuhr Larry Brent vom Tod Joe Rings' und Patrick Queshons. »Es dauerte über ein Jahr, ehe ich es wagen konnte, Ihnen eine Mitteilung zukommen zu lassen, McCorkan. Nun dürfte es doch auch noch möglich sein, einen einzigen Tag länger zu warten, nicht wahr?« Die Stimme Altrees klang plötzlich fanatisch. »Aber es hat sich gelohnt, McCorkan! Sie werden Bilder zu sehen bekommen, wie sie noch keines Menschen Auge sah. – Als ich Beam kennenlernte, wollte ich nur einen Bericht über Schlangen bringen. Aber dann zeigte er mir seine Anakonda, und als ich zum ersten Mal sah, wie sie ein ganzes Schwein verschlang, da kam mir jene ungeheuerliche Idee. Ich wollte der erste sein, der die ungewöhnlichsten Bilder brachte, die jemals eines Menschen Auge erblickte. Schauerbilder mußten es sein, wie sie ein normaler Sterblicher nie zu sehen bekommt. Beam diente gewissermaßen als Versuchskaninchen. Ich mußte ihn mir vom Hals schaffen, als ich genug über seine Schlangen und über ihre Behandlung erfahren hatte. Jetzt konnte ich es wagen, selbst als »James Beam« aufzutreten. Mir sein Aussehen zu verschaffen, bereitete keine Schwierigkeiten. Wozu war ich schließlich drei Jahre lang als Maskenbildner beim Film tätig? – Der wahre Beam wurde von seiner Anakonda verschlungen! Er verschwand damit spurlos. Ich führte während der letzten Monate das Leben Beams weiter. Die Einsamkeit war ideal dazu. Beam hatte in der Einsamkeit gelebt. Ich habe Hunderte von Fotos, McCorkan! Aber die sensationellsten werden erst noch heute aufgenommen! Heute nacht! Es muß jetzt schnell gehen; ich habe das Gefühl, daß der Boden auf Inishkea langsam zu heiß wird. Es ist zuviel geschehen während der letzten Tage und Stunden. Es kann zu einer Untersuchung der Vorgänge kommen. Bis dahin will ich mich absetzen. Alles soll und wird an jenem rätselhaften Eigenbrötler James Beam hängenbleiben, den die ganze Welt schließlich vergebens suchen wird, nachdem es mir, Edward Altree, dessen Spürnase für Sensationen bekannt ist, gelungen war, die einmaligen Fotos Beams an mich zu nehmen ...«

»Heute geht es nicht. Ich habe eine Verabredung«, sagte McCorkan leise. »Aber die könnte ich absagen. Mir ist die Sache zu wichtig, als daß ich unbedingt diesem spleenigen Playboy gegenüber mein Wort halten müßte. Wann, Altree?«

»Sofort, wenn es geht. Ich habe zwei Motive auf Lager. Ich kann mir nicht erlauben, daß die beiden am Leben bleiben.«

»Du gehst durch den Seiteneingang wieder davon, verstanden?« sagte McCorkan, so, als hätte er sich in Sekundenschnelle entschieden. »Ich wimmele diesen Brent ab! Ich komme nach! Den Weg kenne ich!«

Larry steckte sein Gerät wieder ein, nachdem die Empfangsantenne eingefahren war. Er hatte genug gehört. Leise huschte er zu den Mädchen vor, die vergnügt am Tisch saßen und lachten.

»Wenn McCorkan kommt«, sagte Larry zu ihnen, »dann sagt ihr, daß ich nicht mehr auf ihn warten wollte. Ich hätte mit einem Mal keine Lust mehr gehabt. Aller Wahrscheinlichkeit nach wäre ich auf die Jacht gegangen, klar? Einem Playboy muß man solche Launen doch verzeihen, nicht wahr?«

Mit diesen Worten verschwand er im Dunkeln, überstieg die flache Umzäunung auf der anderen Seite des hoteleigenen Parks und wartete an einer Wegbiegung auf die dunkle Gestalt, die aus dem Seitenausgang kam und dann Richtung Wald verschwand.

Wie ein Schatten war Larry Brent hinter Altree her. Er durfte ihn nicht aus den Augen verlieren und vor allen Dingen keine Zeit mehr vergeuden. Das Leben von zwei Menschen lag jetzt in seiner Hand ...

***

Altree hielt sich nur kurz in dem Haus auf.

Er passierte wenig später den geheimen Kellereingang und begutachtete die Scheinwerfer, die er unten aufgestellt hatte.

Der Sensationsreporter McCorkans bemerkte nicht, daß sich ein lautloser Schatten durchs Haus bewegte und daß Larry Brent ebenfalls den Kellereingang passierte.

Altree hatte das Haus nicht abgesichert. Er sah keinen Grund dafür. Außerdem erwartete er, daß McCorkan in Kürze nachkommen würde.

Der Reporter preßte die Lippen zusammen. Sein bleiches Gesicht wirkte wie eine Maske. In den Augen Altrees glühte das Feuer eines Mannes, der sich am Rand des Wahnsinns befand.

Altree war besessen. Sein Gehirn war nicht mehr fähig, die Dinge logisch und klar zu sehen.

Er schaltete die einzelnen Scheinwerfer ein und legte das Verbindungskabel auf die Seite, um nicht darüber zu stolpern.

Die dunklen Gänge wurden nun hell ausgeleuchtet. Die Schlangen hinter den Glaswänden der Terrarien schienen nervös zu werden. Sie schoben sich bis dicht an die Scheiben vor.

Die Anakonda in ihrem riesigen Terrarium glitt aus dem Unterholz.

Altree grinste, als er kurz in den angrenzenden Keller ging und dort seine beiden Gefangenen betrachtete.

Siobahn McCorkan war bereits bei Bewußtsein. Der Maler Henrik van Heyken befand sich noch immer in tiefer Ohnmacht. Auf seinem Hinterkopf zeigte sich eine große, verkrustete Platzwunde.

Brutal riß Altree die junge Irin in die Höhe.

»So, Mädchen. Ich glaube, du kannst doch schon wieder auf eigenen Beinen stehen, oder?«

Er löste der Studentin die Fußfesseln. Schwankend bewegte Siobahn sich.

»Was wollen Sie von mir?« flüsterte sie. Sie war noch immer etwas benommen und sah das fremde Gesicht nur verschwommen vor sich.

»Gehen Sie«, stieß Altree hervor. Er schob Siobahn vor sich her. Taumelnd bewegte die Irin sich durch das Gewölbe. Ihr Herzschlag setzte aus, als sie die hellerleuchteten Terrarien erblickte. Und dann sah sie die riesige Anakonda, und schlagartig setzte ihre Erinnerung wieder ein, als sie begriff, was für ein Ungeheuer sie in der Parterrewohnung des alten Hauses gesehen hatte.

Sie wandte den Blick, ein Schauer lief über ihren Körper, und ein leises Stöhnen entrang ihren bebenden Lippen.

Altree wollte noch etwas sagen, aber er wurde abgelenkt durch das Geräusch, das von oben aus der Wohnung kam.

»Hier unten, McCorkan!« rief er den Gang zurück, so daß seine Stimme laut und deutlich durch das Gewölbe hallte.

Siobahn zuckte zusammen, als sie ihren Namen hörte. »McCorkan?« murmelte sie. Weiter kam sie nicht. Die massige Gestalt stürzte die schmale Stiege herab.

»Onkel – David?« Die beiden Worte waren wie ein Hauch aus dem Mund der jungen Irin.

Der Verleger stand da, als hätte ihn der Blitz getroffen.

»Siobahn?«

Altrees Augen weiteten sich. »Ihr kennt euch?«

»Das ist meine Nichte, Altree!« McCorkans Stimme zitterte. »Wie kommt sie hierher, Altree?«

Der Gefragte fuhr sich mit einer nervösen Geste über seine schweißnasse Stirn. »Ich habe Ihnen alles erklärt, McCorkan!«

Der Verleger schluckte. »Es ist unmöglich, Altree! Nehmen sie ihr die Fessel ab und lassen Sie sie laufen!«

Altree schluckte, als hätte er einen Kloß im Hals stecken. »Sie sind wahnsinnig, McCorkan!« Die Stimme des Reporters klang seltsam verändert. »Sie wissen nicht, was Sie da sagen!« Mit einer blitzschnellen Bewegung riß er das junge, zitternde Mädchen an sich.

Ehe der Verleger sich versah, erblickte er schon die blitzende Klinge in der Rechten Altrees. Mit einem Ruck durchschnitt der Reporter die Fessel Siobahn McCorkans. Doch Altree ließ das Mädchen nicht los. »Ich kann mir nichts mehr erlauben, McCorkan« preßte Altree zwischen den Zähnen hervor. »Das Ganze ist ein dummer Zufall, verdammt dumm, zugegeben! Aber das Schicksal spielt manchmal im Leben eine große Rolle. Es hat Ihnen nichts ausgemacht, als ich Ihnen von denen erzählte, die der Anakonda bereits zum Opfer fielen, McCorkan! Diesmal ist es nun mal Ihre Nichte.

Was ist dabei? Der Einsatz, mit dem ich spielte, war zu groß, McCorkan. Ich mußte gegen viel Widerstand ankämpfen. Es hätte nicht viel gefehlt, und alles hier wäre geplatzt. Die Tochter von Donovan Odd mußte sterben, weil sie in den alten Brunnenschacht gefallen war, der zur Belüftungsanlage dieses unterirdischen Terrariums gehört. Vor ein paar Wochen erst verschlang die Anakonda eine Studentin, die zu neugierig geworden und auf den unterirdischen Gang aufmerksam geworden war. Sie wollte das Geheimnis um James Beam offenbar lösen. Sie fühlte instinktiv, daß hier etwas nicht in Ordnung war. Sie lief in eine Falle. Das Mädchen Gretal wurde ein Opfer der Anakonda.

Was weiter geschah, haben wir gerade erst diskutiert, vorhin im Hotel. – Und nun ist eben Ihre Nichte an der Reihe! Was macht's, McCorkan? Die Hasselblad ist aufgebaut. Ich brauche nur noch auf den Auslöser zu drücken, und zum ersten Mal wird das auf die Platte gebannt, was nur ich schon gesehen habe. Und nun werden es auch noch andere Menschen zu sehen bekommen. Und alles bekommt einen sensationellen Anstrich, finden Sie nicht auch? Ausgerechnet Ihre Nichte! Sie können eine ganze Erpresserstory dazu erfinden, und man wird Ihnen sogar glauben. James Beam, der geheimnisvolle Einsiedler von Inishkea, hat dies alles inszeniert – und nun ist er verschwunden, wie vom Boden verschluckt. Vielleicht hat ihn seine eigene Anakonda verschlungen, wer weiß? Die Menschen werden um eines der geheimnisvollsten Ereignisse unserer Zeit reicher. Ist das nichts wert, McCorkan? Selbst wenn ich wollte, ich könnte jetzt nicht mehr zurück. Sie weiß alles, sie hat zuviel gesehen. Sie muß sterben, McCorkan ...!«

Es ging blitzschnell. David McCorkan konnte nicht mehr aufschreien, als er sah, wie die Faust Altrees herabsauste und damit den Mechanismus auslöste, der die Klappe aufspringen ließ, hinter der die mordende Anakonda lauerte ...

Larry Brent, der den gefährlichen Unterton in der Stimme Altrees noch vernommen hatte, reagierte sofort. Er sprang aus dem Dunkel hinter der Säule hervor, wo er abwartend gestanden hatte und Zeuge der seltsamen Unterredung zwischen McCorkan und Altree geworden war. Doch auch für ihn kam die offenbar kopflose Reaktion Altrees, der sich auf nichts mehr einließ, auf jeden Fall überraschend.

McCorkan stürzte sich auf den bleichen Altree, der der schwachen und hilflosen Nichte des Verlegers einen Stoß versetzte, so daß sie das Gleichgewicht verlor und in die dunkle Ecke neben dem riesigen Terrarium fiel.

Der Körper der Anakonda glitt sofort lautlos auf die schreiende Irin zu, während Edward Altree blitzschnell herumwirbelte und in das Gestell des einen Scheinwerfers griff.

»Bleiben Sie stehen, McCorkan!« schrie Larry Brent noch.

Der Amerikaner reagierte nicht. In blinder Wut stürzte er sich auf den Reporter und übersah dabei die Gefahr.

Der Scheinwerfer krachte mitten in sein Gesicht.

Ein markerschütternder Aufschrei hallte durch das unterirdische Gewölbe, das binnen zwölf Stunden abermals zur Kulisse einer makabren Szene wurde.

Die Sicherheitsscheibe vor der grellen Birne zerbarst, und der Scheinwerfer traf den massigen McCorkan.

Geistesgegenwärtig riß Larry Brent den Verleger noch herum, konnte aber nicht mehr viel retten.

Eine einzige Brandwunde zog sich quer über die rechte Gesichtshälfte. McCorkan fiel wie vom Blitz getroffen um.

X-RAY-3 blieb keine Zeit, sich weiter um den Verleger zu kümmern. Edward Altree stürzte wie ein Panther auf ihn zu. Der Dolch in seiner Rechten blitzte.

X-RAY-3 hielt die Smith and Wesson Laser in seiner Hand. Er wendete diese hochwirksame und lautlose Waffe, die nur in besonderen Situationen zum Einsatz kam, nur selten an. Er schonte Menschenleben, und es kam ihm darauf an, den Gegner nicht zu töten, sondern ihn nur auszuschalten.

Der amerikanische Agent wich dem blindlings zustoßenden Altree geschickt aus, packte mit der linken Hand blitzschnell zu und riß den wahnwitzigen Reporter herum. Edward Altree wurde durch den Schwung aus dem Gleichgewicht gebracht. Larry Brent verlor keine Sekunde. Hart schlug er zu. Die Smith and Wesson Laser krachte dem Mann genau unter das Kinn. Altrees Körper wurde schlaff, und der Dolch entfiel seinen kraftlosen Händen.

Was Larry sah, erfüllte ihn mit Schaudern. Siobahn McCorkan schwebte in höchster Gefahr! Sie steckte halb im Rachen der Schlange!

Die Anakonda hatte sich durch die verworrenen Vorgänge nicht ablenken lassen.

Das von Angst und Panik gezeichnete Mädchen schien die Dinge gar nicht mit vollem Bewußtsein zu registrieren.

Ihre Arme schlugen wie Dreschflegel auf den Kopf der Anakonda ein. Plötzlich schien die Studentin nach einem verzweifelten Ausweg aus ihrer fürchterlichen Lage zu suchen.

An der Wand lehnte ein altes Beil, ein Requisit, das schon jahrelang nicht mehr im Gebrauch gewesen war. Die Metallfläche war total verrostet.

Siobahn McCorkan versuchte mit gierigen, zitternden Händen, das Beil zu ergreifen.

Doch Millimeter fehlten. Ihre Fingerspitzen berührten das abgegriffene Rundholz, sie stieß nach – und warf das Beil um.

Da grellte der Blitz auf. Larry Brent schoß mit der Smith and Wesson Laser. Der Strahl durchschnitt den Körper der Anakonda. Die Riesenschlange zuckte. Das Schwanzstück schlug heftig hin und her.

X-RAY-3 mußte alle Kraft aufbieten, um einen Menschen, der mit Sicherheit verloren war, ins Leben zurückzuholen.

Die Augen Siobahn McCorkans waren vor Angst und Entsetzen weit geöffnet. Das Grauen, das sie in diesen Sekunden empfand, war so stark, daß es über ihre Kräfte ging.

Ihre Arme sanken herab, als der Vorderleib der Anakonda langsam nach vorn sackte. Da war X-RAY-3 heran.

Scheppernd fiel die Laserwaffe zu Boden. Mit verzweifelter Anstrengung versuchte er, Siobahns Beine aus dem Rachen der sterbenden Schlange zu ziehen.

Sekunden vergingen, Minuten ...

Dann fühlte der Amerikaner das langsame Nachgeben. Siobahn McCorkan rutschte millimeterweise ins Leben zurück.

Das Mädchen bekam dies alles nicht mehr mit. Und das war gut so.

Als Larry Brent die Irin völlig befreit hatte, lag sie matt und hilflos in seinen Armen.

Siobahn McCorkan war bewußtlos. Aber sie lebte!

***

Mit Hilfe des von ihm befreiten Henrik van Heyken schaffte Brent den gefesselten Altree, den verwundeten McCorkan und die immer noch bewußtlose Siobahn aus dem Keller des Grauens.

Larry schickte van Heyken zum Hotel Donovan Odds. Von dort aus sollte er die Polizeidienststelle der nächsten größeren Hafenstadt auf der Hauptinsel drüben benachrichtigen. Der Verleger und seine Nichte mußten dringend in die Behandlung von Spezialisten.

Eine Stunde später raste das Polizeischnellboot von Inishkea ab. An Bord waren die beiden Verletzten und Henrik van Heyken, der es sich nicht nehmen ließ, die junge Irin zu begleiten.

Larry Brent wollte spätestens am nächsten Tag nach dem Rechten sehen. Er kehrte auf seine Jacht zurück und strahlte über den PSA-Ring an seiner Hand einen Bericht nach New York ab ...

Bereits eine Viertelstunde später meldete sich der Chef der PSA ohne viel Geheimniskrämerei direkt über die Bordfunkanlage der *Playboys Love*.

»... mein Auftrag ist beendet, Sir! Es ging schneller, als wir alle vorgesehen hatten. Ich habe der PSA eine Menge Spesen erspart. Die Zimmer im Hotel sind bereits gekündigt. Die Jacht ist zum Auslaufen bereit. Was soll ich jetzt mit den Mädchen machen? Ich bin gar nicht richtig zum Einsatz gekommen ...«

Die leise, entfernte, freundliche Stimme von X-RAY-1 lachte. »In Europa ist es jetzt Nacht, X-RAY-3, nicht wahr? Wie ich Sie kenne, werden Sie sehr wohl wissen, was mit den Mädchen werden soll. Veranstalten Sie ein kleines Bordfest! Bis Sie in den nächsten Hafen einlaufen, wird Ihnen schon etwas einfallen ...«

Er kannte weder den Namen des Mannes, der zu ihm sprach, noch wußte er, wie er aussah. X-RAY-1 war ihm nur durch die Stimme bekannt.

»Ich habe gerade angefangen, mich in meine Rolle als Playboy einzuleben«, sagte Larry kleinlaut. »Wie wär's mit einem Tag Sonderurlaub, Chef? Einen Tag auf der Jacht? Sonst haben sich die ganzen Vorbereitungen nicht rentiert. Oder Sie lassen mich umgehend nach New York abfliegen. In der Garage meines Hauses steht ein Lotus Europa ...«

X-RAY-1 lachte. »Wenn Sie erst mal hier in New York sind, dann habe ich garantiert Arbeit für Sie! Genießen Sie die nächsten Stunden auf der Jacht, X-RAY-3, wer weiß, wie lange Sie wieder Ruhe haben und ob Sie das nächste Mal mit einem so geringen Einsatz an Kraft davonkommen!«

Larry Brent protestierte. »Fünf Girls an Bord, Sir, da kann man nicht von einem geringen Einsatz an ...«

Aber X-RAY-1 hatte bereits die Verbindung unterbrochen.

Larry atmete auf. Er stand an der Reling, als die weiße Luxusjacht ablegte.

Er fühlte, daß sich ihm Petra von hinten näherte. Die Deutsche schien erkannt zu haben, daß sie eine besondere Wirkung auf den Agenten ausstrahlte.

»So allein? Unsere anderen Freundinnen schlafen wohl schon? Zuviel Champagner ist auch nicht gut ...«

»Oder doch«, erwiderte Larry, und er wandte sich um. Er zog die Deutsche an sich, fühlte den warmen, sich an ihn drängenden, formvollendeten Körper. Die Lippen beider fanden sich.

Wie recht X-RAY-1 hatte, schoß es Larry Brent durch den Kopf. In einigen Stunden konnte die Welt schon wieder ganz anders aussehen.

Aus Erfahrung wußte er, daß er selten längere Zeit an einer Stelle blieb.

Und auch diesmal täuschte er sich nicht.

Irgendwo in der Welt stellte das Schicksal bereits wieder seine Weichen.

Und diesmal sollte X-RAY-3, der beste Agent der »Psychoanalytischen Spezialabteilung«, nicht mit fünf hübschen Girls und einem blauen Auge davonkommen.

3. Kapitel

Das Monster aus der Retorte

Kommen Sie mit! Ich verspreche Ihnen das heißeste Abenteuer, das Sie jemals in Tokio erlebt haben«, sagte der Japaner mit dem Anflug eines Lächelns.

Der Amerikaner grinste. »Deshalb bin ich Ihnen schließlich gefolgt. Umsonst werfe ich fünfzig Dollar nicht zum Fenster raus.« John Parkinson fuhr sich mit der Zunge über die Lippen, als genieße er bereits den Vorgeschmack der Dinge, die in diesem Haus auf ihn warteten. Liebe, Sex und ein ungewöhnliches erotisches Abenteuer waren ihm versprochen worden. Man mußte nur das Glück haben, in einer Riesenstadt wie Tokio, die hinter den Kulissen das Außergewöhnliche bot, einen Vermittler zu finden, der wußte, wo diese delikaten Dinge geboten wurden.

Parkinson stieg hinter dem kleinen Japaner die schmalen Stiegen des alten Hauses hoch. Es war wenige Minuten vor Mitternacht und völlig still.

Parkinsons Gesicht sah ein wenig gerötet aus. Das kam nicht nur von der Aufregung, die sich seiner bemächtigt hatte, sondern auch von dem reichlich genossenen Reiswein.

»Wir sind gleich da«, murmelte der Japaner. »Die drittletzte Tür rechts ist es. Suzi wird Ihnen eine Nacht bereiten, von der Sie bisher nur geträumt haben, Mister ...«

Aus der Nische neben einer Tür sprang plötzlich eine Gestalt.

Trotz seiner Körperfülle wirbelte Parkinson herum. Er rechnete damit, daß sein Begleiter, der ihn hierhergebracht hatte, nun ebenfalls in das Geschehen eingriff.

Doch da geschah etwas, womit er am wenigsten gerechnet hatte.

Der Schatten fiel über den Japaner her, der offenbar genauso überrascht war wie Parkinson.

Der Amerikaner sah, wie der blitzende Stahl eines Dolches sich zweimal tief in die Brust des Mannes senkte, der vor wenigen Augenblicken noch quietschvergnügt fünfzig Dollar von ihm bekommen hatte.

Gurgelnd und blutüberströmt brach der Getroffene zusammen ...

Parkinson erreichte nicht mehr den Treppenabsatz.

Der unheimliche Mörder mit dem Dolch war schneller. Parkinson fühlte sich von einer harten Hand herumgerissen. Er wollte sich zu Boden fallen lassen, um dem tödlichen Stich auszuweichen.

Doch die Waffe drang ihm genau zwischen die Schulterblätter. Dann war der Unheimliche, der wie berauscht schien, auch schon über ihm.

Parkinson wehrte sich trotz der gefährlichen Verletzung aus Leibeskräften, und es gelang ihm, einen zweiten Dolchstoß abzufangen.

»Hilfe!« Der Amerikaner schrie, so laut er konnte.

Parkinson gelang es, sich auf die Seite zu rollen, während seine Beine halb über die beiden oberen Treppen rutschten.

Das Gesicht des Amerikaners glühte.

Er hatte es mit einem häßlichen, pockennarbigen Burschen zu tun, der über erstaunliche Körperkräfte verfügte. Die Augen des Angreifers glitzerten kalt, und Parkinson las seinen Tod in diesem Blick.

Keuchend drückte der Amerikaner den Arm des Mannes beiseite, der den blutverschmierten Dolch abermals herabstoßen wollte.

John Parkinsons Kräfte ließen merklich nach. Schweiß stand auf seinem Gesicht.

Er wußte, daß er – obwohl er fast einen Zentner mehr wog als sein Widersacher – keine Chancen mehr hatte. Sein Gegner war beweglich, und nur ein einziger Gedanke erfüllte ihn: diesen Mann zu töten.

Mit dem Mut der Verzweiflung wandte Parkinson sich ab, und der kräftig geführte Dolch blieb knirschend in der wurmzernagten, morschen Stufe stecken.

Der Angreifer wollte den Dolch sofort ergreifen, rutschte aber auf der Treppe ab und griff daneben. Parkinson erkannte die Chance, die sich ihm bot.

Er streckte die Linke aus und fühlte den warmen und mit Blut bedeckten Dolch in seiner zitternden Hand. Er wußte nicht mehr, wie es ihm eigentlich gelang, die tödliche Waffe aus dem Holz zu ziehen und herumzureißen.

Mit einem leisen Aufschrei sprang ihn der pockennarbige Japaner sofort wieder an.

Parkinson handelte instinktiv. Er schob die lange Waffe seinem Widersacher einfach entgegen.

Der Stoff knirschte unter dem Druck der Klinge, die sich in den weichen Körper schob. Parkinson wußte nicht, wie das alles geschah. Er sah kaum noch etwas. Alles verschwamm vor seinen Augen. Die Wände rückten auf ihn zu, und die Treppe mit dem sich krümmenden menschlichen Körper drehte sich wie unter einer heftig kreisenden Bewegung.

Der getroffene Japaner versuchte, noch einmal auf die Beine zu kommen.

Der Amerikaner aber kannte kein Pardon. Es war, als hätte die tödliche Gefahr seine Sinne geschärft. Abermals stach er zu, und wieder gab etwas Weiches nach. Wie in Hypnose spürte John Parkinson das warme Blut, das über sein Handgelenk spritzte.

Dann taumelte der Schatten vor ihm und überschlug sich. Dumpf krachte der Körper auf die morschen Stufen, rollte nach unten und blieb reglos auf dem schmalen Treppenabsatz liegen.

Stöhnend kam Parkinson hoch. Wie im Krampf hielt er den klebrigen Dolchgriff umfaßt.

Der Amerikaner stand zitternd auf den Beinen und taumelte an der rauhen, schmutzigen Wand entlang. Seine blutigen Finger hinterließen lange, rote Spuren auf dem graugelben Verputz.

Parkinson sah und bemerkte es nicht. Er rutschte mehr, als daß er ging. Der Boden unter ihm gab nach wie eine Schaumgummimasse, und es wurde dem Schwerverletzten nicht bewußt, daß er stürzte und sich mühsam wieder aufrichtete.

Schon schalteten seine Sinne langsam ab; er war geschwächt durch den starken Blutverlust, den er erlitten hatte.

Ich brauche Hilfe, hämmerte es in seinem Gehirn. Einen Arzt ... und die Polizei ...

In seinem fiebernden Bewußtsein machte sich der Gedanke breit, daß dies alles nur ein furchtbarer Traum und niemals Wirklichkeit war.

Parkinson lag neben der Leiche und schaffte es nicht mehr, sich zu erheben. Durch den zähen, dunklen Nebel, der über seinen Augen wallte, erkannte er die Umrisse einer Tür.

Es war die Tür, durch die der Vermittler ihn führen wollte, bevor sein Mörder ihn zu Boden streckte.

Parkinson ließ den Dolch fallen. Mühsam streckte der Amerikaner sich. Seine Kräfte ließen nach. Aber trotz allem glaubte er nicht daran, daß dies das Ende war. Er hoffte, noch einmal davonzukommen, wenn er bald in ärztliche Behandlung kam. Solange er noch so denken konnte, war er noch nicht verloren!

Er erreichte mit der rechten Hand die Türklinke und zog sie mit seinem ganzen Körpergewicht herab.

Er machte sich keine Gedanken darüber, daß die Tür sofort quietschend zurückschwang und nicht verschlossen war.

»Kommen Sie, rasch ...!« murmelte Parkinson. Es gelang ihm nicht, die Worte laut auszusprechen. Ein dünner Blutfaden lief aus seinen Mundwinkeln, und der Amerikaner wischte ihn mit dem Handgelenk ab. »Ich brauche Hilfe – es ist etwas Furchtbares passiert!«

***

Der Mann, der in dieser stillen Stunde nach Mitternacht genau am entgegengesetzten Punkt von Tokio hinter einer Buschgruppe am Rande der Stadt wartete, war niemand anders als der Polizeibeamte Reima Tanizaki.

Seit zwei Stunden hielt er sich in dieser Gegend auf.

Nachbarn, die die Häuser dem alten, baufälligen Gebäude gegenüber bewohnten, hatten sich in der letzten Zeit zunehmend darüber beschwert, daß dort, wo ein gewisser Professor Yondo wohnte, zu später Stunde immer wieder seltsame Geräusche, Stöhnen und unterdrückte Schreie zu hören wären.

Die Eingaben waren zunächst von einem einzelnen Mann erfolgt, der als Außenseiter galt und nicht ganz ernstgenommen wurde.

Dann aber hatte sich das Revier doch mit der Angelegenheit beschäftigen müssen, weil auch andere Leute behaupteten, etwas gehört zu haben.

Zwei Beamte nahmen sich zunächst der Sache an und machten einen Besuch bei Professor Yondo, der als eigensinniger und menschenscheuer Arzt galt.

Die Polizisten waren die ersten Menschen seit langer Zeit, die Yondo in sein Haus ließ. Man hatte als Tarnung ein paar Fragen parat, um angeblich eine Mordsache zu klären. Dieses fingierte Verbrechen war zurechtgelegt worden, um überhaupt einen Grund zu haben, dem Professor in seinem abgelegenen Haus einen Besuch abzustatten. Angeblich hätte ein junger Mann in der Nähe des verwilderten Parks, der das einsame Haus Yondos umgab, einem Mädchen Gewalt angetan und es danach ermordet.

Yondo hatte mit gutem Gewissen behaupten können, daß ihm nichts aufgefallen war und er weder etwas gesehen noch gehört hatte. Bei der Begegnung mit dem alten, weißhaarigen Mann, der älter wirkte, als er in Wirklichkeit war, hatten sich die beiden Beamten unmerklich im Haus umgesehen und auch mit gespitzten Ohren aufmerksam auf die angeblichen Geräusche gelauscht, die es hier nach den Aussagen der Nachbarn und einiger Passanten geben sollte.

Es war auch kein Zufall, daß die beiden Männer vom 9. Revier zur Abendstunde in Yondos Haus gekommen waren. Denn nach Einbruch der Dunkelheit sollten sich die unheimlichen Geisterstimmen und Geräusche am deutlichsten entfachen. Doch den Polizisten fiel nichts auf. Unverrichteterdinge zogen sie wieder ab.

In ihrem nachfolgenden Bericht war denn auch von den »Hirngespinsten der umliegenden Bewohner« die Rede, die es offenbar darauf angelegt hatten, den menschenscheuen Professor auf Eis zu legen und ihn von hier zu vertreiben. Yondo war nicht beliebt.

Die Gerüchte aber verstummten auch nach dem Besuch der beiden Polizisten nicht. Im Gegenteil: Man behauptete, die Schreie hätten sich verstärkt. Irgend etwas Gespenstisches, Unheimliches oder Verbotenes müsse in dem Haus des Alten vorgehen. Er wohne doch allein darin. Wieso könne man dann Stimmen hören?

Man setzte daraufhin Reima Tanizaki auf die Spur.

Er hatte den Auftrag, die Dinge genau zu studieren. Aus allernächster Nähe, als stummer Beobachter, sollte er den Dingen auf den Grund gehen.

Gab es die geheimnisvollen Stimmen und Schreie wirklich? Beschäftigte sich der zurückgezogen lebende Mann mit verbotenen Experimenten, wie von bösen Zungen behauptet wurde? Ging in diesem Vorort Tokios etwas vor, das man fürchten mußte?

Alle diese Fragen sollte Tanizaki klären ...

Er löste sich jetzt lautlos von den Büschen und hielt sich im Schatten der Alleebäume auf, die die Straße flankierten. Die Ruhe in dieser abgelegenen Gegend war ungewöhnlich. Etliche Kilometer weiter spielte sich jetzt das hektische farbige Leben in den Vergnügungsstätten der japanischen Hauptstadt ab, schoben sich die Menschen unter den flimmernden Leuchtreklamen durch und an den hellerleuchteten Schaufenstern der Ginza vorbei, der Hauptgeschäftsstraße der Metropole.

Hier draußen aber wirkte die Umgebung beinahe ländlich.

Es gab größere Grünflächen als in der Stadt, weniger Geschäfte und um diese Zeit kaum Verkehr. Tanizaki hatte in zwei Stunden ganze fünf Autos gezählt, die die Straße passierten

Der Japaner duckte sich jetzt, bewegte sich an der Mauer entlang, die ein Anwesen umgab, und huschte dann über die düstere Straße.

Das Haus lag in tiefer Dunkelheit und geheimnisvoller Stille. Der Zaun, der das Grundstück eigentlich sichern sollte, war eine Farce. Er war an zahllosen Stellen durchbrochen, und jeder, der hier eindringen wollte, konnte das eigentlich tun.

Yondo war ein alleinstehender, alter Mann, der nicht mehr die Kraft hatte, Reparaturarbeiten an Haus und Zaun durchzuführen. Er legte überhaupt nicht viel Wert darauf, daß das Anwesen gepflegt und sauber wirkte. Die Wege waren mit Unkraut überwachsen, die Büsche standen verwildert, und die Hecken, die wie eine natürlich gewachsene Mauer direkt auf das Haus zuwuchsen, hätten längst beschnitten werden müssen. Die Hausfront selbst war von dichten, grünen Ranken bis an den ausschwingenden Dachvorsprung überwachsen. Einige Fenster waren schon gar nicht mehr zu erkennen, und wenn man außerhalb des Zaunes stand, dann kam man unwillkürlich auf den Gedanken, daß der Komplex hier immer mehr verfiel und daß eigentlich unmöglich noch jemand darin wohnen konnte.

Tanizaki war ein junger, sympathischer Bursche, fünfundzwanzig Jahre alt. Er verfügte über eine ausgezeichnete Kombinationsgabe und war seinen Vorgesetzten schon durch die klare Schilderung komplizierter Vorgänge und durch seinen Intellekt aufgefallen.

Die Dunkelheit und die dichtstehenden Baumreihen nahmen ihn auf.

Tanizaki glaubte nicht an ein Monster. Er dachte mit keinem Gedanken daran. Die Leute hier redeten viel, wenn der Tag lang war. Diejenigen, die hier lebten, waren keine Großstädter mehr, sie fühlten sich zum Land gehörig. Und diese Landbewohner hatten manchmal merkwürdige Ansichten. Sie waren scheu und abergläubisch und kamen auf die tollsten Ideen, wenn da etwas war, das sie nicht gleich begriffen.

Ein trockener Ast knackte unter seinen Füßen, und der Beamte verhielt in der Bewegung.

Sein Blick war wie in Hypnose auf die düstere, hinter Pflanzen und wildem Wein kaum wahrnehmbare Hauswand gerichtet. Er wünschte sich unwillkürlich, er könne jetzt die Wände mit seinen Blicken durchdringen und sehen, was es in den umfangreichen Kellergewölben des großen Gebäudekomplexes an Verborgenem und Geheimnisvollem gab.

Tanizaki hielt plötzlich den Atem an.

Es war ihm, als befände er sich mit einem Mal nicht mehr allein in dem großen, verwilderten Garten.

Jemand befand sich in seiner Nähe.

Tanizaki schluckte. Er verharrte in der Bewegung. Deutlich hörte er jetzt die Stimmen.

***

»Hallo?« John Parkinson atmete schwer, während seine fiebrig glänzenden Augen das Dunkel zu durchbohren schienen. Er glaubte hinter dem zerfließenden Nebel die Umrisse einer Schrankwand und davor ein breites, französisches Bett zu erkennen.

Er kroch über den Boden und spürte, daß es ein dicker Teppich sein mußte, auf dem er lag. Der Amerikaner befand sich halb in dem fremden Zimmer.

Sein Herz schlug so heftig, daß er das Gefühl hatte, seine Brust zerspringe. Der Ton des pochenden Organs schien laut und deutlich wie eine schlagende Uhr die Dunkelheit zu durchdringen.

Warum antwortete ihm niemand?

Er schob sich weiter in den düsteren Raum hinein, und es war ihm, als stünde auf einem kleinen Tisch neben dem Bett eine Lampe, die einen gelblichgrünen Schein verbreitete.

Parkinsons Hände tasteten sich über den teppichbelegten Fußboden. Der Amerikaner versuchte, sich auf das mitten im Raum stehende Bett zu ziehen, aber er rutschte ab.

Schwer schlug Parkinson mit dem Oberkörper auf. Da fühlte er etwas Weiches an seinen Fingerspitzen. Unwillkürlich streckte er die Hände weiter aus und ertastete den noch warmen, nackten Körper, der unmittelbar vor ihm unter dem Bett lag.

Verzerrt sah er plötzlich die Umrisse des weiblichen Körpers, der jedoch sofort wieder hinter einer Wand aus undurchdringlichem Nebel verschwand.

Die Frau war tot!

In Parkinsons Gehirn brauste es, als würde ein aufgepeitschter Ozean toben.

Er versuchte, mit den Problemen, die sich ihm stellten, fertigzuwerden, aber er schaffte es nicht. Die Dinge gingen über seine Kräfte.

Die Japanerin, die ihn hier in diesem Zimmer erwartet hatte, war erstochen worden. Eine klaffende Wunde befand sich in Höhe ihres Herzens.

»Wahnsinn ...« preßte er zwischen den Zähnen hervor und konnte nicht verhindern, daß sie klappernd aufeinanderschlugen, als erfasse ihn plötzlich ein Schüttelfrost. »Ich bin – in ein Irrenhaus geraten ...«

Für Parkinson gab es nur eine Lösung: Der Bursche, der ihm und dem Vermittler aufgelauert hatte, mußte auch das Mädchen ermordet haben!

Ein Amokläufer? Ein Irrer?

Minutenlang blieb Parkinson reglos neben der Leiche unter dem Bett liegen, ehe er erneut versuchte, auf die Beine zu kommen.

Er war ganz auf sich selbst angewiesen und benötigte dringend Hilfe.

Gab es ein Telefon in diesem Zimmer?

Er hatte sich darauf verlassen, daß vielleicht das Mädchen ihm helfen könne, aber ...

Parkinson gelang es unter unsäglicher Mühe, sich aufzurichten.

Er versuchte vergebens, auf die Beine zu kommen. Kraftlos fiel er über dem weichen Bett zusammen, vor dem er kniete.

Sein Atem ging röchelnd. Parkinson merkte, daß ihm bereits das Denken schwerfiel.

Wie aus weiter Ferne nahm er das Geräusch wahr.

»Ist da jemand?« Er wollte laut und deutlich fragen, aber es wurde nur ein dumpfes, gurgelndes Stöhnen. Er konnte die Worte nicht mehr artikulieren.

Ein Schatten fiel über seinen Körper.

Es war gut, daß John Parkinson nicht sah, wer sich ihm näherte.

Der Amerikaner fühlte, daß sich eine Hand auf seine Schulter legte. Dann wurde er brutal herumgerissen.

Parkinsons Augen weiteten sich. Der Schatten über ihm hatte die Umrisse einer menschlichen Gestalt.

Zwei kalte, behaarte Hände legten sich um Parkinsons Kehle und drückten zu.

Die Augen des tödlich Verletzten quollen aus den Höhlen. Für den Bruchteil eines Augenblicks wurde Parkinsons Blick vollkommen klar, und er sah seinen unheimlichen Mörder!

Es war eine Frau ...

Sie trug schulterlanges Haar, aber auch ihre starken Arme waren behaart bis zu den Handflächen. Unter der halb aufgeknöpften Bluse erkannte John Parkinson, daß auch der Körper von dichtem und borstigem Haar bewachsen war.

Ein Mensch? Nein, ein Ungeheuer, ein Wesen, halb Mensch, halb Tier ...

Die affenartigen Züge des gespenstischen Wesens waren zu einer häßlichen Fratze verzerrt. Dies waren die letzten Eindrücke, die der Amerikaner in eine andere Welt mitnahm.

Er merkte nicht mehr, wie sein Körper dumpf und schwer neben dem Bett aufschlug.

Er sah auch nicht mehr, wie das unheimliche, affenartige Wesen mit flinken Bewegungen zur Tür huschte und verschwand, lautlos und still wie ein Schatten.

***

Reima Tanizaki lauschte.

»... es wird niemand merken. Der Alte ist nicht zu Haus. Ich weiß es genau ...«, sagte die eine Stimme. Sie klang ein wenig heiser.

»Hast du dich hundertprozentig vergewissert?« fragte eine andere zweifelnd.

»Hast du jemals erlebt, daß ich oberflächlich war?« Die Erwiderung klang fast böse.

»Nein« sagte der andere. Seine Stimme klang weicher, und man merkte dem Sprecher an, daß er gewohnt war, Befehle entgegenzunehmen und nicht die Kraft hatte, sich zu behaupten. »Ich bin nur ein bißchen nervös. Das mußt du verstehen. Soviel Geld auf einem Haufen habe ich noch nie gesehen. Und wir wollen es schließlich behalten.«

»Der Coup war bestens vorbereitet, Jonka. Jetzt kann nichts mehr schiefgehen. Die gefährlichsten Augenblicke haben wir überstanden. In ganz Tokio werden sie jetzt nach uns suchen. Aber hier vermutet uns niemand. Das soll jedoch nicht heißen, daß wir uns hier heimisch einrichten werden. Wir lassen lediglich das Geld verschwinden, und dann nehmen wir unser ganz normales bürgerliches Leben wieder auf.«

Das Rascheln von Kleidungsstücken, die entweder abgelegt oder angezogen wurden, folgte unmittelbar nach der Bemerkung des ersten Sprechers. Tanizakis Lippen wurden zu einem schmalen Strich.

Dies hier hörte sich beileibe nicht an, als würden sich Geister unterhalten. Die beiden Burschen, die der junge Beamte wenige Sekunden darauf zu sehen bekam, als er sich vorsichtig um die Hauswand schob und den schattigen Winkel überblicken konnte, waren aus Fleisch und Blut. Und sie waren eifrig damit beschäftigt, die Uniformen auszuziehen, die sie trugen.

Tanizaki wagte kaum zu atmen. Auf den ersten Blick erkannte er, was hier geschah, und die ausführlichen Bemerkungen der beiden Männer sprachen für sich ...

Die beiden Geldräuber, nach denen Hunderte von Polizisten seit den späten Nachmittagsstunden ganz Tokio durchsuchten – standen hier keine drei Schritte von ihm entfernt und fühlten sich völlig sicher und unbeobachtet.

Gegen sechzehn Uhr war es zu einem der größten und dreistesten Überfälle auf einen Geldtransport gekommen, die es in Tokio jemals gegeben hatte.

Ein Wagen, der zwanzig Millionen Yen in drei großen, plombierten Säcken zu einer Bank transportieren sollte, wurde auf dem Weg nach dort in einer verhältnismäßig gut befahrenen Hauptstraße von zwei Polizeibeamten angehalten. Der Fahrer des Wagens und sein Begleiter, der den Transport überwachte, hielten sofort an, weil sie der Ansicht waren, eine wichtige Nachricht sollte ihnen von den beiden wartenden Beamten übergeben werden. Vielleicht wollte man sie auch warnen. Und dann nahm das bis ins Detail vorbereitete Spiel seinen verhängnisvollen Lauf ...

Die beiden als Polizisten verkleideten jungen Männer stiegen in den Wagen ein, bedrohten den Fahrer und den Wächter und bestimmten von nun an den Kurs des Geldtransportes. Unterwegs warfen sie die beiden Männer aus dem Wagen und machten sich aus dem Staub.

Von dem Auto fehlte bis zur Stunde noch jede Spur – ebenso von den beiden Männern, die diesen raffinierten Überfall perfekt ausgeführt hatten. Die beiden ursprünglichen Begleiter des Geldtransportes, der Fahrer und der Wächter, waren wohlauf. Ihnen war kein Haar gekrümmt worden. Geschickt und beinahe elegant war das Geschehen über die Bühne gegangen, ohne jeglichen Blutverlust, ohne Anwendung von Härte und Brutalität ...

Reima Tanizaki fuhr sich mit der Zunge über seine trockenen Lippen. Ein Zufall hatte ihn auf die Spur der beiden Räuber geführt, und er würde sich diese einmalige Chance nicht entgehen lassen!

Doch er war – trotz seiner Jugend – zu erfahren und zu vorsichtig, um jetzt etwas zu überstürzen.

Er prägte sich die Gesichter der beiden Männer ein, von denen keiner älter war als er.

Vor ihren Füßen lagen die drei Säcke. Einer von ihnen war geöffnet. Die Plombe fehlte. Gebündelte Scheine waren sichtbar.

Der vorhin mit Jonka Angesprochene nahm die Kleidungsstücke an sich und machte aus den Polizeiuniformen ein fein verschnürtes Paket.

Tanizaki fand es erstaunlich, daß die beiden Männer nicht noch größere Vorsicht und Ruhe zeigten. Sie fühlten sich in diesem abgelegenen verwilderten Garten offenbar vollkommen sicher.

Jonka lachte plötzlich. »Wenn der alte Knacker wüßte, welchen Wert seine baufällige Hütte mit einemmal repräsentiert, Omuru.«

Reima Tanizaki, der stille Beobachter der Szene, die sich ihm wie auf einer Kinoleinwand darbot, grinste still vor sich hin. Nun kannte er schon die beiden Namen der Männer, wußte, wie sie aussahen und war auch davon unterrichtet, welches Versteck sie gewählt hatten.

Er kam aus dem Staunen nicht mehr heraus.

Der mit Omuru Angesprochene näherte sich der Hauswand, ging in die Hocke und nahm dann aus dem Sockel des Gebäudes vorsichtig die schweren Quadersteine heraus, so daß sich in dem alten Bauwerk eine große, tiefe Öffnung in der Außenwand des Hauses bildete. Darin versteckten die beiden Männer rasch den einen Sack mit dem Geld.

Vorsichtig paßten sie die Steine wieder ein.

Was dann geschah, konnte Reima Tanizaki noch weniger verstehen, und ihm wurde bewußt, wie raffiniert die beiden Räuber ihren Coup vorbereitet hatten. Wochen zuvor schon mußten sie dieses Versteck beobachtet und dann für ihre Zwecke hergerichtet haben.

Yondos altes Haus war ein ideales Versteck.

Und daß die beiden Männer einen Schlüssel für dieses Haus hatten, war die nächste Überraschung, die Reima Tanizaki zu verdauen hatte.

Ein Nachschlüssel!

Das kam auch eindeutig durch die Bemerkung eines Gangsters zum Ausdruck, der sich darüber lustig machte, daß der alte Professor so wenig zu Hause war.

Das war für Tanizaki eine weitere Neuigkeit.

Auf der einen Seite hieß es, daß Yondo ein zurückgezogenes Leben führte, und hier nun mußte er erfahren, daß der alte Herr sehr oft außer Haus war. Was stimmte?

Offenbar das letztere, denn sonst wäre es den beiden Geldräubern wohl kaum möglich gewesen, während der letzten Zeit frei und unbeschwert ihre Vorbereitungen durchzuführen.

Die beiden Männer verschwanden in dem dunklen Haus. Die schwere Holztür verschlossen sie nicht hinter sich. Sie lehnten sie nur an.

Auf Zehenspitzen huschte der Beamte näher, warf einen Blick durch den Spalt der Tür und verbreiterte ihn dann ein wenig, um die beiden Burschen durch den tunnelähnlichen Korridor zu verfolgen.

»Ich fühle mich hier schon wie zu Hause«, bemerkte Jonka mit seiner weichen Stimme. »Es ist herrlich, wenn man sich irgendwo frei und ungezwungen bewegen kann, findest du nicht auch?« Da Omuru keine Antwort gab, fuhr er einfach fort: »Peinlich wäre es, wenn er ausgerechnet heute nacht zu Hause geblieben wäre ...« Jonka kicherte, dann erzählte er, daß der einsame Bewohner dieses stillen Hauses seit zehn Tagen regelmäßig abends nach Einbruch der Dunkelheit ausgeflogen war.

Durch den keineswegs leisen Dialog der beiden Räuber erfuhr Tanizaki mehr über das seltsame Leben des geheimnisumwitterten Professors, als die Männer im Revier überhaupt ahnten.

Danach verhielt sich Yondo im Prinzip wie eine Fledermaus, die nach Einbruch der Dunkelheit aufbrach und erst im Morgengrauen wieder in den Bau zurückkehrte.

»Ob er eine kleine Freundin in der Stadt hat?« meinte Jonka scherzend.

»Zuzutrauen wäre es ihm«, erwiderte Omuru. »Er sieht zwar schon etwas klapprig aus, aber der äußere Eindruck scheint zu täuschen.«

Die Stimmen wurden leiser, als die beiden Männer eine Gangbiegung passierten.

Reima Tanizaki hatte sich diese Nacht anders vorgestellt. Er hatte nicht damit gerechnet, dem Haus einen Besuch abzustatten, das sprach auch gegen den Auftrag, den er hatte. Außerdem hätte er gegen das Gesetz verstoßen, wäre er unangemeldet oder ohne ordentlichen Hausdurchsuchungsbefehl hier eingedrungen. Reima hielt sich an das Gesetz, das er vertrat. Jeder Polizist kannte seine Vorschriften. Wenn man das Gesetz vertreten wollte, mußte man es selbst schützen und respektieren.

Aber dieser besondere Umstand hatte die Situation verändert.

Es kam nun nicht mehr darauf an, Professor Yondos Haus zu beobachten, sondern die beiden Männer nicht aus den Augen zu verlieren, deren abenteuerliches Vorgehen in den Extra-Ausgaben der Abendzeitungen Furore gemacht hatte. Ganz Tokio hatte seit heute abend nur ein einziges Gesprächsthema: den raffinierten Überfall auf den Geldtransport.

Der Verfolger setzte sich den beiden Räubern auf die Spur. Tanizaki passierte den schmalen Korridor.

Nach etwa zehn Metern machte der Gang einen Knick.

Reima Tanizaki sah danach sofort die beiden Männer wieder, die den Rest des Geldes nun an einem Ort innerhalb des Hauses verbergen wollten. Offenbar wußten sie, daß hier ein Platz war, an den Yondo nie oder nur selten hinkam.

Es war ein ausgedehnter, mit Unrat und Abfall überfüllter Kellerraum. Ratten huschten zwischen altem Gestänge, Kisten und Kästen herum, als die Räuber in einem vorbereiteten Loch die beiden Geldsäcke verschwinden ließen und dann den Unrat über der Bodenöffnung aufzuschichten begannen.

Sie vermieden es dabei, geräuschvoll zu Werk zu gehen. Immerhin gab es in der unmittelbaren Nähe einige Nachbarhäuser, in denen Menschen wohnten.

»Das wäre geschafft«, sagte Omuru. Er reckte sich und stieß hörbar die Luft durch die Nase. »Den ganzen Kram lassen wir hier liegen, so lange wie nötig. Wir leben in der nächsten Zeit unser Leben weiter, wir machen uns nicht durch übermäßige Geldausgaben verdächtig. Sie werden ganz Tokio durchkämmen ...« Er lachte rauh. »Aber sie werden nichts finden!«

»Ein paar Scheinchen aber nehmen wir mit«, meinte Jonka. »Es muß toll sein, wenn ...«

»Red keinen Unsinn!« stieß der andere hervor. Seine Augen funkelten. »Wir lassen die Finger davon. Die Nummern der Noten sind notiert, darauf kannst du dich verlassen. In den nächsten Wochen spielt sich nichts ab, und damit basta.«

Jonka murrte, aber er sagte sonst kein Wort mehr. Er war es gewohnt, daß Omuru das Kommando führte.

Die beiden Männer warfen noch einmal einen Blick auf ihr Werk, schienen zufrieden und wandten sich dann um. Sie wollten das Haus des alten Professors verlassen, als es plötzlich geschah.

Ein markerschütternder Schrei, der eher aus dem Maul eines Urtieres als aus der Kehle eines Menschen zu kommen schien, erfüllte das nächtliche Haus und hallte schaurig und dröhnend durch das düstere Kellergewölbe.

Die beiden Geldräuber fuhren zusammen. Reima Tanizaki wirbelte herum und stellte fest, daß dem Schrei ein weiteres Geräusch nachfolgte.

Schritte hinter ihm?

Er sah die dunkle Gestalt, die keine Armweite von ihm entfernt an der Wand stand, in der Rechten eine entsicherte Pistole.

Tanizaki konnte das Gesicht des Mannes nicht erkennen. Es war vom Schatten völlig bedeckt.

Der in vielen Gefahren geschulte Beamte schätzte blitzschnell die Möglichkeiten ab, die er noch hatte.

Aus der massiven, rohen Mauer schob sich eine dünne, metallene Zwischenwand, die wie eine überdimensionale Tür den Weg hinter ihm versperrte.

Tanizaki hörte wie aus weiter Ferne plötzlich die Rufe und Schreie der beiden Geldräuber. Er vernahm, wie sie mit den Fäusten gegen Metall schlugen. Und dann mischte sich in dieses Schlagen und Klopfen und Rufen ein leises, zischendes Geräusch.

Gas?

Wie ein Panther sprang der Beamte nach vorn. Seine Reaktion erfolgte so schnell aus dem Stand heraus, daß dem Bewaffneten die Entwicklung der Vorgänge gar nicht richtig bewußt wurde.

Tanizakis Rechte traf die Schußhand des vor ihm Stehenden wie mit einem Dampfhammer.

Durch den Angriff löste sich ein Schuß.

Hart und trocken bellte er auf. Die Kugel schlug an die Decke, prallte ab und surrte als Querschläger nach unten; dabei streifte sie Reima Tanizakis Arm. Er hatte das Gefühl, ein glühendes Messer schlitze seinen Jackenärmel auf. Die Kugel verursachte eine tiefe Fleischwunde, die sofort heftig zu bluten begann. Der Verletzte achtete nicht darauf. Er mußte verhindern, daß sein unbekannter Gegner noch mal die Gelegenheit fand, einen Schuß anzubringen.

Ein erbitterter Kampf spielte sich in dem düsteren Gewölbe ab. Tanizaki war durch seine Verletzung gehandikapt, aber es gelang ihm, dem Gegner die Waffe aus der Hand zu schlagen.

Er drückte den kräftigen Widersacher, der verzweifelt versuchte, sich aus dem Polizeigriff zu lösen, an die Wand und schlug ihm das Handgelenk solange gegen die Mauer, bis die Waffe klirrend zu Boden fiel.

Die beiden Männer atmeten schwer. Über Tanizakis Stirn lief der Schweiß.

»Sie hätten sich die Unannehmlichkeiten ersparen können«, kam es da hart über die Lippen des Fremden, der ihn hier aufgespürt hatte, und von dem Tanizaki noch immer nicht wußte, um wen es sich handelte. Yondo konnte es nicht sein. Der Mann hier war muskulös. Yondo war alt, Mitte siebzig, und unfähig, einen solchen Kampf noch durchzustehen.

Ein fremder Mann in diesem Haus, von dem jeder glaubte, es würde nur von Yondo bewohnt?

Die Gedanken wirbelten wild in seinem Gehirn durcheinander. Er war auf ein Geheimnis gestoßen. Und er durfte jetzt nicht lockerlassen

Der Gegner konnte sich unerwartet losreißen, bückte sich und warf Tanizaki über seinen breiten Rücken. Schwer schlug der Beamte auf und lag sekundenlang auf dem kalten, rauhen Betonboden.

Tanizaki wußte, wenn es seinem Widersacher gelang, die Pistole an sich zu bringen, dann war es mit ihm zu Ende. Hier würde dann sein Leben verlöschen. Der andere war nicht mehr bereit, sich noch mal auf ein Risiko einzulassen.

Der Polizist handelte, ohne lange zu zögern. Mit schmerzlich verzogenem Gesicht rollte er sich herum, griff nach der Pistole und war eine Zehntelsekunde schneller als sein Gegner.

Dann erhob Tanizaki sich auf die Beine. Er mußte sich gegen die Wand lehnen, weil ihm durch die rasche Bewegung und die zunehmende Schwäche, die sich in seinen Gliedern ausbreitete, schwindlig wurde.

»Und jetzt heben Sie mal schön Ihre Hände in die Höhe«, sagte er scharf, ohne den Gegner aus den Augen zu lassen. »Ich glaube, das Blatt hat sich gewendet. Wir sollten uns irgendwo gemütlich zusammensetzen und ein wenig plaudern. Ich habe das dumpfe Gefühl, daß wir uns eine ganze Menge zu erzählen haben. Und der Hauptredner dabei werden wohl Sie sein.«

Mit der einen Hand die Pistole haltend, zog er mit der anderen die Taschenlampe heraus, die er immer bei sich trug.

Er schaltete sie ein und ließ den hellen, schmalen Lichtstrahl über die Gestalt gleiten, die benommen vor ihm stand.

Er starrte in ein abgekämpftes und haßerfülltes Gesicht.

Der Mann war mindestens fünfundvierzig Jahre alt. Zahlreiche Pocken- und Operationsnarben verunstalteten sein Gesicht. Das linke Auge fehlte. Eine dünne, pulsierende und feuchte Hautschicht bedeckte die tiefliegende Augenhöhle und hatte sie überwachsen; im Licht der Taschenlampe zeigten sich die zahlreichen Verästelungen der winzigen Blutgefäße, die diese Hautschicht mit Nahrung versorgten.

Doch Tanizaki war nicht der Typ, der sich durch Äußerlichkeiten beeinflussen ließ. Für ihn zählte der Mensch, egal, wie er aussah. Es kam darauf an, wie er lebte, was er aus diesem Dasein machte, welchen Charakter er hatte ... Aber in diesem Fall, so schien es dem drahtigen japanischen Beamten, deckte sich das äußere Bild offenbar mit dem der Seele.

»Sie gehen jetzt voran«, sagte Tanizaki scharf, und es gelang ihm hervorragend, die Schwäche zu vertuschen, die ihn quälte und in seiner Bewegungsfähigkeit beeinträchtigte. Er mußte auf dem schnellsten Weg etwas tun und die stark blutende Wunde verbinden. Das Blut lief seinen Arm entlang und tropfte über den Handrücken. Er mußte die Wunde abbinden, sobald sich Gelegenheit dazu bot. Aber diese Gelegenheit hatte er noch nicht. Der andere stand auf der Lauer und wartete nur auf einen unbedachten Augenblick, auf die geringste Nachlässigkeit.

Tanizaki schluckte. »Los, gehen Sie! Führen Sie mich zu Yondo! – Haben Sie vorhin geschrien?« fügte er unbeabsichtigt hinzu.

»Nein.«

»Wer ist sonst noch in diesem Haus untergebracht? Was wissen Sie darüber?«

»Ich habe keinen Grund, Ihnen Rede und Antwort zu stehen. Sie sind in dieses Haus eingedrungen! Ich werde Sie anzeigen!«

Tanizaki nickte. »Etwas Besseres könnten Sie gar nicht tun, dann wird Sie mein Kollege vom 7. Revier gleich weiterverhören. Sie sind dort zumindest genauso neugierig und wißbegierig wie ich.«

»Sie kommen von der Polizei?« klang die überraschte Frage. »Ich dachte – Sie gehörten zu denen?«

»Die beiden Burschen habe ich verfolgt, das ist alles. Und dabei bin ich auf eine interessante Spur gestoßen. Dieses geheimnisumwitterte Haus steckt voller Rätsel, so scheint es mir. Man hat das abseits gelegene Gebäude offenbar unterschätzt.«

Der andere nickte. »In Ordnung, ich führe Sie zu Yondo.« Seine Stimme klang rauh. Die Nerven hinter der leeren Augenhöhle zuckten, und Tanizaki verspürte ein merkwürdiges Gefühl im Magen.

Es kam ihm so vor, als könne man die dünne Haut mit dem Finger durchstoßen und direkt in das Hirn des seltsamen Mannes greifen.

Der Einäugige ging langsam vor ihm her. Tanizaki hielt sowohl die Waffe als auch die Taschenlampe auf den Vordermann gerichtet, um gegen jede Eventualität gewappnet zu sein.

»Es wäre vielleicht besser gewesen, Sie wären nicht hierhergekommen«, sagte der Einäugige mit leiser Stimme. Der Unterton der Drohung war nicht zu überhören. »Sie werden den Wunsch haben, niemals hierhergekommen zu sein! Gehen Sie, solange noch Zeit ist! Ich zeige Ihnen den Ausgang. Vergessen Sie, was Sie gehört und gesehen haben!«

»Was wurde aus den beiden Männern, die das Geld versteckt haben?« Tanizaki ging gar nicht auf die Bemerkung ein, die der andere geäußert hatte.

»Das weiß ich nicht.«

»Sie haben uns allen – aufgelauert?«

Der Gefragte lachte hart. »Dieses Haus erweckt immer den Eindruck, daß es einsam, verlassen und ruhig ist. In Wirklichkeit aber bewachen es tausend Augen ...«

»Wer hat vorhin geschrien?« Tanizaki hatte sich entschlossen, schon während des Weges durch den Kellergang die wichtigsten Fragen zu stellen.

Plötzlich blieb der Mann vor ihm stehen. Tanizaki reagierte sofort. Der andere drehte sich langsam um. Sein häßliches, abstoßendes Gesicht tauchte wie eine unwirkliche, fratzenhaft verzerrte Maske im Schein der Taschenlampe vor dem Beamten auf.

»Irgend jemand«, sagte er einfach.

»Das ist keine Antwort!« Reima Tanizaki hob nachdrücklich die Waffe. »Ich bin es gewohnt, daß man mir höflich und zuvorkommend antwortet, wenn ich ebenso frage.«

»Es war Tonko.«

»Tonko?«

Der Einäugige nickte. »Ja.«

So sehr Tanizaki sich auch bemühte, es gelang ihm nicht, dem anderen noch weitere Einzelheiten zu entlocken. Der Bursche schwieg, als hätte man ihm ein Pflaster auf den Mund geklebt.

»Weiter! Zu Yondo. So war doch unsere Abmachung.«

»Sie werden es bereuen«, lautete die gepreßte Erwiderung. Der Mann vor ihm stieg jetzt die ausgetretenen Kellertreppen in die Höhe und kam vor einer alten, schwarzen Holztür an. Ein verrosteter Riegel verschloß sie. Der Mann legte den Riegel um.

Dann ging er durch die Tür. Ein langer Flur lag vor ihnen. Dann wieder eine Tür.

Dahinter Geräusche.

Tanizaki hörte das leise, rhythmische und saugende Geräusch einer Pumpe. Irgendwo in einem riesigen Behälter sprudelte eine Flüssigkeit.

»Sie wollten es so haben«, sagte der Einäugige. »Yondo liebt keine Besuche. Wer unangemeldet in dieses Haus kommt – kehrt grundsätzlich nicht mehr zurück.«

Im ersten Augenblick hatte er das Gefühl, in das legendäre Labor des Baron von Frankenstein geraten zu sein. Eine Anzahl von flachen Arbeitstischen flankierte die Wand rechts neben der Tür. Farbige Kabel und zahlreiche gläserne Säulen hingen in einem hohen, bis zur Decke reichenden Gestell. Kleine Apparaturen summten und surrten, und hektische, farbige Schatten wurden an die Wände und die Decke geworfen.

Rechts hinter einer klapprigen Pritsche hing an der Wand eine riesige Karte, die die Entwicklung des Urmenschen zeigte, der sich angeblich aus dem Affen entwickelt hatte.

Genau in der Mitte des geräumigen, mit weißem Kalk getünchten Labors stand eine mehr als mannsgroße Glassäule, die auch etwa doppelt so dick war. In dieser Säule stand ein Wesen, groß, stark, gewaltig. Es atmete, und es stand bis zu den Knien in einer grünlich-gelben, sprudelnden Flüssigkeit, die langsam von einer unsichtbaren Pumpe abgesaugt wurde.

Der Einäugige trat einen Schritt zur Seite, als wolle er damit dem Mann hinter sich die Möglichkeit geben, die Dinge noch genauer und besser zu sehen.

Die Gestalt in der Säule war ein Mensch, der affenähnliche Züge trug.

Sein ganzer Körper war mit langen, dunklen Haaren bedeckt; die affenartigen Arme hingen kraftvoll und muskulös an den Seiten herunter.

Der Schädel des unheimlichen Wesens in der Retorte war ebenfalls dicht behaart, aber das Gesicht war frei und zeigte helle, menschenähnliche Haut und menschliche Augen. Nur der Mund war etwas aufgeworfen.

Die Ohren waren klein und standen ein wenig ab.

Die Größe und die Stärke des Ungeheuers irritierte und beschäftigte Tanizaki. Er begriff die Welt nicht mehr!

In der letzten Stunde war zuviel auf ihn eingestürmt. Er mußte es erst verdauen.

Es wurde ihm nicht bewußt, daß er die Waffe ein wenig gesenkt hielt. An der Reaktion des Einäugigen bemerkte er seine Nachlässigkeit. Aus den Augenwinkeln nahm er die Gefahr wahr. Sofort ruckte die Pistole wieder in die Höhe.

»Ich bin noch auf Draht«, sagte Tanizaki. »Ich kann mich auf zwei Dinge gleichzeitig konzentrieren, wenn es sein muß«, fügte er hinzu. Er wandte dabei kaum merklich den Blick und erkannte, wie schwer es ihm fiel, die Aufmerksamkeit von dem abzuwenden, was sich ihm hier bot. So etwas Eigenartiges war ihm noch nie begegnet.

Tausend Fragen drängten sich ihm auf, aber ihm wurde auch bewußt, daß er nicht mehr die Kraft aufbrachte, die Dinge hier zu einem guten Ende zu führen. Der hohe Blutverlust machte sich bemerkbar. Tanizaki mußte unbedingt seine Dienststelle benachrichtigen. Von dort konnte man sofort einige Leute herschicken, die sich der Sache annahmen.

Verbotene Experimente ... mit Menschen und Tieren ... mit ... Leichenteilen?

Die letzte Idee kam ihm, als er ein wenig den Blick wandte und auch die schattengleiche Gestalt in der Nische hinter der Glassäule mit dem affenartigen Wesen wahrnahm.

Tanizaki mußte die Augen zusammenpressen, um deutlicher zu sehen.

Auf einem kleinen Podest stand eine Gestalt, eine Frau offensichtlich, darauf wiesen die schulterlangen Haare hin. Ihr zierlicher Körper war nackt, an zahlreichen Stellen dicht behaart, so daß Brüste und Bauch kaum auszumachen waren. Die Arme wiederum waren zum Teil hell, zum Teil mit runden und eckigen fellähnlichen Hautstellen bewachsen.

Die Frau war tot, ausgestopft, wie eine Attrappe, die man zu Lehrzwecken aufstellte.

Tanizaki schluckte. Er hatte es mit Wahnsinnigen zu tun, denen das Handwerk gelegt werden mußte!

Gerade als er sich anschickte, nach Yondo zu fragen, den er noch immer nicht gesehen hatte, erscholl eine Stimme von links.

»Sie mögen zwar in der Lage sein, sich auf zwei Dinge gleichzeitig zu konzentrieren. Aber drei zu beachten und zu überblicken, das dürfte doch ein bißchen viel verlangt sein, zumal in Ihrem Zustand ...«

Reima Tanizaki wirbelte herum. Er starrte in die Richtung, aus der die Stimme kam, sah aber niemand.

»Lassen Sie die Pistole fallen«, fuhr der unsichtbare Sprecher fort.

Tanizaki gehorchte. Scheppernd fiel die Waffe zu Boden. Der Beamte sah, wie der dunkle Vorhang an der Seite links neben der Wand sich bewegte. Ein kleiner älterer Mann mit grauem Haar und dunklen, sezierenden Augen kam zum Vorschein. In der Rechten hielt er eine Pistole.

Professor Yondo!

»Sie dürfen nicht vergessen, daß mir nichts entgeht, was in meinem Haus passiert. Von außen mag es aussehen wie eine halbe Ruine. Aber in Wirklichkeit ist es eine befestigte Burg.« Seine Stimme hatte einen unangenehmen Unterton, der dem japanischen Kriminalbeamten Yondo sofort unsympathisch machte.

Der Professor war schmal, beinahe hager, sein Gesicht spitz und knochig. Die Backenknochen waren hoch abgesetzt, die Augen lagen tief in den Höhlen, und es schien, als sei dieser Mann schon seit Tagen nicht mehr ins Bett gekommen. Seine Haut war wächsern, müde und abgespannt.

Tanizaki schloß für einen Moment die Augen, als ein Schwächeanfall ihn überfiel. Er taumelte. Doch der Einäugige, der indessen die zu Boden geworfene Pistole aufgehoben hatte, kannte kein Pardon. Unbarmherzig trieb er den Beamten zu der Wand, neben der eine schmale Metalltür angebracht war. Dort gab es ein winziges, vergittertes Fenster. Als Tanizaki darauf zuging, konnte er einen Blick in den Raum dahinter werfen, und er sah zwei reglose Gestalten am Boden liegen.

Die beiden Geldräuber! Durch Gas vergiftet oder betäubt?

Der Polizist mußte sich gegen die Wand lehnen. Er spürte den Wunsch in sich aufsteigen, sich zu setzen; der Boden unter ihm bewegte sich wie unter einer heftigen Wellenbewegung auf und ab.

Yondo trat näher. Er legte die Pistole einfach achtlos auf einen der Arbeitstische.

Ein teuflisches Lächeln umspielte die Lippen des Alten. Er fuhr mit einer nervösen Handbewegung durch sein schütteres, graues Haar.

»Interessant, mein Reich, nicht wahr? Gerade in der letzten Zeit haben sich einige Leute immer stärker für das interessiert, was hier vorging. Nun, das war nicht ganz zu vermeiden. Völlig geräuschlos ging es hier seit einiger Zeit nicht mehr zu. Das brachten die Umstände mit sich ...«

Er wurde unterbrochen, als so ein Umstand sich in diesem Moment wieder ereignete.

Das ungeheuerliche, riesige Wesen unter dem Glaszylinder öffnete das affenähnliche Maul. Dann entfuhr den wulstigen, bebenden Lippen ein lauter, markerschütternder Schrei, dem jeder menschliche Ausdruck fremd war.

Die Glaswand rundum schien zu vibrieren. Dann wieder Stille.

Yondos Augen waren zu schmalen Schlitzen zusammengepreßt. Ein tiefer Atemzug hob und senkte seine schmale Brust.

»Tonko lebt«, kam es wie ein Hauch über seine Lippen. »Es war ein langer Weg bis zu diesem Augenblick. Er lebt seit schon Jahren, aber es war mehr ein Dahinvegetieren, ein Heranwachsen. Und Sie müssen verstehen, daß ich nach dieser langen Anlaufzeit nicht zulassen kann, wenn jetzt irgendwelche Störungen das außergewöhnliche Experiment in Frage stellen.«

Tanizaki leckte sich über die trockenen Lippen. »Ich weiß nicht, was Sie getan haben, aber ich sehe das Ergebnis. Yondo, Sie haben mit Menschen experimentiert ...« Die Stimme des Beamten klang schwach. »Sie werden sich der verdienten Strafe nicht entziehen können.«

In den Augen des Professors glitzerte es kalt. »Experimente mit Menschen?« Er lachte rauh. »Ihre Worte beweisen mir, daß Sie keine Ahnung von dem haben, was mir wirklich gelungen ist. Ich machte Experimente mit Menschen – ich tue es noch immer. Da drüben ...« Er wies auf die ausgestopfte, stark behaarte, häßliche Frau. »Ich kam darauf, als ich Zeuge des furchtbarsten aller Verbrechen wurde, des Atombombenabwurfs in Hiroshima! Ich war unter denen, die den Verletzten und um Hilfe Schreienden erste ärztliche Versorgung brachten. Ich opferte danach Jahre meines Lebens, studierte die neu aufkommende Strahlenheilkunde und verquickte sie mit meinem eigentlichen Ziel, das mir unerreichbar schien. Schon als junger Mann, unmittelbar nach Abschluß meines Medizinstudiums, war ich besessen von dem Gedanken, eines zu beweisen: woher der Mensch wirklich stammt! Ich wollte die Darwinsche Theorie zur Doktrin erheben. Der Mensch stammt vom Affen ab! Das war meine Ansicht, nichts konnte mich davon abbringen. Alles andere war Unfug. Da gab es Behauptungen, daß der Homo sapiens dem Meer entstiegen sei, daß seine Vorfahren Meerestiere gewesen wären. Noch absurdere Behauptungen wurden kürzlich in pseudowissenschaftlichen Werken aufgestellt, wonach die menschliche Rasse gewissermaßen von Sternfahrern, die irgendwann in einer tiefen Vergangenheit einmal die Erde besuchten, eingeschleppt worden sei! Idiotie! Zu diesem Zeitpunkt hatte ich schon feste Beweise. Tonko ist das entscheidende Glied. Er ist noch nicht ganz Mensch – aber auch nicht mehr ganz Affe. Eine Zwischenstufe gewissermaßen. – Aber ich will nicht abweichen.« Es schien ihm Freude zu machen, so ausführlich und offen über die Dinge sprechen zu können, die er entdeckt und geleistet hatte. »Noch einmal zurück nach Hiroshima, sagen wir in die Zeit danach, einen Monat später, zwei Monate später – ich kümmerte mich um die schwersten Fälle. Viele Menschen starben uns unter den Händen weg. Aber von Frauen und Männern, die das Inferno überlebten, wurden Kinder gezeugt. Und dafür interessierte ich mich am meisten. Die Beeinträchtigung der Gene durch radioaktive Bestrahlung kennt heute jedes Kind. Es kamen Säuglinge auf die Welt, die nur noch entfernt menschliche Züge hatten. Kinder ohne Gehirn, ohne Sinnesorgane. Totgeburten, einzige Fleischklumpen, die überhaupt keine Ähnlichkeit mit irgendeiner menschlichen Form hatten. Doch es überlebten auch Säuglinge, die nur – scheinbar – kleine Schäden davongetragen hatten. Girma hier ...« Er wies auf den Einäugigen, der Tanizaki in Schach hielt, »ist eines dieser bedauernswerten Geschöpfe. Er kam ohne das linke Auge zur Welt. Ich arbeitete daraufhin lange in Heimen, in denen diese Mißgeburten, die eindeutig Strahlenschäden aufwiesen, untergebracht waren. Und eigenartig: Gerade hier mußte ich immer wieder an meine Theorie denken, die ich beweisen wollte.«

»Ich verstehe das Ganze nicht«, bemerkte Tanizaki, als Yondo eine Pause einlegte, um einen der flachen Tische herumkam und in unmittelbarer Nähe vor dem behaarten Koloß in der Glassäule stehenblieb.

Der Grauhaarige lächelte. »Wie sollten Sie auch, mit Ihrem Spatzengehirn! Ich habe ein ganzes Leben gebraucht, um es zu verstehen. – Vielleicht klingt auch alles ein bißchen widersprüchlich. Doch ich muß so ausführlich werden, damit Sie begreifen, worum es geht. Es muß doch schrecklich für Sie sein – zu sterben, ohne zu wissen weshalb! Sie waren neugierig, umsonst drangen Sie nicht hier ein! Und diese Neugierde werde ich jetzt befriedigen, damit hat es sich ...«

Yondo kam auf Tierversuche zu sprechen, die er schon als junger Mann vorgenommen hatte. Dabei hatte er stets ein typisches Exemplar einer Rasse mit dem typischen Exemplar einer anderen Rasse gepaart. Yondo erzählte von einem Urhuhn, das er zu züchten versuchte.

»Ich nahm die Eier einer Henne, die von einem besonders struppigen und großen Hahn befruchtet worden war, und ließ sie ausbrüten. Das größte, struppigste und meinem Empfinden nach urtypähnliche Huhn ließ ich wieder von einem Hahn befruchten, der ähnliche typische Kennzeichen trug. Wieder erhielt ich als Ergebnis Nachkommen, die diese von mir beabsichtigten Merkmale noch stärker zum Ausdruck brachten. Es war also möglich, durch typische Vertreter einer Rasse gewissermaßen eine Rückzüchtung vorzunehmen. – Das gleiche mußte beim Menschen der Fall sein. Wenn man Typen fand, die primitiv waren, die urweltliche Züge hatten, wenn man diese Typen miteinander paarte, dann mußte das Ergebnis ein Mensch sein, der die Merkmale der Eltern in verstärktem Maße widerspiegelte. Dieser Mensch, ausgewachsen, müßte dann wiederum mit einem Wesen jener typischen Gattung sich paaren, und es würde ein Wesen herauskommen, das die Züge der Erzeuger wieder verstärkt tragen würde. Und immer so weiter – bis zu jenem Punkt, an dem eines Tages die Gesichtszüge des – Neandertalers zum Vorschein kommen würden ...«

Spätestens in diesem Augenblick wurde Tanizaki klar, daß er es mit einem gefährlichen Irren zu tun hatte.

»Aber das alles ist eine Theorie, durchführbar über viele Generationen. Was hätte ich davon? Ich würde die Früchte meiner Arbeit nicht mehr sehen ...« Yondo sprach wie im Fieber. Der kleine nervöse Mann schien mit einer magnetischen Kraft geladen. Er strahlte eine seltsame Unruhe aus. »Die Radioaktivität hatte die Gene verändert, davon sprach ich schon. Veränderte

Menschen waren entstanden, Mutationen. Es gab Menschen mit sechs Fingern an der Hand, sogar welche mit zwei Köpfen waren geboren worden. Sie überlebten die Geburt nur um wenige Tage. Bei vielen Neugeborenen, die von strahlengeschädigten Eltern gezeugt wurden, zeigten sich auch erst im Lauf der Zeit – nach vielen Jahren – Veränderungen. Man konnte also durch die Radioaktivität Veränderungen schaffen. Ich kam auf die Idee, meine Versuche aufzunehmen, als ich einem Kind begegnete, das am ganzen Körper ungewöhnlich stark behaart war und deutlich affenähnliche Züge trug. – Hier waren Generationen übersprungen worden! Der Einfluß der Radioaktivität hatte die Erbanlagen drastisch verändert.«

Tanizaki warf unwillkürlich einen Blick zur Seite, hinüber zu dem riesigen Glaszylinder, in dem das atmende, aber sonst unbewegliche Ungeheuer stand.

»Dieses Kind ...« begann er.

Yondo schüttelte den Kopf. »Wurde nur zehn Jahre alt. Tonko wurde nicht geboren, um auch dies gleich klarzustellen. Er wurde nicht von Eltern gezeugt. Er hat weder Vater noch Mutter. Ich habe ihn geschaffen – in der Retorte ...«

***

An der Seite Larry Brents ging die schöne Keiko Yamado, eine einundzwanzigjährige Japanerin, die einer Geheimdienstgruppe ihres Landes angehörte. Keiko Yamado hatte durch eine Reihe ungewöhnlicher Praktiken auf sich aufmerksam gemacht, die sie selbst entwickelt und dabei innerhalb von zwei Monaten eine Terrorbande in der Umgebung von Tokio praktisch allein ausgeschaltet hatte.

Das Mädchen war zierlich, bildschön, und man traute ihr nicht einmal zu, daß sie die Aikido und Taek-won-do-Technik beherrschte, eine moderne Form der Angriffs- und Selbstverteidigung, in der auch Larry Brent nach seinem Eintritt in die PSA unterrichtet worden war.

Die Japanerin hatte das Interesse des Leiters der »Psychoanalytischen Spezialabteilung (PSA)« geweckt. Der Teufel mochte wissen, wie X-RAY-1 an die Informationen herangekommen war. Doch hier zeigte sich wieder einmal, daß seine Verbindungen weltweit waren und höchste Stellen mit ihm konferierten. Was Larry Brent bisher über seinen Chef, des« geweckt. Der Teufel mochte wissen, wie X-RAY-1 an die Informationen herangekommen war. Doch hier zeigte sich wieder einmal, daß seine Verbindungen weltweit reichten und höchste Stellen mit ihm konferierten. Was Larry Brent bisher über seinen unsichtbaren Chef, dessen Identität ihm nicht bekannt war, ebenso auch den anderen Agenten nicht, in Erfahrung gebracht hatte, war sehr wenig. Es hieß, daß der Chef New York kaum verließ. Von seinem Schreibtisch aus organisierte er die Einsätze seiner kleinen Spezialgruppe, plante und recherchierte von dort aus.

Nebenher war X-RAY-1 auch immer noch auf der Suche nach neuen Agenten. Dabei stützte er sich auf Informationen, die ihm aus den eigenen Reihen zugingen, und auf Mitteilungen, die ihn über verschiedene Geheimstellen erreichten.

Larry Brent konnte sich nicht daran erinnern, in der letzten Zeit ein paar ruhige Tage verbracht zu haben.

Sogar sein Aufenthalt hier, der im Vergleich zu dem, was ihn sonst erwartete, wie eine Ruhepause aussah, war in Wirklichkeit ein offizieller Auftrag.

X-RAY-1 hatte die Absicht gehabt, selbst nach Japan zu reisen. Doch eine plötzliche fieberhafte Erkältung brachte ihn von seinem Vorhaben ab.

Larry fand am gleichen Morgen einen diesbezüglichen Hinweis auf dem Schreibtisch seines Büros. In einer Bandaufnahme sprach X-RAY-1 zu ihm und forderte ihn auf, einen bereits für ihn gebuchten Flug anzutreten. Larry Brent sollte sich einen ersten persönlichen Eindruck von Keiko Yamado, der Superagentin Japans, verschaffen und ihr eine Einladung des PSA-Leiters übergeben.

Larry hatte der jungen, charmanten Agentin in groben Zügen die Arbeitsmethoden und den Aufbau der PSA plausibel gemacht. Außer ihr wußte nur eine weitere Person in Japan von dem eigentlichen Zweck der Reise Larry Brents; das war der Polizeichef Eitura Keimatse. Gemeinsam mit seiner jungen Gattin ging er hinter dem Amerikaner her.

Außer dem persönlichen Gespräch mit Keiko und der Überreichung der Einladung zu einem anspruchsvollen und ungewöhnlich harten Test, den nur die Besten bestehen konnten, hatte X-RAY-3 den Auftrag, auch einen kurzen Besuch in Hongkong zu machen. Dort war eine zweite Einladung zu überbringen, und zwar an Su Hang. Auf diese Begegnung freute Larry sich ganz besonders. Die kleine Chinesin, mit der er bereits zwei außergewöhnliche Horror-Fälle hinter sich hatte, rettete einmal sein Leben. Die Sache mit den Fliegen ließ Larry noch heute erschauern, wenn er daran dachte. Doch zum Glück gab es außer den düsteren und gruseligen Stunden, die er in Hongkong verbracht hatte, auch einige Sonnenseiten. Die eine davon war Su Hang, und

X-RAY-3 freute sich schon jetzt auf das Wiedersehen mit der Chinesin, die nach einem staatlichen Polizeidienst schließlich als Privatdetektivin tätig geworden war. Den letzten Briefen, die er von ihr erhalten hatte, war zu entnehmen, daß sie zwischenzeitlich eingehende psychologische Studien betrieb. Gesetzt den Fall, ihr Wissen war schon so weit gediehen, daß sie die Grundbedingungen für eine Aufnahme in die PSA erfüllte, dann stand nur noch der harte Körper- und Intelligenztest offen. Die Anforderungen, die X-RAY-1 an seine männlichen und weiblichen Agenten stellte, waren besonders hoch.

Der ungewöhnliche Intelligenzquotient, den Larry erreicht hatte, als er zum erstenmal mit der PSA in Berührung kam, lag weit über dem der anderen Agenten, und X-RAY-1 hatte seinen Neuling seinerzeit als X-RAY-3 eingereiht. Die Serie der Bezeichnungen ging von eins aufwärts und endete bei zwanzig. Über dieser Zahl gab es nichts. Die Schlüsselzahl 20 bedeutete die äußere Grenze, die der Leiter der PSA sich gesetzt hatte. Es würde niemals einen Agenten Nummer 21 geben.

Die gleiche Bezeichnungsmethode hatte man bei den weiblichen PSA-Agenten eingeführt, nur wurde die Ziffer in diesem Fall durch einen Buchstaben ersetzt.

Larry Brent ging am Arm seiner hübschen Begleiterin und plauderte mit ihr. Keiko Yamado sprach ein fast perfektes Englisch. X-RAY-3 flocht in seine Ausführungen gelegentlich einen japanischen Begriff ein, den er an diesem Abend gelernt hatte. Er fand die japanische Sprache sehr schwierig und war der Überzeugung, sie niemals zu lernen.

Keiko lächelte. Ihr puppenhaftes Gesicht wandte sich ihm zu. »Sie werden – Sie müßten nur öfters hier sein, das ist alles.« Die Zähne in ihrem gelbbraunen Gesicht glänzten wie Perlen. Ihre Lippen schimmerten verführerisch. »Japanisch ist eine wundervolle Sprache. Es gibt so viele schöne Begriffe, die Sie in Ihrer Sprache nur unvollkommen oder gar nicht ausdrücken können.«

»Ich weiß.« Larry winkte ab, während er am Straßenrand wartete, um eine Autokolonne vorüberzulassen. »Sobald ich nach Amerika zurückkehre, werde ich eine Privatlehrerin engagieren ...«

Unwillkürlich mußte er dabei denken, daß dies vielleicht sogar Keiko werden könne. Ein leises Lächeln umspielte die markanten, scharfgeschnittenen Lippen des sonnengebräunten sportlichen Mannes. Aber dann fiel ihm ein, daß er der chinesischen Sprache ein ebensolches Interesse entgegenbrachte.

Und hier hatte er Su Hang schon einmal versprochen, bei jeder Begegnung mit ihr ein paar neue Begriffe und Vokabeln zu lernen ...

Und als dritte weibliche Hauptperson in seinem Leben gab es last but not least die charmante, verlockende und sexy aussehende Schwedin Morna Ulbrandson, mit der Larry mehr als nur kollegiale Zusammenarbeit und Freundschaft verband. Und mit Morna lernte er seit einiger Zeit – schwedisch ...

Sie überquerten die Straße. Auf dem Parkplatz, der zwei Häuserblöcke weiter lag, standen die Autos, mit denen sie gekommen waren.

Eitura Keimatse, der Polizeichef, gesellte sich mit seiner Gattin neben den Amerikaner und die Geheimdienstagentin Keiko.

Keimatse war ein untersetzter, gemütlicher Typ, immer zu einem Scherz aufgelegt und mit sich und der Welt zufrieden.

»... eigentlich sollte ich Ihnen böse sein, Mister Brent.« Keimatse hatte eine angenehme, ruhige Stimme. »Sie kommen aus einem fremden Land und entpuppen sich als eine Art moderner Mädchenhändler.«

Larry lachte. »Ich entführe sie Ihnen nicht, Keimatse. Wenn sich die PSA-Leitung für eine neue Mitarbeiterin interessiert und sie aus einem ganz bestimmten Land anfordert, dann ist anzunehmen, daß diese Mitarbeiterin auch hauptsächlich in ihrem Land wieder eingesetzt wird. Das ist nur eine Vermutung von mir, kommt aber sicher der Wahrheit sehr nahe. Der bisherige Stamm der Agenten und Agentinnen operierte in allen Teilen der Welt. Dabei hat es immer wieder – aufgrund der Besonderheiten eines Volkes – auch Komplikationen gegeben, die nun offenbar ausgeschaltet werden sollen.«

Keiko Yamado öffnete ihr kleines, perlenbesetztes Handtäschchen und sagte, daß sie nur den Wagen aus der Parklücke holen wolle. Das Auto stand in der hintersten, dunklen Ecke des Platzes. Um nach dort zu kommen, mußte die Agentin einen vorgebauten Häuserblock umgehen. Sie verschwand im Kernschatten des Hauses, wo das Licht der Straßenlaternen und der Neonreklamelichter sie nicht mehr erreichte.

Larry Brent stand plaudernd bei dem japanischen Ehepaar, als er den dumpfen, unterdrückten Aufschrei hörte, dann schlug eine Autotür zu. Geistesgegenwärtig warf Larry sich herum, stürmte um die vorspringende Hauswand und starrte hinüber zu der Reihe der parkenden Wagen, die vor der hohen Mauer standen, die den Platz begrenzte.

Gleich rechts befand sich eine Ausfahrt.

»Larry!«

Er hörte, daß Keiko seinen Namen rief. Und das war auch der letzte Ton, der über ihre Lippen kam. Brent erblickte zwei dunkle Schatten. Zwei Gestalten, die wie Spinnen aneinanderklebten.

Die eine Gestalt mußte Keiko sein, die neben dem Wagen gestanden hatte, um ihn aufzuschließen. Ihr war aufgelauert worden. Wer aber war die andere?

X-RAY-3 verlor keine Sekunde mehr. Er hörte noch die raschen, dumpfen Schritte hinter sich. Offenbar hatte auch Keimatse inzwischen gemerkt, daß hier etwas vorging.

Der Amerikaner beeilte sich. Er wollte keine Zeit verlieren, als er sah, daß Keiko Yamado brutal in ihren dunkelblauen Chevrolet gestoßen wurde. Die andere Gestalt warf sich blitzschnell hinter des Steuer des Sportwagens, dessen weißes Verdeck geschlossen war.

Der Motor sprang an, und die Scheinwerfer strahlten grell gegen die Mauer. Der Wagen machte einen Satz nach hinten.

Larry Brent erreichte ihn in diesem Augenblick. Er faßte die Tür zum Fahrersitz und wollte sie aufreißen, aber die Tür war von innen gesichert.

Der Mann hinter dem Steuer gab Gas, riß den Wagen herum und startete erneut.

X-RAY-3 wurde durch die Gewalt des Manövers zu Boden geschleudert. Für den Bruchteil eines Augenblicks schwebte er in höchster Lebensgefahr, als der brutale Fahrer den Wagen so steuerte, daß die Vorderräder unbedingt über den am Boden liegenden Agenten rollen mußten.

Schweiß perlte auf Larry Brents Stirn.

Er rollte sich herum und wich um Haaresbreite den durchdrehenden Reifen aus.

X-RAY-3 kam halb unter einen anderen Wagen zu liegen, schnellte aber wie ein Pfeil wieder nach vorn, warf sich auf das Heck des vorüberschießenden Wagens und konnte sich an der überstehenden Chromleiste festkrallen.

Brent sah noch, daß Keimatse und seine Frau um die Ecke eilten und wie von Sinnen dem davonrasenden Wagen nachblickten, auf dessen Kofferraum er lag und versuchte, sich einen festeren Halt zu geben, um nicht abzurutschen.

Der Chevrolet schoß hinaus auf die Straße. Durch das Rückfenster sah der Amerikaner, daß Keiko Yamado offenbar ohnmächtig war. Reglos lag sie halb über dem Sitz neben dem Fahrer. Ihre Arme hingen über der Rückenlehne, ihr Kopf lag seitlich. Sie hatte den Mund halb geöffnet. Unterhalb der Schläfe des kurzgeschnittenen, modern frisierten Haares sickerte ein dunkler Blutstropfen hervor, und es sah so aus, als wäre Keiko mit einem spitzen Metallgegenstand, vielleicht mit einem Messer, gefährlich verletzt worden.

Larrys Lippen wurden schmal. Seine Augen waren hart.

Er versuchte, sich hochzuziehen. Seine Fingernägel krallten sich in das Textildach des Sportwagens.

Er nahm die Dinge, die sich um ihn herum abspielten, nur beiläufig wahr. Er sah die dunklen Gassen, durch die der Chevrolet raste, und die kleinen, finsteren Häuser huschten wie Schemen an dem wie irrsinnig beschleunigten Fahrzeug vorbei.

Larry Brent war in diesen Sekunden nicht mehr sicher, in welchem Teil Tokios er sich befand. Er wußte nur, daß es eine Vielzahl von dunklen, abseits gelegenen Gassen gab, die direkt auf die Ginza führten. Von dieser Prachtstraße waren sie vor wenigen Minuten gar nicht allzu weit entfernt gewesen. Aber der geheimnisvolle Fahrer, der den Wagen Keiko Yamados an sich genommen hatte, schien kein Interesse daran zu haben, auf dem belebtesten Boulevard Tokios mit einem gestohlenen Wagen zu fliehen.

Durch das rückwärtige Seitenfenster gelang es Brent, einen besseren Blick in das Innere des Sportwagens zu werfen. Er sah das lange, bis auf die Schulter fallende Haar des Fahrers.

Eine Frau?

Er erblickte die Unterarme und die Hände, die das weiße Lenkrad hielten.

Schlanke, zierliche Arme – aber behaart bis zu den Knöcheln! Dicht behaart. Es sah beinahe so aus, als wäre der Körper der Fahrerin von einem Fell bewachsen ...

X-RAY-3 zog sich weiter in die Höhe. Es war mit Schwierigkeiten verbunden. Der Fahrtwind pfiff ihm um die Ohren, und das irre Tempo, das der Fahrer auf dieser nicht gerade als eben zu bezeichnenden Straße vorlegte, bereitete dem Amerikaner, der wie eine Spinne hinter dem Heckfenster kauerte, zusätzliche Strapazen.

Er biß die Zähne zusammen, zog sich in die Höhe und kam mit dem Oberkörper auf das Verdeck. Er mußte sich beeilen. Der unheimliche Fahrer, dessen Aussehen ihn eher an ein Monster als an einen Menschen erinnerte, gab abermals Gas und legte den letzten Gang ein, als er die Ausfallstraße erreichte, die in die Randbezirke der Millionenstadt führte.

Nur wenige Autos waren unterwegs; dennoch kam es beinahe zu einem

Unfall. Der Fahrer des gestohlenen Chevrolets steuerte an einen Lkw heran, so daß nur noch wenige Millimeter zwischen den Rädern der beiden Fahrzeuge frei waren.

Die Finger des nach einem Halt suchenden Agenten wären zerfetzt worden, hätte Larry nicht geistesgegenwärtig die Hand zurückgezogen. Er knallte seine Faust auf das nachgebende Dach des Sportwagens. Als der Chevrolet an dem Lkw vorüber war, fühlte X-RAY-3 den gefährlichen Sog, der ihn vom Wagen zu wehen drohte. Doch auch diese Gefahr überstand er ohne Schaden.

Der Fahrer setzte jetzt alles auf eine Karte, um seinen unbequemen Konkurrenten abzuschütteln. Er fuhr den Chevy mit höchster Geschwindigkeit. Die fast leere Ausfallstraße ermöglichte ihm ein solches Manöver.

Dabei fuhr der Entführer keineswegs kerzengerade. Er lenkte den Wagen von einer Straßenseite der doppelten Fahrspur auf die andere und fuhr Schlangenlinien, um Larry Brent das Leben so schwer wie möglich zu machen.

Dann kam die gefährliche Rechtskurve, die der Unheimliche viel zu schnell ansteuerte.

Larry hatte das Gefühl, eine Titanenfaust würde ihn packen und anheben und vom Dach des Sportwagens schieben.

Er wurde mit aller Macht auf die Seite gedrückt, konnte sich nicht mehr halten und rutschte ab. Seine Beine schlugen gegen die Tür zum Fahrersitz. Für Sekundenbruchteile schwebte Brent zwischen Leben und Tod.

Er merkte, wie der Griff seiner Finger sich lockerte.

Larry Brent schrie leise auf. Plötzlich fanden seine Füße Halt auf dem Trittbrett des Wagens.

Sofort faßte er wieder nach und fand neuen Halt auf dem Dach, als die Kurve ausschwang und der Fahrer weiter mit unverminderter Geschwindigkeit durch die Nacht raste.

Als X-RAY-3 zur Hälfte wieder über dem Dach lag, merkte er, daß das Seitenfenster heruntergekurbelt wurde.

Sogleich packte eine kräftige Hand nach ihm und zog sein linkes Bein nach unten. X-RAY-3 warf einen Blick zurück. Er wußte, daß er das Bild nie in seinem Leben vergessen würde.

Es waren die Finger einer Frau, die sein Fußgelenk umfaßten. Schlanke, gepflegte, zarte Finger – aber darüber, unmittelbar über dem Gelenk, begann ein dichtes, grobes Pelzwerk!

Larry Brent erschauerte. Er versuchte sich vorzustellen, wie die Frau wohl im Gesicht aussah.

Mit verzweifelter Kraftanstrengung versuchte er sich loszustrampeln. Es war nicht einfach. Unter normalen Umständen hätte er seine Hände genommen und den Griff gelockert. Aber wenn er jetzt losließ, dann flog er von dem rasenden Wagen wie ein welkes Blatt im Herbstwind.

Seine Gegnerin wollte ihn zu einer Kurzschlußhandlung verführen. Aber diesen Gefallen tat ihr der Amerikaner nicht. Verbissen kämpfte er und konnte auf das heruntergekurbelte Fenster zu treten. Mit Schwung schob er sich auf das Dach hinauf, ehe die seltsam behaarte Dame hinter dem Steuer, der es auf einen Mord mehr oder weniger nicht anzukommen schien, abermals zugreifen konnte.

Sie riskierte alles. Sogar ihr eigenes Leben. Wenn es zu einem Unfall kam, dann würde bei dieser wahnwitzigen Geschwindigkeit keiner mit dem Leben davonkommen.

Larry preßte sich auf das Dach, um dem Wind so wenig Angriffsfläche wie möglich zu geben. Die Haare wehten in sein Gesicht.

Er hatte jetzt einen verhältnismäßig guten Halt. Während die Fahrt des Chevrolets mit unverminderter Geschwindigkeit in die Randbezirke der Metropole des Nippon-Reiches führte, löste Larry den Griff seiner Hand und versuchte seine Hosentasche zu erreichen. Dort heraus zog er mit einem einzigen Griff das kleine Taschenmesser. Er ließ es aufschnappen, dann fing er an, das Textildach des Chevrolets zu durchstoßen. Es knirschte und krachte, als die Klinge das Material zerschnitt. Die Spannung des Bezuges unter ihmgab nach. Larry ließ sich etwas nach hinten rutschen. Er wollte verhindern, daß er mit seinem ganzen Körpergewicht durchbrach. Es kam ihm nur darauf an, eine Öffnung zu schaffen, durch die er greifen konnte. Vielleicht konnte er damit die Fahrweise beeinflussen ... ?

Schon in den ersten Minuten nach dem großen Schnitt in das Dach des Sportwagens spürte Brent die Folgen seines Handelns. Die behaarte Fahrerin reduzierte die Geschwindigkeit. Offenbar irritierte sie das Vorgehen des Mannes, der geistesgegenwärtig aufgesprungen war und den bisher selbst die brenzligsten Situationen nicht davon abgebracht hatten, seinen luftigen Beifahrersitz zu verlassen.

Larry Brent gab sein verzweifeltes Bemühen nicht auf, das Dach noch weiter aufzuschneiden. Er brachte eine fast quadratische Öffnung zustande, die groß genug war, um seinen Kopf durchzustecken.

»Geben Sie auf«, kam es hart über die Lippen des Agenten. Er starrte nach unten in das Innere des Fahrzeugs. Brents ganze Besorgnis galt der offensichtlich verletzten Keiko Yamado, die sich noch immer nicht regte.

»Ich habe keinen Grund«, erklang es zurück. Es war eine rauhe, unangenehm tiefe Stimme, wie sie normalerweise nicht zu einer Frau paßte.

Die Langhaarige drehte ein wenig den Kopf, hob die Stirn – und Larry Brent erschauerte, als er das von den dichten, langen Haaren umrahmte Gesicht der Frau sah.

Hinter dem Steuer des Chevrolets saß kein Mensch, sondern ein affenartiges Wesen! Die Augen waren rund, glotzten ihn haßerfüllt und vernichtend an. Die Nase breit und platt, der Mund aufgeworfen ...

Aber es war eine Frau, und sie bediente sich der menschlichen Sprache!

»Sie sind sich wohl darüber im klaren, daß ich den längeren Atem habe, Mister.« Sie sprach japanisch, mischte aber einige Brocken Englisch darunter, weil Larry sie in dieser Sprache angesprochen hatte und sie offenbar über einige Kenntnisse verfügte.

Alles, was sie sagte, verstand er nicht, aber er konnte sich aus den Fragmenten ein Bild machen: Sie gab ihm zu verstehen, daß es in ihrer Hand lag, sie alle drei zum Teufel zu schicken. Ihre Skrupellosigkeit kannte keine Grenzen. Sie hatte ein Ziel, sie wollte irgendwohin, aber er begriff nicht, was es war. Doch sie ließ auch keinen Zweifel daran, daß sie bereit war, alles aufs Spiel zu setzen und sie alle zu vernichten, auch auf die Gefahr hin, daß sie ihr Ziel nicht erreichte.

»Wer sind Sie? Was hat man mit Ihnen gemacht?« Larry Brent bemühte sich, seine geringen Japanisch-Kenntnisse mit Englisch zu vermischen, um eine so breite Gesprächsbasis wie möglich zu haben.

Es war eine merkwürdige Situation. X-RAY-3 lag auf dem zerschnittenen Dach des Sportwagens und sprach mit einem monsterähnlichen Geschöpf, das halb Tier, halb Mensch war. Er begriff instinktiv, daß dieses Wesen hinter dem Lenkrad ein furchtbares Schicksal erlebt haben mußte. Wenn man den Grund kannte, war es vielleicht eher möglich, nachzuhaken und dieses seltsame weibliche Geschöpf von einer menschlicheren Seite zu sehen und zu begreifen.

»Ich mache Ihnen einen Vorschlag«, kam es rauh über Larry Brents Lippen. »Sie halten jetzt am Straßenrand an. Ich muß mich um die Verletzte kümmern. Sie braucht dringend ärztliche Hilfe. Ich werde mit ihr zurückbleiben, und Sie können fahren, wohin Sie wollen ...«

Die Frau stutzte einen Augenblick. Larry sah, wie sie den Fuß vom Gaspedal nahm. Die Geschwindigkeit des Wagens verringerte sich. Die Frau starrte geradeaus. Sie hielt es nicht für notwendig, ihren unerwünschten Mitfahrer zu beobachten. Sie wußte, daß der Mann es auf eine unbedachte Bewegung nicht ankommen lassen würde. Sein eigenes Leben stand auf dem Spiel, wenn sie die Beherrschung über den Wagen verlor.

Aber dann reagierte sie überraschend so, wie Larry es am wenigsten erwartet hatte.

Ihr Gesicht verzerrte sich und ihr rechtes Bein trat wieder aufs Gaspedal. Die Nadel auf dem Tachometer kletterte in die Höhe.

Ein ihm unverständlicher Trieb ergriff unerwartet von ihr Besitz, drängte alle anderen logischen Überlegungen in den Hintergrund – und Larry stellte sich darauf ein.

Er schob seinen Oberkörper durch die Öffnung des Verdecks. Seine Hände griffen die Frau. Er wußte, daß er sich auf ein tödliches Unternehmen einließ.

Wenn dieses Geschöpf auch nur den geringsten Trieb zur Selbsterhaltung hatte, mußte es irgend etwas gegen die Gefahr unternehmen, die von Larry Brent heraufbeschworen wurde.

Die Frau nahm den Fuß vom Gaspedal und trat auf die Bremse.

Der Wagen kam ins Schlingern. Er schoß auf den Straßenrand zu. Ein weites unbestelltes Ackergelände breitete sich rechts neben ihnen aus.

Larry fühlte, daß die Unheimliche ihre Hände um seinen Hals spannte und ihn würgte. Der Amerikaner griff ins Steuer. Er wollte dem Fahrzeug wieder eine stabile Straßenlage geben, während es vor seinen Augen schon anfing zu flimmern.

Die Dinge überstürzten sich.

Der Wagen holperte über den unebenen Boden und rollte aus. Mit zwei blitzschnellen Griffen löste Larry die tödliche Zange um seinen Hals und schob sich vollends in den Wagen hinein.

Der Kampf mit dem affenartigen Geschöpf entwickelte sich zu einem rücksichtslosen Kräftemessen. Aber nach kurzer Zeit gelang es dem Amerikaner, das unheimliche Wesen völlig in die Verteidigung zu drängen.

Die behaarte Frau, deren mit dichtem Fell überwachsener Busen unter der zerrissenen Bluse zum Vorschein kam, riß am Türgriff und ließ sich einfach nach außen fallen. X-RAY-3 stürzte wie ein Geschoß auf den Sitz des Fahrers herab.

Er drehte sich um seine eigene Achse und ließ sich sofort ebenfalls aus dem Sportwagen rutschen, noch ehe seine Gegnerin auf die Beine kam. Ein einziger Faustschlag, gut plaziert, streckte sie zu Boden. Das affenähnliche Maul schloß sich glucksend. Dann stürzte die Unheimliche zu Boden und blieb in einer Ackerfurche liegen.

Larry wischte sich den Schweiß von der Stirn. Er wandte sich gerade um und wollte sich um Keiko Yamado kümmern, als er die sich rasch nähernden Polizeifahrzeuge bemerkte. Aus dem ersten Wagen, der anhielt, rannte Eitura Keimatse, der Polizeichef. Er hatte sofort nach der verwirrenden Situation auf dem Parkplatz seine Dienststelle benachrichtigt und die Verfolgung aufgenommen.

Mit dem Blick des erfahrenen Beamten übersah er rasch die Dinge.

»Wie geht es Keiko? Und Ihnen, Mister Brent?«

Larry bewegte sich auf den Sportwagen zu, nahm gemeinsam mit Keimatse die junge Japanerin vom Vordersitz und legte sie flach auf den Boden. Er horchte die Herzschläge ab, fühlte den Puls und untersuchte dann die Wunde am Kopf. Es war eine Schlagwunde.

»Halb so schlimm«, sagte der Amerikaner erleichtert. »Diese Dame hier ...«, und damit wies er auf die bewußtlose Affenfrau, »hat mit irgendeinem harten Gegenstand ein bißchen zu fest zugeschlagen. Keiko wird es überstehen.«

Zwei, drei Beamte rannten über das Feld. Larry stellte den noch immer laufenden Motor des Chevrolets ab. Keimatse gab seinen Männern einen Hinweis. Sie sollten die Wunde am Kopf der Agentin versorgen.

X-RAY-3 wandte sich dem seltsamen Wesen zu, das am Boden lag.

Vorsichtig drehte er sie auf die Seite, so daß er voll das Gesicht der merkwürdigen Frau sehen konnte. Eitura Keimatse gesellte sich zu ihm.

»Haben Sie jemals schon so etwas gesehen?« frage Larry rauh.

Der Polizeichef schluckte. »Aber das kann nicht sein«, murmelte er dumpf. Er warf einen Blick zurück, beugte sich dann zu Larry vor und flüsterte mit gedämpfter Stimme: »Wir hatten einen Mann hier in Tokio, einen gewissen Professor Yondo. Vor fünf Jahren steckte man ihn in eine Irrenanstalt, weil er den Wahn hatte, eine neue Menschenrasse zu züchten. Er behauptete, daß er den Menschen ihr affenähnliches Aussehen, das sie einmal in grauer Vorzeit gehabt hätten, zurückgeben könne. – Seine Ideen wurden verlacht. Als man Leichenteile in seinem Haus fand, steckte man ihn in eine Anstalt. Man konnte ihm lediglich Leichenraub vorwerfen. Ein Psychiater nahm sich seiner an. Seitdem hat man von Yondo nichts mehr gehört. Sein Bruder hat wenige Wochen nach der Einlieferung des Professors das Haus in Tokio bezogen. Das heißt, das Gebäude steht eigentlich mehr am Rande der Stadt ...«

Unwillkürlich blickte der Polizeichef in Richtung der Straße, auf der sie noch eben gefahren waren.

»Wenn ich es mir recht überlege, dann fuhren Sie praktisch genau in Richtung des Hauses.«

»Nicht ich, sondern diese merkwürdige Dame.«

Keimatse preßte die Lippen zusammen. Sekundenlang starrte er auf den Körper, der zu seinen Füßen lag und sich jetzt zu regen begann.

»Es ist absurd«, murmelte der Polizeichef. »So etwas kann es nicht geben. Wenn ich dieses Geschöpf hier sehe, dann scheinen die Alpträume, unter denen Yondo nach Aussagen des Psychiaters litt, Wahrheit geworden zu sein. Ein Wesen, das auf der Stufe zwischen Mensch und Affe steht – es existiert!«

Er leckte sich über die Lippen und meinte dann: »Ich werde mich der Angelegenheit mit aller Intensität annehmen. Vielleicht kann diese ...« Er unterbrach sich, und es fiel ihm offensichtlich schwer, das Wort Frau auszusprechen, so sagte er nur: »Vielleicht kann dieses Geschöpf uns nähere Hinweise geben ...«

»Und vor allen Dingen würde ich Ihnen empfehlen, noch einmal nachzuprüfen, womit sich Professor Yondo vor fünf Jahren wirklich beschäftigt hat. Es scheinen nicht nur Alpträume gewesen zu sein, die ihn plagten. Vielleicht besuchen Sie ihn einmal in der Anstalt, Keimatse ...«

***

Reima Tanizaki starrte auf den irren Professor. In den Augen Yondos fieberte ein rätselhaftes Licht.

»Sie wollen doch nicht sagen, daß dieses Geschöpf – künstlich erschaffen wurde?« Tanizaki erschrak vor seiner eigenen Stimme. Je länger er in dieser düsteren Umgebung ausharrte, desto unwahrscheinlicher kam ihm sein Erlebnis vor.

Yondo lachte. »Sie haben mich schon richtig verstanden. Die Frau, die an schwersten radioaktiven Verbrennungen einen Monat nach dem Atombombenabwurf auf Hiroshima starb, war schwanger. Im zweiten Monat. Ich operierte den Fötus heraus und gab ihm in einer künstlichen Gebärmutter neuen Lebensraum. Es ist nicht ausgeschlossen, daß ich der erste war, der ein menschliches Wesen in der Retorte großzuziehen versuchte. Bekannt geworden ist vor einiger Zeit ein italienischer Professor, dem es gelang, auch außerhalb des Mutterleibes ein weibliches Ei künstlich zu befruchten und einen Fötus heranzuziehen. Das Kind entwickelte sich angeblich bis zum neunten Monat. Danach brach der Professor – angeblich – die Versuche ab. Das künstliche Wesen, das Menschlein in der Retorte, starb. Es heißt, daß höchste Stellen ihren Einfluß geltend gemacht hätten, um dieses Experiment zu unterbinden. Aber, so frage ich mich: Hat der Italiener sein Experiment wirklich abgebrochen? Existiert – außer meinem Tonko – vielleicht auf dieser Welt noch ein weiteres Wesen, das in der Retorte groß wurde, ein Homunkulus, ohne Vater und Mutter? Vielleicht – ich weiß es nicht, ich weiß nur eins: Mein Tonko ist das einzige Wesen, das eindeutig die Urzüge des Menschen aufweist. Durch gezielt und genau kontrollierte radioaktive Bestrahlungen, die seine Erbmasse veränderten, gelang mir dieses großartige Experiment. Seit Jahren warte ich auf den entscheidenden Augenblick. Ich habe große Schwierigkeiten auf mich nehmen müssen. Nach den ersten Versuchen, die ich in den abgelegenen Gebirgen des Yama-Guchi-Gebietes durchführte, schaffte ich das winzige Wesen schließlich nach Tokio in mein altes Haus und baute mir mein Labor auf. Mehr als zehn Jahre konnte ich ungestört arbeiten, ehe das unsinnige Gerede aufkam. Es gelang mir rechtzeitig, Tonko noch einmal in die Guchi-Gebirgsgegend zu transportieren, ehe die Polizei kam und mein Haus auf den Kopf stellte, aber nichts Wesentliches fand. Mich aber nahm man fest, und ein Psychiater war der Ansicht, daß es wohl besser wäre, mich für einige Zeit in einer sicheren Anstalt zu verwahren. Damit konnte ich natürlich nicht einverstanden sein. Meine Arbeit durfte nicht so kurz vor dem Ziel umsonst gewesen sein. Meine umfangreichen Kenntnisse auf dem Gebiet der Hypnose schafften mir die Möglichkeit, die Anstalt schon einen Tag später wieder zu verlassen. Das Haus hier wurde seit jenem Tag angeblich von meinen Bruder bewohnt. Es gab aber in Wirklichkeit keinen Bruder, verstehen Sie?« Yondo lachte abermals so irr, daß es schaurig durch das Gewölbe hallte.

Reima Tanizaki drängte sich eine Frage auf; er wollte sie stellen. Sie betraf das Entkommen des geheimnisumwitterten Professors aus der Irrenanstalt. Aber er kam nicht dazu. Yondo fuhr fort, indem er mit einem beinahe liebevollen Blick die riesige Gestalt hinter der Glaswand streifte.

»Ich stehe kurz vor dem Abschluß der großartigsten Sache, die es für mich gibt.« Er kniff die Augen zusammen. »Ich habe sein Wachsen und Gedeihen verfolgt und vorangetrieben, aber im Grunde genommen hat die veränderte Erbanlage und das Geheimnis der Natur ein Wesen geschaffen, das in uns allen verborgen ist. Wir tragen den Kern des Urwesens in uns und vererben ihn auf unsere Nachfahren. Aber nun habe ich Eingang in diesen Kern gefunden und sein Innerstes freigelegt. Tonko verfügt über keine Sprache; es ist mir nicht gelungen, ihm auch nur ein einziges Wort beizubringen. Aber Tonko ist ein männliches Wesen, und er hat einen natürlichen Auftrag: seine Rasse weiter zu vermehren. Ich werde mein Ziel erreichen und eine völlig neue Rasse schaffen – und Tonko wird der Urvater dieser Geschöpfe sein!«

Die Frauen – schoß es durch Tanizakis Gehirn. Wollte der Wahnwitzige weitere Unschuldige in seine satanischen Experimente einspannen?

Da geschah etwas, das den Dingen eine Wende gab, die weder Tanizaki noch Yondo erwartet oder gewünscht hatten.

Die schmale Metalltür mit dem winzigen Gitterfenster wurde plötzlich aufgerissen. Einer der Burschen, die das Geld hier im Haus versteckt hatten, taumelte in das Labor und stürzte blindlings auf Yondo zu.

Der Professor reagierte sofort, und auch Tanizaki erfaßte die ungewöhnliche Chance, die sich ihm bot.

Als der Schuß hart und trocken aufbellte, begriff der junge Polizeibeamte, daß der Einäugige geschossen hatte. Der Hereintaumelnde gurgelte dumpf, drehte sich um seine eigene Achse und schwankte, stürzte aber nicht zu Boden. Mit gierig ausgestreckten Händen warf er sich auf Yondo, der mit einem raschen Schritt zur Seite dem Angriff auswich.

Tanizaki sah mit unklarem Blick, wie Yondo nach seiner eigenen Pistole griff und kaltblütig abdrückte, als der Geldräuber noch wenige Zentimeter von ihm entfernt stand. Der Getroffene schrie nicht einmal auf.

Er stand sekundenlang unbeweglich auf der Stelle.

Reima Tanizaki riß mit einer blitzschnellen Bewegung seine Dienstwaffe heraus, nach der man ihn bisher nicht durchsucht hatte. Diese Nachlässigkeit von seiten des Einäugigen brachte nun den gefährlichen Stein ins Rollen.

Der Einäugige erkannte die neue Gefahr im Ansatz. Er zielte auf Tanizaki. Doch der Beamte ließ sich geistesgegenwärtig zu Boden fallen und drückte ab, bevor er noch flach auf den Bauch zu liegen kam.

Die Kugel aus der Waffe des Einäugigen schlug surrend in die Wand über dem Beamten.

Winzige Gesteinssplitter flogen durch die Luft.

Der Professor sah sich gezwungen, einzugreifen. Der Geldräuber lag zu seinen Füßen und rührte sich nicht mehr. Yondo wollte offenbar die Dinge wieder so schnell wie möglich unter Kontrolle bringen.

Er griff ein, als er sah, daß der Schuß seines Assistenten danebengegangen war. Seine Pistole ruckte in die Höhe. Aber er kam nicht mehr dazu, den Abzugshahn durchzuziehen.

Reima Tanizaki, obwohl durch die stark blutende Wunde gehandikapt, brachte einen Meisterschuß an. Seine Kugel traf genau in die Schußhand des Professors. Yondo schrie auf und wirbelte herum. Seine Waffe flog im hohen Bogen durch die Luft und schlug gegen den dünnwandigen Glaszylinder.

Es gab einen Knall, als würde man mit einem Vorschlaghammer eine riesige Flasche zertrümmern.

Die Glassäule, die das von Yondo gezüchtete Affenwesen vor der Umwelt schützte, zersplitterte. Der Rest der Flüssigkeit, die noch die breiten, behaarten Füße des Monsters bedeckte, schwappte über. Die Glasscherben flogen durch den Raum, verletzten Yondo, aber auch das Affenwesen, dem er den Namen Tonko gegeben hatte. Ein dünner Blutstreifen lief über dessen Stirn. Offenbar hatte er eine Kopfverletzung davongetragen.

Ein markerschütternder Schrei kam aus Tonkos Mund.

Yondo wankte zurück, schreckensbleich.

Das Wesen brach durch den Rest der Glaswand. Abermals ein Splittern und Brechen. Dann gebrauchte das Affenwesen seine Arme, bewegte sie wie Dreschflegel – und stieg heraus.

»Er ist verletzt – so würde er sich nicht verhalten!« Yondo schrie es förmlich heraus. Seine Stimme überschlug sich.

Tonko wandte sich dem irren Professor zu. Die behaarte Hand des Monsters aus der Retorte wischte durch die Luft und traf Yondo mitten in das Gesicht. Der kleine, wachsbleiche Japaner verlor den Halt. Ein Dampfhammer schien ihn getroffen zu haben. Yondo verlor den Boden unter den Füßen.

Der zweite Angriff Tonkos galt dem Einäugigen, der seine Pistole hob und dem Ungetüm eine Kugel auf das Fell brennen wollte. Doch das Magazin der Waffe – war leer. Wütend schleuderte der Assistent Yondos dem Affenwesen die Pistole in das Gesicht. Tonko brüllte auf, griff mit seinen langen, behaarten Gorillahänden nach dem Schützen und erwischte ihn. Der Einäugige wurde zu einem Spielball in den Händen des Ungeheuers.

Tonko griff mit beiden Händen zu. Schaum stand vor seinen Lippen; sein mächtiger Körper hob und senkte sich unter tiefen Atemzügen.

»Nicht!« brüllte Girma, der Einäugige. Schweiß stand auf seiner Stirn. Die Haut über seiner leeren Augenhöhle zitterte, und das Blut dahinter pulsierte und pochte.

Doch Tonko knurrte, und ein tierischer Aufschrei entrang sich seinen Lippen. Er hielt den Mann hoch über den Kopf und ließ ihn einfach fallen. Dumpf schlug der Körper des Einäugigen auf. Reglos blieb er liegen.

Reima Tanizaki, der stummer und hilfloser Zeuge der Szene geworden war, lag noch immer am Boden, unfähig, sich zu erheben. Erst jetzt merkte er, daß seine Kräfte ihn endgültig im Stich ließen und er nicht mehr in der Lage war, den Arm zu heben und die Waffe auf das Wesen zu richten, das nun auf ihn zukam, um auch ihm den Garaus zu machen. Der Beamte merkte noch, daß die Füße Tonkos über ihn hinwegtrampelten, und er hatte das Gefühl, sein Körper würde zerquetscht. Er spannte noch die Bauchmuskeln an, eine Bewegung in der Reflexion, automatisch und nur noch vom Instinkt gesteuert ...

Dann schwanden ihm die Sinne. Tanizaki sah nicht mehr den massigen, lautlosen Schatten davonhuschen.

***

Wie durch ein Wunder war er dem Massaker entkommen. Tonko hatte ihn links liegen lassen. Der Japaner kam auf die Beine und stützte sich an den Tischen und Stühlen ab. Er trat in die Glasscherben, und es knirschte unter seinen Füßen. Professor Yondo lag in einer seltsamen Verrenkung am Boden. Eine Hand blutete, er war genau mit ihr in die Glasscherben gefallen und hatte sich tief in die Finger geschnitten. Tanizaki kannte in diesen Sekunden nur ein Ziel: das Telefon, das auf einem Tisch unmittelbar neben der verhangenen Nische stand. Er erreichte den Apparat, stützte sich stöhnend ab, nahm den Hörer von der Gabel und wählte die Nummer des Polizeireviers.

Der diensttuende Beamte meldete sich sofort. »Bitte schick sofort ein paar ... Leute ... hierher. Hier spricht ... Reima ... Reima Tanizaki ... ich bin in Yondos Haus.« Mehr brauchte er nicht zu sagen, und zu mehr war er auch nicht fähig. Die Willenskraft, die er sich noch mal abverlangt hatte, schwand dahin ...

Reima Tanizaki stürzte an der Stelle zu Boden, wo er stand. Er riß das Telefon mit sich.

Eine halbe Stunde später schon kamen seine Kollegen. Sie brachten einen Arzt mit. Tanizakis Stimme hatte mehr verraten als seine Worte. Während der Doktor sich um den Verletzten kümmerte und dessen Wunde versorgte, untersuchten die Männer Yondos Labor.

Sie machten Aufnahmen und ließen alles vorerst unberührt. In den Gesichtern der ratlosen Beamten stand zu lesen, daß sie mit den Dingen, die hier geschehen waren, nicht fertig wurden. Hier mußten Spezialisten her ...

Der Arzt gab Tanizaki eine Stärkungsspritze. Der junge Mann verfügte über eine erstaunliche Kondition. Noch während die Beamten sich um den verletzten Yondo kümmerten, kam Tanizaki wieder zu sich. Mit schwacher, aber ruhiger Stimme berichtete er stockend von den Dingen, die sich ereignet hatten. Es hörte sich an wie eine phantastische Geschichte, aber dennoch wagte keiner der Anwesenden, an den Worten des fiebernden Polizisten zu zweifeln. Die Bilder, die sie in diesem Labor angetroffen hatten, sprachen für sich.

»Yondo darf auf keinen Fall entkommen«, sagte Tanizaki schwach.

»Wir haben ihn bereits in Gewahrsam. Er muß in ärztliche Behandlung. Er hat eine Hand gebrochen.« Einer der Kollegen aus dem Revier beugte sich zu dem Geschwächten herab.

Reima Tanizaki nickte. »Dann ist es gut. Er allein kann vielleicht noch etwas tun. Er kennt das ... Monster genau. Es darf nicht dazu kommen, daß das Ungeheuer auf freiem Fuß bleibt. Yondo hat damit den Satan geschaffen ... der Einäugige ... wurde von dem Ungetüm am Boden zerschmettert ... Sinnlose Mordgier ... aber das alles weiß Yondo viel besser ...«

Drei Männer suchten das ganze Haus nach dem Affenwesen Tonko ab. Yondo wurde gefragt. Er war bei Bewußtsein. Man hatte ihm Handschellen angelegt. Aber er schwieg. Sein Blick war starr geradeaus gerichtet, und es war, als befände sich sein Geist nicht mehr bei ihm ...

Man durchsuchte den verwilderten Garten. Aber auch hier fand man nichts.

Man beging dabei einen nicht wiedergutzumachenden Fehler.

Die drei mit der Suche beauftragten Polizeibeamten versäumten, auch in den Kronen der Bäume nachzusehen. Im Wipfel eines mächtigen Stammes aber hockte still und lauernd das Monster und sah die kleinen dunklen Gestalten am Fuß des Baumes, die sich später mit einer Bahre entfernten. Es wurde dunkel und still im Haus, als die Autos wegfuhren.

***

Ein Beamter blieb zurück. Er war damit beauftragt, das Haus zu bewachen und jedem Unbefugten den Zutritt zu verwehren.

Der zurückgebliebene Japaner stand an der dunklen Hauswand. Er zündete sich eine Zigarette an. Die Glut war deutlich in der Dunkelheit zu sehen.

Dann begann der Mann mit seinem Rundgang. Auf dem alten Baum bewegte sich etwas. Aber der Mann, der sich auf der anderen Seite des Anwesens befand, merkte nichts davon. Er ahnte in diesen Sekunden nicht, daß ein grausamer Mörder seinen Plan bereits in allen Einzelheiten zurechtgelegt hatte.

Tonko war ein seltsames Wesen. In seinem verworrenen Geist aber gab es einen göttlichen Funken: den des Denkens. Sein Verhalten erinnerte in allen Formen an das des primitiven Menschen, wie er irgendwann einmal in der Vergangenheit der Erdgeschichte in dieser Form existiert haben mochte.

Das künstlich geschaffene Monster kletterte gewandt vom Baum. Immer wieder griff es nach der Kopfverletzung und spürte den quälenden Schmerz, den ein zurückgebliebener und in der Schädeldecke steckender Glassplitter verursachte.

Tonko schüttelte heftig den Kopf, als könne er damit die permanenten Schmerzen vertreiben.

Er sprang hinüber zur Hauswand, preßte sich an das alte Gemäuer und wartete auf den Menschen, der jeden Augenblick wieder um die Mauerecke kommen mußte.

Tonko sah in ihm seinen Feind. Er begriff, daß man ihn fangen wollte. Er war anders, aber er wollte leben. Und so mußte er jene bekämpfen, die ihn daran zu hindern suchten ...

Er hörte das Geräusch der näherkommenden Schritte.

Der kleine japanische Polizist blieb an der Hausecke stehen und ahnte nichts von der tödlichen Gefahr, die auf ihn lauerte. Er begriff sie nicht einmal, als die großen, behaarten Hände sich um seine Kehle legten und dann langsam und mit der Festigkeit eines Schraubstocks zudrückten.

Der Bedrohte konnte weder schreien noch sich zur Wehr setzen. Wenige Minuten später war alles vorbei. In den schreckgeweiteten, gläsernen Augen des Toten stand zu lesen, daß er in seinen letzten Sekunden etwas Furchtbares gesehen haben mußte ...

***

Das Grauen bewegte sich durch die stillen, abgelegenen Straßen der Vororte. Und das Mädchen Temei Ogara, das ein kleines Haus weit außerhalb bewohnte, kam als erste weibliche Person mit dem Monster aus der Retorte in Berührung ...

Das Haus war noch im traditionellen Stil errichtet. Eine leichte Bauweise, Bambustüren, mit Reispapier bespannte Wände.

In den zum Garten gelegenen Wohnräumen der Geisha brannte noch Licht. Die Türen standen offen, und der Schatten ihres zierlichen, wohlproportionierten Körpers zeichnete sich wie eine Silhouette an den weißen Wänden ab.

Temei lebte allein hier am Rande Tokios. Sie war in den höchsten Kreisen als geistvolle Unterhalterin, Sängerin und Tänzerin bekannt. Sie kam mit vielen Männern zusammen, spendete Trost und vertrieb durch ihr fröhliches, ungezwungenes Wesen die Schatten des Alltags. Temei ließ sich für ihre Unterhaltung bezahlen, und auch für die Liebe, die sie verkaufte, ohne daß man sie deswegen als billige Prostituierte hätte bezeichnen können.

Obwohl in den Schulen des alten Japan unterrichtet, war Temei ein modernes und aufgeschlossenes junges Mädchen, das gern einen amerikanischen Schlager hörte, Beat tanzte und sich nach westlicher Mode zu kleiden pflegte.

Temei hatte die Schiebetür, die zum Garten führte, noch offen stehen.

Die junge Japanerin löste die Spange, die sie im kurzgeschnittenen Haar trug.

Das Mädchen war mit einem superkurzen Minirock und einer leicht durchscheinenden Bluse bekleidet. Deutlich war der Sitz des BHs zu erkennen.

Temei ging ins Schlafzimmer. Sie zog sich aus und ging ins Bad, um sich kalt abzuduschen, wie sie es abends vor dem Schlafen gewohnt war.

Es war schon spät, aber die Geisha war noch nicht müde. Sie hatte die Angewohnheit, bis in den Tag hinein zu schlafen. In der letzten Zeit wurde es oft weit nach Mitternacht, ehe sie nach Hause kam.

Als Temei aus dem Bad kam, glaubte sie, draußen vor der Tür ein Geräusch zu hören.

Sie lauschte. Stille. Sicher hatte sie sich getäuscht.

Temei frottierte sich ab.

Da hörte sie wieder das Geräusch. Leise, knirschende Schritte auf dem weichen Sandweg, der um das Häuschen lief.

Die Geisha kniff unwillig die Augen zusammen. Rasch warf sie das hauchdünne Negligé über, das mehr preisgab, als es verdeckte. Ihr zierlicher, wohlgebauter Körper zeichnete sich schemenhaft darunter ab. Temei schlang den dünnen, geflochtenen Seidengürtel um die Hüften. Der weite Ausschnitt des Negligés stand offen, so daß die kleinen festen Brüste praktisch freilagen.

Temei Ogara näherte sich der Tür zum Garten, verharrte auf der Schwelle und starrte in das finstere Buschwerk. Dann blickte sie den Weg entlang.

Aber da war nichts.

Achselzuckend zog sie die Schiebetür zu und ging ins Schlafzimmer zurück. Sie löschte das Licht. Hätte sie den Blick in diesem Augenblick noch auf den Boden gerichtet, so würde sie die Sandkörnchen im Zimmer und auf dem Teppich in der hinteren Ecke des Raumes bemerkt haben.

Die Sandspuren vor der Tür hätten noch von ihr selbst stammen können, aber die Spuren, die zum Schrank in der Ecke führten, konnten nicht von ihr sein.

Temei war an dieser Stelle des Zimmers noch gar nicht gewesen.

Etwas Fremdes war im Haus. Still und lautlos war es hereingekommen und hatte die weibliche Silhouette hinter den Reispapierwänden entdeckt.

Tonko, das künstliche Monster, wartete in der dunklen Ecke.

Als die Tür zum Schlafzimmer zuglitt, löste sich der mächtige Schatten und näherte sich dem Schlafraum der jungen, allein lebenden Geisha ...

Sie lag im Halbschlaf, als sie bemerkte, daß jemand im Haus war.

Unruhig wälzte sie sich auf die Seite, wurde aber nicht richtig wach.

Der bleiche Schein des über den Baumwipfeln stehenden Mondes tauchte das kleine Zimmer in ein gespenstisches, unwirkliches Licht. Hart und schwarz lagen die Schatten im Zimmer.

Und mitten im Raum stand das Ungeheuer und starrte auf den weißen, vom Mondlicht überstrahlten Körper.

Tonko spürte die Verlockung, die von diesem herrlichen, verführerischen Körper ausging. Er hatte die Fremde beobachtet, wie sie zu Bett ging, und war in das Zimmer geschlichen, als er lange, tiefe Atemzüge hörte, die von ihrem Schlaf kündeten.

Tonko blieb stehen und konnte den Blick nicht von dem Körper losreißen, der halb abgedeckt vor ihm lag. Plötzlich bewegte sich die Japanerin. Instinktiv fühlte sie, daß sie nicht allein im Zimmer war. Dann richtete sie sich auf, blitzschnell, als hätte eine Tarantel sie gestochen.

Sie sah den riesigen Schatten vor sich und erblickte das unheimliche Wesen, dessen Gesicht und Brust vom hellen Mondlicht angestrahlt wurden.

Temei Ogara schrie gellend auf. Schaurig hallte es durch das Haus, in dem niemand sie hörte.

Sie schrie immer noch, als das Monster sich knurrend und schweratmend auf sie stürzte. Sie spürte den harten Griff der affenartigen Hände und fühlte das dichte, harte Haar, das sich an ihren Körper drängte.

»Nein! Neeeiiin! Hilfe! Hiiilfe!« Temei Ogara wußte nicht, was sie noch tun sollte. Sie war wie von Sinnen. Ihre zarten, kleinen Hände drückten gegen den schweren, behaarten Körper. Doch sie konnte nichts gegen die Bärenkräfte des Ungetüms ausrichten.

Die Geisha wehrte sich verzweifelt. Die Hände des künstlich großgezogenen Wesens warfen sie zurück.

Temei wollte sich unter dem massigen Leib, der sich auf sie stürzte, herauswinden, doch Tonkos Rechte packte das dünne Nachtgewand und riß es ihr vom Körper. Seine krallenartigen Nägel ritzten dabei die Schultern der Japanerin.

Tonko gehorchte dem Trieb des Lebens. Er hatte dieses weibliche Wesen aufgespürt, hatte Temei entdeckt, und sie gehörte ihm. Er war der Stärkere in der Sippe. Er kannte das Versteck, wo die anderen Frauen – Frauen seiner Art – auf ihn warteten. Yondo hatte mit ihm zweimal das weit entfernt liegende Versteck aufgesucht. Es lag in den Bergen. Der Professor hatte immer wieder davon gesprochen.

Tonko hatte gelernt, die Sprache der Menschen zu verstehen, wenn er auch selbst nicht in der Lage war, ein verständliches Wort zu formen. Außer unartikulierten Lauten brachte er nichts in seinem Kehlkopf zustande.

Das Monster preßte seine rechte Hand auf den Mund der schreienden Frau und erstickte die gellenden Laute.

Er drückte seine Hand solange auf das Gesicht des zarten, zerbrechlichen Wesens, bis es völlig still war. Der Körper unter seinen Händen wurde schlaff. Temei Ogaras Kopf fiel zurück. Ihr Gesicht war blau angelaufen, und ihre Augen schienen aus den Höhlen zu quellen.

Wütend schleuderte Tonko den schlaffen Körper zurück ins Bett, daß die Sprungfedern knackten. Es ärgerte ihn, daß die Frau mit einem Mal so temperamentlos war. Sekundenlang starrte er sie an, dann griff er wieder nach ihr, zerrte sie vom Bett und hob sie auf seine starken Arme.

Das Affenwesen blickte sich um und suchte in der geräumigen Wohnung nach einem geeigneten Versteck für den reglosen, nackten Körper der hellhäutigen Frau. Wie leicht sie in seinen Armen war. Wie eine Feder.

In der geräumigen Diele fand er eine mannsgroße Truhe. Schwer, handgeschnitzt.

Als er sie nicht öffnen konnte, weil er keinen Schlüssel hatte, riß er den Deckel einfach in die Höhe. Dann zerrte er die Wäschestücke, die darin lagen, heraus und legte den Körper Temei Ogaras in die Truhe. Dann warf er die Wäschestücke darüber.

Ungesehen verließ das künstliche Affenwesen das Haus der Geisha. Er schlug einen Weg ein, der ihn aus dem Vorort herausbrachte. Nach etwa zwanzig Minuten kam er zu einem Fabrikgelände. Das erkannte er wieder. Tonko schlich sich an den rohen Mauern entlang und erreichte das offenstehende Tor. In den flachen Gebäuden brannten teilweise noch die Lichter. Tonko schlich geduckt an der Mauer entlang und eilte dann rasch hinüber zu den reihenweise nebeneinanderstehenden Lastwagen.

Er hörte zwei Männer, die eines der schuppenähnlichen Häuser verließen und sich heimlich unterhielten. Die beiden Japaner stiegen in einen Lastwagen. Der Fahrer startete wenig später das gewaltige Gefährt und rollte zum Tor.

Tonko stand abwartend im Kernschatten eines anderen Fahrzeuges und starrte dem davonrollenden Lastwagen nach. Die roten Rücklichter verschwanden in der Dunkelheit.

Ein unwilliges Knurren kam aus dem Maul des Monsters. Es wußte, daß es gemeinsam mit Yondo in einem solchen Gefährt gefahren war. Und dann waren sie in den Bergen angekommen.

Tonko mußte ein Auto finden, das ebenfalls in die Richtung fuhr wie damals.

Leise schlich er von einem Lastwagen zum anderen und achtete immer wieder auf die nahen Gebäude, in denen die Fernfahrer sich bereit hielten.

Tonko kam an einem mit zahlreichen Kisten und Kästen beladenen Wagen vorbei, der ihm bekannt schien. Es waren die roten Rostflecken auf der Plane, mit der die hintere Öffnung verschlossen war. Mit diesem Wagen waren sie gefahren!

Zufrieden knurrend stieg Tonko in den Laderaum und suchte sich ein Versteck zwischen den mehr als mannshohen Kisten. Auf einer war mit weißem Schriftzeichen der Name einer Ortschaft vermerkt. Tonko wußte genau, daß er diese Schriftzeichen schon mal gesehen, daß Yondo seinerzeit versucht hatte, ihm die einzelnen Symbole zu erklären.

Es war der Name der Ortschaft, wo sie heimlich ausgestiegen waren und sich dann in die Berge abgesetzt hatten, wo die Sippe lebte, wo sie auf ihn, den männlichen Führer, wartete.

Tonko hockte sich zwischen die Kisten, und dann kam vorerst das große Warten. Er hoffte, daß dieses Auto die gleiche Strecke fuhr wie seinerzeit. Wenn nicht, dann mußte er den Fahrer dazu zwingen, in die Gebirgsgegend Yama-Guchi zu fahren. Und er wußte, daß er dazu imstande sein würde.

Seine Kraft und seine Gefährlichkeit machten ihn zu einem nicht zu unterschätzenden Gegner.

Es dauerte noch zwei volle Stunden, ehe sich Geräusche dem Lastwagen näherten. Tonko war hellwach.

»... dann geht es also wieder mal los«, sagte eine Stimme. Die Tür zum Führerhaus des Lastwagens wurde aufgerissen und schlug gleich darauf zu. Die zweite wurde ins Schloß gezogen.

»Die letzte Fahrt in dieser Woche«, meinte eine andere Stimme. Dann wurde ein Streichholz angerissen.

Der erste Sprecher warf den Motor an und nannte einen Namen, den Tonko schon mal gehört hatte. Es war die Ortschaft, wo er und Yondo den Wagen verlassen hatten. Ein Zufall und sein konsequentes Überlegen brachten ihn nun vorwärts.

»Für diese Woche ja«, fuhr der erste Sprecher fort, und der Affenmensch im Laderaum des Lasters bekam jedes Wort mit. »Aber ich glaube kaum, daß die Sendungen zum Bau der Überlandleitung ausreichen werden. Wir müssen mindestens noch zwei- oder gar dreimal fahren. Dann haben wir es endlich hinter uns. Ich bin froh, auch mal wieder eine andere Strecke zu sehen. Die Felsen von Yama-Guchi hängen mir langsam zum Hals heraus.«

Der andere lachte. »Aber du vergißt deine kleine Freundin in der Raststätte des Bergdörfchens«, meinte der zweite Sprecher. »Schon wegen ihr rentiert sich die Fahrt, und du müßtest doch froh sein, wenn die Versorgungsfahrten in die Gegend von Yama-Guchi noch so lange wie möglich anhielten.«

»Ach was«, entgegnete der erste Sprecher wieder. »Mit den Frauen ist es wie mit den Landschaften: Wenn man immer dieselbe sieht, dann wird es langweilig. Warte nur erst mal ab, wenn wir die Fahrten in die nördliche Region unternehmen. Ich kenne da ein ganz entzückendes Mädchen.«

»Für dich ist es wohl besser, wenn du nie heiratest.«

Das Lachen der beiden Männer mischte sich unter das rhythmische Geräusch des laufenden Motors.

Der schwere Wagen verließ den stillen Hof des Transportunternehmens und rollte wenig später über die Ausfallstraße. Richtung Süden, Richtung Yama-Guchi. In den Bergen dort gab es ein grausames Geheimnis. Und nur Tonko und Professor Yondo kannten es.

Die Einwohner in den am Fuß des Gebirges liegenden winzigen Dörfern wurden seit geraumer Zeit ebenfalls mit diesem Geheimnis konfrontiert. Sie merkten es an den seltsamen Vorfällen, die sie in Atem hielten und die sie sich nicht erklären konnten. Mit der Ankunft Tonkos aber sollten das Unheil und das Grauen noch auf die Spitze getrieben werden.

***

Als das Telefon rasselte, war er sofort wach, obwohl er nur vier Stunden geschlafen hatte.

Larry Brent meldete sich. Am anderen Ende der Strippe befand sich der Polizeichef Keimatse.

»Sie haben mich gebeten, Sie sofort zu unterrichten, wenn sich in der mysteriösen Angelegenheit, in die Sie letzte Nacht gerieten, etwas Neues ergeben sollte. Nun, es bahnt sich eine vollkommen neue Situation an, Mister Brent! Bitte kommen Sie in mein Büro. Die unheimliche Affenfrau hat sich bereit erklärt, ein Geständnis abzulegen.«

»Ich bin sofort bei Ihnen.«

Der Amerikaner war mit einem Sprung aus dem Bett. Eine eiskalte Dusche und eine blitzschnelle Trockenrasur waren alles, was er sich an diesem frühen Morgen an Toilette erlaubte. Er verließ sofort das Hotel, das man in einer poetischen Anwandlung »Sayonara« genannt hatte. Ein Wort, das in der japanischen Sprache so viel bedeutete.

Auf dem Parkplatz vor dem First Class Hotel stand der ihm leihweise überlassene Honda zur Verfügung, das neueste Modell der japanischen Autoindustrie. Ein nützlicher Gebrauchswagen, der einem Vergleich mit dem ungeheuerlichen Geschoß, das zu Hause in Amerika in seiner Garage stand, natürlich nicht standhielt.

Als Larry Brent hinter dem Steuer des Wagens saß, bedauerte er, seinen feuerroten Lotus Europa mit Sonderausrüstung nicht dabeizuhaben. Doch sein Aufenthalt in Nippon war so kurzfristig angesetzt gewesen, daß es sich nicht rentiert wäre, diesen schnellen und phantastischen Wagen eine so weite Reise mit einem Spezialtransporter antreten zu lassen.

Die Fahrt zum Polizeipräsidium, in dem Keimatse umsichtig und klug als Hausherr fungierte, dauerte knapp zwanzig Minuten. Punkt acht betrat Larry Brent das Büro.

Keimatse war nicht da. Der Polizist, der Larry die Erlaubnis gegeben hatte, den Raum zu betreten, wies auf eine schriftliche Notiz, die auf dem Schreibtisch des Polizeichefs lag.

»Er hat dies für Sie hinterlassen, bevor er ging. Und er hat mich beauftragt, Sir, Ihnen auszurichten, daß er so schnell wie möglich zurück sein wollte. Sie könnten einstweilen das Verhör fortsetzen. Die – Dame ...«, der Sprecher verzog das Gesicht, und man merkte ihm deutlich an, daß es ihm schwerfiel, diese Bezeichnung in den Mund zu nehmen, »... befindet sich im angrenzenden Zimmer. Sie wird von einem Beamten bewacht, bis unser Chef zurück ist.«

Larry nickte. »Danke.« Er wandte sich der schriftlichen Notiz zu, die Keimatse ihm hinterlassen hatte. Es mußte ganz plötzlich etwas eingetreten sein, das den so unerwarteten Aufbruch des Japaners hervorgerufen hatte.

Larry las: »Bitte warten Sie auf mich! Ich bin so schnell wie möglich zurück. Während des Verhörs hat sich herausgestellt, daß die geheimnisvolle Fremde etwas über drei grausame Morde auszusagen wußte, die angeblich in der letzten Nacht in einem üblen Absteigequartier im Vergnügungsviertel der Stadt geschehen sein sollen. Der Name Yondo fiel immer wieder. Haken Sie während meiner Abwesenheit in dieser Richtung nach! Sie sparen uns damit Zeit. – Gruß, Keimatse.«

Der Amerikaner trat durch die gepolsterte Tür in das angrenzende Zimmer. Der Raum war trotz des Tagesanbruchs noch in helles Licht getaucht. Zwei Lampen strahlten genau die Person an, die in der Mitte des Raumes saß. Die affenartige Fremde mit den stark behaarten Armen und Beinen und dem ebenfalls behaarten Brustansatz, der den gesamten Ausschnitt der Bluse zierte, saß an Armen und Beinen gefesselt auf dem harten Stuhl. Ein Polizeibeamter hockte auf einem weichgepolsterten Schemel und sprang auf die Beine, als der Amerikaner eintrat.

»Bleiben Sie nur sitzen!« Larry Brent wandte sich gleich der unheimlichen Frau zu. »Sie haben in der letzten Nacht schon gezeigt, daß Sie meine Sprache verstehen. Ich möchte gern das Gespräch mit Ihnen fortsetzen. Mein Angebot von vergangener Nacht gilt noch immer. Wir wollen versuchen, Ihnen zu helfen.«

»Mir kann niemand helfen«, lautete die Erwiderung.

Larry nahm der Frau gegenüber Platz, und er forderte den Polizisten auf, die grellen Lampen auszuschalten.

Das angenehme Tageslicht flutete durch das breite Fenster und ließ die Dinge sofort viel freundlicher erscheinen.

»Sagen Sie das nicht! Wer Hilfe haben will, dem kann man auch helfen.«

Die Frau zuckte die Achseln, aber sie erwiderte nichts.

Larry wandte sich um und spulte das Tonband zurück, um sich einen Eindruck von den Gesprächen zu verschaffen, die Keimatse bisher mit der Affenfrau geführt hatte.

X-RAY-3 erfuhr zu seiner Überraschung, daß Keimatse von der Festnahme eines gewissen Professor Yondo ausging, der in der letzten Nacht in seinem Haus am Rande von Tokio abgeführt worden war.

Larry wandte sich an den anwesenden Polizisten. Der Amerikaner merkte, daß er weitere Hinweise brauchte, um die Dinge in den rechten Zusammenhang zu bringen.

»Noch heute nacht hieß es, daß Yondo in einer geschlossenen Anstalt untergebracht sei«, sagte X-RAY-3 langsam. »Wieso wurde Yondo dann in seinem Haus festgenommen?«

»Ich weiß darüber leider auch keine Einzelheiten, Sir. Nur soviel ist mir bekannt: Die Nachricht schlug hier im Hauptquartier wie eine Bombe ein. Die Kollegen vom 7. Revier hatten einen Routinefall zu behandeln. Nachbarn, die in der Nähe des Yondo-Anwesens wohnen, beschwerten sich über nächtliche Geräusche. Ein Beamter namens Tanizaki stieß auf die Spur zweier Geldräuber und gelangte dabei ins Haus von Yondo. Dort wurde er Zeuge eines makabren Ereignisses: Ein künstliches, affenartiges Lebewesen soll nach einem Mord entkommen sein. Nachdem es einen wachhabenden Beamten getötet hat, befindet es sich jetzt wahrscheinlich irgendwo in einem Versteck in Tokio. Keimatse hat Großalarm gegeben. Alle Funkstreifen sind unterrichtet. Das Ganze hängt mit Yondo zusammen, soviel habe ich begriffen, und es soll sich dabei nicht um den angeblichen Bruder des wahnsinnigen Professors gehandelt haben, sondern um den wahren Yondo, der seinerzeit die verrückten Experimente durchführte und unbedingt affenähnliche Menschen schaffen wollte, um seine Theorie zu beweisen.«

»Aber wenn er doch in eine Anstalt eingeliefert wurde, wie konnte er dann ...«

Der Gefragte zuckte die Achseln. »Diese Frage stellte sich Keimatse ständig. Er will den Dingen auf den Grund gehen. Er müßte an drei verschiedenen Stellen gleichzeitig sein. Keimatse hat den Plan, unbedingt mit Yondo zu sprechen, den sie im Augenblick im 7. Revier festhalten. Und dann will er auch noch in die Irrenanstalt, und jetzt hält er sich irgendwo in einem Absteigequartier auf, um der Aussage nachzugehen, die ...«

Larry nickte. Er wandte sich wieder an die seltsame Frau, die teilnahmslos im Stuhl hockte und mit leeren Augen vor sich hinstarrte.

»Mit den Morden haben Sie ja nichts zu tun«, bemerkte er leise.

Sie schüttelte den Kopf. »Nicht direkt. Ich glaube es jedenfalls. Ich kann mich nur an die Frau erinnern, die ich in meinem Zimmer vorfand. Ich glaube, ich habe sie getötet, aber ich weiß es nicht mehr. Und dann kam der Mann, ein Fremder, ein fetter, großer Kerl. Er war tödlich verletzt. Ich schüttelte ihn ab. Ich wollte keinen Zeugen haben. Dann bin ich geflohen ...« Sie schwieg einen Augenblick. Die Vernehmung, die durch Keimatse bereits vorher stattgefunden hatte, schien offensichtlich ihre Zunge gelöst zu haben. Die Fremde, die noch immer nicht bereit war, ihren Namen zu nennen, hatte einen Punkt erreicht, wo sie ihren Widerstand bald aufgab. Und es war die Kunst Larry Brents, auch den letzten Rest von Widerstand zu beseitigen. Er war darin ein Meister. Er konnte auf die unterschiedlichsten Typen eingehen und kam mit ihnen zurecht. Er mußte der Frau nur plausibel machen, daß es wirklich zu ihrem Vorteil war, wenn sie alles sagte, nichts verschwieg.

»Ich kann Ihnen natürlich nicht versprechen, daß Sie völlig straffrei ausgehen, wenn Sie uns alles sagen«, fuhr X-RAY-3 fort. »Eine Schuld erfordert seine Sühne, so sind nun mal unsere Gesetze. Aber so wie die Dinge liegen, scheint es mir, daß Sie gewissermaßen unschuldig in eine Situation gerieten, für die Sie nicht verantwortlich gemacht werden können.«

Sie nickte. »Ich glaube, Sie haben recht.« Ihre Stimme klang noch immer dunkel und rauh, dafür konnte sie nichts. Aber ihre Worte waren schon freundlicher und wurden zutraulicher, so daß Larry in seinem Gefühl bestärkt wurde, es mit einem tief leidenden menschlichen Wesen zu tun zu haben. Er bemühte sich, die äußere Erscheinungsform zu vergessen, die ihn ständig an das Animalische dieses Wesens erinnerte.

»Es war wie in einem Rausch«, fuhr sie fort, ohne daß Larry eine diesbezügliche Frage gestellt hätte. »Selbst wenn ich zurückdenke, kommt es mir so vor, als hätte ich alles nur geträumt. Es ist so fern, so unwirklich – genauso war es gestern abend, als ich die junge Frau überfiel und mich in den Besitz des Wagens brachte. Es war wieder der Haß in mir – der Haß auf alles Menschliche.« Ihre dunklen Augen blickten hilfesuchend auf Larry. »Auch in der vorletzten Nacht war es so – als ich in dem alten Haus war, um mein früheres Zimmer aufzusuchen. Ich fand eine Fremde vor, und ich glaube, ich tötete sie. Ein Assistent Professor Yondos war mir gefolgt. Offenbar wollte er mich zurückholen. Dabei stieß er auf zwei Fremde, die sich ebenfalls im Haus aufhielten. Es kam zu einem Zusammenstoß ...«

Sie rollte, so gut sie sich noch erinnerte, die Dinge noch einmal auf. Doch diese Dinge streiften das Interesse des PSA-Agenten nur, denn der Name Yondo war gefallen. Das gab ihm die Möglichkeit nachzuhaken. Larry war der festen Überzeugung, daß Yondo und das Aussehen und Verhalten dieser Frau in einem Zusammenhang standen.

Um eine Klärung zu finden, war es notwendig, tiefer zu loten.

»Was hat Yondo mit Ihnen zu tun?« Larry stellte die Frage direkt.

»Er wollte mir helfen – aber er tat es anders, als ich erwartete. Er behauptete nach den ersten fünf Sitzungen, daß meine Erbanlagen durch die radioaktive Verseuchung seinerzeit in Hiroshima mutiert seien. Die herkömmlichen Behandlungen, was ich über mich ergehen ließ, brachten nur wenig oder gar keinen Erfolg. Ich litt an schweren Schwindelanfällen und an zeitweisem Gedächtnisschwund, die auf die radioaktiven Einwirkungen zurückzuführen war. Ich erhielt den Tip, mich an Yondo zu wenden. Er galt als hervorragende Koryphäe auf dem Gebiet der Strahlenheilkunde. Wegen seiner unkonventionellen Wege, die er ging, war er jedoch von verschiedenen Seiten schon stark angefeindet worden. Man hat ihm sogar die Ausübung seiner Tätigkeit untersagt. Aber viele Strahlengeschädigte wandten sich dennoch an ihn und wollten von ihm behandelt werden. Heimlich versagte er nie seinen Rat und seine Hilfe. Er half auch mir. Sie sehen, was aus mir wurde. Und das seltsame daran ist, daß mich mein Äußeres selbst nicht mehr erschreckt. Mein Gefühl, mein Denken – es deckt sich mit meinem Aussehen. Ich weiß jetzt nicht, ob Sie verstehen, was ich meine? Es ist so schwer zu beschreiben.«

Larry Brent nickte. »Ja, ich glaube, ich weiß, was in Ihnen vorgeht.«

Sie erzählte jetzt mit einem Mal sehr bereitwillig über ihr Leben. X-RAY-3 erfuhr, daß sie bis vor zwei Jahren noch ganz normale menschliche Züge getragen hätte, sich aber schließlich während der Behandlung bei Yondo, wo sie in einem seltsamen Glaszylinder kontrollierter Strahlung ausgesetzt wurde – immer mehr verändert hätte.

»Zuerst wuchsen die Haare. Sie waren mit einem Mal überall auf meinem Körper. Zunächst flaumig und weich, dann verfärbten sie sich, wurden hart und dicht. Aber seltsamerweise verspürte ich niemals eine Anwandlung von Furcht. Ich hatte den Glauben, es müsse einfach so sein. Ich gehörte sowieso nicht mehr zu den Menschen; ich war anders, eine Veränderte, eine Mutation. Nun wurde das sichtbar, was ich wirklich war: ein Zwischenwesen, weder Affe noch Mensch. Yondo erklärte es mir so: In uns allen ist der Kern des Ursächlichen enthalten. Die Urzelle trägt jeder in sich. Und sie birgt das Geheimnis unserer wahren Herkunft. Der Kern aber ist verdeckt durch die Veränderungen, die der Mensch im Lauf seiner Entwicklung und Geschichte durchmacht. Die Umwelt trug zu seiner Umwandlung ebenso bei wie die Erlebnisse, die ihn formten, wie die Strahlungen, die seit Urbeginn aus dem All die Erde treffen und deren Zusammensetzung auch heute noch nicht in allen Details grundsätzlich erforscht ist. Es ist theoretisch möglich, daß durch eine Veränderung der Natur der Mensch seine ursprüngliche Gestalt im Lauf von vielen Generationen wieder annimmt. Diese Umwandlung könnte passieren durch eine plötzliche Katastrophe – künstlichen oder natürlichen Ursprungs. Seit Hiroshima wissen wir, daß die menschliche Natur sich verändern läßt. Durch Gewalt. Aber diese Gewalt kann man auch steuern. Was geschieht, ist ein beschleunigter Vorgang dessen, was vielleicht in tausend oder zweitausend Jahren oder auch erst in zehntausend Jahren mit der menschlichen Rasse passieren kann: eine Rückentwicklung. Er sagte es noch detaillierter, ich weiß es nicht mehr so genau. Aber auf eine simple Formel gebracht, waren es ungefähr diese Bemerkungen. – Er behauptete, noch mehr Mutierte zu kennen. Wenn die Entwicklung bei mir abgeschlossen sei, wolle er mich an diesen Ort bringen. Er war stolz auf die Rasse, die entstanden war und die an denen, die sich noch Menschen nannten, schreckliche Rache nehmen würden. Rache für das, was ihnen zugefügt worden war. Und ...«

Sie unterbrach sich plötzlich. In ihren Augen glühte ein eigenartiges Licht. Ihr Körper spannte sich wie unter einem Krampf. Ihre Finger zuckten, die Hände ballten sich zur Faust. Mit wütendem Knurren warf sie sich auf dem Stuhl hin und her und versuchte sich loszureißen. Sie entwickelte dabei eine ungewöhnliche Kraft, so daß die Lederbänder, mit denen man ihre Hände vorsorglich hinter der Stuhllehne gefesselt hatte, sich bedrohlich zu lockern begannen.

Der wachhabende Beamte stürzte sich auf die Wütende, um sie zur Räson zu bringen.

»Zurück!« Larry Brents Zuruf kam zu spät. Der Japaner wurde in die

Hand gebissen. Mit einem Aufschrei und einer heftigen Drehbewegung konnte er sich befreien. Deutlich waren die Zahnreihen auf der Hand zu sehen, und mehrere Blutstropfen quollen aus den kleinen Wunden.

Der Mann verzog schmerzhaft das Gesicht.

»Sie hätten nicht auf sie zugehen sollen, nicht in diesem Zustand.« Die Stimme des Amerikaners klang ernst.

»Begeben Sie sich in ärztliche Behandlung! Ich übernehme hier die Verantwortung.«

Dankbar nickend entfernte sich der Japaner, während Larry aufmerksam das Verhalten der Fremden beobachtete, die wieder einen Tobsuchtsanfall durchmachte. Es blieb nichts anders übrig, als abzuwarten.

Schweiß stand auf der Stirn der Unglücklichen. Sie zitterte am ganzen Körper. Verzweifelt versuchte sie, ihre Fesseln zu lösen. Aber es gelang ihr nicht.

Dann war der Anfall wieder vorüber. Noch immer knurrend und wütend wie ein Tier hing sie in ihrem Stuhl; Schaum stand auf ihren Lippen.

Sie befand sich noch nicht wieder in einem Zustand, der es ermöglicht hätte, mit ihr ein vernünftiges Wort zu wechseln. Während Larry Brent darauf wartete, daß sie sich wieder völlig beruhigte und in ihre »menschliche Rolle« zurückfand, traf Keimatse ein.

»Sie hatte recht mit allem, was sie sagte«, meinte er nach der Begrüßung des Amerikaners. »Wir haben alles genauso vorgefunden.« Er brauchte Larry Brent keine Einzelheiten zu schildern.

X-RAY-3 zog Keimatse zur Seite.

»Was haben Sie durch den Polizisten Tanizaki erfahren, der angeblich mit dem anderen Ungeheuer im Hause Yondos zusammengestoßen sein soll?«

»Ich hatte noch nicht die Zeit, mich darum zu kümmern. Es war heute morgen zuviel, was auf mich einstürmte. Ich muß die Dinge erst überblicken.«

X-RAY-3 nickte. Er kannte das aus eigener Erfahrung. Manchmal überstürzten sich die Ereignisse. »Wir machen uns auf den Weg ins 7. Revier. Ich hätte gern Yondo persönlich gesprochen. Ich habe mich entschlossen, meinen Flug nach Hongkong um einen Tag zu verschieben. Ich werde die Fluggesellschaft umgehend davon unterrichten. Außerdem muß ich an Su Hang ein Telegramm schicken.«

Er erledigte diese Dinge gleich vom Büro Keimatses aus, während der Polizeichef seine Anordnungen traf. Er sorgte dafür, daß die unheimliche Frau streng bewacht wurde.

Zehn Minuten später verließ er gemeinsam mit Larry Brent das Hauptquartier. Für die Fahrt zum 7. Revier würden sie mindestens zwanzig Minuten benötigen.

»Ich bin erstaunt, daß Sie Ihre Pläne umwerfen, nur um ein paar persönliche Worte mit Yondo zu sprechen«, meinte Keimatse, während der Fahrer den Wagen startete.

Larry Brent nickte ernst. »Ich machte mir Gedanken, und ich mache mir noch immer Sorgen, was mit der Frau geschehen ist, die da drin im Vernehmungszimmer bewacht wird, und was offensichtlich auch mit einigen anderen Menschen passierte, die irgendwo in dieser Stadt versteckt leben; es kann morgen neue Opfer fordern!«

Keimatse legte die Stirn in Falten. »Wie meinen Sie das, Mister Brent?« fragte er leise. Er hatte eine kleine Ahnung, aber er fühlte, daß der PSA-Agent ihm um Längen voraus war.

»Ich zähle zwei und zwei zusammen. Yondo kennt das Geheimnis, er ist die Schlüsselfigur. Es gelang ihm, durch kontrollierte Strahlenbeeinflussung eine Art Urgestalt des Menschen zu schaffen. Diese Mutierten haben meiner Meinung nach ein eigenes Klassenbewußtsein, um es einmal so auszudrücken. Sie sind nicht nur anders, sie fühlen sich auch als Außenstehende und verhalten sich so. Sie werden das Bestehende bekämpfen. Wir müssen den Dingen im Keim begegnen, sonst werden Schrecken, Panik und Grauen durch Tokio ziehen. Und die, die es bisher gibt – die anderen, von denen ich sprach – sind dabei nicht mal die größte Gefahr. Noch größer ist die Angst vor dem, was sich weiter ereignen wird.«

»Das müssen Sie mir erläutern«, meinte Keimatse mit belegter Stimme. Die Darlegungen des Amerikaners faszinierten und beunruhigten ihn gleichermaßen.

»Yondo schuf diese Wesen. Wenn wir ihm nicht das Handwerk legen, kann er weitere unschuldige Opfer zu Mutationen werden lassen. Er kennt die Strahlenformel, um die Urzelle zu verändern. Das heißt: Würden Sie oder ich ihm in die Hände fallen, dann ist es leicht möglich, daß keiner von uns mehr als Mensch zurückkehrt. Wir würden dann affenähnlich sein, Keimatse.«

Der Polizeichef schluckte. »Sie machen mir Angst, Mister Brent! Ich muß zugeben, daß Ihre Ausführungen etwas für sich haben. Aber zum Glück haben wir Yondo in unserer Hand. Wir müssen den Weg zurückverfolgen, das ist alles. Es wird nichts Neues mehr hinzukommen.«

Larry nickte. »Hoffen wir es, Keimatse! Yondo befand sich auch schon mal in einer geschlossenen Anstalt. Kein Mensch kann sich erklären, wie es ihm gelang, von dort zu entkommen. Das gleiche kann im 7. Revier passieren.«

Nun begriff der Japaner, weshalb der Spezialagent der PSA so auf Eile drängte.

***

Professor Yondo beobachtete den Beamten aus halbgeschlossenen Augen. Seit einer guten halben Stunde schon prägte er sich jede Bewegung ein und kontrollierte jedes Geräusch, das vom angrenzenden Raum zu ihm in die Zelle drang.

Auf diese Weise war ihm bekannt geworden, daß sich in dem angrenzenden Büroraum noch ein weiterer Beamter aufhielt.

Yondo hielt den Atem an, als der kleine uniformierte Polizist sich von dem rohgezimmerten Schemel erhob und zur Zellentür kam. Das war sein Augenblick!

Der Professor zog die Beine an und rollte sich stöhnend auf die Seite.

»Besorgen Sie mir meine Medikamente, oder einen Arzt, rasch«, flüsterte er. Schweiß stand auf seiner Stirn. Yondo war mit der Technik der Hypnose ebenso vertraut wie mit der Autosuggestion. Er konnte sich in eine Rolle versetzen,so daß man einen neuen, einen anderen Menschen vor sich zu haben glaubte. Eine Person, die weniger in sich gefestigt war als Yondo, wäre Gefahr gelaufen, sich in dieser geistig aufgebauten Rolle zu verlieren, die darzustellende Person zu übernehmen und die eigene Persönlichkeit zu vergessen. Yondo hatte derartige erstaunliche Fälle während seiner hypnotischen Versuche mehr als einmal erlebt.

»Das Herz. Es ist einer der typischen Anfälle, an denen ich seit einiger Zeit leide, helfen Sie mir! Ich muß mich setzen.«

Yondo war ein einziges hilfloses Bündel. Er war totenbleich. Der kalte Schweiß glänzte auf seinem Gesicht. Die Rolle, die er spielte, war perfekt. Aber er wußte, daß er überzeugen mußte, wollte er auch nur die Spur einer Chance haben.

Der Beamte war im ersten Augenblick verblüfft.

Hatte er die ersten Anzeichen des Anfalls übersehen?

Er griff nach dem Schlüsselbund und schloß die schwere Tür auf.

Vorsichtig näherte er sich der schlichten Liege.

»Ich bekomme keine Luft ...« Yondo atmete schwer, und nur das Weiße seiner Augen war zu sehen.

Der japanische Beamte war noch immer mißtrauisch. Er hatte derartige Szenen schon im Film gesehen. Es war ein alter Trick. Aber irgendwie war es doch anders. Der Alte bildete zudem keine Gefahr für ihn. Er war unbewaffnet und auch körperlich nicht in der Lage, ihm ernsthaft gefährlich zu werden.

Und alles sah auch so echt aus.

Yondo war ein perfekter Schauspieler. Die letzten Stunden, die er in aller Ruhe in der Zelle verbracht hatte, taten ihm gut. Er hatte die Verletzung überstanden. Die Schußwunde und der Knochenbruch in der Hand waren hier im Revier ärztlich behandelt und verbunden worden.

Der greise, besessene Mann kannte nur noch ein Ziel: hier herauszukommen, ehe es immer schwieriger für ihn wurde. Er schätzte, daß es jetzt etwa gegen halb neun sein mußte. Sein Zeitgefühl hatte ihn selten getrogen.

Das Tageslicht drang zwar nur schwach durch das winzige, vergitterte Fenster, und Yondo konnte nicht einmal den Himmel sehen, weil die Mauer, die diesen Hinterhof begrenzte, zu hoch gezogen war.

Der Beamte näherte sich dem alten Mann. Yondo hatte die Augen weit geöffnet.

»Den ... Oberkörper ... aufrichten ...« sagte er schweißgebadet.

Yondo hatte diesen Beamten studiert, eingeordnet und analysiert; er wußte, daß dieser Mann helfen würde.

Die in Handschellen liegenden Hände des Professors waren wie im Krampf gegen die Magengegend gepreßt. Weiß traten die spitzen Knöchel hervor.

Der Wachhabende bückte sich. Seine Augen begegneten Yondos Blick. Wie gebannt starrte er in die fiebernden, ihn magnetisch anziehenden Augen.

Hypnotisiert blieb der Polizist stehen.

Die Verkrampfung von Yondos Körper löste sich, als hätte man ihm eine Droge gespritzt. Farbe kehrte in seine Züge zurück, dann richtete er sich auf, ohne den Blick von den Augen seines Gegenübers zu lösen.

»Du hast vergessen, daß jemand in der Zelle war. Die Zelle ist leer, siehst du es? Schau dich genau um – schau dich um!« Yondos Stimme klang leise, zwingend, verändert. »Die Zelle ist leer, nicht wahr?«

Der Uniformierte nickte. »Ja, sie ist leer«, wiederholte er mit monotoner Stimme. Yondo erhob sich. »Du hast alles vergessen; du weißt nichts mehr von mir, jedenfalls nicht in diesem Augenblick.« Mit diesen ruhigen Worten streckte er beide Arme aus. »Du hast die Zelle verlassen und willst in einen anderen Raum gehen. Du stehst vor einer Tür. Du mußt sie öffnen, weil du den Auftrag hast, etwas aus dem dahinterliegenden Raum zu holen. Siehst du die Tür? Du stehst genau davor. Und du siehst auch das Schloß, das du öffnen mußt – öffnen mußt.«

Der Angesprochene hob die rechte Hand, mit der er den Schlüsselbund hielt. Dann steckte er den passenden Schlüssel ins Schloß, mit dem die Handschellen des Gefangenen sich öffnen ließen.

Yondo streifte die Metallarmbänder achtlos ab und ließ sie einfach auf die Holzliege fallen.

»Und jetzt ist die Tür geöffnet ...« Mit diesen Worten trat er zur Seite, und er wußte, daß der hypnotisierte Beamte in seiner Vorstellungswelt tatsächlich eine Tür sah, die zurückwich. Die Dinge, zu denen der menschliche Geist fähig war, verblüfften auch ihn immer wieder.

Yondo fingerte an der Pistolentasche seines Befreiers herum, ohne auch nur einen einzigen Moment den Blick von den starren Augen des Beamten zu lösen.

»Du erinnerst dich jetzt wieder an einen Gefangenen. Alles, was ich dir zuvor sagte, hast du vergessen. Du bist jetzt wieder in der Zelle des Mannes, den du bewachen sollst. Du siehst, wie sich dieser verfluchte Yondo auf seiner Liege vor Schmerzen krümmt. Aber dir ist das gleichgültig, völlig gleichgültig.«

Der Angesprochene nickte. Seine Mundwinkel waren abfällig herabgezogen.

Erst jetzt, als Yondo sich seiner Macht über den Geist des Hypnotisierten ganz sicher war, löste er den Blick und entfernte sich mit der Waffe in der Hand zur Tür, die aus dem Vorraum führte. Er blieb hinter der geschlossenen Tür stehen.

»Siehst du, wie Yondo sich vor Schmerzen krümmt?«

»Ja, ich sehe es. Aber mir ist das egal. Völlig egal. Ich habe den Auftrag, ihn zu bewachen.« Der Beamte wandte sich nicht um. Er starrte auf die leere Liege, auf der er den Körper Yondos wahrnahm. Ja, da lag der Gefangene. Er trug Handschellen, er preßte die verbundene Hand auf den Magen. Er rief nach Hilfe, und nur der Beamte hörte diese Schreie.

»Geh«, sagte Yondo von der Tür her leise und zwingend. »Geh, hol deinen Kollegen. Gemeinsam könnt ihr etwas für ihn tun. Und du hast die Gewißheit, keinen Fehler zu begehen.«

Wie von Geisterhänden geschoben, bewegte sich der Uniformierte. Er kam auf die Tür zu, ohne Yondo, der nur eine Handbreit von ihm entfernt stand, wahrzunehmen. Und dann öffnete der Polizist die Tür.

»Sano«, rief er nach vorn in den Raum. »Komm doch mal rasch rüber! Ich glaube, mit dem Alten stimmt etwas nicht.«

Mit diesen Worten wandte er sich schon wieder um und ließ die Tür geöffnet, hinter der Yondo stand.

Der Professor hielt den Atem an. Auf diese Weise war ihm schon einmal die Flucht geglückt. Er hatte sich der Technik einer neuentwickelten Hypnoseform bedient und den Chefpsychiater der Anstalt, der ein ganz spezielles Interesse für den Fall des seinerzeit Eingelieferten zeigte, in Trancezustand versetzt, in einen permanenten Trancezustand, in dem er ihm gegenüber behauptet hatte, daß er nicht Professor Yondo sei, sondern ein Mitarbeiter der Anstalt. Er hatte vor den Augen des Chefpsychiaters einen weißen Kittel angezogen, und dann hatten sie sich auf den Weg gemacht und einen anderen Professor Yondo gesucht. Der wahre Yondo hatte einfach einen Geisteskranken, der bisher vier Menschen auf dem Gewissen hatte, herausgegriffen. Dieser Mann war für den Chefpsychiater noch heute Yondo, während der wahre Irre sich wieder seinen wahnwitzigen Experimenten zuwenden konnte, ungestört und unerkannt.

Schritte näherten sich von der anderen Seite des Raumes. Yondo hielt den Atem an. Er wartete hinter der Tür, die erbeutete Waffe schußbereit in der Rechten.

Sano tauchte auf, und Yondo zeigte, daß er nicht bereit war, das geringste Risiko einzugehen. Er hatte sich zu einem eiskalten Individuum entwickelt, zu einem Menschen, der keine Rücksicht und keine Gnade kannte. Ein herzloser Typ. Ein Monster, dessen bösartiger Geist in der Erschaffung des künstlichen Ungeheuers Früchte getragen zu haben schien.

Der Beamte wandte Yondo den Rücken zu und folgte dem Kollegen, der ihn gerufen hatte.

»Yondo? Was ist mit ihm?« Dann erfolgte der erschreckte Ausruf. »Aber die Zelle ist ja leer?!«

Das waren seine letzten Worte in diesem Leben. Zwei Schüsse bellten hart und trocken auf. Sie trafen den Unglücklichen genau zwischen die Schulterblätter und in den Kopf. Blut spritzte gegen die geöffnete Tür.

Yondo kümmerte sich nicht weiter um die Dinge.

Der Weg war frei, und sein Plan war klar. Bei seiner Ankunft schon hatte er eingehend die Anlage dieses Reviers beobachtet und Fluchtpläne geschmiedet.

Er erreichte die äußere Tür, öffnete sie vorsichtig, spähte hinaus auf den Gang und begann zu laufen, so schnell ihn seine mageren Beine trugen.

Die Schüsse waren im Haus zu hören gewesen. Er mußte damit rechnen, daß aus dem oberen Stockwerk des Reviers Beamte herbeikamen, und er vernahm auch schon die Schritte auf den Treppenstufen.

Yondo erreichte die Tür zum Hof, in dem die Autos standen. Zwei einsatzbereite Wagen standen vor dem weitgeöffneten Tor. Yondo warf sich hinter das Steuer, drehte den Zündschlüssel und startete. Während er anfuhr, gab er zwei Schüsse auf die Vorderreifen des neben ihm stehenden zweiten Polizeiwagens ab, um seinen Verfolgern jede Möglichkeit zu nehmen, rasch hinter ihm herzufahren.

In irrsinnigem Tempo schoß der von Yondo gesteuerte Wagen aus dem Tor, hinaus auf die Straße. Der Professor gab Gas und überholte an einer unübersichtlichen Kreuzung, um so schnell wie möglich aus dem Bereich des Polizeireviers zu kommen. Er hatte einen Vorsprung, und den mußte er nutzen. Er wußte, daß seine Flucht nicht möglich gewesen wäre, hätte man ihn ins Hauptquartier verfrachtet. Aber hier in diesem kleinen Vorortrevier, in dem sich meistens nur drei oder vier Beamte aufhielten, war das kein Problem gewesen.

Er bog im gleichen Augenblick um die Ecke, als sich von der anderen Seite der Stadt ein Polizeifahrzeug näherte, in dem Larry Brent und Eitura Keimatse saßen.

***

X-RAY-3 und sein japanischer Begleiter stiegen gerade aus, als ein Beamter an der Tür auftauchte, die Pistole in der Hand.

Keimatse eilte sofort auf ihn zu. Die Augen Larry Brents wurden zu schmalen Schlitzen.

Er eilte neben dem Japaner die Stufen hoch.

»Was ist passiert?« fragte Keimatse mit rauher Stimme.

Er erfuhr den Vorfall. Der Beamte, bleich und schwitzend, berichtete knapp und präzise.

Keimatse und Larry Brent machten sich erst gar nicht die Mühe, jetzt einen Blick ins Revier zu werfen.

Der Polizeichef eilte sofort zum Wagen zurück. »Sie hatten recht mit Ihren Befürchtungen, Mister Brent. Wir sind fünf Minuten zu spät gekommen.«

Er gab dem Fahrer den Hinweis, zum Wohnhaus Yondos zu fahren.

»Vielleicht erwischen wir ihn dort noch«, meinte er müde.

X-RAY-3 nickte ernst. »Hoffen wir das beste. Sehr zuversichtlich bin ich nicht, Keimatse. Yondo ist uns wieder mal eine Nasenlänge voraus.«

Larry Brents Prophezeiung erfüllte sich.

Sie erreichten das Haus Yondos, durchsuchten es, ohne ihn zu finden. Aber Yondo war dagewesen! Der Polizeiwagen stand neben der einfachen Garage, alle vier Reifen plattgeschossen! Dafür fehlte das Auto des Professors.

»Er war hier – aber nicht nur, um den Wagen zu wechseln«, bemerkte Larry Brent leise. »Er hat etwas gesucht.«

»Das Monster ...«

»Anzunehmen.« X-RAY-3 blickte sich um. »Aber das war auch nicht hier. Folglich hat er seine Suche fortgesetzt.«

»Aber in welcher Richtung? Wohin hat er sich gewandt?«

»Wenn wir das wüßten, wären wir dem Geheimnis einen großen Schritt näher.«

Über die Funkanlage im Auto gab Keimatse an das Hauptquartier die Weiterflucht Yondos in einem Zivilfahrzeug bekannt. Es würde nicht viel Mühe bereiten, festzustellen, welches Fabrikat Yondo fuhr und welches polizeiliche Kennzeichen der Wagen hatte.

Keimatse blickte den Amerikaner an. Man sah dem Polizeichef die Anstrengung der letzten Stunden an, und man bemerkte auch, daß er in dieser Nacht noch kein Auge geschlossen hatte. »Es sieht ganz so aus, als ob Sie wieder einmal recht haben, Mister Brent. Wenn wir Yondo innerhalb der nächsten vierundzwanzig Stunden nicht finden, dann wird die Sache wohl eine Fortsetzung finden.«

Sie verließen das Haus. Keimatse hatte getan, was er konnte. Alle Reviere und Funkstreifen waren benachrichtigt, alle Ausfallstraßen wurden überwacht. Wenn Yondo sich noch innerhalb Tokios befand, dann war es ausgeschlossen, daß er noch einmal hinauskam. Die Falle hatte sich geschlossen.

Aber es war eine leere Falle!

Derjenige, der sich darin verfangen sollte, befand sich längst außerhalb der Stadtgrenzen und hatte sogar die Vororte schon hinter sich.

***

Yondo hatte nach einer raschen Durchsuchung seines Hauses erkannt, daß Tonko sich abgesetzt hatte. Es gab in Tokio Versteckmöglichkeiten wie Sand am Meer, aber er glaubte nicht so recht daran, daß das künstliche Wesen sich hier irgendwo verborgen hielt. Für Tonko gab es ein Ziel, das ihn mit einem übermächtigen Trieb anziehen würde: die Berge von Yama-Guchi. Dort sollte zunächst seine neue Heimat sein, dort wollte er den »Stamm« übernehmen, den Yondo für sein Geschöpf ausgewählt und zusammengestellt hatte. Tonko kannte den Ort, er war mehrmals dort gewesen und würde ihn mit instinktiver Sicherheit wiederfinden, wie ein Vogel ein fernes Ziel ansteuert, das er niemals zuvor gesehen hatte.

Der dunkelgraue amerikanische Wagen, ein Buick, den Yondo steuerte, bewegte sich Richtung Südjapan.

Als Yondo ungefähr anderthalb Stunden unterwegs war, zeigte die Benzinuhr in seinem Wagen an, daß der Vorrat an Treibstoff langsam zu Ende ging.

Er mußte noch zehn Meilen fahren, um an eine abseits gelegene, einsame Tankstelle zu kommen, die am Rande der Landstraße stand.

Die Luft war heiß und staubig. Weit und breit kein Mensch zu sehen. Das flache Land breitete sich wie ein flirrender Teppich vor ihm aus.

Die Tankstelle bestand aus einem kleinen Lehmhaus, in dem der Tankwart saß und zwei alte Zapfsäulen bediente, die unter einem auf zwei Betonsäulen errichteten Dach vor der Sonne geschützt waren.

Der Lehmhütte gliederte sich ein baufälliger Schuppen an, in dem Geräte und Werkzeuge untergebracht waren. Daneben stand im Schatten ein dunkelblauer deutscher Volkswagen.

Yondo übersah die Szene mit einem einzigen Blick, und von einem Moment zum anderen war auch sein Plan fertig.

Die Polizei kannte inzwischen bestimmt schon die Automarke, die er fuhr, und das Kennzeichen. Wenn man eine Großfahndung nach ihm einleitete, dann sanken seine Chancen.

Er mußte die Automarke wechseln. Der VW war kein schlechter Tausch.

Yondo stieg aus, als der Tankwart, ein Mann Anfang sechzig, aus der Hütte kam und sich nach seinen Wünschen erkundigte.

»Das ist ein Wetter heute, was?« strahlte der Tankwart, während er zur Zapfsäule ging. »Heiß, sehr heiß. Aber das kann nicht so bleiben. Vom Meer her verfärbt sich der Himmel schon leicht. Ich glaube kaum, daß das Wetter sich noch lange hält. Wir kriegen in diesem Jahr genau so einen Sturm wie letztes Jahr, darauf können Sie sich verlassen. Es wird dann hier wieder böse aussehen. Die Äcker und Felder, die Dörfer – im letzten Jahr hatten wir in dieser Gegend mehr als hundert Tote zu beklagen.«

Während der Mann so redselig war, erwischte ihn sein Schicksal.

Yondo schlug mit dem Knauf der Polizeipistole, die er an sich genommen hatte, hart und trocken zu. Zweimal.

Der Tankwart sank, ohne einen weiteren Laut von sich zu geben, zu Boden.

Eiskalt führte Yondo seinen Plan zu Ende. Er schleifte den reglosen Körper des Mannes zur Lehmhütte, warf ihn unter den klobigen, grob zusammengezimmerten Holztisch und fesselte den Bewußtlosen mit einer Schnur, die er in der Tischschublade fand. Dann durchsuchte er die Taschen des Tankwarts und fand den Autoschlüssel.

Yondo fuhr seinen Buick hinter das Haus, setzte sich dann in den dunkelblauen VW und ließ den Tank vollaufen. Während dieser Zeit passierte kein Wagen die Tankstelle, kam kein Mensch in diese einsame Gegend.

Nach zehn Minuten fuhr der Professor weiter.

Er fühlte sich wieder sicherer. Bis hier entdeckt wurde, was geschehen war, konnten Stunden vergehen. Und bis die Polizei Bescheid wußte, vergingen abermals Stunden.

Bis dahin aber war er über alle Berge. In den Höhlen von Yama-Guchi kannte er sich aus. Er hoffte, dort Tonko wiederzufinden. Und selbst wenn sich das Wesen aus der Retorte dort nicht verbarg, dann würde es bald eintreffen. Yondo war sich dessen vollkommen sicher. Tonko konnte gar nicht anders handeln. Hier war sein Zuhause, und er, Yondo, war sein geistiger Vater.

In der gebirgigen Gegend von Yama-Guchi gab es nur wenige menschliche Ansiedlungen, kleine, abgeschiedene Dörfer, in denen sich während der letzten hundert Jahre nichts verändert zu haben schien, und abseits liegende Gehöfte, die hinter den Hügeln verschwanden, und man nur über unwegsames Gelände erreichte.

***

Der Bauer Ujeida war einer der wenigen, die ein solches abgelegenes Gehöft ihr eigen nannten, die die umliegenden Äcker und Felder noch bestellten und eine recht ansehnliche Viehzucht betrieben.

Die Familie Ujeida bestand aus insgesamt zwölf Mitgliedern. Dazu gehörte auch noch die fünfundachtzigjährige Mutter des Bauern.

Der jetzt fünfundfünfzigjährige Ujeida war das Oberhaupt der Familie und führte die Sippe mit strenger, aber guter Hand. Es ging ihnen nicht schlecht, sie hatten ihr Auskommen. Wenn die Ernte in diesem Jahr nicht ein Opfer der Witterung wurde wie letztes Jahr, dann würden sie auch über die Winterzeit ausreichend Nahrung haben.

Die Äcker und Felder und der beachtliche Viehbestand ernährte die zwölfköpfige Familie, und es blieb noch soviel übrig, daß sie auf dem Markt des Nachbardorfes etwas verkaufen konnten.

Es dämmerte. Der heiße Augusttag ging langsam seinem Ende zu.

Ujeida hatte seine Söhne und Töchter und seine Frau aufgefordert, mitzuhelfen, die Tiere in die Ställe zu bringen.

»Das Wetter sieht nicht gut aus«, sagte er ernst, während sein Blick zum Himmel wanderte.

Das Firmament hatte eine eigentümliche Färbung. Die Sonne lag verwaschen hinter einer dicken Schicht von Wolken, die eine grünlichgraue Farbe aufwiesen. Und zum Meer hin war die Gewitterfront, die sich dem Land näherte, tiefschwarz.

»Es kommt etwas auf uns zu.« Ujeida sagte es mit dem sicheren Gespür des Menschen, der noch mit der Natur verwachsen ist.

Es war schwül, und kein Lüftchen regte sich.

»Die Ruhe vor dem Sturm«, meinte Ujeida besorgt.

Sie trieben die Kühe und Schweine in die Ställe. Die Kinder jagten mit Begeisterung die Hühner über den Hof. Er, Ujeida, kümmerte sich selbst um die kleine Schafherde, die ein wenig abseits auf der Weide graste.

Er hatte zwanzig Schafe. Mit einem langen Stock trieb er die Tiere zunächst in den Pferch und zählte sie automatisch. Er kam nur auf neunzehn. Ein Lamm fehlte!

Er zählte noch einmal. Er hatte sich nicht verzählt.

Er ließ die Tiere zunächst im Pferch, obwohl er sich vorgenommen hatte, sie ebenfalls sofort in die Ställe zu den Schweinen zu schaffen, damit sie ein Dach über dem Kopf hatten, wenn das Wetter umschlug. Doch die Suche nach dem fehlenden Tier erschien ihm jetzt wichtiger.

Die Weide stieg hügelan. Sie war nicht eingezäunt. Das bergige, felsige Gelände bildete einen natürlichen Schutzwall. Aber es war ein poröser Schutzwall, mit zahlreichen Löchern und Spalten, niedrigen Felsbrocken, über die ein Tier bequem steigen und sich verlaufen konnte.

Es war nicht das erste Mal, daß Ujeida ein Lamm, ein Huhn oder eine Kuh suchte. Er fand nichts Besonderes dabei. Bisher hatte er die Tiere immer wiedergefunden. Und das war die Hauptsache.

Er stieg über das harte, kantige Gestein, bog um einen mächtigen Felsblock, der ihm die Sicht versperrte, und schritt dann über den harten, mit zahllosen Steinen übersäten Untergrund, der sich vor ihm ausdehnte.

Er blickte sich um, hielt den Atem an und lauschte, ob da nicht vielleicht ein Geräusch wäre. Er suchte nach Spuren auf dem staubigen und felsigen Boden, fand aber keine.

Er ging weiter ins Gebirge hinein, und plötzlich verharrte er in der Bewegung. Deutlich vernahm er ein Rascheln.

Es kam von weiter oben. Das Lamm hatte sich verirrt und suchte nach einem Ausweg. Warum aber blökte es nicht?

Die Dämmerung nahm rasch zu. Kein Sonnenstrahl durchbrach mehr die Wolkendecke. Es war heute schneller dunkel geworden, als dies normalerweise der Fall war.

Ujeida stieg zwischen einer Felsenspalte hindurch und zerkratzte sich die Hand an dem scharfkantigen Gestein. Aber er achtete nicht darauf. Er beeilte sich, so schnell wie möglich in die Richtung zu kommen, aus der er das Geräusch vernommen hatte. Er mußte auch den Abstieg noch hinter sich bringen, ehe das Unwetter losbrach.

Seine Augen verengten sich plötzlich zu einem Spalt. Auf der Erde vor ihm, zwischen kleinen Felsensteinen, ein Knochen?! Es hätte ihn nicht sonderlich verwundert, hier einen Knochen zu finden. Es gab genug in Freiheit lebende Tiere, aber dieser Knochen war frisch, und Reste von Fleisch hingen noch daran. Blutspuren.

Ujeida bückte sich und hob den Knochen auf. Im ersten Augenblick kam ihm der Gedanke, daß es sich um Reste eines Schafes handeln könne, aber dann war sofort zu erkennen, daß ein solcher Knochen niemals von einem Lamm stammte.

Mit spitzen Fingern drehte der Bauer den gefundenen Knochen und prüfte ihn genau. Dieser Knochen paßte in kein Tierskelett, das er schon gesehen hatte. Merkwürdig!

Er ließ den Fund einfach zu Boden fallen, ging weiter und stieß auf ein weiteres Knochenstück, größer und umfangreicher als das erste.

Ujeida wollte sich schon bücken, um auch diesen Fund einer genaueren Kontrolle zu unterziehen, als seine Aufmerksamkeit auf einen noch größeren Knochen gelenkt wurde, der unmittelbar am Fuß eines mächtigen Felsbrokkens zwischen einem Berg kleinerer Steine lag und halb herausragte. Irgendwie war hier erst kürzlich ein grausiges Mahl beendet worden.

Mit den Füßen stieß er die Steine auseinander, so daß der große, bis zu den feinen Knorpeln angenagte Knochen, der eben noch zur Hälfte aus den aufgeschichteten Steinen herausgeschaut hatte, freigelegt wurde.

Jetzt war Ujeida sich völlig sicher, daß es sich bei diesem Fund nicht um einen Tierknochen handelte.

Dies hier war ein Unterarmknochen – und daran hing die gebrochene, abgenagte Hand.

Es war ein Menschenknochen.

Ujeida war im ersten Augenblick wie benommen. Er wagte nicht, den Fund aufzuheben. Der Bauer bückte sich und starrte auf den blutverschmierten Knochen.

Etwas Furchtbares war hier geschehen. Ujeida wußte nicht, was es war, aber er begriff, daß er den Vorfall nicht einfach hinnehmen konnte. Er mußte noch heute ins Dorf, um dem Bürgermeister Bescheid zu geben. Die Sache mußte untersucht werden.

Und dann lief es Ujeida mit einem Mal eiskalt über den Rücken.

Er erinnerte sich plötzlich an das Gespräch, das er erst heute morgen mit einem Dorfbewohner geführt hatte.

Seit gestern abend wurde ein Mann vermißt. Man hatte ihn überall gesucht, auch in den nahen Regionen der Berge, aber man hatte ihn nicht gefunden.

Bestand zwischen dem Verschwinden des Dorfbewohners und diesem grausigen Fund ein Zusammenhang? Angesichts dessen, was sich hier seinen Blicken bot, bestand wohl kaum ein Zweifel.

Vergessen war das Lamm, das er noch eben suchen wollte. Und er rechnete auch nicht damit, es in den Bergen noch lebend zu finden. Wenn, dann waren sicher auch nur noch Knochen vorhanden.

Ujeida schluckte. Er mußte zurück, ehe vielleicht auch ihm etwas begegnete, das ...

Sein Herzschlag setzte aus. Er sah plötzlich die Schatten, die ihn umringten. Zwei ... vier, sechs ... acht Gestalten!

Wie von einer Tarantel gestochen sprang der Bauer in die Höhe. Seine Augen weiteten sich vor Entsetzen.

Er wollte zurückweichen, aber da fühlte er den Stoß im Rücken, daß er nach vorn taumelte, genau in die langen, behaarten Arme eines der schrecklichen Wesen, die den Kreis um ihn immer enger zogen.

Er wollte schreien, aber es war, als ob ein Kloß in seinem Hals ihn daran hindere. Ujeida hatte den Mund geöffnet. Sein ganzer Körper zitterte vor Entsetzen, als er begriff, daß dies hier kein Alptraum, sondern Wirklichkeit war, eine Wirklichkeit allerdings, die einem gespenstischen Alptraum glich.

Die acht dunklen, riesigen Körper – woher kamen sie?

Menschenaffen ... Gorillas ... hämmerten seine Gedanken.

Er sah die glühenden Augen, die halbgeöffneten Mäuler, an deren Lippen noch das Blut klebte. Und da wußte er, welches Schicksal auch ihn erwartete.

Ujeida ließ es auf einen letzten verzweifelten Versuch ankommen. Die Panik und das Entsetzen und die Aussichtslosigkeit seiner Lage gaben ihm noch einmal ungeheure Kraft.

Er warf sich auf einen der haarigen Körper. Es waren Frauen, das war deutlich zu erkennen, und es mußte ihm doch gelingen, mit diesen unheimlichen Wesen fertig zu werden!

Aber es war ein hoffnungsloses Unternehmen. Sie behandelten ihn wie Spielzeug. Ujeida rannte gegen eine Mauer an.

Und dann teilte sich die Wand vor ihm plötzlich und ein männliches Exemplar dieser Gattung stand vor ihm, breitschultrig, riesig; es überragte die weiblichen Wesen um einen guten halben Meter.

Die gorillaähnlichen Geschöpfe wichen zurück, als Tonko auftauchte. Der mächtige Affenmann packte Ujeida einfach am Gürtel, zog ihn zu sich herüber und hob ihn vom Boden auf.

Ein dunkles, zufriedenes Knurren kam über die breiten Lippen Tonkos. Seit er die Führung der Gruppe übernommen hatte, mußte er dafür sorgen, daß man in ihm immer und immer wieder den Herrscher sah, daß man erkannte, über welche Kraft er verfügte.

Tonko ging davon, den zappelnden und schreienden Bauern einfach auf den Armen tragend. Als dem Monster das Geschrei zu lange dauerte, versetzte er dem unglücklichen Mann einen Schlag, daß Ujeida die Besinnung verlor. Sein Kopf flog zurück, daß es gefährlich in den Wirbeln krachte.

Schlaff hingen die Glieder des Bauern herab.

***

Tonko ging an der Spitze der Gruppe; die behaarten Frauen folgten ihm, eine hinter der anderen. Mit bloßen Füßen bewegten sie sich auf dem schmalen steinigen Pfad weiter in die Berge hinein.

Seit Tonko da war, hatte sich das Leben in den Höhlen verändert. Er führte die Dinge mit fester Hand. Und er sorgte dafür, daß genügend zu essen da war.

Sie passierten eine flache Hügelkette, stiegen über ein Felsplateau und erreichten dann den düsteren, von zahlreichen Büschen und Blattwerk verdeckten Höhleneingang.

Eine der behaarten Frauen huschte nach vorn und zerrte einen der großen Büsche zur Seite, so daß ein Teil des Höhleneingangs sichtbar wurde.

Geduckt suchten sie das Innere des Berges auf. Kühle und Dämmerung hüllten sie ein.

Auf dem Boden lagen einfache Bastmatten; zurechtgeschlagene Felsbrocken dienten als Sitzgelegenheiten.

Während die Frauen sich im vorderen Höhlenabschnitt verteilten, suchte der riesige Tonko eine Nebenhöhle auf.

Durch ein winziges Loch in der Decke fiel ein schwacher Lichtstreifen. Über zwei gewaltigen Steinquadern, die wie abstützende Säulen wirkten, lag ein dicker, mehr als armstarker, grob abgeschlagener Ast. Und an diesem Ast waren mit Bastseilen die Vorräte befestigt, die an diesem Tag herangeschafft worden waren. Da hingen zwei blutige Fledermäuse und ein Lamm, dem das Fell abgezogen war. Es handelte sich um das Tier, das der Bauer Ujeida vergebens gesucht hatte. Ganz rechts, in der Dunkelheit kaum wahrnehmbar – mit dem Kopf nach unten – ein Mensch. Seine ganze linke Seite war aufgeschlagen; deutlich zu erkennen war eine schwere Kopfverletzung, die zum Tod geführt haben mußte. Der Mann war bei seiner Flucht vor den unheimlichen Affenwesen von einem Felsen gestürzt.

Tonko hatte die Beute nicht liegenlassen. Er holte sie in die Vorratskammer. Instinkt und heimtückische Schläue mischten sich in seinem Gehirn zu einem gefährlichen Durcheinander. Es gab für ihn keine Skrupel. Er handelte nicht nach Gefühl und Gesetz. Er folgte dem Trieb der unheimlichen Macht, die in ihm erwacht war und immer stärkere Formen annahm.

Achtlos ließ er den Körper des immer noch bewußtlosen Bauern auf den Boden gleiten. Dann griff er nach einem Bündel Bastschnüre, die in der Ecke lagen, und fesselte den Mann an Armen und Beinen, rollte ihn unter eine zusammengezimmerte Pritsche und ließ ihn allein zurück.

Dann ging Tonko daran, den Haupteingang der Höhle zu sichern. Draußen klatschten die ersten großen Tropfenauf das heiße, trockene Felsgestein.

***

Larry Brent hatte seinen Abflug um einen weiteren Tag verschoben, um gemeinsam mit Keimatse den vielversprechendsten Hinweisen nachzugehen. Doch jeder Einsatz erwies sich als ein Schlag ins Wasser.

Die Suche nach Yondo war indessen über das ganze Land ausgedehnt worden, aber bis zur Stunde hatte man noch keine Spur von ihm gefunden.

Larry hatte es noch mal mit der Affenfrau versucht, die Keimatse in einer Untersuchungszelle untergebracht hatte. Doch jeder Dialog mit ihr war ausgeschlossen. Die durch radioaktive Strahlung veränderte Japanerin war während der letzten vierundzwanzig Stunden völlig vertiert. Sie reagierte nicht mehr mit Worten, sondern nur noch durch Fauchen und Knurren. Das Endstadium der Entwicklung schien sich anzukündigen. Ein herbeigerufener Spezialist erklärte sich außerstande, hier etwas tun zu können.

»Ich kann nicht mehr rückgängig machen, was die ursprünglichen Gene verändert hat. Das ist ausgeschlossen.« Das waren seine Worte. Aber der Fall interessierte ihn sehr. Er hatte nie zuvor etwas Ähnliches gesehen.

Inzwischen hatte man den Wagen in der abgelegenen Tankstelle an der Landstraße gefunden und den Fluchtweg des kriminellen und wahnwitzigen Professors zu rekonstruieren versucht.

Nach einem Weg von zwanzig Meilen gab es eine Kreuzung, von wo aus es möglich war, sich in drei verschiedene Himmelsrichtungen abzusetzen. Diese Tatsache machte die Fahndung nicht einfach. Bis zur Stunde fehlte noch jeglicher Hinweis auf den von Yondo entwendeten dunkelblauen VW.

Am dritten Tag seit der Flucht des Irren trat Larry Brent seine Flugreise nach Hongkong an. Er versprach, mit der nächsten Linienmaschine gleich am Abend desselben Tages wieder nach Tokio zurückzukehren. Die Weiterentwicklung der Dinge interessierte ihn.

Er wollte sich nach Erledigung seines Auftrags in Hongkong stärker hinter eine Erforschung der Probleme klemmen, die die Mutation einiger unglücklicher Menschen aufgeworfen hatte. Wenn man nur gewußt hätte, wo Yondo seine anderen Opfer versteckt hielt, wäre es ein leichtes gewesen, das Versteck und Yondo aufzustöbern.

Zum Abschied am Flughafen hatten sich Keimatse und die charmante Agentin Keiko Yamado eingefunden. Dem Mädchen ging es wieder blendend. Mit keinem Wort mehr hatte sie den Zwischenfall erwähnt, der sich vor drei Tagen ereignete.

Über Tokio herrschte noch immer eine drückende Hitze, und die gefährliche Dunstglocke wurde von Stunde zu Stunde schlimmer. Die Menschen in den Straßen gingen gebeugt wie unter einer schweren Last. Man sah nur schwitzende Gesichter und schweratmende Gestalten, die sich nach einem erfrischenden Regenguß sehnten. Für einzelne Teile des unter einem Tiefdruckkern liegenden Landes waren zum Teil schwere Gewitter angesagt. Im Süden der Insel sollte es vor zwei Tagen schon zu ersten schweren Regenfällen und Gewitterstürmen gekommen sein.

Um 10.20 Uhr startete die Maschine der Japanischen Flugverkehrsgesellschaft, eine Boeing 737. An diesem Werktag befanden sich nur 69 Passagiere und vier Mann Besatzung an Bord.

In dieser Linienmaschine hielt sich auch der Führer einer gemäßigten japanischen Studentengruppe auf.

Ob es die Tatsache war, daß dieser Führer mitflog, oder ob das schlechte Wetter daran schuld war, in das die Maschine nach einer Flugzeit von knapp einer halben Stunde geriet, das ließ sich zum Zeitpunkt der Katastrophe nicht mehr sagen.

Als das Unheil über die Maschine hereinbrach, geschah es – im wahrsten Sinne des Wortes – wie ein Blitz aus heiterem Himmel.

Niemand begriff zunächst die tödliche Gefahr.

Ein greller Blitz leuchtete im Passagierraum auf, dann erfolgte eine ungeheure Detonation. Die Maschine, die gerade über dem Gebiet von Yama-Guchi flog, senkte sich bedrohlich auf die Seite und verlor sofort an Höhe. Dunkelgraue Wolkenfetzen rasten an den Fenstern vorüber. Regen prasselte gegen die Scheiben, und man fühlte im Flugzeug jetzt jeden Windstoß.

Einige Passagiere schrien laut und versuchten, aus ihren Sitzen aufzuspringen. Panik stand in ihren Augen zu lesen. Und Todesangst ...

Wie ein Pfeil stieß die Maschine im Sturzflug nach unten. Donnergrollen und Blitze begleiteten sie. Aber da war außer dem Licht der Blitze noch ein anderer Schein im Passagierraum. Und der kam von draußen.

Larry Brents Atem stockte, als er den Blick wendete. Er saß so, daß er schräg auf den linken Flügel zu sehen vermochte.

Das Triebwerk stand in hellen Flammen! Die Tragfläche sah angeschwärzt aus, und die Landeklappen waren verbogen.

»Meine Damen und Herren, bitte verhalten Sie sich ruhig«, klang die Stimme der Stewardeß aus dem Lautsprecher. »Es besteht kein Grund zur Besorgnis. Die Maschine ist noch voll manövrierfähig, aber es ist nicht ausgeschlossen, daß der Pilot, um die größtmögliche Chance wahrzunehmen, eine Notlandung vornehmen wird! Bleiben Sie bitte auf Ihren Plätzen und schnallen Sie sich an! Panik kann die Lage nur verschlimmern. Bitte, befolgen Sie auf jeden Fall die Anweisungen des Personals!«

Eine Frau wurde ohnmächtig. Aber ansonsten hielten sich die Passagiere tapfer, wenn einige auch sehr bleich aussahen. Larry Brent war überzeugt davon, daß seine Gesichtszüge nicht besser wirkten.

Der ungeheure Sturm wirbelte die steuerlose Maschine wie ein welkes Blatt durch die Luft.

Das rasche Absinken bewirkte, daß die Passagiere fest in ihre Sessel gepreßt wurden, und selbst wenn sich jetzt jemand hätte erheben wollen, es wäre ihm nur unter Aufbietung aller Kräfte möglich gewesen.

»Wir überfliegen noch die Gebirgsgegend von Yama-Guchi. Es dürfte vielleicht nicht allen Passagieren bekannt sein, daß sich am Fuß des Gebirges weitgestreckte, glatte Ebenen ausdehnen, die eine Notlandung ermöglichen ...«, beruhigte die Stimme einer Stewardeß wieder die Passagiere, während sich die zweite Stewardeß mit ernstem Gesicht, aber doch ruhig und gefestigt, um die ohnmächtige Frau bemühte.

Larry jedoch kam die Sache nicht ganz geheuer vor. Er hatte das Gefühl, als ob im Flugzeug mehr ausgefallen wäre als nur das eine Strahltriebwerk. Die gesamte elektrische Versorgung war in Mitleidenschaft gezogen!

Im ersten Augenblick hatte er daran geglaubt, daß vielleicht eine an Bord geschmuggelte Bombe die gefährliche Situation geschaffen hätte. Aber nun gewann er immer mehr die Überzeugung, daß ein Blitz die Ursache war.

Brents Lippen preßten sich zu einem schmalen, kaum wahrnehmbaren Strich zusammen.

Die Situation war gefährlich, wenn nicht sogar aussichtslos. Sein Gefühl hatte ihn selten getrogen. Er gewann die Überzeugung, daß sie hier nicht mehr mit heiler Haut herauskommen würden. Aber seltsam: Je näher man sich dem Tod fühlte, desto unwirklicher, unfaßbarer wurde er. Der menschliche Geist schaltete an einem gewissen Punkt einfach ab.

Die Maschine schlingerte. In wenigen Sekunden spielte sich das Drama in der aufgewühlten Luft ab.

Die Bergketten rasten näher, dunkle, zerrissene Schemen und gewaltige Massive.

Die Wolken hingen bis tief auf die niedrigsten Hügel herab.

Da gelang es dem Piloten, den Flug der schlingernden 737 zu stabilisieren.

Die Maschine lag glatt wie ein Brett in der Luft, verlor aber noch immer rapide an Höhe.

Jetzt senkte sich die rechte Tragfläche herab, ein Beweis dafür, daß der Pilot mit verzweifelter Anstrengung versuchte, den tödlichen Felsen zu entkommen. Seine Sicht war behindert. Die schwarzen, massiven Wolkenbänke versteckten gefährliche Felsketten, gegen die die flugbeeinträchtigte Maschine rasen konnte.

Links war jetzt, verwaschen und verschwommen hinter dem Vorhang herniederprasselnden Regens, dunkelbraunes Ackerland wahrnehmbar, grüne Wiesen, die sich kaum aus dem Dunst und dem Grau des Untergrunds abhoben.

Der Pilot ließ das Fahrwerk ausfahren. »In wenigen Sekunden setzt die Maschine auf! Bitte überprüfen Sie den Sitz Ihrer Gurte! Wir werden ziemlich hart aufkommen. Es ist gut, wenn Sie sich nach vorn beugen und die Bauchmuskeln anspannen ...« Die Stimme der Stewardeß klang noch immer ruhig. Was mußte diese junge Frau diesen Sekunden durchstehen! Sie, die mehr wußte als jeder andere der hier mitfliegenden Passagiere! Und was erst mußte in dem Captain vorgehen, der die Maschine noch in der Hand, aber ein Ungetüm zu bändigen hatte, das seinen Befehlen trotzte.

Larry begriff ein wenig von der Fliegerei, und er wußte, daß es jetzt darauf ankam, den Vogel so rasch wie möglich auf festen Boden aufzusetzen und zu retten, was zu retten war. Wenn das Feuer, das in einem der Strahltriebwerke schwelte, erst auf die Tanks übergriff, dann gab es überhaupt keine Rettung mehr. Das Flugzeug würde explodieren und in tausend Fetzen fliegen, die Menschen würden zerrissen werden. Es war nicht das erste Mal, daß so etwas passierte. Die zivile Luftfahrt beklagte in jedem Jahr eine Reihe von katastrophalen Unfällen.

Larry versuchte, diese Gedanken, die ihn mit einem Mal belästigten, abzuschütteln.

Wie riesige Stalagmiten wuchsen die Felshänge der Nordseite des Gebirges neben ihm auf. Die Maschine berührte steinigen Untergrund.

Ein Schütteln packte den riesigen Flugkörper. Der Pilot hatte es nicht mehr geschafft, die Notlandung auf der sandigen Ebene vorzunehmen. Er war noch zu nahe am Gebirge.

Der große Metallvogel berührte mit den Reifen den felsigen Untergrund. Gesteinsbrocken flogen durch die Luft, schlugen gegen die Metallwandungen. Das Fahrgestell brach ab, und der Leib der 737 rutschte mit Brechen und Tosen über den Untergrund. Die Maschine drehte sich auf dem felsigen, abschüssigen Plateau um ihre eigene Achse. Die Passagiere wurden gegen die Wandungen und in die Sessel gedrückt. Die linke Tragfläche brach an einem Felsvorsprung ab.

Das harte Aufsetzen und das donnernde Kippen der Boeing war in der Wirkung so, als ob eine Riesenfaust das Wrack packen und zur Seite schleudern würde.

Larry glaubte, sein Magen stülpe sich um. Sein Kopf flog zur Seite.

Die Maschine rutschte über den Boden, geriet über einen spitzen, aus der Erde ragenden Hügel – und brach in der Mitte durch.

Mit einem einzigen Ruck riß Larry Brent den Haltegurt los. Er sah in diesen entscheidenden, unbegreiflichen Minuten, daß andere Passagiere sich ebenso halfen.

Dann gab der Boden unter ihm nach. Er stürzte aus dem Spalt. Zwei, drei andere Körper wurden durch die Gewalt des Aufpralls ebenso herausgeschleudert.

Die vordere Hälfte der Maschine stürzte mit ohrenbetäubendem Donnern über das Plateau und zerschellte einige hundert Fuß tiefer. In Larrys Ohren dröhnte und echote das Schreien der Passagiere, die sich mit ihm in der anderen Hälfte der Maschine befunden hatten.

Er sah den Flugkörper über sich hinwegziehen, aus weiter Ferne nur nahm er eine ungeheure Detonation wahr, sah eine riesige Stichflamme und einen schwarzen Rauchpilz aus der Tiefe des Abgrunds hochsteigen.

Der Amerikaner schlug mit dem Kopf gegen einen Stein und verlor sofort die Besinnung.

Regen prasselte auf ihn nieder, durchnäßte ihn binnen weniger Sekunden und überschwemmte auch die anderen, verstreut auf dem Plateau liegenden reglosen Körper.

***

Keine hundert Schritte vom Ort der Katastrophe entfernt zeigte sich eine dunkle, unter einem schützenden Felsvorsprung stehende Gestalt.

Das Wesen war über zwei Meter groß, breitschultrig und am ganzen Körper behaart.

Die glühenden Augen waren auf die reglosen Körper gerichtet. Ein zufriedenes, tierisches Knurren kam aus der Kehle des Monsters.

Dann zog es sich zurück, verschwand unter den schützenden Überhängen bröckliger Felsen und suchte Unterschlupf in einer nahen Höhle.

Hier wollte es zunächst das Nachlassen des Unwetters abwarten.

***

X-RAY-3 versuchte, sich zu bewegen. Sein Körper war wie gelähmt. Er fühlte sich nicht imstande, die bleischweren Glieder zu heben.

Nur unter unsäglicher Kraftanstrengung gelang es ihm, den Kopf auf die Seite zu drehen. Brent spürte einen entsetzlichen Schmerz im rechten Schulterknochen und biß die Zähne zusammen.

Um ihn herum lagen die Trümmer des Wracks verstreut. Die hintere Hälfte der Boeing 737 lag da wie eine zersplitterte Röhre, in die man hineinsehen konnte. Fast völlig erhalten war das hintere Leitwerk.

Überall lagen Menschen. Brent sah die Toten und Verletzten und hörte das Wimmern der Verunglückten, die sich nicht helfen konnten.

Larry wußte nicht, wieviel Zeit seit seiner Bewußtlosigkeit und seit dem Absturz vergangen war. Der Regen und der Sturm hatten nachgelassen.

Larry fror. Er war völlig durchnäßt, und seine zerschundene und aufgerissene Kleidung klebte an ihm wie eine zweite Haut.

Keine drei Schritte von sich entfernt sah er eine junge Frau liegen. Ihr Arm war zwischen zwei Felsblöcken eingeklemmt. Bei Bewußtsein versuchte sie sich zu befreien. Larry spannte seine Muskeln an und wollte ihr zu Hilfe kommen. Aber es war, als hätte man seine Nervenstränge durchgeschnitten. Er war hilflos wie eine Marionette.

Zitternd schloß der PSA-Agent die Augenlider. Als er sie wieder öffnete, gelang es ihm, den Kopf schon ein wenig anzuheben.

Er sah zahlreiche Koffer und Taschen umherliegen. Wäschestücke und andere Utensilien, zerschmetterte Fotoapparate, zermanschtes Obst, zersplitterte Whiskyflaschen ...

Aus einem noch halbgefüllten Koffer vernahm er leise, ein wenig verzerrte Musik. Durch das Aufschlagen mußte ein Transistorradio sich selbst eingeschaltet haben. Es waren schwermütige, verhaltene Klänge, die die triste Situation wie in einem Film untermalten.

Larry Brent biß die Zähne zusammen.

»Gedulden Sie sich noch einen Augenblick«, kam es kaum hörbar über seine Lippen. »Ich werde Ihnen helfen. Schonen Sie Ihre Kräfte!«

Die junge Frau, die neben ihm lag, starrte ihn aus weit aufgerissenen, müden Augen an. »Die Schmerzen ... meine Hand ... ich kann nicht mehr ... Glauben Sie, daß man uns noch findet?«

Dieses »noch« in ihren Worten irritierte ihn.

Lagen sie denn schon so lange hier?

Rundum war alles grau und öde, ein makabrer Anblick. Es war, als ob der Abend bereits angebrochen sei. Brent machte eine diesbezügliche Bemerkung, und die junge Japanerin bestätigte ihm, daß es bereits Abend sei.

»... wir liegen seit über sieben Stunden hier. Ich habe vorhin ... die Nachrichten gehört. Dort drüben aus dem Transistorradio ... man hat das Flugzeug vermißt. Sie vermuten, daß es in eine Gewitterfront geraten und abgestürzt ist. Nach den letzten Positionsmeldungen nimmt man an, daß das Flugzeug sich über dem Gebiet von Yama-Guchi befand ...«

Larry atmete tief durch. »Das ist eine gute Nachricht. Dann findet man uns auch bald. Sicher sind schon Suchtrupps unterwegs.«

Die Japanerin, die ein so ausgezeichnetes Englisch sprach – sie war in einem amerikanischen Konsulat tätig – schüttelte kaum merklich den Kopf.

»Man merkt, daß Sie fremd hier sind. Yama-Guchi – das ist eine riesige Fläche. Wenn sie nicht auf Anhieb den Unglücksort finden, dann wird es kritisch für die Verletzten wie für die Überlebenden. Ich habe das Gefühl, daß wir in den höheren Regionen eines Berges abgestürzt sind. Bei diesem Wetter sieht es schlecht mit einer Rettung aus. Und nachts wird es verdammt kalt. Das überstehen wir nicht!«

»Nicht aufgeben!«

Larry Brent brauchte volle zwanzig Minuten, ehe es ihm gelang, sich aufzurichten. Er kam schließlich auf die Beine und taumelte auf die eingeklemmte Japanerin zu. Sein linker Arm hing wie ein abgestorbenes Glied an seiner Seite. Die Schmerzen im Schultergelenk waren unerträglich. X-RAY-3 vermutete, daß es gebrochen oder zumindest angeknackst war.

Wortlos machte er sich an die Arbeit. Mit dem linken Fuß versuchte er den Felsstein auf die Seite zu drücken, während er sich mit dem rechten Arm von oben dagegen lehnte, um die Angriffsfläche so groß wie möglich zu machen. Es bereitete ihm Schwierigkeiten, den Block auf die Seite zu drücken, aber er schaffte es. Für Bruchteile von Sekunden wurde der Zwischenraum größer, so daß die Japanerin den eingeklemmten Arm freibekam.

»Danke«, hauchte sie.

Larry nickte und blickte sich um. Er untersuchte einige der am Boden liegenden Passagiere. Für viele kam jede Hilfe zu spät. Etliche waren an ihren Verletzungen verblutet, ein anderer mit großer Wucht gegen eine scharfkantige Felswand geschleudert und dort zerschmettert worden ...

Waren die junge Japanerin und er die einzigen, die den Absturz wie durch ein Wunder überlebt hatten? Beide waren im Verhältnis zu dem, was sich hier ereignet hatte, mit harmlosen Verletzungen davongekommen.

Larry Brent griff sich an den Kopf. Er kramte in seiner Erinnerung. Er wußte, wer er war, wie er hieß, woher er kam und mit welchem Auftrag er unterwegs war. Doch manchmal, wenn er sich an einen bestimmten Namen oder an ein anderes Detail erinnern wollte – setzte sein Denkapparat aus. Er litt teilweise unter Gedächtnisschwund! Der Stoß gegen den Kopf hatte sein Erinnerungsvermögen ein wenig durcheinandergebracht.

Er hoffte, daß es nicht schlimmer wurde und die Symptome nur vorübergehender Natur waren.

Nach dem kleinen Rundgang, der ihm das schreckliche Ausmaß der Katastrophe vor Augen hielt, bemühte er sich wieder um die Japanerin.

»Keine Überlebenden in der Nähe«, murmelte er kaum hörbar, während er aus einem völlig durchweichten Koffer ein durchnäßtes, aber verhältnismäßig sauberes Wäschestück herausnahm, es in Streifen riß und damit die Wunde der Japanerin verband.

»Besser?« frage er lächelnd.

Sie nickte.

»Wir müssen irgendwo hier Unterschlupf finden«, fuhr Larry fort. »Gesetzt den Fall, daß wir die Nacht in den Bergen verbringen müssen, dürfte es gut sein, eine Höhle zu suchen. Wir sind Wind und Wetter dann weniger ausgesetzt.« Er blickte sich um. Mit einer mechanischen Bewegung drehte er den schweren goldenen Ring am Finger der linken Hand. In einer massiven Fassung ruhte eine goldene Weltkugel, auf der das stilisierte Gesicht eines Menschen durch die Kontinente schimmerte. In der Fassung standen die Worte: »Im Dienste der Menschheit – X-RAY-3 ...«

Die Augen des Amerikaners verengten sich. Der Ring, sein PSA-Ring! Daß ihm der Gedanke nicht gleich gekommen war. – Ein Beweis dafür, daß sein Denkapparat noch nicht wieder auf vollen Touren lief.

Larry sorgte dafür, daß die Japanerin sich unter einen schützenden Felsvorsprung setzte.

»Verlassen Sie auf keinen Fall diesen Platz«, warnte Larry sie. »Ich bin gleich wieder zurück. Ich will nachsehen, ob es doch noch jemand gibt, der vielleicht Hilfe braucht. Ich sehe mich in der nächsten Umgebung um ...« Er stieg über einige Wrackteile und Gesteinsbrocken und verschwand hinter den Felsen.

Als er außer Sichtweite der Japanerin war, aktivierte er den Ring, der eine geheime Miniatursendeanlage enthielt.

Larry sprach einen knappen Bericht. Er gab eine ausführliche Beschreibung der Gegend, in der sie sich befanden. Diese Funksendung würde von einem der PSA-eigenen Satelliten aufgefangen und sofort nach New York in die Zentrale der Abteilung weitergeleitet werden. X-RAY-1, der geheimnisvolle Chef, konnte dann etwas in die Wege leiten, was die Suchaktionen nach dem verschollenen Flugzeug zu einem schnelleren Erfolg führte.

Unter normalen Umständen wäre das auch so gewesen.

Aber Larry Brent konnte nicht erkennen, daß der PSA-Ring nicht mehr funktionstüchtig war. Durch den Schlag mit der Hand gegen das harte Felsgestein waren wichtige Miniaturtransistoren und Widerstände ausgefallen.

Der Ring war nichts weiter als eine Hülle, die ein wertloses Innenleben barg.

X-RAY-3 wußte nicht, daß sein Funkspruch niemals ankam. Die leise gesprochenen Worte wurden vom Wind davongetragen. Es war ein Monolog, den niemand sonst zu hören bekam.

Niemand?

X-RAY-3 wirbelte herum, als er plötzlich auf das Geräusch aufmerksam wurde, das seitlich hinter einem Felsblock entstand.

Er glaubte zu träumen, als er es sah.

Eine Frau, genau wie die Fremde, die Keimatse in seinem Tokioer Büro untergebracht hatte! Ein Affenwesen, von dem der irrsinnige Professor Yondo einige geschaffen haben sollte!

Larry merkte, wie sein Blut in den Schläfen hämmerte und der Pulsschlag sich beschleunigte.

Yondo sollte ein Versteck haben! Sollte durch einen tragischen Zufall das Flugzeug in unmittelbarer Nähe dieses Verstecks, so weit von Tokio entfernt, abgestürzt sein? Dann war es ausgeschlossen, daß man Yondo und seine Mutanten fand. Ein besseres Versteck zur Entwicklung und Ausdehnung der Gruppe gab es nicht.

Plötzlich tauchte die zweite riesige, behaarte Gestalt auf.

Tonko, das Monster aus der Retorte, mit dem Instinkt des Stammesführers und der Schläue des Menschen ...

Er war über zwei Meter groß. Auf seinen Armen trug er einen reglosen Menschen. Es handelte sich um einen jungen Mann, um einen Passagier der Boeing 737. Der Mann stöhnte und wimmerte leise. Er schien stark verletzt zu sein und Fieber zu haben.

Tonko öffnete sein Maul und fletschte wie ein Urtier die Zähne. Ein lautes Brüllen kam aus der Tiefe seiner Kehle, als er den Amerikaner sah.

Ein Mensch! Haß und Zorn mischte sich in ihm und trieben ihn sofort zum Angriff.

Er warf die Gestalt auf seinen Armen einfach dem Weibchen zu, winkelte die Arme an und näherte sich mit ausgreifenden Schritten dem verletzten Amerikaner.

Der Regen hatte völlig nachgelassen. Die Wolkendecke war ein wenig aufgerissen, aber nur noch schwaches Tageslicht zeigte sich am Firmament. Larry Brent stellte sich auf den Angriff ein, aber er war durch seine Verletzung und seine Schwäche noch so gehandikapt, daß es für das Monster eine Kleinigkeit war, den Agent zu schnappen und wie einen Spielball in die Luft zu heben.

X-RAY-3 merkte, wie wenig er mit einer Hand ausrichten konnte. Für den Bruchteil eines Augenblicks war er überzeugt davon, daß das Ungeheuer ihn packen und auf dem Boden zerschmettern würde.

Aber dann erkannte er, daß Tonko ihn als eine Art Beute betrachtete, ein zufriedenes Knurren über seine Lippen kam und seine Miene – wie bei einem Menschen – sich vor Stolz und Genugtuung aufhellte.

X-RAY-3 versuchte sich dem kraftvollen Griff zu entwinden. Er erinnerte sich daran, daß er vorhin doch noch seine Laserwaffe bei sich gehabt hatte. Aber dann fiel ihm ein, daß er unmittelbar nach dem Erwachen aus der Ohnmacht unwillkürlich nach der Schulterhalfter gegriffen und die Laser gesucht hatte. Bei dem Sturz aus dem auseinanderbrechenden Flugzeug mußte er die wirkungsvolle Waffe, die ihm jetzt einen unschätzbaren Dienst erwiesen hätte, verloren haben. Danach war er auf die junge Japanerin, die gleich ihm den Absturz überlebt hatte, aufmerksam geworden und vergaß seine ursprüngliche Absicht, sich in der unmittelbaren Umgebung nach der Smith & Wesson Laser umzusehen. Immer wieder die Anzeichen einer noch nicht überwundenen Gedächtnisschwäche ...

Larry Brent wurde von kraftvollen Armen davongetragen. Es wunderte ihn, daß man ihn am Leben ließ, und ein eigentümliches Gefühl breitete sich in ihm aus.

Als er in die Höhle geschleppt wurde und in der Dämmerung zwei weitere der behaarten Wesen erblickte, wurden seine Ahnungen noch trüber. Gewißheit über seine Vermutungen aber erhielt er in dem Moment, als Tonko ihn in die anschließende Nebenhöhle brachte.

Es roch nach Blut und Verwesung.

Larry Brent schluckte. Er sah Tierkadaver an der armdicken Stange an der Decke hängen – und eine menschliche Leiche, die bereits blau angelaufen war.

Auf dem kahlen, rauhen Boden lagen oder hockten drei weitere Gestalten.

Zwei Männer und eine Frau. Die Frau kannte er. Es handelte sich um die Japanerin, die er mit der verbundenen Hand zurückgelassen hatte. Die Dolmetscherin war bewußtlos. Offenbar war sie vor Angst und Entsetzen ohnmächtig geworden, als die unheimlichen Gestalten sich ihr näherten.

Einer der Männer war der Bauer Ujeida, der mit leeren Blicken vor sich hinstarrte; diesen Mann kannte Larry nicht. Aber dafür den anderen, der ebenfalls an Armen und Beinen mit Bastriemen gefesselt war.

Neben diesem Mann wurde Larry Brent zu Boden geworfen. Der Schmerz in seiner rechten Schulter strahlte über den gesamten Rücken aus, und es war so fürchterlich, daß der Amerikaner glaubte, man würde ihm mit einer rasiermesserscharfen Klinge die Haut abschälen.

Tonko verschwand im Dunkel, ohne noch einmal die Fesseln des neuen Opfers zu überprüfen.

Larry Brent wandte den Blick und betrachtete mit unverhohlener Neugierde den greisen, nervösen Mann an seiner Seite.

Es war Professor Yondo.

X-RAY-3 erkannte ihn nach den Bildern, die er durch Keimatse von ihm gesehen hatte.

Larry Brent lächelte müde. »Das hätten Sie sich wohl auch nicht träumen lassen, daß Ihr eigenes Geschöpf Sie nicht als Gast aufnimmt, Professor? In ganz Japan werden Sie gesucht, und Sie zogen es vor zu fliehen! Aber ich glaube, in Polizeigewahrsam wäre es Ihnen besser ergangen als hier ... Sie sind vom Regen in die Traufe geraten, scheint es mir ...!«

Yondo blickte seinen Nachbar aus weitaufgerissenen Augen an. »Gehören Sie etwa schon zu dem Trupp, der meine Spur gefunden hat? Dann sieht es ja traurig mit Ihrer Mannschaft aus. Tonko läßt sich nichts entgehen! Seine Speisekammer ist schon beachtlich, finden Sie nicht auch?« konnte er sich die makabre Bemerkung nicht verkneifen.

Larry schloß die Augen. Am liebsten hätte er sich die Nase zugehalten. Der Verwesungsgeruch in dieser kalten, feuchten Nebenhöhle war unerträglich. »Ihr Experiment ist gründlich mißlungen«, entgegnete Larry. »Ihr Wesen aus der Retorte – ist ein tierisches Ungeheuer, und die Frauen, die der Strahlung ausgesetzt waren und deren Natur sie auf so schaurige Art verändert haben – sind es ebenfalls! Tonko kennt nicht mal das Gefühl der Dankbarkeit! Er behandelt Sie als einen Fremden!«

Yondo lachte irr. »Und das ist gut so; es beweist mir nur, daß meine Theorie richtig war. Ich war vor zwei Tagen, als ich so überstürzt die Flucht antrat, allerdings noch nicht soweit, die Dinge in ihrer ganzen Tragweite zu begreifen. Ich hoffte, er würde mich erkennen, aber das war nicht mehr der Fall. Tonko lebte ganz in seiner Welt – in einer Welt, in der Menschen, wie wir sie darstellen, keinen Platz mehr haben. Sie sind Feinde, sie müssen ausgerottet werden, um der neuen Gruppe Platz zu machen, um ihr zu beweisen, daß ihre Lebensform die einzig richtige ist ...«

Er unterbrach sich, als draußen in der großen Haupthöhle plötzlich ein lautes Kreischen ertönte, beifälliges Knurren und Pfeifen sich bemerkbar machte und dann ein gellender, markerschütternder Schrei das Innere des Berges erfüllte. Dann plötzlich Stille, und man hörte nur noch ein Schmatzen ...

Larry Brent schluckte. »Kannibalen ...« murmelte er. »Sie können das Verbrechen an der Menschheit nie wieder gutmachen.«

Yondo lachte. Sein Gesicht leuchtete weiß, wie verklärt aus dem Dunkel vor Larry Brent. »Was da draußen geschieht, zeigt doch nur das Animalische, das wir alle in uns tragen. Kannibalismus gab es noch in jüngster Zeit, ja, gibt es noch heute, wie populäre Forschungsreisende zu berichten wissen, die mit Stämmen in tropischen Dschungeln in Berührung kamen, die noch keinerlei Kontakt mit der so gepriesenen modernen Welt hatten. – Tonko und seine Gefährtinnen folgen dem Urtrieb der Natur. Sie machen sich das Schwache untertan, sie erlegen Tiere, verspeisen sie – so machte es das Menschengeschlecht vor vielen Jahrhunderttausenden, und so geschieht es auch noch heute. Für Tonko sind wir auch nur Tiere, die den Essenstrieb der Rasse befriedigen.«

»Immerhin beruhigt es mich, zu wissen, daß Sie auch nicht davonkommen«, erwiderte Larry Brent. Ironisch fügte er hinzu: »Das von Ihnen geschaffene Monster wird Ihre Knochen abnagen – erschreckt Sie das nicht, Yondo?«

Der Gefragte lachte wieder leise. »Warum sollte es? Ich glaube nicht, daß Tonko es so weit kommen läßt. Es wird mir gelingen, ihn davon zu überzeugen, daß es ein Fehler von ihm ist, mich ebenfalls aufzufressen. Ich bin der einzige, der ihm helfen kann. Auch für die Zukunft ...«

»Es ist fraglich, ob er das noch begreifen wird. Urtriebe lassen sich wohl durch logische Erklärungen nicht beseitigen ...«

Draußen hörte man, wie ein Knochen an eine Felswand geworfen wurde.

In der kleinen stinkenden Nebenhöhle war es still.

Larry Brent dachte verzweifelt nach, während er mechanisch anfing, seine Bastriemen an der rauhen, scharfkantigen Rückwand zu wetzen, in der Hoffnung, seine Hände freizubekommen.

Die Nacht brach an, und er arbeitete noch immer. Er konnte kein Auge schließen. Wer von ihnen würde der nächste auf Tonkos Speisezettel sein?

***

Als der Schatten am Eingang zur Nebenhöhle auftauchte, verhielt X-RAY-3 sofort in der Bewegung, um nicht unnötigerweise auf sich aufmerksam zu machen.

Er atmete tief und fest, um damit anzudeuten, daß er schlief. Ob das eine gute Entscheidung war, wußte er nicht.

Yondo neben ihm bewegte sich. Auch der Bauer Ujeida stöhnte leise. Die kleine Dolmetscherin gab einen erschreckten Ausruf von sich, als das riesige Wesen so unverhofft in der Höhle auftauchte.

»Du kannst dir nehmen, was du willst, Tonko«, tönte Yondos Stimme auf, hart und eiskalt, und doch bittend, aber auch gleichzeitig befehlend. »Es ist völlig richtig, was du tust. Du muß so handeln. Aber es wäre ein Fehler, wenn du mich ... ah ...«

Sein Aufschrei hallte durch die Höhle, als die langen, behaarten Arme nach ihm griffen und ihn vom Boden hochhoben, als wäre er leicht wie eine Puppe.

»Du begehst einen Fehler, Tonko!« Yondos Stimme überschlug sich. Er warf den Kopf hin und her. »Du kannst das nicht tun, nimm die anderen – ich werde dafür sorgen, daß deine Macht hier ständig zunimmt. So verstehe mich doch, Tonko – Tonko ...!«

Gurgelnd und schmatzend trug das riesige Monster ihn nach draußen.

Die in der Nebenhöhle Zurückgebliebenen hörten noch das Schreien und

Kreischen, die sinnlosen Hilferufe, die in dieser abgeschiedenen Einsamkeit verhallten.

Larry preßte die Lippen zusammen. »Die Geister, die er rief«, murmelte er unwillkürlich vor sich hin. »Jetzt kann er sie nicht mehr bändigen!«

Plötzlich war es völlig still. Totenstill.

Yondo schrie nicht mehr.

***

Er arbeitete schwitzend und ununterbrochen weiter. Er mußte die Bastriemen durchkriegen. Unter normalen Umständen hätte er es längst geschafft, doch er konnte nur mit der rechten Hand Druck ausüben. Seine linke Hand war angeschwollen und völlig gefühllos. Er konnte nicht mal einen Finger rühren.

Aber dann hatte er es doch geschafft. Die Bastschnur war durchgewetzt.

Der Schweiß stand vor Schwäche und Anstrengung auf Larrys Stirn. Seine Augen waren ständig auf den Eingang der Höhle gerichtet. Er hoffte, daß das Ungeheuer nicht so schnell zurückkehrte. Sonst war alles umsonst. Die Chancen für einen Erfolg seines Vorhabens waren sowieso äußerst gering.

Mit einer raschen Bewegung streifte er den Rest der Fessel ab und löste dann auch die Bastschnur von seinen Füßen. Vorsichtig, ohne sich zu erheben, rutschte er dann auf seinen Nebenmann – jetzt der Bauer Ujeida – zu.

»Sind Sie wach? Können Sie mich verstehen?«

Der Mann neben ihm nickte.

»Ich bin frei. Wir müssen versuchen, von hier wegzukommen. Ich werde Ihnen jetzt die Fesseln lösen.« Larry Brent biß die Zähne zusammen. Wieder gingen wertvolle Minuten verloren, da er nur mit einer Hand arbeiten konnte. Doch er befreite Ujeida. Dann kam die kleine Japanerin an die Reihe. Auch sie war hellwach, was in Anbetracht der besonderen Situation kein Wunder war.

»Wir kommen hier nie im Leben raus«, bemerkte sie pessimistisch.

»Bitte noch völlig still verhalten«, entgegnete Larry Brent. »Vielleicht kommen sie gar nicht mehr in diese Höhle. Wenn sie schlafen – dann machen wir uns auf den Weg. Wir schleichen uns davon, den Berg hinunter. Der Bauer hier kennt den Weg ...«

Er wollte noch etwas sagen, aber seine Worte blieben ihm in der Kehle stecken.

Das schlurfende Geräusch vom Höhleneingang her sagte ihm genug.

Tonko stand da, hochaufgerichtet, und füllte fast den natürlichen Bogen im Gestein mit seiner massigen Gestalt aus.

Larry Brent sprang auf die Beine. Er taumelte, fand aber sofort das Gleichgewicht wieder.

Er hatte keine andere Wahl. Er mußte sich dem Gegner stellen.

Tonko verfügte über unmenschliche Kräfte, aber er, Larry, hatte die Gabe des Geistes.

Er konnte nur mit List und Geschick ein gleichwertiger Gegner sein.

X-RAY-3 ließ das Monster auf sich zukommen. Die Dolmetscherin und der zitternde Bauer wichen in den äußersten Winkel der finsteren Höhle zurück.

Tonko knurrte, daß es von den Wänden widerhallte. Hinter ihm Schatten und Bewegungen. Seine acht weiblichen Gruppenmitglieder tauchten ebenfalls am Eingang auf, bildeten einen Halbkreis um den riesigen Tonko, guckten nur zu und griffen nicht ein, als der Stammesführer sich jetzt auf den PSA-Agenten stürzte.

X-RAY-3 bückte sich einfach. Tonkos krallenartige Hände griffen ins Leere. Durch die Wucht des Angriffs stürzte er über Larry hinweg, schlug zu Boden und war einen Augenblick lang wie benommen.

Larry ließ ihn erneut an sich herankommen. Er mußte seinen Gegner mit seiner eigenen Kraft erledigen, da er selbst nicht in der Lage war, Körperkraft einzusetzen.

Wieder warf sich Tonko blindlings vor Wut und Haß auf den Menschen. Larry Brents Rechte stieß vor, packte den behaarten Unterarm des Affenwesens, bückte sich und schleuderte das Monster über sich hinweg. Es gab einen dumpfen Schlag, als Tonko mit dem Kopf gegen die Felswand knallte.

Knurrend und kreischend aber warf er sich erneut herum. Larry wollte dem Angriff mit einer blitzschnellen Drehbewegung ausweichen und einen Taek-won-do-Griff anwenden, um den Angreifer abermals ins Leere zu schicken. Doch er rutschte auf dem feuchten Boden aus und fiel hin. Tonko warf sich sofort auf ihn, noch ehe der Amerikaner wieder hochkam.

Larry blieb nichts anderes übrig, als die Beine anzuziehen und sie in dem Augenblick nach vorn zu stoßen, als Tonko aufkreuzte. Er traf den ungeheuren Körper genau gegen die Brust. Tonko wurde zurückgeworfen und knallte erneut mit dem Kopf gegen die Felswand.

Tonko rutschte ab, glitt zu Boden und schüttelte benommen den Kopf wie ein Boxer, der im Ring einen harten Schlag seines Gegners hatte einstecken müssen.

Larry sprang auf die Beine und taumelte mehr auf den vor der Wand Liegenden zu, als daß er ging. Seine Rechte schoß vor und traf das Monster genau unter dem Kinn. Tonkos Kopf flog zur Seite.

Doch einen zweiten Schlag konnte der Amerikaner nicht mehr ansetzen. Tonkos kräftige Beine traten in Aktion. Er umklammerte Larry Brents Knöchel. Seine Füße schlugen aus wie der Schwanz eines Ungeheuers, das sich im Todeskampf überschlug.

Der Amerikaner wurde herumgerissen und stürzte neben Tonko auf den Boden. Das Monster erholte sich von dem Schlag schneller, als es einem Menschen möglich gewesen wäre.

Es warf sich herum und rollte sich über Larry, der den Angriff nicht mehr abwenden konnte, den seine Kräfte verließen.

Der Bauer Ujeida sprang auf die beiden Kämpfenden zu, wollte angreifen und warf sich auf Tonko, wurde aber von einer Handbewegung des Giganten weggewischt wie ein lästiges Insekt.

Larry merkte, wie ihm die Luft knapp wurde und wie sich alles vor seinen Augen zu drehen begann.

Plötzlich Geräusche, Stimmen, Aufregung, Schüsse und Schreie.

Tonko sprang auf. Zwei, drei Affenfrauen am Eingang der Nebenhöhle brachen zusammen.

Über die zitternden, schaumbedeckten Lippen des künstlich geschaffenen Wesens kam ein gurgelnder Aufschrei. Tonko stürzte nach vorn.

Ein Schuß krachte. Die Kugel drang ihm mitten in die Brust.

Tonko schrie auf, taumelte weiter und stampfte über die leblosen Körper seiner weiblichen Stammesgenossen hinweg. Da traf ihn der zweite Schuß.

Das Ungeheuer preßte die Hände vor den Leib und brach noch immer nicht zusammen.

Larry Brent erhob sich taumelnd, wankte auf den Höhleneingang zu und sah, wie Tonko sich an den zur Seite weichenden Männern, die wie aus dem Boden gewachsen den Höhleneingang umstanden, einen Weg ins Freie bahnte. Dort brach er zusammen. Er rollte über den steinigen Pfad, über das nasse, glatte Felsplateau. Dann schlug sein mächtiger Körper irgendwo auf.

X-RAY-3 schluckte.

Er starrte auf den kleinen beweglichen Mann, der sich ihm näherte, in der Rechten noch die rauchende Waffe.

»Keimatse? Aber wie kommen Sie...« Die Stimme des PSA-Agenten hatte kaum Klang.

»Erinnern Sie sich an den Beamten Tanizaki vom 7. Revier? Er nannte die Gegend von Yama-Guchi als einen wichtigen Ort. Wir durchsuchten nochmals die Wohnung Yondos und fanden eine Karte, wo der Höhlenbezirk genau mit Angaben eingezeichnet war. Wir hatten nichts mehr zu verlieren und machten uns auf den Weg. Wir waren auf der richtigen Spur, scheint mir ...«

»Und die Absturzstelle?«

»Ist nicht weit von hier. Ein Suchtrupp hat sich bereits durchgeschlagen. Durch die Wetterbesserung hat sich einiges zum Vorteil gewendet ...«

»Dann ist es gut ...« Das waren Larry Brents letzte Worte. Er brach vor den Füßen des japanischen Polizeichefs zusammen. Er war total erschöpft.

***

Als er zwölf Stunden später wieder zu sich kam, lag er in einem Krankenzimmer.

Die Vorhänge waren zugezogen, um das helle Sonnenlicht zu filtern.

Eine junge Frau saß am Bett. Keiko Yamado, die zum Test ausgewählte Agentin.

Er griff nach ihrer Hand und drückte sie zärtlich. »Nett, daß Sie mich besuchen«, meinte der Amerikaner.

Da schob sich eine zweite weibliche Hand von der anderen Seite des Bettes über die Decke. »Ich bin auch noch da«, sagte eine liebliche, angenehme Stimme, die er genau kannte.

Larry Brent warf den Kopf herum.

»Vorsicht«, sagte die Stimme von eben. »Nicht so heftig!«

»Su ... Su Hang?« stammelte X-RAY-3.

Die charmante Chinesin lächelte. »Ich habe gehört, daß du mich besuchen wolltest, Larry. Da etwas dazwischengekommen ist ...«

Larry nickte. Sein linker Oberarm und die Schulter waren eingegipst. Auch um den Kopf trug er einen Verband.

»Selbständig denken und handeln, das sind zwei wichtige Attribute, auf die in der PSA großer Wert gelegt wird«, meinte er leise. Er warf erst einen Blick auf Su Hang, dann sah er Keiko Yamado an. Sie waren beide schön und verführerisch. Wie schwer einem die Wahl manchmal werden konnte! »Ich glaube, ihr habt beide das Zeug, die PSA würdig zu vertreten.«

»Bei mir war es keine Geistesleistung, Larry«, widersprach die kleine Chinesin, die ein minikurzes Seidenkleid mit riesigen aufgedruckten Blumen trug. »Und der Intelligenzquotient ist doch maßgebend, nicht wahr? Ich bin nur meinem Gefühl gefolgt.« Da ging die Tür auf. Eine junge gutaussehende Krankenschwester kam herein. Sie brachte eine Spritze.

»Ah, Schwester«, freute sich Larry, der seine alte Laune wiedergewann. »Bleiben Sie gerade hier! Ich glaube, wir sind genug für einen Gruppensex ...«

Die hübsche Japanerin ließ sich erst gar nicht auf ein Wortgefecht des blinzelnden Agenten ein. Sie gab den beiden Besucherinnen stillschweigend zu verstehen, daß sie das Zimmer verlassen sollten. Dann forderte sie Larry auf, sich ein wenig auf die Seite zu drehen, damit sie ihm die Injektion geben könne.

»Ich glaube, daß es mit mir in diesen Krankenhaus wieder bergauf geht. Die Pflege ist ausgezeichnet. Aber Sie könnten auch etwas netter zu mir sein. Erst lehnen Sie den Gruppensex ab, dann werfen Sie meine beiden Freundinnen hinaus, und zu guter Letzt pieksen Sie mir auch noch mit einer Nadel in meinen Allerwertesten – also wissen Sie!« Die Japanerin lachte über Larrys Miene.

X-RAY-3 wurde ernst. »Sie können sich gar nicht denken, wie mir zumute ist.« Er warf einen Blick auf die Tür, hinter der Keiko Yamado und Su Hang warteten, bis sie wieder hereindurften. »Gesetzt den Fall, die beiden Damen schaffen die Aufnahmeprüfung, da sieht es gar nicht gut für mich aus. Ich glaube, dann wird es am besten sein, wenn ich die Firma wechsle oder meinen Chef bitte, mich immer recht weit vom Schuß einzusetzen ...«

Die Krankenschwester zuckte die Achseln.

Larry winkte mit der rechten, gesunden Hand ab. »Ah, ich seh' schon, Sie verstehen mich nicht. Auch gut. Ist egal ...«, murmelte er mit müder Stimme. Die Wirkung der Spritze setzte ein. Die Augen Larrys wurden kleiner. »Ich sehe jedenfalls ... eine schreckliche Zukunft vor mir ...« Die letzten Worte waren kaum zu verstehen.

»Morna ...« flüsterte er. »... Keiko ... Su Hang ... die Arbeit in der PSA wird immer anstrengender ...«

4. Kapitel

Schrei, wenn dich der Hexentöter würgt

Als sie aus dem Auto stieg, war sie quietschvergnügt und lebendig. Zehn Minuten später fiel sie einem geheimnisvollen Verbrechen zum Opfer, das die Bewohner des kleinen Ortes noch lange beschäftigte.

Petra Zeller löste ihre Arme, die sie um den Hals von Michael geschlungen hatte.

»Ich muß jetzt gehen«, sagte sie leise. Ihre dunklen, großen Augen blickten den jungen, sympathischen Mann zärtlich an.

Sie befanden sich weit außerhalb.

Von den nahen Wiesen und dem Wald stiegen zähe Nebel hoch und lagen wie gespenstische Schleier zwischen den schwarzen Stämmen und über dem taufeuchten Gras.

»Sehen wir uns morgen?« fragte Michael Thielen.

»Das liegt an dir.« Sie lächelte und warf den Kopf zurück, so daß die blonden, schulterlangen Haare flogen.

Petra Zeller verließ den Wagen, schlug die Tür hinter sich zu, warf Michael Thielen noch einen Handkuß zu und näherte sich dem düsteren Haus.

Sie schloß die dunkle Holztür auf.

Der Mann hinter dem Steuer des dunkelgrünen Ford 12M fuhr langsam davon und ließ absichtlich die Scheinwerfer ausgeschaltet, um die Eltern des Mädchens nicht unnötig auf sich aufmerksam zu machen.

Petra drückte leise die Tür hinter sich ins Schloß. Das Mädchen bemühte sich, lautlos die Treppe hinaufzukommen. Sie zog die Schuhe aus und stieg auf Zehenspitzen nach oben, wo sich ihre Zimmer befanden.

Petra kleidete sich aus. Leise, um niemanden zu wecken.

Die Tür zum Balkon war halb geöffnet. Die würzige Luft des nahen Waldes wollte Petra nicht missen.

Ohne Licht anzuknipsen, bewegte sie sich mit schlafwandlerischer Sicherheit durch das Zimmer. Sie hatte sich mit Dingen umgeben, die sie liebte: Bücher, Bilder, Teppiche und kleine Kostbarkeiten, die ihr Freunde aus aller Welt mitgebracht hatten.

Petra Zeller blieb plötzlich wie angewurzelt stehen. Ihr war, als hätte sie ein Geräusch gehört.

Sie preßte die Lippen zusammen und hielt den Atem an. War Vater doch wachgeworden? Dann würde es in dieser Nacht noch zu einer Auseinandersetzung kommen.

Während sie lauschte, steif und still wie eine Statue, näherte sich ihr der Schatten von hinten.

Petra Zeller kam nicht mehr zum Schreien. Eine Hand preßte sich mit übermächtiger Kraft auf ihren Mund, und ein großer, schwarzer Umhang wurde über ihren Kopf und ihre Schultern geworfen.

Sie versuchte noch, sich dem Zugriff zu entziehen. Doch alles drehte sich vor ihr. Sie spürte, wie die Luft knapp wurde. Ihre Augen waren weit aufgerissen.

Wie durch eine zerfließende Nebelwand erkannte sie in dem Spiegel des Toilettentisches, der ihrem Bett schräg gegenüberstand, ihr eigenes Spiegelbild und das ihres geheimnisvollen Gegners.

Petra riß die Augen auf, als würde damit das Bild klarer. Für Bruchteile von Sekunden erblickte sie ihr angstverzerrtes Gesicht und die schwarzgekleidete, kräftige Gestalt, die sie umschlungen hielt und ihren Griff nicht lockerte.

Du mußt dir sein Gesicht merken! Wenn es dir gelingt, mit dem Leben davonzukommen, und die Polizei braucht eine Aussage, dann kannst du wenigstens eine genaue Beschreibung geben.

Petra Zeller dachte in diesen qualvollen Minuten noch logisch und vernünftig. Sie war noch nicht davon überzeugt, daß die rätselhafte Begegnung mit einem Fremden, der ihr im Zimmer aufgelauert hatte, vielleicht auch ihr Ende bedeuten könne ...

Das halbe Gesicht, das sie unter dem breitrandigen, altmodischen Schlapphut zu sehen bekam, löschte jeden Widerstand in ihr.

Petra wehrte sich verzweifelt gegen das, was sie zu sehen bekam.

Ihre aufgepeitschten Sinne gerieten durcheinander.

Ein stummer Aufschrei durchfuhr ihren Körper; das unheimliche Spiegelbild vor ihren Augen wurde grau und verwaschen und versickerte hinter einer dichten schwarzen Mauer ...

Petra Zeller verlor das Bewußtsein. Ihr Körper erschlaffte.

Der Fremde löste die Hand vom Mund der Blondine, warf sie sich über die Schultern und ging hinaus auf den breiten Balkon. Der unheimliche Besucher stieg über das niedrige, schmiedeeiserne Geländer und dann die klobige selbstgezimmerte Leiter hinab, die an den Balkon angelehnt war und die bequem bis zum ersten Stock des kleinen, abseits gelegenen Wohnhauses reichte.

Ungesehen erreichte der Mann den Boden und entfernte sich.

Er trug seine blonde Last etwa hundert Meter weit. Auf einem schmalen, von Bauernwagen festgefahrenen Pfad stand ein Auto.

Der Mann im dunklen Umhang warf die ohnmächtige Petra Zeller, die nur mit BH und Slip bekleidet war, halb über Rück- und Vordersitz und betätigte dann die Zündung.

Er fuhr mit abgeblendeten Lichtern.

Niemand begegnete in dieser Nebelnacht dem Fahrzeug, das an einer einsamen Stelle stoppte.

Neben einer alten, bröckeligen Mauer, die vom Zahn der Zeit schon erheblich angenagt war, verließ der Fahrer den Wagen und trug die immer noch bewußtlose Petra Zeller hügelan durch einen Wald. Eine Lichtung zwischen dichtstehenden Baumgruppen erwies sich als gespenstische Kulisse.

Zwischen wallenden, aufsteigenden Bodennebeln und dem bleichen Schein des vollen Mondes war ein düsterer Aufbau zu erkennen. Ein galgenähnliches Gerüst! Darunter war ein Berg von trockenem Reisig und Holzscheiten aufgeschichtet.

Ein uneingeweihter Beobachter hätte an einen Scheiterhaufen, wie er im Mittelalter zum Verbrennen von Hexen errichtet worden war, geglaubt. Vielleicht war hier irgendwo eine Kamera versteckt, um die Szene zu filmen. Sicher eine nervenkitzelnde Aufnahme für einen einschlägigen Film!

Aber dieser Beobachter hätte vergebens nach Kameramann, Schauspieler und Regisseur gesucht. Hier wurde kein Film gedreht.

Was hier geschah – war grausige und erschreckende Wirklichkeit.

Die Zeit schien rückwärts gegangen zu sein; der seltsame Aufbau, der Scheiterhaufen, die stille neblige Vollmondnacht – Requisiten einer längst vergessenen Zeit. Der mit einem Umhang bekleidete Fremde war selbst ein Überbleibsel aus der Vergangenheit. Sein schwarzer, breitrandiger Schlapphut verdeckte das fratzenhaft starre Gesicht ...

Nur das ohnmächtige Mädchen erinnerte daran, daß man das zwanzigste Jahrhundert schrieb.

Der Unheimliche kramte eine Kordel aus der Tasche und fesselte die Hände und die Fußgelenke des Mädchens. Dann schlang er das dicke Seil um die

Armgelenke und ließ die Bewußtlose auf den Scheiterhaufen fallen. Unter Aufbietung aller Kräfte zog er an dem Tau, das am linken Pfosten des Galgens hing. Der Körper schleifte über das scharfkantige, harte Holz und zerkratzte Petras Haut. Dann wurde sie von dem primitiven Aufzug langsam in die Höhe gezogen.

Sie hing, den Kopf auf die Seite gelegt, genau unter dem Mittelpfahl des Gerüstes, und ihre Füße berührten die obersten Reisigbündel. Sie waren feucht. Aber nicht vom Tau.

Das Benzin war zuvor schon über das aufgeschichtete Holz geschüttet worden, damit der Scheiterhaufen auch wirklich hell aufloderte.

Petra Zeller öffnete die Augen. Das Reißen und Zerren in den Gliedern störte sie. Im ersten Augenblick war sie der Überzeugung, daß sie eingeschlafen war und schlecht im Bett läge. Sie wollte die Arme herunternehmen. Die Schwere und Gefühllosigkeit in ihren Armen nahm ständig zu.

Das Mädchen verzog das Gesicht. Petra war benommen, glaubte zu träumen und hatte nur den einen Wunsch, endlich aufzuwachen.

Aber sie konnte nicht.

Petra warf den Kopf herum und bemerkte, daß ihre Hände gefesselt waren und daß sie an einem Gerüst hing.

Sie kniff die Augen zu einem schmalen Strich zusammen und versuchte verzweifelt, sich daran zu erinnern, was in der unmittelbar zurückliegenden Vergangenheit geschehen war.

Blitzartig kam es ihr in den Sinn. Das Ereignis in ihrem Zimmer! Der mit einem schwarzen Umhang bekleidete Fremde! Das fratzenhafte Gesicht!

Ein Stöhnen kam über ihre bleichen, trockenen Lippen.

Sie zuckte zusammen, als ihr Blick an ihrem Körper nach unten ging. Plötzlich stieg brenzliger Geruch in ihre Nase, und sie hörte ein Knistern.

Dann ging alles blitzschnell ...

Es war, als hätte der geheimnisvolle Fremde nur auf den Augenblick ihres Erwachens gewartet.

Er verschwand hinter einem mächtigen Buchenstamm, als die Flammen loderten.

Petra Zeller fühlte und erkannte ihre Lage, aber sie begriff nicht, und ihr Verstand setzte aus.

Die grellen Flammenzungen wuchsen zu gewaltiger Höhe an; die Hitze schlug über Petras Körper zusammen wie ein glühender Mantel. Die Luft wurde ihr knapp.

Petra Zeller versuchte die Beine anzuziehen, aber ihr fehlte die Kraft. Rasende Schmerzen peitschten ihren Körper.

Die Welt um sie herum war ein Flammenmeer.

Das Mädchen schrie. Angst und Entsetzen packten sie, als sie begriff, daß dies kein Traum war, sondern furchtbare, gespenstische Wirklichkeit.

»Hiiiilfeee! Hiiilfeee!« Petras Schreien hallte durch das einsame Wäldchen und verlor sich in der Tiefe der Finsternis und des Nebels.

***

Der junge Mann war sofort hellwach, während seine Begleiterin, die in dem Schlafsack neben ihm lag, leise seufzte und sich auf die andere Seite rollte.

»Angelika?« flüsterte er.

Als das Mädchen seinen Namen hörte, öffnete es die Augen und reckte sich.

»Was ist denn?«

»Hat da eben nicht jemand geschrien?«

»Ach was, du träumst.« Mürrisch legte Angelika sich wieder auf die Seite.

Plötzlich hörte sie selbst einen langgezogenen, qualvollen Schrei, der irgendwo in der Ferne verhallte.

Heinz Mertens war sofort aus seinem Schlafsack. Der junge Mann, dreiundzwanzig Jahre alt und Architekturstudent, trug einen Wollpullover und Blue jeans.

Das Pärchen war vor drei Tagen aufgebrochen und machte eine Radtour durch die nördlichen Teile Deutschlands. Die beiden wollten mit den Rädern bis nach Holland.

Da die jungen Leute das Geld für Übernachtungen in Hotels und Pensionen und auch die Gebühr für den Campingplatz sparen wollten, kamen sie auf die Idee, einmal völlig frei und ungezwungen zu reisen und gerade dort zu bleiben, wo es ihnen gefiel. Sie wußten, daß es verboten war, wild zu zelten und daß es Gefahren und Risiken mit sich brachte, aber die Abenteuerlust und die Romantik waren stärker als alle Bedenken.

Heinz Mertens verhielt am Zelteingang, als der langgezogene Hilfeschrei zum dritten- und letztenmal durch die Nacht hallte.

Der junge Student spähte in die Richtung, woher der Schrei kam. Drüben – jenseits des Waldrandes, an dem sie unter einer geschützten Stelle ihr Zelt aufgeschlagen hatten – sah er den glühenden Lichtfleck in der Dunkelheit.

Wie ein großes, böses Auge leuchtete die Feuerstelle durch die Nacht.

»Da ist doch was passiert. Ich seh mal nach.«

Als er das sagte, hatte er sofort eine konkrete Vorstellung. Er dachte daran, daß eventuell ein Wagen von der schmalen Straße abgekommen und in Brand geraten war. Eine andere Erklärung gab es für ihn nicht.

Heinz Mertens rannte über das feuchte Gras.

»Ich komme mit!« hörte er die Stimme seiner blonden Freundin hinter sich.

Der junge Student rannte, so schnell er konnte. Einmal stürzte er zu Boden, weil er in der Dunkelheit ein Loch im Boden übersah und prompt hineintrat. Er erreichte den schmalen Pfad und kam dem Feuerschein immer näher. Das heftige Prasseln und Knacken der verbrennenden Äste erfüllte die Luft; Funken sprühten und wirbelten wie Glühwürmchen durch die Nacht, hoch in den Himmel hinauf. Nur der Tatsache, daß das Gras und die Bäume von den Herbstnebeln schon so feucht waren, war es zu verdanken, daß die Feuerstelle sich nicht weiter ausbreitete.

Der aufgeschreckte junge Mann spürte die Hitze, die das Feuer ausstrahlte.

Er eilte den Hügel hoch.

»Hallo!« rief Mertens. »Hallo! Ist da jemand?«

Seitdem er sich vom Zelt entfernte, hatte er keine Hilferufe mehr vernommen.

Er lauschte und wartete auf eine Antwort. Nichts ...

Da vernahm er das Knacken eines Astes hinter sich. Mertens wirbelte herum und starrte in das bleiche Gesicht Angelikas.

Wortlos ging er den Weg weiter nach oben und stürmte zwischen den Stämmen hindurch. Die Hitze traf ihn wie der heiße Atem eines Ungeheuers.

Heinz Mertens schirmte die Augen ab, um besser zu sehen. Seit er am Fuß des Hügels angelangt war, wußte er, daß dieses Feuer von keinem brennenden Auto stammte. Diesen schmalen, holprigen Weg kam nie ein Fahrzeug hoch.

Ein Flugzeugabsturz? Aber dann hätte man doch eine Explosion hören müssen ...

Die ganze Sache schien mit einemmal reichlich mysteriös, und sie wurde unheimlich, als er und Angelika sahen, was sich da wirklich in den Flammen abspielte. Der gellende Aufschrei seiner Begleiterin und ihr angstverzerrtes Gesicht sagten mehr als tausend Worte.

Angelika drängte sich an den jungen Mann.

»Das kann nicht wahr sein, Heinz«, flüsterte sie. Der rote Feuerschein spiegelte sich auf ihrem totenblassen Gesicht. Schweiß perlte auf ihrer Stirn. »Sag, daß es nicht wahr ist! Sag, daß wir träumen!«

Heinz Mertens schüttelte den Kopf, wollte zwar etwas sagen, brachte aber keinen Ton über die Lippen.

Mit aufgerissenen Augen starrte er auf das hellodernde Gerüst, auf den Scheiterhaufen, wo die Balken jetzt nach vorn überkippten. Der verkohlte Leichnam schlug in den prasselnden Scheiterhaufen.

Angelikas Nägel krallten sich in den Unterarm von Mertens. Das Mädchen zitterte am ganzen Körper.

Heinz Mertens atmete schwer. Der Anblick hatte sich wie mit einem Brenneisen in sein Innerstes eingeprägt.

»Laß uns hier weggehen, rasch!« bat die junge Deutsche erregt. Ihre Augen glühten wie im Fieber. Sie sah sich um, als erwarte sie, daß hier irgend jemand sein müsse, der sich dieses furchtbare Schauspiel ansah, der es in Szene gesetzt hatte ...

Angelika irrte sich nicht. Zwei große, im Wahn glühende Augen starrten aus der Dunkelheit heraus nur sie an, musterten sie genau und ordneten sie ein.

Der Unheimliche, der Petra Zeller als Hexe verbrannt hatte, konnte seine Erregung nicht verbergen.

Da war eine neue, eine junge, eine blonde Hexe ...

Angelika fuhr fort: »Ich fürchte mich, Heinz, ich ...« Weiter kam sie nicht.

Das Grauen schnürte ihr die Kehle zu.

Das Rascheln in den Büschen wurde von beiden fast gleichzeitig bemerkt.

Das Mädchen reagierte schneller als der junge Student. Angelika wirbelte herum. Sie war ein kritischer und – durch die makabre Situation zu einer gesunden Vorsicht gezwungen – nun auch ängstlicher Mensch.

Die dunkle Gestalt brach durch die von Hitze, Rauch und Nebel geschwängerte Luft.

Der blitzende Stahl eines großen Dolches sauste durch die Luft, schneller als Heinz Mertens reagieren konnte. Die Waffe bohrte sich genau zwischen seine Schulterblätter. Gurgelnd brach der junge Mann zusammen.

Angelika schrie wie von Sinnen, warf sich nach vorn und rannte davon, als würde sie von Furien gehetzt. Sie stürmte zwischen den dichtstehenden Bäumen hindurch. Blätter und Zweige streiften sie, und die Fliehende verfing sich im Astwerk. Ihr Pullover riß auf, und sie spürte einen brennenden Schmerz, als das Holz ihre Haut ritzte.

Angelika biß die Zähne zusammen und rannte durch den nächtlichen, unheimlichen Wald.

Der Feuerschein hinter ihr wurde schwächer. Der Scheiterhaufen war abgebrannt, und die Flammen fanden keine neue Nahrung.

Angelika wagte nicht, sich umzudrehen. Die Angst und das Entsetzen saßen ihr im Nacken.

Sie hörte die dumpfen, raschen Schritte hinter sich, und sie wußte, daß der geheimnisvolle Verfolger näherkam.

Alles in ihr drehte sich wie ein teuflisches Karussell, das nicht zur Ruhe kam. Das Blut hämmerte in ihren Schläfen. Wie ein Geisterbild erstand ständig die Szene vor ihr, die sie eben noch in sich aufgenommen hatte: erst das verkohlte Mädchen, dann die Ermordung von Heinz. Alles kam ihr vor wie ein böser Alptraum.

Sie wäre am liebsten auf der Stelle stehengeblieben, hätte sich umgedreht und der Gefahr ins Auge gesehen, bis der unheimliche Verfolger auf Tuchfühlung heran war. Dann wollte sie die Hände ausstrecken und spüren, ob das sie verfolgende Wesen ein Mensch aus Fleisch und Blut war ... und kein Traumgebilde.

Für den Bruchteil eines Augenblicks spielte Angelika ernstlich mit diesem Gedanken, ließ ihn dann aber genauso schnell wieder fallen, wie er ihr gekommen war.

Angelika rannte in die Dunkelheit.

Am Nachmittag noch hatten sie sich in einem kleinen Dorf aufgehalten, das etwa sechs Kilometer entfernt lag. Zwischen dem Ort und diesem Hügel war ihnen ein abseits gelegenes, sehr altes Bauernhaus aufgefallen. Es mußte nicht weit von hier entfernt sein.

Ihre Gedanken wurden abrupt unterbrochen, als sie über eine aus dem Boden ragende Wurzel stolperte und der Länge nach hinschlug.

Wertvolle Sekunden gingen verloren, ehe sie stöhnend und schwitzend wieder auf die Beine kam. Sie taumelte nach vorn, stützte sich an einem Baumstamm ab und glaubte, den heißen Atem des Mannes hinter sich zu spüren. Angelika merkte nicht mehr, wie sie mechanisch weiterlief, wie ihre Beine sich im Rhythmus einer Maschine bewegten.

Sie rannte den Pfad hinab. Sie war jetzt unfähig, zu rufen oder zu schreien. Keuchend ging ihr Atem, ihre Lungen pfiffen. Das Mädchen merkte, wie ihm jede Bewegung zur Qual wurde. Es war, als wollten ihre Glieder ihren Befehlen nicht mehr gehorchen.

Angelika zuckte zusammen, als aus dem dichten Buschwerk vor ihr plötzlich dunkle, flatternde Schatten aufstiegen.

Vögel? Fledermäuse?

Die junge Deutsche wich zur Seite.

Sie erreichte die Ebene und rannte den Weg zurück, den sie vorhin noch gemeinsam mit ihrem Freund Heinz Mertens gekommen war.

Sie handelte wie in Trance. Die Geräusche hinter ihr kamen näher. Und dann hörte sie deutlich die kalte, messerscharfe Stimme: »Bleib stehen, kleine Hexe! Du wirst mir nicht entkommen! Mir ist noch keine entkommen! So bleib doch stehen.«

Ein leises Lachen folgte den Worten.

Das Mädchen merkte, wie sich alles in ihr spannte.

Die dunklen Baumstämme wichen zurück und wirkten nur noch wie vorbeihuschende Schemen. Dann lag die Wiese vor Angelika, der Acker, den sie überquerte. Sie machte sich nicht erst die Mühe, den Weg zwischen den Feldern zu suchen. Sie rannte quer über den harten, aufgeworfenen Boden. Das kostete Kraft und Zeit.

Die Fliehende merkte, wie ihre Kräfte nachließen, wie sie nach vorn taumelte, nicht mehr fähig war, die Muskeln zu spannen. Sie waren verkrampft, schwer, ihr Körper schien plötzlich wie mit einer Zentnerlast beladen.

»Komm, kleine blonde Hexe«, vernahm sie wieder die Stimme hinter sich. Der fremdartige Akzent irritierte sie. Angelika hatte Germanistik studiert, ehe sie das Studium nach drei Semestern an den Nagel hängte und sich der Archäologie zuwandte. Sie schüttelte den Kopf, daß die langen blonden Haare flogen. Die Sprache war altdeutsch. Sie erkannte die typischen Merkmale sofort.

In dieser Sprache redete heute kein Mensch mehr. Es war, als ob ein Wesen aus der Vergangenheit, aus dem finsteren Mittelalter, zu gespenstischem und unbegreiflichem Leben erwacht sei.

Der Schweiß rann der jungen Deutschen über die Stirn. Ihr ganzer Körper war heiß und dampfte.

Ich werde wahnsinnig, hämmerte es in ihrem Bewußtsein. Ihre Muskeln und Sehnen spannten sich, und es wurde ihr erst jetzt bewußt, daß sie nur noch lief und nicht mehr rannte, daß sie nach vorn taumelte. Das logische Denken hatte ausgesetzt.

Angelika war unfähig, einen klaren Gedanken zu fassen. »Das kann nicht wahr sein! Ich verwechsle die Dinge. Es ist doch alles ganz anders. Sicher ist alles ganz anders. Eine Halluzination – eine, wie sie nicht schlimmer sein könnte. Ich fühle, höre und sehe sie ... furchtbar ...«

»... du bist nicht die erste, die ich dahin befördere, wohin sie gehört. Hexen gehen alle den gleichen Weg. Du bist schön – vielleicht ließe ich auch mit mir reden. Willst du dein Leben retten?«

Die Stimme war jetzt unmittelbar hinter ihr.

Angelika stöhnte, torkelte zitternd weiter und kam kaum noch vom Fleck. Der Weg erschien ihr mit einem Mal endlos. Vorhin waren sie im Handumdrehen auf dem Hügel und in dem kleinen Wäldchen gewesen. Aber jetzt nahm der Rückweg überhaupt kein Ende. Hatte sie sich verlaufen?

Die Umgebung erschien ihr unwirklich. Heinz liebte – nein, hatte diese düstere, eigenwillige Landschaft geliebt, und das war mit ein Grund, warum er sich hier ein paar Tage länger hatte aufhalten wollen. Seine Absicht war es, Land und Leute wirklich kennenzulernen. Nicht als Tourist, der in einem kleinen Hotel wohnte und nichts weiter zu sehen bekam als die nähere Umgebung und die Menschen, die unmittelbar für den Hotelbetrieb sorgten.

Heinz Mertens wollte Kontakt mit dem Mann auf der Straße und dem Bauer auf dem Feld. Seine Absicht war es auch, mit einer typischen friesischen Familie, die seit Generationen hier ansässig war, Beziehungen aufzunehmen. Heinz Mertens war ein vielseitig interessierter junger Mensch gewesen.

Er wollte wie ein Detektiv, der eine heiße Spur gefunden hatte, einem Gerücht nachgehen, das kürzlich die Schlagzeilen der Tageszeitungen nährte: Hier in dieser Gegend würden manche unliebsame Dorfbewohner noch behandelt, als wären sie Menschen zweiter Klasse. Es gab da den Fall eines Bauern, dem eine Kuh eingegangen war. Der Mann beschuldigte daraufhin eine verhaßte Nachbarin, die er auf den Tod nicht ausstehen konnte, daß sie das Tier verhext habe. Eine Welle der Entrüstung war durch die Bundesrepublik gegangen, kirchliche und weltliche Kreise nahmen sich sogar des Falles an. Umsonst! Die Frau lebte seit jener Zeit wie isoliert, niemand kümmerte sich mehr um sie, niemand sprach mehr mit ihr. Das Gerücht wurde zu einem Fluch. Man wich der Unglücklichen aus, wo immer man sie sah, man bekreuzigte sich, man spuckte sie an und warf mit Steinen nach ihr.

Das Wort »Hexe« war auch gefallen. Und die Szene, die sie eben gesehen hatte, erinnerte an das Verbrennen einer Hexe ...

Plötzlich fühlte Angelika lange, gierige Hände, die nach ihr griffen und sie zu Boden rissen. Das Mädchen war eine Sekunde lang vor Entsetzen wie gelähmt.

Dann reagierte die Studentin mit dem Mut der Verzweiflung, ohne sich dabei etwas zu denken.

Sie trat nach dem Schatten und krallte ihre Hände in das fratzenhafte Gesicht. Wie hinter einer Nebelwand nahm sie die Gestalt wahr, die sich ihrer zu bemächtigen versuchte.

Die Gestalt war groß und hager; unter dem breitrandigen, altmodischen Schlapphut quoll das lange, ungepflegte, fast bis zur Schulter reichende Haar hervor, so daß man im ersten Augenblick den Eindruck hatte, es mit einer Frau zu tun zu haben.

Aber Angelika Foller begriff, daß dieser Eindruck täuschte. Es war ein Mann! Er trug Kleidung, wie sie im 16. und 17. Jahrhundert üblich war.

In ihrer Verzweiflung rollte die junge Deutsche sich herum. Ihre Gegenwehr war für ihren Widersacher so überraschend gekommen, daß das Mädchen genügend Zeit bekam, sich zu erheben und wegzulaufen.

Die Studentin konnte kaum noch; sie war am Ende. Ihre Körper- und Nervenkräfte hatten die Grenze zur Erschöpfung erreicht.

Mechanisch war sie zum Zeltplatz gelangt. Und plötzlich kam ihr die Idee.

Das Spray!

Die Dose mit dem Tränengas lag im Zelt. Sie hatten den Spray zur Vorsicht mitgenommen, um eventuelle Belästigungen wirkungsvoll abzuwehren.

Zitternd und keuchend warf sich Angelika Foller durch den halbgeöffneten Zelteingang. Der geheimnisvolle Fremde war ihr auf den Fersen. Nur Sekunden Vorsprung trennten sie voneinander. Die Dose mußte neben dem Schlafsack von Heinz Mertens liegen.

Mit fahrigen Fingern suchte das Mädchen das Spray und wühlte unter und neben dem Kopfteil des Schlafsackes in Wäschestücken. Durch das rasche Aufstehen von Heinz vorhin war die Dose weiter nach hinten gerollt.

Plötzlich wurde die Plane zurückgeschlagen. Der Unheimliche füllte den Eingang aus. Die Augen der jungen Deutschen waren weit geöffnet. Sie warf sich herum und hielt die Dose mit der Ventilöffnung in Richtung des eindringenden Mannes.

Sie drückte auf das Ventil. Zischend entlud sich das Spray und traf den Gegner mitten ins Gesicht.

Ein tierischer Aufschrei erfüllte das Zelt und hallte durch die dunkle, stille Nacht.

Der Getroffene drehte sich im Kreis und preßte beide Hände vor das verzerrte Gesicht.

Angelika Foller sprühte unablässig weiter. Sie rollte sich auf die Seite und versuchte, an den Beinen des in diesem Moment Blinden vorbeizukommen.

Das Zeltinnere war erfüllt vom Tränengas. Angelika entwich ins Freie, um nicht selbst ein Opfer der Waffe zu werden, die sie eingesetzt hatte.

Wie im Krampf hielt sie die kühle Spraydose umfaßt, während sie aus dem Zelt kroch und das Weite suchte. Der Unheimliche konnte sie zum Glück nicht sehen.

Das Mädchen taumelte auf die Wiesen zu, die sich wie ein riesiger Teppich am Rande des Wäldchens anschlossen.

Einmal warf Angelika einen Blick zurück und sah den taumelnden Schatten zwischen Büschen und Baumstämmen. Der Mann war noch immer blind und sah die Fliehende nicht, die dem Gebot der Stunde folgte und in der Dunkelheit untertauchte.

Die junge Deutsche erreichte die schmale Landstraße. Ein kühler Wind fächelte ihre heiße Stirn.

Das Mädchen torkelte an der Grasnarbe entlang. Ihr Pullover war aufgerissen, so daß die Wolle sich schräg über der Schulter bis zum Ansatz der rechten Brust aufgewickelt hatte. Das Mädchen trug keinen BH.

Angelika Foller wußte nicht, wie lange sie unterwegs war, ehe von der Landstraße ein breiter Weg abzweigte. An der Beschilderung erkannte sie, daß sie gemeinsam mit Heinz Mertens bereits am späten Nachmittag an dieser Stelle vorübergekommen war. Sie fuhren den Pfad und kamen an einem kleinen, einsam gelegenen alten Friesenhaus vorüber.

Sie entschied sich, ohne eine Sekunde zu zögern. Sie konnte sich zwar jetzt irgendwo verstecken, aber wenn sich schon die Möglichkeit bot, Hilfe zu holen, dann wollte sie diese nicht ungenutzt vorübergehen lassen. Vielleicht konnte man von dem abseits gelegenen Haus aus telefonieren und die Polizei verständigen. Eine sofortige Fahndung nach dem Unheimlichen würde sicher raschen Erfolg bringen. Der Mann war noch gehandikapt und irrte vielleicht durch den Wald.

Angelika Foller gelang es, wieder klarer zu denken. Die Angst wich, und das Mädchen erreichte das alte Friesenhaus, das in völliger Dunkelheit vor ihr lag.

Im Schein des Mondes erkannte sie deutlich die dunkelgrünen, verschlossenen Fensterläden, das tief herabgezogene Dach, die dunkelbraune Tür.

Angelika Foller klopfte und schlug gegen das massive Holz.

»Aufmachen«, stieß sie hervor. »Bitte! Ich brauche Hilfe!« Sie wußte nicht, was sie noch sagen sollte, und daß ihr angebliches Rufen nur ein leises, gestammeltes Flüstern war.

Ein Geräusch im Haus, dann Schritte. Die kleine Lampe über dem Eingang leuchtete auf.

Zitternd schloß das Mädchen die Augen und lehnte sich gegen den Türpfosten. Die Studentin konnte sich kaum noch auf den Beinen halten und merkte, wie sehr sie ihren Körper strapaziert hatte.

Ihre Finger öffneten sich. Scheppernd fiel die Spraydose auf den gepflasterten Untergrund vor dem Haus.

»Der Hexentöter«, murmelte sie benommen und sprach wie im Fieber, ohne daß es ihr bewußt wurde. »Er ist hinter mir her. Ich bin ... in ... Gefahr ... Polizei ...«

Die Tür öffnete sich. Ein Mann stand auf der Schwelle. Es war der Vater von Petra Zeller, die vor einer Stunde nur knapp einen Kilometer von hier entfernt einen qualvollen Feuertod erlitten hatte.

Sie merkte, daß man ihr etwas einflößte und ein kalter Lappen auf ihrer Stirn lag. Dann vernahm Angelika Foller eine Stimme.

Wieder verging geraume Zeit, ehe sie wußte, worum es ging.

»Hatten Sie einen Anfall? So sprechen Sie doch! Können Sie mich verstehen?« Die Stimme klang ruhig und fest und erweckte Vertrauen.

Jetzt erst fand das Mädchen die Kraft, die Augen zu öffnen.

»... Wo bin ich?« kam es wie ein Hauch über ihre Lippen. Sie hatte etwas anderes fragen wollen, aber nur diese drei Worte brachte sie heraus.

»In Sicherheit. Sie können beruhigt sein. Wir konnten keine Verletzung bei Ihnen feststellen. Sie wurden in dem Augenblick ohnmächtig, als ich die Tür öffnete.«

Angelika nickte. Dann begann sie zu erzählen. Sie merkte, wie wichtig es war, daß die Leute, die sie aufgenommen hatten, über die Vorfälle unterrichtet wurden.

»... Sie waren über eine Stunde besinnungslos«, bekam sie zu hören, als sie eine Pause einlegte.

»Erschöpfung«, antwortete sie. Ihre eigene Stimme kam ihr fremd vor. »Ich bin vor ihm geflohen ... es war schrecklich ... »

»Sie müssen der Reihe nach erzählen, langsam und mit Bedacht ...!«

Angelika setzte sich aufrecht und blickte sich um. Sie befand sich in einem großen, gemütlich eingerichteten Wohnzimmer. Die Möbel waren alt. An der hölzernen Decke hing eine schwere, schmiedeeiserne Lampe.

»Ich werde mir Mühe geben«, sagte die Studentin. Sie wählte ihre Worte jetzt sehr genau und bemühte sich, knapp und präzise zu sprechen.

Als sie geendet hatte, schüttelte der aufmerksam zuhörende Mann den Kopf.

Unwillkürlich wandte er den Blick und schaute seine Frau an, die einen einfachen, schmucklosen Morgenmantel trug. Die Frau, einige Jahre älter, mit ernstem, grobem Gesicht, hatte bisher noch kein Wort gesagt.

»Unmöglich«, war die Reaktion Karl Zellers. Er fuhr sich mit einer fahrigen Bewegung durch das dichte Haar.

»Ich habe Ihnen die Wahrheit gesagt! Weshalb renne ich sonst durch die Nacht – so wie ich bin, so wie sich aussehe?«

Man glaubte ihr nicht. Angelika Foller war verzweifelt. Ihre Geschichte hörte sich auch reichlich seltsam an. Sie griff nach dem Wasserglas, das man für sie auf das Tischchen neben der altmodischen Couch gestellt hatte, und trank in hastigen, kleinen Zügen.

Der Mann erhob sich. Sein Gesicht war ernst.

»Sie sollten die Polizei verständigen. Ich kann meine Aussage beweisen«, fügte Angelika mit ruhiger Stimme hinzu. »Telefonieren Sie! Je früher die Polizei unterrichtet ist, desto besser ...«

»Es gibt kein Telefon im Haus.«

Der Mann biß sich auf die Lippen. Er konnte nur schwer verbergen, was er in diesem Augenblick wirklich empfand und dachte. Angelika Foller spürte das.

Man hielt sie für nicht ganz richtig im Kopf ...

Die Frau näherte sich dem Mann und zog ihn ein wenig auf die Seite. »Geh und sag der Polizei Bescheid!« Die Frau sagte es halblaut. »Schaff mir diese Person so schnell wie möglich aus dem Haus! Ich möchte sie nicht länger hier haben. Sie ist wahnsinnig. Sie muß in ärztliche Behandlung. Und laß mich auf keinen Fall allein mit ihr. Ruf Petra herunter ...!«

Der Mann nickte. Dann wandte er sich wieder an das Mädchen, das auf der Couch saß. Bleich und schwach.

»Legen Sie sich hin und ruhen Sie sich aus! Ich fahre nach Filsum, das ist nur sieben Kilometer von hier. In einer Viertelstunde bin ich wieder zurück. Ich werde meine Tochter holen, sie schläft oben. Sie kann sich besser um Sie kümmern, wenn Sie etwas brauchen. Meine Frau ist nicht mehr ganz gesund. Der Arzt hat gesagt, ich soll ihr jede unnötige Aufregung und Arbeit ersparen.«

Angelika Foller lächelte müde. »Aber der ganze Aufwand ist nicht nötig. Ich bleibe hier liegen, ich brauche niemand. Es ist nett, daß Sie sich so rührend um mich bemühen, aber es ist nicht nötig. Wirklich nicht ...«

Sie erwiderte den Blick der dunklen Augen des Mannes und wußte, was in Karl Zeller vorging. Man mißtraute ihr, man fürchtete sich!

Das war nicht verwunderlich. Angelika Foller unterließ alles, was den Anschein erwecken konnte, daß es besser war, sie nicht aus den Augen zu lassen. Sie legte sich zurück, starrte zur Decke und harrte der Dinge, die da kommen sollten. Sie wußte, daß sie nicht phantasierte. Wenn erst mal die Polizei da war, dann würde sich alles klären. Da war das Zelt, da gab es den Scheiterhaufen und die verkohlte Leiche, da gab es Heinz Mertens ... Der Gedanke an den Freund trieb ihr die Tränen in die Augen.

Karl Zeller verließ das Wohnzimmer und stieg die schmale Treppe hinauf, nicht ohne vorher seine Frau durch einen stummen Blick zu verständigen, daß sie die Fremde auf keinen Fall aus den Augen ließ ...

Karl Zeller klopfte an die Tür, hinter der er seine Tochter Petra schlafend vermutete.

Vergebens wartete er auf eine Erwiderung oder auf ein Geräusch. Alles blieb still.

Die Tür war verschlossen. Das war normal. Nicht normal aber war, daß Petra sich so still verhielt. Zeller holte einen Zweitschlüssel, steckte ihn ins Schloß und schob solange, bis er den Schlüssel, der von innen steckte, durchstoßen konnte. Dann ließ sich die Tür öffnen.

Von der Schwelle starrte er in den düsteren Raum. Der Mond stand hinter dem bewaldeten Hügel, und das bleiche Licht drang ebenso in das modern eingerichtete Zimmer wie die wabernden Nebelschleier, die durch die sperrangelweit geöffnete Balkontür wehten.

Karl Zeller schluckte. Unwillkürlich öffnete sich sein Mund.

Das Bett seiner Tochter war unberührt, das Zimmer leer ...

»Petra?« murmelte er. Dann eilte er hinaus auf den Balkon, starrte über das Geländer und sah die am Boden liegende Leiter. Für einen Augenblick setzte sein Herzschlag aus. Siedendheiß stieg es in ihm auf.

Er dachte an die unwahrscheinlich verrückte Geschichte der Fremden, die unten auf der Couch lag, und diese seltsame Nacht bekam einen Stich ins Gespenstische und Unheimliche. Es war jene Nacht, die Karl Zeller in seinem Leben nie mehr vergessen würde ...

Er eilte die Treppe hinunter. Sein Gesicht war totenbleich.

»Petra ist weg!«

Die Frau preßte die Hand vor die Lippen, um einen leisen Aufschrei zu unterdrücken. Ihre Blicke suchten die Fremde auf der Couch, als könnte sie eine Antwort auf das mysteriöse Verschwinden ihrer Tochter geben.

»Ich fahre sofort nach Filsum.« Karl Zellers Stimme klang fest. Er schlüpfte in ein Jackett, fuhr sich flüchtig mit gespreizten Fingern durch sein dichtes, ein wenig gewelltes Haar. »Laßt sämtliche Türen und Fenster geschlossen! Öffnet auch nicht, wenn ihr draußen etwas hört!« Der Mann machte mit einem Mal einen ganz anderen Eindruck. Er fuhr sich mit der Zunge über seine spröden Lippen. Dann wandte er sich an Angelika. »Es kann ein Zufall sein, ich weiß es nicht. Sie haben mir etwas erzählt von einem »Hexentöter«. Ihre Geschichte hörte sich an wie eine Schauerstory der Vergangenheit. Sie sind blond. Petra war blond. Der Mann, der Sie verfolgte, hat ausdrücklich Ihre blonde Haarfarbe erwähnt und hat Sie als Hexe bezeichnet. Ich weiß nicht, was geschehen ist, aber ich habe plötzlich ein ungutes Gefühl. Ich hoffe nur, daß Petra nichts mit dem zu tun hat, was Sie gesehen haben ...«

»Sie glauben mir also?« fragte Angelika zweifelnd.

Karl Zeller nickte. »Ich versuche es, so schwer es mir fällt. Aber die Tatsache, daß meine Tochter, die nachweislich um Mitternacht nach Hause kam, nicht mehr anwesend ist, ist zumindest genauso ungewöhnlich wie die Geschichte, die Sie mir erzählt haben ...«

Eine Stunde verging, ehe Karl Zeller zurückkam. In seiner Begleitung befanden sich zwei Polizisten und ein Kriminalbeamter in Zivil. Außer dem Polizeifahrzeug traf um diese frühe Morgenstunde noch ein Krankenwagen ein, in dem zwei Sanitäter und ein Arzt saßen.

Der Arzt kümmerte sich sofort um die Patientin. Nach den Aussagen Karl Zellers hatte es der Kriminalbeamte Wergh für notwendig gehalten, einen Arzt zu informieren.

Der Doktor wurde ernst, als er Angelika Foller untersuchte. »Sie ist hochgradig erschöpft und leidet aller Wahrscheinlichkeit nach unter einem Schock«, bestätigte er Wergh. Der Beamte war Anfang der Vierzig, ein Sportstyp, weltoffen und aufgeschlossen.

Der Arzt vermutete außerdem ein Nervenfieber und veranlaßte die Einlieferung der Patientin in das Filsumer Krankenhaus.

Wergh wollte ein paar Worte mit Angelika Foller sprechen. Der Arzt erlaubte es. »Nur das Notwendigste, bitte!«

Wergh hielt sich an diesen Wunsch. Er ließ sich noch einmal genau die Gegend beschreiben, wo das Mädchen Zeuge der seltsamen Vorfälle geworden war.

Damit ließ er es genug sein. Wenn sich noch Fragen ergeben sollten, würde er zu einem späteren Zeitpunkt auf Angelika Foller zurückkommen.

»Ich kenne die Gegend genau«, schaltete sich Karl Zeller ein. »Ich lebe hier seit vierzig Jahren. Das Wäldchen und der Zeltplatz liegen keinen Kilometer von hier entfernt.«

Während der Krankenwagen mit der erschöpften Angelika Foller abfuhr, machten der Kriminalbeamte, die beiden Polizisten und Karl Zeller sich auf den Weg. Sie ließen das Polizeifahrzeug nach Erreichen des Ziels auf dem unbefestigten Ackerweg stehen und gingen zu Fuß weiter. Sie fanden das leere Zelt und sicherten auch die Fußspuren. Dann gingen die Männer zu dem bewaldeten Hügel hinauf. Sie stießen auf einen schwelenden Scheiterhaufen.

Karl Zeller faßte sich an den Kragen und öffnete den obersten Knopf, weil ihm zu heiß wurde.

Er sah die verkohlten Umrisse eines menschlichen Körpers.

Der Kriminalbeamte Wergh biß die Zähne zusammen. »Wenn ich es nicht mit eigenen Augen sehen würde, ich könnte es nicht glauben«, murmelte er benommen.

***

»X-RAY-3?« Die Stimme drang aus dem verborgenen Lautsprecher in dem großen Schreibtisch untergebrachten Wechselsprechanlage.

Larry Brent, der soeben einen Bericht über seinen letzten Fall auf Band sprach, unterbrach seinen Redestrom und meldete sich.

»Sir?«

»Wie weit sind Sie mit Ihrer Arbeit?«

»Fast am Ende. Ich denke, daß Sie in spätestens einer halben Stunde das Band zur Kontrolle haben können, Sir ...« Larry lehnte sich in den bequemen Schreibtischsessel zurück.

Larry hatte schon manchmal geglaubt, daß der Mann, der seine einsamen und wichtigen Entscheidungen traf, eventuell blind sein müsse. Es war ihm aufgefallen, daß X-RAY-1 niemals schriftliche Berichte anforderte. Jede Routinemeldung wurde auf Band gesprochen und an die Zentrale geleitet.

Daß X-RAY-1 sich nicht gemeldet hatte, um mit seinem besten Agenten ein privates Plauderstündchen einzulegen, war klar. Auch das war eine Eigenart des väterlichen David Gallun, die X-RAY-3 schon kannte. Der geheimnisvolle PSA-Chef begann jedesmal mit einer gemütlichen Einleitung, ehe er die Katze aus dem Sack ließ.

Die Stimme klang mit einemmal ernst und fest aus dem kleinen verborgenen Lautsprecher.

»Die Meldung, die die Computer auswerteten, ist vielversprechend, obwohl wir alles andere als über ausreichendes Material verfügen. Uns wurde ein dritter Hexenfall mitgeteilt. Die Nachricht lief vor einer halben Stunde ein. Das ist eigentlich schon alles, was ich Ihnen sagen kann. Wir wissen nichts, wir tappen im dunkeln. Und unseren deutschen Kollegen ergeht es genauso. Die örtliche Polizeidienststelle ist hilflos. Es gehen im ostfriesischen Gebiet der Bundesrepublik Deutschland Dinge vor, die an das finsterste Mittelalter erinnern. Der Glaube der Landbevölkerung an Hexen und Satan ist auch in anderen Gebieten dieser schönen Erde noch weitverbreitet, aber dort hat er seit einiger Zeit Formen angenommen, die erschreckend sind. Die deutschen Zeitungen haben in der letzten Zeit über einige erstaunliche und recht ungewöhnliche Vorfälle berichtet. Menschen wurden verbannt, benachteiligt und von abergläubischen und sturen Nachbarn aus ihren Dörfern gejagt, weil – sie angeblich das Vieh verhext hätten. Einen Zug ins Grausige aber hatte jener erste Fall, den die deutsche Polizei in Apen zu behandeln hatte. An der Peripherie der kleinen Stadt fand man die gefolterte Leiche eines jungen Mädchens. Sie war neunzehn Jahre alt und stammte aus bestem Hause. Ihr Tod war – und ist noch heute – ein Rätsel. Er wurde bis zur Stunde nicht aufgeklärt. Dieser Mord wurde uns seinerzeit nicht mit den normalen Routineberichten, die uns aus aller Welt erreichen, mitgeschickt. Da kam es, keine drei Wochen nach dem ersten Vorfall, zu einem zweiten Mord. Er ereignete sich dreißig Kilometer von Apen entfernt in einem düsteren, unbesiedelten Moorgebiet. Wieder mußte eine junge Frau ihr Leben lassen. Auffallend ist, daß beide Mädchentypen sich glichen. Sie waren außergewöhnlich schön, attraktiv und blond. Das sollte Ihnen zu denken geben, X-RAY-3!«

Larry Brent nickte unwillkürlich. »Ich habe es mir schon geistig notiert, Sir.«

»Dieses Mädchen wies ebenfalls Foltermerkmale auf. Obwohl beide Tatorte weit voneinander entfernt liegen, ist kaum ein Zweifel möglich, daß beide Mädchen durch denselben Mörder umkamen. Wieder blieb eine großangelegte Fahndung erfolglos. Man kämmte den ganzen Bezirk durch, stieß aber auf keine nennenswerte Spur. Ein Beamter des Bundeskriminalamtes, das sich inzwischen eingeschaltet hat, gab uns den ersten Tip. Das war vor einer Woche. Ich konnte nicht gleich einen Agenten auf die Fährte setzen, da mir nicht genügend Leute zur Verfügung standen. Ich mußte abwarten. Aber ich wollte nicht solange warten, bis es erneut zu einem Mord kam. Nun aber ist das doch eingetreten, was ich verhindern wollte. Allerdings in anderer Form. Doch gibt es auch hier nach den Ermittlungen und Auswertungen der vergleichenden Computerunterlagen kaum einen Zweifel, daß wir es wieder mit dem gleichen unheimlichen Täter zu tun haben, der es bisher geschickt verstanden hat, durch die Maschen des Gesetzes zu schlüpfen. Man nennt ihn inzwischen den Hexentöter ... seine Opfer sind ausschließlich junge, hübsche und blonde Frauen ... Ihr Flug nach Deutschland ist gebucht, X-RAY-3. Der Jumbo-Jet startet um 13.20 Uhr. Sie haben noch genau vierzig Minuten Zeit, um Ihre Vorbereitungen zu treffen. Sie fliegen nach Frankfurt. Auf dem Rhein-Main-Flughafen werden Sie von einem Beamten des Bundeskriminalamtes empfangen. Der Mann wird Ihnen detaillierte Angaben machen. Es ist nicht ausgeschlossen, daß Sie am gleichen Abend dann von Bremen aus noch mit einem Hubschrauber der Bundeswehr nach Ostfriesland geflogen werden. Die letzten Ermittlungen und Verhöre haben ergeben, daß es für den letzten Mord des Hexentöters eine Zeugin gibt. Übrigens wurde das dritte Opfer nicht zu Tode gefoltert – sondern nach Art der Hexenprozesse im Mittelalter auf einem Scheiterhaufen verbrannt. Ein makabres, grausames Spiel, dem unbedingt so schnell wie möglich ein Ende gesetzt werden muß, X-RAY-3!«

Es gab keine Fragen mehr. Larry Brent verließ drei Minuten nach diesem Gespräch sein Büro, stieg in den Lift und ließ sich nach oben tragen. Über die Geheimtür betrat er das Lokal und verließ das Restaurant, das »Tavern on the Green«.

Um seinen Agentenkoffer brauchte er sich nicht zu kümmern. Der war bereits auf dem Weg zum Kennedy Airport.

Der Flug mit dem Jumbo war ein Genuß. Dreihundertvierundsechzig Menschen befanden sich insgesamt an Bord. Die Ausmaße des Flugzeuges waren ungeheuerlich. In der ersten Klasse der Maschine gab es eine Bar, und der Amerikaner ließ es sich nicht entgehen, geraume Zeit in dieser bequemen und fast luxuriös zu nennenden Umgebung zu verbringen. Einladende

Polstergarnituren, die sonst in einem Hotel erster Klasse zu finden sind, luden zum Sitzen ein.

Am Abend landete die Maschine auf dem Frankfurter Rhein-Main-Flughafen zwischen, ehe sie ihren Flug nach London fortsetzte.

Zu diesem Zeitpunkt aber befand sich der Spezialagent bereits mit dem Beamten vom Bundeskriminalamt im Flughafenrestaurant. Bei einem Drink erfuhr Larry Brent die notwendigen Details und den letzten Stand der Dinge.

»Das Mädchen namens Angelika Foller konnte leider noch nicht eingehend vernommen werden.« Der Beamte vom Bundeskriminalamt sprach ein akzentfreies Englisch. »Sie hat nach den Ereignissen – was nur verständlich ist – einen Schock erlitten. Sie liegt noch immer im Krankenhaus von Filsum. Sie leidet zusätzlich unter einem Nervenfieber, das die Ärzte noch nicht unter Kontrolle bekamen. Der Mann, der sie begleitete, Heinz Mertens, ist tot. Er wurde mit einem Dolch erstochen. Bei dem Täter handelt es sich ganz offensichtlich um die gleiche Person, die die junge Petra Zeller auf brutale Weise zum Feuertod verurteilt hat. Angelika Foller ist im Augenblick der einzige Mensch, der uns eventuell nähere Hinweise geben könnte. Sie hat den Hexentöter gesehen!« Mit diesen Worten reichte der Deutsche dem Amerikaner einen Zettel über den Tisch. »Hier stehen mehrere Namen und Anschriften von Personen, die bei Ihren Recherchen vielleicht von Bedeutung sind.«

Während der Beamte weitererzählte, überflog Larry Brent die Notizen. Dabei versäumte er es jedoch nicht, weiterhin aufmerksam zuzuhören.

Als der Mann geendet hatte, stellte er nur einige wenige Fragen.

»Sie haben den Namen Michael Thielen erwähnt«, bemerkte Larry leise. »Und Sie sagten, daß der junge Mann die später verschwundene Petra Zeller noch gegen Mitternacht nach Hause gebracht habe. Ist ihm etwas aufgefallen?«

»Soviel mir bekannt ist, nein.«

»Und daß es sich bei der Toten um Petra Zeller handelt, daran gibt es auch nicht den geringsten Zweifel?«

»Nein. Der Vater fand noch in der gleichen Nacht nach dem furchtbaren Verbrechen in dem schwelenden Scheiterhaufen den Ring, den seine Tochter getragen hatte. Da stand schon ziemlich fest, daß es sich bei der Verbrannten um Petra Zeller gehandelt haben mußte ... Die Obduktion der Reste des Leichnams am Tage bestätigten diese Annahme nur.«

Larry Brent preßte die Lippen zusammen. Er beschäftigte sich intensiv mit den Dingen. Es gab da einige Widersprüche und undurchsichtige Stellen, aber es war sinnlos, hier nachzuhaken. Der Mann vor ihm hätte seine Fragen auch nicht beantworten können.

»Das Ganze ist ein einziges Rätsel«, murmelte X-RAY-3.

Sein Gegenüber nickte. »Wir sind noch keinen Schritt weitergekommen.«

Larry sah auf. »Alle drei Fälle – zuvor die Folterungen und nun diese Hexenverbrennung – stehen irgendwie in einem Zusammenhang. Es sieht beinahe so aus, als sei das letzte Verbrechen nur eine Steigerung der beiden vorausgegangenen Taten.«

Er sprach wie im Selbstgespräch vor sich hin

»Ich verstehe Sie nicht ganz«, kam es über die Lippen des Kriminalbeamten.

Larry lächelte dünn. »Ich verstehe es selbst noch nicht. Ich stelle nur fest ...«

Er hielt sich eine knappe Stunde in Frankfurt auf. Gegen acht Uhr flog er nach Bremen weiter. Von dort aus brachte ihn ein Hubschrauber der Bundeswehr nach Friesland. Weit außerhalb der Kleinstadt Filsum setzte der Pilot ihn ab. X-RAY-3 ging zu Fuß. Er wanderte auf der dunklen, taufeuchten Landstraße weiter. Kaum ein Auto begegnete ihm.

Das Land war flach, düster und irgendwie fremdartig. Larry hatte das Gefühl, der einzige Mensch auf der Welt zu sein. Einmal passierte er einen abseits gelegenen Bauernhof. Hinter verriegelten Fensterläden brannte schwaches Licht.

In den angrenzenden Stallungen rumorte es.

Larry Brent ging weiter.

Seit der Begegnung mit dem Beamten vom Bundeskriminalamt war er sehr ernst geworden. Er versuchte die Dinge zu ordnen, aber es gelang ihm noch nicht. Er wußte noch zu wenig, und er mußte sich eingestehen, daß er bis zu diesem Augenblick auch noch nicht wußte, wie und wo er eigentlich ansetzen sollte.

Er kam als Fremder in eine fremde Stadt. Hier versuchte er Unterkunft zu finden, was in Anbetracht der Jahreszeit und der Lage des Ortes nicht besonders schwierig war.

Er hatte sich für Filsum entschieden, weil hier das Mädchen Angelika Foller im Krankenhaus lag. Er wollte sie unbedingt besuchen, um Näheres zu erfahren. Von hier aus hatte er die Möglichkeit, weit in das Innere des flachen Landes vorzustoßen. Bisher hatte der Hexentöter nur in dieser Umgebung zugeschlagen. Larry Brent hatte sich während des Fluges von

New York nach Frankfurt eingehend mit der Karte beschäftigt, um sich zu jeder Zeit rasch und ohne Zeitverlust zurechtzufinden.

Außerdem hatte er Einblick in die Unterlagen genommen, die von der PSA-Leitung in seinem Handgepäck verstaut worden waren.

Die mysteriösen Dinge waren erschreckend, und der rasche Entschluß von X-RAY-1, nun doch so schnell wie möglich hier einzugreifen, war nicht ohne Bedeutung. Innerhalb von vier Wochen drei rätselhafte Morde, davon zwei in einer Woche!

Die Taten waren im Umkreis von dreißig Kilometern ausgeführt worden. Larry ließ noch einmal alles vor seinem geistigen Auge abrollen.

X-RAY-3 fühlte, daß seine Aufgabe nicht leicht war.

Er erreichte Filsum. In einem kleinen Hotel fand er ein Zimmer. Es war einfach, aber sauber eingerichtet. Von dort aus strahlte er über seinen PSA-Ring eine Nachricht ab. Die Botschaft wurde auf direktem Weg von einem PSA-eigenen Satelliten, der in eine Umlaufbahn um die Erde geschossen worden war, weitergeleitet und direkt in die Zentrale von X-RAY-1 gefunkt.

Der Chef der PSA befand sich zu diesem Zeitpunkt auf dem Weg in die Wohnung. Unmittelbar nachdem er sein Apartment in der Lexington Ave betreten hatte und Sarah, die zweihundertzwanzig Pfund schwere treue Negermammy, das delikate Abendessen auftrug, schlug das Telefon an, das direkt mit seinem geheimen Büro im »Tavern on the Green« verbunden war.

Der Blinde nahm ab. Über den angeschlossenen Hauptcomputer, der automatisch das Rufsignal auslöste, wenn im Hauptbüro niemand mehr abhob, nahm David Gallun mit unbewegtem Gesicht die letzte, dechiffrierte Nachricht seines besten Agenten entgegen.

Larry Brent forderte – sollte dies möglich sein? – eine junge, hübsche, attraktive und vor allen Dingen blondhaarige Agentin an.

Er brauchte einen Köder!

X-RAY-1 dachte in diesem Augenblick an die gleiche Person, an die auch X-RAY-3, einige tausend Kilometer von New York entfernt, gedacht hatte.

An Morna Ulbrandson, die charmante Schwedin.

Morna Ulbrandson alias X-GIRL-C war ein kluges und intelligentes Geschöpf, und ihr Intelligenzquotient deckte sich fast mit dem Larry Brents, so daß sie in der Reihe der weiblichen Agenten der PSA in etwa die Stellung einnahm wie Larry Brent auf seiten der Männer.

X-RAY-1 bedachte den Plan. Er war nicht abgeneigt, den entscheidenden Schritt zu wagen.

Weder X-RAY-1 noch X-RAY-3 allerdings konnten beim derzeitigen Stand der Dinge annehmen, daß das Schicksal seine Weichen bereits anders gestellt hatte ...

***

Michael Thielen war einer der letzten Gäste in dem kleinen Dorfwirtshaus.

Müde und ernst saß er in der hintersten Ecke an dem kleinen quadratischen Tisch, dessen Platte zerkratzt war und in der zahlreiche Namen, Herzen und Amorpfeile davon kündeten, wer schon alles hier gesessen hatte.

Der junge Mann fuhr sich mit einer nervösen Bewegung durch das dichte, dunkle Haar.

Thielen blickte sich unauffällig um. In seinen Augen zeigte sich ein seltsamer Schimmer, der ständig zunahm. Die Handinnenflächen des jungen Deutschen begannen plötzlich zu schwitzen, und Thielen konnte nicht verhindern, daß seine Hände zu zittern anfingen.

Thielen schluckte. »Hannes – zahlen!« Er griff nach der Geldbörse.

Der Wirt, ein wohlbeleibter, gutmütiger Kerl, der gut und gern seine zweihundert Pfund wog, bequemte sich hinter der Theke hervor.

»Zwei Bier, ein Korn, ein Strammer Max ...«, murmelte er leise vor sich hin, ohne einen Blick auf den entsprechend gekennzeichneten Bierdeckel zu werfen. »Du fängst an zu sparen, Michael«, fügte der Wirt hinzu, während er den Zwanzigmarkschein entgegennahm und den Restbetrag mit seinen dicken Fingern herausgab. Über den Rand der Brille hinweg warf er einen langen Blick auf Thielen. »Du siehst nicht gut aus, mein Junge. Verdammt käsig!«

»Das bleibt nicht aus«, murmelte Michael Thielen. Mit diesen Worten erhob er sich. Vor seinen Augen begann sich alles zu drehen, und er taumelte zurück, so daß er sich stützen mußte.

»Du bist krank. Soll ich einen Arzt rufen?« fragte der Dicke besorgt.

Thielen schüttelte den Kopf. Auf seiner bleichen Stirn perlte der Schweiß. »Nein, nein, nicht nötig«, entgegnete er kraftlos. »Es ist schon wieder vorbei. Ein kleiner Schwächeanfall ...«

Der Wirt seufzte tief und nickte langsam, als verstünde er alles, warum und weshalb dies so war. »Das Leben geht weiter, trotz alledem ...«, meinte er leise. »Diesmal war es wohl sehr ernst, nicht wahr?«

Er brauchte den Namen Petra Zeller nicht zu nennen. Thielen war in der letzten Zeit mehrmals mit der blonden, hübschen Bauerntochter gesehen worden. Daß der alte Zeller die Verbindung nicht gern sah, hatte verschiedene Gründe. Er wollte seine Tochter mit einem reichen Bauernsohn verheiraten und nicht mit diesem eingebildeten und halbstudierten Pinsel, wie er Thielen oft zu nennen pflegte.

Michael Thielen war nicht schuldlos an dieser Reaktion. Der junge Mann war in den Augen der einfachen Menschen dieses Landes ein exzentrischer Außenseiter. Er hatte schon früh die Dorfschule verlassen und die höhere Schule in der Nachbarstadt besucht. Doch dort hielt er sich nicht lange auf, sondern wurde von seiner Mutter (sein Vater war schon früh gestorben) in ein privates Landschulheim gesteckt. Michael Thielen glänzte besonders in den naturkundlichen Fächern. Trotz der schulischen Erfolge aber blieb er der merkwürdige, menschenscheue Außenseiter. Nach dem Abitur entschloß er sich, Naturwissenschaften zu studieren. Nach dem zweiten Semester gab er es auf und kehrte ins Dorf zurück. Seit dieser Zeit hatte er nichts mehr gelernt und übte auch keinen Beruf aus. Er lebte von den Ersparnissen seines toten Vaters. Die Mutter machte ihm deswegen Vorwürfe, aber im großen und ganzen brachte sie nicht die Kraft auf, sich gegen ihren einzigen und vergötterten Sohn zu stellen.

Von dieser Warte aus gesehen konnte man verstehen, weshalb der alte Zeller zu wettern anfing, als er feststellen mußte, daß ausgerechnet seine Tochter Petra ein Liebesverhältnis mit Thielen hatte, mit diesem größten Taugenichts im Umkreis von fünfzig Kilometern. So hatte er ihn in der Dorfschenke schon genannt.

Michael Thielen nickte. Seine fiebernden Augen streiften den Wirt. »Es war mir ernst, sehr sogar. Daß ausgerechnet sie ...« Er schüttelte den Kopf und kam um den Tisch herum.

»Die Zeit heilt alle Wunden, Michael«, versuchte sich der fette Wirt in philosophischen Sprüchen.

»Vielleicht – vielleicht auch nicht.« Die Stimme Thielens klang rauh.

»Und ich bin sicher, daß sie dieses Ungeheuer in Menschengestalt bald fassen werden. Darauf kannst du dich verlassen! Zum erstenmal gibt es einen handfesten Hinweis. Er wurde gesehen! Wenn das Mädchen, das jetzt noch im Krankenhaus von Filsum liegt, erst den Schock überwunden hat und aussagen kann, dann wird man ihn erwischen. Ich bin fest davon überzeugt. Es ist auch höchste Zeit, daß etwas geschieht. Unsere Frauen und Töchter getrauen sich nach Einbruch der Dunkelheit nicht mehr auf die Straße ...«

Der Wirt begleitete seinen späten Gast bis zur Tür. Michael Thielen ging wie auf Eiern. Er war noch immer weiß wie ein Leintuch. Jegliche Farbe war aus seinem Gesicht gewichen.

Er murmelte ein leises »Gute Nacht!« und verschwand, so schnell es ihm möglich war, um die Hausecke. Hinter der dunklen Einfahrt stand sein Auto, der dunkelgrüne Ford 12M. Thielen schloß mit zitternden Fingern die Tür auf und setzte sich ans Steuer.

Sein Körper spannte sich. Er spürte, wie es ihn innerlich überflutete.

Ein dumpfes Stöhnen entrang sich seinen Lippen.

»Ich will nicht«, flüsterte er erregt. Er schlug die Hände vors Gesicht, die sich wie in einem Krampf verzerrten. Die Hände nahmen ein klauenartiges Aussehen an, die Finger spreizten sich ...

Und dann, wie aus weiter Ferne, wie aus der Tiefe einer unterirdischen Höhle, hallte es durch sein Bewußtsein.

Er vernahm die Stimmen der Männer, die ihn heute morgen verhört hatten. Der Kriminalbeamte Wergh, der den Fall übernommen hatte, sah in Thielen einen wichtigen Zeugen.

»... versuchen Sie sich an alle Einzelheiten zu erinnern«, glaubte der Mann hinter dem Steuer die Stimme des Beamten unmittelbar neben sich zu hören. Die Stimme füllte ihn aus und dröhnte in seinem Schädel wie ein Glockenschlag. »Sie brachten Petra Zeller noch nach Hause. Unseren Recherchen zufolge muß sie kurz nach Betreten ihres Zimmers von dem geheimnisvollen Unbekannten überfallen und weggeschleppt worden sein. Ihr Weg führte Sie mit dem Wagen noch einmal an der Nordseite des Hauses vorüber. Weil Sie auf die Hauptstraße mußten, blieb Ihnen nichts anderes übrig, als das Bauernhaus im Bogen zu umfahren. Ist Ihnen dabei nichts aufgefallen? Wir haben in unmittelbarer Nähe des Gartenzauns Abdrücke von Reifen sichergestellt. Dort muß ein Wagen gestanden haben, ein Wagen vielleicht ähnlich dem Ihren. Einer Wahrscheinlichkeitsberechnung zufolge, die auf Grund der Reifenabdrücke und der Reifengröße angestellt wurde, könnte sogar ein Ford Ihres Typs da gestanden haben.«

»Warum sagen Sie nicht gleich, daß Sie vermuten, ich hätte sie umgebracht?« schrie Michael Thielen heraus. Haß loderte in seinen Augen, und er zuckte zusammen, als er bemerkte, daß er auch in diesem Augenblick der Reflexion, als die Stunde des Verhörs noch einmal vor seinem inneren Auge abrollte, laut aufgeschrien hatte.

Wergh hatte maliziös gelächelt. »Der Gedanke war nicht einmal so abwegig. Wir mußten jeder Spur nachgehen. Schließlich waren Sie der letzte, der Petra Zeller lebend sah ... Aber ein solcher Gedanke ist natürlich absurd. Wir haben festgestellt, daß Ihre Reifen ein anderes Profil haben als die Abdrücke derjenigen, die wir sicherstellten. Außerdem muß das natürlich nicht bedeuten, daß der Wagen, der vermutlich zur Tatzeit am rückwärtigen Zaun des Gartengrundstücks parkte, etwas mit dem makabren Vorfall zu tun hat. Wir dürfen natürlich keine Möglichkeit außer acht lassen ...«

Die Stimme in Michael Thielens Gehirn wurde schwächer. Er hörte jetzt dumpfes Gemurmel, und schemenhafte Gestalten tauchten vor seinem inneren Auge auf. Alles rollte vor ihm ab wie auf einer geheimnisvollen, unsichtbaren Filmleinwand, die nur er zu sehen bekam.

Da waren die Zellers, Vater und Mutter, da waren die Polizisten, der Kriminalbeamte Wergh – er, Thielen, sah die Gesichter wie gemalt vor sich, die Züge hatten sich ihm eingeprägt. Er hätte jedes einzelne Gesicht beschreiben können, und selbst die Stimmen waren genau nuanciert, als hätte er sie mit Tonband aufgenommen und würde die Gespräche nun wieder abspielen lassen.

Er erinnerte sich auch genau der Sätze, die gesprochen worden waren. Nichts war ihm entgangen. Und das war gut so. Auf diese Weise konnte er die Gefahr bannen, die sich ankündigte ...

Dann war der Traum wieder in ihm und riß seine Gedanken und Überlegungen weit fort.

Er merkte, wie er die Lippen bewegte, wie er dem Kriminalbeamten Wergh erklären wollte, daß er den Leidensweg der hübschen, blonden Petra im Traum vorausgesehen hatte. Aber wer hätte ihm das geglaubt? Konnte ein Mensch wirklich etwas im Traum sehen – was später tatsächlich eintrat?

Der Mann hinter dem Steuer des abgestellten Ford 12M stöhnte und löste die Finger vom verzerrten Gesicht. Seine Augen blickten unruhig und angespannt. Ein Ausdruck des Wahnsinns mischte sich in diesen Blick.

Thielen begriff mit einemmal, daß alles gar kein Traum gewesen war. Daß er es wirklich erlebt hatte, daß die Schranke, die in seinem Gehirn noch aufgerichtet gewesen, nun endgültig gefallen war, und daß er dem Druck der Mächte nichts mehr entgegensetzen konnte! Er hatte die Geister gerufen, und nun ließen sie ihn nicht mehr los.

Wie in Trance drehte Michael Thielen den Zündschlüssel und startete den Wagen. Er fuhr durch die nächtlichen, verlassenen Straßen des Dorfes. Vom Kirchturm schlug es zwölfmal.

Die Lippen des jungen Mannes verzerrten sich. Michael Thielen veränderte sich zusehends. Seine Haare wuchsen, sein Gesicht wurde zur Fratze. Er sah wesentlich älter aus, als er in Wirklichkeit war.

Die Linien um seine schmalen, harten Lippen wirkten brutal. Aber nicht nur die äußere Erscheinung Thielens nahm ein anderes Aussehen an – auch seine Psyche veränderte sich.

Der Name Martinus drängte sich ihm auf, und er wußte, daß dieser Name wichtig für ihn war.

Er war Martinus, und er war ein Hexenjäger.

Die Verwandlung war abgeschlossen. Nichts mehr an dem unheimlichen Mann, der mit irrem Blick hinter dem Steuer des dunkelgrünen Ford 12M hockte, erinnerte noch an den jungen, sympathischen Michael Thielen. Es war, als hätte ihn eine bösartige, unbekannte Krankheit zu einem anderen Wesen werden lassen.

Er ging völlig auf in einer Person, die in der Tat schon einmal gelebt und in ihm eine Art Reinkarnation gefunden hatte.

Armselige Anfänge in verborgenen Kellergewölben des alten Hauses, das seiner Familie gehörte und immer mehr zerfiel und um das sich seit fünfzig Jahren schon kein Mensch mehr kümmerte.

Und das Bemerkenswerteste: Es wollte sich auch kein Käufer finden, obwohl der Preis günstig war.

Solange er zurückdenken konnte, hatte Michael alias Martinus, sich am liebsten in dem alten, fast zur Ruine gewordenen Haus aufgehalten. Er war durch die von Ratten überfüllten Kellerlöcher gekrochen und hatte sich nicht gefürchtet. Als Junge von vierzehn Jahren hatte er schon damit begonnen, sich ein kleines Labor einzurichten. Er hatte naturwissenschaftliche Studien getrieben, von denen weder seine Lehrer noch seine Mutter etwas ahnten.

Nie war man hinter seine Schliche und seine verbotenen Versuche gekommen. Selbst in jener Zeit nicht, als er sich nur noch zum Wochenende hier aufhielt und alles längere Zeit liegenlassen mußte, weil er in einem Landheim untergebracht war.

Er erinnerte sich noch genau an die Versuche mit den Würmern. Diese Experimente gaben ihm aufschlußreiche Hinweise.

Hier zeigte sich, daß etwas von einem Wesen, das zuvor gelebt und »Erfahrungen« gesammelt hatte, übernommen worden war.

Verhielt es sich auch so beim höher entwickelten Menschen?

Michael Thielen versuchte, daran zu denken, was er denn von seinen

Eltern mitbekommen hatte. Hier eine Ähnlichkeit mit der Mutter, da einen Charakterzug des Vaters. Aber damit erschöpften sich auch schon die Möglichkeiten der scheinbaren Weitervererbung. Von dem Wissen und den Erfahrungen der Eltern hatte er nichts mitbekommen. Waren ihm die Fehler, die der Vater in seinem Leben begangen hatte, bekannt? Nein! Höchstens wenn der Vater davon sprach und ihn darauf aufmerksam machte, dies und jenes nicht zu tun. Aber er mußte von den Fehlern erst hören – er mußte erleben – da war nichts in seiner Erinnerung, das ihn – um dieses Beispiel anzuführen – als kleines Kind mechanisch davor zurückgehalten hätte, in Feuer zu greifen und selbst festzustellen, daß man sich tatsächlich verbrannte, wenn man mit den Flammen in Berührung kam ...

Seine Überlegungen in dieser Zeit der Unruhe und des inneren Aufruhrs gingen noch weiter.

Wenn er also tatsächlich Merkmale seiner Eltern trug, dann mußten auch noch tiefer und verschüttet in seinem Bewußtsein und seinen Anlagen Anzeichen dafür vorhanden sein, was die Eltern seiner Eltern an Erfahrungen und Wissen sammelt hatten.

Und auch Spuren jener Generation mußten noch vorhanden sein, die davor lebte. Ein Mensch war nur ein Teilstück eines riesigen Menschenmosaiks, ein Produkt aus vielen Generationen.

Als dieser Gedanke sich erst mal bei ihm festgesetzt hatte, wurde er schließlich zur fixen Idee. Michael Thielen war nicht mehr davon abzubringen, herauszufinden, woher er wirklich stammte, wer jene Vorfahren gewesen waren, die vor den Eltern seiner Eltern und noch davor gelebt hatten. Ein verständlicher Wunsch, der gewissermaßen auch in jedem anderen Menschen schon aufgetaucht war und ihn beschäftigt hatte, ohne deswegen als abnormal zu gelten.

Aber bei Thielen war er zur Besessenheit geworden.

Er suchte in Stammbüchern und alten Taufeintragungen nach seinen Vorfahren. Er konnte seinen Stammbaum bis ins frühe 16. Jahrhundert zurückverfolgen. Aber die Familie Thielen war noch älter. Das bewies allein schon das alte, aus dem 15. Jahrhundert stammende Bauernhaus, das immer mehr verfiel und um das sich niemand kümmerte. Es war von Efeu und Moos überwachsen; Wind und Wetter hatten das baufällige Dach zerstört, so daß es in die verdreckten, unmöblierten Innenräume hereinregnete und -schneite. Die Ruine war zu einem Paradies für die Ratten und für anderes Ungeziefer geworden, das sich gegenseitig auffraß.

Nur in dem finsteren Kellergewölbe gab es ein Geheimnis, das Thielen vertraut war ... Es waren zwei kahle Kellerräume, die in der letzten Zeit regelmäßig von einem denkenden menschlichen Wesen betreten wurden.

Dieses Haus hatte ihn schon immer angezogen. Hier, unter dem Boden des Kellers und in einigen geheimen Wandnischen verborgen, hatte er das Geheimnis seiner Familie gefunden.

Im Alter von zweiundzwanzig Jahren gelang ihm der erste große Durchbruch. Das lag jetzt genau zwei Jahre zurück. Die Droge versetzte ihn in einen rauschartigen Zustand, wie man das von Haschisch und LSD her auch kannte. Und doch war es anders. Thielen beabsichtigte nicht, sein Gehirn mit Traum- und Gaukelbildern zu füllen. Er wollte das Innerste bloßlegen, die Erkenntnisse und Erfahrungen befreien, die die Menschen, von denen er abstammte, Generationen vor ihm gesammelt hatten.

Was geschah, war so phantastisch und ungeheuerlich, daß er anfing, an seinem Verstand zu zweifeln, als er wieder bei vollem Bewußtsein war und feststellte, daß er auf der Couch seines geheimen Versuchslabors lag und offensichtlich nach der Droge eingeschlafen war. Er hatte nach der Injektion geträumt. Dabei hatte er chemische Reaktionen in seinem Hirn freisetzen wollen. Statt dessen war er eingeschlafen und hatte einen seltsamen Traum gehabt:

Er erinnerte sich noch genau. Wie üblich bei Träumen mit einem merkwürdigen, ins Phantastische gehenden Inhalt waren Zeit und Raum völlig aufgelöst.

Er, Michael Thielen, sah sich als Bewohner einer Zeit, die man als das finsterste Mittelalter bezeichnete, in der sogenannte Hexenjäger durch die Lande zogen und viele unschuldige Menschen zum Tode verurteilten oder nach langen und qualvollen Folterungen feststellten, daß diese oder jene Person tatsächlich eine Hexe war und hingerichtet werden mußte. Einige aufrichtige Hexenjäger erfüllten die Aufgabe mit großer Aufmerksamkeit und nach bestem Wissen und Gewissen. Andere aber, Scharlatane und Glücksritter, nutzten das Gebot der Stunde, nutzten die allgemeine Scheu und die Stimmung, um ihr Schäfchen ins trockene zu bringen. Sie hatten erkannt, daß der Beruf des Hexenjägers Ansehen und Einkünfte, große Einkünfte, zur Folge hatte. Nicht selten fiel das gesamte Hab und Gut einer überführten Hexe in die Hände des Hexenjägers.

Männer dieser finsteren Zeit ritten von Dorf zu Dorf, gingen Anschuldigungen nach, überprüften Verhöre und Protokolle und kamen oft auf die

Idee, Unschuldige mit einzubeziehen, weil ihnen das gerade ins Konzept paßte oder weil ein gefährlicher Mitwisser oder Konkurrent ausgeschaltet werden mußte.

Die grausamen Folterungen, die man durchführte, hatten zur Folge, daß manche der Hexerei Angeklagten in der Hoffnung, den fürchterlichen Qualen endlich zu entkommen, einfach irgendwelche absurden Geständnisse ablegten oder die Namen verhaßter Mitbürger nannten, um von sich abzulenken. Diese Methode wiederum brachte eine ganze Lawine von Hexenprozessen ins Rollen und weitere hohe Einkünfte für den Hexenjäger, der durch die Lande zog.

Im Traum hatte sich Michael Thielen als Hexenjäger gesehen. Er konnte nach dem Erwachen jede Einzelheit rekonstruieren, als wäre er eben wirklich unterwegs gewesen.

Das seltsame aber war: Er wußte, daß er Michael Thielen war, aber er hatte – im Traum – ganz anders ausgesehen. Er – ein wüster, brutaler Bursche, eiskalt und berechnend. Für ihn war die Hexenjagd keine Berufung, sondern ein Beruf. Er führte Verhöre, Folterungen und Verbrennungen durch und bereicherte sich am Eigentum der Hingerichteten. Dabei kam es ihm auch nicht darauf an, ganze Familien auszurotten, wenn die Konstellation es erforderte. Er tötete Alte und Junge, Schwarzhaarige und Blondinen – wobei die Blondinen eine besondere Stellung bei seiner Amtsausübung einnahmen. Wer sich ihm gefügig zeigte, durfte hoffen, weniger roh behandelt zu werden und zwei oder drei Wochen länger zu leben, ehe er weiterritt und das Mädchen, das ihm gefügig war und ihm die Nächte verschönerte, doch dem Feuertod überließ.

Und es hatte eine eigenartige Bewandtnis mit seinem Verhalten gehabt. Michael Thielen mußte nach dem Aufwachen, nach der Drogengabe, intensiv darüber nachdenken ...

Was er im Traum erlebt, gesehen und getan hatte, war aus einem Komplex heraus entstanden. Er war ein häßlicher, ein verrufener Mann. Die Mädchen mochten ihn nicht, hatten ihn nie gemocht. Er erinnerte sich – auch im Traum – genau daran, daß er als junger Mann von einer verehrten Blondine, einem rassigen, wohlproportionierten Geschöpf, lachend abgewiesen worden war. Diese Niederlage konnte er nie vergessen. Die Blonden, es waren immer wieder die Blonden, die ihn besonders reizten, lockten und an denen er sich dann rächen mußte.

Er, der Hexenjäger, war mächtiger als sie alle miteinander. In seiner Hand war ihr Leben keinen Pfifferling mehr wert. Er konnte sie vernichten. Alle ... Mit einem Gefühl des Nachdenkens und der Zufriedenheit war Michael Thielen aus diesem ersten Traum erwacht.

Er hatte alles genau notiert. Und dann – drei Tage später – unternahm er den nächsten Versuch.

Er durchlebte den zweiten Traum. Intensiver und stärker, als er in seinen schlimmsten Vorstellungen erwartet hätte.

Wieder nahm er an einer Hexenverfolgung teil. Die Verhöre waren abgeschlossen, das Mädchen, ein junges blondes Ding aus bestem Hause, hatte gestanden. Martinus stand vor ihr, verhöhnte sie und spie sie an. Die Gefolterte war völlig lethargisch, ihr Körper übersät mit blauen Flecken, langen, blutigen Streifen, die von Peitschenhieben herrührten. Ihr Gesicht und ihre Hände waren aufgequollen. Man hatte ihre Daumen in Daumenschrauben eingezwängt. Man drohte, ihr die Zunge herauszureißen, wenn sie nicht endlich ihre Schuld eingestehen würde. Doch die einstmals attraktive und hübsche Blondine, die anfangs geglaubt hatte, dem Unheil zu entkommen, wenn sie sich dem verhaßten und brutalen Martinus gefügig zeigte, mußte erkennen, daß Martinus nur zwei Nächte mit ihr verbracht hatte und sie wie ein wertloses Stück Abfall einfach fallenließ, weil eine andere ihn mehr interessierte.

Das Mädchen war verzweifelt. Es beteuerte immer wieder seine Unschuld. Vergebens!

Die unerträglichen Martern brachen ihre Widerstandskraft. Als man ihr die Zunge herausriß, hatte man noch immer kein Geständnis von ihr. Sie wurde wahnsinnig, und man richtete noch immer Fragen an sie, die sie nickend beantwortete. Sie unterschrieb ein Geständnis. Und damit ihr Todesurteil. Als ihr Körper den reinigenden Flammen preisgegeben wurde, war das ganze Dorf anwesend und umstand den brennenden, knisternden Scheiterhaufen. Menschen, die mit gierigen, sensationslüsternen Blicken die Vollstreckung des Urteils mitansahen. Bürger und Bürgerinnen, die sich daran ergötzten und denen doch morgen schon, durch die falsche Beschuldigung einer bösen Nachbarin, das gleiche Schicksal drohte ...

Der Feuertod war für die Gefolterte eine Erlösung.

Und Martinus ritt weiter durch das Land, in das nächste Dorf, um Angst, Entsetzen, Tod und Qualen zu verbreiten.

Nach dem Erwachen aus diesem Traum fühlte sich Michael Thielen wie gerädert. Er hatte nie so intensiv miterlebt. Er suchte nach einer Erklärung, begriff aber nicht, weshalb schon wieder ein ähnliches Thema seinen Traum bestimmt hatte.

Er fand heraus, daß es in der Vergangenheit etwas gegeben haben mußte, was in ihm verankert war, aber in der tiefsten Tiefe seines Bewußtseins verborgen lag.

Martinus und er, Michael Thielen, wurden in den künftigen Rauschzuständen, in denen es ihm gelang, die chemischen Prozesse in der Erinnerungsecke seines Gehirns festzusetzen, zu ein und derselben Person.

In einem solchen Zustand fand er heraus, daß das alte Haus der Thielen, das seit über vierhundert Jahren stand, in den Hexenprozessen des Jahres 1580 keine unbedeutende Rolle spielte. Hierher kehrte der Hexenjäger Martinus immer wieder zurück, um sich auszuruhen und für neue Greueltaten vorzubereiten. In diesem Haus aber gab es auch Folterwerkzeuge.

Michael Thielen hätte zu einem späteren Zeitpunkt nicht mehr zu sagen gewußt, ob er durch Zufall darauf stieß, als er sein Labor erweiterte. Hinter einem alten, verschütteten Durchlaß fand er eine Streckbank. In einer Nische eines zugemauerten Kellergewölbes hingen an verrosteten Haken mehrere Folterwerkzeuge, die in jener Zeit fast täglich gebraucht worden waren und an denen sich noch Reste von Blut dunkel abzeichneten ...

Im Laufe der folgenden Wochen nach den ersten Versuchen, in denen es ihm gelungen war, die chemischen Prozesse durch äußere Einwirkung auszulösen, die ihm praktisch vererbt worden waren, richtete er sich eine eigene kleine Folterkammer ein.

Und dann kam jener Sommertag, der erst einige Wochen zurücklag.

Wieder eine Injektion, wieder das Fallen in eine Traumwelt, das Erleben eines Wahns. Er hatte sich längst damit abgefunden, daß einer seiner fernen Vorfahren einem scheußlichen Beruf nachging. Er begriff die Gründe, und er billigte sie. Er verfiel immer mehr den Einflüssen einer Stimmung, die gar nicht seinem eigentlichen Charakter entsprach.

Auf der Schwelle vom Wachzustand in den geheimnisvollen Rausch konnte er klar und deutlich die Dinge begreifen, und es wurde ihm bewußt, daß die Suche nach seiner wirklichen Herkunft nicht vergebens gewesen war. Er hatte sein wirkliches Gesicht gesehen! Das Aussehen, das die Umwelt von ihm kannte, war nichts anderes als eine Maske.

In jener Nacht durchlebte er das Grauen. Er verfolgte eine Blondine, ein junges Dienstmädchen aus einem Wirtshaus, das im Nachbardorf wohnte. Es fiel ihm auf, daß dies eigentlich ein Anachronismus war. Er, Martinus, der

Hexenjäger, war hinter einem Mädchen jener Zeit her, das ein gewisser Michael Thielen flüchtig durch verschiedene Besuche in dem Wirtshaus kannte. Das aber paßte doch gar nicht mehr in die Zeit, in der Martinus lebte und handelte?

Doch im Traum schlugen Zeit und Raum oftmals seltsame Kapriolen ...

Michael Thielen erinnerte sich ganz genau: sein Werben um die grazile Schönheit. Die Blicke, die sie wechselten, vielversprechende Blicke. Das Mädchen schien schon immer ein Auge auf den verschlossenen jungen Mann geworfen zu haben, der so selten in diese Gegend kam.

Im Zimmer oben fanden sie sich. Er zog sie aus, küßte ihre weißen, makellosen Schultern und ließ seine zitternden Hände durch ihr dichtes, langes, duftiges Haar gleiten.

Sie legte ihren Kopf an seine Schultern und genoß die süße Zärtlichkeit, die ihren Körper durchströmte.

Michael Thielen dachte in diesen Sekunden nur noch an die Liebe. Es war alles so schnell gegangen. Oder doch nicht? Schließlich hatten sie sich schon öfter gesehen, aber seine Schüchternheit hatte ihn nie weitergebracht. Heute aber hatte er gewagt, sich ihr zu nähern, und die hübsche Blondine war nicht abgeneigt.

Aber dann löste sie sich von ihm. »Nicht hier«, hörte er ihre leise, sympathische Stimme.

Und er begriff, weshalb. Die Dielen knarrten, auf denen sie standen. Und sie waren nicht allein im Haus. Unten im Gasthaus befanden sich noch einige Gäste.

»Durch den Hinterausgang ...« Es war alles wie ein Traum, und er konnte sich nur noch schwerlich an die Einzelheiten erinnern. »Ich kenne einen verschwiegenen Platz im Wald. Die Nacht draußen ist doch herrlich. Und es ist Sommer ...«

Über die schmale Treppe verließen sie das Wirtshaus. Niemand sah sie, wie sie durch den düsteren Hof huschten. Das Mädchen hatte ein dünnes Sommerkleid übergeworfen, sich aber nicht mehr die Mühe gemacht, den Reißverschluß zu schließen. Ihr nackter Rücken zeigte sich unter dem schmalen Band des Büstenhalters.

Sie umschlangen und küßten sich. Das Wirtshaus lag weit hinter ihnen. Sie vermochten nicht einmal mehr den Lichtschein aus der Gaststube wahrzunehmen, so tief waren sie in den Wald gerannt ...

Während er in diesem Augenblick seinen dunkelgrünen Ford 12M durch die einsamen, stillen Straßen des Dorfes steuerte, lief vor dem inneren Auge des unheimlichen Michael Thielen noch einmal alles wie ein Film ab. Er sah es in leuchtenden, klaren Farben vor sich, jene Nacht, die ihm zum erstenmal zeigte, wie dünn die Grenze zwischen Traum und Wirklichkeit eigentlich war.

Jetzt sah er wieder das Gesicht der Blonden vor sich. Das Mädchen aus dem Gasthaus ... wie anschmiegsam und zärtlich sie war, wie bereitwillig. Es beglückte sie, daß dieser junge, gutaussehende Mann sie begehrte. Er streifte einfach ihr Kleid ab, schnell und geübt. Ihre Lippen brannten auf seinem Mund. Er hörte ihren raschen Atem, fühlte den beschleunigten Schlag ihres Herzens. Ihr Körper drängte sich an ihn.

Mit einemmal wurden seine Hände kalt und brutal. Ein erstaunter Aufschrei kam über die Lippen der Blonden, als seine Zärtlichkeit zur Brutalität wurde. Sie blickte ihn an, und jetzt verwandelte sich ihr eben noch liebliches Antlitz in eine Fratze des Entsetzens. Sie schrie, riß sich von ihm los und verlor ihr Kleid. Ihre langen, nackten Beine leuchteten in der Dunkelheit zwischen den dunklen Baumstämmen. Michael Thielen setzte hinter der Fliehenden her und begriff wieder einmal, daß er in einer anderen Zeit lebte und daß er gar nicht Michael Thielen war, sondern Martinus, der Hexenjäger ...

Das Mädchen schrie aus Leibeskräften und versuchte, dem Mann zu entkommen, der vor ihren Augen eine seltsame Verwandlung erfuhr.

Aus dem jungen, gutaussehenden, sympathischen Burschen war ein abstoßender, brutaler Mann geworden, mit knochigen, blutleeren, wie mit dünnem Pergament überspannten Händen! Seine fiebernden Augen, der Blick eines Wahnsinnigen! Und das Haar, eben noch gut frisiert – lag jetzt strähnig und ungepflegt auf seinen Schultern, Haar, das innerhalb eines Augenblicks zur vierfachen Länge gewachsen war.

Da packten sie knochige Hände, rissen sie zu Boden. Das Mädchen jammerte. Es hallte durch den Wald. Aber da war niemand, der zu Hilfe eilte. Das Wirtshaus war viel zu weit entfernt.

Die Halbentkleidete schlug und setzte sich verzweifelt zur Wehr. Diese Nacht war ein Alptraum.

Die Hände des Unheimlichen legten sich um ihren Hals, drückten hart und unbarmherzig zu, bis ihr die Sinne schwanden.

Sie merkte nichts mehr, als sie vom Boden aufgehoben und durch den Wald geschleppt wurde.

Martinus, der Hexenjäger, trug seine Beute zu dem bereitstehenden dunkelgrünen Auto.

Was für eine Ironie, was für ein Anachronismus! Thielen fiel dieser Umstand selbst im Rausch auf, als er sich noch unter der Wirkung der Droge befand.

Vergangenheit und Gegenwart mischten sich zu einer gespenstischen Kulisse.

Er erreichte das einsame Haus, in dem sich sein Labor befand und in dem er lag und schlief. Er trug den reglosen Mädchenkörper in den Keller und stieß die dunkle, massive Tür, die er selbst zusammengenagelt hatte, auf. Er betrat die Folterkammer.

»Du bist eine Hexe! Ich werde es feststellen, ob du schuldig bist oder nicht. Aber ich sehe dir das schon an. All die Schönen und Blonden, sie sind immer schuldig. Immer ...« Er hörte seine Stimme ganz genau, und er machte eine weitere erstaunliche Feststellung: Wieder war etwas Neues hinzugekommen in der Suche nach seinem wirklichen Ich, nach dem Geheimnis seiner dunklen Herkunft, die doch irgendwo in seinem Gehirn verankert sein mußte und nur der Loslösung aus dem Unterbewußtsein bedurfte. Er sprach mit einer anderen Stimme und mit fremden Worten. Er redete eine Sprache, die es nicht mehr gab, mit altdeutschen Begriffen des Mittelalters. Er hatte diese Sprache nie gehört. Und doch bediente er sich der Worte und verstand sie ...

Er sah das ohnmächtige, gewürgte Mädchen auf der Streckbank. Mit einem Kübel kalten Wassers brachte er es wieder zu Bewußtsein. Und dann folgte das Verhör. Aber die Blondine antwortete nicht. Sie konnte nur jammern, stöhnen, schreien und weinen ...

»Aber du mußt sprechen ... du mußt! Ich will es so! Ich will dein Geständnis hören!«

Sie seufzte und schrie vor Schmerzen auf, wenn er die Räder weiterdrehte und die Gurte anzog, daß ihre Glieder knackten.

Wie ein Rausch durchlebte er das Geschehen.

Er sah das Blut von ihren Händen tropfen, als er die Daumenschrauben anzog, und die großen blauen Flecken. Und dann wurde der Körper schlaff. Alles Leben wich aus ihm. Er hatte die blonde Hexe getötet, noch ehe sie ein Geständnis gesprochen hatte ...

Schweißgebadet wachte Michael Thielen nach dieser dritten Injektion auf. Es dauerte viele Minuten, ehe er sich wieder zurechtfand, ehe er begriff, wo er sich aufhielt und wer er wirklich war. Und es schien ihm, als würde eine Zentnerlast langsam von seinem Körper genommen.

Er erhob sich. Er war völlig erschöpft, als hätte er einen langen, anstrengenden Lauf hinter sich. Mit zitternden Händen fuhr er sich über die schweißnasse Stirn und versuchte die Dinge ins Lot zu bringen, die er eben noch gesehen hatte. Da fielen ihm die Fußspuren auf dem Fußboden auf. Krumiger Boden, ein vertrocknetes Blatt – Walderde?

Er vergaß diesen dritten Versuch und diesen dritten Traum nie.

Wie unter dem Druck einer unsichtbaren Hand bewegte er sich daraufhin zur Folterkammer und sah das blonde Mädchen auf der Streckbank liegen! Erst jetzt wurden ihm auch die Blutspuren an seinen Fingern bewußt.

Er begriff alles – und verstand es dennoch nicht. Es war zu ungeheuerlich, als daß es in sein aufgepeitschtes Bewußtsein einging.

Der Traum – gar kein Traum mehr, sondern harte, brutale Wirklichkeit. Er, Michael Thielen – hatte getötet? Ein unschuldiges, blondes Mädchen? Aber das war er doch nie gewesen, das war Martinus in ihm, sein teuflischer Vorfahre, in dessen Geistesspuren er sich bewegt hatte, dessen Anlagen sich in ihm wiederfanden und die er durch einen chemischen Prozeß in sich freigesetzt hatte.

Benommen starrte er auf den Leichnam der Blonden, die er im Wirtshaus besucht hatte, die ihn mit auf ihr Zimmer nahm und die ihr Schäferstündchen mit ihm schließlich im Wald – aus Furcht vor Entdeckung – fortsetzen wollte. Wäre sie im Wirtshaus geblieben – sie würde vielleicht noch am Leben sein ...

Ohne daß Michael Thielen es bemerkte, war die Grenze zwischen Traum und Wirklichkeit verwischt worden. In Trance hatte er das Haus verlassen, und nur ein Wunsch in seinem Unterbewußtsein erfüllte ihn: eine Hexe zu töten, eine schöne blonde Hexe ...

Er löste den Leichnam von der Streckbank, wickelte ihn in alte Tücher und verstaute ihn draußen im Kofferraum seines Wagens. Das Auto, das ihm auch im Traum auffiel! Der Anachronismus – der gar keiner war!

Er fuhr den Leichnam auf einen Feldweg, warf ihn achtlos weg und kehrte dann in das einsame Haus zurück.

Die Zeitungsmeldungen am übernächsten Tag sprachen für sich. Man fand die Gefolterte, und man suchte nach dem unheimlichen Täter. Vergebens! Aber es war, als würden die Beamten, die sich mit dem Fall beschäftigten, unbeabsichtigt etwas erkennen. Sie bezeichneten den Mörder als Hexentöter und ahnten nicht, wie nahe sie damit der ungeheuerlichen Wirklichkeit kamen.

All diese Dinge liefen in Sekunden vor dem geistigen Auge Michael Thielens alias Martinus' ab, während er die Ortsgrenze seines Heimatdorfes erreichte ...

Dann kam der vierte Traum. Michael Thielen spritzte sich nur ein Minimum der Dosis, die er bisher benutzt hatte. Doch die Wirkung war die gleiche. Was geschah, erlebte er wieder wie im Traum, wie im Rausch.

Zwei Tage später fand man eine zweite unbekleidete Frauenleiche, dreißig Kilometer vom Ort des ersten Verbrechens entfernt. Wieder war das Mädchen – ebenfalls eine Blondine – durch Folterung ums Leben gekommen. Die Bevölkerung wurde aufgefordert, mitzuarbeiten. Eine Bestie in Menschengestalt mußte sich irgendwo verborgen halten und die furchtbaren Morde inszenieren.

Die Polizei stand vor einem Rätsel, und auch die Menschen fragten sich vergebens, wer der Unheimliche sein könnte. Man bekam es mit der Angst zu tun. Gerade die Bewohner in den kleinen, abseits gelegenen Dörfern fürchteten sich. Die jungen Frauen und Mädchen mieden nach Einbruch der Dunkelheit die Straße und wagten nicht mehr, das Haus zu verlassen. Auch viele Männer hielten sich seitdem häufiger in der Wohnung auf, als dies normalerweise der Fall war. Andere, insbesondere junge Burschen, fügten sich zu Gruppen zusammen und streiften nachts durch die stillen Dörfer, die nahen Wald- und Feldwege, in der Erwartung, den Unheimlichen aufzuspüren und ihm das Handwerk zu legen. Aber auch diese Unternehmen hatten noch keinen Erfolg gehabt. Michael Thielen hatte sich erst vor wenigen Tagen an einem solchen nächtlichen Suchspiel beteiligt ...

Er nahm sich vor, die Droge zu lassen, nicht mehr in den Rausch zu verfallen, der sein vernünftiges Denken ausschaltete und ihn zur Bestie werden ließ.

Aber dann kamen der gestrige Tag und die gestrige Nacht ...

Seit einiger Zeit war er mit Petra Zeller gegangen. Er fühlte sich zu der blonden attraktiven Petra stärker hingezogen als je zuvor. Sie war ihm schon immer aufgefallen, aber seine Zurückgezogenheit und seine Schüchternheit waren bisher schuld daran gewesen, daß er über erste schüchterne Annäherungsversuche nie hinauskam.

Fünf Tage lang trafen sie sich fast täglich. Michael Thielen mied das einsame, alte Haus, in dem er sein Labor und die geheime Folterkammer hatte.

Er wollte Abstand von den Dingen gewinnen. Und es gelang ihm auch – das erstaunte ihn am meisten – ungewöhnlich gut. Er fühlte sich nicht als Mörder. Er war völlig frei von Schuldgefühlen. Ein anderer hatte seine Hand geführt, seinen Geist vergiftet. Er mußte dieses Gift wieder verdrängen. Durch eigene Willenskraft. Denn eine Gegendroge hatte er bis zur Stunde nicht gefunden. Die chemischen Grundstoffe mußten und konnten – das stand jedenfalls fest – sich auflösen und verbrauchen.

Aber ohne eine Injektion kam es dann über ihn. Petra hatte das Haus betreten, und Michael Thielen erlebte den Anfall. Er wurde wieder zu Martinus. Er fuhr seinen Wagen nur bis zum nächsten Feldweg und stellte ihn dort ab.

In einem Fach unter dem Fahrersitz befanden sich der dunkle Umhang und der breitrandige Schlapphut. Er hatte diese Requisiten in einem Trödlerladen in Bremen aufgetrieben. Diese Art der Kleidung erinnerte ihn an diejenige, die Martinus stets trug, wenn er von ihm träumte.

Thielen kämpfte in jener Nacht vergebens gegen die Macht, die von ihm Besitz ergriff. Sein Gehirn und das von Martinus waren identisch. Alles lief, einmal in Aktion gesetzt, automatisch ab, ohne daß es einer Stimulierung oder Anregung bedurfte.

Die Schranke fiel endgültig. Es gab keinen Unterschied mehr zwischen Michael Thielen und dem Vorfahren einer fernen Vergangenheit, dem Hexenjäger Martinus. Es gab diese Grenze nicht mehr, weil Thielen nicht die Kraft hatte, die Barriere erneut aufzubauen.

Als Monster drang er in das Zimmer Petra Zellers ein und entführte sie, schaffte sie hinauf auf den Hügel in das kleine Wäldchen, wo seit Tagen an einem geheimen Ort ein Scheiterhaufen nur darauf wartete, angezündet zu werden. Thielen hatte auch diesen Scheiterhaufen errichtet. Es war eine Vorleistung. Er wartete nur, bis die nächste Hexe ihm in die Falle ging. Diesmal wollte er sie gleich verbrennen. Ohne daß es zunächst seine Absicht gewesen war, wurde Petra Zeller das unglückliche Opfer ...

Verbissen, mit verzerrtem Gesicht und herabgezogenen Mundwinkeln, hockte Thielen alias Martinus mit dem Aussehen seines gräßlichen Ahnen hinter dem Steuer des Ford 12M.

Im Scheinwerferlicht zeigte sich das gelbe Hinweisschild.

Nach Filsum 6 Kilometer.

Der Mann im Wagen preßte die Lippen aufeinander. Ein nicht zu unterdrückender Trieb packte und veranlaßte ihn, so schnell wie möglich zu handeln. Er wußte, wo Angelika Foller lag, und kannte sogar die Nummer des

Krankenzimmers. Schließlich hatte er als Michael Thielen an den Verhören teilgenommen, und so waren ihm diese wichtigen Hinweise nicht entgangen.

Er mußte nach Filsum, noch in dieser Nacht. Angelika Foller durfte den Anbruch des morgigen Tages nicht erleben.

Die Blonde mußte ausgeschaltet werden, ehe sie ihn mit ihrer Aussage vernichtete.

Der Haß des Hexentöters war grenzenlos ...

***

Schwester Margareta saß im Pförtnerhäuschen.

Die Nacht war still, doch schon ein wenig kühl. Sie hatte den elektrischen Heizkörper zu ihren Füßen eingeschaltet.

Aufatmend setzte sich die Schwester zurück und streckte sich. Die schriftliche Arbeit, die sie vor sich liegen hatte, ermüdete sie. Aber das Notwendige mußte getan werden, es durfte nicht liegenbleiben.

Seufzend beugte sie sich wieder nach vorn, griff nach dem Füllfederhalter und wandte sich wieder den Eintragungen zu. Sie hörte ein Geräusch vom Gang her, kümmerte sich aber nicht darum. Irgendwo im Parterre fiel eine Tür ins Schloß.

Minuten vergingen. Schwester Margareta glaubte wieder ein Geräusch zu hören. Diesmal von der Straße her. Leise Schritte ....

Sie blickte auf.

Im gleichen Augenblick sah sie, wie der Fremde mit dem Hut taumelte, wie er noch die Arme ausstreckte, als suche er nach einem Halt. Aber er konnte sich nicht mehr fangen. Schwer schlug er, keine zwei Schritte von dem Pförtnerhäuschen entfernt, zu Boden.

Sofort sprang Schwester Margareta auf. Sie glaubte, die Situation auf Anhieb zu überblicken. Jemand brauchte Hilfe. Dieser Gedanke wäre jedem auf Anhieb gekommen, denn die Bilder sprachen für sich.

Die Schwester riß die Tür auf und schob den Riegel des Tores zurück, das den Eintritt in den unmittelbaren Krankenhausbezirk bisher verhinderte. Damit tat sie etwas, was sie nie wieder gutmachen konnte ...

Die Frau eilte auf die reglose Gestalt am Boden zu.

Wie von einer Tarantel gestochen, sprang die dunkle Gestalt auf. Es ging alles so schnell, daß die Schwester nicht mal mehr schreien konnte.

Wie Stahlklammern legten sich die knochigen Hände um ihren Hals. Eiskalt und gnadenlos drückte der Unheimliche zu. Er zerrte die wehrlose, schlaff werdende Gestalt in den Schatten des Pförtnerhäuschens und ließ sie einfach dort liegen.

Martinus alias Michael Thielen huschte durch den langen, schwach beleuchteten Flur.

Zimmer 25 ... Zimmer 25 ..., hämmerte es im Gehirn des Hexentöters. Er hatte es nicht vergessen. In Zimmer 25 war das Mädchen untergebracht, das er unter allen Umständen ausschalten mußte.

Ungesehen erreichte er das Ende des Ganges. Er brauchte keine Treppen zu steigen und mußte keinen Lift benutzen. Das Zimmer befand sich im Parterre.

Angelika Foller lag in der Privatstation des Krankenhauses. Nur vier Türen weiter befand sich der Raum des Chefarztes.

Martinus drückte vorsichtig die Türklinke herab. Er huschte lautlos in den Raum und blieb sekundenlang hinter der geschlossenen Tür stehen. Er hörte den Atem des schlafenden Mädchens.

Die Vorhänge waren nicht ganz zugezogen, so daß ein schmaler, bleicher Lichtschein des hoch am Himmel stehenden Vollmondes durch den Spalt sickerte und sein gespenstisches Licht in den stillen Raum warf.

Der Schrank zur Linken lag völlig im Schatten des Zimmers. Der Teppichboden vor den Füßen des Hexentöters dagegen war völlig hell angestrahlt, und der längliche Schatten des unheimlichen Mannes zeichnete sich verzerrt darauf ab. Martinus' Schatten fiel jetzt über die weiße Bettdecke und berührte das Gesicht der blonden Angelika Foller.

Es war, als ob das Mädchen instinktiv spürte, daß sich etwas Bedrohliches in ihrer Nähe befand.

Sie bewegte sich unruhig und legte sich auf die Seite. Der Mörder verhielt sofort in der Bewegung.

Angelika Foller atmete tief durch. Ihre Augenlider zitterten. Mit einem Mal war es mit ihrem Schlaf vorbei. Das Mädchen, das schon frischer und ausgeruhter aussah als bei der Einlieferung, wirkte plötzlich nervös und ängstlich.

Hatte sie schlecht geträumt? Oder war es ihr wirklich so gewesen, daß eben jemand durchs Zimmer ging? Ein Arzt – eine Schwester?

Da sah sie den Schatten über ihrer Bettdecke. Deutlich, wie ein Scherenschnitt, zeichneten sich die Umrisse der Gestalt auf der weißen Decke ab.

Eine Gestalt mit einem breitrandigen Hut.

Es war, als ob der Alptraum der vergangenen Nacht seine Fortsetzung erlebte.

Angelika Foller öffnete den Mund zum Schrei. Aber da preßte sich auch schon die große, schweißige Hand auf ihren Mund und erstickte ihr Vorhaben zu einem dumpfen, mühseligen Gurgeln.

Die Augen der jungen Deutschen weiteten sich vor Entsetzen. Für den Bruchteil eines Augenblicks war Angelika überzeugt davon, daß sie den Schock noch immer nicht überwunden hatte und daß die Dinge eine Art Nachwirkung zeigten, gewissermaßen noch einmal abrollten, aber dann wurde ihr bewußt, daß dies keine Halluzination war. Sie war erwacht und hatte die sich nähernde Gefahr gespürt.

Das Mädchen streckte abwehrend die Arme aus und versuchte den Griff des Unheimlichen zu lockern. Aber sie war zu schwach, um hier ernsthaften Widerstand zu leisten.

Alles begann sich vor ihren Augen zu drehen. Der Fremde verstärkte seinen Druck auf ihren Mund und ihre Nase, und sie schnappte vergebens nach Luft.

Eine tiefe, wohltuende Ohnmacht nahm sie schließlich gefangen, und Angelika Foller merkte nichts mehr davon, daß der Hexentöter sie aus dem dunklen Krankenzimmer schleppte.

Er passierte den Gang und kam an dem Pförtnerhäuschen vorbei. Es fiel ihm nicht auf, daß Schwester Margareta sich neben dem Tisch rührte und daß sie benommen den Kopf zu heben versuchte. Sie kam aus der Bewußtlosigkeit wieder zu sich.

Sofort überfiel sie die Erinnerung.

Keuchend erhob sich die Schwester und wurde auf die dunkle, davoneilende Gestalt aufmerksam, die sich genau auf der Höhe des Ausgangstores befand.

»Hilfe! Hilfe!« Schwester Margareta schrie, so laut sie konnte, während sie auf den Mann zueilte und ihn aufzuhalten versuchte.

Martinus wirbelte herum. Er ließ das schlaffe, nur mit einem dünnen Nachthemd bekleidete Mädchen auf seinen Armen nicht los.

Margareta griff in das dunkle Gewand des Unheimlichen und versuchte ihn aufzuhalten, während sie wie von Sinnen schrie, um auf sich aufmerksam zu machen.

Sie war früher zu sich gekommen, als der Fremde erwartet hatte, und der Hexentöter war in der Eile nicht so weit gegangen, sein Opfer so zu würgen, daß es keine Rückkehr ins Leben mehr gab. Die Hast hatte seine Handlung diktiert, und die Hast rächte sich nun. Er mußte mit einem neuen Problem fertig werden.

Er schüttelte die Schwester ab, riß seine Rechte herum und schlug ihr mitten ins Gesicht. Die Getroffene taumelte zurück. Ein dünner Blutfaden lief aus ihrem aufgeplatzten Mundwinkel.

Schwester Margareta blieb hilflos liegen, schrie aber noch immer.

Der Mann beeilte sich, den am Straßenrand abgestellten Wagen zu erreichen. Achtlos warf er das bewußtlose Mädchen auf die Hintersitze, klemmte sich ans Steuer des Ford und raste los.

Die Reifen quietschten auf der taufeuchten Straße, als er scharf in die Kurve ging.

***

Larry Brent hörte schon den ersten Hilferuf.

Der amerikanische Spezialagent war gerade dabei, sich auszuziehen. Sofort ging er ans Fenster und starrte in das Dunkel. Wie ausgestorben lag die kleine Stadt vor ihm.

Wieder der Hilferuf! Drüben vom Krankenhaus, das nur knapp hundertfünfzig Meter von dem kleinen Hotel entfernt lag.

Larry Brent zögerte keine Sekunde mehr. Er eilte aus dem Raum, machte sich erst gar nicht die Mühe, die Tür hinter sich zu verschließen. Er rannte aus dem Hotel, die Straße entlang, auf das Krankenhaus zu.

X-RAY-3 hörte die quietschenden Reifen. Mit wahnwitziger Geschwindigkeit raste ein unbeleuchteter dunkler Wagen in die schmale Parallelstraße.

Einige Bewohner in der Nähe waren auf den nächtlichen Lärm aufmerksam geworden. Fenster wurden aufgerissen, neugierige Gesichter erschienen, Passanten näherten sich aus einer Seitenstraße.

Auch im Krankenhaus selbst reagierte man unmittelbar nach dem ersten Hilferuf. Schwester Margaretas Rechnung war aufgegangen. Sie hatte den kürzesten Weg gefunden, Alarm zu schlagen. Komplizierter wäre es gewesen, erst das Telefon zu bedienen. Auf die Art und Weise aber, wie sie eingriff, hatte sie schon einen kleinen Erfolg errungen: Sie hatte den Täter aufgehalten, und wichtige Minuten waren ihm verlorengegangen.

X-RAY-3 erreichte die Schwester zuerst.

»Was ist geschehen?« fragte er mit dumpfer Stimme. An dem leichten

Akzent war ihm anzuhören, daß er kein Deutscher war. Er beherrschte die Sprache aber recht gut.

»Der Fremde – ich – er hat mich niedergeschlagen.« Die Worte kamen gestammelt über die blutigen Lippen der Verletzten. Sie war zu benommen, um einen klaren und knappen Bericht zu geben.

Doch als Larry Brent die ersten mühsam gesprochenen Worte der Schwester vernahm, hatte er sofort einen furchtbaren Verdacht.

»Angelika Foller?« fragte er leise. »Wurde sie entführt?«

Das Nicken sagte ihm genug.

Siedendheiß strömte es durch Larry Brents Adern. Er hatte fast so etwas befürchtet.

Ein versteckter Wächter in der Nähe des Zimmers von Angelika Foller hätte den Vorfall verhindern können. Aber niemand hatte soweit gedacht. Niemand konnte schließlich ahnen, daß irgend jemand so genau über den Aufenthaltsort der jungen Deutschen informiert war. Im stillen mußte sich Larry Brent eingestehen, daß ihn diese Tatsache ebenfalls stark überraschte.

Immer mehr Menschen fanden sich ein. Sie kamen aus den benachbarten Häusern und dem Krankenhaus. Kranke, die wollene Bademäntel trugen oder einfach einen normalen Mantel über den Schlafanzug gezogen hatten, tauchten am Hauptportal auf. Ratlos, verwirrt, neugierig. Ein Arzt kam, zwei, drei Schwestern verließen den Lift.

X-RAY-3 blickte sich suchend um. Drei Minuten waren seit dem Verlassen seines Hotels vergangen. Er allein hatte gesehen, welche Richtung der dunkelgrüne Wagen eingeschlagen hatte. Die Verfolgung mußte so schnell wie möglich eingeleitet werden, wollte man überhaupt eine Chance haben, die Spur des Hexentöters zu finden.

Wenn er entkam, dann war die junge Angelika Foller verloren. Der Hexentöter würde keinen Pardon kennen.

X-RAY-3 wandte sich wieder an die Schwester.

»Ich benötige einen Wagen«, stieß er hervor. »Ich habe den Mann gesehen, der das Mädchen entführte.« Schwester Margareta wollte darauf hinweisen, daß im Krankenhausgelände ein Krankenwagen stand.

Brent handelte unverzüglich. Er hörte plötzlich das Geräusch eines heranbrausenden Motorrades, auf dem ein Polizist saß. X-RAY-3 rannte zu dem Beamten, der vom Krad stieg, um sich zu erkundigen, was hier los war.

Der Mann begriff im ersten Moment nicht, wie ihm geschah, als Larry Brent neben ihm auftauchte.

»Tut mir leid, Mister«, sagte der Amerikaner, »Aber es hat alles seine Richtigkeit.« Mit diesen Worten saß er schon auf dem Sattel des Krades, trat zweimal kurz den Anlasser durch und gab Gas. »Falls Sie irgendwelche Fragen haben, wenden Sie sich bitte an Kommissar Wergh, er wird Ihnen alles erklären.«

Das Motorfahrzeug machte einen Satz nach vorn.

X-RAY-3 sauste davon, als säße ihm der Teufel im Nacken.

Er ließ den verdutzten Polizisten zurück, der erst in diesem Augenblick begriff, daß jemand offenbar die Initiative ergriffen hatte. Doch der Beamte hätte garantiert dem Davonrasenden nachgeschossen, wäre Larry Brent nicht auf die Idee gekommen, den Namen Wergh zu nennen. Dies ließ den Mann stutzig werden.

Larry raste in die dunkle Seitenstraße. Der Entführer hatte einen Vorsprung von fünf Minuten. Nicht viel, in Anbetracht der besonderen Umstände, aber doch schon zuviel.

Gab es eine Chance, den Hexentöter zu stellen?

Larry Brent wußte es nicht.

Die schmale Straße mündete auf die Hauptverkehrsstraße, die aus der Stadt führte. Larry Brent hielt sich auf dieser Bundesstraße. Er entfernte sich von Filsum.

Der Wind pfiff ihm um die Ohren. Sein geöffnetes Hemd flatterte wie eine Fahne am Körper und wurde schließlich durch den Fahrtwind völlig zerrissen, so daß er mit nacktem Oberkörper auf dem Motorrad saß.

X-RAY-3 setzte seine Gesundheit aufs Spiel, um ein wesentlich höheres Opfer nach Möglichkeit zu vermeiden: den Tod der jungen Angelika Foller!

Es gab für ihn keinen Zweifel mehr, daß der Hexentöter Rache so schnell wie möglich nehmen wollte. Eingeleitet war sie schon. Und der erste Erfolg war sichtbar. Er hatte einen Vorsprung von fünf Minuten herausgeholt, und es gab keine genauen Anhaltspunkte dafür, in welcher Richtung er sich abgesetzt hatte. Der Amerikaner verließ sich ganz auf sein Gefühl, und das sagte ihm, daß es gut wäre, jene Richtung einzuschlagen, auf der er am Abend gekommen war. In der Nähe des Nachbardorfes, wo er sich noch am Spätnachmittag aufgehalten und den Tatort besichtigt hatte, konnte inzwischen ein zweites Verbrechen bis in alle Einzelheiten festgelegt worden sein. Er war fast überzeugt davon, daß es so war. Dort, in der Nachbargemeinde, wußte man, wo sich Angelika Foller befand. Es waren allerdings nur einige wenige Auserwählte, die davon eine Ahnung hatten.

Doch all diese Überlegungen konnten sich auch als ein Schlag ins Wasser erweisen. An drei verschiedenen Orten waren bisher die Leichen der »Hexen« gefunden worden. Der Hexentöter war unberechenbar.

Larry Brent preßte die Lippen aufeinander. Sein sonnenverbrannter Oberkörper war tief über das Lenkrad der Maschine gebeugt. Er wollte dem eiskalten Fahrtwind so wenig Angriffsfläche wie möglich bieten.

Er fuhr drei Kilometer und holte das Letzte aus dem Krad heraus, aber er entdeckte keine Spur von dem Entführer.

Larry glaubte, der einzige Mensch weit und breit zu sein. Die Nacht war dunkel und still. Die nächste Ortschaft lag noch zwei Kilometer entfernt. Er kam durch eine finstere Allee. Die Baumwipfel zu beiden Seiten der Straße rauschten, der Lichtkegel des Scheinwerfers raste dem Krad voraus und riß einen Teil der stockfinsteren Allee aus dem Dunkel.

Am Ende der Straße, nach einer Fahrt von einem weiteren Kilometer, verlangsamte Larry Brent die Fahrt und hielt schließlich an. Er drehte den Zündschlüssel herum, und das Motorgeräusch erstarb.

Völlige Stille hüllte ihn mit einem Mal nach dem Rattern der Maschine ein.

X-RAY-3 fror. Eine Gänsehaut bedeckte seinen Körper, und der Wunsch nach einem heißen Bad wurde in ihm wach. Das wollte er auch tun, sobald er in sein Hotel zurückkam, um einer eventuellen Lungenentzündung vorzubeugen.

Zu beiden Seiten der Allee führten zwei schmale Pfade in das sich anschließende Ackergelände, wo einige Obstbäume standen.

Larry Brent schaltete die Zündung ein und ließ den starken Scheinwerfer des Krades über die Wege leuchten.

Die Augen des Amerikaners wurden zu schmalen Schlitzen, als er links von sich frische Spuren auf dem weichen, dunklen Boden erkannte. Spuren von Autoreifen!

X-RAY-3 schob das Motorrad über die Straße, lehnte es gegen einen Baumstamm, bückte sich und untersuchte den feuchten Boden. Solche Abdrücke hatte er heute abend gesehen, in einer Gipsform! Es waren die gleichen Spuren, die man von dem Fahrzeug genommen hatte, das in der Nähe des Zeller-Hauses hielt und aus dem Petra Zeller entführt wurde.

Er war auf der richtigen Spur. Der Wagen mit dem Unheimlichen hinter dem Steuer mußte hier vorbeigekommen sein!

Larry fuhr weiter. Der weiche, unebene Untergrund ermöglichte nur ein langsames Fahren. Aber darauf kam es jetzt nicht an. Wichtig war allein die Tatsache, daß er dem Hexentöter auf der Spur war.

Der Amerikaner erreichte eine kleine Lichtung. Hier wurden die Spuren schwächer. Auf dem Grasboden war kaum noch etwas wahrzunehmen. Nur die Fahrspur selbst zeichnete sich unter dem Scheinwerferlicht ab.

Der Pfad bog nach links ab. Hinter einer Buschgruppe hielt Larry und schaltete den Motor abermals ab.

Er lausche in die Nacht und starrte in die Finsternis. Vielleicht war etwas zu hören? Vielleicht vernahm er das Motorengeräusch des Wagens?

Und er hörte in diesem Augenblick in der Tat etwas.

Eine Autotür wurde zugeschlagen. Das Geräusch hallte durch den nächtlichen Wald.

Es kam von der anderen Seite der Baumgruppe.

Larry hielt den Atem an, löschte den Scheinwerfer und bewegte sich leise von der Buschgruppe fort.

Seine Sinne waren aufs äußerste gespannt. Bereitete der Unheimliche hier irgendwo einen neuen Scheiterhaufen vor? Das war sein erster Gedanke.

Brent hörte ein Geräusch, als würde ein schlecht geölter Wagenheber betätigt.

Drei Minuten später sah Larry, was sich da wirklich abspielte.

Vor ihm, keine zehn Schritte von einem uralten, baufälligen Haus entfernt, stand ein Ford 12M!

Eine dunkle Gestalt war damit beschäftigt, die Reifen zu wechseln und nacheinander im geöffneten Kofferraum zu verstauen.

Leise pirschte X-RAY-3 sich heran.

Der Reifenwechsel war im Nu beendet. Der Fremde näherte sich wieder dem Haus und verschwand durch eine Seitentür.

Der Amerikaner lief geduckt an dem abgestellten Wagen vorüber und erreichte ungesehen das alte Haus. Die klapprigen, windschiefen Fensterläden waren geschlossen.

Von der Seite her führte ein schmaler Gang zu einer Nische. Dort befand sich eine Tür. Sie war nicht verschlossen. Leise drückte Larry Brent sie auf. Hatte er durch sein konsequentes Vorgehen das Versteck des Hexentöters gefunden? Kam er noch rechtzeitig?

Er warf einen Blick in den dunklen Wagen. Keine Spur von Angelika Foller. Also befand sie sich in diesem Haus. Einen anderen Schluß gab es beim derzeitigen Stand der Dinge nicht. Und eine andere Möglichkeit war so gut wie ausgeschlossen. Dem geheimnisvollen Entführer stand nicht allzuviel Zeit zur Verfügung. Auch er mußte offensichtlich erst vor wenigen Minuten eingetroffen sein, hatte seine Beute ins Haus geschafft und dann den Reifenwechsel vorgenommen.

Unbemerkt drang Larry in das alte Haus ein.

Völlige Dunkelheit umhüllte ihn. Es roch modrig und faulig.

Sich an der Wand entlangtastend, kam er an eine schmale Wendeltreppe, die steil nach unten führte.

Die Dunkelheit vor ihm hellte sich auf. Von irgendwoher nahm er einen schwachen Lichtschein wahr. Flackerndes, unruhiges Licht, wie von einer Fackel oder einer Kerze.

Hier in diesem alten Haus gab es noch keine elektrische Leitung. Brent erreichte die unterste Stufe. Die Luft war schlecht und staubig.

X-RAY-3 kam an einigen kellerähnlichen Räumen vorbei, in denen Unrat, Kisten und Kästen sich stapelten. Riesige Spinnennetze zogen sich von einer Ecke zur anderen. Dicke Ratten raschelten in den Unratbergen, auf denen fingerdick der Staub lag.

Larry Brent kam an einer rauhen Säule vorüber. Die Wand machte einen Knick nach rechts. Der Lichtschein war jetzt stärker. X-RAY-3 vernahm schlurfende Schritte, ein leises, kicherndes Lachen. Wie von einem Wahnsinnigen, schoß es ihm durch den Kopf.

Dann konnte X-RAY-3 in den großen Kellerraum sehen, der sich vor ihm ausdehnte.

Der Amerikaner verharrte sekundenlang hinter einer Säule und blickte auf die Szene, die sich seinen Augen bot. Er glaubte, ein Spuk narre ihn.

Mitten im Raum eine Streckbank – darauf lag der schlaffe, wie leblos wirkende Körper der jungen, bildhübschen Angelika Foller. Sie trug nur das dünne Nachtgewand, das an den Schultern aufgerissen und weit über ihre Schenkel hochgerutscht war.

An den Wänden hingen zahlreiche Folterwerkzeuge. Links in der Ecke des Raumes, der durch vier in eisernen Halterungen steckende Fackeln notdürftig erhellt wurde, befand sich eine Feuerstelle, wo der Fremde hantierte. Er wandte Larry Brent den Rücken zu, legte trockene Scheite auf, nahm dann ein Brenneisen von der Wand und legte es ins Feuer.

Der Abzug funktionierte nicht mehr so recht. Rauch und Qualm verbreiteten sich in dem Kellerraum und reizten zum Husten.

Der Mann an der Feuerstelle wandte sich um, legte seinen dunklen Umhang ab und ließ den breitrandigen, altmodischen Hut einfach auf den Boden fallen.

Larry Brent sah den unheimlichen Hexentöter zum erstenmal von vorn.

Er hatte einen Fremden vor sich.

Doch in die makabre Umgebung paßte diese Gestalt, die das geheimnisvolle Überbleibsel aus einer fernen Zeit zu sein schien.

Mit fiebernden Augen wandte sich der Mann der reglosen Gestalt zu.

Larry sah, wie der Hexentöter die Lippen bewegte und hörte, wie er sprach, konnte aber dieses seltsame Altdeutsch nicht verstehen.

Martinus wollte Angelika Foller foltern. Er holte einen mit Wasser gefüllten Kübel und schüttete ihn über das reglose Mädchen. Doch die Bewußtlosigkeit der jungen Deutschen war so tief, daß sie auch jetzt noch nicht zu sich kam. Das wassertriefende, blonde Haar hing strähnig über ihr bleiches Gesicht, fiel naß und schwer auf ihre Schulter und hing am Rand der Streckbank herab.

Einen zweiten Eimer Wasser über die Ohnmächtige zu schütten, dazu ließ Larry Brent ihn nicht mehr kommen. Er hatte es in der Hand, den Dingen eine Wende zu geben, und das wollte er tun, solange die Gelegenheit günstig war. Martinus wandte sich dem großen Faß zu, das bis zu drei Vierteln mit Wasser gefüllt war. Er tauchte den Kübel ein und ließ ihn vollaufen. Plötzlich stand X-RAY-3 wie aus dem Boden gewachsen hinter ihm.

Der Amerikaner packte den Unheimlichen beim Kragen und riß ihn herum.

»Ich glaube, wir sollten uns ein wenig unterhalten«, sagte Larry rauh. Er sprach sehr deutlich und betonte jedes Wort.

Martinus wirbelte herum und starrte seinen Gegner aus großen, wahnsinnigen Augen an. Seine Rechte zuckte hoch und versuchte, den vollen Wasserkübel ins Gesicht des PSA-Agenten zu schleudern. Mit einem einzigen Schlag gegen das Handgelenk des Hexentöters schaltete er die Gefahr aus. Martinus' Arm sackte herunter, als hätte ihn ein Dampfhammer getroffen. Der Kübel entglitt seinen Fingern. Dumpf schlug er zu Boden, und der Inhalt entleerte sich auf dem rohen, harten Untergrund.

»So habe ich mir die Unterhaltung nicht vorgestellt«, fuhr X-RAY-3 leise fort. Er hielt beide Arme des Hexentöters fest umklammert und drückte sie nach unten. »Argumente sollen zählen, keine Schläge. Ich denke, auf diese Weise verstehen wir uns viel besser. Am besten wird es sein, wenn Sie Ihre Beichte gleich ablegen. Ich bringe Sie dann zur Polizei, und wir haben mit den Formalitäten nicht mehr viel Arbeit.«

Larry wußte nicht, ob ihn der Hexentöter verstand. Nichts in den glühenden Augen des Mannes wies darauf hin, daß er begriff, worum es ging. Es war, als würde der Amerikaner in einer fremden Sprache zu ihm sprechen. Er verstand die deutlich ausgesprochenen deutschen Begriffe nicht!

Gelegenheit, längere und breitere Überlegungen über dieses Phänomen anzustellen, bot sich dem Agenten nicht. Er schätzte die Kraft dieses merkwürdigen, hager und schwach wirkenden Mannes nicht richtig ein.

Martinus ließ sich mit dem Kopf einfach nach vorn fallen, während er sein Gewicht gleichzeitig nach unten verlagerte und praktisch mit den Knien vor Larry Brent wegsackte. Larry wollte nachfassen, aber seine Rechte rutschte ab, so daß der Hexentöter eine Hand freibekam. Alles ging blitzschnell. Der Amerikaner spürte den ungeheuer kräftig geführten Schlag in die Magengrube, daß er sich vor Schmerzen krümmte und sekundenlang die Herrschaft über seine Glieder verlor.

Der Hagere rollte sich auf die Seite, griff blitzschnell nach einer langen, spitz zulaufenden und verrosteten Eisenstange, die wie ein Speer an der Wand hing. Damit ging er auf Larry Brent los.

X-RAY-3 wich zurück. Er war mehr als überrascht und erkannte, daß in dem schmalen, knochigen Körper jugendliche Kräfte steckten.

Martinus riß die speerähnliche Stange in die Höhe. Mit einem heiseren Aufschrei stürzte er sich auf den Amerikaner, versuchte, die Spitze von unten in den Leib des Agenten zu rammen und wollte ihn aufspießen, ehe der Mann wieder voll aktionsfähig war und den ersten Angriff abschütteln konnte. Doch hier irrte Martinus. Er hatte es mit einem Mann zu tun, der blitzschnell reagierte, sich auf eine veränderte Situation sofort einstellte und hart konterte, auch wenn seine Kräfte durch irgendeine Aktion schon beansprucht worden waren.

Larry Brent warf sich auf den Speer, umfaßte ihn mit beiden Händen und riß Martinus mitsamt seiner Waffe herum wie eine Marionette, die an einem Faden gezogen wurde.

Der Hexentöter schrie überrascht auf. Damit hatte er nicht gerechnet.

Durch den Schwung wurde er an die Wand geschleudert, ließ aber die tödliche Waffe noch nicht los. Er stürzte zu Boden und riß die Eisenstange herum. Larry Brent hing daran wie eine Klette. In einem kurzen erbitterten Zweikampf entwand X-RAY-3 dem Hexentöter die gefährliche Waffe. Dann schnellte Larrys Rechte vor. Er traf den Unheimlichen voll am Kinn. Martinus wurde erneut gegen die Wand geschleudert.

Dumpf schlug sein Kopf gegen die Mauer. Der Getroffene verdrehte die Augen. Sein Körper rutschte langsam nach unten. Der morbide Putz an dem Mauerwerk rieselte. Martinus alias Michael Thielen sackte in die Knie. Der Hexentöter hatte in Larry Brent seinen Meister gefunden.

Zwei Schritte von dem Getroffenen blieb Larry Brent stehen und blickte ungerührt auf den Mann am Boden.

Haß und Verwirrung zeichneten das schmale, bleiche Gesicht. Die langen, ungepflegten Haare hingen wirr in die Stirn.

Die Hand des Hexentöters kam in die Höhe, als wolle er mit dieser hilflosen Geste zu verstehen geben, daß er aufsteckte. Er erkannte, daß es sinnlos war, sich mit diesem Mann auf einen Kampf einzulassen. Brent war der Stärkere, und nur List und Heimtücke konnten den Dingen noch eine Wende geben. Und diese Wende kam, ohne daß es Larry bewußt wurde. Er kannte die Folterkammer des Hexentöters zuwenig, um die Gefahr auf Anhieb zu erkennen.

Die Handbewegung von Martinus leitete die Wende ein. Der satanische Vorgänger, der dieses einsame Haus vor vierhundert Jahren bewohnte, war auf alle Eventualitäten eingerichtet gewesen, hatte Schutz- und Sicherheitsmaßnahmen getroffen, um auch einmal eine brenzlige Situation zu meistern. Michael Thielen, der auf den Spuren seines unheimlichen Vorfahren wandelte, war im Lauf der Zeit auf diese geheimen Einrichtungen gestoßen, hatte sie zum Teil wieder restauriert und neu eingesetzt.

Der Druck der Hand gegen den losen Stein im Mauerwerk setzte den Mechanismus in Tätigkeit.

Der Boden unter Larry Brent öffnete sich wie der Schlund der Hölle. Die Steinplatten klappten nach innen, und X-RAY-3 sauste wie ein Geschoß in die finstere Tiefe.

Geistesgegenwärtig versuchte er noch den Sturz abzufangen, indem er seine Hände ausstreckte und den Rand des Schachtes erfaßte. Doch er rutschte ab, seine Finger kratzten auf, und glühendheiß fuhr der Schmerz durch seine Glieder.

Unter sich erblickte der Stürzende ein unheimliches Bild.

Das war das Ende!

Im Dämmerlicht erkannte er auf dem Boden der Grube mehrere breite Dolchspitzen, die dort angebracht waren und nur darauf warteten, ihn zu durchbohren.

Der gellende Aufschrei Larry Brents hallte durch das Kellergewölbe.

Im Fallen versuchte er sich zu drehen und seinem Körper eine andere Richtung zu geben, um den tödlichen Spitzen auszuweichen. Doch der Schachtumfang war zu klein, um wirklich etwas grundlegend zu verändern.

X-RAY-3 schlug auf.

Es knirschte und splitterte unter ihm. Er bemerkte, daß die Spitzen völlig durchgerostet waren und daß sie, als er schräg gegen sie zu liegen kam, wie morsches Holz zerbrachen. Roststaub stieg in seine Nase.

Nur eine Dolchspitze war besser erhalten. Sie schob sich in seinen Unterarm, und ein ungeheurer Schmerz, den die kantige, schartige Schneide verursachte, raste durch seinen Körper. Doch Larry Brent spürte dies nicht mehr lange.

Mit dem Kopf schlug er gegen einen leicht vorgezogenen Mauervorsprung. Sein Schädel dröhnte, alles begann sich vor seinen Augen zu drehen. Er begriff noch, daß ein Wunder geschehen und die permanente Feuchtigkeit in diesem Schacht nicht nur das Wachstum der schwarzen Kellerpilze an der Wand und der Moosflechten begünstigte, sondern auch dem Metall gehörig zugesetzt hatte.

Diese Tatsache rettete ihm zunächst das Leben.

Sein Kopf fiel auf die Seite. Er blutete an der Schläfe, aber Larry Brent merkte es nicht mehr.

***

Wieviele Minuten nach seinem Sturz vergangen waren, vermochte er nicht mehr zu sagen.

Sein in zahlreichen Gefahren und Abenteuern trainierter Geist fühlte instinktiv, daß etwas Gefährliches auf ihn zukam, daß er die Kraft aufbringen mußte, sich dieser Gefahr zu widersetzen. Doch er war zu schwach und merkte, wie die Bewußtlosigkeit ihn immer wieder gefangennahm, so sehr er sich auch bemühte, die Ohnmacht zu vertreiben.

Eine grob zusammengezimmerte Leiter wurde in den dämmrigen Schacht herabgelassen. Dann tauchte der Hexentöter auf, der rasch nach unten stieg, um sein teuflisches Werk zu begutachten.

Martinus bückte sich. Ein zufriedenes Knurren kam aus seiner Kehle. Er rollte Larry Brent auf die Seite und stellte fest, daß die durchgerosteten, morschen Spitzen wie welkes Blattwerk zerrieben worden waren. Er nahm sich vor, demnächst unbedingt auch diesen Schacht zu restaurieren und die

Dolchspitzen durch neue zu ersetzen. Der heutige Zwischenfall bewies, daß man anfing, sich für ihn zu interessieren und den Kreis immer enger zog. Wer wußte schon, wann der nächste Schnüffler hier aufkreuzte, weil er auf irgendeine Spur gestoßen war?

Während der Verbrecher den schweren, muskulösen Körper des Agenten aufhob, blickte er finster vor sich hin. Er war nicht ganz zufrieden mit den Ereignissen. Zuviel war heute mißlungen. Die Dinge hätten einen anderen Verlauf genommen, wenn die Schwester, die den Pförtnerdienst versah, nicht so schnell aus ihrer Ohnmacht erwacht wäre. Er hätte sie töten müssen! Er hätte sich viel mehr Zeit nehmen müssen.

Doch die Dinge waren nicht mehr rückgängig zu machen. Er mußte jetzt versuchen, sie so zu nehmen, wie sie wirklich waren, und das Beste aus ihnen machen. Es war kein aussichtsloses Unterfangen. Alles lag noch in seiner Hand, jetzt, da er den rätselhaften Eindringling, der sich ihm auf die Fersen gesetzt hatte, doch hatte ausschalten können.

Es bereitete ihm Mühe, den schweren, reglosen Körper, den er wie einen Sack auf den Schultern trug, die Leiter hochzuschleppen. Doch er schaffte es.

Mit schlurfenden Schritten durchquerte er den durch Fackellicht schwach erhellten Raum. In der Folterkammer war nur das schwere Atmen des Hexentöters zu vernehmen. Angelika Foller bewegte sich stöhnend. Ihre Lider waren noch immer geschlossen. Mühsam drehte sie den Kopf zur Seite; ihr Gesicht verzog sich schmerzhaft.

Martinus achtete nicht auf die blonde »Hexe«. Um die wollte er sich später kümmern. Jetzt mußte er erst seinen gefährlichen Gegner beseitigen.

In der aufgewühlten Erinnerung des kranken Gehirns von Michael Thielen liefen die Dinge wieder ab wie in einem Traum. Und er schöpfte dabei aus dem reichen Schatz seiner Erkenntnisse und Erfahrungen. Dies war in seinem Dasein als Martinus nicht die erste Begegnung mit einem Widersacher, der ihn, den Hexentöter, bekämpfen wollte. Mit vielen jungen Liebhabern, die ihre blonden Schönheiten vor dem Verderben retten wollten, war er bereits fertiggeworden.

Martinus gab niemals auf. Eiskalt und berechnend, wie er war, erreichte er jedesmal sein Ziel. Und auch mit diesem Jüngling würde er fertigwerden. Aus der »Kammer des Wahnsinns« war noch keiner normal zurückgekehrt. Und diese Folter würde auch das Richtige für diesen Eindringling sein.

Durch eine quietschende Seitentür verließ der Hexentöter die Folterkammer. Er passierte den schmalen Gang und kam an mehreren Räumen vorüber, wo faulige Strohballen lagen und feuchte, verschimmelte Bündel den rohen Steinboden bedeckten. Die Räume waren durch große eiserne Gitter versperrt, so daß die Verliese eher den Namen Käfig verdienten. Wenn diese Wände, diese Steine, an denen zumindest ein Tropfen menschlichen Blutes klebte, hätten erzählen können!

Am Ende des Ganges befand sich ein Verlies mit einer massiven, schimmeligen Holztür. Martinus stieß sie mit dem Fuß auf. Er hatte diesen Raum vor kurzem wieder hergerichtet, und er wußte, daß der Mechanismus einwandfrei funktionierte.

In dem Raum, der kahl und trist auf den Beschauer wirkte, stand lediglich ein alter, klobiger Stuhl, an dessen Armlehnen sich Metallbänder befanden. Unmittelbar hinter dem Stuhlrücken, in Kopfhöhe des Sitzenden angebracht, stak ein Metallstab in der rohen Wand. An dem Eisen wieder war ein Metallreifen, vom Umfang eines Kopfes.

Über dem Ganzen – an einer Halterung an der Decke – ein riesiges, mit eiskaltem Wasser gefülltes Faß.

Larry Brent bemerkte, daß er geschleppt wurde. Das ständige Auf und Ab – die knochigen, spitzen Schultern.

Die Lebensgeister des Agenten kehrten wieder zurück. Mit ungeheurer Willensanstrengung gelang es ihm, die Bewußtlosigkeit zu besiegen.

Er ließ es sich nicht anmerken, daß er schon zu sich gekommen war. Er war noch zu schwach, um etwas zu unternehmen; seine Glieder gehorchten noch nicht seinen Befehlen. Schwer und bleiern lag er über der Schulter, unfähig, auch nur einen Muskel anzuspannen. Er hatte das Gefühl, sein ganzer Körper müsse mit blauen Flecken übersät sein.

Hart wurde der Agent auf den klobigen Stuhl geworfen. Das Holz knirschte unter der Wucht des Aufpralls. Aus den Augenschlitzen heraus nahm X-RAY-3 die Umgebung wahr. Als ginge ihn das ganze alles noch nichts an, merkte er, wie seine rechte Hand auf die Seite gezogen wurde, wie sich eng und hart das Metallband um sein rechtes Armgelenk schmiegte.

Er wurde auf einen Stuhl gefesselt?

Die Hände ließen von ihm ab. Er hörte ein leises Geräusch. War es von Bedeutung, daß er nur eine Hand gefesselt bekam, oder war dem Hexentöter eingefallen, daß zunächst noch etwas anderes zu tun sei?

Es war in der Tat so. Larry Brent fühlte, wie ein Messer an seinem Schädel angesetzt wurde. Er war bei Bewußtsein, aber noch immer nicht so in Form, daß er schlagartig die Dinge begriff und sich wehren konnte.

Wenn jetzt ein Stich erfolgen würde, dann hätte er nicht mal die Kraft zur Gegenwehr.

Doch es geschah nichts. X-RAY-3 nahm die Dinge wahr wie durch eine Glaswand, und es war ihm, als würden sie sich in weiter Ferne abspielen und ihn gar nichts angehen.

Es kratzte auf seinem Schädel. Man schnitt ihm die Haare ab? Man rasierte ihn.

Mitten auf seinem Kopf entstand eine Tonsur, ein kreisrundes Loch in seinen Haaren, so daß sein blanker Schädel sichtbar wurde.

Endlich begriff Larry, was ihn erwartete, und es kam ihm vor, als griffe eine eiskalte Hand nach seinem Herzen.

Der Hexentöter drückte seinen Schädel nach hinten, und Larry fühlte den kalten Metallring auf der Stirn.

Blitzartig aktivierten sich Brents Lebenskräfte; sein Selbsterhaltungstrieb forderte eine sofortige Entscheidung. Es war, als ob etwas in der Tiefe seines Unterbewußtseins aufbrach und wie ein Geschoß die bewußten Regionen seines Geistes durchschlug.

X-RAY-3 riß die Augen auf. Seine Muskeln spannten sich. Er erblickte die schattengleiche Gestalt seines Peinigers, der den Metallring um seinen Kopf zu spannen versuchte, und sah das riesige Faß über sich, das feuchte Spundloch, in dem sich ein klarer Wassertropfen gefangen hatte.

Was ihn erwartete, war kristallklar.

Aus dem Spundloch würde ein Tropfen nach dem anderen in rhythmischer Folge auf die Tonsur fallen. Er, Larry Brent, würde nicht mehr in der Lage sein, sich von der Stelle zu bewegen, Metallbänder an den Armen, Beinen und um den Kopf machten jede Bewegung unmöglich.

Die Tropfen würden zunächst leicht und kaum merkbar zu fühlen sein, doch mit jeder weiteren Minute, die verging, schien sich der Druck der Tropfen auf die bloße Kopfstelle um ein Vielfaches zu verstärken. Bis er schließlich glaubte, sie würden mit der Gewalt eines Dampfhammers auf seinen Schädel knallen. Absolute Dunkelheit, nur das Tropfen des Wassers, unfähig, diese Stelle aus dem Einflußbereich des Tropfens zu entziehen, das war schlimmer als der Tod.

In spätestens vierundzwanzig Stunden war Larry Brent unfähig, ein vernünftiges Wort über die Lippen zu bringen.

Bis dahin war er erledigt, ein Mensch, der nicht mehr wußte, wer er war, woher er kam und was er wollte.

Der Gedanke an diese furchtbare Entwicklung trieb ihn zur Verzweiflung und mobilisierte seine äußersten Kräfte.

Es war, als würde ein Strom durch seine Muskeln und Sehnen fließen. Alles in ihm spannte sich. Noch ehe Martinus den Metallstreifen verschrauben konnte, handelte Larry Brent. Er warf sich herum und rammte seine Linke in den Bauch des Folterknechtes, so daß Martinus nach hinten taumelte und gegen die feuchte, glitschige Tür fiel.

Larry Brent gewann wertvolle Sekunden, die er nutzte. Seine Linke war frei, und im Handumdrehen gelang es ihm, das Metallband zu lösen.

Den Metallreif an seiner Stirn riß er einfach auf die Seite. Dann sprang er auf, noch ehe der Verbrecher die Überraschung überwunden hatte und selbst auf die Beine gekommen war. Larry Brent riß den Hexentöter hoch und schob ihn vor sich her. Er hatte zwar noch Mühe, die Balance zu halten, aber er wußte, daß er sich jetzt keine Nachlässigkeit mehr leisten konnte. Ein drittes Mal würde der Hexentöter sich nicht mehr auf lange Vorbereitungen einlassen. Diesmal würde er zuschlagen, hart und eiskalt. Auch Martinus erkannte spätestens in diesem Augenblick, daß er dem Amerikaner nicht die geringste Chance mehr geben durfte.

Der Hexentöter versuchte zu kontern. Doch X-RAY-3, angeschlagen, abgekämpft, müde und benommen, wollte es nicht auf einen Kampf ankommen lassen. Mit einem Aikido-Drehgriff erstickte er den Angriffssprung seines Gegners im Keim und schleuderte ihn zu Boden. Den linken Arm konnte Larry praktisch nicht einsetzen. Die rostige Schneide hatte den untersten Teil, am Knochen vorbei, durchstoßen. Die Wunde mußte dringend abgebunden und behandelt werden, ehe sich eine Infektion entwickelte.

Martinus stürzte zu Boden und schrie gellend. Er wälzte sich auf die Seite. Sein rechter Arm hing seltsam leblos an seinem Körper, als könne er ihn nicht mehr bewegen.

Der Hexentöter bemerkte, daß es seinem geheimnisvollen Gegner nur darauf ankam, ihn schachmatt zu setzen.

Wenn es diesem Mann gelang, ihn zu fesseln und zu knebeln, dann war auch seine Mission beendet. Doch so leicht ließ sich ein Michael Thielen nicht fangen.

Geistesgegenwärtig handelte Martinus. Er rollte auf ein Bodenloch zu. Seine Beine versanken darin, dann ließ er sich einfach in die Tiefe gleiten.

Im ersten Augenblick begriff Larry die Reaktion nicht, doch dann wurde ihm klar, daß dieser Schacht nicht nur ein tödliches Gefängnis, sondern offenbar auch ein Fluchtweg für Eingeweihte war. Der obere herausragende Teil der groben Leiter wurde nach unten gezerrt, noch ehe Larry auf die Schachtöffnung zutaumeln konnte. Er ließ sich auf die Knie fallen, griff nach unten und spürte die Leiter. Plötzlich knirschte es in dem steinigen Boden, und die beiden Platten, die vorhin nach unten geklappt waren, hoben sich wieder in die Höhe. Es knackte, als die Leiter in dieses klobige, primitive Mahlwerk geriet und zerbrach.

X-RAY-3 hockte vor dem glatten Fußboden. Der PSA-Agent zögerte keine Sekunde, den Mechanismus abermals auszulösen. Er rannte auf die Stelle zu, wo der Hexentöter vorhin den Stein in der Mauer bewegt hatte. Larry wiederholte den Vorgang. Die Bodenklappe öffnete sich erneut. X-RAY-3 rannte hin und sah gerade noch, wie in der Dämmerung des etwa zwei Meter tiefen Schachtes eine Seitenwand geräuschvoll nach vorn glitt und eine Öffnung verdeckte, durch die der Hexentöter in diesen Sekunden entkommen war. Larry Brent kannte den Weg und die Möglichkeiten nicht, die sich unter Umständen eröffnen würden, wenn er erst nach dem Mechanismus der steinernen Geheimtür suchte.

Wertvolle Zeit würde verlorengehen. Er mußte das Haus auf dem Weg verlassen, auf dem er es betreten hatte, um den Hexentöter ...

Da vernahm er schon das ferne Geräusch des aufheulenden Motors. Der bereitstehende Wagen fuhr davon. Das Motorengeräusch verebbte.

Larry stand da, wie vor den Kopf geschlagen. Die letzten Stunden hatten zuviel von ihm verlangt, und die schmerzhafte Verletzung trug mit dazu bei, daß er nicht hundertprozentig auf Draht gewesen war.

Der Hexentöter befand sich abermals auf der Flucht. Die Suche nach ihm mußte neu beginnen. Doch eines hatte er, Larry Brent, wenigstens verhindern können: den Tod eines weiteren, unschuldigen Opfers, das nur deshalb »schuldig« war, weil die Natur es mit blonden Haaren beschenkt hatte.

Er näherte sich müde und torkelnd, wie ein Betrunkener, der seine Glieder nicht unter Kontrolle bekam, der Streckbank, wo die hübsche, wie im Fieber murmelnde Angelika Foller lag. Er löste die Fesseln. Es war seine Absicht, das Mädchen so schnell wie möglich von hier wegzubringen, ehe sie in dieser schaurigen Umgebung erwachte und den Verstand verlor.

Bevor er den leichten, kaum verhüllten Körper aufnahm, riß er ein Stück des Saumes vom zerfetzten Nachtgewand Angelika Follers und verband sich damit den verletzten Unterarm. Dann verließ er mit seiner süßen Last das makabre Reich des Hexentöters.

Es war unmöglich, das ohnmächtige Mädchen mit dem Motorrad ins Dorf zu fahren. Larry wollte dieses Risiko nicht eingehen. Wenn Angelika bei ihrem Zustand noch eine Lungenentzündung bekam, dann standen die Chancen des Überlebens wesentlich schlechter.

X-RAY-3 preßte den leichten, reglosen Körper fest an sich und erwärmte ihn durch seinen eigenen Körper, während er ihn durch die Nacht trug. Bis zum nächsten Ort waren es gut zwei Kilometer.

Larry Brent ging, so schnell es ihm möglich war.

Einmal stöhnte das junge Mädchen leise auf. Sie wandte ihm ihr bleiches, mit kaltem Schweiß bedecktes Gesicht zu. Ihre durchscheinenden Augenlider öffneten sich zitternd.

»Wo bin ich?« Ihre Stimme war wie ein Hauch.

»In Sicherheit. Es ist alles in bester Ordnung, Fräulein Foller.« Larry Brent fiel es schwer, seiner Stimme einen festen und sicheren Klang zu geben. Er taumelte mehr vorwärts, als er ging. Er fühlte sich schwach, und der Blutverlust durch die Verletzung am Unterarm machte sich bemerkbar. Der notdürftige Verband war blutgetränkt. Man hätte ihn auswringen können.

Der Weg bis zum Dorf wurde zu einer Qual. Am meisten bedauerte es Larry, so wenig für die junge Deutsche tun zu können. Eine Wolldecke hätte ihr schon Erleichterung verschafft. Aber so, fiebernd und frierend, war sie in ihrem dünnen, fast durchsichtigen Nachtgewand schutzlos Feuchtigkeit und Kälte ausgesetzt. X-RAY-3 glaubte, eine Ewigkeit müsse vergangen sein, als er endlich die ersten flachen Häuser des Ortes zu sehen bekam. Er setzte einen Fuß vor den anderen, mechanisch und rhythmisch wie ein Roboter. Die kleine Ansiedlung lag völlig im Dunkeln und schien verlassen.

Nicht mal die Straßenlaternen brannten. Sie wurden abends um zehn ausgeschaltet.

Um diese frühe Morgenstunde – bis zum Sonnenaufgang waren es höchstens noch drei Stunden – war noch niemand auf den Beinen. Auch das Polizeirevier hatte seine Pforten noch geschlossen. Doch das gute Gedächtnis Larry Brents zahlte sich in diesem Moment aus. Bei den Gesprächen am Nachmittag waren viele Namen und Anschriften gefallen, und er hatte sich nicht eine einzige Notiz gemacht. In der Hauptstraße, keine zwei Häuser vom Rathaus entfernt, lebte der Bürgermeister des kleinen Ortes, der gleichzeitig auch Polizeichef war.

X-RAY-3 klopfte an die Tür und die Fensterläden, als er feststellen mußte, daß die Klingel nicht funktionierte. Irgendwo im Haus wurde ein Geräusch hörbar. Dann ging das Licht im oberen Stockwerk an. Eine silhouettengleiche Gestalt erschien hinter dem hellerleuchteten Fenster. Der Vorhang wurde zurückgezogen. Der kräftige Kopf des Bürgermeisters erschien im Fensterkreuz.

»Was, zum Donnerwetter, soll der Krach? Machen Sie, daß Sie nach Hause kommen, und schlafen Sie dort Ihren Rausch aus!« Seine Stimme klang böse. Das war ihm nicht übelzunehmen, denn er glaubte, es mit einem Betrunkenen zu tun zu haben.

»Öffnen Sie bitte! Ich bin es, Larry Brent. Fräulein Foller befindet sich bei mir.«

»Mister Brent?« fragte der Bürgermeister erschrocken zurück. »Ich bin sofort unten.«

Zwei Minuten später befand sich Larry im Innern des Hauses. Er legte Angelika Foller auf eine breite Couch, während der in seiner Nachtruhe gestörte Mann eilig ein paar Wolldecken besorgte, womit sie das frierende Mädchen wärmten.

»Ich bitte vielmals um Entschuldigung«, preßte der Bürgermeister hervor. »Ich hatte Sie nicht gleich erkannt. Was ist eigentlich geschehen?«

Larry Brent ließ sich in einen weichen Polstersessel fallen. Der Amerikaner war am Ende seiner Kraft.

»Sie werden alles erfahren. Aber ich möchte es nicht zweimal erzählen müssen. Rufen Sie bitte das Revier in Filsum an! Kommissar Wergh soll kommen! Und sorgen Sie dafür, daß auf dem schnellsten Weg ein Arzt hierher kommt und nach Fräulein Foller sieht! Am besten der Chefarzt des Krankenhauses, in dem das Mädchen untergebracht war. Sonst bitte niemand, das hat seine Gründe.«

Es verging knapp eine halbe Stunde, ehe die Herrschaften eintrafen. Larry Brent erhob sich müde. Der eingetroffene Arzt wollte sich sofort um die schwere Stichwunde kümmern, aber Larry ließ es nicht zu.

»Das Mädchen braucht die Hilfe dringender als ich, Doktor.«

Der Arzt untersuchte Angelika Foller. Er machte eine besorgte Miene. »Ihr Zustand hat sich verschlechtert. Der Vorfall heute abend hätte nicht passieren dürfen.«

»Aber es ist nun mal geschehen«, entgegnete X-RAY-3 mit matter Stimme. »Wie sicher die Kranke in Ihrem Krankenhaus noch ist, weiß in diesem Augenblick niemand von uns zu sagen. Das makabre Spiel enthält mehrere Unbekannte. Nach der Flucht des Hexentöters kennt niemand von uns seine nächsten Pläne und Ziele. Die Entführung Angelika Follers hat mich nachdenklich gestimmt, meine Herren«, fuhr der Mann von der PSA fort, als der Chefarzt draußen im Flur war und ein Ferngespräch führte. Er hielt es für richtig, wenn Angelika Foller auf dem schnellsten Weg in eine Spezialklinik nach Bremen oder Hamburg kam. Der Arzt hoffte, trotz der ungünstigen Nachtzeit einen Kollegen, der als Kapazität an einer Hamburger Klinik wirkte, an die Strippe zu bekommen.

»... irgend jemand hat Wind von der Sache bekommen. Entweder ist eine Stelle unter Ihren Beamten undicht, Wergh, oder einer der Zeugen, die Sie gestern morgen vernahmen, hat gelogen. Das scheint mir plausibler zu sein. Es gibt keinen anderen Weg! Wie sonst könnte jemand an die Information herangekommen sein, die nun dazu führte, daß Angelika Foller im wahrsten Sinne des Wortes nur knapp mit dem Leben davonkam.« Larrys Stimme klang ernst. »Der Hexentöter ist uns näher, als wir glauben«, fügte er hinzu. »Wie war das eigentlich mit den Autospuren, die Sie sicherstellten, Wergh?«

»Wir wissen seit heute abend mit hundertprozentiger Gewißheit, daß es sich um einen Ford der Baureihe 12M handelt ...«

Larry Brent nickte. »Einen solchen Ford habe ich gesehen. Einen dunkelgrünen. Ich kann Ihnen sogar das polizeiliche Kennzeichen nennen. Der Fahrer hat übrigens im geeigneten Zeitpunkt die Reifen gewechselt.«

Der Bürgermeister blickte auf. »Sie wollen doch damit nicht sagen, daß Michael Thielen – ausgeschlossen! Ein ruhiger, stiller, sympathischer Bursche ...«

»Ich habe nichts dergleichen erwähnt, habe nur die Tatsachen festgestellt.« Larry nahm dankbar nickend eine ihm angebotene Zigarette entgegen. »Der Mann, dem ich begegnete, kann nicht Michael Thielen gewesen sein. Aber es ist nicht ausgeschlossen, daß es zwischen dem Unheimlichen und Thielen eine geheimnisvolle Verbindung gibt. Aber welche? Ich werde Sie umgehend in das einsame Haus führen, wo sich die Folterkammer des Hexentöters befindet.«

Kommissar Wergh und der Bürgermeister rissen die Augen auf, als würde X-RAY-3 reden wie ein Betrunkener.

»Ich bin sicher, Sie werden sich mit Problemen befassen müssen, die über Ihre Art zu denken und zu glauben geht«, fügte der Amerikaner geheimnisvoll lächelnd hinzu.

Bevor er gemeinsam mit dem Bürgermeister und dem Kommissar aufbrach, wartete er erst die Nachricht des Chefarztes ab. »Fräulein Foller wird innerhalb der nächsten Viertelstunde mit einem Polizeihubschrauber abtransportiert und in eine Klinik nach Bremen gebracht.«

Larry Brent nickte stumm. »Ich erwarte, daß niemand außer den hier Anwesenden über diesen Transport etwas erfährt!«

Der Chefarzt fuhr fort: »Und nun lassen Sie mich mal Ihre Wunde sehen, Mister Brent ...« Mit diesen Worten löste er schon den notdürftigen Verband um des Armgelenk. Mit ernster Miene reinigte der Arzt den durchstochenen Unterarm, nahm mit einer Pinzette mehrere rostige Splitter heraus und gab Larry Brent eine Injektion mit einem antiseptischen Serum. »Die Wunde muß so schnell wie möglich genäht werden«, sagte er abschließend.

»Dazu habe ich jetzt keine Zeit, Doktor«, entgegnete X-RAY-3. »Legen Sie mir einen Verband an und sorgen Sie dafür, daß die Blutung aufhört! Zum Nähen komme ich später, sobald ich nach Filsum ins Hotel zurückkehre.« Einen Termin dafür konnte er allerdings nicht angeben.

Sie warteten noch ab, bis der herbeigerufene Polizeihubschrauber im Hof hinter dem Ratsgebäude landete. Die noch immer bewußtlose Angelika wurde auf eine Trage gelegt und dann in den Hubschrauber getragen.

Der Chefarzt begleitete den Transport.

Larry Brent wollte keine weitere Zeit mehr verlieren. Er verzichtete auf ein heißes Bad im Haus des Bürgermeisters, nahm aber dankbar ein Hemd an, das ihm viel zu weit war, schlüpfte auch in ein Jackett, das der Bürgermeister ihm zur Verfügung stellte. Im Dienstwagen Werghs fuhren die Männer in die von Larry angegebene Richtung.

»Wenn es stimmt, was Sie sagen, dann kann es sich nur um das alte Haus an der äußersten Peripherie des Dorfes handeln, das der Thielen-Familie gehört und das eigentlich niemand haben will, obwohl es schon mehrmals zum Verkauf angeboten wurde.« Der Bürgermeister schüttelte verständnislos den Kopf.

Larry Brent beugte sich ein wenig vor. Er saß hinter dem Oberhaupt der kleinen Gemeinde. »Dann hat es mit dem Haus wohl eine besondere Bewandtnis, wie?« fragte er interessiert.

Der Ortsvorsteher hob und senkte die Schultern. »Wie man's nimmt, Mister Brent! Was ich Ihnen jetzt sage, hat natürlich mit dem, was in der letzten Zeit geschah, keinen Zusammenhang. Doch um das alte Haus, es stammt genau aus dem Jahre 1586 – ranken sich nicht nur Erzählungen und abergläubische Berichte, sondern in der Tat auch geschichtliche Eintragungen, die man in der Chronik des Dorfes nachlesen kann. Schon im 11. und

12. Jahrhundert gab es hier die ersten Siedler. Das ist urkundlich erwähnt. Aber ich möchte nicht abweichen: noch einmal zum Thielen-Haus, wie es allgemein genannt wird. In der Chronik steht, daß dieses Haus Ende des 16. Jahrhunderts tatsächlich von einem Hexenjäger namens Martinus bewohnt wurde. Dieser Mann war berüchtigt wegen seiner Grausamkeit und seiner Brutalität. Es ist weiter vermerkt, daß er mindestens 450 junge »Hexen« eigenhändig auf den Scheiterhaufen brachte. Von einem Soldaten, der seine Geliebte aus den Fängen des Hexenjägers befreien wollte, wurde Martinus in die Enge getrieben. Es gelang dem jungen Offizier, seine Geliebte zu retten. Martinus hatte den Scheiterhaufen für den kommenden Tag schon vorbereitet. Die Chronik berichtet, daß er in der gleichen Nacht auf seinem eigenen Scheiterhaufen verbrannte. Danach entsteht eine größere Lücke, und es wird nicht klar ersichtlich, wem das Haus dann später gehörte. In den Jahren 1680 bis 1712 soll es von einem Einsiedler bewohnt worden sein, danach gelangte es dann in den Besitz der Familie Thielen.«

»Hat man das Haus jemals näher untersucht?« fragte Larry.

»Nein, weshalb auch?« Der Bürgermeister verringerte die Geschwindigkeit wegen der schlechter werdenden Straße. »Das Haus hat zwar geschichtliche Bedeutung, aber die Gemeinde ist zu arm, um diese Ruine zu restaurieren und als Attraktion herauszuputzen. Ein Interessent von außerhalb begutachtete einmal das zerfallene Anwesen. Wahrscheinlich suchte er die legendären Folterkammern, die es angeblich noch unter den Trümmern geben sollte. Das war noch vor dem Zweiten Weltkrieg, soviel mir bekannt ist. Offenbar gibt es aber diese Folterkammern nicht mehr, und so hat sich der Käufer auch nicht wieder gemeldet.«

»Und wenn ich Ihnen sage, daß es diese Folterkammern doch noch gibt?« stieß X-RAY-3 hervor.

Wergh atmete hörbar durch die Nase. Der Beamte war bleich wie ein Leintuch.

»Sie haben vorhin etwas von einer solchen Kammer erwähnt, ich weiß. Aber da wußte ich nicht, daß Sie dieses Haus meinten. Ich nehme an, Sie täuschen sich. Sie sind fremd hier ...«

»Ich weiß, was ich gesehen habe«, murmelte Larry. Er preßte fest die Augen zusammen, als müsse er die schemenhaften Nebel, die sich vor seinen Augen zu bilden begannen, vertreiben. Das typische Zeichen eines Schwächeanfalls. Die Stärkungsspritze des Arztes wirkte noch nicht.

Larry Brent hatte das Gefühl, er müsse jeden Augenblick umkippen.

»Die Folterkammer war da. Ich könnte Sie Ihnen malen. Und das Individuum, das sein makabres Spiel dort spielte, hatte keinerlei Ähnlichkeit mit Michael Thielen. Es war ein Fremder, ein Mann, wie er dem Aussehen und der Kleidung nach nicht in diese Zeit paßte. Würden Sie mir nicht sagen, daß dieser Martinus, wie Sie ihn nannten, schon 1586 von einem Offizier auf einem Scheiterhaufen verbrannt wurde, ich hielte an meiner Behauptung fest, daß Martinus mir heute nacht begegnet ist!«

Wergh und der Bürgermeister starrten auf den Amerikaner, als hätten sie einen Neurotiker neben sich im Wagen – oder einen, der im Begriff war, seinen Verstand zu verlieren.

»Wir werden sehen«, murmelte der Bürgermeister, dem es offensichtlich peinlich war, dieses Thema fortzusetzen.

Sie erreichten den schmalen Waldweg, passierten das wie verloren wirkende Motorrad, das Larry Brent an einem Baumstamm zurückgelassen hatte. Und dann: Zwischen dunklen Buchen und Fichten, Kiefern, Birken und Eschen leuchtete es weit über den braunen Ackerboden.

»Das Haus!« kam es von den Lippen des PSA-Agenten.

Es stand in hellen Flammen!

Die Männer ließen den Wagen auf der Lichtung stehen und rannten über das abgefahrene Gras. Die Hitze des Brandherdes schlug ihnen entgegen. Das alte, morsche Haus war nur noch ein glimmender Aschenhaufen, aus dem ab und zu noch schmale, längliche Flammenzungen leckten.

»Er hat es niedergebrannt. Er muß noch mal zurückgekommen sein.« X-RAY-3 war wie vor den Kopf geschlagen. Da spürte er die Blicke der beiden Männer, die ihn musterten und las den Zweifel, der auch in Werghs Augen zu erkennen war.

Larry schluckte. »Aber Sie glauben doch etwa nicht, daß ich ...« murmelte er, und er fand es unsinnig, an diesem Ort und in diesem Augenblick überhaupt eine solche Bemerkung zu machen.

Er wandte den Kopf. Der Feuerschein spiegelte sich auf seinem Gesicht. Krachend fiel eine Seitenwand des alten Hauses zusammen. Funken stoben auseinander und wurden schwerelos durch die Luft gewirbelt, als würde eine Schar Glühwürmchen am nächtlichen Himmel vor ihnen einen wilden orgiastischen Tanz aufführen.

»Wir stehen vor einem Rätsel, Mister Brent«, sagte Wergh benommen.

X-RAY-3 preßte die Lippen zu einem schmalen Strich zusammen.

»Vergessen Sie nicht den dunkelgrünen Ford, den ich verfolgte und den ich hier aufspürte!« Seine Stimme klang sicher und fest. Die Wirkung der Spritze setzte ein, und Larry fühlte sich weniger hinfällig. »Der Wagen wurde auch in Filsum gesehen. Schwester Margareta hat diesen Wagen ebenfalls gesehen ...«

»Das stimmt«, bemerkte Wergh kleinlaut. Er wußte nicht, was er von dem merkwürdigen Amerikaner halten sollte, der nur mit einer Hose bekleidet auf einem Motorrad durch die kalte Nacht fuhr, der angeblich in eine Grube fiel, in der ein verrosteter Dolch seinen Unterarm durchspießte, der schließlich im letzten Augenblick dem Wahnsinn dadurch entging, daß er sich von dem Folterstuhl unter dem Wasserfaß losreißen konnte und der ein halbnacktes Mädchen durch die Nacht schleppte und ins Haus des Bürgermeisters brachte.

Das alles war mehr als ungewöhnlich und unglaublich. Die Taten und Erzählungen schienen dem Gehirn eines Verrückten zu entspringen.

Und nun dieses brennende Haus, in dem Brent angeblich den Beweis erbringen wollte ...

»Wir dürfen keine Zeit verlieren«, sagte Larry, noch ehe der Bürgermeister und Kommissar Wergh etwas sagen konnten. »Sie kennen Michael Thielen, Herr Bürgermeister.«

Der Gefragte nickte wie unter einem inneren Zwang.

»Daß es eine Verbindung zu diesem jungen Mann geben muß, darüber sind wir uns alle klar. Schließlich benutzte der Hexentöter«, und Larry Brent betonte das Wort mit eigenartiger Härte, »den Wagen Michael Thielens. Lassen Sie uns zur Wohnung Thielens fahren!«

»Er lebt mit seiner Mutter zusammen in einem kleinen Bauernhaus.«

»Dann fahren wir eben dahin. Es dürfte interessant sein, auch der Mutter einige Fragen zu stellen.«

Larry Brent ließ sich von seinen Überlegungen nicht abbringen. Seine Festigkeit und Sicherheit, die er an den Tag legte, irritierte die beiden Männer, die ihn begleiteten. X-RAY-3 war eine Persönlichkeit, deren Einfluß man sich kaum entziehen konnte.

Die Fahrt nach dort nahm knapp zehn Minuten in Anspruch. Sie mußten einen unwegsamen Pfad hinter sich bringen, ehe sie das Bauernhaus erreichten. Ein Gatter begrenzte das verhältnismäßig große Anwesen, zu dem einige Stallungen und ein großer Garten gehörten.

Das Haus lag in völliger Dunkelheit. Der Bürgermeister betätigte die Glocke. In den Ställen entstand Unruhe. Dann erst wurde im Haus, in der

Wohnung im Parterre, Licht angeknipst. Ein Fenster wurde geöffnet, und der Oberkörper einer Frau wurde sichtbar.

Der Bürgermeister antwortete auf die üblichen Fragen, die zu solch ungewohnter Stunde unwillkürlich gestellt wurden. Dann kam die Frau, mit einem wollenen Mantel bedeckt, aus dem Haus.

»Wir möchten gern mit Michael sprechen«, sagte der Bürgermeister. Larry hatte den Mann während der Fahrt instruiert, so daß das Gemeindeoberhaupt sich jetzt zum Sprecher machte.

»Er ist nicht zu Hause«, erwiderte Frau Thielen. Sie war eine kleine, ruhige Frau. Es irritierte sie nicht, daß der Bürgermeister mit zwei anderen Herren hier auftauchte. Sie hielt das Ganze für einen offensichtlichen Irrtum.

»Was willst du von Michael, Johannes?«

Sie redete den Bürgermeister mit Du an. Hier im Dorf kannte jeder jeden, und Johannes Brunner war hier groß geworden. Er war selbst nur wenige Jahre älter als Michael Thielen, ein Mann Mitte der Dreißig, den jeder Einwohner duzte.

»Er ist heute schon sehr früh weggefahren«, fuhr die Frau fort. »Zu irgendwelchen Freunden. Mehr weiß ich nicht.«

»War er in der letzten Zeit oft weg, Martha?«

»Ja, wie das halt bei jungen Leuten so der Fall ist. Warum fragst du danach?« Ihr Gesicht wurde plötzlich ernst. Erst in diesem Augenblick schien ihr bewußt zu werden, daß hier offenbar etwas nicht mit rechten Dingen zuging.

»Ist etwas geschehen, um Gottes Willen – so sag doch, was ist los? Hat er – etwas angestellt?«

Die Hände der Frau glitten fahrig über ihr runzliges Gesicht.

Larry Brent näherte sich der Frau. »Das wissen wir noch nicht, gnädige Frau«, sagte er ruhig. »Vielleicht weiß Ihr Sohn etwas, was für uns von großem Nutzen sein könnte ...«

Martha Thielen blickte ratlos auf den Fremden.

»Die beiden Herren sind von der Polizei«, warf der Bürgermeister erklärend ein.

»Polizei ...?«

Die Frau schluckte. Mit zitternden Händen schlang sie den Gürtel ihres Mantels enger um die Hüften.

»Ist Ihnen bekannt, daß Ihr Sohn in der letzten Zeit öfter Besuch hatte? Kannten Sie seine Freunde?« fuhr Larry Brent fort.

Martha Thielen schüttelte den Kopf. »Die jungen Burschen aus dem Dorf waren alle irgendwie mit ihm bekannt und befreundet. Seine engsten Freunde aus der Nachbarschaft kennt auch der Bürgermeister.«

»Das ist richtig. Ich meine jetzt etwas anderes. Hat Michael Ihnen gegenüber vielleicht mal erwähnt, daß er einen älteren Mann kennengelernt hat, einen Fremden vielleicht?«

»Nein.« Es klang hart und bestimmt.

»Würden Sie uns einen Gefallen tun?«

»Und der wäre?« Die Frau war beunruhigt.

»Sie wissen, daß die Dörfer in dieser Gegend in der letzten Zeit einige recht seltsame Vorkommnisse zu verzeichnen hatten. Junge Mädchen wurden umgebracht, auf rätselhafte Art und Weise.«

»Und Michael soll etwas damit zu tun haben?« Martha Thielen riß die Augen auf.

X-RAY-3 legte beruhigend die Hand auf ihre Schulter. »Das habe ich nicht gesagt. Michael aber kann unter Umständen eine Aussage machen. Es ist nicht ausgeschlossen, daß er etwas weiß, was uns weiterhilft.«

»Ich sagte schon, er ist nicht zu Hause.«

»Das wissen wir. Möglicherweise hat er aber etwas in seinem Zimmer hinterlassen, vielleicht könnten wir dort einen Hinweis finden ...«

»Sie wollen eine Haussuchung vornehmen?«

»Das können wir nicht, wir haben keinen Haussuchungsbefehl«, entgegnete Larry ruhig. »Wir könnten uns allerdings sein Zimmer ansehen, wenn Sie uns die Erlaubnis dazu gäben. Unter Umständen könnte das das Leben Ihres Sohnes retten. Wenn er in Gefahr ist, gesetzt den Fall, man erpreßt ihn, dann können nur wir noch etwas für ihn tun, ehe es zu spät ist. In diesem Zusammenhang gestatten Sie mir vielleicht noch eine Frage: Hatten Sie das alte Haus, das Ihnen gehört und weit außerhalb des Ortes liegt, vermietet?«

»Nein, wie kommen Sie darauf?«

»Es war nicht unbewohnt, und es sieht ganz so aus, als ob Ihr Sohn davon wußte.«

Larry sah den Schweiß auf der Stirn der Frau.

»Bitte, kommen Sie«, stieß sie erregt hervor. »Wenn Sie glauben, daß Sie in seinem Zimmer etwas finden ...«

Sie fanden nicht das, was Larry erhoffte. Durch den Brand waren sicher wichtige Hinweise verlorengegangen. Aber der nächtliche Besuch in diesem Haus zeigte doch, daß etwas Geheimnisvolles vorging.

Die Schranktür im Zimmer, das Michael Thielen bewohnte, stand offen. Kleidungsstücke lagen wahllos verstreut auf dem Boden, Schubladen waren aufgerissen. Martha Thielen schrie leise auf.

»Es war jemand hier im Haus, während ich schlief«, kam es tonlos über die Lippen der Frau. »Sein Mantel fehlt, sein Hut, ein Jackett ...«

Larry Brent und die beiden anderen Männer wechselten Blicke. X-RAY-3 hatte nicht das gefunden, was er zu finden geglaubt hatte: nämlich Michael Thielen! Aber das in größter Unordnung zurückgelassene Zimmer sprach für sich. Michael Thielen war auf der Flucht!

»Warum? Fürchtet er, wegen des Mannes vernommen zu werden, der in dem abgelegenen Haus untergebracht gewesen war? Was wußte er von ihm? Hatte er ihm die Opfer zugeschanzt? Zumindest im Fall von Petra Zeller ist ein solcher Verdacht angebracht.«

***

Nach der Rückkehr in sein Hotel in Filsum gab es noch immer keine Ruhe für ihn. In der Zwischenzeit war ein Telegramm aus den Staaten für ihn eingetroffen. Auf seinem Zimmer dechiffrierte Larry Brent den Text.

Die Nachricht stammte von X-RAY-1: »morna ulbrandson unabkömmlich – stop schließt ihren fall in schweden ab – stop wird sofort nach beendigung mit ihnen kontakt aufnehmen x-ray-3 – stop um sie unabhängiger zu machen, erhalten sie noch an diesem nachmittag ihren wagen – stop lotus europa bereits auf dem weg nach frankfurt – stop wurde mit einer militärmaschine vom typ ›hercules‹ mit versorgungsgütern für die amerikanische armee in deutschland mitgeführt – stop unser kontaktmann wird umgehend nach ankunft den wagen an ihren derzeitigen aufenthaltsort bringen – stop erwarten sie den lotus gegen drei uhr mitteleuropäischer zeit – stop sollten sie anderen treff wünschen dann rufen sie bitte ab neun uhr vormittags die nachfolgende nummer an ...«

Es folgte ein Telefonanschluß in Frankfurt.

Larry stand am geöffneten Fenster zum Hof. Er ließ das Telegramm einfach aus dem Fenster flattern. Zwei Sekunden später flammte das spezialpräparierte Papier in der Luft auf. Aschereste landeten auf dem feuchten Boden.

X-RAY-3 verschwand unter quälenden Gedanken im Badezimmer und ließ heißes Wasser laufen. Er nahm noch ein Bad, duschte sich dann kalt ab und legte sich zu Bett. Er schlief fast augenblicklich ein.

Die Mission, die er übernommen hatte, war noch nicht abgeschlossen. Der Hexentöter hatte sein Quartier hier aufgegeben. Aber es stand außer Zweifel, daß damit die grausamen Morde noch nicht zu Ende waren.

Wo würde der Mann wieder zuschlagen? Wer war sein nächstes Opfer?

Er brauchte nur irgendwo an einer Tür aufzutauchen und Eingang in eine Wohnung zu finden, in der eine junge blonde Frau allein zu Hause war, und schon geschah das Verbrechen.

Als das Telefon rasselte, war er sofort hellwach, obwohl seine Glieder von der Müdigkeit noch schwer waren. Mit einem Blick auf die Uhr stellte Larry fest, daß es erst acht Uhr war.

X-RAY-3 meldete sich. Am anderen Ende der Strippe erklang eine fremde Stimme, dem Akzent nach ein Däne.

Der Mann meldete sich als Frank Barkan. Er war Mittelsmann der PSA und erklärte Brent, daß er aufgrund seiner Kontakte zu wichtigen Nachrichtenstellen einen Bericht aufgefangen habe, der für ihn, Larry, vielleicht von Bedeutung sei. Barkan war davon unterrichtet, welcher Fall Larry Brent im Augenblick in Deutschland beschäftigte.

»... in den frühen Morgenstunden stieß die dänische Polizei auf einen Scheiterhaufen, auf dem ein junges Mädchen verbrannt worden war, X-RAY-3. Die hiesigen Behörden, die die bisherigen Hexenfälle verfolgt haben, stehen vor einem Rätsel. Man glaubt hier nicht an einen neuen Fall, sondern viel mehr daran, daß der unheimliche Täter sein Gebiet verlegt hat. Ein Routinebericht ging sofort an die PSA-Zentrale. Von dort erhielt ich die Weisung, Sie sofort zu benachrichtigen, damit Sie entsprechende Dispositionen treffen können.«

»Ich danke Ihnen!«

Larry Brent legte auf. Es bedurfte keiner weiteren Diskussion mehr. Diese unerwartete Nachricht sprach für sich.

Larry Brent schüttelte die letzte Müdigkeit aus den Gliedern. Innerhalb einer Viertelstunde war er gewaschen, rasiert und angezogen. Er packte seinen Koffer, rief den Mittelsmann in Frankfurt an und verabredete mit ihm, um drei Uhr in Hamburg zu sein. Dort wollte er den Lotus Europa, den superschnellen Wagen voller Extras, den er in den Staaten bei seinen Einsätzen fuhr, in Empfang nehmen.

Für X-RAY-3 gab es keinen Zweifel. Die Hexenverbrennung in Dänemark war kein Einzelfall. Dort setzte sich nur fort, was hier unterbrochen wurde.

Der Hexentöter hatte sich ein neues Betätigungsfeld gesucht und auch sehr schnell gefunden. In Dänemark gab es nicht nur sehr schöne, sondern auch sehr viele blonde Mädchen, für die er eine besondere Schwäche hatte.

Larry überprüfte den Sitz der Schulterhalfter, wo die Smith and Wesson Laser steckte.

Er wandte diese Waffe nur selten und in äußerst gefährlichen Situationen an. Doch diesmal würde es wohl keine andere Wahl geben. Er war fest davon überzeugt, sehr schnell wieder auf den Hexentöter zu treffen. Er brauchte nur seine Spur zu verfolgen. Der Geruch verbrannter Leichen begleitete den Unheimlichen.

An X-RAY-3 lag es nun, diese furchtbare Spur auf keinen Fall länger werden zu lassen!

***

Nacht in Kopenhagen!

Keine ruhige, stille Nacht wie in der Provinz.

Hier begann erst jetzt das richtige Leben.

Die Passanten, meistens deutsche und Schweizer Touristen, bewegten sich durch die hellerleuchteten Verkaufsstraßen, blieben an den Ständen und Buchläden stehen, in denen Sexbücher und Magazine, Dias und Filme angeboten wurden.

»Super-Sex«, leuchtete es über einem Laden, vor dem die Menschen eine dichte Traube bildeten.

Die Nacht war kühl, aber die Liebe in Kopenhagen war heiß.

In einem Geschäft bediente um diese späte Stunde eine attraktive Verkäuferin mit entblößtem Busen die männlichen Kunden. In den kleinen Nebenstraßen hatten sämtliche Bars, Restaurants und Klubs bereits geöffnet. Gerade in den Klubs, die typisch für diese lebens- und liebestolle Stadt waren, war kaum noch ein Platz zu bekommen. Die berühmt-berüchtigten Striptease-Shows, die man angeblich in Hamburg und Manila zu sehen bekam und von denen Seeleute zu berichten wußten, wurden hier in den Kopenhagener Klubs bei weitem übertroffen. Die Mädchen, die hier auftraten, ohne den geringsten Stoffetzen am Körper, trieben es am tollsten.

Einer der Männer, die an den Schaukästen vorübergingen, ohne sich darum zu kümmern, war in einen dunklen Wollmantel gehüllt, den Hut tief ins Gesicht gezogen. Es war ein junger Mann, Mitte Zwanzig, bleich und abgespannt, müde und doch von einer eigenartigen Hektik gekennzeichnet.

Es war, als befände er sich auf der Flucht – auf der Flucht vor seinem eigenen Ich.

Michael Thielen fühlte wieder die Nähe des anderen, des Fremden, der ihn ständig begleitete und den er nicht abschütteln konnte. Er beherrschte ihn und bestimmte sein Denken und Fühlen von Tag zu Tag, von Stunde zu Stunde mehr.

Michael Thielen war nicht mehr er selbst. Die chemischen Prozesse, einmal ausgelöst, waren nicht mehr zu bremsen.

Die Anfälle erfolgten immer rascher, und er ahnte, daß es nur noch eine Frage der Zeit war, bis er schließlich nur noch Martinus und nicht mehr Thielen sein würde. Die andere Person, aus der Dunkelheit der Erbanlage entwickelt, ergriff nun mehr und mehr von ihm Besitz.

Wieder das Zittern der Hände, der Schweißausbruch. Alles kündete sich an wie ein Schwächeanfall. Aber es war kein Schwächeanfall, es war die andere Persönlichkeit, die seinen Geist übernahm und seinen Körper veränderte.

Man sagte doch, daß Geist und Seele das Körperbild bestimmten. Wenn Martinus ihn beherrschte, wie konnte er da noch wie Thielen aussehen?

Der zitternde, schweratmende Mann starrte auf seine Hände, deren Haut pergamentartig wurde. Die Adern schimmerten durch das runzlige Gewebe. Die Hände nahmen einen seltsam knochigen Ausdruck an.

Der Hexentöter bog in eine dunkle, stille Seitenstraße ein. Grüne Reklamelichter kennzeichneten die Bars und Klubs.

Martinus lehnte sich gegen eine Wand. Er bemerkte die Bewegung neben sich und blickte auf.

»Nanu, Kleiner?« sagte eine sympathische, angenehme Stimme. »Ist dir nicht gut?« Die junge Dirne, höchstens einundzwanzig Jahre alt, kam auf den Mann zu. Sie trug eine weitausgeschnittene Bluse, so daß ihre beiden Brüste deutlich zu sehen waren. Der superkurze Minirock aus Knautschleder war so knapp geschnitten, daß er gerade mit der Breite eines Handtuches konkurrieren konnte. Die langen, wohlgeformten Schenkel schimmerten matt und verführerisch in dem grünen Dämmerlicht, das von der Leuchtreklame der Bar gegenüber, die sich »Makabre« nannte, erzeugt wurde.

»Bei mir kriegst du sogar einen Cognac, wenn du mitkommst«, fuhr sie leise und einschmeichelnd fort. Die dunkle Handtasche in ihrer Rechten schlenkerte hin und her.

Michael Thielen, dessen Verwandlung zu Martinus noch nicht voll eingetreten war, blickte auf. Sein Blick glitt über die langen, aufregenden Beine, blieben am Rocksaum hängen, der mehr preisgab, als er verbarg, und musterten dann ihr Gesicht. Eine bildhübsche Dänin, eine Prostituierte, wie sie in den Straßen dieses Viertels zu Dutzenden herumliefen. Sie boten ihre Liebe an, und sie waren nicht immer teuer.

Sie war blond. Langes Haar floß wie flüssiges Gold auf ihre halbnackten Schultern. Sie lächelte.

»Komm mit! Ich mache dir's gemütlich. In meinem Zimmer ist sogar geheizt.«

Thielen nickte kaum merklich. Die Dirne wandte sich um, überquerte die Straße und verschwand neben dem »Makabre« in einer dunklen Toreinfahrt. Thielen stiefelte hinter der Blonden her. Seine Augen glühten wie unter einem inneren Licht. Er merkte, wie ihn das Fieber wieder packte, wie er nach einer Möglichkeit suchte, auch diese Hexe so schnell wie möglich und so hart wie möglich zu bestrafen.

Die Blonde schloß eine Tür auf und wartete, bis ihr Kunde auf Schrittweite herangekommen war, als fürchtete sie, den Fisch an der Angel noch zu verlieren.

Es ging eine schmale, hölzerne Treppe hinauf. Es war ein altes Haus, in dem das Mädchen sein Zimmer hatte. Aber das Zimmer selbst war gemütlich und einladend eingerichtet.

Das Prachtstück war ein riesiges, daunenweiches französisches Bett, das genau in der Mitte des Raumes stand. Kleine Glasvitrinen und Bücherregale, in denen außer einigen Unterhaltungsromanen auch reich bebilderte Sexmagazine und Pornotaschenbücher standen, waren geschmackvoll aufeinander abgestimmt und hätten in dieser Zusammenstellung in jedem gutbürgerlichen Wohnzimmer stehen können.

»Übrigens, ich heiße Silke«, sagte sie beiläufig, während sie die rote Tischlampe anknipste, nachdem sie die Vorhänge zugezogen hatte.

Dann ging sie daran, ihre Bluse vollends aufzuknöpfen.

»Mach das Licht aus«, fuhr Thielen sie an. Er stand neben dem Fenster und starrte durch den winzigen Spalt zwischen den beiden Vorhängen.

Silke zog die Augenbrauen hoch. »Du bist ein merkwürdiger Bursche«, murmelte sie. Achselzuckend nahm sie aus dem Barfach zwei Gläser. »Ich hatte dir einen Cognac versprochen. Dann wird dir besser. Ich vergaß es, entschuldige ...« Nach dem Einschenken löschte sie das Licht. »Die einen schämen sich, dem muß man Rechnung tragen ...« Sie hatte genügend

Erfahrung gesammelt. In ihrem Beruf kam man mit den tollsten Typen zusammen.

Michael Thielen fühlte das Ziehen in der Gesichtshaut und merkte, wie sich alles in ihm verkrampfte. Mit einem Zug leerte er das Glas und stellte es dann hart auf den Tisch hinter sich.

Im Zimmer war es angenehm warm. Aus dem angrenzenden Raum vernahm der Deutsche leises Lachen. Dann knallte ein Sektkorken gegen die Wand. Gleich darauf klopfte jemand gegen die Mauer.

»Ich hoffe, ich störe dich nicht«, rief eine helle Stimme. »Hallo, Silke, Skol!«

Silke lachte leise, ohne auf die Anspielung einzugehen. Sie ging auf Thielen zu und war nur noch mit einem knappen Slip, der einen raffinierten Spitzeneinsatz besaß, bekleidet. Mit zärtlicher Bewegung nahm sie seinen Hut ab und streifte dann den Mantel ihres Besuchers herunter.

In der Dämmerung des Zimmers sah sie erst jetzt die Umrisse seines Gesichtes und die fiebernden Augen. In diesem Augenblick bekam sie es mit der Angst zu tun.

Dennoch drängte sie sich an den Fremden und bedeckte mit Küssen sein unheimliches Gesicht.

Da legte er die Hände um ihre Schultern. Eisige Kälte durchfuhr die Prostituierte. Sie wollte sich losreißen, als sie erkannte, daß seine Rechte über ihren Körper nach unten glitt, an ihrer nackten Hüfte vorbeirutschte, als wolle er den Gummi ihres Slips ertasten. Aber dann war klar, daß er etwas aus der Tasche seines Jacketts zog. Silke erkannte die tödliche Gefahr zu spät.

»Du trägst bestimmt das Hexenzeichen«, kam es dumpf über seine bleichen schmalen Lippen. »Komm, laß es mich sehen!« Mit diesen Worten stach er zu. Die lange, spitze Nadel fuhr in Silkes Leib.

Das Mädchen schrie gellend auf. Ihr Körper krümmte sich, als Martinus seinen Angriff wiederholte. Der Hexentöter warf die stöhnende Prostituierte auf das Bett. Er schien vergessen zu haben, daß im Nebenraum ebenfalls Menschen waren und daß der Schrei ihnen nicht entgangen sein konnte. Martinus handelte in Trance. Er sah sich in seiner Folterkammer und hatte eine Hexe vor sich, die ihrer gerechten Strafe nicht entgehen durfte. Sie war schön, zu schön, und sie war blond. Er haßte die Schönen und die Blonden, sie hatten ihn verspottet, sie mochten ihn nicht. Dafür rächte er sich immer wieder. Es war wie ein Rausch, ein Befehl, dem er sich nicht widersetzen konnte.

»Das Satans- oder Hexenzeichen sitzt immer unter der Bauchdecke, es ist ganz leicht festzustellen«, murmelte er mit dumpfer, gehässiger Stimme.

Silke schrie noch einmal gellend auf. Da entstand Unruhe draußen auf dem Gang. Martinus wurde in die Wirklichkeit zurückgerissen. Die Umrisse des fremden Zimmers tauchten aus dem Nebel auf und gaben ihm zu erkennen, daß dies nicht seine Folterkammer war.

Die Tür wurde aufgerissen. Sie war nicht abgeschlossen. Auf der Schwelle stand die Zimmernachbarin Silkes. Völlig unbekleidet. Mit schreckgeweiteten Augen starrte sie auf die auf dem Bett liegende Gestalt und auf die blutverschmierten Hände.

Das Mädchen an der Tür schrie markerschütternd, daß es schaurig durch das alte Haus hallte.

Martinus stürzte wie ein Schatten auf die an der Schwelle Stehende. Seine Nadel traf ihr Ziel.

Er stürmte vorüber, während das Wimmern und Schreien der beiden Mädchen den Raum und den Hausflur hinter ihm erfüllte.

Er raste die Treppen hinab, daß die Stufen knarrten. Unruhe kam auf, Menschen erschienen. Martinus erreichte den finsteren Hof, kletterte auf eine Mülltonne und übersprang die Mauer zum Nachbargrundstück.

Schreie und Rufe erfüllten die Luft. Er hörte die harten Schritte auf dem gepflasterten Boden. Sie waren hinter ihm her.

Rasch gelangte er auf die Straße und rannte in eine dunkle Gasse. Auch dort Dirnen vor Eingängen, Durchlässen und Torbögen. Eine trippelte verführerisch lächelnd auf ihn zu. Er achtete nicht auf sie und stieß sie einfach zur Seite, so daß sie das Gleichgewicht verlor. Die Handtasche flog durch die Luft, und die Prostituierte blieb mit gespreizten Beinen auf dem kalten Boden liegen. Wie ein Rohrspatz mit einer Reihe von nicht wiederzugebenden Worten schimpfte sie hinter dem Mann her.

Martinus sah, wie am Straßenrand ein Betrunkener an seinem Auto hantierte und vergebens versuchte, den Schlüssel in das Schloß zu stecken.

Er erkannte sofort seine Chance und nahm sie wahr.

Der Fliehende riß dem Betrunkenen den Schlüsselbund aus der Hand und versetzte ihm einen Stoß vor die Brust, daß der Mann drei Meter zurücktaumelte und direkt neben einem alten Laternenpfahl liegenblieb.

Martinus warf sich hinter das Steuer des mit einem holländischen Kennzeichen versehenen Wagens. Es war ein DAF. Er drehte den Zündschlüssel und startete.

***

Larry Brent recherchierte im Hauptquartier der dänischen Polizei in Kopenhagen, als über einen Funkstreifenwagen die Nachricht von dem Vorfall in dem Bordell eintraf.

X-RAY-3 fuhr sofort los, noch ehe die anderen Beamten sich auf den Weg zu ihren Dienstwagen machten. Er hatte die Adresse gehört und steuerte direkt das Viertel an.

Er sah als einer der ersten das Blutbad. Doch beide verletzten Damen lebten noch, waren bei vollem Bewußtsein und konnten Aussagen machen. X-RAY-3 war ernst und verschlossen.

Die Spur des Hexentöters! Es gab keinen Zweifel!

Es war sinnlos, sich hier aufzuhalten und Verhöre, Spurensicherung und die andere übliche Routinearbeit mitzuverfolgen. Es kam darauf an, diesem menschlichen Ungeheuer, das noch immer auf freiem Fuß war, endlich das Handwerk zu legen.

Der Amerikaner warf sich hinter das Steuer seines knallroten Lotus Europa.

Der Wagen schoß davon wie ein Pfeil. An der Straßenecke stieß er auf die Gruppe, die sich um einen wild gestikulierenden und schimpfenden Mann bemühte, der kaum noch auf den Beinen stehen konnte.

»Er hat meinen Wagen gestohlen – zum Hafen hinunter – ich habe es deutlich gesehen«, sagte der Betrunkene stammelnd in seiner Muttersprache. Die wenigen Worte, die Larry verstand, genügten, um ihm zu zeigen, daß er sich auf dem richtigen Weg befand. Die Spur war noch heiß.

Er beschleunigte den Lotus. Wie ein Brett lag der Wagen auf der holprigen Gasse. Die Reifen quietschten auf dem feuchten Pflaster, als der Wagen scharf in die Kurve ging.

X-RAY-3 fuhr so schnell, wie es die Situation ermöglichte. Seine Sinne waren aufs Äußerste angespannt. Er raste zum Hafen hinunter und holte wertvolle Sekunden auf. Hatte der Hexentöter den Plan, sich irgendwo in den Hallen, Lagerschuppen und Hütten oder in dem Gewirr der Hafenanlagen zu verbergen? Dieses Versteckspiel war nur eine Frage der Zeit und nicht rentabel für ihn.

Am Hafen angekommen fuhr Brent am Kai entlang. Seine fiebernden Blicke versuchten die Dunkelheit zu durchdringen. An einer Kaianlage war eine Motorfähre festgemacht. Sie war hell beleuchtet. Es war die planmäßige Fähre, die nach Malmö auslief.

Die Passagiere standen an der Reling. Fast alle hatten ihre Autos verlassen. Aufgeregte Stimmen hallten durch die Nachtluft. Menschen wiesen mit ausgestreckten Händen auf einen winzigen Punkt im dunklen Wasser, der sich rasend schnell entfernte.

Ein Motorboot?

Larry Brent begriff die Situation. Der Hexentöter hatte den Wagen verlassen und in einem der am Kai verankerten Motorboote die Flucht fortgesetzt. Der dänische Boden war ihm zu heiß geworden. Genau gegenüber lag am Strand die schwedische Stadt Malmö. War das sein nächstes Ziel?

In dieser Nacht konnte es ihm gelingen, abermals in einem fremden Land unterzutauchen, sogar die Zollstellen auf dem schwedischen Festland zu umgehen. Es gab zahlreiche Möglichkeiten, gerade hier durch die weiten Maschen zu schlüpfen, die es zwischen den Grenzen der beiden skandinavischen Länder gab.

X-RAY-3 gab Gas. Er zögerte keine Sekunde länger. Der knallrote Lotus Europa schoß über die Kaianlage.

Der Wagen knallte hart auf die Wasseroberfläche. Mit einem Knopfdruck auf dem umfangreichen Armaturenbrett schaltete X-RAY-3 den superschnellen Rennwagen in ein Amphibienfahrzeug um. Die Räder standen fest, die beiden messingverchromten Klappen im Auspuff glitten zusammen und verhinderten das Eindringen von Meerwasser. Über der Hinterachse öffneten sich lautlos die beiden quadratischen Einsätze, und zwei chromblitzende Schiffsschrauben kamen zum Vorschein und begannen sich sofort rasend schnell zu drehen, als das Fahrzeug im Wasser schwamm.

Eine Sondereinrichtung des fantastischen Lotus machte sich in diesen Sekunden bezahlt. Larry Brent gewann wertvolle Zeit.

Er steuerte das Amphibienfahrzeug an der bereitstehenden Fähre vorüber und verschwand bald darauf in der Dunkelheit. Die Lichter der Fähre wurden immer kleiner und wurden schließlich vollständig von der Dunkelheit geschluckt.

Über das eingebaute Funkgerät in seinem Wagen konnte X-RAY-3 die Frequenzen feststellen, auf der die Grenzbeamten der beiden skandinavischen Länder in diesem Augenblick ihre Befehle weitergaben. Die Polizeiboote vor den Küsten legten ab; ein Polizeischnellschiff wurde auf die Position angesetzt, die der Mann in dem entwendeten Motorboot inzwischen erreicht hatte. Gleichzeitig wurden zwei Boote damit beauftragt, das Amphibienfahrzeug zu stellen, das vor wenigen Augenblicken von der Kaianlage des

Kopenhagener Hafens gewassert hatte. Die Beamten erhielten den strikten Befehl, konsequent vorzugehen.

Da hielt es Larry Brent für an der Zeit, über die festgestellte Frequenz von seinem Wagen aus selbst einen Funkspruch abzustrahlen und die Dinge zu klären.

X-RAY-3 sprach seinen kurzen, aber inhaltsschweren Bericht in englischer Sprache.

Er bekam über die Sendefrequenz den Beamten der Leitstelle, den er aufforderte, direkt eine Anfrage an den Innenminister zu richten. Das war ein ungeheuerlicher Vorschlag, wenn man bedachte, daß nur noch wenige Minuten bis Mitternacht waren. Larry nannte eine spezielle Telefonnummer.

Mehr als fünf Minuten hörte er nichts mehr. In dieser Zeit jagte er seinen Lotus über das dunkle Wasser und kam dem winzigen Punkt immer näher. Das von dem Hexentöter gesteuerte Motorboot zeigte keine Positionslichter. Dafür strahlten die zahlreichen Polizeiboote, die von allen Seiten dem fliehenden Schiff nacheilten oder entgegenkamen, um so stärker durch die Nacht. Sirenengeheul erfüllte die Luft über dem Meer, Scheinwerferkegel wanderten über das aufgewühlte Wasser.

Dann kam ein entscheidender Satz aus dem in den Wagen eingebauten Lautsprecher Larry Brents. Der dänische Einsatzleiter des Kommandos wandte sich persönlich an den PSA-Agenten.

»Wir haben Ihre Angaben nachgeprüft und finden alles in Ordnung so, Mister Brent.«

Es bedurfte keiner Diskussion mehr. X-RAY-3 hatte die Hände frei.

Er wandte sich an die einzelnen Kommandos. Die Männer auf den Polizeibooten unterstellten sich willig seinen Anweisungen. Das beschleunigte das Vorgehen. Durch Koordination kam man rascher vom Fleck. Die Boote zogen den Kreis um das davonjagende Motorboot immer enger. Fünf Kilometer von Malmö entfernt gab es keinen Ausweg mehr für den Flüchtling. Die Polizeiboote und das ständig rasch aufrückende Amphibienfahrzeug Larry Brents waren nur noch knapp hundert Meter von dem Boot des Hexentöters entfernt.

Der Flüchtling setzte alles auf eine Karte. Die grellen Scheinwerfer rissen das unbeleuchtete Motorboot aus der Dunkelheit. Deutlich sah X-RAY-3 jetzt den Mann hinter der Schutzscheibe. Verzweiflung, Haß und Ratlosigkeit kennzeichneten das Gesicht des Unheimlichen, dessen verwilderte Haare wirr in seine schweißnasse Stirn hingen.

Der Hexentöter riß den Mund auf, als wolle er schreien. Dann drehte er das Steuerrad herum. Wild schäumte es am Heck des Bootes auf. Es wurde wie von einer Titanenfaust herumgerissen.

Martinus steuerte direkt auf eines der schwedischen Polizeiboote zu. In seiner Verzweiflung und Ausweglosigkeit griff er zum letzten Mittel. Ob er nun hoffte, durch seine rasende Fahrt auf das Boot den Steuermann zum Abdrehen zu zwingen, oder ob er absichtlich den Unfall herbeiführte – seine Gedankengänge ließen sich wohl nie wieder nachvollziehen.

Mit voller Wucht krachte die Spitze des Motorbootes gegen die Breitseite des Polizeischiffes.

Es knirschte und gab einen Donnerschlag, als das Polizeiboot an der Seite aufriß.

Das Motorboot wurde zur Hälfte zusammengedrückt. Eine Detonation folgte, und das kleine Deck stand sofort in hellen Flammen. Das Feuer verbreitete sich von der Motorseite her und züngelte im Eiltempo auf die zusammengequetschte Kabine zu, wo der Hexenmörder eingeklemmt hinter dem zersplitterten Steuerrad stand. Der unbekannte Besitzer des Motorbootes schien offenbar mehrere mit Benzin gefüllte Ersatztanks an Bord gehabt zu haben; anders konnte sich Larry die Detonation und das rasche Ausbreiten des Feuers, das praktisch jede Hilfe unmöglich machte, nicht erklären.

Während die Zollbeamten aus Dänemark und Schweden ihren Kameraden auf dem sinkenden Polizeischiff zu Hilfe kamen, rauschte Larry an das lodernde Wrack heran, in der Hoffnung, doch noch etwas für den eingeschlossenen Mann tun zu können.

Aber es war unmöglich. Durch den dichten Vorhang aus Qualm und Feuer erblickte Larry die hochaufgerichtete Gestalt.

Er glaubte, den jungen Michael Thielen hinter der Flammenwand zu erkennen. Die frischen, sympathischen Gesichtszüge! Doch der Eindruck verwischte von einer Sekunde zur anderen. Das Gesicht wurde hart, häßlich und unheimlich. Das abstoßende Äußere des Hexentöters, wie er ihn gesehen hatte, starrte ihn wieder an. Flammenzungen leckten über den Körper; die ungepflegten, langen Haare fingen Feuer; dann brach der verkohlte Boden unter den Füßen des Unheimlichen und riß ihn in die gurgelnde, aufschäumende Tiefe.

Ein furchtbarer Gedanke kam X-RAY-3, aber er war so absurd, daß er ihn ebenso schnell wieder verwarf.

Michael Thielen und der Hexentöter, ein und dieselbe Person? Wenn man zwei und zwei zusammenzählte, dann deckte sich mit einem Mal das eine Vorkommnis mit dem anderen.

Noch ehe die Polizeischiffe an der Küste eintrafen, erreichte Larry Brent das Ufer von Malmö. Der Lotus Europa rollte wieder über festen Boden.

Am Strand wartete Larry die Ankunft der Schiffe ab, als er auf eine junge charmante Schwedin aufmerksam wurde, die sich ihm näherte.

Er glaubte, nicht richtig zu sehen.

»Morna?« murmelte er benommen. »Morna Ulbrandson? Soll das heißen, daß du hier Urlaub machst, während ich mich im wahrsten Sinn des Wortes mit dem Teufel herumschlage?«

Die junge Schwedin, attraktiv, blond und langbeinig, legte lächelnd die Arme um Larrys Hals.

»Urlaub dürfte nicht der richtige Ausdruck sein. Zum Baden ist es doch schon ein bißchen zu kühl, überhaupt, wenn man passionierte Nacktbaderin ist wie ich, Larry. Ich habe ein kleines Ferienhaus hier in der Nähe. Malmö bietet sich gerade zum Ferien machen an. Ich habe das Häuschen günstig bekommen. Heute abend bin ich hier eingetroffen und wollte diese Nacht in meinem Haus verbringen, um noch ein wenig auszuspannen, ehe ich mich wieder in neue Abenteuer stürze. Schließlich braucht der Mensch auch gelegentlich Ruhe. Vor allen Dingen Schlaf. Der hält jung.«

X-RAY-3 nickte. »Jetzt verstehe ich, warum du nicht alterst«, entgegnete er ironisch lächelnd.

Morna machte einen Schmollmund. »Ich habe gar nicht gewußt, daß ihr Amerikaner so witzig sein könnt – und so spitz. Wir haben uns doch in der Vergangenheit immer recht gut verstanden, oder nicht, Larry?«

X-RAY-3 atmete tief durch. Er war müde, abgeschlagen, aber nach Beendigung eines Falles immer zu irgendwelchen Dummheiten aufgelegt. Und dann konnte er seine Zunge nicht im Zaum halten.

»Ich habe das Feuerwerk draußen beobachtet. Er ist tot?« fragte Morna.

»Woher weißt du ...?«

»Schließlich funktioniert der PSA-Nachrichtendienst auch hier in Schweden, mein lieber Larry. Deine kleinen persönlichen Privatgespräche mit dem Einsatzleiter des Polizeikommandos wurden mir brühwarm übermittelt.«

»Es war schrecklich. Aber nun ist es vorbei.«

Er wollte noch etwas hinzufügen, wurde aber durch eine Gestalt abgelenkt, die keine hundert Meter von ihnen entfernt auf einem verwitterten Baumstamm hockte, ein kanariengelbes Hemd und eine karierte Mütze trug und eine Kamera mit einer riesigen Vorsatzlinse schußbereit vor das Auge klemmte.

»Was ist denn das für ein komischer Kauz?« wollte Larry wissen, als er das geheimnisvolle Lächeln auf Mornas Lippen bemerkte.

»Dem jungen Mann habe ich vor zwei Tagen das Leben gerettet. Er ist Reporter eines norwegischen Sensationsblattes. Und er ist dauernd auf der Suche nach irgendwelchen besonders scharfen und harten Sensationen. Dabei geriet er unter meine Fittiche.«

»Dann hat er dich bis hierher begleitet?«

Morna nickte. »Er hat von dem Fall Hexentöter gehört. Er wollte noch heute nacht unbedingt nach Kopenhagen, als er von dem letzten Mord hörte. Und von dort aus will er dann nach Deutschland weiterreisen. Er glaubt, einer ganz großen Sache auf der Spur zu sein.«

»Damit hat er vielleicht nicht mal so unrecht«, bemerkte X-RAY-3 kaum hörbar.

Er blickte die hübsche Schwedin lange an. »Es gibt merkwürdige Zufälle im Leben«, meinte er dann. »X-RAY-1 hatte deinen Einsatz im Fall Hexentöter vorgesehen. Ich bin froh, daß es nicht dazu gekommen ist. Ja, ich bin wirklich froh!«

»Scheinbar war es gar nicht so schlimm?« entgegnete Morna mit einem Blick auf das verbundene Handgelenk Larry Brents. »Du hast dir bestimmt irgendwo eine Brandblase geholt. Wozu dieser riesige Verband?«

»Es war ein bißchen ärger, als es aussieht, meine Liebe«, entgegnete Larry spitz. »Ich fürchte, die Narbe wird mich ein Leben lang begleiten.«

Die Schwedin wurde sofort freundlicher und unterließ die Flachserei.

»Ich werde dir Thor später vorstellen. Laß uns jetzt in das Ferienhaus gehen. Du kannst dich dort ausruhen und deinen Bericht für das Hauptquartier abfassen ...«

»Thor?«

»Thor Haydaal – der Norweger. Der Reporter.«

»Thor Haydaal?« Larry hob erstaunt die Augenbrauen.

Morna reagierte sofort. »Nanu, kennst du ihn etwa?«

»Aber nein, woher denn?« beeilte er sich zu sagen und verkniff sich ein Grinsen.

Bis zum Ferienhaus, das inmitten eines prächtigen Gartens keine hundertfünfzig Meter vom Strand entfernt lag, waren es knapp fünfhundert Meter.

In seinem Lotus fuhr X-RAY-3 die schwedische Agentin Morna dorthin. Die Agentin lehnte sich zurück und genoß den ungewöhnlichen Fahrkomfort.

»Wir sehen uns zu wenig. Du solltest bei X-RAY-1 intervenieren. Er sollte und öfter zusammen einsetzen.«

Morna kniff die hübschen Augen zu einem schmalen Spalt zusammen, während eine Hand durch ihr seidiges, goldschimmerndes Haar fuhr. Die Bewegung wirkte so sexy, daß Larry die Schwedin am liebsten geküßt hätte. Vor noch gar nicht allzulanger Zeit war das herrliche blonde Haar Mornas verschwunden gewesen, und eine prächtige Glatze zierte ihren Kopf.

Im Ferienhaus war alles herrlich eingerichtet, dicke Teppiche bedeckten den Boden, geschmackvolle skandinavische Möbel sorgten für Gemütlichkeit.

Das Haus bestand nur aus Parterreräumen. Morna erneuerte den Verband um Larrys Armgelenk und sah die schwere Verletzung.

»Die Fäden werde ich mir in einer Woche selbst ziehen«, meinte Larry nebenbei. »Es ist wohl kaum anzunehmen, daß ich noch mal die Gelegenheit finde, nach Filsum zu fahren, damit der Chefarzt des Krankenhauses dort die Wunde behandelt.«

Nach einer kleinen Pause fuhr er fort: »Sicher wird X-RAY-1 so schnell wie möglich einen neuen Auftrag für mich haben.«

»Vielleicht gönnt er uns aber auch ein paar ruhige Tage«, meinte Morna optimistisch.

Ihr Tete-a-tete wurde unterbrochen, als Thor Haydaal eintraf. Er nahm seine karierte Mütze vom Kopf und grinste von einem Ohr zum anderen, als Morna Ulbrandson Larry Brent vorstellte.

X-RAY-3 und der Norweger reichten sich die Hand. Larry zwinkerte dem Mann heimlich zu.

Aber nicht heimlich genug. Morna war die Szene nicht entgangen.

»He!« entfuhr es ihr. »Ihr beide habt doch ein Geheimnis ...«

Da lachten beide Männer.

»Ja, wir kennen uns«, verriet Larry Brent ihr. Und dann berichtete er, auf welche Weise sie sich kennengelernt hatten.

»Leider kann ich nicht mehr lange bleiben«, meinte der Norweger, der eine ulkige Nudel zu sein schien. »Meine Fähre geht in zehn Minuten. Nach dem letzten Vorfall vor Schwedens Küste ist mein Entschluß endlich gefaßt, jetzt erst recht die Spuren des Hexentöters zu verfolgen.«

»Fahr' nach Ostfriesland! In der Nähe von Filsum, abgelegen und einsam, wirst du auf ein abgebranntes Bauernhaus stoßen. Ich bin überzeugt davon, daß du unter den Trümmern, unter diesem verkohlten Schutthaufen, mehr über den Hexentöter erfahren wirst, als ich selbst in diesen Minuten über ihn weiß.«

Haydaal verließ das Ferienhaus und stieg in einen knallroten Buggy, der in der Farbe zu seinem Hemd paßte. Nur das zurückgelegte Verdeck war schwarz. Mit dem selbstgebastelten, aus Schrotteilen alter VW zusammengestellten Wagen fuhr Haydaal davon. Er winkte.

»Mor na – Mor na – Mor na ...«

X-RAY-3 schüttelte den Kopf. »Er scheint sich in dich verliebt zu haben«, meinte er leise. »Und für mich hat er kein Wort mehr übrig.«

Die charmante Schwedin lachte. »Ich kenne jemanden, der recht begabt in Sprachen ist und sogar den Plan hat, japanisch und chinesisch zu lernen.«

Sie sah ihn an, und Larry merkte, wie er unter ihrem Blick rot wurde wie ein angehender Twen.

»Der Nachrichtendienst der PSA funktioniert schon fast zu gut«, murmelte er.

»Er rief nicht Morna, sondern Mor na«, fuhr die Schwedin unbeirrt fort.

»Und, wo ist da der Unterschied? Er stotterte eben ein wenig.«

»Meinen Namen gibt es eigentlich gar nicht in der schwedischen Sprache. Es gibt einen Mona. Morna ist eine Umschreibung. Wahrscheinlich gefiel meinem Vater diese Version besser. Thor Haydaal aber ruft Mor na – und das ist norwegisch und bedeutet soviel wie ›Tschüß‹ – ›Bis bald!‹

Da winkte Larry ab. »Reden wir nicht von der Zukunft, Schwedengirl«, sagte er schnell. »Zum Abschied ist immer noch Zeit; genießen wir die paar Stunden, die wir noch zusammen sind. Die Zweisamkeit in einem Ferienhaus soll ganz romantisch sein, hab' ich mir sagen lassen. Probieren wir sie doch aus, mhm?«

Dan Shocker

Liebe Grusel-Freunde,

inzwischen sind die EUROPA- Klassiker von LARRY BRENT bei BMG Ariola Miller erschienen. Natürlich mit den Original-Stimmen und Original-Illustrationen auf MC und CD.
Da lacht das Sammlerherz, denn die EUROPA-Klassiker werden für DM 9,95 pro MC und DM 12,95 pro CD zu haben sein.
Sehr lobenswert, wenn ich bedenke, daß so manche von meinen Cassetten für mehrere Hunderter auf Flohmärkten angeboten wurden.

Die Cassetten und CDs sind im Internet über
www.europa-klassiker.de
zu bestellen oder im Handel exklusiv bei Karstadt + Hertie.

Hier die ersten 3 Titel:
1. *Irrfahrt der Skelette*
2. *Marotsch, der VampirKiller*
3. *Die Angst erwacht im Todesschloß*

Keine Angst, natürlich erscheinen auch die Hörspiele von MACABROS als MC und CD:

Auch hier die ersten 3 Titel:
1. *Der Fluch der Druidin*
2. *Attacke der Untoten*
3. *Konga, der Menschenfrosch.*

Viel Spaß beim Hören und natürlich auch beim Lesen.
Eure Meinung könnt Ihr gerne über die Verlags-Homepage kundtun, ebenso findet Ihr dort brandaktuelle News:
www.BLITZ-Verlag.de.

Bis zum nächsten Sammler-Band
verbleibe ich mit eiskalten Grüßen,

Ihr und Euer

DAN SHOCKER's

erfolgreiche Grusel- und Fantasy-Serien

Macabros – Die große Grusel-Fantasy-Serie

Hochspannung mit Björn Hellmark alias MACABROS, dem Mann, der an zwei Orten zugleich sein kann und bereits zum dritten Mal lebt. In jedem Paperback sind auf 352 Seiten vier gruselige Fantasyabenteuer vereint für DM 29,80.

2201	***Der Monstermacher***	ISBN 3-932171-90-X
2202	***Die Geisterhöhlen***	ISBN 3-932171-91-8
2203	***Molochs Totenkarussell***	ISBN 3-932171-92-6
2204	***Knochensaat***	ISBN 3-932171-93-4
2205	***Die Blutgärten von Sodom***	ISBN 3-932171-94-2
2206	***Marionetten des Schreckens***	ISBN 3-932171-95-0

Larry Brent – Die erste Gruselserie Deutschlands

Die Abenteuer um den Spezialagenten der PSA wurden oft nachgeahmt, aber nie erreicht. Je vier Gruselschocker auf 352 Paperbackseiten für DM 29,80. Unheimliche und spannende Lektüre garantiert!

2301	***Im Kabinett des Grauens***	ISBN 3-932171-80-2
2302	***Die Treppe ins Jenseits***	ISBN 3-932171-81-0
2303	***Die Mörderpuppen der Madame Wong***	ISBN 3-932171-82-9
2304	***Im Todesgriff der Schreckensmumie***	ISBN 3-932171-83-7
2305	***Das Grauen von Blackwood Castle***	ISBN 3-932171-84-5
2306	***Schreie aus dem Sarg***	ISBN 3-932171-85-3

LARRY BRENT – ***Die geheimen X-Akten der PSA***
Aktuelle, unglaubliche Fälle, die das Team der PSA besonders oft nach Deutschland führen.
Jeweils 176 Seiten im Paperback für DM 19,80.

2401 **Manfred Weinland** – ***Das Kind der Toten***
ISBN 3-932171-60-8
2402 **Martin Eisele** – ***Der Blutengel von Tschernobyl***
ISBN 3-932171-61-6
2403 **Manfred Weinland** – ***Die Masken des Bösen***
ISBN 3-932171-62-4
2404 **Andreas Kasprzak** – ***Angst über Sylt***
In Vorbereitung
2405 **Martin Eisele** – ***Der Biß des Lebenszehrers***
ISBN 3-89840-110-3 Erscheint im Dezember 2000

T.N.T. SMITH – Der Jäger der Unsterblichen

Außerirdische im Dritten Reich? Die Science Fiction-Abenteuer-Serie von Ronald M. Hahn & Horst Pukallus. Je DM 16,80 bei 128 Pb-Seiten.

1601	***Der Club der Unsterblichen***	ISBN 3-932171-57-8
1602	***Die Stadt unter den Bergen***	ISBN 3-932171-58-6
1603	***Das Komando Ragnarök***	ISBN 3-932171-59-4
1604	***Stahlgewitter Khalkin-Gor***	ISBN 3-932171-65-9
1605	***Die Insel der Unsterblichen***	ISBN 3-932171-66-7
1606	***Der Tempel von Bagdad***	ISBN 3-932171-67-5

THORIN – Der Nordlandwolf

Die dreiteilige Fantasy-Saga von All Wallon & Marten Munsonius. Je DM 19,80 bei 176 Paperback-Seiten.

1701	***Stadt der verlorenen Seelen***	ISBN 3-932171-56-x
1702	***Der Weg nach Nipuur***	ISBN 3-932171-63-2
1703	***Das schwarze Schiff***	ISBN 3-932171-64-0

ALLGEMEINE REIHE

Herausragende Romane und Stories bekannter Autoren.

2110 **Thomas Ziegler** ***Eine Kleinigkeit für Reinkarnauten***
Vier apokalyptische Zukunftsvisionen.
DM 19,80 – 176 Seiten, Paperback, ISBN 3-932171-10-1

2111 **Rainer Castor** ***Gea, die vergessene Welt***
Dieser Roman entführt den Leser in eine fremde bizarre Welt
DM 29,80 – 352 Seiten, Paperback, ISBN 3-932171-11-X

2112 **Hugh Walker** ***Drakula***
Gibt es wirklich Dämonen und untote Blutsauger? Ja!
DM 29,80 – 352 Seiten, Paperback, ISBN 3-932171-12-8

2113 **Hugh Walker** ***Die Hölle in mir***
Ein unheimlicher Roman. Es gibt Orte, die sind verflucht ...
DM 19,80 – 176 Seiten, Paperback, ISBN 3-932171-13-6

2114 **Hugh Walker** ***Die Totenweckerin***
Joan hat keine Erinnerung. Warum nennt man sie *Die Totenweckerin*?
DM 16,80 – 128 Seiten, Paperback, ISBN 3-932171-14-4

2115 **R. M. Hahn & H. Pukallus** ***Alptraumland***
Ein unheimlicher Roman um H. P. Lovecraft.
DM 19,80 – 176 Seiten, Paperback, ISBN 3-932171-15-2

2116 ***Schatten über Deutschland***
Hundert Jahre deutschsprachige Phantastik. Ein Lesebuch.
DM 29,80 – 352 Seiten, Paperback, ISBN 3-932171-16-0

2117 **Markus Mayer** ***Der Rattenmann***
Er mordet, um die Körper zu zeichnen. Ein mitleidloser Roman.
DM 19,80 – 128 Seiten, Paperback, ISBN 3-932171-17-9

2118 **Roman Sander (Hg.)** ***Kontakte***
Artikel und Erzählungen der deutschsprachigen SF. Ein Lesebuch.
DM 19,80 – 176 Seiten, Paperback, ISBN 3-932171-18-7

2119 **Edgar Rice Burroughs** ***Caprona – Im Reich der Dinosaurier***
Der beste Roman des Tarzan-Autors in deutscher Erstveröffentlichung.
DM 24,80 – 264 Seiten, Paperback, ISBN 3-89840-000-X Erscheint im Januar 2001

Ihr Buchhändler:

BLITZ-Verlag, Postfach 1168, 51556 Windeck, Fax: 02681/989901, www.BLITZ-Verlag.de